위대한
도시들
1

—

# 우리는 도시가 된다

# THE CITY WE BECAME

*by N. K. Jemisin*

Map by Lauren Panepinto

# 우리는 도시가 된다

## THE CITY WE BECAME

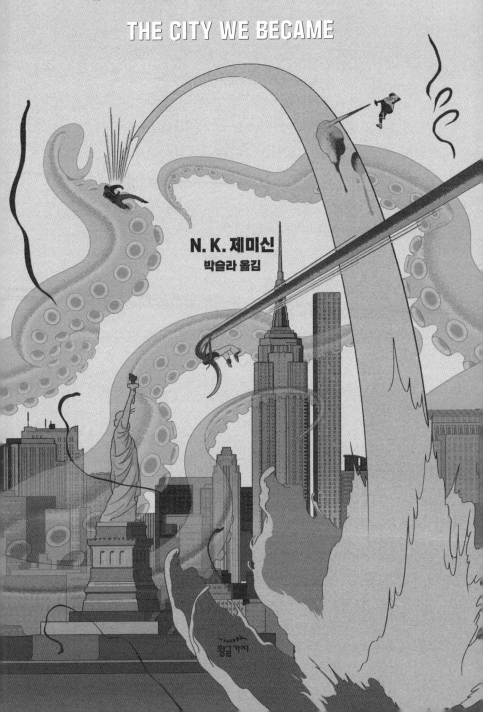

N. K. 제미신

박슬라 옮김

황금가지

"뉴욕에 빠지는 건 순식간이다.

5분만 있어도 5년을 산 듯한 기분이 된다."

— 토머스 울프

웨스트체스터

업스테이트

브롱크스

퀸스

맨해튼

뉴저지

제이스 네크
브루클린
라과디아 공항
아스토리아
플러싱 메도스
코로나 파크
파 로커웨이
래플리지포인트
플러싱
제슨하이츠
포레스트 힐스
뉴타운
그린포인트
베드포드 스타이베선트
윌리엄스버그
이스트 리버
루스벨트 아일랜드
로커웨이 비치
코니 아일랜드
롱아일랜드 시티
아우터 브리지
랜달스 아일랜드
라이커스 아일랜드
랜달스 아일랜드
다운타운
배터리파크
미드타운
FDR 드라이브
할렘강
센트럴 파크
라과디아 스페이스
코렌트
저지 시티
베이온
맨해튼 브리지
브루클린 브리지
스테이튼 섬

빈티지 뉴욕 체커 택시
**(212) 816-7469**
체커 택시 드림 웨딩

B
BETTER NEW YORK FOUNDATION · 더 나은 뉴욕 재단
Prosperity & Progress
(2017년까지의 지표치)

북 · 시카고 · 마이애미 · 하바나 · 리우데자네이루 · 시드니 · 나이로비 · 베이징 · 이스탄불

JFK 공항

거버너스섬

놈이 뒤따라오고 있어

베드스타이,
축구 팬이라고,
베드스타이,
'아냐, 이라니까',
임에어리어,
클리오 프리,
'스라며리,
나타났다!

스파이더맨,
'보통 프리',
MC

브루클린

벤슨허스트

플랫부시

리자 아이

코니아일랜드

로커웨이

앨버츠호

세인트조지

스태튼 아일랜드

스태튼 아일랜드 소방국
프레시킬스 매립지

뉴저지

스태튼 아일랜드 대교

사우샘프턴
다코타
파리
카이로
홍콩
런던
뉴욕
프로보토포렌

차례

# 무슨 일이 있었냐면

나는 도시를 노래한다.

빌어먹을 도시. 내가 살지도 않는 건물 옥상에 서서 두 팔을 활짝 벌리고 배에 힘을 주어 시야를 가로막은 공사장을 향해 무의미한 포효를 내지른다. 실은 그 너머에 있는 도시 전체를 향해 노래하는 중이다. 도시는 알아들을 것이다.

지금은 새벽이다. 습기 때문에 청바지가 끈적끈적하다. 아니면 바지를 빤 지 너무 오래돼서 그런지도 모른다. 코인세탁소에 갈 돈은 있지만 세탁을 할 동안 입을 다른 바지가 없다. 차라리 그 돈으로 저 아래 굿윌 중고품 가게에서 바지를 살까 보다……. 하지만 아직은 아니다. 먼저 **아아아아**아아아아**아아아아**아아아아 (숨 쉬고) 아아아아**아아아아**아아아아아아아아를 지르고 그 음절들이 근처 건물 벽에 부딪혀 돌아오는 메아리를 들은 다음에. 머릿속에서는 오케스트라가 버스타 라임스의 백비트에 맞춰 「환희의 송가」를 연주 중이다. 내 목소리는 그저 이 모든 것을 하나로 묶을 뿐이다.

씨발, 주둥아리 닥쳐! 누군가 고함을 질러서, 나는 허리를 굽혀 절한 다음 무대에서 퇴장한다.

하지만 옥상 문손잡이를 잡은 채, 멈칫 발을 멈추고 돌아서서 이맛살을 찌푸리며 귀를 기울인다. 한순간 멀리서 어디선가 친근한 노랫소리가 화답하는 걸 들은 것 같기 때문이다. 깊은 저음의, 약간은 수줍은 듯한 목소리.

그보다 더 먼 곳에서 다른 소리도 들린다. 귀에 거슬리는 으르렁거림이 모여들고 있다. 아니면 경찰차 사이렌 소리일지도? 어느 쪽이든 마음에 들지 않는 소리다. 나는 그곳을 떠난다.


"이런 건 돌아가는 방식이 다 정해져 있어." 파울루가 말한다. 또 담배를 피우고 있다. 역겨운 자식. 도통 먹는 걸 본 적이 없다. 저 입을 쓰는 데라고는 담배 피우고 커피 마시고 말을 하는 일뿐이다. 아까워라. 그것만 아니면 꽤 괜찮은 입인데.

우리는 카페에 앉아 있다. 파울루와 같이 있는 건 그가 아침식사를 사 줬기 때문이다. 카페에 있는 사람들이 계속 그를 빤히 쳐다본다. 그들의 기준에서 볼 때 뭔가 백인답지 않은 구석이 있는데 그게 뭔지 알 수가 없어서다. 나를 쳐다보는 건 내가 확실히 흑인이고, 또 내 옷에 난 구멍이 멋있으라고 일부러 낸 게 아니기 때문이다. 나한테서 냄새가 나는 건 아니지만 이 사람들은 1킬로미터 밖에서도 신탁 자금이 없는 인간의 냄새를 맡을 수 있다.

"그래?" 달걀 샌드위치를 베어 물다가 완전 지릴 뻔했다. 진짜 달걀이야! 거기다 스위스 치즈에! 맥도널드에서 파는 쓰레기하고는 차원이 다르다.

파울루는 말할 때 자기 목소리를 듣는 걸 좋아한다. 나는 그의 억양이 좋다. 약간의 비음과 치찰음이 섞여 있는데, 스페인어를 쓰는 사람들하고는 완전 다르다. 또 눈은 왕방울 같아서, 나도 저런 강아지 눈이라면 뭔 일을 저질러도 빠져나갈 수 있을 텐데 하는 생각이 든다. 하지만 보기보다는 나이가 많은 것 같다. 훨씬, 훨씬 많아 보인다. 관자놀이 부근만 머리가 약간 희끗거리는 게 근사하고 품위 있어 보이는데, 그런데도 왠지 100살도 넘은 느낌이다.

파울루도 나를 빤히 쳐다보고 있다. 나는 이런 눈빛을 받는 데 익숙하지 않다.

"내 말 듣고 있는 거냐? 이건 정말 중요한 일이야."

"응." 대답하고는 샌드위치를 한입 더 베어 문다.

파울루가 몸을 내 쪽으로 기울인다. "나도 처음에는 안 믿었다. 홍이 컴컴하고 냄새 고약한 하수도로 데려가서 거기서 자라고 있는 뿌리랑 이빨을 보여 주기 전까지는 말이야. 난 평생 숨소리를 들으며 살았어. 다른 사람들도 다 그런 줄만 알았지." 그는 말을 멈춘다. "너는 아직 못 들었니?"

"뭘?" 잘못된 대답이다. 내가 안 들은 건 아니다. 관심이 없을 뿐이지.

파울루가 한숨을 쉰다. "들어 봐라."

"듣고 있는데?"

"내 말을 들으라는 게 아니야. 들어 봐." 그가 자리에서 일어나 테이블 위에 20달러 한 장을 던진다. 그럴 필요는 없다. 샌드위치와

커피 값이라면 카운터에 벌써 냈고 이 카페는 팁을 줄 필요가 없으
니까. "목요일에 여기서 다시 보자."

나는 20달러를 집어 잠시 만지작거리다 주머니에 찔러 넣는다. 샌
드위치를 사 줬으니 한번 해 줄 수도 있는데. 아니면 그의 눈이 마음
에 들어서일 수도 있고. 하지만 뭐, 어쨌든. "머무는 곳은 있어?"

파울루가 눈을 깜박이더니 순간 정말로 짜증스럽다는 표정을 짓
는다. "들어 봐." 명령조로 한 번 더 말하고는 자리를 뜬다.

나는 가능한 한 오래 앉아 있는다. 샌드위치를 천천히 아껴 먹고
파울루가 남기고 간 커피를 홀짝이며 정상이라는 환상을 음미한다.
사람들을 구경하고 카페 손님들의 외모를 평가한다. 커피숍에서 본
가난한 흑인 소년에게 마음이 끌려 실존적 위기에 빠진 부유한 백
인 소녀가 됐다고 상상하며 전단지에 시를 쓴다. 파울루가 내 세련
된 교양미에 감동해서 남의 말은 들어 처먹지도 않는 멍청한 부랑
아로 여기는 게 아니라 나를 찬탄하는 상상을 한다. 푹신한 침대와
먹을 게 가득한 냉장고가 있는 근사한 아파트로 귀가하는 내 모습
을 그려 본다.

그때 경찰이 카페에 들어온다. 뚱뚱하고 얼굴이 불그스레한 사내
가 차에서 기다리고 있을 파트너와 자기가 마실 힙스터 조 맥주를
사면서 생기 없는 시선으로 가게 안을 훑어본다. 나는 거울이 내 머
리 주위를 원통 모양으로 에워싸고 빙빙 돌며 그의 시선을 반사하
는 모습을 상상한다. 진짜로 효과가 있는 건 아니다. 그저 괴물이 가
까이 있을 때 조금이라도 무서움을 덜려고 하는 짓일 뿐이다. 하지
만 생전 처음, 정말로 효과가 있다. 경관은 주위를 둘러보고도 여기

앉아 있는 유일한 흑인 얼굴에 관심을 두지 않는다. 운이 좋다. 나는 용케 위기를 모면한다.

나는 도시를 칠한다. 아직 학교에 다니던 시절에 금요일마다 와서 원근법이니 명암이니 백인들이 미술 학교에서 배우는 것들을 공짜로 가르쳐 주던 화가가 있었다. 다만 그 화가도 그런 학교에 다녔고, 흑인이었다. 나는 흑인 화가를 처음 봤다. 한순간 어쩌면 나도 화가가 될 수 있지 않을까 생각했다.

가끔은 나도 될 수 있다. 깊은 밤, 차이나타운의 옥상에서 양손에 스프레이 깡통과 누군가 거실을 연보라색으로 칠하고 밖에 놔둔 석고보드 페인트 통을 들고 게처럼 잰걸음으로 쫑쫑 움직인다. 석고보드 페인트는 많이 사용할 수 없다. 비가 두어 번 오고 나면 갈라져 떨어지기 때문이다. 스프레이 페인트가 모든 점에서 낫지만 나는 이 두 페인트가 대조적인 질감을 이루는 게 좋다. 거친 연보라색 위에 입혀진 매끈한 검은색, 그리고 검은 가장자리에 둘러진 붉은색. 나는 구멍을 그리고 있다. 그것은 입에서 시작하지도 않고 폐에서 끝나지도 않는 목구멍 같은 것이다. 숨을 쉬며 끊임없이 집어삼키지만 결코 채워지지 않는 것. 남서부에서 날아와 라과디아 공항에 착륙하는 비행기에 탄 사람이나 헬리콥터 투어를 하는 관광객, 뉴욕 경찰 항공감시대 말고는 아무도 이걸 볼 수 없을 것이다. 그들이 뭘 보든 나는 관심 없다. 이건 그 사람들 보라고 그리는 게 아니다.

아주 늦은 시간이다. 나는 밤을 보낼 곳이 없고, 그래서 이건 깨어 있으려고 하는 일이다. 월말만 아니라면 지하철을 탔을 테지만 지금은 그랬다간 아직 이번 달 체포 할당량을 채우지 못한 경찰들이 나한테 엿을 먹이려고 들 거다. 여기서는 조심해야 한다. 크리스티 스트리트 서쪽에는 갱단 흉내를 내며 자기 구역을 보호하려는 멍청한 중국인 꼬마들이 많아서 되도록 눈에 띄지 말아야 한다. 나는 빼빼 마른 데다 피부가 검다. 그것도 도움이 된다. 내가 하고 싶은 건 그림을 그리는 것뿐이야, 친구. 그림이 내 안에 있고 그걸 밖으로 끄집어내야 하니까. 이 목구멍을 열어야 한다. 반드시, 반드시⋯⋯. 그래. 그렇다.

마지막으로 검은 칠을 뿌리는데, 나직하고 생소한 소리가 들린다. 나는 손을 멈추고 의아해하며 주변을 두리번거린다. 그때 등 뒤에서 목구멍이 한숨을 쉰다. 크고 묵직하고 축축한 바람이 피부 위 솜털을 간질인다. 무섭지는 않다. 시작했을 때는 몰랐지만 이게 내가 그림을 그리는 이유니까. 그걸 어떻게 알게 되었는지는 지금도 모르겠다. 하지만 고개를 돌렸을 때 거기 있는 것은 그저 옥상에 그려진 페인트 그림일 뿐이다.

파울루가 헛소리를 한 게 아니었다. 흠. 아니면 엄마 말이 옳았는지도 모른다. 내 머리가 절대로 정상이 아니라는 말.

나는 폴짝폴짝 뛰며 환호성을 지른다. 왜 그러는지도 모르면서.

그 뒤로 이틀 동안 나는 도시 전체를 돌아다니며 페인트가 떨어질 때까지 온 사방에 숨 쉬는 구멍을 그린다.


파울루를 다시 만난 날, 너무 피곤해 발을 헛디디는 바람에 카페의 커다란 판유리 창문에 부딪칠 뻔한다. 파울루가 재빨리 내 팔꿈치를 붙잡아 대기 손님용 벤치로 끌고 간다. "들었구나." 달가워하는 목소리다.

"나한테 들리는 건 커피 소린데."

나는 굳이 하품을 참으려고도 하지 않고 넌지시 눈치를 준다. 경찰차 한 대가 지나간다. 내가 아무것도 아니고 눈에 띄지도 않고 재미로 두들겨 팰 가치도 없는 놈이라고 상상하지도 못할 정도로 피곤한 건 아니다. 이번에도 효과가 있다. 경찰차가 그냥 지나간다.

파울루는 내 말을 못 들은 척한다. 옆에 앉더니 잠깐 눈빛이 이상하게 흐릿해진다. "그래. 도시가 더 편하게 숨을 쉬고 있어. 잘하고 있구나. 훈련도 안 받았는데."

"노력하고 있다고."

그는 기뻐 보인다. "내 말을 안 믿는 건지 아니면 그냥 신경을 안 쓰는 건지 모르겠다."

나는 어깨를 으쓱한다. "믿어." 그리고 별로 신경 쓰지도 않는다. 배가 고프니까. 배에서 꼬르륵 소리가 난다. 파울루가 준 20달러를 아직 갖고 있지만 프로스펙트 파크에서 주워들은 교회 바자회에 가서 자유무역 특제 로스팅 원두로 만든 라테 한 잔 값도 안 되는 돈으로 닭고기와 밥과 채소와 콘브레드를 사 먹을 것이다.

꼬르륵 소리를 들은 파울루가 내 배를 쳐다본다. 흠. 나는 기지개를 펴는 식 배를 긁으며 복근이 보이도록 셔츠를 살짝 위로 끌어 올린다. 아까 말한 화가가 어느 날 그림 모델을 데려와 골반 바로 위에 조금 튀어나온 근육을 가리키며 아폴로의 벨트라고 부른다고 알려 준 적이 있다. 파울루의 시선이 거기로 향한다. 어서, 어서, 걸려라, 걸려라. 난 잘 곳이 필요하다고.

그의 눈이 가느스름해지더니 다시 나와 시선을 맞춘다.

"잊고 있었다." 살짝 신기하다는 말투다. "하마터면…… 너무 오래된 일이라. 하지만 나도 한때는 파벨라*의 아이였지."

"뉴욕엔 멕시코 음식을 파는 데가 별로 없는데." 내가 대답한다.

그가 눈을 깜박이더니 다시 재미있다는 표정을 짓는다. 그러더니 금세 진지해진다. "이 도시는 죽을 거다." 목소리를 높이진 않았지만, 그럴 필요도 없다. 이젠 나도 귀 기울여 듣고 있으니까. 음식. 삶. 이런 것들은 내게 의미가 있다. "내가 너에게 가르칠 것들을 배우지 않는다면, 네가 돕지 않는다면 그렇게 될 거야. 때가 왔을 때 너는 실패할 테고, 이 도시는 폼페이와 아틀란티스, 그리고 수십만 명이 함께 죽었지만 아무도 그 이름조차 기억하지 못하는 10여 개 도시들과 같은 운명으로 전락하겠지. 아니면 사산될 수도 있어. 도시의 껍데기는 살아남아 언젠가 다시 성장할 수도 있지만 생명의 불꽃은 한동안 꺼져 있겠지. 뉴올리언스처럼. 하지만 어쨌든 너는 죽을 거다. 힘을 얻든 아니면 파멸하든, 네가 그 촉매야."

그는 처음 내 앞에 나타난 날부터 계속 이런 말을 지껄이고 있다. 존재하지도 않았던 장소들. 있을 수 없는 것들, 징후와 전조. 나는 전부 다 헛소리라고 생각한다. 왜냐하면 그가 그런 말을 들려주고 있는 상대가 바로 나니까. 친엄마마저 집에서 쫓아내고, 날마다 죽으라고 기도하고, 미워하는 녀석한테 말이다. 신도 나를 미워한다.

---

* favela. 브라질의 슬럼가.

그리고 나도 신을 증오한다. 그러니 뭐가 됐든 간에 왜 하필 나를 선택하겠어? 하지만 사실 그래서 관심을 가지게 된 것이기도 하다. 신 때문에. 구태여 뭘 믿지 않아도 내 인생은 이미 망했으니까.

"내가 뭘 해야 하는데?"

파울루가 뿌듯한 표정으로 고개를 끄덕인다. 내 속을 간파했다고 생각하는 모양이다. "아, 죽기는 싫은가 보구나."

나는 일어나 기지개를 켠다. 한낮이 되어 기온이 올라간 탓인지 주위의 거리가 길쭉길쭉 늘어나고 더 유연해진 것 같다.(정말로 그런 건지 아니면 내 상상인 건지, 아니면 정말로 그렇게 되고 있고 그게 나와 관계가 있다고 상상하고 있는 건지.) "닥쳐. 그런 거 아니니까."

"그렇다면 신경을 안 쓰는 거구나." 그의 어조로 보아 이건 질문이다.

"살고 죽는 게 중요한 게 아냐." 나는 언젠가 굶어 죽거나, 어느 겨울밤에 얼어 죽거나, 아니면 썩어 문드러지는 병에 걸려 결국 병원에 실려 갈 것이다. 돈도 주소도 없는 채로. 하지만 나는 끝장나기 전에 도시를 노래하고 칠하고 춤추고 섹스하고 울 것이다. 이건 내 도시니까. 빌어먹을 내 것이니까. 그 때문이다.

"살아가는 게 중요한 거지." 나는 말을 마친다. 그러고는 고개를 돌려 그를 노려본다. 이래도 알아듣지 못한다면 좆까시지. "내가 뭘 해야 하는지 말해 줘."

파울루의 표정이 어딘가 변한다. 그는 이제 내 말을 듣고 있다. 자리에서 일어나 처음으로 내게 진짜 가르침을 주러 데려간다.

그의 가르침에 따르면 이렇다. 대도시는 다른 모든 살아 있는 것들처럼 태어나고 성숙하고 노쇠하고 죽어 간다.

뭐 이런 당연한 소리를. 진짜 도시에 가 본 사람이라면 누구나 어떤 방식으로든 그걸 느낄 거다. 시골 사람들이 도시를 싫어하고 두려워하는 것도 당연하다. 도시는 정말로 다르니까. 도시는 세상을 짓누르는 중력이 되고 잘 짜여 있는 현실의 구조에 구멍을 낸다. 마치…… 마치 블랙홀 같다고 할까. 그렇다.(나도 가끔 박물관에 간다. 안은 시원하고 닐 디그래스 타이슨*은 섹시하니까.) 점점 더 많은 사람이 들어와 각자가 지닌 생소함과 특이점을 쌓아 두고 떠나고, 또 그 자리에 다른 사람들이 들어오면 구멍은 점점 더 커진다. 결국엔 점점 깊게 늘어나 주머니처럼 되고, 아주 가느다란 무언가의 실 가닥 하나로…… 무언가와 연결되게 된다. 뭔진 몰라도 도시를 구성하고 있는 무언가와.

하지만 분리가 시작되면 그 주머니 속에서 도시의 여러 부분이 증식하고 분화(分化)된다. 하수구가 물이 필요하지 않은 곳까지 뻗어 나간다. 빈민가에서 이빨이 자라고 아트센터에서는 손톱이 자란다. 도시의 평범한 것들, 신호등이니 공사장이니 하는 것들이 심장 박동과 같은 리듬을 갖게 된다. 아마 도시의 소리를 녹음해 빠른 속도로 재생하면 들을 수 있을 거다. 그렇게 도시가…… 태동한다.

모든 도시가 그 지점에 도달하는 건 아니다. 이 대륙에도 위대한 도시가 몇 개 있었지만 전부 콜럼버스가 인디언의 삶을 망가뜨리기

---

* 미국의 천체물리학자로 다양한 미디어 활동을 통해 과학 대중화에 힘쓰고 있다.

전의 일이었고, 그래서 우리는 처음부터 다시 시작해야 했다. 파울루의 말처럼 뉴올리언스는 실패했지만 살아남았는데, 그것만으로도 꽤 괜찮은 업적이었다. 언젠가는 다시 시도할 수 있으니까. 멕시코시티는 한창 진행 중이다. 하지만 뉴욕은 이 지점까지 도달한 최초의 미국 도시다.

잉태 기간은 20년이 될 수도 있고 200년이나 2000년이 될 수도 있지만, 언젠가는 때가 될 것이다. 탯줄을 자르면 도시는 독립적인 존재가 되어 후들거리는 다리로 똑바로 서서…… 엄청 커다란 도시처럼 생기고 살아 있으며 사고할 수 있는 존재가 하고 싶은 일을 하겠지.

그리고 자연이라는 게 다 그렇듯이, 이 순간만을 기다리는 것들이 있다. 새로 태어난 이 달콤한 어린 것을 뒤쫓아 그것이 지르는 비명을 들으며 내장을 파먹고 싶어 하는 무언가.

그래서 파울루가 나를 가르치러 찾아온 것이다. 그래서 내가 도시가 숨 쉬는 것을 돕고, 아스팔트 팔다리를 펴서 마사지를 해 줄 수 있는 것이다. 나는, 그러니까 산파다.


나는 도시를 달린다. 빌어먹을 날마다 달린다.

파울루가 나를 집으로 데려간다. 로어이스트사이드에 사는 사람이 여름휴가를 가면서 잠시 세를 놓은 곳이지만 그래도 집 같은 느낌이 난다. 나는 그가 어쩌는지 보려고 묻지도 않고 욕실을 쓰고 냉장고에서 멋대로 먹을 것을 꺼내 먹는다. 파울루는 아무 짓도 하지 않고 담배만 피울 뿐이다. 나를 화나게 하려고 그러는 것 같다. 근처 거리를 지나는 사이렌 소리가 가까운 곳에서 시시때때로 들린다. 왠지 혹시 나를 찾고 있는 건 아닌지 궁금해진다. 소리 내어 말한 것도 아닌데 파울루는 내가 움찔거리는 걸 알아차린다. "적의 전령들은 도시의 기생충들 사이에 숨어 있을 거다. 놈들을 조심해."

그는 늘 이렇게 수수께끼 같은 말을 한다. 가끔은 알아들을 수 있는 말도 있다. 이 모든 것에 목적이 있을지도 모른다고, 위대한 도시들과 그것들이 만들어지는 과정에 뭔가 다른 이유가 있을지도 모른다는 말처럼 말이다. 적이 이제껏 해 온 일은─취약한 순간을 노려 공격하는 기회 범죄는─더 큰 공격을 위한 준비 운동일지도 모른다. 하지만 파울루는 헛소리도 자주 한다. 도시의 요구에 나를 더 잘 맞추기 위해 명상을 해 보라고 하지를 않나. 마치 백인 여자들 요가를 하면 이 일을 더 쉽게 해낼 수 있다는 듯이 말이다.

"백인 여자들 요가." 파울루가 고개를 끄덕이며 말한다. "인도 남자 요가. 주식 브로커 라켓볼과 사립학교 핸드볼, 발레와 메렝게 춤, 주민 회관, 소호의 갤러리들. 너는 수백만 명이 사는 도시를 구현하게 될 거다. 그들이 될 필요는 없지만 그들이 네 일부라는 걸 알아야 해."

나는 웃음을 터트린다. "라켓볼? 그딴 건 내 일부가 아니거든, 치코.*"

"이 도시가 그 많은 사람 중에서 너를 선택했다. 그들의 목숨이 네게 달렸어."

---

* 어리거나 젊은 남자를 가리키는 스페인어.

어쩌면 그럴지도. 하지만 나는 아직도 배가 고프고, 항상 지쳐 있고, 늘 겁에 질려 있고, 한시도 안전하지 않다. 아무도 나를 소중하게 여기지 않는데 소중한 존재가 되어 봤자 무슨 소용일까?

파울루는 내가 더 이상 이야기하고 싶어 하지 않는다는 걸 눈치채고는 일어나 침실로 간다. 나는 소파 위에 털썩 드러누워 죽은 듯이 잠든다. 죽은 듯이.

꿈. 죽은 듯이 꿈을 꾼다. 묵직하고 차가운 파도 아래, 어두운 곳이 있다. 뭔가 스르륵 소리를 내며 깨어나 꿈틀꿈틀 똬리를 풀더니 허드슨 강 어귀를 향해 미끄러져 나아가 바다로 사라진다. 나를 향해 오고 있다. 나는 너무 나약하고, 너무 무력하고, 너무 무서워 옴짝달싹도 할 수가 없다. 포식자의 시선에 눌려 꼼지락거릴 뿐 아무것도 할 수가 없다.

어찌 된 일인지 저 멀리 남쪽에서 뭔가 다가온다.(이건 다 진짜 현실이 아니다. 모든 것은 이 도시의 현실과 세계의 현실을 잇고 있는 가느다란 실을 따라 움직일 뿐이다. 파울루는 세상에서 결과가 발생한다고 말했다. 원인은 내 주위에 집중되어 있고.) 내가, 그리고 똬리를 풀고 있는 것이 어디 있는지 몰라도 새롭게 다가온 것이 우리 둘 사이에 끼어든다. 이 거대한 존재가 이번만큼은, 이곳에서는 나를 지켜 주지만 머나먼 곳에서도 다른 이들이 헛기침을 하고 투덜거리며 준비 태세를 갖추는 게 느껴진다. 이제껏 이 오랜 전투를 통제해 왔던 교전 수칙을 지켜야 한다고 적에게 경고한다. 내게 너무 일찍 덤벼드는 것은 허용되지 않는다.

이 비현실적인 꿈의 공간에서 내 수호자는 수많은 면면마다 오물이 들러붙어 있고 불규칙하게 퍼져 있는 보석 모양의 존재인데, 진한 커피와 짓밟힌 축구장 잔디, 시끄러운 자동차 소음과 익숙한 담배 냄새를 풍긴다. 적을 위협하듯 군도(軍刀)처럼 생긴 철제 대들보를 내보이는 건 잠깐에 불과하지만 그것만으로도 충분하다. 꿈틀거리는 것이 주춤거리더니 분한 듯이 차가운 동굴 속으로 후퇴한다. 하지만 다시 돌아올 것이다. 이 또한 변함없는 전통이니까.

얼굴 반쪽에 내리쬐는 따뜻한 햇볕을 느끼며 눈을 뜬다. 그냥 꿈이었던 걸까? 비틀거리며 파울루가 자고 있는 방으로 간다. "상 파울루." 이름을 속삭여 보지만 그는 눈을 뜨지 않는다. 나는 그의 이불 속으로 파고든다. 잠에서 깬 그는 내게 손을 뻗지도, 밀어내지도 않는다. 나는 그에게 내가 고마워하고 있다는 걸 알려 주고 나중에 다시 나를 데려올 이유를 선사한다. 나머지는 내가 콘돔을 구해 왔을 때 하기로 하고. 그가 창백하고 펑퍼짐한 입술을 문지른다. 나는 다시 욕실을 사용하고 싱크대에서 빤 옷을 갈아입는다. 그러고는 그가 코를 고는 사이 집을 나선다.

도서관은 안전한 곳이다. 겨울에도 따뜻하다. 어린이 서고를 지나치게 힐끔거리거나 컴퓨터로 포르노를 보지만 않으면 온종일 노닥거려도 아무도 신경 쓰지 않는다. 사자 동상이 있는 42번가에 있는 도서관은 그런 종류의 도서관이 아니다. 책을 빌려주지도 않는다. 하지만 도서관은 도서관이고 안전하기 때문에 나는 구석에 앉아 손에 닿는 것을 닥치는 대로 읽기 시작한다. 『지방세법』, 『허드슨 밸리의 새들』, 『도시 아이를 낳을 때 알아야 할 모든 것: 뉴욕 시 에디션』. 이거 봐, 파울루. 다 듣고 있었다니까.

정오가 가까워졌을 무렵 밖으로 나선다. 계단 위에 사람들이 잔뜩 모여 웃고 떠들고 셀카봉 앞에서 우스꽝스러운 짓을 하며 사진을 찍는다. 지하철역 입구에는 방탄조끼를 입은 경찰들이 뉴욕에 놀러 온 관광객이 안심할 수 있게 보란 듯이 권총을 드러내고 있다. 폴란드 소시지를 하나 사서 사자상 발 옆에서 먹는다. 인내가 아니라 용기 옆에서.* 내 강점은 내가 안다.

고기로 배가 부르고 긴장이 풀리자 별로 중요하지 않은 것들 ─ 파울루가 언제까지 집에서 지내게 해 줄지, 그의 주소를 사용해 이런저런 것들을 신청해도 될지 ─ 에 대해 생각하느라 거리에 별 관심을 두고 있지 않았는데, 따끔하고 오싹한 기운이 옆구리를 타고 올라온다. 그게 뭔지는 반응하기도 전에 본능적으로 알 수 있지만 이번에도 조심성 없이 고개를 돌려 쳐다보고 말았고……. 바보! 멍청이! 그런 멍청한 짓을 하다니. 볼티모어 경찰은 그저 눈이 마주쳤다는 이유로 어떤 사람의 척추를 부러뜨렸다. 하지만 도서관 계단 건너편 구석에 있는 그 둘을 ─ 검은색에 가까운 청색 제복을 입은 땅딸막한 백인 남자와 키가 크고 피부가 검은 여자를 ─ 봤을 때 나는 뭔가를 발견하고는 겁을 먹는 것조차 잊어버리고 만다. 정말 너무나도 이상하기 때문이다.

맑고 환한 날이다. 하늘에는 구름 한 점 없다. 두 경찰 옆을 지나쳐 걸어가는 사람들은 짧고 뚜렷한 그림자를 남기고 그조차도 금방 사라진다. 그렇지만 저 두 사람 주위에는 그림자가 모여 웅크리고 있어서 꼭 자기들만의 전용 먹구름 밑에 서 있는 것 같다. 그리고

---

* 뉴욕 공공 도서관 앞에 세워진 쌍둥이 사자상에는 각각 '인내'와 '용기'라는 이름이 있다.

내가 지켜보는 앞에서, 작은 쪽 경찰이 갑자기…… 늘어나기 시작한다. 형체가 조금씩 뒤틀리더니 한쪽 눈이 다른 쪽보다 두 배로 커다래진다. 오른쪽 어깨가 서서히 불거져 올라 어깨 관절이 탈구된 것처럼 보인다. 그의 동료는 아직 알아차리지 못하고 있는 것 같다.

우와아아아아아, 안 되겠다. 나는 일어나 계단 위에 모여 있는 사람들을 헤치고 빠져나가기 시작한다. 사람들의 시선을 피하기 위해 맨날 하는 일을 한다. 하지만 이번에는 뭔가 다르다. 끈적거리는 싸구려 껌 가닥 같은 것이 내 거울에 붙어 방해를 하고 있다. 그게 나를 따라오는 게 느껴진다. 크고 잘못된 무언가가 내 쪽으로 오고 있다.

그런데도 아직 확신이 서지는 않는다. 진짜 경찰 중에도 이런 식으로 가학성을 뚝뚝 흘리며 뿜어내는 놈들이 수두룩하니까. 하지만 괜한 모험을 할 필요는 없다. 내 도시는 무력하고 아직 태어나지도 않았으며, 이곳에는 나를 지켜 줄 파울루도 없다. 알아서 앞가림을 해야 한다. 늘 그렇듯이.

모퉁이에 다다를 때까지는 아무 일도 없는 척 태연하게 걷다가 거기서부터 잽싸게 튄다. 적어도 그러려고 했다. 망할 관광객들! 인도 위 잘못된 방향에서 어정거리다 길 한복판에 멈춰 서서 지도를 들여다보고 아무도 관심 없는 것들을 사진으로 찍어 댄다. 머릿속으로 욕을 퍼붓느라 이들 역시 위험할 수 있다는 걸 깜박하고 만다. 내가 하이즈먼*처럼 재빨리 지나가는데 누군가 갑자기 소리를 지르며 내 팔을 붙잡는다. 내가 뿌리치려고 하자 한 남자가 외치는 소리

---

* 미식축구 선수 존 하이즈먼.

가 들린다. "이자가 저분 핸드백을 뺏으려고 했어요!" 나쁜 새끼. 난 아무것도 안 훔쳤어. 속으로 생각하지만 이미 늦었다. 다른 관광객이 911에 신고하려고 전화기를 꺼내는 게 보인다. 이제 이 지역에 있는 모든 경찰이 연령 불문 모든 흑인 남자에게 총을 겨눌 것이다.

여기서 빨리 빠져나가야 한다.

그랜드 센트럴 역이 바로 저기 있다. 사랑스러운 지하철이 손짓한다. 하지만 경찰관 셋이 입구에서 노닥거리고 있어 오른쪽으로 방향을 틀어 41번가로 접어든다. 렉싱턴 애비뉴를 지나자 사람은 줄지만, 대체 어디로 가야 할까? 차들을 무시하고 3번 애비뉴를 가로질러 뛴다. 지나갈 틈은 충분하다. 하지만 점점 지친다. 나는 육상선수가 아니라 제대로 먹지 못해 빼빼 말라빠진 녀석이니까.

옆구리가 당겨도 계속 달린다. 그 경찰들, 적의 전령이 등 뒤를 바짝 따라오고 있는 게 느껴진다. 그들의 둔탁한 발걸음이 땅을 뒤흔든다.

한 블록 떨어진 곳에서 사이렌 소리가 다가오는 게 들린다. 젠장. 유엔 본부 건물이 눈앞이다. 비밀첩보부나 뭐 그런 인간들까지 따라붙게 할 순 없다. 왼쪽 골목길로 잽싸게 틀었는데 나무판에 걸려 넘어지고 만다. 이번에도 운이 좋았다. 내가 막 넘어진 순간 경찰차한 대가 골목 입구를 지나가고, 그들은 나를 보지 못한다. 엎드린 채 숨을 고르고 있으니 경찰차 엔진 소리가 점차 멀어진다. 안전하다는 느낌이 들 때까지 기다리다 바닥에서 일어난다. 뒤를 돌아본다. 도시가 내 주위에서 들썩이고 있다. 콘크리트가 초조하게 요동치고 기반암에서부터 루프톱 바에 이르기까지 모든 것들이 내게 안간힘을 다해 소리치고 있다. 가. 어서 가.

등 뒤 골목길에 뭔가 몰려들…… 저게 뭐야? 뭐라고 해야 할지 모르겠다. 너무 많은 팔, 너무 많은 다리, 너무 많은 눈, 그리고 그 모든 것들이 나를 노리고 달려든다. 거대한 덩어리 안에서 얼핏 검은 곱슬머리와 창백한 금발 두피가 눈에 들어오고, 그 순간 나는 깨닫는다. 그들…… 아니, 이것은 내가 본 두 경찰이다. 하나로 합쳐진 거대하고 끔찍한 괴물. 그것이 좁은 골목길 안으로 빨려들듯이 내게 쇄도하자 양쪽 벽에 쩍쩍 금이 간다.

"젠장, 안 돼." 나는 놀라 숨을 들이켠다.

바닥을 짚고 일어나 간신히 피한다. 2번 애비뉴 모퉁이를 돌아오는 순찰차 한 대를 제때 발견 못 해 몸을 숙여 피하지 못했다. 경찰차 확성기에서 알아들을 수 없는 소리가 흘러나온다. 아마 널 죽여버리겠다 같은 말일 것이다. 이젠 진짜 황당할 지경이다. 내 뒤에 있는 저게 안 보여? 아니면 도시 세수가 딸려서 이런 건 신경도 안 쓰는 건가? 젠장, 차라리 날 쏘라고. 저것에 당하느니 그게 낫겠다.

2번 애비뉴로 좌회전. 경찰차는 다른 차들에 가로막혀 쫓아오지 못하지만 그렇다고 두 경찰이 합체한 괴물이 멈추는 것은 아니다. 45번가. 47번가에 접어들었을 무렵엔 다리가 돌덩이처럼 무겁다. 50번가에 다다랐을 땐 숨이 넘어갈 것 같다. 심장마비로 죽기엔 아직 너무 젊은데. 불쌍한 녀석. 유기농 음식을 더 먹었어야지. 사사건건 화내지 말고 무난하고 온화하게 살았어야지. 세상에 아무리 잘못된 게 많아도 모른 척하고 살면 해를 입을 일도 없을 텐데. 뭐, 어쨌든 세상이 널 죽일 때까지는 말이다.

길을 건넌 다음 큰맘을 먹고 뒤를 돌아보니 다리가 적어도 여덟 개는 달린 것이 서너 개의 팔을 사용해 건물을 짚고 뛰어넘어 도로 위로 굴러와 잠시 흔들거리는가 싶더니…… 다시 나에게 달려든다. 아까 그 합체 경찰인데, 점점 가까워지고 있다. 오 젠장 오 젠장 오 젠장 제발 안 돼.

선택은 하나뿐이다.

급우회전. 53번가. 교통 흐름과 반대 방향으로. 양로원, 공원, 산책로…… 됐고. 보행자 육교? 그것도 됐고. 나는 지독한 광기와 여기저기 움푹 팬 구덩이로 가득한 6차선 도로를 향해, 즉 FDR 드라이브로 돌진한다. 안 돼, 가지 마. 브루클린으로 가는 도로 한복판에 네 몸뚱이를 바닥에 뭉개 처바르고 싶지 않으면 거길 걸어서 건널 생각은 꿈도 꾸지 마. 그다음에 있는 건? 이스트 강이다. 정말로 운 좋게 살아남는다면 말이다. 하지만 지금은 너무 무서워서 저 시궁창도 헤엄쳐 건널 마음이 있다. 하지만 아마 3차선 즈음에서 쓰러질 테고, 50대쯤 되는 자동차가 내 몸뚱이를 깔아뭉개며 지나간 후에야 누군가 브레이크를 밟을 생각이라도 하겠지.

등 뒤에서 합체 경찰이 과장되고 질척거리는 후욱후욱 소리를 내뱉는다. 마치 잡아먹기 전에 목구멍을 비우는 것처럼. 나는

안전 장벽을 넘어, 풀밭을 지나, 빌어먹을 지옥에 들어서자마자 첫 번째 차선에서 은색 차 두 번째 차선에서 빵 빵 빵 세 번째 차선에서 **세미 트레일러 이 미친놈아 FDR에서 뭔 짓거리야 정신 나갔냐 이 멍청한 촌놈아** 고래고래 꽥꽥 네 번째 차선에서 **그린 택시** 비명을 지르는 스마트카 하하 귀엽네 다섯 번째 차선에서 이삿짐 트럭 여섯

번째 차선에서는 파란 렉서스가 문자 그대로 내 옷자락을 스치고
지나가면서 비명을 비명을 비명을

비명을

비명을 내지르는 금속과 타이어가 현실을 잡아 늘리지만 그래도
합체 경찰을 막을 수는 없다. 저것은 이 세계에 속한 것이 아니다.
FDR은 영양분과 힘과 사고방식과 아드레날린을 나르며 도시의 생
명을 유지하는 동맥이고, 이곳을 달리는 차량들은 백혈구고, 저것
은 외부의 자극원, 감염균이다. 도시가 조금이라도 관심 주거나 인
정사정을 베풀 필요가 없는 침입자인데

비명을 내지르며 그 합체 경찰이 세미 트레일러와 택시와 렉서스
와 심지어 저 귀여운 스마트카에 치여 산산조각 나고, 그 와중에 스
마트카는 방향을 약간 틀어 바닥에서 씰룩거리는 남은 조각들을 밟
고 지나간다. 나는 헐떡이고 몸을 떨고 쌕쌕거리며 풀밭에 주저앉
아 열두 개의 팔다리가 으스러지고 스물네 개의 눈알이 납작해지고
주로 잇몸뿐인 입이 턱에서 입천장까지 찢어지는 모습을 멍하니 바
라본다. 파편들이 AV 케이블이 빠진 모니터처럼 깜박이며 반투명
해졌다가 불투명해졌다가 다시 반투명해진다. FDR은 대통령 차량
이 행차하거나 닉스 경기가 벌어질 때가 아니면 흐름이 멈추는 법
이 없는 곳이고, 저건 누가 봐도 카멜로 앤서니*가 아니다. 조금 지
나니 아스팔트 위에 짓이겨진 반쯤 비현실적인 얼룩만 빼고는 아무
것도 남지 않는다.

---

*LA 레이커스 소속 농구 선수.

나는 살아 있다. 세상에.

나는 잠시 동안 훌쩍인다. 지금 여기엔 내 따귀를 때리며 남자답지 못하다고 호통칠 엄마의 남자친구도 없다. 아빠라면 눈물은 내가 살아 있다는 뜻이라면서 괜찮다고 했을 테지만, 아빠는 죽었고 나는 살아 있다.

팔다리가 화끈거리고 힘이 없다. 억지로 몸을 일으켜 세웠다가 다시 쓰러진다. 온몸이 쑤시고 아프다. 이게 심장마비라는 걸까? 속이 메슥거린다. 모든 게 흔들리며 흐릿하다. 어쩌면 뇌졸중인지도 모른다. 노인들만 뇌졸중에 걸리는 건 아니니까. 비틀거리며 쓰레기통으로 걸어가 그 안에 토할까 생각한다. 벤치에 나이 든 아저씨가 누워 있다. 20년 뒤의 내 모습이다. 그때까지 살아 있어야 가능하겠지만. 아저씨가 한쪽 눈을 뜨고 내가 구역질 하는 걸 보더니 자기는 더 잘할 수 있다는 듯 한심하다는 눈길을 보내며 입을 꼭 다문다.

그가 말한다. "때가 됐다." 그러고는 내게 등을 보이며 돌아눕는다.

때. 불현듯 나는 움직여야 한다. 구역질이 나든 말든 힘들어서 쓰러질 것 같든 말든, 뭔가가…… 나를 잡아당기고 있다. 서쪽. 도시의 중심가에서. 쓰레기통에서 허리를 펴고 일어나 두 팔로 몸을 감싼 채 부르르 떨면서 보행자 육교를 향해 비틀거리며 걷기 시작한다. 방금 내달렸던 도로 위를 건너며 자동차 바퀴 100개에 짓눌려 아스팔트 바닥에 들러붙은 죽은 경찰의 깜박이는 조각들을 내려다본다. 남은 찌꺼기가 아직도 꿈틀대고 있는데, 마음에 들지 않는다. 감염. 침입. 저것들이 없어져 버리면 좋겠다.

우리는 저게 없어지길 바란다. 그래, 때가 됐다.

눈을 깜박이니 갑자기 센트럴 파크에 와 있다. 도대체 여기 어떻게 온 거지? 어안이 벙벙해 검은 구두를 발견하고서야 또다시 경관들의 옆을 지나고 있다는 걸 깨닫지만, 그 둘은 내게 관심을 보이지 않는다. 이해할 수가 없다. 화창한 6월에 추운 것처럼 벌벌 떠는 깡마른 젊은 사내애가 눈앞을 지나가는데? 그들이 내게 할 짓이 어디론가 끌고 가 엉덩이에 뚫어뻥을 쑤셔 박는 것뿐이라고 해도 그들은 날 보고 어떻게든 반응해야 한다. 한데 마치 투명인간 취급이다. 기적은 존재하고 랠프 엘리슨*은 옳았으며 어떤 뉴욕 경찰에게도 걸리지 않고 지나갈 수 있다. 할렐루야.

더 레이크. 보 브리지. 변환의 장소. 나는 여기서 걸음을 멈추고, 여기 서서, 모든 것을…… 알게 된다.

파울루가 말한 건 전부 사실이다. 이 도시 너머 어디선가, 적이 깨어나고 있다. 그것이 전령을 보냈고 임무는 실패했지만 이제 그 얼룩이 도시에 남아 합체 경찰이 남긴 극미량의 물질 위를 지나는 모든 차량을 타고 함께 퍼져 나가 발판을 형성할 것이다. 적은 이것을 기반 삼아 어둠 속에서 몸을 일으켜 세상을 향해, 따스함과 빛을 향해, 나라는 저항을 향해, 완전한 존재로 피어나고 있는 내 도시를 향해 기어 올라올 것이다. 물론 이번 공격이 다가 아니다. 이번에 도래한 것은 적이 지닌 아주 오래된, 오랜 악의 가장 작은 일부일 뿐이나 그것만으로도 자길 지켜 줄 진짜 도시가 없는 지치고 보잘것없는 아이를 살육하기에는 충분하고도 남는다.

---

* 소설 「보이지 않는 인간」을 쓴 미국 흑인 작가.

아직은 아니야. 때가 됐다. 늦지 않았을까? 두고 봐야지.

2번 애비뉴, 6번 애비뉴, 그리고 8번 애비뉴를 지날 즈음 내 양수가 터진다. 아니, 급수관. 급수관이 터진다. 난장판이다. 퇴근길에 난리가 날 거다. 눈을 감자 누구도 볼 수 없는 것들이 보인다. 현실의 수축과 리듬이, 가능성의 진통이 느껴진다. 손을 뻗어 다리 난간을 붙잡자 꾸준하고 강한 맥박이 기둥을 따라 흐르는 것이 느껴진다. 잘하고 있어, 아가야, 아주 잘하고 있어.

뭔가 변하기 시작한다. 나는 점점 커져 주변 전체를 아우른다. 창공 위에 마치 도시의 기반만큼이나 묵직하게 올라와 있다. 여기에는 다른 이들도 있다. 나와 함께 높이 떠올라 바라보고 있다. 월 스트리트 아래 묻힌 내 조상들의 뼈, 크리스토퍼 파크의 벤치에 갈려 들어간 내 전임자들의 선혈, 아냐, 나의 새로운 주민들 중에 있는 새로운 다른 이들, 시공간이라는 직물에 묵직하게 새겨진 각인들. 가장 가까운 곳에는 상파울루가 쪼그리고 앉아 죽은 마추픽추의 뼈대까지 멀리 뿌리를 뻗은 채 비교적 최근에 겪었던, 트라우마를 남긴 탄생의 기억에 움찔거리며 근엄하게 지켜보고 있다. 파리는 우리의 천박하고 건방진 땅에 생긴 도시가 이런 과도기에 이르렀다는 사실에 다소 모욕감을 느끼며 냉담하고 무심한 눈길로 주시하는 중이다. 라고스는 북적거림과 사기, 승부를 아는 새 동료를 보고 신이 나서 어쩔 줄을 모른다. 그리고 더 많은 이들, 무수한 도시가 그들의 수가 늘어날지 혹은 늘지 않을지 지켜보며 기다리고 있다. 어쨌든 이들은 내가, 우리가, 위대하게 빛나는 순간을 목도하게 될 것이다.

"우린 해낼 거야." 나는 난간을 쥐어짜며, 도시의 진통을 느끼며 말한다. 도시 전체에서 사람들이 귀가 먹먹해지는 것을 느끼며 놀라 주위를 돌아본다. "조금만 더, 힘내." 나는 두렵다. 하지만 이 일은 재촉하면 안 된다. 로 케 파사, 파사. 젠장. 이제 그 노래가 내 머릿속에, 뉴욕처럼 내 안에 있다. 전부 다 여기 있다. 파울루의 말대로, 이제 나와 도시 사이에는 간극이 없다.

창공에 파문이 일고, 미끄러지듯이 갈라져 찢어진다. 적이 현실을 잇는 포효와 함께 심연 속에서 몸부림치며 일어난다……

하지만 너무 늦었다. 탯줄은 잘렸고, 우리는 여기 있다. 우리는 변한다! 우리는 완전하고, 무결하고, 제 발로 홀로 일어나 선다. 다리가 후들거리지도 않는다. 우리는 해냈다. 잠들지 않는 도시에서는 절대로 잠들면 안 된단다, 꼬마야. 그리고 너희의 그 비늘 무성하고 기분 나쁜 것들은 감히 여기 발을 들일 수 없다.

팔을 들어 올리자 거리들이 솟아오른다.(진짜 일어난 일이기도 하고 아니기도 하다. 땅이 들썩여도 사람들은 흠, 오늘은 지하철이 심하게 흔들리네라고 생각한다.) 나는 발에 힘을 준다. 내 발은 대들보이자, 닻이자, 기반암이다. 심연 속 괴물이 비명을 지르고, 나는 출산 후 분출되는 엔도르핀에 날아갈 듯이 붕 뜬 기분을 느끼며 웃음을 터트린다. 어디 와 보시지. 그리고 그것이 내게 덤벼든 순간, 나는 브루클린 퀸스 고속도로로 바디체크를 하고, 인우드힐 파크로 백핸드를 날린 다음, 사우스 브롱크스를 팔꿈치처럼 이용해 거세게 찍어 내린다.(그날 저녁 뉴스에서는 공사현장 열 곳에서 레킹볼이 갑자기 내려앉았다고 보도할 것이다. 도시의 안전 규정이 너무 느슨하다고, 너무 끔찍한 일이라고 할 것이다.) 온통 촉수투성이인 적은 구불거리며 웃기는 짓을 시도하겠지만, 나는 으르렁거리며 그것을 깨물 것이다. 뉴요커들은 도쿄 사람들만큼이나 초밥을 무더기로 먹어 치우니까. 수은이고 뭐고 알 게 뭐람.

야, 너 지금 우나? 울어? 도망가고 싶냐? 안 되지, 꼬마야. 너 길 잘 못 찾아왔어. 내가 퀸스의 전력을 끌어올려 놈을 깔아뭉개자 안에서 뭔가 부서지더니 무지갯빛 광택을 내는 물질이 잔뜩 흘러내린다. 충격적인 일이다. 놈은 수백 년 동안 이렇게 다쳐 본 적이 없기 때문이다. 녀석이 격분하며 달려든다. 너무 빨라서 막을 수가 없다. 도시의 대부분에서는 보이지 않는 곳에서 고층건물 높이만 한 거대한 촉수가 불쑥 솟아나 뉴욕 항을 내려친다. 나는 비명을 지르며 쓰러진다. 갈비뼈가 부러지는 소리가 들린다. 그리고…… 안 돼! 몇십 년 만에 처음으로 대지진이 브루클린을 뒤흔든다. 윌리엄스버그 브리지가 뒤틀리며 불쏘시개처럼 뚝 부러진다. 맨해튼이 신음하며 쪼개지지만 용케 버틴다. 모든 죽음이 다 나의 죽음처럼 느껴진다.

이 새끼, 너 죽었어. 나는 생각하지 않는다. 분노와 비통함이 나를 복수심에 들끓는 선율로 만든다. 고통은 아무것도 아니다. 이런 일을 처음 겪는 것도 아니다. 나는 갈빗대의 신음을 뚫고 몸을 일으켜 지하철 플랫폼에서 오줌을 갈기는 자세로 버티고 선다. 적에게 롱아일랜드의 방사능과 고와너스의 산업폐기물을 연속으로 갈긴다. 그것들이 황산처럼 적을 태운다. 적이 고통과 역겨움에 비명을 지르지만, 시끄러워, 여긴 네가 있을 곳이 아냐, 이 도시는 내 거라고, 꺼져! 그러고는 제대로 교훈을 가르치기 위해 롱아일랜드 철도의 길고 포악하고 시끄러운 철로로 저 개새끼를 동강 내 버린다. 고통을 가중시키기 위해 버스를 타고 라과디아 공항을 오가는 기억으로 상처에 소금을 뿌린다.

부상에다 모욕감까지 보태려면 뭘 해야 하게? 호보켄으로 놈의 볼기짝을 백핸드로 갈기고 상남자 1만 명의 술에 취한 분노를 신의 망치처럼 내리친다. 항만공사가 호보켄을 명예 뉴욕으로 인정했거든, 개자식아. 넌 방금 저지한테 당한 거야.

모든 도시가 그렇듯이 적도 자연의 정수이자 본질이다. 우리가 변화하는 것을 막을 수 없듯이 적을 완전히 종식시키는 것도 불가능하다. 나는 그것의 아주 작은 일부만을 상처 입혔을 뿐이다. 하지만 그 부분을 확실하게 망가뜨려 돌려보냈다는 것만은 잘 알고 있다. 잘됐다. 최후의 결전이 다가왔을 때 놈은 나를 공격하기 전에 한 번 더 고민할 것이다.

나를. 우리를. 그렇다.

손에 힘을 빼고 눈을 뜨자 파울루가 또 빌어먹을 담배를 입에 문 채 다리를 따라 내 쪽으로 걸어오는 게 보인다. 또다시 언뜻 그의 실체가 비친다. 꿈에서 봤던 널따랗게 퍼진 존재. 반짝이는 첨탑과 악취가 물씬 풍기는 빈민가와 고상한 척하는 잔인함으로 다시 꾸민 도둑맞은 리듬. 그 역시 온갖 밝은 불빛과 허세와 엄포로 가득한 나의 실체를 보고 있다. 어쩌면 항상 보고 있었는지도 모른다. 하지만 지금 그의 눈에는 경탄이 서려 있고, 나는 그게 마음에 든다. 그가 다가와 나를 어깨에 기대 부축하며 말한다. "축하한다." 나는 씨익 웃는다.

나는 도시를 살아간다. 번창하는 이 도시는 나의 것이다. 이 도시의 훌륭한 화신(化身)인 내가 함께한다면 우리는

결코

두려워하지 않 ―

이런 젠장

뭔가 잘못됐다.

# 막간

화신이 쓰러진다. 상파울루가 황급히 손을 뻗지만 두텁고 낡은 나무다리 위로 그의 몸이 허물어진다. 승리의 환희 속에서 갓 태어난 뉴욕이 부르르 몸을 떤다.

파울루는 뉴욕의 현현(顯現)이자, 그 도시를 대변하고 그것을 위해 싸우다 의식을 잃은 소년 옆에 쪼그려 앉아 깜박이는 하늘을 올려다보며 얼굴을 찌푸린다. 처음에는 옅은 연무 낀 6월의 한낮이었던 하늘이 다음 순간 어둡고 붉고 일몰을 연상케 하는 풍경으로 바뀐다. 그는 눈을 가늘게 뜨고 센트럴 파크의 나무들이 깜박이는 모습을 지켜본다. 물도, 주변의 대기도, 모두 밝아졌다가 어두워졌다가 다시 밝아진다. 물결치듯 일렁이다 일순 고요해지고 뒤이어 느닷없이 새로운 파동이 인다. 습기 먹은 산들바람이 조용히 멈춰 서매캐한 연기 냄새를 풍기더니 다시 축축해진다. 잠시 후, 파울루의 품에 안겨 있던 화신이 스르륵 사라진다. 그는 전에도 비슷한 일을 본 적이 있다. 밀려드는 공포심에 일순 얼어붙지만, 아니야, 도시는 죽지 않았다. 신이여, 감사합니다. 파울루는 주변에서 아직 도시의 존재와 생동감을 느낄 수 있다. 하지만 그 존재감은 너무도, 너무나도 미약하다. 사산되지는 않았지만 그렇다고 건강하지도 튼튼하지도 않다. 분만이 이뤄진 후에 합병증이 찾아온 것이다.

파울루는 전화기를 꺼내 국제전화를 건다. 벨 소리가 한 번 울리자마자 누군가 받더니 한숨을 쉰다. "우려했던 대로군."

"그렇다면 런던과 비슷한 상황인 거네." 파울루가 말한다.

"확신할 순 없지만, 그래. 지금까진 런던과 비슷해."

"몇이나 될까? 뉴욕의 대도시권은 세 주(州)에 걸쳐 있……."

"멋대로 지레짐작하지 마. 네 입장에선 그냥 늘어난 것뿐이니까. 일단 하나를 먼저 찾아. 그러고 나면 자기들끼리 알아서 모이겠지." 짧은 침묵이 지난다. "너도 알겠지만 도시는 아직 약해. 그래서 그를 데려간 거다. 안전하게 지키려고."

"나도 알아."

파울루는 조깅 중인 커플이 지나갈 수 있게 다리를 펴고 일어난다. 커플의 뒤를 따라 자전거 한 대가 지나간다. 여긴 보행자 전용 다리인데도. 저쪽에 있는 도로는 보행자와 자전거만 통행할 수 있는 곳인데 자동차 세 대가 굴러가고 있다. 도시가 자신도 모르게 스스로를 괴롭히고 있다. 파울루는 주위를 둘러보며 위험 신호를 찾는다. 신체가 기이하게 왜곡되거나 기이할 정도로 꼼짝도 하지 않고 뚫어져라 쳐다보는 사람들. 아직까진 보이지 않는다.

"적은 도망쳤어." 파울루는 멍하니 전화기에 대고 말한다. "전투 결과는…… 명백했지."

"그래도 조심해." 전화 속 음성이 걸걸한 스모그 기침을 토해 내며 말한다. "도시가 살아 있으니까 절망적인 상태는 아냐. 널 도와주진 못해도 자기들이 누군지는 알겠지. 서둘러야 해. 중간에 되다 만 상태는 절대로 좋은 게 아니니까."

"조심할게." 파울루가 경계심 가득한 눈초리로 주변을 훑으며 대답한다. "네가 그렇게 열심이라니 다행이군." 냉소적인 코웃음이 돌아오지만 파울루는 무심코 빙긋 웃는다. "어디서부터 시작할지 추천이라도?"

"맨해튼이 가장 좋겠군."

파울루가 두 손가락으로 콧잔등을 집는다. "너무 넓잖아."

"그러니까 서두르지 그래?"

딸깍 소리와 함께 전화가 끊어진다. 파울루는 짜증 가득한 한숨을 내쉬며 새로운 임무에 착수한다.

# 1장
# 맨해튼의 시작과 FDR 드라이브에서의 전투

펜 역을 향하는 터널 안을 달리는 열차 안에서, 그는 이름을 잊어버린다.

처음에는 알아차리지 못한다. 사람들이 내릴 역이 가까워지면 으레 하는 일을 하느라 정신이 없기 때문이다. 아침을 때우느라 먹던 프레첼 봉지와 음료수 병을 치우고, 노트북 전선을 메신저백 앞주머니에 챙기고, 머리 위 선반에서 가방을 내리다가 가슴이 덜컹 내려앉지만 이내 애초에 여행가방을 하나밖에 갖고 오지 않았다는 사실을 기억해 낸다. 다른 하나는 미리 택배로 부쳐서 지금쯤 인우드에 있는 아파트에 도착해 있을 터다. 룸메이트도 벌써 몇 주일 전에 와서 기다리고 있을 테고. 두 사람은 대학원생이다. 무슨 대학이냐면 ─

─어, 어어? ─

─어라. 학교 이름이 기억나지 않는다. 어쨌든 오리엔테이션은 목요일이고, 닷새 후면 그는 여기 뉴욕에서 새로운 삶을 시작하게 될 것이다.

아무래도 그 닷새가 참으로 절실한 시간이 될 것 같다. 열차가 속도를 서서히 줄이다 마침내 멈춰 서자, 사람들이 웅성웅성 속닥이며 걱정스러운 표정으로 전화기와 태블릿 화면에 얼굴을 박는다. 다리에서 사고인지 테러인지가 일어난 것 같다. 9·11 같은 걸까? 나름 괜찮은 동네에서 살면서 일할 예정이라 크게 걱정되지는 않지만 그래도…… 뉴욕으로 이사 오기에 좋은 시기는 아니었는지도 모르겠다.

하지만 뉴욕에서 살기 좋은 시기라는 게 존재하기는 하던가? 그는 금세 적응할 것이다.

어디 적응뿐이랴. 열차가 멈추자마자 그는 승객 중에서 가장 먼저 문밖으로 튀어 나간다. 속으로는 주체가 안 될 만큼 흥분해 들뜬 주제에 겉으로는 애써 아무렇지도 않은 척한다. 이제 이 도시에서 그는 철저하게 혼자다. 죽든 살든 전부 그의 마음대로다. 그가 추방된 거라고, 버림받았다고 생각하는 가족과 동료들도 있지만—

—그러나 모든 게 혼란스러운 이 순간, 그는 그들의 얼굴도 이름도 기억나지 않는데—

—상관없다. 그들은 이해하지 못할 테니까. 그들이 아는 것은 과거의 그, 그리고 어쩌면 지금 현재의 그뿐이다. 뉴욕은 그의 미래다.

플랫폼은 덥고 에스컬레이터는 인파로 미어터져도 기분은 좋다. 그래서 정말 이상하게도, 엘리베이터 꼭대기에 다다랐을 때 별안간—그의 발이 반질반질한 콘크리트 바닥에 닿은 순간—세상이 뒤집힌다. 시야 안에 있는 모든 것이 한쪽으로 기울고, 보기 흉한 천장에 달려 있는 형광 불빛이 을씨년스러워지고, 바닥은…… 방금 출렁인 건가? 모든 게 너무 갑작스럽다. 세상의 안팎이 뒤집히고, 배 속이 덜컥 내려앉고, 무수한 목소리가 뒤섞인 강렬한 포효가 그의 귓전을 뒤덮는다. 어딘가 익숙한 소리다. 중요한 경기가 있는 날 대형 스타디움에 간 적이 있는 사람이라면 들어 봤을 법한 소리다. 펜 역 위에는 매디슨 스퀘어 가든이 있다. 거기서 나는 소리일까? 하지만 아우성이 점점 더 크게 부풀어 오른다. 수천이 아니라 수백만의 목소리가 서로에게 부딪쳐 다시 두 배로 돌아와, 부풀어, 소리 너머에 존재하는 색깔과 파동과 감정으로 무수한 겹겹의 층층을 이룬다. 그는 두 손으로 귀를 틀어막으며 눈을 질끈 감지만 고함 소리는 멈추지 않고 —

그러나 이 모든 불협화음을 관통하는 하나의 선율이 있다. 소리와 단어와 생각으로 구성돼 끝없이 반복되는 하나의 주제음. 노여움을 분출하며 포효하는 하나의 목소리.

시끄러워. 여긴 네가 있을 곳이 아냐. 이 도시는 내 거라고, 꺼져!

청년은 혼란과 두려움에 범벅되어 생각한다. 나? 나는…… 여기 있으면 안 되는 걸까? 대답은 들리지 않고, 그의 의혹은 무시할 수 없는 백비트가 되어 마음속을 떠돈다.

갑자기 고함 소리가 뚝 그친다. 그러더니 훨씬 가까운 곳에서, 뭐라 형언할 수 없을 만큼 작게 쪼그라든 새로운 웅웅거림이 그 자리를 대신 차지한다. 그중 어떤 것들은 머리 위 스피커가 뿜어내는 녹음된 음성이다. "뉴워크 공항으로 가는 뉴저지 환승, 사우스바운드 열차를 타실 분들은 지금 5번 승강장에서 승차해 주시기 바랍니다." 그리고 나머지는 각자 자기 볼일에 열중한 사람들로 미어터지는 거

대한 공간에서 나는 소음이다. 그는 불협화음이 잦아들었을 즈음에
야 가까스로 여기가 어딘지 기억해 낸다. 펜 역. 하지만 어쩌다가 지
금처럼 떨리는 손으로 얼굴을 감싼 채 기차 시간표 전광판 아래 바닥
에 한쪽 무릎을 꿇고 주저앉아 있게 되었는지는 기억이 안 난다. 조
금 전까지 에스컬레이터를 타고 있지 않았나? 게다가 지금 앞에서
웅크리고 자신을 쳐다보고 있는 이 두 사람도 전에 본 기억이 없다.

그는 얼굴을 찡그린다. "방금 나더러 이 도시에서 나가라고 한 겁
니까?"

"아뇨. 911을 불러 줄까 물었는데요." 여자가 대답하고는 물병을
내민다. 걱정스럽다기보다는 그가 펜 역 한복판에서 실신인지 발작
인지 모르겠지만 가짜로 쓰러진 척한 건 아닌지 의심스럽다는 표정
이다.

"난…… 아니, 괜찮습니다." 그는 정신을 차리려고 고개를 흔든
다. 물도 경찰도 지금 그의 머릿속에서 울리고 있는 이 이상한 소리
를, 긴 기차 여행에 지쳐 헛것을 본 건지 어쩐지 몰라도 지금 그가
겪고 있는 상황을 해결해 주지는 못할 것이다. "어떻게 된 거죠?"

"갑자기 정신을 잃었어요." 남자가 그를 신중히 살피며 말한다.
중년에 약간 뚱뚱하고, 피부 색이 다소 밝은 라틴계 사람이다. 짙은
뉴욕 억양으로 친근하게 말을 건다. "우리가 용케 붙들어서 여기로
데리고 왔죠."

"아." 아직도 주변 모든 것이 이상하게 느껴진다. 더 이상 세상이
핑핑 돌지는 않지만 여러 겹으로 층층이 쌓이고 중첩된 그 끔찍한
포효가 아직도 머릿속을 맴돌고 있다. 펜 역의 끊임없는 불협화음

에 덮여 소리가 꺼져 있을 뿐. "난…… 어, 괜찮은 거 같은데요?"

"말하는 걸 보니 본인도 잘 모르는 거 같은데." 사내가 말한다.

왜냐하면 정말로 모르겠기 때문이다. 그가 고개를 젓는다. 여자가 다시 물병을 내밀자, 다시 고개를 젓는다.

"기차에서 마셨어요."

"혈당이 떨어진 걸지도 몰라요." 여자가 물병을 거두고는 생각에 잠긴다. 옆에는 어린 여자아이 하나가 같이 쪼그려 앉아 있다. 그는 그제야 그 둘이 거울에 비친 것처럼 꼭 닮았다는 것을 알아차린다. 둘 다 머리색이 검고, 얼굴에 주근깨가 있고, 노골적인 표정을 짓고 있는 아시아인이다. "마지막으로 뭘 먹은 게 언제예요?"

"20분쯤 전이요." 더 이상 어지럽거나 몸에 힘없이 흐물거리는 것도 아니다. 지금 그가 느끼는 기분은……. "새로워." 무심결에 중얼거린다. "새로운…… 느낌이야."

뚱뚱한 남자와 노골적인 표정의 여자가 서로 눈빛을 교환하고, 어린 소녀가 그에게 비판적인 시선을 던지며 한쪽 눈썹을 슬쩍 추켜세운다. "뉴욕은 처음이에요?" 뚱뚱한 남자가 묻는다.

"그런데요?" 아, 안 돼. "내 가방!"

하지만 그의 짐은 바로 옆에 있다. 감사하게도 이 선한 사마리아인들이 에스컬레이터에서 그의 짐가방을 챙겨 지나가는 사람들 발에 채이지 않게 가까운 곳에 놓아두었다. 뭔가 비현실적인 느낌이 강타한다. 기절을 한 건지 환각을 본 건지는 몰라도 역 한가운데 북적이는 인파 속에서 정신을 잃고 쓰러졌는데도 이 세 사람을 빼고는 아무도 그에게 눈길조차 주지 않는다. 불현듯 그는 외로움을 느긴다. 하지만 동시에 이런 도시에서도 누군가 그를 발견하고 따뜻하게 보살펴 주었다. 이런 상반된 분위기에 적응하려면 시간이 좀 걸릴 것이다.

"진짜 좋은 약이라도 했나 보네."

여자는 이렇게 말하지만 얼굴은 웃고 있다. 그러니까, 괜찮은 거겠지? 911에 전화를 할 것 같지는 않다. 뉴욕에는 사람들을 강제로 몇 주일 동안 잡아 둘 수 있는 강제입원법이 있다는 글을 어디선가 읽은 적이 있다. 그러니 정신병자 구조자가 될지도 모를 이 사람들에게 그가 제정신이라는 것을 확실히 알려 줘야겠다.

"미안합니다." 그는 바닥에서 일어나며 말한다. "제대로 안 먹었나 봐요. 어…… 응급실에 가 보겠습니다."

그때 또다시 그 일이 일어난다. 발밑이 요동치더니 갑자기 역 전체가 폐허로 변한다. 사람들도 전부 자취를 감췄다. 편의점 앞에 서 있는 책 가판대가 풀썩 쓰러지면서 스티븐 킹의 책들이 사방으로 흩어진다. 주변 구조물을 받치고 선 대들보가 신음하고, 어디선가 천장이 쪼개지는 소리와 함께 먼지와 자갈이 바닥으로 우수수 떨어진다. 형광등이 깜박이면서 고정장치 중 하나가 천장에서 떨어져 내릴 것처럼 덜컹 내려앉는다. 그는 조심하라고 외치려 숨을 들이켠다.

깜박. 갑자기 모든 것이 제자리로 돌아온다. 주변 사람들은 아무 반응도 없다. 그는 멍하니 천장을 올려다보다가 다시 눈앞에 앉아 있는 남자와 여자에게로 시선을 돌린다. 그들은 아직도 그를 관찰하는 중이다. 그가 뭔가를 보고 화들짝 놀라는 건 봤지만 폐허가 된

역을 보지는 못했다. 그의 몸이 앞뒤로 휘청이는 걸 보고 뚱뚱한 사내가 손을 내밀어 그의 팔을 붙든다. 정신적 충격이 귓속 전정기관의 균형감각에도 영향을 끼치는 모양이다.

"바나나를 먹어요. 칼륨이 들어 있으니까 도움이 될 거요." 남자가 말한다.

"끼니도 잘 챙겨 먹고요." 여자가 고개를 끄덕이며 응수한다. "아까도 과자 같은 걸로 때웠죠? 나도 식당 칸에서 파는 비싸기만 하고 맛대가리 없는 음식은 안 좋아하지만 쓰러지지 않으려면 그런 거라도 먹어야죠."

"난 핫도그가 좋아요." 아이가 말한다.

"그건 몸에 안 좋아. 하지만 네가 좋아한다니 다행이구나." 여자가 소녀의 손을 잡는다. "우린 가 봐야겠어요. 정말 괜찮은 거죠?"

"예. 도와주셔서 감사합니다. 뉴욕 사람들이 불친절하다는 말을 많이 들었는데…… 고마워요."

"아, 우린 싸가지 없는 멍청이들한테 그대로 돌려주는 것뿐이에요." 여자가 빙긋 웃으면서 대답하고는 아이와 함께 가 버린다.

뚱뚱한 사내가 그의 어깨를 가볍게 토닥인다. "다시 쓰러질 것 같진 않지만, 먹을 거나 주스라도 사다 줄까요? 아니면 바나나라도?" 남자가 마지막 단어에 힘을 준다.

"아뇨, 괜찮습니다. 많이 나아졌어요."

남자는 미심쩍은 표정으로 쳐다보더니 문득 뭔가 깨달았는지 눈을 깜박인다. "사양 말아요. 돈은 걱정하지 말고."

"아, 아니에요. 정말로 괜찮습니다." 그는 어깨를 으쓱여 메신저백을 고쳐 멘다. 1600달러짜리 가방이다. 뚱뚱한 사내는 그것을 멍하니 쳐다본다. 이런. "어, 여기도 설탕이 들어 있으니까······."

가방에서 희미하게 찰랑이는 소리가 나는 플라스틱 스타벅스 텀블러를 꺼내 뚱뚱한 남자를 안심시키려고 한 모금 마신다. 커피는 차갑고, 혀끝에서 역한 맛이 난다. 어제 집에 갈 때 커피를 리필한 기억이 난다. 뉴욕으로 오는 기차를 타기 전이었다. 어디였냐면 ──

── 어디더라 ──

그제야 그는 자신이 어디서 왔는지 기억하지 못한다는 사실을 깨닫는다.

다시 한 번 머리를 쥐어짜 보지만 뉴욕에서 어떤 대학원에 다닐 예정이었는지 아직도 기억할 수가 없다.

그리고 바로 그때, 그는 자신의 이름조차 모른다는 사실을 깨닫는다.

세 가지 깨달음에 거센 연타를 맞고 우두커니 서 있는데 뚱뚱한 남자가 텀블러에 얼굴을 바짝 들이대고 안을 들여다본다.

"뉴욕에 있는 동안에는 진짜 커피를 마셔 봐요. 보리쿠아* 가게도 찾아보고, 거기서 집밥도 먹고요. 그건 그렇고, 이름이 뭐요?"

"아, 어······."

그는 손으로 목을 문지르고, 기지개를 켜지 않으면 당장 죽을 것 같다는 듯이 팔다리를 길게 늘려 잡아 뺀다. 하지만 속으로는 패닉에 빠져 주변을 휘휘 둘러보며 그럴싸한 이름을 생각해 내려고 안간힘을 쓰는 중이다. 도무지 믿을 수가 없다. 도대체 어떤 사람이 자

---

* 푸에르토리코인들이 스스로를 부르는 말.

기 이름을 까먹는데? 머릿속에 떠오르는 가짜 이름이라곤 밥이니 지미니 하는 평범한 것들뿐이다. 하는 수 없이 지미라고 대답하려는 순간, 흔들리는 시야 속에서 뭔가 불쑥 그의 관심을 사로잡는다.

"어…… 매니라고 합니다." 그가 툭 내뱉는다. "그쪽은요?"

"더글러스요." 뚱뚱한 사내가 허리에 두 손을 얹더니 골똘히 생각에 잠긴다. 그러더니 지갑을 꺼내 명함을 뽑아 내민다. 더글러스 아세베도, 배관공.

"이런, 미안합니다. 아직 명함이 없어서요. 새 직장에 아직 출근을 안 했거든요……."

"괜찮아요." 더글러스는 아직도 뭔가를 생각하는 투다. "여기 사는 사람들도 한때는 다 처음이었으니까. 필요한 게 있으면 언제든 편하게 연락 줘요, 알았죠? 진짜 괜찮으니까 망설이거나 그러지 말고. 묵을 곳이라든가 음식이라든가 좋은 교회라든가, 필요한 게 있으면 뭐든 물어봐요."

도저히 믿기지 않을 만큼 너그러운 말이다. "매니"는 놀라움을 감출 수가 없다. "와. 어…… 우와. 우리 방금 처음 본 사이인데요? 내가 연쇄살인마나 그런 거면 어쩌려고요."

더글러스가 웃음을 터트린다. "왠지 그쪽이 폭력적인 타입 같지는 않아서요. 꼭……." 말꼬리가 흐릿해지더니 사내의 표정이 부드러워진다. "내 아들을 닮았어요. 누군가 그 애에게 해 줬으면 하는 걸 당신한테 해 주는 것뿐이니까. 무슨 말인지 알죠?"

신기하게도 매니는 알 수 있다. 더글러스의 아들은 이제 이 세상에 없다.

"예." 매니는 나직하게 대답한다. "고맙습니다."

"에스타 비엔, 마노, 노 테 프레오쿠페스.(괜찮아요, 친구. 걱정 말아요.)" 더글러스는 손사래를 치고는 지하철 A/C/E 노선 쪽으로 사라진다.

매니는 더글러스의 뒷모습을 바라보며 명함을 주머니에 넣고는 세 가지를 생각한다. 첫 번째는 방금 저 사내가 그를 푸에르토리코인으로 생각하고 있다는 것이고, 두 번째는 묵을 곳이 없다면 연락하라는 더글러스의 제안을 진짜 받아들여야 할지도 모른다는 점이다. 특히 앞으로 몇 분 안에 그가 묵을 새집 주소를 기억해 내지 못한다면 말이다.

그리고 세 번째로 떠오른 생각에, 그는 고개를 들어 출발/도착 시간표를 올려다본다. 거기에는 방금 그가 자신의 새 이름으로 삼은 단어가 적혀 있다. 더글러스에게 말해 준 것은 그 이름을 줄인 애칭이다. 요즘 그런 이름을 대고도 비웃음을 받지 않을 사람은 백인 여성밖에 없을 테니까. 하지만 짧게 변형된 형태임에도 이 이름 — 그의 정체성 — 은 그가 평생 자기 것이라 주장했던 그 무엇보다도 진실처럼 느껴진다. 지금까지는 모르고 있었지만, 그는 항상 이것이었다. 그 이름은 정말로 그다. 그가 되어야 할 모든 것이다.

그 단어는 맨해튼이다.


화장실에 붙은 누르스름한 나트륨 전구 불빛 아래에서, 그는 자신의 얼굴을 처음으로 마주한다.

보기 좋은 잘생긴 얼굴이다. 손을 꼼꼼히 씻는 척하면서 — 악취가 밴 펜 역 공중화장실이라면 그럴 만도 하다 ─ 고개를 이리저리 돌리며 자기 얼굴을 모든 각도에서 구석구석 뜯어본다. 더글러스가 왜 그를 푸에르토리코인이라고 생각했는지 알 것 같다. 피부는 황갈색이고 머리카락도 꼬불꼬불하지만 컬이 큰 편이라 기르면 아래로 늘어질 것 같다. 잘하면 더글러스의 아들처럼 보일 수도 있겠다.(하지만 그는 푸에르토리코인이 아니다. 그것만큼은 기억한다.) 옷차림은 상류층처럼 단정하다. 밝은색 면바지를 입고 셔츠 소매는 둥글게 걸어 올렸다. 가방에는 에어컨 바람이 너무 셀 경우를 대비한 스포츠 재킷이 걸쳐져 있다. 지금은 여름이고 바깥 기온은 30도가 넘을 테니까. 얼굴은 "더는 어린애가 아닌"과 서른 사이에 존재하는 영원한 간극 중 어딘가에 있는 것 같지만 머리 선에 희끗희끗한 새치가 몇 가닥 눈에 띄는 걸로 보아 후자에 좀 더 가까운 것 같다. 짙은 갈색 안경테 뒤에는 갈색 눈이 있고, 안경 때문인지 꼭 교수처럼 보인다. 높은 광대뼈와 강하고 뚜렷한 이목구비, 입매에는 웃음선이 자리를 잡아 가고 있다. 그는 잘생긴 사내다. 평범하고 별 특징이 없는, (비백인 버전이지만) 진짜배기 미국 청년이다.

편리하네. 그는 생각한다. 그러고는 왜 그런 생각이 떠올랐는지 알 수 없어 저도 모르게 수도꼭지 밑에서 비비던 손을 멈추고 눈살을 찌푸린다.

이제 그만. 황당하고 골치 아픈 문제라면 벌써 감당하기 힘들 만큼 넘쳐난다. 그는 여행가방을 집어 들고 화장실에서 나온다. 소변기 앞에 서 있는 나이 든 남자 하나가 그의 뒷모습을 뚫어져라 응시한다.

7번 애비뉴로 이어진 에스컬레이터 꼭대기에서 또다시 그 일이 일어난다. 벌써 세 번째다. 이번 발작은 어떤 면에서는 아까보단 낫고 어떤 면에서는 더더욱 나쁘다. 이번에는 에스컬레이터 꼭대기에 도달했을 무렵에 뭔지 몰라도 일종의 파문이…… 밀려오는 걸 미리 감지하고는 용케 가방을 챙겨 들고 디지털 정보 키오스크 옆까지 여차저차 몸을 피해 다른 사람들의 통행을 방해하지 않고 거기 몸을 기댄 채 덜덜 떨 수 있기 때문이다. 환각은 보지 않았지만—적어도 처음에는—별안간 통증이 느껴진다. 속이 뒤집힐 것처럼 싸늘하고 지독한 통증이 왼쪽 옆구리를 강타하더니 뒤이어 몸 전체로 퍼져 나간다. 익숙한 느낌이다. 전에 칼에 찔렸을 때도 이랬다.

(잠깐, 칼에 찔린 적이 있어?)

매니는 허둥지둥 셔츠를 끌어 올려 통증이 가장 심한 곳을 확인해 보지만 피는 보이지 않는다. 피고 상처고 아무것도 없다. 상처는 그의 머릿속에만 존재할 뿐이다. 또는…… 어딘가 다른 곳에 있든가.

그때, 마치 소환 주문이라도 읊은 것처럼 모두의 눈에 보이는 뉴욕이 깜박거리더니 오직 그의 눈에만 비치는 뉴욕으로 바뀐다. 아니, 이 두 개의 뉴욕은 사실상 동시에 존재하고 있다. 한 세상이 다른 세상 위로 겹쳐져 번갈아 모습을 드러내더니 마침내 두 세상이 중첩된 기이한 이중 현실로 고정된다. 매니의 눈앞에 두 개의 7번 애비뉴가 펼쳐져 있다. 두 세상은 색감도 분위기도 전혀 달라 구분하기가 어렵지 않다. 한 세상에는 수백 명의 사람들과 수십 대의 차량, 그리고 그가 아는 프랜차이즈 체인점이 최소한 여섯 개는 있다. 정상적인 뉴욕이다. 그에 반해 다른 뉴욕은 사람 하나 없이 텅 비어 있는 풍경이 마치 상상도 할 수 없는 무시무시한 재앙이라도 터진 것 같다. 하지만 사람의 시신도, 불길한 조짐도 없다. 그저 아무도 없을 뿐이다. 아니, 과연 여기에 인간이라는 게 존재한 적이 있기나 한지 모르겠다. 어쩌면 도시가 오랜 세월에 걸쳐 조금씩 생겨나고 자란 게 아니라 텅 빈 벌판에 갑자기 건물들이 하루아침에 솟아나 형태를 갖추게 된 것인지도 모른다. 도로도 마찬가지다. 텅 비어 있을 뿐만 아니라 곳곳에 커다란 균열마저 가 있다. 전선에 매달려 대롱대롱 흔들리고 있는 부서진 신호등이 다른 버전의 현실과 완벽히 똑같은 타이밍으로 붉은색에서 초록색으로 바뀐다. 하늘은 정오가 지난 이른 오후가 아니라 해 질 녘처럼 어둑어둑하고, 바람도 더 빠르게 분다. 머리 위에서는 마치 구름 부흥회에 늦기라도 한 것처럼 구름이 빠른 속도로 피어오르며 소용돌이치고 있다.

"멋있네." 매니가 중얼거린다. 지금 겪고 있는 발작이 그가 정신 착란을 일으키고 있다는 증거인지는 몰라도, 눈앞에 펼쳐진 이 광경이 무시무시하면서도 아름답다는 사실을 부인할 수는 없다. 그는 이 이상한 뉴욕이 마음에 든다.

하지만 뭔가 잘못됐다. 그는 지금 어디론가 가서, 무언가를 해야 한다. 그렇지 않으면 지금 그가 보고 있는 이 이중의 아름다운 도시는 죽어 소멸해 버릴 것이다. 그는 안다. 단순한 직감이라고 하기에는 너무나도 확실하고 분명하게 안다.

"가야 해." 매니는 혼잣말을 중얼거리고는 깜짝 놀란다. 그의 목소리가 이상하다. 왠지 찌그러지고 길게 늘어난 것처럼. 혀가 마비된 걸까? 아니면 그의 목소리가 서로 다른 두 개의 펜 역의 서로 다른 두 입구의 벽에 부딪쳐 기이한 메아리를 만들어 냈기 때문인지도 모른다.

"이보쇼." 형광녹색 셔츠를 입은 남자가 말을 건다. 매니는 놀라 눈을 깜박이며 그를 쳐다본다. 정상적인 뉴욕이 다시 돌아가기 시작하고 이상한 뉴욕이 눈앞에서 사라진다.(하지만 여전히 근처 어딘가에 있을 것이다.) 남자가 입고 있는 셔츠는 일종의 유니폼이다. 손에는 관광객에게 자전거를 빌려준다는 팻말을 들고 있다. 그가 매니에게 대놓고 적개심을 발산한다. "술에 꼴았으면 딴 데 가서 토하라고."

매니는 몸을 똑바로 세워 보려고 하지만 아직도 약간 삐뚜름하다. "안 취했습니다." 그저 한 시공간에 동시에 존재하는 다중현실을 목격하고 뭐라 형언할 수 없는 충동과 존재하지 않는 것에 대한 환영 감각에 시달리고 있을 뿐이다.

"그럼 여기서 미적대지 말고 딴 데로 꺼지시든가."

"알았어요." 좋은 생각이다. 그는…… 동쪽으로 가야 한다. 매니는 몇 분 전까지 존재하지 않았던 본능을 따라 동쪽으로 몸을 돌리고 묻는다. "저쪽에 뭐가 있죠?"

"내 왼쪽 불알."

"그건 남쪽이겠지!" 옆에 있던 다른 자전거 호객꾼이 낄낄거리며 대꾸한다. 자전거 사내가 눈알을 굴리더니 한 손으로 고간을 움켜잡고 다른 한 손으로 그 여자를 향해 엿이나 먹어를 의미하는 뉴욕 공용 손가락 언어를 날린다.

남자 때문에 신경이 거슬리기 시작한 매니가 말한다.

"내가 자전거를 빌리면 저쪽에 뭐가 있는지 말해 줄 겁니까?"

그러자 자전거 사내의 얼굴 가득 미소가 피어오른다.

"그거야 물론……."

"안 돼요." 자전거 여자가 갑자기 진지한 얼굴로 다가온다. "미안하지만 손님, 그건 안 돼요. 술에 취하거나 아픈 사람한테는 자전거를 빌려줄 수 없거든요. 회사 방침이죠. 911 불러 줄까요?"

뉴욕 사람들은 911에 전화하는 걸 이상하게 좋아하는 것 같다.

"아뇨, 걸을 수 있습니다. 그게……." FDR 드라이브. "FDR 드라이브에 가야 해서요."

여자의 얼굴에 미심쩍은 표정이 떠오른다.

"FDR 드라이브까지 걸어가겠다고요? 뭔 관광객이 그래요?"

"관광객 아냐." 왼쪽 불알이 남쪽에 달린 사내가 턱으로 매니를 가리키며 말한다. "생긴 걸 보라고."

매니는 지금껏 한 번도 뉴욕에 와 본 적이 없다. 적어도 그가 아는한은 그렇다. "어쨌든 거기 가야 합니다. 최대한 빨리요."

"택시를 타요." 여자가 말한다. "바로 저기 택시 정류장이 있으니까. 대신 잡아 줘요?"

매니는 또다시 몸 안에 뭔가 새로운 것이 퍼져 나가는 감각을 느끼며 부르르 떤다. 이번엔 속이 메슥거리는 게 아니다. 아니, 그렇다기보다는 속만 메슥거리는 게 아니다. 뭔가에 찔린 듯한 지독한 통증이 아직도 사라지지 않았다. 지금 그를 덮친 것은 인식의 전환이다. 키오스크를 짚고 있는 손바닥 아래, 수십 년에 걸쳐 쌓이고 축적된 전단지가 바스락거리는 소리가 들린다.(키오스크에는 아무것도 붙어있지 않다. 심지어 '전단지 부착 금지'라는 문구가 적혀 있다. 그가 지금 듣고 있는 것은 과거다.) 7번 애비뉴에서, 신호등이 바뀌자 차량들이 쏜살같이 달리기 시작한다. 건너편 메이시 백화점이나 코리아타운 가라오케나 바비큐 식당으로 가려는 행인들이 도로 위로 몰려들기 전에 재빨리 지나가려는 것이다. 이것들은 전부 있어야 할 자리에 있다. 이것들은 올바르다. 하지만 매니의 시선이 TGI 프라이데이에 닿은 순간, 그는 흠칫 놀란다. 자신도 모르게 밀려드는 혐오감에 입술이 비틀린다. 그 상점은 묘하게 낯설고, 거부감이 들며, 어딘가 잘못되고 어긋나 있다. 그 옆에 있는 조그만 구두 수선집도, 그 옆에 있는 전자담배 전문점도 그런 느낌이 들지 않는데 프랜차이즈 체인점들은…… 풋로커, 스바로, 전부 교외 쇼핑몰에서 흔히 볼 수 있는 평범한 저가 상점들이다. 그저 저것들이 지금 여기, 맨해튼 한복판에 있다는 것만 다를 뿐. 그리고 그것들이 내뿜는 존재감은…… 해롭지는 않지만 이상하게 신경에 거슬린다. 종이에 베인 상처처럼. 낯선 이에게서 가볍게 뺨을 맞은 것처럼.

하지만 지하철 표지판은 있어야 할 자리에 있고, 진실되게 느껴진다. 무슨 광고가 달렸든 대형 광고판도, 택시도, 도로 위의 차량과 인파…… 이 모든 것이 매니의 불쾌감을 달래 준다. 그는 숨을 깊이 들이마시며 텁텁한 쓰레기의 악취와 가까운 맨홀에서 흘러나오는 매캐한 증기 냄새를 맡는다. 고약한 냄새지만, 이것들은 올바르다. 아니, 올바른 것 이상이다. 별안간 기분이 나아진다. 메슥거림도 다소 가라앉고, 옆구리에서 느껴지던 찌르는 듯한 고통도 서늘한 따끔거림으로 점차 잦아들어 심하게 움직일 때만 존재감을 드러낼 뿐이다.

"고맙습니다." 매니는 자전거 여자에게 대답한 다음, 몸을 세우고 캐리어를 다시 움켜쥔다. "하지만 내가 탈 차가 곧 올 겁니다." 잠깐, 그걸 어떻게 알았지?

여자가 어깨를 으쓱한다. 두 사람은 다시 몸을 돌리고 지나가는 사람들에게 호객행위를 하기 시작한다. 매니는 사람들이 리프트나 우버*를 기다리고 있는 곳으로 향한다. 그의 전화기에도 두 앱이 깔려 있지만 그는 앱을 사용하지 않는다. 거기에는 그가 사용할 만한 것이 없다.

잠시 후, 택시 한 대가 굴러와 매니의 앞에 멈춰 선다.

옛날 고전 영화에서 빠져나온 듯한 택시다. 우아하고 올록볼록하고 거대한데, 측면에 흑백 바둑판 모양의 줄무늬가 그려져 있다. 자전거 남자가 흠칫 놀라 다시 한 번 눈길을 주고는 휘파람을 휙 분다.

"체커 택시잖아! 어렸을 때 말고는 못 봤는데."

"내가 탈 차예요." 매니는 괜히 응수하고는 손잡이를 잡는다.

문은 잠겨 있다. 매니가 열려야 하는데 하고 생각하자마자 딸깍하는 소리와 함께 문이 열린다. 자동잠금장치가 있는 신형 모델인가 보다. 하지만 그건 나중에 생각하기로 한다.

매니가 여행가방을 뒷좌석에 던져 넣고 그 옆에 올라타자 운전석에 앉아 있던 여자가 말한다. "와, 이게 뭔……." 젊은 백인 아가씨다. 너무 어려 보여서 운전을 해도 되는 건지 의심스러울 정도다. 여자가 뒤를 돌아보더니 두 눈을 둥그렇게 뜨며 매니를 쳐다본다. 겁

---

*리프트와 우버 모두 승차 공유 서비스 기업이다.

을 먹기보다는 열 받은 표정이다. 앞으로 두 사람이 쌓아 올려야 할 관계를 생각하면 그럭저럭 괜찮은 시작인 것 같다. "이봐요, 아저 씨. 이건 진짜 택시가 아니라 소품, 행사용 차량이라고요. 결혼식 같 은 때 빌리는 거요."

매니는 문을 닫는다. "FDR 드라이브로 갑시다." 그러고는 그가 생각하기에 가장 매력적인 미소를 지어 보인다.

이런 게 통할 리가 없다. 젊은 여성은 머리통이 떨어져 나갈 것 처럼 비명을 지르며 당장 가장 가까운 경관에게 달려가 빨리 저 작 자를 총으로 쏴 버리라고 해야 한다. 하지만 그 순간 두 사람 사이 에 뭔가 알 수 없는 일이 일어나면서, 여자의 마음이 조금씩 진정된 다. 매니는 택시 타기라는 의식(儀式)을 정석대로 수행했고, 운전사 가 그를 잠재적인 위험이 아니라 단순히 뭔가를 착각한 사람일지 도 모른다고 생각할 그럴싸한 여지를 부여했다. 그러나 사실 매니 의 행동에는 단순한 심리학 이외에 다른 힘이 깃들어 있다. 그는 전 에도 그 힘을 느낀 적이 있다. 방금 7번 애비뉴의 무질서한 혼돈 속 에서 힘을 그러모아 옆구리의 통증을 가라앉히지 않았던가. 매니는 그 힘의 일부가 여자에게 속닥이는 소리를 들을 수 있다. 어쩌면 배 우인지도 몰라. 이름은 생각 안 나는데, 꼭 그 사람처럼 생겼잖아. 그, 있지, 네가 좋아하는 뮤지컬에 나오는 사람. 그러니까 너무 호들갑 떨지 말자. 그야 뉴요커라면 유명인사를 봐도 모른 체하니까.

매니는 도대체 이런 걸 어떻게 아는 걸까? 그는 그냥 안다. 그것 뿐이다. 그리고 익숙해지려고 노력 중이다.

짧은 정적이 이어지고, 여자는 아직도 그를 빤히 쳐다보는 중이다. 매니가 말한다. "어차피 그쪽으로 가던 중 아니었나요?"

운전사가 눈가를 가늘게 좁히며 그를 째려본다. 아직 차도 신호등은 빨간불이지만 저 앞 횡단보도에서 파란불이 깜박이고 있다. 10초 정도 여유가 있을 것 같다.

"그건 어떻게 아는 건데요?

그게 아니라면 내 앞에 멈추지 않았을 테니까. 하지만 매니는 아무 말 없이 지갑을 꺼낸다. "여기요." 운전사에게 100달러 지폐를 건넨다.

여자가 돈을 물끄러미 바라보더니 이내 입술을 말아 올리며 싱긋 웃는다. "이거 가짜죠?"

"그게 싫으면 20달러짜리도 있어요."

그리고 실제로도 20달러 지폐가 더 강력하다. 뉴욕의 많은 상점이 위조지폐를 우려해 100달러 지폐를 받지 않는다. 20달러 지폐를 사용한다면 매니는 여자의 의사와는 상관없이 그가 가고 싶은 곳이라면 어디든 데려다주게 만들 수 있다. 하지만 그는 설득하는 편을 더 선호한다. 강요는…… 그는 상대방을 강제하고 싶지 않다.

"관광객이 현금을 많이 갖고 다니긴 하죠." 여자가 어떻게든 합리화를 하려는 듯 찡그린 얼굴로 중얼거린다. "연쇄살인마 같아 보이지도 않고…….'

"연쇄살인마라면 평범한 사람처럼 보이게 노력하겠죠." 매니가 아주 중요한 점을 지적한다.

"맨스플레인은 아무 도움도 안 되거든요, 아저씨."

"그렇군요. 미안합니다."

그 말이 결정타인 모양이다.

"뭐, 진짜 나쁜 놈이라면 미안하단 말을 안 할 테니까요." 여자는 잠시 생각에 잠긴다. "200달러 주면 데려다줄게요."

지갑에 100달러짜리가 더 있긴 하지만 매니는 일부러 20달러 지폐를 내민다. 하지만 이제는 힘을 발휘하기 위해 돈을 쓸 필요가 없다. 여자는 매니의 제안을 받아들임으로써 의식을 완성했고, 그런 다음 더 많은 돈을 요구하는 독자적인 의식을 치렀다. 드디어 모든 별이 제자리에 정렬했다. 여자가 합류한다. 매니가 내민 돈을 운전사가 주머니에 넣는 순간 신호등이 녹색으로 바뀌고, 뒤에서 차들이 경적을 울려 댄다. 여자는 태연하게 뒤차를 향해 가운뎃손가락을 들어 올린 다음 마치 평생 이 짓을 해 온 사람처럼, 아니면 데이토나 500 레이스에 참가하는 사람처럼 핸들을 급격히 꺾어 대도시의 혼잡한 4차선에 솜씨 좋게 끼어든다.

이제 됐다. 매니는 골동품 자동차의 허술한 무릎용 안전벨트와 문손잡이에만 의지한 채 여자의 운전 솜씨에 놀라지 않으려고 안간힘을 쓰는 와중에도 이 기묘한 힘의 위력에 깜짝 놀란다. 하지만 그는 어떻게 이런 일이 가능한지 알 것 같다. 뉴욕은 번지르르한 말보다도 돈이 장땡인 곳이다. 대부분의 도시가 그렇겠지만 특히 이곳, 무제한적 약탈 자본주의의 성지(聖地)와도 같은 뉴욕에서 돈은 마력과도 같은 신비한 힘을 지니고 있다. 그건 즉 매니가 돈을 마력이 담긴 부적(符籍)처럼 이용할 수 있다는 의미다.

몇 블록을 통과하는 내내, 거의 기적적으로 신호등이 항상 파란 불을 유지한다. 얼마나 다행인지 모르겠다. 이대로 내리 달리다간

음속도 초과할 수 있을 것 같다. 하지만 그때 눈앞에서 갑자기 신호등이 빨간색으로 바뀌고, 여자가 험한 말을 내뱉으며 황급히 브레이크를 밟는다. 너무 순식간에 일어난 일이라 차가 무사히 멈춘 게 신기할 정도다. 열려 있는 차창 사이로 고무 타는 냄새가 풍겨 온다. 매니가 몸을 앞으로 내밀고 눈을 가늘게 뜨며 신호등을 노려본다.

"고장이라도 난 건가요?"

"그런가 봐요." 여자가 손가락으로 핸들을 초조하게 두드리며 대답한다. 매니도 알다시피 이건 '젠장빨리빨리바뀌어라'라는 의식에 필요한 동작이지만, 안타깝게도 별 효과가 없다. 이 의식은 원래부터 아무 효력도 없으니까. "보통은 타이밍이 이렇게 어긋나지 않는데. 신호가 하나만 잘못돼도 도로가 꽉 막혀서 난리가 나거든요."

매니는 옆구리에 다시 싸늘한 통증이 번져 나가는 것을 느끼며 그 부위를 손으로 꾹 누른다. 상처가 욱신거린다. 저 신호등이 가진 무언가가, 잘못된 것을 감지하는 그의 새로운 감각을 자극하고 있다. 그리고 이 잘못된 것이 그가 끄집어낸 마취 효과를 좀먹고 있다. 매니는 여자에게 신호를 무시하자고 말하려고 입을 열지만 그건 위험한 일이다. 이 잘못된 무언가는 운전사에게 미치는 그의 영향력을 약화시켰고, 이제 여자가 택시 뒷좌석에 앉아 있는 이상한 흑인 남자에 대해 다시 곰곰이 생각하는 것을 막을 길이 없다. 하지만 지금 이 섬의 동쪽, FDR 드라이브에서 무슨 일이 벌어지고 있는지는 몰라도 상황은 점점 심각해지고 있다. 지금 여기서 택시에서 쫓겨날 수는 없다.

매니가 막 말을 꺼내려는 찰나, BMW 한 대가 그들이 멈춰 서 있는 교차로를 가로지른다. 그리고 그 차의 바퀴 구멍에, 길고 깃털처럼 부숭부숭한 하얀 넌출이 자라나 있다.

너무도 놀란 매니는 할 말을 잃고 앞을 지나는 자동차를 멍하니 바라본다. 체커 택시의 운전자도 그걸 봤는지 입이 헤벌어진다. 그것의 생김새를 표현하기에 깃털은 별로 적절한 말이 아니다. 그보다는 말미잘의 융모나 해파리의 긴 촉수처럼 생겼다. BMW가 다소 느릿하게 굴러가고 있는 앞차 꽁무니에 가까이 따라붙자, 촉수 가닥 중 하나가…… 냄새를 킁킁 들이마신다. 약간 벌름거리는가 싶더니, 바퀴에 붙어 있는 부분에서 굵직한 줄기가 앞으로 주욱 뻗어 나간다. 끝으로 갈수록 점점 가늘어지는데 끝은 약간 어두운 색이고 몸뚱이 전체는 반투명하다. 저것은 여기에 몸 전체가 있는 게 아니다. 여기, 이 세계에 있는 게 아니다. 매니는 저것이 자기가 봤던 이중의 도시와 똑같다는 사실을 깨닫는다. 여기, 이 세계에 있으면서도 동시에 하늘이 어두침침하고 사람이 존재한 적 없던 세계에 함께 존재하고 있는 것이다.

하지만 그건 그저 이론일 뿐이다. 다음 순간 매니는 목덜미의 솜털이 쭈뼛 곤두서는 것을 느낀다. BMW가 도로에 움푹 팬 구멍 위를 지나며 덜컹 튀어 오르자 촉수가 움찔거린다. 도로의 구멍 때문이 아니다. 놈이 더욱 길게 늘어난다. 애벌레처럼, 아니면 구불구불한 라디오 안테나처럼, 스르륵 방향을 튼다. 마치 매니가 거기 있다는 것을 눈치챈 듯이, 그가 풍기는 공포의 냄새를 맡을 수 있다는 듯이, 체커 택시를 향해 다가오듯 몸을 길게 뻗는다.

자기 차에 뭐가 붙어 있는지 까맣게 모르는 듯한 BMW 운전사가 교차로를 지나간 뒤에도 오싹한 느낌이 가라앉기까지는 약간 시간이 걸린다.

"당신도 본 거죠? 맞죠?" 체커 택시 운전사가 묻는다. 드디어 신호등이 바뀌어 다시 FDR 드라이브로 향하는 중이다. "다른 사람은 아무도 안 쳐다보는데 당신은……." 여자의 눈이 백미러 위에서 매니의 시선과 마주친다.

"그래요. 봤습니다. 난…… 네." 그제야 택시에서 쫓겨나고 싶지 않다면 더 자세히 설명해 줘야 할지도 모르겠다는 깨달음이 밀려온다. "당신은 미친 게 아니에요. 어, 어쨌든 적어도 혼자는 아니에요."

"그것참 안심이네요." 여자가 초조하게 입술을 핥는다. "그런데 왜 딴 사람들은 저게 안 보이는 거죠?"

"나도 알았으면 좋겠습니다." 하지만 운전사가 고개를 가로젓자, 매니는 충동적으로 덧붙인다. "우리가 저것의 원흉을 무찌를 겁니다."

여자를 안심시키려고 한 말이었지만 그는 곧 그 말이 사실이라는 것을 깨닫는다. 그걸 어떻게 아는지에 대해서는 깊게 생각하지 않기로 한다. 자신이 말한 우리가 누군지에 대해서도 궁금해하지 않기로 한다. 그들은 이미 깊숙이 관여하고 있다. 여기서 스스로를 의심하기 시작한다면 힘은 약화될 테고, 나아가 자신의 정신상태에 대해서도 의심해야 할 것이다. 그러면 그들은 강제로 정신병원에 입원하게 될지도 모른다.

"무찌르다니…… 뭘요?" 운전사가 백미러로 그를 쳐다보며 얼굴을 찌푸린다.

매니는 자신도 그게 뭔지 모른다는 사실을 시인하고 싶지 않다.

"FDR까지 데려다주면 나머지는 내가 알아서 할게요."

다행히 여자는 그 말에 긴장을 풀고는 어깨 너머로 그를 돌아보며 삐딱한 미소를 날린다. "이상하긴 한데, 뭐 됐어요. 나중에 손주들한테 들려줄 얘깃거리가 생긴 셈 치죠. 나중에 손주가 생긴다면 말이지만." 여자는 계속해서 차를 몬다.

드디어 FDR에 들어선다. 아직은 어렴풋하지만 점차 강해지고 있는 잘못된 느낌을 향해 빠른 속도로 질주한다. 매니는 앞좌석에 달려 있는 구식 가죽 손잡이에 온 힘을 다해 매달린다. 여자는 레이싱 카처럼 번개 같은 속도로 다른 차량들을 휙휙 젖히며 언덕을 활주해 마치

사이클론

아니, 롤러코스터를 타는 것처럼 날아간다. 모든 소동의 근원지에 점점 가까워지고 있다. 저기 이스트 강에 보트와 소형 항공기 들이 남쪽에 있는 뭔가를 중심으로 모여 있는 게 보인다. 하지만 여기서 매니의 눈에 보이는 것이라곤 연기뿐이다. 기차에서 사람들이 다리에서 사고 같은 게 났다고 쑥덕대던 것과 관계가 있는 걸까? 그런 게 틀림없다. 택시가 교통 지연과 우회, 휴스턴 스트리트 아래로 경찰들이 분주하게 활동하고 있음을 알리는 전광판을 지나친다.

하지만 잘못된 것은 사고가 난 다리보다 더 가까운 곳에 있다. FDR의 업타운 쪽에서 오는 차량들에 괴이한 하얀색 촉수가 점점 더 많이 붙어 있는 게 보인다. 대부분은 방금 본 BMW처럼 바퀴에서 자라고 있는데, 마치 차들이 뭔가 해로운 물질 위를 밟고 지나와 그 부위가 추상적으로 감염된 것 같은 모양새다. 촉수가 프런트 그

릴에 붙은 차량도 있고, 차체 바닥에 붙어 있는 차도 있다. 한 신형 폭스바겐 비틀은 넌출들이 한쪽 문을 완전히 하얗게 뒤덮고 운전석 창문을 타고 기어오르고 있는데도 운전하는 사람은 전혀 알아채지 못한 기색이다. 만약에 차 문을 열다가 저기 닿기라도 하면 어떻게 되는 걸까? 그리 좋은 일이 일어날 것 같진 않다.

도로를 달리던 차량들이 급작스레 속력을 늦추고…… 이 도시의 보이지 않는 두 번째 재앙이 시야에 들어온다.

매니에게 가장 먼저 떠오른 생각은 뭔가 폭발한 것 같다는 것이다. 아스팔트 바닥에서 갑자기 분수가 폭발하듯 솟구쳐 올라 7~8미터 높이에서 꿈틀거리고 있다고 상상해 보라. 다만 이 분수가 토해 낸 것은 물이 아니라 촉수다. 말미잘 촉수를 닮은 10여 개의 가닥들. 왠지 모르게 멍하니 넋을 잃고 쳐다보게 되는 움직임으로 구불구불 배배 꼬고 꿈틀거리며 도로에 길게 늘어선 차량들의 지붕 위로 솟은 모습이 묘하게 남근(男根)을 닮았다. 매니는 지금도 계속 자라나고 있는 저것의 뿌리가…… 저 앞 다운타운행 도로에 있다고 확신한다. 아마도 추월차선에 있을 것이다. 그래서 중앙분리대가 있는데도 업타운에서 오는 도로의 차량들에 들러붙을 수 있었던 거겠지. 반짝반짝한 차체에 넌출들이 다닥다닥 붙어 거의 유령 고슴도치처럼 보이는 펜실베이니아 번호판의 신형 SUV가 지나간다. 운전하는 사람 눈에 저게 안 보이는 게 그나마 다행이다. 그랬다간 앞이 안 보여서 운전도 할 수 없을 테니까. 하지만 그 뒤에 따라가는 휠캡도 떨어지고 페인트도 벗겨진 낡고 오래된 포드 에스코트는 촉수의 흔적이라곤 눈 씻고 봐도 없을 만큼 깨끗하다. 도대체 무슨 패턴인지 매니는 짐작도 가지 않는다.

차량의 행렬이 조금씩 느릿해지더니 결국 체커 택시도 서행을 하다못해 거의 멈추기에 이른다. 저 혐오스러운 존재가 교통체증의 원인이라는 건 금방 알 수 있다. 대부분의 사람들이 저 꿈틀거리는 거대한 촉수 덩어리를 보지도 못하면서 이상하게도 그 존재에 반응하고 있다. 추월차선 운전자들이 저것을 돌아가려 중간 차선으로 진입한다. 중간 차선 차량들도 저것을 피해 오른쪽 차선에 끼어들려 하지만 바깥쪽 차선에 있는 차들이 비켜 주지 않는다. 마치 모두가 피하고 싶은 보이지 않는 사고라도 발생한 것 같다. 퇴근 시간이 아니라 망정이지 그랬다면 도로에 옴짝달싹도 못하고 갇혔을 것이다.

한동안 도로가 꼼짝도 하지 않자, 매니는 뒷좌석 문을 열고 택시밖으로 나온다. 뒤에서 대기 중이던 차들이 즉시 밴시*의 울음소리같은 날카로운 경적을 코러스로 울려 대며 그가 교통체증을 가중시킬 가능성에 항의하지만 매니는 전부 무시하고 옆으로 다가온 체커택시 운전사에게 창문 너머로 말을 건다.(여자는 차창을 열기 위해 조수석 쪽으로 몸을 기울여 손잡이를 직접 빙글빙글 돌려야 한다. 매니는 멍하니 그 모습을 지켜보다가 퍼뜩 정신을 차린다.)

"비상용 불꽃신호기 있습니까? 아니면 비상 삼각대는요?"

"트렁크에 있어요." 결국 운전사도 차에서 내린다. 뒤에서 경적소리가 더 크게 들려온다. 하지만 여자는 고개를 들어 거대한 촉수의 탑을 올려다볼 뿐이다. 촉수 *끄트머리*가 FDR 위를 가로지르는

---

*켈트 전승에 등장하는 초자연적 존재.

육교 위에서 춤추고 있다. "이게 다 저거 때문인 거죠?"

"넵."

운전사가 트렁크를 열자 매니가 비상용 키트를 꺼내든다. 그 와중에도 신경은 촉수 덩어리에 쏠려 있다. 만약 저게 그들에게 달려들기라도 한다면……. 제발 그런 일이 일어나지 않기만을 바라자.

"할 일이 있으면 서두르는 게 좋을 거예요. 경찰이, 어…… 뭐가 도로를 막고 있는지 보려고 오는 중일 테니까. 근데 그 사람들 눈에 저게 보일지 모르겠네요. 우리 말곤 아무도 못 보는 거 같은데. 보였다면 다들 차를 버리고 줄행랑을 쳤겠죠. 경찰도 별로 도움이 될 것 같지 않고요."

매니도 미간을 찌푸리며 여자의 말에 동조한다. 그러고는 여자가 이글거리는 눈빛으로 촉수 분수를 노려보고 있다는 걸 알아차린다. 작은 깨달음이 덮치고, 그는 이해하기 시작한다.

"여기 출신이에요?"

여자가 눈을 깜박인다.

"그래요. 첼시에서 나고 자랐죠. 엄마가 둘이고요. 왜요?"

"그냥 찍었어요."

매니는 약간 주저한다. 또다시 이상한 기분이 든다. 그의 주변에서, 그리고 그에게 이상한 일이 벌어지고 있다. 긴장감과 힘과 의미성이 고조되고, 이 모든 것이 그가 과연 마주치고 싶은지 알 수 없는 진실의 순간을 향해 모여들고 있다. 발밑에서 그의 맥박에 맞춰 바퀴가 철로 위를 규칙적으로 덜컹거리며 달리는 진동이 느껴진다. 왜지? 왜냐하면 진짜로 그게 거기 있기 때문이다. 왜냐하면, 어떻게 이런 게 가능한지 모르겠지만 이 도로의 위와 아래와 주위가 전부 그이기 때문이다. 옆구리에서 심한 통증이 느껴지지만 참을 만하다. 왜냐하면, 어떻게 이런 게 가능한지 모르겠지만 시티*가 그에게 힘을 주고 계속 움직일 수 있게 받쳐 주고 있기 때문이다. 심지어 꽉 막힌 도로에서 공회전 중인 자동차들마저 앞으로 달려 나갈 기회만을 노리며 꾹꾹 눌러 담아 두고 있는 에너지를 그에게 연료로 공급해 주고 있다. 매니는 주변에 멈춰 있는 자동차와 거기 타고 있는 운전자들을 둘러보고는 그들 역시 대부분 저 촉수 괴물을 쳐다보고 있다는 사실을 알아차린다. 저들 눈에도 보이는 걸까? 아니, 그런 것 같지는 않다. 다만 그들은 저기 무언가 있다는 사실을, 그것이 도시의 흐름을 막고 있다는 사실을 알고 있고, 그래서 저것을 증오한다.

매니는 깨닫는다. 그래, 바로 이거야. 이게 바로 저 촉수 괴물을 물리치는 데 필요한 것이다. 저 낯선 사람들이야말로 그의 동료이자 협력자다. 저들에게서 열기처럼 피어오르고 있는 분노, 정상적인 생활로 돌아가고자 하는 욕구, 그것이야말로 매니에게 필요한 무기다. 그걸 사용하는 방법만 알아낼 수 있다면.

"난 매니예요." 매니는 불쑥 택시 운전사에게 말을 건넨다. "당신은요?"

여자는 일순 놀라는가 싶더니 방긋 웃는다. "매디슨이요. 아, 나도 알아요. 하지만 1번 엄마 말이, 내가 매디슨 애비뉴에 있는 병원에

---

* 뉴욕 사람들이 맨해튼을 부르는 말.

서 수정됐다고 했거든요. 그래서 이름을……."

앗, 이건 좀 TMI*인데. 하지만 매니는 소리 내어 웃고 만다. 잔뜩 긴장해 있을 때 가벼운 웃음은 무척 유용하다. "자, 내 계획은 이래요." 그는 계획을 털어놓는다.

매디슨이 미쳤냐는 표정으로 매니를 쳐다본다. 하지만 그는 매니를 도울 것이다. 눈빛을 보면 알 수 있다. "알았어요." 마침내 그가 마지못한 투로 말한다. 뉴요커들은 지나치게 협조적으로 보이는 걸 좋아하지 않는 모양이다.

두 사람은 불꽃신호기와 비상 삼각대로 뒤차들이 추월차선을 피해 가도록 유도한다. 체커 택시가 도로 복판에 멈춰 있는 걸 본 통근 운전자들이 교통체증이 다 그 택시 때문이라고 생각하는지 지나가면서 살벌한 눈빛을 던지며 경적을 울려 댄다. 아마 사실이긴 할거다. 한 사내는 유리창 가득 침이 튈 정도로 매니에게 고래고래 고함을 질러 댄다. 그나마 다행인 건 그가 너무 화가 난 나머지 창문을 내릴 생각조차 못했다는 점이다. 하지만 체커 택시를 지나친 후에도 아무도 다시 추월차선으로 돌아가지 않는다는 사실은 모두가 거기서 이상함을 감지하고 있다는 증거다.

거대한 촉수 덩어리는 아직도 계속 자라나는 중이다. 때때로 바람이 이쪽으로 불어올 때마다 뭔가 우드득 부서지는 소리가 들린다. 저것의 뿌리가 아스팔트에, 그 밑을 받치고 있는 콘크리트 철근에, 그리고 도로를 받치고 있는 기반암에 파고드는 소리일 것이다.

---

*'너무 과한 정보(Too Much Information)'의 줄임말.

촉수들이 움직이면서 나는 소리도 들린다. 그만큼 가까이 와 있기 때문이다. 불규칙적으로 오르내리는 희미하게 뭉개진 신음 소리. 이따금 소리가 뚝뚝 끊어지는 게 손상된 음악 파일 같다. 그리고 냄새. 이스트 강 냄새보다도 더 짙고 소금기와 비린내를 머금은 냄새.

트리멘틸아민옥사이드. 매니의 머릿속에 느닷없이 단어가 떠오른다. 깊고, 차갑고, 묵직한 심해의 냄새.

"이 다음은요?" 매디슨이 묻는다.

"공격해야죠."

"어⋯⋯."

매니는 주위를 두리번거리다 마침 딱 맞는 것을 찾아낸다. 그것은 컨버터블 스포츠카의 뒷좌석에 있다. 운전석에서 인도인 여성이 적나라한 호기심을 드러내며 그를 쳐다본다. 매니는 재빨리 다가간다.

"저기, 우산을 좀 가져가도 될까요?"

"대신 페퍼스프레이는 어때요?"

매니는 위험한 사람이 아니라는 걸 보여 주려 즉시 두 팔을 양옆으로 멀찍이 들어 올리지만 그는 여전히 키 180센티미터의 유색인종 남성이고, 그가 어떻게 행동하든 어떤 사람들은 그 사실을 좋아하지 않는다.

"우산을 빌려주시면 교통체증을 해결해 드리죠."

여자는 그 말에 솔깃하는 것 같다. "흠, 그럼 우산 정도는 빌려줘도 될 거 같네요. 어차피 동생 거거든요. 난 이걸로 사람 때리는 걸 좋아해요." 여자가 우산을 집어 들더니 매니에게 뾰족한 끝 쪽을 내민다.

"고맙습니다." 매니는 우산을 받아들고 깡총거리며 택시로 돌아온다. "좋아요, 아주 잘 되고 있어요."

매디슨이 이맛살을 찌푸리더니 다시 촉수 덩어리를 향해 삐죽인다. 운전석 문을 열고는 안에 들어가 않는다.

"저 뒤는 하나도 안 보여요. 차들이 있으면 제때 못 멈출지도 모르는데……."

"나도 알아요." 매니가 택시의 후드 위로, 그런 다음 지붕 위로 훌쩍 뛰어오른다. 매디슨은 매니가 몸을 돌려 택시 지붕 위에 걸터앉은 다음 한 손으로 비번 표시등을 붙잡는 모습을 지켜본다. 다행히도 체커 택시는 높고, 길고, 뉴욕의 골목길을 활보할 수 있게 폭이 좁다. 위태로워 보이긴 해도 다리에 힘을 주면 어떻게든 버틸 수 있을 것 같다. "됐어요. 갑시다."

"이거 끝나자마자 마리화나 대주는 애한테 문자 보내야지." 매디슨이 고개를 절레절레 흔들며 운전석에 올라탄다.

우산은 열쇠다. 이유는 모른다. 하지만 지금 매니는 이해할 수 없는 것들도 그저 자연스레 받아들일 수 있다. 다만 걱정되는 건 이 우산을 어떻게 사용해야 할지 모른다는 것이다. 매니의 몸과 마음과 모든 것이 저 촉수 숲이 위험하다고 울부짖고 있다. 닿으면 죽을지도 모른다. 먹잇감을 독침으로 마비시키는 말미잘 촉수와 꼭 닮았으니까. 그러니 한시라도 빨리 방법을 알아내야 한다. 매디슨이 시동을 거는 동안 매니는 우산을 찬찬히 들어 올려 마치 장창 시합에 나선 마상기사처럼 끝에 달린 뾰족한 금속을 앞쪽으로 겨냥한다. 아냐, 이건 잘못됐다. 아이디어 자체는 틀리지 않았는데 이렇게 하는 게 아니다. 이래선 너무 약하다. 우산은 자동 우산이다. 매니는 고정끈을 풀고 버튼을 누른다. 우산이 확 펼쳐진다. 엄청 크다. 아주 좋은 골프 우산이다. 매디슨이 가속페달을 밟아 정면에서 거센 바람이 밀려드는데도 흔들리거나 꺾이지도 않는다. 하지만 아직도 뭔가 틀렸다.

택시에 속도가 붙을수록 창백하고 비현실적인 촉수 덩어리가 점점 눈앞으로 다가오는 모습이 공포스럽다. 하지만 솔직히, 파르스름하게 빛나는 것이 물 밖으로 올라온 심해 생물처럼 괴이하긴 해도 묘하게 아름다운 구석이 있다는 사실은 인정하지 않을 수 없다. 그러나 그것은 다른 환경, 다른 세계에 속한 이질적인 아름다움일 뿐 이곳 뉴욕에서는 오염물에 지나지 않는다. 주변 공기가 잿빛으로 변하며 어둡고 침침해진다. 이제 거의 다 왔다. 저 거대한 촉수가 닿는 곳마다 산소와 수소 분자가 파괴되기라도 하는 것처럼 공기 중에서 쉭쉭 소리가 난다. 뉴욕에 도착한 지 아직 한 시간도 채 안 되었건만, 매니는 알고 있다. 그는 알고 있다. 이 도시는 살아 숨 쉬는 역동적인 유기체다. 도시는 새것을 받아들이고 통합하는 존재다. 그러나 어떤 새로운 것들이 도시의 일부가 되어 그것이 성장하고 강해지도록 돕는다면, 어떤 것들은 도시를 분열시키고 해를 끼친다.

택시의 속력이 거의 80킬로미터를 향해 달려간다. 촉수의 거대한 그림자가 하늘을 가리고, 공기는 차갑고, 어두운 심해의 냄새에 속이 메슥거리고, 택시 지붕에 매달려 있기는 점점 더 힘들어진다. 그래도 매니는 꿋꿋하게 버틴다. 밀려오는 강한 바람과 거기서 뿜어져 나오는 강렬한 소금 냄새에 저항하며 눈을 가늘게 뜨고 앞을 노려본다. 지금 그는 무엇을 하고 있는가? 침입자를 몰아내는 중이다. 하지만 그 역시 침입자가 아닌가? 만일 그가 정확하고 올바른 방식으로 이 일을 해내지 못한다면, 여기 있는 침입자 중 오직 한쪽만이 대결에서 살아 돌아갈 수 있으리라. 그리고 이 우산은 충분히 강력하지 못하다.

바로 그때, 미끌미끌한 촉수의 표면에 둥그런 구멍이 다다다닥 나 있는 것을 육안으로 볼 수 있을 만큼 체커 택시와 촉수의 거리가 가까워졌을 때, 누군가 그의 옆구리에 얼음 창을 찔러 넣은 듯 갑자기 지독한 통증이 엄습하고 —

— 매니는 우산을 준 여성의 말을 기억해 낸다. 난 이걸로 사람 때리는 걸 좋아해요.

매니는 택시의 비번 표시등을 잡고 있던 손에서 힘을 뺀다. 그 즉시 몸이 밑으로 미끄러지기 시작한다. 차가 워낙 빨리 달리고 있어 다리 힘만으로는 도저히 몸을 지탱하기가 힘들다. 하지만 택시에서 굴러떨어진다면 어떻게든 목숨을 부지할 수 있을지 몰라도 저 촉수에 닿는다면 아예 가망이 없다. 우산을 위로 들어야 한다. 하지만 그러자면 양손을 다 써야 한다. 매니는 세찬 바람과 스멀거리는 공포심에 힘겹게 맞서며 몇 초 동안 끙끙대다 활짝 펴진 우산을 머리 위로 들어 올리는 데 성공한다. 이러다 죽는다고 해도 적어도 갑작스럽게 소나기가 내려도 머리가 젖을 일은 없겠군.

그 순간 매니의 주위에, 그의 내부에, 에너지가 모여들기 시작한다. 칙칙한 붉은색과 거무스름한 은색, 초록기가 도는 청동색, 색색으로 눈부시게 빛난다. 6월 한낮의 뜨거운 태양과도 견줄 법한 밝고 순수한 에너지의 구(球)가 택시를 보호하듯이 둥그렇게 감싼다. 별안간 매니의 귀에 FDR에 갇혀 있는 수천 대의 차량이 한꺼번에 포효하는 우렁찬 경적의 합창이 들려온다. 수백 개의 입에서 터져 나온 분노의 목소리가 공기 중에 떠도는 촉수의 쉭쉭 소리를 뒤덮어 침묵시킨다. 매니도 입을 벌려 그들과 함께 외친다. 기꺼움과, 자신이 침입자가 아니라는 사실을 알게 된 환희에 젖은 외침이다. 도시에는 언제나 새로운 피가 필요하다! 그 역시 여기서 나고 자란 사람들처럼 당연히 이 도시에 속한 자다. 뉴욕의 일부가 되고 싶은 사람은 누구나 그렇게 될 수 있으니까! 그는 부당하게 착취하고, 바보처럼 입을 헤벌리고 두리번거리다 돈만 뿌리고 떠나는 그런 관광객이 아니다. 그는 지금 여기 살고 있다. 그리고 그것이 이 세상에서 차이를 만든다.

매니가 새로운 깨달음에 현기증을 느끼며 유쾌한 웃음을 터트리는 순간, 몸 전체로 힘이 번져 나간다. 택시가 촉수 덩어리의 밑동을 향해 돌진하고, 택시를 감싼 에너지막이 마치 미사일처럼 놈의 몸뚱이를 이글이글 불태우며 단숨에 관통한다. 당연하지. 체커 택시도 이 힘의 일부니까. 그래서 도시가 그에게 택시를 보내 준 것이다. 우산이 어딘가 걸리는 느낌이 들지만 피하거나 옆으로 젖히지 않고 반사적으로 힘을 주어 한껏 버틴다. 왜냐하면 나는 여기를 걷고 있고, 여길 지나갈 권리가 있고, 그는 지금 이 무례하고 폭력적인 관광객과 길에서 누가 먼저 비켜 주나 게임을 하고 있기 때문이다. 다음순간, 매니와 택시는 촉수의 반대쪽에 와 있다.

택시가 촉수 기둥을 거침없이 관통하여 반대쪽 도로 위에 늘어서 있는 차량의 긴 행렬이 눈에 들어오자 매디슨이 환호성을 내지른다. 그러고는 브레이크를 콱 밟는다. 그 바람에 균형을 잃고 우산을 놓친 매니가 정신없이 허우적거리며 비번 표시등을 움켜쥐지만, 앞 유리창과 후드 위로 몸뚱이가 미끄러진다. 매디슨이 다급히 핸들을 꺾자 택시가 빙그르르 회전한다. 이제 매니는 앞으로 날아가는 대신 원심력의 포로가 된다. 비번 표시등을 놓치고 어디서 솟았는지도 모를 힘을 그러모아 와이퍼 아래 후드 모서리를 간신히 붙잡는다. 다리는 마구잡이로 공중을 날고 하반신 대부분은 도로에 멈춰 있는 다른 차량들 쪽으로 팔딱인다. 택시가 뒤집히기라도 하면 그는 죽는다. 손을 놓쳐 저 앞에 서 있는 해치백 자동차 위로 떨어지기라도 하면 역시 죽는다. 그리고 택시에서 떨어져 바퀴 밑으로 말려 들어가기라도 하면 —

마침내 체커 택시가 도로 위에 길고 짙은 바퀴 자국을 남기며 실낱같은 차이로 앞차에 부딪치지 않고 가까스로 멈춰 선다. 매니의 발이 해치백의 트렁크를 쿵 차지만, 고의는 아니었다. 하지만 괜찮다. 발밑에 다시 뭔가 단단한 걸 느낄 수 있다는 건 정말 안심되는 일이다.

"내 차에서 그 더러운 발 치우지 못해!" 차 안에서 누군가 꽥 소리지른다. 매니는 못 들은 체한다.

"세상에!" 매디슨이 차창 너머로 새파랗게 질린 얼굴을 내민다. 지금 매니의 기분도 딱 저렇다. "맙소사, 당신 괜찮아요?"

"어, 그런데요?"

솔직히 말하자면 잘 모르겠다. 매니는 버둥거리며 간신히 후드 위로 몸을 끌어 올려 앉은 다음, 뒤쪽의 추월차선을 돌아본다.

촉수 숲이 발광하듯 날뛰고 있다. 죽는 것처럼 몸부림치며 발작한다. 실제로도 죽어 가고 있다. 택시가 뚫고 지나온 밑동에 마치 아동용 만화에 나오는 것처럼 체커 택시 모양의 구멍이 뻥 뚫려 있다. 천장 위에 있는 우산 형태의 구멍과 그 아래 몸을 웅크린 사람의 실루엣까지 완벽하다. 구멍 가장자리는 뜨거운 것처럼 빛나고 있는데, 종잇장 한가운데 붙은 불이 바깥쪽으로 번져 나가는 것처럼 불꽃이 빠른 속도로 구멍의 바깥쪽을 먹어 치우고 있다. 불길이 순식간에 촉수 덩어리의 밑동을 삼키고 가지를 타고 위로 상승하기 시작한다. 주변에는 파편 하나, 재 한 톨도 날리지 않는다. 매니는 그 이유를 안다. 이 촉수 분수는 이 세계에 존재하지 않기 때문이다. 상식적인 의미에서 진정한 실재가 아니기 때문이다.

그러나 그것이 소멸하는 것은 진짜다. 마침내 촉수의 남은 부분마저 불타 사라지자, 색색으로 빛나던 밝은 에너지 덩어리 ─ 흥분한 듯 거세게 소용돌이치고 있는 택시의 방어막 ─ 도 이내 작은 폭발음과 함께 거센 파문을 일으키며 흩어진다. 매니는 빛과 색과 열기의 파동이 자신의 몸을 관통하는 것을 느끼며 전율한다. 해가 되지 않을 거라는 건 알지만, 방금까지 통증이 극심하던 옆구리에 따스한 온기가 느껴지자 깜짝 놀란다. 왠지 더는 아프지 않다. 더욱 놀라운 것은 다른 차량에 붙어 있던 희고 작은 깃털년출들이 에너지의 파동에 닿자마자 순식간에 시들어 죽고 있다는 것이다. 매니는 그 힘의 물결이 고층건물과 이스트 강 너머로, 시야가 닿지 않는 곳까지 퍼져 나가 결국 사라지는 것을 느낀다.

끝났다.

택시 후드에서 내려와 다시 땅을 딛고 서니 발바닥에서 머리 꼭대기까지 몸 전체로 뭔가 부드럽게 퍼져 나가는 것이 느껴진다. 촉수 덩어리를 향해 돌진했을 때 택시를 감싼 것과 똑같은 에너지다. 펜 역에서 그를 진정시키고 여기까지 이끈 힘이다. 이 에너지는 바로 이 도시다. 매니는 이제야 알 것 같다. 이것은 그의 일부다. 그를 가득 채우고 머무를 공간을 마련하기 위해 그에게서 불필요한 것을 몰아내었고, 그래서 그가 이름을 잊어버린 것이다.

에너지가 사그라들고 있다. 전부 다 사라지고 나면 그의 기억도 돌아올까? 알 수 없다. 앞날을 생각하면 무서워야 마땅할 텐데⋯⋯ 이상하게도 매니는 두렵지 않다. 이건 말도 안 된다. 아무리 일시적이라도 기억상실증은 기억상실증이고 그런 게 좋을 리가 없다. 뇌출혈이 일어났을 수도 있고, 어딘가 눈에 안 보이는 상처가 있는지도 모른다. 빨리 병원에 가 봐야 한다. 하지만 매니는 두렵다기보다 오히려 자신의 내면에 도시가 존재한다는 데 안도한다. 그래서는 안 된다. 방금만 해도 죽을지도 모를 일을 겪었는데. 하지만 그의 마음은 평온하다.

매니의 등 뒤에서 이스트 강이 소용돌이친다. 하늘 높이 우뚝 솟은 넓은 맨해튼을 올려다본다. 끝이 보이지 않는 대기업 빌딩, 은행으로 사용되고 있는 유서 깊은 건물들, 오래된 극장과 무자비한 기업체들 사이에 샌드위치처럼 짜부라져 끼여 있는 공공주택들. 그리고 거기 살고 있는 200만 명의 주민들. 뉴욕에 도착한 지 한 시간도 안 됐지만 여기서 평생 살아온 기분이다. 그리고 설령 예전의 자신이 누군지 모른다 해도…… 그는 지금 자신이 누군지 안다.

"난 맨해튼이야." 그는 나직이 중얼거린다.

도시가 소리 없이, 그의 마음에 대고 대답한다. 뉴욕에 온 걸 환영해.

## 2장

# 최후의 숲에서 벌어진 결전

매디슨은 매니를 인우드에 내려 준다. "여긴 내가 가던 데랑 완전히 다른 방향인데." 여행가방을 내리는 매니에게 매디슨이 말한다. "하지만 요 근방에 내가 엄청 좋아하는 엠파나다* 가게가 있어요. 그건 그렇고 내 택시가 당신이 마음에 들었나 봐요." 매디슨이 말을 쓰다듬듯이 크고 오래된 가죽 대시보드를 살며시 어루만진다. "평소에는 기름을 엄청 잡아먹는데, 이렇게 신나게 달린 건 처음인 것 같아요. 진짜인지 환영인지 모를 바다괴물을 통과한 게 점화 플러그에 좋은 약이 됐나 봐요."

매니는 열려 있는 조수석 창문 너머로 매디슨에게 미소를 지어 보인다. "다음에 또 문제가 생기면 당신 택시를 불러야겠군요." 왜냐하면 매니는 이런 일이 또 일어날 거라고 확신하기 때문이다.

"어, 고맙지만 사양할래요." 매디슨이 고개를 한쪽으로 갸웃 기울

---

*밀가루 반죽 안에 고기와 야채를 넣고 구운 스페인 요리.

인 채 강렬한 눈빛으로 매니를 지그시 쳐다본다. 얼굴이 달아오르는 것 같다. 매디슨이 씨익 웃더니 가볍게 윙크를 날린다. "하지만 이런 일 말고 언제 탈 게 필요해지면 체커 택시 드림 웨딩에 전화를 걸어서 날 찾으면 돼요."

매니는 저도 모르게 웃음을 터트리고 만다. 다소 멋쩍은 기분이 든다. 그는 이렇게 노골적인 추파에는 익숙하지 않은 사람인가 보다. 매디슨은 예쁘고 그도 관심이 없는 건 아니지만 뭔가 무의식중에 이런 제안을 받아들이지 못하게 가로막는 게 있다. 그게 뭘까? 매니는 모르겠다. 어쩌면 그가 이 대도시 광역권의 살아 있는 화신이 되는 중이라 데이트를 하기엔 별로 좋은 타이밍이 아니라서? 그래서 매니는 최대한 친절하게 거절하기로 한다. 이건 매디슨 때문이 아니라 매니한테 문제가 있는 거니까.

"음, 네, 기억해 두지요."

매디슨이 히죽 웃으며 거절 의사를 호탕하게 받아들인다. 매디슨이 더더욱 마음에 든다. 매디슨이 차를 돌려 떠난 후, 매니는 그의 새집 앞에 홀로 남는다.

이곳은 인우드에 있는 수많은 오래된 아파트 건물 중 하나로, 블록 하나를 거의 절반이나 차지하고 있다. 철창 대문을 열고 들어가 보니 건물 앞에 진짜 정원도 있는데, 누군가 양귀비와 에키나시아 꽃을 심어 두었다. 널찍한 현관 바닥에는 흑백 타일이 깔려 있고 벽에는 화려한 대리석 돌림띠가 둘러져 있다. 천장의 돋을새김 틴 타일은 페인트를 너무 여러 번 덧칠한 탓에 울퉁불퉁하다. 수위는 없지만 어차피 여긴 그런 동네가 아니다.

친숙한 느낌이 드는 것은 아무것도 없다. 이곳 주소는 다행히도 전화기에서 찾았다. 메모 앱에 새집집집!!!이라는 제목으로 저장된 파일에 알아보기도 힘들게 갈겨 쓴 악필로 정보가 적혀 있었다. 하지만 그는 전에 뉴욕에 왔던 기억이 전혀 없다.

(도대체 어떤 사람이길래 "새집 주소"를 이딴 식으로 저장해 둔 거지? 매니는 궁금하다. 대체 어떤 사람이 흥분해서 새집 주소에 느낌표를 세 개나 찍는 걸까? 자기가 살 집을 고르면서 직접 와서 보지도 않고, 같이 살 룸메이트를 고르면서 미리 만나 보지도 않는 부류의 사람?)

낡고 느려 터진 엘리베이터는 안쪽 문을 손으로 직접 잡아당겨 닫아야 하는 고대 유물이다. 꼭대기 층에서 엘리베이터 문이 열리자 침침한 형광등이 켜진 복도가 펼쳐진다. 뉴욕 시의 블록 길이를 생각하면 거의 불가능할 정도로 길게 뻗어 있다. 엘리베이터에서 내다보는 복도는 호러 게임에서 튀어나온 장면처럼 으스스하고 왠지 소름이 끼친다. 하지만 엘리베이터 밖으로 발을 내딛자마자 눈앞 광경에 대한 인식이 순식간에 전환되는 감각이 매니를 휩쓸고 지나간다. 눈을 깜박이자 복도 조명이 아까보다 더 밝아지고, 칙칙한 분위기는 온데간데없이 사라지고, 그림자는 은은해지고, 희미한 냄새 — 누군가 저녁을 준비하는 음식 냄새와 먼지와 페인트와 고양이 오줌 냄새 — 는 더욱 선명해진다. 이건 그냥 평범한 아파트 복도다……. 다만 왠지 아까보다 더 안전하게 느껴질 뿐이다.

이상한 일이지만, 뭐, 상관없다.

전화기에 저장된 아파트 호수는 4J다. 같은 번호가 적힌 열쇠도 갖고 있지만 예의상 노크를 먼저 해 본다. 안에서 허둥지둥 움직이는 발소리가 나더니 문이 벌컥 열린다. 손잡이를 잡고 있는 건 방금까지 자다 일어났는지 얼굴 한쪽에 베개 자국이 박혀 있는 마르고 호리호리한 아시아 남자다. 얼굴이 환해지더니 그가 두 팔을 활짝 벌린다.

"어서 와, 룸메이트!" 강한 영국식 억양의 말투다. "잘 찾아왔구나!"

"응." 매니는 어색하게 웃음 짓는다. 이 사람이 누군지 전혀 모르겠다. "FDR에서 문제가 생겨서."

"FDR? 거긴 맨해튼 동쪽이잖아? 펜 역에서 왜 거기까지 갔는데? 그 정도로 길이 막혔어? 윌리엄스버그에서 있었던 끔찍한 사건 때문이야?" 남자는 대답을 기다리지도 않고 성큼성큼 다가와 매니의 여행가방을 덥석 집어 든다. "내가 들어 줄게. 다른 트렁크랑 짐은 며칠 전에 벌써 왔더라."

모든 게 정상적이다. 아파트는 엄청나게 넓다. 널찍한 부엌과 여유 있게 떨어져 있는 침실 두 개. 하나는 거실 옆에 있고 다른 하나는 화장실과 벽장을 지나 복도 건너편에 있다. 룸메이트가 입구 쪽 방을 찜해 놓은 터라 안쪽 방으로 향하니 침대와 가구가 완벽하게 갖춰진 커다란 방이 나온다. 기억상실증에 걸리기 전의 매니가 가구가 딸린 방을 원했던 모양이다. 침대에 시트가 없고 구석에 먼지 뭉치가 굴러다니긴 하지만 좋은 방이다. 창문 너머로 탁 트인 유료 주차장이 보인다. 마음에 쏙 든다.

"어때?" 룸메이트가 방 안을 둘러보는 매니에게 말한다. "엄청 좋지? 내가 보낸 사진이랑 똑같지?"

사진. 그는 남이 보내 준 사진만 보고 살 집을 정하는 부류의 사람이다.

"응, 완벽해." 하지만 언제까지 룸메이트의 이름도 모르고 어물쩍 넘길 수는 없는 노릇이다. "어, 근데 진짜 미안한데, 네 이름이……."

남자가 눈을 깜박이더니 웃음을 터트린다. "벨. 벨 응우옌이야. 컬럼비아 대학에서 정치이론학 예비 박사가 될 예정이지. 너처럼 말이야. 세상에, 기차 여행이 그 정도로 최악이었어?"

"아냐, 어……." 하지만 편리한 핑곗거리긴 하다. 매니는 어느 쪽이 이득일지 재빨리 재 보고는 유리한 쪽을 써먹기로 한다. "그랬나 봐. 그게, 내가 기절을 했거든. 기차에서 내리자마자 정신을 잃고 쓰러졌는데, 그래선지 아직도 머리가 좀……." 매니는 미쳤다기보다 혼란스럽다는 의미를 담아 머리 옆에서 손가락을 돌린다.

"아이고 저런." 벨은 진심으로 그가 걱정되는 것 같다. "내가 도와줄 일이라도 있어? 어…… 차라도 끓여 줄까? 집에서 진짜 맛있는 찻잎을 가져왔거든."

"아냐, 아냐, 괜찮아." 매니가 잽싸게 대답한다. 하지만 왠지 거짓말처럼 느껴진다. 모든 게 평범하고 정상적인 집에서 FDR 드라이브에서 있었던 일을 떠올리니 점점 더 정상이 아니라는 생각이 든다. 진짜로 기억장애라면 정말로 어딘가 심각하게 잘못됐을 수도 있다. 어디다 머리를 세게 부딪친 걸까? 아니면 조기 치매 증상일 수도 있다. "지금은 괜찮은데, 아직 기억 안 나는 것들이 좀 있어."

"내 이름 같은 거?"

매니는 순간 아니, 내 이름 같은 거라고 대꾸할까 생각하지만 결국 아무 말도 하지 않는다. 앞으로 한 집에 같이 살 친구가 점점 미쳐 가고 있다는 건 "임대 계약에 서명하기 전에 알고 싶은 것들" 중에서도 최상위권에 속할 테니까.

"그것도 그렇고. 그래서 예전에 알려 준 것들도 내가 다시 물어볼지도 모르니까 미리 미안하다고 말해 둘게. 반대로 네가 이미 알고 있는 것들도 내가 쓸데없이 다시 설명하거나 할 수도 있고. 예를 들면, 어, 내 별명 같은 거. 난 그냥 매니라고 불러 줘."

매니는 상대가 반문할지도 모른다는 생각에 잔뜩 긴장하지만 벨은 어깨를 으쓱할 뿐이다. "그럼 매니라고 부르지 뭐. 원한다면 일주일마다 다른 이름을 써도 돼. 집세만 제대로 내준다면야." 벨은 자기가 한 농담에 낄낄거리고는 고개를 흔들며 매니의 가방을 내려놓는다. "진짜 차는 안 마셔? 별거 아니니까 안 미안해해도 돼. 아니면, 맞다. 안 그래도 나가서 동네를 한 바퀴 둘러볼 생각이었는데 같이 갈래? 바람을 쐬면 나아질지도 몰라."

굉장히 합리적인 제안이다. 매니는 고개를 끄덕인다. 재킷을 집어 던지고 청바지로 갈아입은 다음 ─ 지금 보니 택시 지붕에 앉았을 때 바지에 흙먼지가 잔뜩 묻었다 ─ 벨과 집을 나선다.

두 사람의 아파트는 인우드힐 파크에서 겨우 몇 블록 거리다. 매니가 어디선가 본 지도에 따르면 이 공원은 어마어마하게 크고 넓다.(냉정하게 평가하건대, 그는 일반적인 사실을 기억하는 데에는 아무 문제도 없는 것 같다. 매니의 머릿속에서 증발한 것은 개인적인 삶과 관련된 사실들뿐이다.) 인우드힐은 한때 맨해튼 섬 전체를 차지하고 있던 원시림의 일부가 아직 남아 있는 곳이기도 하다. 언뜻 보기엔 다른 평범한 공원과 별다를 바 없다. 포장된 산책로, 철제 난간 울타리, 벤치, 테니스 코트와 이따금 목줄 맨 개를 산책시키는 사람과 시끌벅적한 무리들. 대부분의 사람들이 아직 일터나 학교에 있는 평일 낮이라는 걸 감안해도 신기할 정도로 한산하다. 매니는 무성한 나무와 관목으로 뒤덮인, 굴삭기나 건설용 장비라고는 구경도 못 해 본 듯한 짙푸른 언덕을 멍하니 바라본다. 매니가 브로드웨이의 화려한 불빛이나 소음과 겨우 10킬로미터도 떨어지지 않은 곳에 이런 숲이 존재한다는 사실에 감탄하는 사이, 벨은 두 눈을 감고 황홀한 표정으로 가슴 깊이 숨을 들이마신다.

"이래서 여기에 집을 잡은 거라니까. 물론 다른 곳은 집세가 감당 안 된다는 점도 한몫했지만." 벨이 매니에게 씨익 웃어 보이고는 길을 따라 걷기 시작한다. 매니도 서둘러 그와 보조를 맞춰 걸으며 주변 풍경을 두리번거린다. "런던보다도 비싸더라고. 근데 어디서 읽었는데 이 망할 도시 한복판에 숲이 있다는 거야. 보자마자 딱 여기다 싶었지. 어렸을 때 북요크셔에 있는 핵폴 숲에서 여름을 몇 번 보낸 적이 있거든. 우리 할머니가 거기 사셨어." 벨의 표정이 약간 어두워지더니 목소리가 착 가라앉는다. "근데 내가 더 이상 여자애가 아니라 남자가 되리라는 걸 알고는 다시는 꼴도 보기 싫다고 해서, 그 뒤론 한 번도 못 갔지."

"저런, 슬펐겠다."

무심코 대답하던 매니는 문득 벨의 목소리에서 괴로움 외에 다른 것을 감지한다. 그는 놀라 눈을 깜박이며 벨을 쳐다본다. 매니는 여기서 말을 더 보태지 않을 정도의 상식은 있지만, 벨은 즉시 그 눈빛의 의미를 알아차린다. 순식간에 벨의 표정이 딱딱하게 굳는다.

"그것도 까먹은 거야? 그럼 이제 갑자기 트랜스젠더랑은 같이 살기 싫다는 게 기억날 차례인 건가?"

"어, 난⋯⋯." 순간 매니는 기억상실증에 걸렸다는 변명이 어떻게 들릴지 깨닫는다. 하지만 솔직하게 말하는 수밖에는 도리가 없다. "진짜로 잊어먹었어. 하지만 도망가고 싶었다면 그거보단 더 그럴듯한 거짓말을 지어냈겠지."

뭐, 정신병이 있다고 하면 확실히 룸메이트한테 깊은 인상을 남길 수 있긴 하겠지. 하지만 그 말을 들은 벨은 웃음을 터트린다. 다소 씁쓸한 기색이 있긴 해도 긴장이 약간 풀린 것 같다.

"그건 그래. 그리고 너 지난달에 스카이프로 봤을 때랑은 진짜로 좀 달라 보이기는 해."

긴장감 때문에 온몸에 힘이 들어가는 것 같다. 매니는 발을 내딛는 아스팔트에 시선을 고정한다.

"그래?"

"그래. 뭔지 콕 찍어 말하긴 어렵지만." 벨이 어깨를 으쓱한다. "솔직히 좀 걱정되긴 했거든. 겉으로 보기에는 괜찮은 녀석 같았는데, 음, 아무래도 네가 유리한 입장인 건 사실이니까. 우리나라만 해도 시스퀴어*들이 헤테로**만큼이나 나 같은 놈들을 싫어하거든. 그리고 넌 이상하게 남을 두들겨 패는 짓을 잘할 거 같다는 느낌이 있었단 말이야. 하지만 네 입으로 문제가 안 될 거라고 했고 나야 이 사람 저 사람 가릴 처지가 아니었으니까⋯⋯." 벨이 한숨을 푹 내쉰다.

---

\* 생물학적 성별과 사회적 젠더가 일치하는 성소수자.

\*\* 이성애자.

아. "진짜로 아무 문제도 없어." 매니는 벨을 최대한 안심시키려 한다. "어쨌든 그 부분은 그래. 하지만 네가 냉장고에 더러운 양말을 처박아 둔다면 그땐 다시 생각해 봐야지."

벨이 낄낄거린다. 그렇게 분위기가 다시 밝아진다.

"아, 양말은 그럴 일 없을 거야. 모자라면 몰라도."

공원 입구에서 구급차가 지나가는 소리가 울리자 두 사람 모두 입을 다문다. 공원 안으로 꽤 깊숙이 들어와 있지만 주변 숲과 나무가 아무리 두터운 장막이 되어 주어도 사이렌을 최고조로 울리며 달려가는 구급차 세 대는 무시할 수가 없다. 어쨌든 이곳은 맨해튼이니까. 벨이 얼굴을 찡그린다.

"그 사고 때문에, 뭐라고 하지? 뉴욕 광역권? 여하튼 이 근처 응급 요원들을 전부 불러 모으고 있다더라. 이번엔 또 어떤 인종 집단을 희생양으로 삼을지 모르겠네."

"이번에도 백인 남자가 범인일 거야."

"그놈의 정신적 문제가 있는 '외로운 늑대' 타입!" 벨이 한숨과 함께 쓴웃음을 뱉는다. "어쩌면 그럴지도. 아니, 제발 그랬으면 좋겠다. 증오 범죄나 뭔 말도 안 되는 전쟁 어쩌구를 일으켜 놓고 다른 핑계 삼지 못하게 말이야. 젠장, 이런 걸 바라야 한다니."

매니는 고개를 끄덕인다. 그 뒤로 한동안은 두 사람 다 긍정적인 말을 떠올릴 수 없어 서로의 동행을 즐기는 편안한 침묵에 빠져든다. 산책을 하고 있으니 마음이 좀 편안해지는 것 같다. 물론 얼마 전에 겪은 일을 생각하면 뭘 하더라도 그렇겠지만 말이다. 하지만 그보다 더 중요한 건, 이 공원이 올바르게 느껴진다는 것이다. 매디슨이 몰던 체커 택시처럼, 펜 역에서 그를 도와준 사람들처럼, 그리고 뭐라 설명할 수는 없지만 그가 이 도시에 느끼는 소속감처럼. 이건 정말 이상하지만 또한 살아 있는 느낌이다. 매니의 기억상실증은 특이하게도 선택적으로 발휘된다. 그는 전에도 이렇게 묘한 활기에 넘치는 도시에 가 본 적이 있다. 파리, 카이로, 도쿄. 하지만 어느 곳도 그가 있을 곳이라는 느낌은 들지 않았다. 전에 가 봤거나 살았던 곳이 잠시 머물다 떠나는 휴가지에 불과했다면, 지금은 마침내 집에 돌아온 기분이다.

교차로에 이르자 지도가 있다. 공원의 어마어마한 넓이에 감탄하고 있던 차에 매니의 시선이 인우드 파크 튤립나무라는 문구에 닿는다. 벨이 바짝 다가가 손가락으로 그림을 짚으며 현미경으로나 보일 법한 자그마한 글자를 읽기 시작한다.

"'전설에 따르면, 1626년 맨해튼의 중심 부락이 있던 이곳에서 페터르 미노이트가 당시 60길더* 상당의 장신구와 구슬을 주고 맨해튼 섬을 구입했다.' 그리고 여기 커다란 나무 한 그루가 있었는데 1932년에 죽었대. 그러니까 여기가 너네 조상들이 땅 도둑질을 시작한 곳이구만." 벨이 키득거리며 에디 이자드**의 말투를 흉내 낸다. "'국기는 있고? 없어? 그럼 섬 하나로 치지. 잔돈은 가져. 수두와 매독은 공짜로 얹어 주지.'"

온몸의 피부가 따끔거린다. 왜 이러는 거지? 매니는 모른다. 하지만 지도에 새겨진 아이콘을 응시하며 저도 모르게 불쑥 대꾸한다.

---

*네덜란드의 옛 화폐 단위로 60길더는 미화로 약 24 달러에 해당하는 금액이다.
**영국 출신의 코미디 겸 배우로 트랜스젠더.

"원주민들 사이에 전염병이 퍼진 건 그보다 몇백 년 전이었을 거야. 콜럼버스 시절에 말이야."

"그래, 그래. 1492년에 푸른 바다를 건너서." 벨이 안내판에서 한 발짝 물러나더니 기지개를 켠다. "거기서 좀 쉬었다 가면 되겠다. 이 엄청나게 중요한 바위까지만 보고 집에 갈까?"

"그래." 왠지 그렇게 하는 게 무척 중요한 일처럼 느껴진다.

그 엄청나게 중요한 바위는 공원 입구에서 그리 멀지 않은 곳에 있다. 그 옆에는 근처를 흐르는 스파이턴 다이빌 강가의 널따란 풀밭이 펼쳐져 있다. 기념물이라는 게 으레 그렇듯이 생각보다 소박하다. 둥그런 흙바닥과 그것을 둘러싼 지저분한 콘크리트 고리 한가운데 허리 높이의 바윗돌이 서 있다. 포장도로 몇 개가 만나는 교차점에 있는데, 저 멀리 스파이턴 다이빌 강과 브롱크스 아니면 퀸스로 이어지는 높고 좁은 교량이 내다보인다. 사람들도 있다. 저 멀리서 한 노인이 공원 벤치에 앉아 비둘기에게 모이를 뿌려 주고 있고, 잔디가 무성한 풀밭에서는 한 커플이 로맨틱한 소풍을 즐기는 중이다. 하지만 바위 앞에는 그들 둘뿐이다.

매니와 벨은 바위 앞에 서서 이젠 사라지고 없는 원주민 마을의 이름을 따서 '쇼라코포크 바위'라고 적어 놓은 명판을 들여다본다. 어쩌면 오래전에 죽은 나무의 이름인지도 모르겠다. 명판에는 그런 것까지 세세하게 적혀 있지 않으니까. 벨이 바위 위로 올라가 책상다리를 하고 앉아 "에너지"를 느끼며 명상을 하는 척 흉내 내자, 매니는 그 모습을 보고 소리 내어 웃는다. 어느 정도는 억지웃음이다. 왜냐하면 이곳에는 진짜로 에너지가 존재하기 때문이다. FDR 드라이브에서 우산을 통해 느꼈던 이상하고도 생생하고 뚜렷한 힘. 그게 대체 무슨 의미인지, 매니는 정말로 전혀 모르겠다.

하지만 그는 기억해 낸다. 그가 사용했던 그 이상한 힘은 우산에서 나온 게 아니었다. 아니면 적어도 우산이 유일한 근원은 아니었다. 그 힘이 우산에 모이고 맺힐 수 있었던 것은 그것이 주변 모든 곳에 존재하고 있었기 때문이다. 공기 중에 감돌고 도시의 아스팔트 도로를 따라 흐르며……. 매니가 한 일이라곤 그저…… 올바른 도구? 아니, 개념을 조합해 거기로 불러냈다고 해야 하나? 자동차와 답답한 배기가스, 급격한 커브길, 도로에 파인 구멍들, 전부 다 절대적으로 필요한 재료였다. 빠른 움직임도 힘을 소환하는 데 필수적인 요소였다. 이 잠들지 않는 도시에서도 특히 FDR은 가끔 사고나 교통체증 때문에 막히는 경우만 빼면 결코 멈추지 않는 도로다. 그렇다면 이 힘은 상황이나 맥락에 따라 달라지는 걸까? 매니는 가슴 앞에 팔짱을 끼고 바위를 노려보며 저 안에는 또 어떤 비밀이 숨겨져 있을지 궁금해한다.

"우와." 벨이 바위에서 내려오면서 말한다. "역사란 고통스러운 거야. 대체 어떤 인간이 여기다 바위를 갖다 둘 생각을 한 거야? 솔직히 이게 뭔 기념이 되는데? 미국 사람들은 동상 좋아하잖아. 동상이 뭐가 문젠데? 누가 그냥 돈을 아낀다고 싸구려처럼 군 거 아니냐고."

싸구려. 매니는 눈을 깜박인다. 그 단어에는 뭔가 그의 생각을 건드리는 데가 있다. 이 묘하게 근질거리는 느낌의 정체를 알아내려고 고민하는 사이, 저녁이나 먹으러 가자는 벨의 제안에 그는 별생각

없이 고개를 끄덕인다. 그때 벨의 목소리가 급격히 날카로워진다.

"저건 또 뭐야?"

상념에서 깨어나 고개를 돌려 보니 그들을 향해 걸어오는 한 여자가 보인다. 몸집은 비대하고 키는 작고 안색이 발그레한 백인인데, 정장을 말끔하게 차려입었다. 그냥저냥 평범한 모습이다. 매니나 벨이 그 여자에게 관심을 가질 이유가 전혀 없다. 여자가 한 손에 전화기를 들고 두 사람을 향해 높이 쳐들고 있다는 점만 빼면 말이다. 카메라에 불이 들어와 있다.

여자가 발을 멈추고 두 사람에게 카메라를 들이대며 말한다.

"너무너무 역겨워. 거기 너네 둘, 세상에, 믿을 수가 없네. 어떻게 이런 공공장소에서 감히, 그것도 벌건 대낮에 이런 짓을 벌여? 경찰에 신고할 거야."

벨이 매니를 쳐다보자 매니도 당혹스런 표정으로 고개를 젓는다. 여자가 무슨 말을 하는지 모르겠는 건 그도 마찬가지다.

"저기요." 방금까지 BBC 아나운서 같던 벨의 억양이 런던 남부식으로 바뀌고 — 매니는 어떻게 이런 걸 알고 있는 거지? — 말투도 단호해진다. "지금 우릴 찍는 겁니까? 허락도 안 받고? 그거 되게 교양 없는 짓 아닌가?"

"'교양 없는 짓거리'는 공공장소에서 변태 짓을 하는 너네 같은 애들한테 어울리는 말이고."

여자가 대답하며 전화기를 만지작거린다. 카메라를 줌으로 당기는 것 같다. 다시 매니의 얼굴에 스마트폰을 정면으로 들이댄다. 매니는 여자가 하는 짓이 아주 마음에 들지 않는다. 고개를 돌려 카메라를 피하거나 아예 저 휴대전화를 빼앗고 싶지만 그랬다간 여자가 더욱 교양 없게 굴 것 같다.

매니는 한 발짝 내딛는다. "이게 무슨 짓……."

여자는 마치 매니가 한 발짝이 아니라 전속력으로 달려들어 공격을 퍼붓기라도 한 것처럼 놀라 숨을 들이켜며 후다닥 뒤로 물러난다.

"손대지 마! 나한테 손대지 마! 손가락 하나라도 댔다간 비명을 지를 거야! 그러면 경찰들이 와서 너희들을 쏴 버릴 거라고! 마약중독자! 약쟁이 변태 새끼들!"

"변태란 소리는 들어 봤지만, 뭐, 약쟁이?" 벨이 기가 막힌다는 듯이 허리에 두 손을 얹는다. "난 완전히 제정신이라고. 그쪽이야말로 진통제 같은 거에 취해서 환각이라도 보는 거 아냐? 뭘 보고 있는 건 확실한 거 같은데." 그가 여자의 전화기 앞에서 손을 흔들어 보인다. 여자가 흠칫 놀라 상체를 뒤로 젖히며 폴짝폴짝 옆으로 피한다.

지금 매니는 혹시 자기가 환각을 보고 있는 건 아닌지 어리둥절하다. 왜냐하면 여자가 매니한테 등을 돌린 순간 여자의 목 뒤 헐겁게 말아 올린 머리 타래 사이로 뭔가 삐죽이 튀어나와 있는 게 보이기 때문이다. 길고 가늘며, 머리카락과 연필 사이 정도의 굵기인데 움직이고 있다. 바람도 없는데. 끄트머리가 거의 발작처럼 매니를 향해 파드득 튕기더니 다시 방향을 바꿔 허공을 더듬는다. 눈을 가늘게 뜨고 노려보자 매니의 시선이 불편하다는 듯이 파르르 떤다. 한 번 더 그를 향해 휙 뻗어 왔다가, 물러간다.

익숙한 깨달음과 함께 몸이 굳는다. 머릿속에서 무수한 단어가 소용돌이치며 두서없이 뒤섞이기 시작한다. 동충하초, 꼭두각시 줄,

빨대. 개중에 그나마 문장 꼴을 갖춘 것은 이거다. 저거 FDR 드라이브에서 봤던 거잖아!

여자의 목에 붙어 있는 희멀건 것에서 가까스로 시선을 뗀 매니가 천천히 여자의 얼굴로 눈을 돌린다. "이건 진짜 당신이 아냐. 정체를 드러내!" 벨이 대체 무슨 소리냐는 듯이 오만상을 찌푸리며 그를 쳐다본다.

여자가 고개를 돌려 매니를 쳐다본다. 다시금 불평과 모욕의 말을 쏟아 내려 입을 벌리는 순간, 움직임이 뚝 멈춘다. 마치 말을 하려고 숨을 들이켜던 중간에 멸시나 분노의 표정이 얼굴 표면에 도달하기 직전 감정이 부재한 순간에 뭔가를 잘못 눌러 화면이 얼어 버린 것 같은 느낌이다. 카메라를 들고 있는 손을 내리지는 않지만 엄지손가락이 미끄러졌는지 녹화 중임을 알리던 카메라 불빛이 꺼진다.

"뭐여, 씨발?" 벨이 여자를 응시하며 내뱉는다.

매니는 눈을 깜박인다. 눈꺼풀이 닫혔다 열리는 그 짧은 시간 동안 여자의 옷이 완전한 순백색으로 변한다. 여성용 정장, 신발, 스타킹까지 전부. 머리카락도. 이제 그는 여성 버전 샌더스 대령*과 교회라면 깜박 죽는 독실한 중년 여성이 섞인 듯한 모습이다. 여자가 움직이기 시작한다. 아직도 충격에서 헤어 나오지 못한 벨과 매니를 쳐다보며 키득 웃더니 전화기가 들려 있지 않은 손을 공중으로 들어 올려 두두두두두 드럼을 치듯 손가락을 재게 놀린다.

"이제야 좀 살겠네!" 여자가 외친다. 아까와는 다른 목소리다. 더

---

*패스트푸드점 KFC의 창립자이자 마스코트.

낮고, 소프라노보다는 알토에 가깝다. 이를 활짝 드러내며 웃는 얼굴이 어딘가 살짝 정신이 이상한 사람 같다. "너네 종족 흉내를 내는 것만도 힘들어 죽겠는데 널 모른 척하고 있으려니까 좀이 쑤시지 뭐야. 다시 만나서 반가워, 상파울루. 이 세계는 어디나 다 똑같이 느껴져서 네가 있는 방향도 치즈에 뚫린 구멍처럼 빙빙 휘어지고 왜곡돼 있긴 한데, 여긴 네가 있을 곳이 아니지 않니? 내가 네 피를 맛본 건 여기보다 더 남쪽이었던 거 같은데."

여자가 벨을 유심히 쳐다본다. "뭐야?" 그렇게 말한 벨이 떨떠름한 표정으로 매니에게 눈을 흘기고, 매니는 고개를 가로젓는다. 당황해서가 아니라 자기도 모르겠다는 뜻이다. 알고 싶지는 않아도 그는 지금 이게 어떻게 된 일인지 알 것 같다. 여자의 목덜미에 튀어나와 있는 저것. 머릿속에 가장 먼저 떠오른 단어는 안테나다. 저 하얀 것은, 그러니까 수신기다. 다른 곳에 있는 다른 누군가의 생각과 이미지를 수신해 방출하는 수단이다.

(내가 이런 걸 어떻게 알고 있는 거지? 이상하게도 그는 전혀 당황하지도 않고 차분하게 생각한다. 나는 맨해튼이야. 머릿속에 들려온 대답에는 약간의 의문이 응어리져 있지만 거기에 대해선 나중에 생각하기로 한다.)

여자는 바로 눈앞에 있는 벨이 잘 안 보이는지 눈을 가느스름하게 찡그리고 그를 쏘아보고 있다. 자기가 보고 있는 게 믿기지 않아 재차 확인하려는 것처럼 전화기 화면을 다시 힐끔 쳐다보고는 카메라를 내린다. "너는……." 여자의 고개가 까딱 옆으로 기운다. "눈에 보이는 거랑 다르네? 그 거죽 아래…… 다른 게 있잖아?"

벨이 눈에 띄게 흠칫 몸을 굳힌다. "내가 누군지는 그쪽이 상관할 일이 아니거든, 아줌마? 조용히 꺼지시든가 아니면 내가 꺼지게 만들어 줘?"

"아!" 여자가 숨을 들이마신다. "넌 그냥 인간이구나. 1500만 명의 다른 인간들이랑 착각해서 미안해. 하지만 너."

여자가 매니에게로 시선을 돌린다. 매니는 여자의 눈 색깔이 바뀌었다는 것을 알아차린다. 아까까진 갈색 눈이었는데 지금은 색이 너무 옅어져서 가장자리가 거의 노란색에 가깝다. 저런 눈을 보면서 늑대나 맹금류 같은 포식자를 떠올리지 않기란 어려운 일이지만 매니는 그럭저럭 버텨 낸다. 포식자란 상대가 약점을 내비쳤을 때 달려드는 법이다.

"넌 확실히 인간이 아냐." 여자가 매니에게 말한다. 매니는 움찔하지 않으려고 안간힘을 쓰지만 여자는 그의 신경 신호가 중간에서 가까스로 멈춘 걸 눈치채고 빙긋 웃는다. "전투를 치렀으니 당연히 숨고 싶었겠지. 하지만 여기? 이런 숲에? 네가 깔고 자던 쓰레기 냄새를 환기라도 시키고 싶었던 거야?"

"뭐?" 당혹한 매니가 얼굴을 찡그리며 묻는다. 여자가 눈을 깜박이더니 이맛살을 찌푸린다. 눈을 가늘게 뜬다.

"흠. 내가 분명히 너한테 부상을 입혔던 거 같은데. 뼈도 몇 개 부러뜨리고. 한데 멀쩡해 보이네. 적어도 너네 종족 기준으로는 말이야. 그리고……." 중얼거리던 여자의 머리가 갑자기 한쪽으로 갸웃 기울더니 호전적인 태도가 의아함으로 바뀐다. "그리고 너답지 않게 너무 깨끗해. 심지어 냄새도……." 말꼬리를 흐린다.

이 여자는 미쳤다. 하지만 목덜미에 튀어 나와 있는 저 끔찍한 하얀 것을 보고 있는 매니는 "미쳤다"는 표현이 적절하지 않다는 걸 알고 있다. 저걸 보고도 이 여자가 FDR 드라이브에 있던 거대한 촉수 덩어리와 관계가 있다는 걸 모르기란 불가능하다. 어쩌면 이게 바로 촉수가 붙은 자동차에 타고 있던 사람들에게 일어나는 일인지도 모른다. 거기 닿은 사람들은 뭔가 근본적으로, 본질적으로, 감염되는 방식으로, 손상되는 것이다. 지금 저 여자를 통해 매니에게 말을 거는 존재는 여기에 있는 게 아니다. 어딘가 멀리 떨어진 곳에서 촉수 괴물 TV 전파를 내보내고 있고, 이 여자는 거기 초고속 케이블로 연결되어 있는 것이다.

"그럼 너는 뭔데?" 마침내 매니가 묻는다.

여자는 그 말에 코웃음을 치지만 시선은 여전히 그에게 못 박혀 있다. 눈을 전혀 깜박이지 않는 모습이 오싹하다.

"인사도 잡담도 없이 곧바로 본론? 딴 데 사람들이 뉴요커들을 무례하다고 여기는 게 무리가 아니라니까. 그래도 이번엔 꽥꽥 난리를 치진 않네? 도대체 네……." 여자가 시선을 허공으로 돌리더니 투명 사전을 훑는 것처럼 눈동자를 굴리다가 다시 매니를 쳐다본다. "맞아, 걸레. 걸레라도 문 것처럼 떠벌리던 더러운 입버릇은 어디 갔대?"

매니는 가능한 비속어를 쓰지 않으려고 애쓰는 중이다.

"우린 처음 본 사이인데."

"거짓말! 거짓말이야!" 여자가 눈을 휘둥그렇게 뜨며 매니에게 삿대질을 한다. 느닷없이 어렸을 때 도널드 서덜랜드가 나오는 영화 「외계의 침입자」를 수없이 돌려보던 때가 생각난다. 외계인 눈을 한 이 여자가 그에게 마구 손가락질을 하며 고함을 치는 모습이 너무 쉽게 상상된다. 하지만 그때 여자가 다시 이맛살을 찌푸린다. "하지만 확실히 상처가 없잖아. 형상을 바꾼 건가? 너희가 그런 일을 할 수 있을 줄은 몰랐는데. 나이를 아주 천천히 먹는다거나 그런 것만 되는 거 아니었어?"

"매니, 매니." 여자가 도통 이해할 수 없는 말을 횡설수설 지껄이는 사이, 벨이 살그머니 다가와 속삭인다. "저 여자 완전히 맛이 갔어. 근데 어떻게 갑자기 새하얘진 거야……?"

"매니?" 매니가 미처 대답하기 전에 여자가 날카롭게 반문한다. 벨에게서 매니로 시선을 옮겼다가, 다시 벨을 쳐다본다. "이름이 매니라고?"

"제기랄." 벨이 말한다. "미안. 네 이름을 말하는 게 아니었는데."

"신경 쓰지 마."

매니는 여전히 여자에게서 시선을 떼지 않고, 그래서 여자가 숨을 깊이 들이마시는 순간 얼굴이 뒤틀리고 일그러지는 모습을 볼 수 있다. 그때만큼은 이 여자는 절대로 인간이 아니다. 연한 갈색이던 눈동자가 하얗게 이글거리고 피부 밑에서 광대뼈가 꿈틀거리며 수십 개로 증식한다. 여자가 광기 어린 눈빛을 빛내며 환하게 웃는다.

"맨해튼." 숨과 함께 내뱉는다. 매니는 그 단어가 끌어당기는 인력을 느끼며 전율한다. 여자가 그의 이름을 부르는 방식에는 힘이 담겨 있다. 여자는 그 힘을 사용하는 방법을 알지만 매니는 아직 모르고, 그는 그게 두렵다. 여자의 저 변덕스러운 눈빛에 어린 탐욕과 갈망과 악의가 두렵다. "그래, 넌 맨해튼이구나. 돈이면 뭐든 다 되는 곳! 잠을 자기는 하니, 애송아? 실크와 새틴을 걸치고 있진 않네.*"

매니는 여자의 헛소리에 현혹되지 않으려고 안간힘을 쓴다. 중요한 것은 지금 그가 온몸에서 위험한 기운을 뿜어내는 적을 상대하고 있다는 사실이다. 인간의 형상을 입은 기괴하고 비현실적인 바다촉수 괴물을 어떻게 물리쳐야 할까? 지금은 우산도, 택시도 없고……. 쇼라코포크 바위뿐이다. 그리고 그는 그것을 어떻게 사용해야 할지 모른다.

FDR에서는 본능을 따랐더니 문제를 해결할 수 있었다. 계속 떠들게 놔둬. 지금 그의 본능은 이렇게 속삭이고 있고, 그래서 그는 이번에도 그 말을 따른다.

"FDR에서 난……." 매니는 여자의 밝은 갈색 시선을 똑바로 응시하며 입을 연다. "네 창조물을 우산으로 해치웠지." 뱃속에서 파득거리는 직감을 느끼고 마음을 고쳐먹는다. "아니야, 창조물이 아니었어. 그것도 너였군?"

"내 아주 작은 일부분이었지. 발가락 하나 정도?"

여자가 하얀 가죽 플랫슈즈에 감싸인 발을 들어 올려 발가락을 꼼지락거린다. 발목이 부어 있다. 아마 책상 앞에 너무 오래 앉아 있은 탓일 거다. 정체 모를 괴물에 씌어도 혈액 순환 문제는 해결이 안 되는 모양이다.

"그 발판을 잃을 거라곤 예상했었어." 여자가 길게 한숨을 내쉬며

---

*영화 「웨스트사이드 스토리」 삽입곡인 레너드 번스타인의 「뉴욕, 뉴욕」의 가사.

말한다. 몸을 돌려 빠른 걸음으로 오락가락 서성이며 전화기를 쥔 손을 가슴에 얹고 멜로드라마틱하게 한숨을 푹 쉰다. "보통 너희가 현현하거나, 성숙하거나, 뭐라고 부르는지 몰라도 하여간 그럴 때면 그렇게 되잖아. 실제로도 그랬고. 어떤 놈이 와서 우리 발을 치고 갔다고. 젠장! 쪼그만 것이 못돼 처먹어서는. 틀림없이 깡패 자식일 거야. 근데 그 자식이 가고 난 뒤에 피를 줄줄 흘리며 중간에 있는 차가운 심연 속에서 증오심을 박박 갈고 있는데 발가락이 아직 달려 있는 게 느껴지는 거야. 아주 조금, 딱 한 곳에. 발가락 하나가 남았더라고."

"FDR 드라이브." 매니는 온몸에 소름이 쫙 돋는다.

"그래, FDR 드라이브. 근데 네가 또 그 발판을 무너뜨렸지. 그거 너 맞지? 내 눈엔 전부 다 똑같아 보여서. 하지만 이제 냄새가 느껴져. 그 녀석과 비슷하지만 본인은 아니군." 여자의 머리가 양옆으로 까딱거린다. 뭔가 생각을 하는 것 같기도 하고 매니를 업신여기는 것 같기도 하다. "하지만 이미 늦었어. 네가 오기 전에 꽤 많은 차들을 감염시켰거든. 이제 우리에겐 뉴욕 광역권 전체에 수백 개의 발가락이 생겼지." 여자가 신이 나서 폴짝거리다가 발가락 수가 부족해 신경질이 난다는 듯이 얼굴을 찌푸리며 시선을 내리깐다.

매니의 머릿속에 촉수의 분수가 고속도로와 다리 위로 흘러넘쳐 100킬로미터 반경 너머로 들불처럼 퍼져 나가는 모습이 펼쳐진다. 상상만으로도 그게 얼마나 무섭고 소름 끼치는지 눈앞의 여자에게 들키지 않으려고 무진장 애를 쓴다. 그게 무슨 뜻일까? 도대체 무슨 짓을 하려는 거지? 이 도시의 사람들과 자동차가 감염되고 나면 그

다음엔 무슨 일이 일어나는 거지?

"도대체 둘이 뭔 소리를 하고 있는 거야?" 벨이 묻는다.

여자가 눈동자를 굴린다. "시공간의 분할과 중첩에 관한 정치적인 문제란다." 여자가 잽싸게 쏘아붙이고는 벨은 무시한 채 다시 매니에게 한숨을 지어 보인다. 벨은 멍하니 여자를 쳐다본다. "어쨌든 넌 그 녀석의 일부인 게 확실하니까, 어딘가에 너네들 넷이 더 있단 소리야. 그…… 인간들이 그걸 뭐라고 부르더라? 장기(臟器)?" 여자가 문득 말을 멈추고 이맛살을 찌푸리더니 이번에는 벨을 돌아보며 서쪽을 가리킨다. "너! 인간! 저게 뭐지?"

벨은 심히 걱정된다는 눈빛으로 매니를 힐끗 보고는 여자의 손가락을 따라 스파이턴 다이빌 강으로 시선을 옮긴다. 여자의 손가락 끝에 있는 것은 사실 강이 아니라 그 너머에 있는, 집과 아파트 건물이 점점이 찍혀 있는 웅장한 절벽이다. "웨스트체스터인가? 브롱크스일 수도 있고. 나도 몰라. 여기 온 지 일주일밖에 안 됐다고."

"브롱크스." 여자의 입술이 곡선을 그리며 말려 올라간다. "그래, 저것도 그중 하나지. 맨해튼도 그렇고. 나랑 싸운 녀석이 심장이라면 너희들은 머리고 팔다리지. 그 녀석은 너희들 없이도 우리랑 싸울 수 있을 만큼 강했지만 전투가 끝난 뒤에 멀쩡히 서 있을 정도로 강하진 못했어. 나를 쫓아내지도 못했고. 그래서 발가락 하나가 이젠 발 전체가 된 거야."

이제야 매니는 조금씩 이해하기 시작한다. "자치구(自治區)야." 그는 놀라 중얼거린다. 난 맨해튼이야. "뉴욕 시 자치구를 말하는 거구나. 네 말은 지금 내가 진짜 맨해튼이고." 숨을 크게 들이켠다. "다른 사람들이 더 있다는 거군."

여자가 재게 놀리던 발을 멈추고 지나칠 정도로 느릿한 동작으로 매니에게 고개를 돌리더니 다시 찬찬히 뜯어보기 시작한다.

"너 진짜로 이제야 알았구나." 여자가 눈을 가늘게 뜨며 말한다.

매니는 미동도 않는다. 손에 든 패를 보여 주는 실수를 저질렀다는 건 알지만 그 실수가 얼마나 치명적인지는 오직 시간만이 말해 줄 것이다.

"너희 다섯." 흰옷의 여자가 만족감을 드러내며 말한다.(그렇게 매니의 뇌가 여자를 유일무이한 고유의 존재로 지칭하기 시작한다. 이제 저것은 '흰옷의 여자'다.) 웃는 얼굴이지만 그 미소는 싸늘하다. "너희 다섯. 불쌍한 상파울루가 너희를 찾고 있겠지! 전에 싸웠던 놈 옆엔 그자가 있었지만 넌 지금 혼자야. 그리고 넌 네가 뭘 하고 있는지도 모르고. 맞지?"

겁이 나서 내장이 배배 꼬이는 것 같다. 여자가 뭔가 나쁜 짓을 하려는 건 알겠는데 어떻게 대항해야 할지 모르겠다. "원하는 게 뭐야?" 시간을 끌어야 한다. 생각할 시간이 필요하다.

여자가 한숨지으며 고개를 절레절레 흔든다. "말해 주면 재미나겠지만 재미로 이 일을 하는 건 아니라서. 난 할 일이 있거든. 그럼 안녕, 맨해튼."

그러고는 여자가 사라진다. 사라진 것은 흰옷의 여자다. 눈 깜짝할 사이에 여자의 옷과 머리카락이 평범한 색조로 바뀐다. 그 자리에서 휘청거리고 있는 건 평범한 갈색 눈의 여자다. 잠시 어리둥절해하는가 싶더니 입술을 꼭 다물며 다시 휴대전화를 들어 올린다.

카메라에 불이 들어온다.

하지만 그보다 더 나쁜 일이 벌어지고 있다. 목덜미 털이 쭈뼛 곤두선다. 매니는 저도 모르게 퍼뜩 튀어 오르며 누군가 뒤에서 다가오고 있다고 확신하며 황급히 몸을 돌린다. 잔디밭에서 소풍을 즐기고 있는 젊은 커플이 보인다. 하지만 그들 외에는 아무도 ——

잠깐. 틀렸다. 아스팔트 위 갈라진 틈새에서…… 유령처럼 희끄무레한 덩어리들이 돋고 있다.

매니가 벨의 팔을 움켜쥐고 재빨리 뒤로 잡아당긴 순간, 벨이 서 있던 자리에 작고 하얀 덩어리가 고개를 내민다. 금 간 자국이 없는 멀쩡한 아스팔트 위로도 점점 더 많은 하얀 것들이 움찔움찔 솟아난다. 매니는 튤립나무 바위를 에워싼 둥근 흙바닥과 그 너머로 약 10센티미터 정도로는 하얀 혹들이 없다는 걸 깨닫고 즉시 벨을 끌고 원 안으로 피신한다. 이 공간에는 보호막 같은 게 둘러져 있는 게 틀림없다. "저게 뭔……." 벨이 입을 연다. 벨이 저 하얀 것들을 볼 수 있다는 걸 알고 나자 다소 안도감이 든다. 적어도 저기 뭐가 있는지 설명할 필요가 없으니까. 벨은 바위에 등을 붙인 채 하얀 혹들이 애벌레처럼 길쭉길쭉 늘어나는 모습을 겁에 질려 바라본다.

"역겨워." 여자가 말한다. 그는 발목까지 자라난 촉수들이 하늘거리는 한복판에 서 있다. 여자의 목 뒤에서 자라난 것은 이제 두 갈래로 갈라져 섬뜩한 모양새로 매니에게 대놓고 관심을 집중하고 있다. 기가 막힌 건 여자가 이 와중에도 두 사람을 계속 촬영하고 있다는 거다. 아니, 단순히 영상만 찍는 게 아닌가? 잠시 후, 전화기 스피커에서 지직거리는 음성이 흘러나온다. 뭐라는지는 모르겠지만 여자의 말은 알아들을 수 있다. "여기 경찰을 보내 줘요. 인우드힐 파크에서 두 남자가 사람들을 협박하고 하고 있어요. 마약상인 거 같아요. 떠날 생각도 안 하고요. 섹스도 하고 있어요."

"세상에, 아줌마, 당신 섹스가 뭔지도 모르지?" 벨이 씩씩거리며 내뱉는다. 멀리서 젊은 커플의 웃음소리가 들리지만 벨이 한 말 때문에 웃는 것 같지는 않다. 자기들끼리 키스를 즐기느라 여기서 무슨 일이 벌어지고 있는지 전혀 모르고 있다.

여자는 벨의 말을 못 들은 척 통화에만 집중한다.

"그럴게요. 지금 녹화 중이에요. 네, 네." 여자는 잠시 주저하더니 얼굴을 일그러뜨리며 덧붙인다. "아프리카계 미국인이요. 아니면 히스패닉인가? 구분이 안 가네요."

"누가 봐도 난 아시아계 영국인이거든, 이 무식한 여자야!"

벨이 입을 떡 벌리고 어이없다는 표정으로 여자를 쳐다본다. 하지만 그러는 동안에도 촉수는 점점 자라나, 지금은 벨과 매니가 바위 위로 기어 올라가도 닿을 만큼 길다. 바위 위로 올라간대도 별 도움이 안 될 거다. 두 사람 모두 올라갈 자리가 안 되니까.

하지만 문득, 매니는 이 바위에 의미가 있다는 생각이 든다. 여기에도 힘이 깃들어 있지 않을까? 쇼라코포크. 미래의 뉴욕이 될 땅을 놓고 최초의 부동산 사기가 벌어진 곳. 이걸로 뭘 어떻게 할 수 있을까?

아. 아하아아!

매니는 벨을 쿡 찌른다. "바위 위로 올라가. 내가 설 공간이 필요하니까. 그리고 네 지갑에 들어 있는 돈 다 내놔."

아무런 저항 없이 순순히 매니의 말에 따르는 것만 봐도 지금 벨이 얼마나 넋이 나갔는지 알 수 있다. 군말 없이 허우적거리며 바위 위로 올라가더니 그가 바지 뒷주머니를 뒤진다. "너 강도짓 진짜 못한다." 떨리는 목소리로 농을 던지는 것만은 빠트리지 않는다.

매니도 주머니에서 지갑을 꺼낸다. 이상할 정도로 차분한 기분으로 지갑을 펼쳐 방금 머릿속에 떠오른 아이디어를 실행에 옮길 수단을 그러모은다. 그의 냉정하고 분석적인 일부분은 어떻게 지금 이렇게 초연할 수 있는지 고민한다. 그는 지금 겁에 질려야 한다. 저 촉수가 다른 사람에게 무슨 짓을 할 수 있는지 봤으니까. 저 하얀 것을 조종하는 존재가 그의 몸과 마음을 빼앗는다면 어떻게 될까?

죽는 거나 다름없겠지. 매니는 이렇게 결론짓는다. 그리고 매니의 일부는 이미 죽음의 문턱에 가 보았기에 — 이제야 깨달았는데, 그래서 이토록 차분할 수 있는 것이다 — 그는 결코 죽지 않겠다고 다짐한다.

지갑 안은 초라하다. 영수증 몇 장과 5달러짜리 지폐 한 장, 아메리칸 익스프레스 신용카드, 직불카드, 유통기한 지난 콘돔 하나. 사랑하는 사람의 사진이 한 장도 없다는 사실을 깨닫고 의아해하는 건 나중 일일 것이다. 그리고 신분증. 하지만 매니는 즉시 시선을 돌려 버린다. 오늘 아침 기차에 타기 전에 갖고 있던 이름 따위는 알고 싶지 않다. 과거에 그가 누구였는지는 중요하지 않다. 지금 그는 맨해튼이 되어야 한다.

손가락이 신용카드를 스치자 FDR 드라이브에서 느꼈던 기묘한 에너지가 가물거리며 모여드는 게 느껴진다. 그렇다.

"땅에는 가치가 있지." 그는 중얼거린다. 희고 가느다란 것들이 팔랑거리며 주위를 온통 포위하고 있지만 지금은 그마저 뒷전이다. "공원 같은 공유지도 마찬가지고. 토지를 소유한다는 건 개념에 불과해. 반드시 그렇게 살아갈 필요도 없고. 하지만 지금 이 모습의 이 도시는 바로 그 개념 위에 세워졌어."

"제발 너도 미친 건 아니라고 말해 줘." 바위 위에 웅크려 앉아 있는 벨이 말한다. "우리 둘 다 정신이 나가 버리면 안 돼. 집을 빌린 지 얼마 되지도 않았는데!"

매니는 고개를 들어 벨을 쳐다보고는 바위를 둘러싸고 있는 콘크리트 고리 너머로 5달러 지폐를 휙 내던진다. 지폐가 떨어진 자리에서 돌연 찢어지는 듯한 비명이 들리기보다 느껴지고, 매니는 보지도 않고 무슨 일이 일어났는지 알 수 있다. 아스팔트 위 지폐가 떨어진 곳이 촉수들에게 해를 입히자, 놈들이 즉시 그곳을 피해 물러나기 시작한다.

벨은 그 광경을 뚫어져라 쳐다본다. 갑자기 미친 듯이 지갑에서 지폐를 뽑아 든다. 유로, 영국 파운드, 미국 달러, 페소도 약간 있다. 정말 많이도 돌아다녔나 보다. 그가 던진 파운드 지폐가 매니가 돈을 던진 자리와 그리 멀지 않은 곳에 떨어지지만 이번에는 아무 일도 일어나지 않는다.

"나한테 달라고 했잖아." 매니가 덜덜 떨리고 있는 벨의 손가락에서 지폐 뭉치를 낚아채며 말한다. 이상한 느낌이 더욱 짙어진다. 맨해튼은 토지에 대한 가격 감정뿐만 아니라 도둑질한 가치 위에 세워졌다.

"저 망할 것을 없애게 도와주려고 한 거뿐이야." 벨이 뾰로통하게 대꾸한다. "세상에, 아까 네가 한 그 이상한 짓 좀 다시 해 봐. 저것 들이 가까이 오고 있다고!"

매니는 하얗게 덮인 주위로 비를 뿌리듯이 지폐를 날리기 시작한 다. 돈이 힘을 발휘하는 건 맞지만 위력이 그리 대단치는 않다. 5파 운드 지폐는 돈이 떨어진 자리에서 촉수들을 몰아내긴 해도 딱 거 기까지다. 금방 주위에서 다시 돋아난 하늘거리는 것들에 가려 이 내 돈이 떨어진 자리도 보이지 않는다. 유로와 파운드도 어느 정도 효과가 있긴 한데, 결국 액면가에 달린 것 같다. 100달러 지폐는 돈 이 닿은 자리뿐만 아니라 주변으로 몇 센티미터 정도 촉수의 접근 을 막을 수 있다. 100유로는 효력을 발휘하는 범위가 그보다 약간 더 넓다. 하지만 아무리 해 봤자 촉수들이 매니에게 닿지 못하게 할 정도의 공간만 확보할 수 있을 뿐이다. 만일 저것들이 계속 더 길게 자란다면 자투리땅을 아무리 많이 손에 넣든 결국엔 점령당하고 말 것이다.

맞아. 바로 그거야. 매니는 깨닫는다. 그는 지금 실질적으로 튤립 나무 바위 근처에 있는 땅을 사들이는 중이다. 하지만 지금 뿌린 돈 만 해도 이미 그 가치가 60길더는 훌쩍 넘는다.

"벨, 너 맨해튼 부동산 시가가 얼만지 알아? 평방미터당 얼마지?"

"너 진짜 회까닥 해 버린 거야?"

길게 자란 촉수 한 가닥이 매니의 허벅지를 향해 날아오자 20달 러 지폐로 찰싹 때려 쫓아낸다. 놈이 비명을 깩 지르며 물러난다.

"지금 당장 알아야 돼, 빨리!"

"내가 씨발, 그딴 걸 어떻게 알아? 월세나 빌렸지 건물은 사 본 적도 없는데. 1평방미터에 100달러쯤 되나? 아님 200달러?"

그렇다면 큰 문제다. 매니는 꿍 하고 신음한다. 맨해튼 땅값은 경악스러운 수준이고, 지금 두 사람에게는 목숨을 구할 수 있을 만큼의 현금이 없다.

매니가 자포자기한 기분으로 아멕스 카드를 내던지자, 지금껏 사용한 어떤 지폐보다도 강한 힘이 발휘된다. 네모난 카드 주위로 거의 자동차 한 대만 한 크기의 공간이 순식간에 깔끔해진다. 하지만 그 공간 너머에는 여전히 무성하게 자란 촉수가 우글거리고 있고 이제 매니에게 남은 것이라곤 직불카드뿐이다. 계좌에 돈이 얼마나 들어 있을까? 기억나지 않는다.

"됐어." 여자가 흡족한 말투로 말한다. 매니는 방금까지 그의 존재를 까맣게 잊고 있었기에 저도 모르게 소스라치게 놀란다. 부드럽게 물결치는 촉수들이 가장 빽빽하게 자라 있는 한복판에서 여자가 두 사람에게 미소를 지어 보인다. 여자의 머리와 어깨가 열 가닥도 넘는 촉수로 장식되어 있다. "경찰이 오는 중이래. 여태까진 대낮에 공원에서 마약을 빨든 다른 걸 빨아 주든 별짓을 다 하고 살았을지 몰라도 난 그런 짓거리를 참아 주려고 여기 이사 온 게 아니거든? 너희 같은 놈들을 다 쫓아낼 거야. 한 번에 하나씩, 전부 다."

입 안이 바싹 마르는 공포심에 밀려 맨해튼의 높은 부동산 시세에 대한 충격도 도망가고 만다. 여기로 경찰이 출동하기라도 하면…… 물론 확신할 수는 없다. 아무리 뉴욕이 초행이라지만 매니는 뉴욕 경찰이 이런 신고에 신속하고 단호하게 대응하기엔 인우드에 비백인이 너무 많이 산다는 걸 안다. 특히 지금처럼 도시 전체에 비상이 걸려 있을 때는 더욱 그렇다. 그럼에도 정말 출동한다면 하얀 촉수들이 빼곡히 뒤덮인 공간으로 걸어 들어올 테고, 고작 한 가닥의 촉수가 인종차별적 사고에 물든 저 참견쟁이 백인 여자를 육신 없이 실존하는 악(惡)의 통로로 만들었다면 거기 감염된 뉴욕 경찰은 어떻게 될지 별로 알고 싶지 않다.

제발 은행 계좌에 수백만 달러가 들어 있기를 간절히 빌며 직불카드를 내던지려는 순간…… 누군가의 휴대전화가 울린다.

뉴욕, 뉴욕, 거대한 꿈의 도시……*

이 정도 거리에선 조그맣고 빠르게 웅얼거리는 음성에 불과하다. 틀림없이 아이폰일 거다. 하지만 낮은 읊조림 뒤에 비트와 손뼉 소리가 들린다. 전자드럼과…… 저건 레코드판 긁는 소리인가? 구식 랩처럼?

너무 많아, 너무 많은 사람들, 너무 많아……

고개를 돌려 보니 중간 톤 피부색의 흑인 여자가 쇼라코포크 바위로 이어진 길을 따라 이쪽으로 걸어오고 있다. 키가 크고 강인해 보이며, 자세가 아주 위풍당당하다. 다리에 딱 달라붙는 펜슬 스커트 때문에 풍만한 허벅지가 유독 강조돼 보인다. 여자가 풍기는 저 당당하고 자신만만한 분위기는 패션 스타일과 굽이 두꺼운 힐, 벌꿀색 금발로 물들인 우아한 곱슬머리 덕분이기도 하지만, 대부분은 그저 저 사람이기 때문이다. 그가 지닌 본질적인 존재감 때문이다.

---

* 그랜드마스터 플래시 앤드 더 퓨리어스 파이브의 1982년 곡 「뉴욕 뉴욕」의 가사.

여자는 중요한 회의에 참석하러 가는 CEO거나 아니면 궁정 회의를 빼먹고 나온 여왕님 같다.

매니는 여자의 손에 휴대전화가 쥐어져 있는 걸 발견한다. 하지만 사진이나 영상을 찍고 있는 게 아니라 음악을 틀고 있을 뿐이다. 매니보다 조금 앞 세대에 유행한 노래지만 한두 번 들은 기억이 있다. 그리고…… 아. 전자드럼의 비트가 울릴 때마다 튤립나무 공터를 뒤덮고 있는 촉수 숲이 일제히 경련한다. 매니가 안도의 숨을 들이켠 순간 여자가 자갈길로 접어들고, 또각거리는 발걸음을 내디딜 때마다 촉수들이 움찔거리며 피해 달아난다. 실제로 여자한테 밟힌 촉수 하나는 비명을 내지르더니 끽끽 소리와 함께 말라 비틀어져 이내 흔적도 없이 사라진다. 여자가 전화기를 쥔 손을 밑으로 내리자 미처 피하지 못한 촉수들이 비트가 울릴 때마다 극심한 공격이라도 받은 양 몸부림친다. 그러더니 존재하지도 않았던 것처럼 흔적 하나 남기지 않고 바스라진다. 사방에서 촉수들이 바스러져 사라진다.

너무 많아, 너무 많은 사람들, 너무 많아…… 그렇다. 이 도시는 매니 같은 신참은 환영하지만 사람의 정신을 조종하는 다른 세계의 기생충은 건방지고 무례한 관광객에 불과하다.

"우리 다섯 명." 매니는 입 안으로 중얼거린다. 그는 이 여자가 누구인지, 적어도 무엇인지 안다.

벨이 그를 힐긋 보고는 고개를 절레절레 흔든다. "친구, 너 술 마실 줄 아는 거 맞지? 나 지금 엄청나게 센 게 필요하거든."

매니가 직전까지 억눌려 있던 아드레날린과 함께 웃음을 터트린다.

노래의 후렴구가 끝날 무렵엔 촉수들이 하나도 남김없이 사라져 다시 평범한 공터로 돌아온다. 나무, 잔디밭, 아스팔트, 가로등, 바위. 벨과 매니가 어깨를 잔뜩 움츠리고 방어적인 자세를 취하고 있던 방향에는 (지금은) 아무것도 없는 허공뿐이다. 심지어 백인 여자의 어깨와 목에 붙어 있던 촉수도 자취를 감추고 없다. 그는 그들 모두를 우두커니 쳐다보고 있다. 특히 경계심을 뾰족하게 세우고 흑인 여자를 쏘아보는 중이다. 하지만 녹화 버튼만은 손에서 떼지 않는다.

매니와 벨이 흑인 여자를 쳐다본다. 여자는 드디어 음악을 끄고 전화기를 토트백에 집어넣는다.(버킨백이다. 매니는 자신의 지식에 다소 경탄한다. 그는 값비싼 버킨백을 알아볼 수 있는 부류의 사람이다.) 흑인 여자에게는 묘하게 익숙한 데가 있는데, 그게 뭔지 모르겠다. 자기와 비슷한 존재라서 그런지도 모른다. 매니는 어설픈 갈망을 느끼며 여자를 빤히 바라본다.

"아직 방법을 못 알아낸 모양이네." 그들에게 말을 건 여자가 시선을 벨을 지나 매니에게로 향하더니 그대로 멈추고 눈가를 살짝 좁힌다. "아, 너 하나뿐이구나."

매니는 마른침을 삼키며 고개를 끄덕인다. 자신과 비슷한 자. "어, 나……난 아무것도 몰라. 그쪽은 알아?" 정신 나간 사람처럼 들릴 거라는 건 알지만 어떻게 물어봐야 할지 모르겠다.

여자의 눈썹이 쓱 추켜 올라간다. "그건 네가 뭘 묻는지에 달려 있단다. 어느 날 갑자기 머릿속에서 이상한 소리가 들리고 자동차 후드에 비둘기 깃털처럼 생긴 해괴한 것들이 달린 게 보이기 시작했냐고 묻는 거라면 대답은 '그렇다'야. 하지만 그 이유가 뭐냐고 묻는다면? 나도 모르지." 여자가 고개를 흔든다. "3호선에서 내리려고 저것들을 세 번이나 헤치워야 했어."

"비둘기 깃털?" 매니는 여자가 저 촉수들을 말하고 있다는 걸 안다. 그의 눈에는 해양생물에 더 가까워 보이지만 왜 깃털이라고 부르는지도 알 것 같다.

"정말 형편없는 범죄자들이네." 백인 여자가 고개를 저으며 말한다. "뻔뻔스럽게도 내 앞에서 맞춤 마약에 대해 떠들어?"

멀리서 사이렌 소리가 들린다. 진짜로 경찰이 오는 중인지 아니면 그냥 우연의 일치인지는 알 수가 없다.

더는 못 참겠다. 매니는 머리를 꼿꼿이 세우고, 이를 꽉 깨문다.

흑인 여자도 이제 백인 여자를 쳐다보고 있다. "이 사람들 때문에 경찰을 불렀다고? 왜? 흑인이랑 아시아인 주제에 공원을 산책하고 있어서?" 흑인 여자가 황당하다는 듯이 너털웃음을 터트린다. 하지만 그 웃음소리가 잦아들 무렵, 매니가 백인 여자에게 다가가 손에서 휴대전화를 낚아챈다.

"우와." 벨이 기겁하지만 매니는 무시한다. 여자가 작게 놀란 소리를 내고는 막 비명을 지르려고 숨을 들이마신 순간, 매니는 한 발짝 더 다가가 여자의 아래턱을 움켜쥐어 입을 막아 버린다.

흑인 여자가 작게 욕설을 뱉는가 싶더니 뒤로 슬쩍 빠져 숲에서 나오는 샛길 두 개를 감시하기 시작한다. 백인 여자는 몸을 비틀어 빠져나가는 게 아니라 외려 매니의 팔을 붙잡는다. 매니가 예상한 대로다. 여자는 자신의 사적 공간에 접근하는 건 말할 필요도 없고 공공장소에 나돌아 다닐 자격조차 없다고 여기는 사람을 피할 생각이 눈곱만큼도 없다. 겁을 먹지도 않는다. 감히 자기를 공격할 리가 없다고 믿기 때문이다.

흠, 그렇다면야. 매니는 번개 같은 속도로 손을 움직여 여자의 목을 움켜쥔다. 백인 여자의 눈이 휘둥그레진다.

"소리 지르지 마."

여자가 놀라 헐떡인다. 매니가 아귀의 압력을 높이며 몸을 돌리자 여자가 균형을 잃고 휘청거리며 딸려온다. 매니는 재빨리 몸으로 여자를 가려 건너편 풀밭에 앉아 있는 커플의 눈에 띄지 않게 한다.(딱히 그들이 이쪽에 관심을 기울이고 있는 것도 아니다. 자세와 움직임을 보건대, 매니는 그들이야말로 공공장소에서 섹스하는 모습을 영상으로 찍고 있는 게 아닌지 의심스럽다. 하지만 조심해서 나쁠 건 없겠지.) 설령 커플이 이쪽을 쳐다보더라도 매니와 여자가 가까이 붙어서 친근하게 대화를 나누고 있는 것처럼 보일 것이다.

여자의 몸이 뻣뻣하게 굳고, 목구멍에서 빠져나오려던 비명이 막혀 팽팽하게 돋은 힘줄 속에 갇힌다. 여자가 그의 의도를 알아차린 기색을 보이자 매니는 손에서 힘을 약간 뺀다. 그저 조용히 시키고 싶은 거지 숨통을 틀어막으려는 건 아니다. 게다가 조심스럽게 다루지 않으면 목에 손가락 자국이 남을 테다. 아귀힘을 딱 알맞게 조정하려면 예술적인 솜씨가 필요하다.

(도대체 그는 어떻게 이런 걸 알고 있는 거지? 맙소사.)

마침내 여자가 조용해지자 매니가 담담하게 말을 건넨다.

"마약상은 보통 고자질쟁이를 죽여 버리지 않던가?"

여자가 헐떡이며 매니와 시선을 마주친다. 이제 여자는 확실하게 겁을 먹고 있다. 매니는 씨익 웃으며 다른 손으로 여자의 전화기를 뒤진다. 평상시처럼, 태연하게. 마치 친구들끼리 서로의 전화기를 가볍게 갖고 노는 것처럼.

"내가 마약상에 대해서라면 들은 바가 있는데." 매니는 휴대전화의 저장 데이터를 뒤진다. 찾았다. 다음은 활성화된 앱을 뒤질 차례다. "내 말은, 우리는 마약상이 아니란 소리야. 하지만 만약에 우리가 그런 나쁜 놈들이라면 빤히 쳐다보면서 대놓고 동영상을 찍는게 상식적으로 말이 안 되잖아? 그런 게 안전할 리가 없잖아. 응? 내생각에 당신이 우리를 찍은 건 우리가 마약상이 아니라고 생각했기 때문이야. 우린 그냥 평범한 시민인데, 편안하고 거리낌 없이 돌아다니는 걸 보고 짜증이 난 거지. 덕분에 그쪽이 아주 위험한 일에 끼어들게 됐어. 움직이지 마."

느닷없이 치고 들어온 마지막 말에 놀라 여자가 흠칫 굳는다. 워낙 가까이 붙어 있는 탓에 매니는 여자의 몸이 팽팽하게 긴장해 있는 것을 느낄 수 있다. 기회가 생기면 잽싸게 도망치려고 무게 중심을 옮기고 있다. 매니는 만족감을 느끼며 다시 전화기 화면을 훑기 시작한다.

"어쨌든, 어디 보자…… 아, 페이스북이네. 라이브로 중계 중이었어?" 설정을 뒤져 본다. "그건 아니군. 백업 앱에 로그인도 안 했고……." 매니가 여자의 페이스북 프로필을 보고 환하게 웃음 짓는다. "마사! 마사 블레민스." 여자가 매니의 손바닥 밑에서 처량한 소리를 낸다. "예쁜 이름이네, 마사. 블레민스는 철자가 특이하고. 이

벤트 플라이트라는 회사에서 일하는구나. 시장 분석가라고? 엄청 중요한 일을 하시나 봐."

마사 블레민스는 이제 완연하게 공포에 질려 있다. 손은 아직 매니의 손목을 움켜쥐고 있지만 부들부들 떨리고 손바닥은 땀에 젖어 축축하다. 한쪽 눈에서 눈물이 주르륵 떨어진다. 패닉 상태라는 게 확연해 보여서 여자가 용케 입을 열었을 때는 매니도 깜짝 놀란다.

"너⋯⋯넌 날 못 해쳐." 마사가 떨리는 음성으로 말한다. "아, 안 그러는 게 좋을걸."

크고 깊은 안타까움이 매니를 덮친다. "난 당신을 해칠 수 있어, 마사." 그는 솔직하게 털어놓는다. "방법도 알고 누구를 해치는 게 처음도 아닐 거야. 내 생각엔⋯⋯ 난 그런 경험이 많은 것 같거든."

매니는 그 말이 사실이라는 걸 안다. 그의 과거라는 불투명한 회색 늪에서 빠져나와 다시 그에게 돌아오고 있는 정보가 하필 이것이라는 게 싫다. 매니의 손바닥 밑에서 마사의 맥박이 쿵쿵 달음박질친다. 이 일은 마사에게 아주 깊은 상흔을 남길 것이다. 이것은 강도짓 아닌 강도짓이다. 마사는 다시는 이 도시에서 편히 잠들지 못할 것이고, 출근할 때마다 등 뒤를 힐끔거리며 불안에 떨 것이다. 이제 매니는 영원히 마사의 머릿속에 살면서 '특정 부류의 사람들'을 넣어 두는 작은 선입견의 상자 속에서 보란 듯이 손을 흔들 것이다. 마사가 아무 자극도 없었는데도 선제적으로 선입견을 발휘했다는 사실은 매니가 마사의 인식을 바꾸기 위해 할 수 있는 일이 없다는 뜻이지만, 결국 자신이 그 고정관념을 더 확고하게 만들고 있다는 사실이 너무나도 싫다.

사이렌 소리가 희미해진다. 경찰이 다른 일 때문에 우연히 지나가는 것일 수도 있고 아니면 순찰차를 다른 곳에 주차하고 여기까지 걸어오는 것일 수도 있다. 이제 자리를 떠야 할 시간이다. 매니는 마사의 목을 놓아 주고 한 발짝 뒤로 물러선다. 바지에 전화기를 조심스럽게 문질러 닦고, 손가락 끝으로 화려한 전화기 케이스의 울퉁불퉁한 가장자리를 살짝 잡아 마사에게 전화기를 돌려준다. 마사가 휴대전화를 빼앗듯이 낚아채더니 여전히 충격에 할 말을 잃은 채 매니를 쏘아본다.

"좋은 하루 되시길, 마사." 매니는 진심을 담아 말한다. 그러나 백인 여자가 야기할 수 있는 위험을 방지하려면 마지막으로 한마디를 덧붙여야 한다. 마사의 마음속에 실제보다도 더 큰 위협으로 남아야 한다. 그래서 그는 말한다. "다시는 만날 일이 없으면 좋겠어."

그러고는 몸을 돌려 사이렌 소리가 향하는 쪽과 반대쪽으로 난 길로 걷기 시작한다. 벨이 그를 멍하니 바라보다가 황급히 뒤따라온다. 흑인 여자도 한숨을 쉬더니 두 사람에게 합류하고, 세 사람은 언덕을 향해 걷는다.

마사는 매니가 두고 간 자리에 숨소리 하나 내지 않고 가만히 서 있을 뿐이다. 고개를 돌려 그들이 떠나는 모습을 지켜보지도 않는다.

공원의 가장자리에 다다랐을 때 ─ 다행히 경찰은 마주치지 않았다 ─ 드디어 흑인 여자가 입을 연다. "그럼 넌 맨해튼이군."

침울함에 젖어 있던 매니가 그 말에 퍼뜩 정신을 차리고 여자를 돌아본다. 여자가 가방에서 에너지 바 같은 것을 꺼내 우물거리기 시작한다.

"맞아. 어떻게 안 거지?"

"장난해? 너처럼 똑똑하고, 매력적이고, 옷도 잘 입고, 골목길에서 사람 하나 정도는 목 졸라 죽일 정도로 냉혹한 남자가?" 여자가 코웃음을 친다. 매니는 여자의 평가에 꽤나 마음이 상하지만 내색은 하지 않는다. "월 스트리트랑 시청에서 흔해 빠진 부류지. 솔직히 더 못됐을 거라고 생각했는데. 협박을 단순한 협박으로 끝내지 않을 인간일 거라고 말이야."

항상 그런 건 아닌데. 매니는 다소 낙담하며 속으로 생각한다.

벨이 침을 크게 삼키는 소리와 헛기침의 중간쯤 될 법한 소리를 낸다. "그럼 네가 누군지 기억난 거야?" 매니가 무슨 소리냐는 듯 인상을 찌푸리자 벨이 약간 서글픈 미소를 지으며 눈을 피한다. "그러니까 내가 전에 만난 그 친구로 돌아왔냐는 뜻이야. 유리한 입장에 있는 친구 말이야."

매니는 뭐라고 대답해야 할지 몇 가지 선택지를 돌려 본다.

"아니."

"말하는 게 확신이 없네."

사실이다. 이런 얘기를 하고 싶지도 않다. 매니는 화제를 돌리려고 흑인 여자를 찬찬히 뜯어보며 어림짐작으로 찍어 본다.

"퀸스?" 여자가 즉시 분개한 눈빛으로 쏘아보자 재빨리 정정한다. "브루클린이군."

아주 잘 어울리는 것 같다.

"그래, 공교롭게도 내 이름이기도 하지. 브루클린 토머슨. 변호사야. 지금은 정치 쪽에서 일하지만."

여자는 진짜로 이름이 브루클린이다. 그리고 자신이 누군지도 기억하고 있다. 그건 이 일로 인해 그들이 무엇으로 변했든 기억을 잃은 게 정상적인 과정은 아니라는 뜻이다.

"어떻게 알았어?" 매니가 불쑥 묻는다. "나를 어떻게 찾았지? 음악을 틀어야 한다는 건 어떻게 알았고? 나는 왜 그런 걸 하나도 모르는 거지?"

브루클린이 냉랭한 시선으로 그를 꼼꼼히 훑어본다. 경사진 언덕을 오르고 있는 탓에 눈썹 위에 땀방울이 맺혀 있다. 그들은 공원의 가장자리를 따라 빙 돌아가고 있다. 나무들 때문에 방향감각이 엉망이지만 매니의 생각엔 남쪽으로 가는 중인 것 같고 머지않아…… 다이크먼 스트리트 쪽으로 나가게 될 것 같다. 휴대전화의 지도에서 본 기억이 난다.

"너 여기 출신 아니지?"

"그래."

매니는 브루클린을 빤히 쳐다본다. 그걸 어떻게 알았는지 궁금하다. 펜 역에서 만났던 자전거 호객꾼은 그를 뉴요커라고 생각했는데.

브루클린이 매니의 당혹감을 눈치채고는 한숨을 쉰다. 문득 매니는 이유는 모르겠지만 브루클린이 그와 대화하는 것을 좋아하지 않는다는 느낌을 받는다. 개인적인 이유가 있거나 어쩌면 여자에게 위협적으로 구는 남자를 좋아하지 않기 때문일지도 모른다.

"어떻게 아는지는 나도 몰라. 그냥 느낌이 그래. 오늘 하루 종일 그랬어. 말도 안 되는 생각을 하고 말도 안 되는 행동을 하고. 아무 이유도 없이 그냥 그렇게 해야 한다는 직감이 들었지."

매니는 천천히 심호흡을 하며 마음을 가라앉힌다.

"맞아, 나도 그래."

벨도 이제야 마음이 좀 진정됐는지 평소의 평범한 영국 억양으로 돌아온다. "둘이 뭔 소리를 하는지 전혀 모르겠다는 게 얼마나 다행인지 모르겠다. 뭔진 몰라도 안 좋은 일 같은데."

브루클린이 그 말에 코웃음을 치더니 매니에게 관심을 돌린다.

"난…… 어렸을 때부터 머릿속에서 소리를 들었지. 중얼거림이나 느낌, 이미지 같은 것들. 가끔은 피부로 느껴지기도 했고. 가벼운 잡아당김이나 숨결, 누군가의 손길 같은 거. 나중엔 익숙해져서 생각도 안 하고 살았어. 한동안은 나도 대답을 해 줬지. 그게 이 도시에 대한 러브송이란 이야긴 아무한테도 안 했지만, 모든 사람이 모든 걸 알 필요는 없으니까."

무뚝뚝해진 얼굴을 보자 매니는 그제야 브루클린이 정말로 싫어하는 게 뭔지 깨닫는다. 브루클린은 매니를 싫어하는 게 아니라 개인적인 이야기를 털어놔야 한다는 게 싫은 것이다. 매니는 방금 들은 이야기를 절대로 상대에게 불리하게 이용하지 않겠다는 걸 보여 주려고 열심히 고개를 끄덕이지만, 브루클린은 이런 상황 자체가 불쾌하다는 듯이 고개를 흔들 뿐이다. 그때 브루클린의 찡그린 표정에 담긴 무언가가 매니를 강타한다. 그는 우뚝 멈춰 선다. 브루클린이 몇 발짝 앞서 걷다가 머뭇거리며 매니를 돌아본다. 마음의 준비라도 하는 양 숨을 참고 있다. 그걸 보니 의심의 여지가 없다.

"세상에. 당신 MC 프리잖아."

"뭐라고오오오오?" 벨도 발을 멈추고 브루클린을 샅샅이 뜯어본다. "이런, 제기랄, 진짜잖아."

"난 브루클린 토머슨이야." 부드럽지만 단호한 대답이다. "MC 프리는 내 예명이었고. 30년 전에, 지금보다 몸무게가 15킬로그램은 덜 나가던 시절이지. 지금은 시의회에서 일하고, 법학학위랑 열네 살짜리 딸이 있고, 부업으로 방을 빌려주는 일을 하지." 그제야 브루클린이 긴장을 약간 풀고 한숨을 쉰다. "하지만…… 그래, 옛날엔 그랬단다."

"하느님 맙소사." 벨이 노골적인 숭배심을 뿜어내며 말한다. "초창기 최고의 여성 래퍼였잖아요. 루이셤에서도 완전 인기였는데, 난 당신 노래를 들으면서 자랐다고요."

브루클린의 표정이 살짝 일그러진다. "그런 말을 들을 때마다 흰머리가 나는 것 같다니까. 내가 요즘 머리를 염색하는 건 아니?"

벨이 움찔 놀라더니 슬그머니 눈치를 본다. "예에에에에, 미안요. 닥칠게요."

그들은 한동안 아무 말 없이 걷는다. 바람 때문에 숨을 쉬기가 어렵다. 매니는 충동적으로 시선을 들어 나무숲을 올려다본다. 나무 그늘 아래 이곳은 아스팔트와 콘크리트 산책로보다 훨씬 시원하다. 너구리나 사슴, 어쩌면 코요테까지, 여기 야생 동물이 살고 있을 거라고 생각하니 기분이 묘하다. 요즘 도시의 일부 지역에 동물들이 돌아오고 있다는 이야기를 들은 적이 있다. 그렇지만 이 공원에는 다른 종류의 짐승들도 돌아다니고 있을 것이다. 마사 블레민스 말고도 얼마나 많은 사람들이 여기서 강도짓을 당했을까? 얼마나 많은 구타와 칼부림, 강간이 일어났을까? 레나페 부족이 쫓겨난 후 그

빈 자리는 바로 네덜란드인으로 채워졌다. 그 과정에서 얼마나 많은 이들이 죽었을까? 이 오래된 지반은 얼마나 많은 피와 공포에 적셔졌을까?

나는 맨해튼이야. 매니는 생각한다. 이번에 스멀스멀 그를 채우는 건 절망감이다. 그 모든 살인자들. 노예상인들. 빈민가의 전기를 끊어 어린애들을 얼려 죽인 악덕 집주인들. 전쟁과 타인의 고통을 착취해 번 돈으로 부자가 된 주식 브로커들.

있는 그대로의 사실일 뿐이다. 그걸 좋아할 필요는 없다.

그들은 다이크먼 스트리트에 도착한다. 꽉 막힌 도로를 보아하니 러시아워가 시작된 모양이고, 거리 양쪽으로 학교 수업을 마친 아이들이 쏟아져 나오고 있다. 공원에서 나오는 매니와 일행에게 관심을 갖는 사람은 아무도 없다. 경찰이 마사의 신고를 받고 달려왔는지 어쨌는지는 몰라도 경찰도 보이지 않는다. 하지만 윌리엄스버그 사건을 생각하면 실제로 출동하진 않았을 것 같다.

"이제 어떻게 하지?"

매니의 물음에 브루클린이 한숨을 내쉰다. "나도 몰라. 하지만 이것만은 말해 두지. 난 갑자기 이런 일이 일어난 데에는 뭔가 이유가 있을 거라고 생각해." 그러고는 매니를 빤히 쳐다본다. "다리에서 일어난 일도 그 일부라는 건 알지?"

매니가 브루클린을 지그시 응시한다. 벨이 의아한 눈빛으로 두 사람을 번갈아 쳐다본다. "윌리엄스버그 브리지 말이야? 뭔 얘길 하는 거야? 혹시 다리가 무너진 것도……." 벨이 애매한 몸짓으로 튤립나무 바위 쪽을 가리킨다. "저 구불구불한 거랑 다른 여자 때문이라는 거야?"

브루클린이 눈살을 찌푸리며 벨에게 묻는다. "다른 여자?"

"당신이 오기 전에 그 참견쟁이 아줌마가…… 이상한 걸로 변했 거든요." 벨이 몸서리를 친다. "세상에 그렇게 섬뜩한 건 처음 봤어요. 아, 그 조그맣고 하얗고 이상한 건 빼고요."

브루클린이 무슨 소린지 모르겠다는 듯 머리를 흔들자 매니가 나선다. 사실 그들이 목격한 것을 설명할 말을 찾는 건 쉬운 일이 아니지만 몇 번의 시도 끝에 그는 브루클린이 본 여자가 누군가, 혹은 뭔가 다른 존재가 일시적으로 빙의한 그릇일 뿐이라고 이해시키는 데 성공한다.

"그 여자는 이걸 조종해." 브루클린이 생각에 잠긴 동안 매니가 자기 목덜미를 가리키며 말한다. "확실해. FDR 드라이브에 있었던 것도 그 여자 거였고. 촉수가 닿으면 그렇게 되는 거야."

"오늘 이상하게 FDR 드라이브엔 가고 싶지 않더라니. 평소에도 자주 운전을 하는 건 아니지만 오늘은 지하철을 타고 싶더라고." 브루클린이 한숨을 푹 내쉰다. "그래서, 어, 뭐라고 해야 하지? 널 느꼈다? 워싱턴하이츠에서 위기 대응 문제로 시의원 회의가 있었는데, 회의를 마치고 집에 가려고 하니 업타운으로 가는 지하철을 타야 한다는 느낌이 강하게 드는 거야. 그리고 음, 너한테 가까워질수록 그 느낌도 강해지더군. 끌리는 대로 가 보니 너희가 곤경에 빠져 있었고."

"우린 다섯 명이야."

매니는 브루클린이 그 말의 의미를 깨닫는 모습을 지켜본다.

"이런 제기랄. 지금 다른 셋도 곤경에 빠져 있을지 모른단 뜻이야?" 브루클린이 난색을 표하더니 이내 천천히 고개를 가로젓는다. "널 도와줄 수 있어 다행이라고 생각해. 하지만…… 난 쓸데없는 일엔 끼어들고 싶지 않아. 애도 키워야 하고 편찮으신 아버지도 돌봐야 하니까. 다른 사람들을 찾고 싶으면 마음대로 해. 하지만 난 집에 갈 거야."

브루클린을 설득하기 위해 막 입을 열려는 찰나, 시야 한구석에 들어온 뭔가가 매니의 관심을 잡아끈다. 고개를 돌려 흔적을 따라가자 길 건너편에 있는 보데가*에 시선이 닿는다. 그 옆에는 세탁방이 있고, 문 앞에는 손님들을 위해 인심 좋게 마련해 놓은 낡고 삐걱거리는 작은 벤치가 있다. 한 노인이 작은 개의 목줄을 쥐고 앉아 세탁소 문가에 서 있는 여자와 웃으며 스페인어로 뭔가를 열심히 얘기하는 중이다. 하지만 그의 개는 매니를 쳐다보고 있다. 저 차분하고 흔들림 없는 시선은 절대로 평범한 동물의 눈빛이 아니다.

매니는 개를 면밀히 살펴본다. 앞발톱 사이에 산책길에 풀잎이라도 묻혀 온 것처럼 희고 가느다란 촉수 대여섯 가닥이 살랑이고 있다.

브루클린도 봤다. "미치고 환장하겠네."

매니는 온몸의 살갗이 따끔거리는 걸 느끼며 개에게 시선을 고정한 채 말한다. "FDR에서도 저랬어. 촉수가 닿은 건 전부……."

"전염병처럼 말이지." 브루클린이 뒷말을 받는다.

벨도 개를 쳐다보고 있다. 잘 안 보이는지 끙끙대다 우거지상을

---

* 스페인어에서 온 단어로 일종의 편의점이나 식품 잡화점.

하고는 몸서리를 친다. "아까 공원에서 저 사람이 개랑 산책하는 걸 본 기억이 나. 만약에 공원에 있던 사람들이 전부, 어, 감염됐다면 하루 이틀이면 도시 전체에 퍼지는 거 아냐?"

한참 동안 아무도 입을 열지 않는다.

"내가 주변에 있는 것들을 해치웠을 때 그 여자에게 붙어 있던 하얀 것도 떨어져 나갔지." 브루클린이 말한다. 제 딴에는 나름 잘 숨기고 있었건만 개를 보고 나자 지금까지 쓰고 있던 자신만만했던 가면이 결국 흘러내린다. 개는 촉수가 조용하고 은밀하게 곳곳으로 퍼져 나가고 있음을 실감하게 해 준다. "상황이 정리된 후에 그 여자가 드러낸 악의는 누군가의 조종을 받는 게 아니라 본인의 본심이었어."

매니는 택시를 타고 돌진하는 위험천만한 모험을 감행했을 때 FDR 드라이브 너머로 퍼져 나간 힘의 파동을 떠올린다. 이제야 그게 뭔지 알 것 같다. 그건 한 점으로 응축된 도시의 에너지였다. 그래서 매니가 더는 그것을 필요하지 않게 되자 다시 넓게 흩어진 것이다. 에너지의 파동이 어디까지 미쳤을까? 잘은 모르겠지만 매니는 흰 촉수들이 그 힘에 닿자마자 죽어 사라진 것을 기억한다.

강력한 무기. 만일 그 힘을 일관되게 사용할 방법만 알아낼 수 있다면 아주 강력한 무기가 될 수 있다. 매니는 브루클린에게 말한다.

"날 도와 달라고 강요할 순 없지만, 만약에 내가 혼자서라도 이 일을 해야 한다면 뉴요커가 되는 방법에 대한 속성 코스가 필요해."

브루클린이 눈을 깜박인다. 또다시 세상이 이중으로 중첩되는 기이한 현상이 발생한다. 여기, 이상한 뉴욕에서 갑자기 시야가 넓고 높게 확장된다. 미시적 관점이 아니라 거시적 관점으로 변한다. 그리고 이 다른 세계에서, 브루클린이 매니를 가까이서 굽어보고 있다. 넓고, 방대하고, 헤아릴 수 없이 수많은 오래된 조각들이 서로 촘촘하고 무질서하게 이어져 붙은 모습의 브루클린. 나이는 더 지긋하고, 크기는 더 거대하다. 모든 면에서 더 강인하다. 팔과 배는 각자 고유한 리듬과 명성을 지닌 힘 있는 동네들로 덧대져 두툼하고 우락부락하다. 하시드파* 공동체와 젊은 예술가들이 모여들어 힙스터의 성지가 된 윌리엄스버그. 베드스타이(죽기 살기로!).** 요즘 발발하는 폭동이라곤 브런치 레스토랑에서 벌어지는 치열한 자리다툼밖에 없는 크라운하이츠. 브루클린의 턱은 브라이턴비치의 유서 깊은 폭력배들의 고질적인 포악함과 높은 파도를 앞세운 바다의 무자비한 필연성에 저항하는 로커웨이 노동 계급의 완강한 고집으로 딱딱하게 긴장되어 있다. 그러나 그 심장부에는 높고 뾰족한 건물들이 우뚝 서 있다. 맨해튼만큼 웅장하진 않아도 —실제로 그중 몇몇은 화려하고 명랑한 코니아일랜드 놀이공원일 것이다 —못지않게 눈부시고 예리하다.

그는 브루클린이며, 또한 강력하다. 브루클린을 알든 모르든, 그 순간 매니는 그를 사랑하지 않을 수가 없다. 하지만 눈 깜짝할 새에 브루클린은 다시 눈부시고 예리한 미소를 지닌 중년 여인으로 돌아온다.

---

*극도로 보수적인 유대교 분파.

**줄여서 베드스타이(Bed Stuy)로도 불리는 베드퍼드-스타이베선트(Bedford - Stuyvesant)는 악명 높은 흑인 빈민가로 'Do or Die'는 그 지역의 치열한 삶을 의미하는 일종의 모토다.

"그건 내가 도와줄 수 있겠다." 브루클린이 마지못해 시인한다. "저 잡것들이 계속 퍼져 나간다면 그래야만 할 것 같고. 하지만 뉴욕 사람이 되는 데에는 한 가지 방법만 있는 게 아냐." 브루클린은 마치 가방을 바꾸듯이 너무도 쉽고 완벽하게 갖가지 억양을 자유자재로 넘나든다. 매니는 조금씩 그 리듬을 느끼며, 모든 것을 빨아들이고 흡수한다. "도시의 부름을 진짜로, 진심으로 느끼려면 대부분 최소한 1년은 걸리지."

도시의 부룸. 매니의 귀에는 그렇게 들린다. 마치 단어에 우 발음이 들어 있는 것처럼, 말할 때 브루클린의 코가 실룩인다. 겹겹의 음조가 단어에 여분의 소리를, 생각에는 여분의 의미를 추가로 부여한다. "최선을 다할게." 매니는 마지막 단어에 일부러 우 발음을 가미해 새로 습득한 지역색을 시험해 본다. 그다지 어울리는 것 같지 않다. 이건 맨해튼이 아니라 브루클린이므로. 그래도 지금 매니의 언어에 범벅된 중서부 억양보다는 훨씬 낫다. 그는 의도적으로 과거의 말투에서 벗어나려고 노력 중이다. 그 어조는 이곳에 속하지 않는다.

"집에 전화부터 하고." 이윽고 브루클린이 길게 한숨을 쉬며 말한다. "오늘 늦는다고 할게. 그런 다음 커피숍에 가거나 아니면……."

두 사람은 동시에 느낀다. 여기가 아닌 다른 세계, 그들의 다른 동료가 화려하고 눈부신 마천루를 폭발시키며 느닷없이 등장하자 브루클린과 맨해튼은 발 대신 토대를 지닌 존재가 할 수 있는 만큼 뒤로 물러나 공간을 내어준다.

인간 세상에서 두 사람이 얼굴을 마주 보며 완벽한 남인도 억양의 영어로 동시에 중얼거린다. "아우, 진짜. 지구의 형태는 비유클리드 기하학이거든? 그건 즉 다른 종류의 수학을 사용한다는 뜻이라고. 헷갈리지 마."

벨이 두 사람을 뚫어져라 쳐다본다. "오늘 내가 본 중에 제일 소름 끼치는 장면이었어. 아, 외계인이 조종하는 스파게티만 빼고."

"좋아. 크로스타운 버스를 타자. 조금만 가면 정류장이 있어."

브루클린의 말에 매니가 고개를 끄덕인다. 그는 자신의 느낌을 완전히 이해할 수 있을 만큼 이 도시를 잘 알지는 못하지만 지금 어디론가 가야 한다는 사실만큼은 본능적으로 알 수 있다.

"어디로?"

"퀸스." 브루클린이 대답한다. "아까 그건 퀸스였어."

그래, 당연하지. 매니는 숨을 깊이 들이쉬며 벨에게 말한다.

"넌 집에 가는 게 좋겠다. 미안…… 하지만 앞으론 아까보다 더 이상한 일이 생길 거라서."

벨이 몸을 뒤로 기울이며 숨을 길게 뱉는다.

"꼭 방금 있었던 일은 별거 아닌 것처럼 말한다? 하지만 네 말이 맞아. 그래, 신과 함께 가 버려. 아디오스." 벨이 한 발짝 물러나더니 손을 흔든다. "스파게티 인간들한테 잡아먹히지 말고. 넌 적어도 아직까지 최악의 룸메이트는 아니거든."

매니는 애매한 웃음을 지으며 잘 가라고 고개를 끄덕인 다음, 벌써 빠른 걸음으로 버스 정류장을 향하고 있는 브루클린을 서둘러 쫓아간다. 벨과 헤어지고 한두 블록쯤 지나, 촉수에 감염된 개와 어느 정도 거리를 벌린 뒤에야 비로소 입을 연다.

"택시를 안 타는 이유가 있어?"

"운전사에게 뭐라고 할지 모르겠어서. 퀸스는 굉장히 넓어. 무작정 포스가 느껴지는 곳을 찾아다닐 순 없지. 일단 크로스타운 버스를 타고 지하철 7호선으로 가자. 대중교통이 날 너한테 이끌었으니 이번에도 같은 일이 벌어지길 빌어야지. 지금 꼴을 보아하니 집에 가긴 글렀군." 브루클린이 한숨을 쉰다.

"알았어."

너무 막막하다. 하지만 매니는 왜 브루클린이 빠른 걸음으로 서두르고 있는지, 왜 이 새로운 직감이 구체적이고 확실한 방향을 가리킬 때까지 기다릴 수 없는지 이해한다. 속에서 급격히 피어오르고 있는 이 불안하고 다급한 느낌에는 의심의 여지가 없다. 이 도시 어딘가에서 퀸스가 인간으로 현현하고 있고, 지금 위험에 처해 있다.

퀸스에게 조금이라도 도움이 되고 싶다면 빨리 서둘러야 한다.

문제는, 그들이 이미 늦었다는 확신이 든다는 것이다.

## 3장

# 레이디 (스태튼) 아이슬린

때가 됐다.

아이슬린 홀리한은 스태튼아일랜드의 세인트조지 페리 터미널에서 떨고 있는 중이다. 여기서 떨고 있은 지 벌써 20분째다. 퇴근길 러시아워가 시작되기 전이라 대기실에는 빈 좌석이 많고 페리가 만석이 될 일도 없지만 그는 가만히 앉아 기다리는 대신 유리문 앞에서 초조하게 서성이기로 한다. 적어도 몸을 움직이는 동안에는 몸이 덜 떨릴 테니까.

터미널은 기본적으로 수백 명을 수용할 수 있는 크고 넓고 밝은 공간이다. 두려워할 것은 아무것도 없다. 벽면에는 아이슬린이 절대로 볼 생각 없는 영화와 절대로 사용할 일 없는 화장품 광고가 즐비하다. 아이슬린의 주변에 서 있거나 앉아 있는 사람들은 모두 그의 것, 그의 사람들이다. 아이슬린은 이 사실을 본능적으로 받아들인다. 비록 아시아인의 얼굴이 눈에 띄거나, 스페인어는 아니라도 명백하게 영어가 아닌 언어가 들릴 때마다 저도 모르게 반발심이

128

들긴 하지만 말이다.(케추아어야. 낯설고 이상한 감각이 이렇게 속삭이지만 그는 듣고 싶지 않다.) 아이슬린에게 관심을 보이거나 괴롭히는 사람도 없고, 주위엔 다른 평범하고 정상적인 사람들이 많으니 이렇게 겁을 먹을 이유도 없다. 하지만 두려움을 느끼는 데 항상 타당한 이유가 있는 법은 아니다.

스피커에서 알아듣기 힘든 안내 방송이 흘러나오고, 방 건너편에 있는 커다란 문이 벌컥 열린다. 그 뒤로 내다보이는 선착장에는 오후 2시 30분 페리가 대기 중이다. 터미널에서 기다리던 100명가량의 승객이 페리를 향해 우르르 움직이기 시작하자 아이슬린도 뒤늦게 비틀거리며 인파를 따라간다.

첫발을 내딛자마자, 뭔가 잘못됐다. 모든 게 잘못됐다. 보통 스태튼아일랜드 사람들이 아침에 페리를 타고 떠나고 나면 섬은 텅 비고 조용해진다. 지금은 오후다. 퇴근 시간이 가까워지면서 도시 전체 — 여기서 도시란 항상 맨해튼, 일명 더 시티다 — 에서 수천 명의 스태튼아일랜드인이 조바심을 내고 있다. 최신식 의자 위에서 몸을 비비 꼬며 아직 온전한 숲과 농장과 덜 망가진 해변이 있고 대부분의 가족들이 단독주택과 자가용을 소유한 곳으로 어서 빨리 돌아가길 꿈꾼다. 지금 아이슬린은 대부분의 사람들이 돌아가길 원하는 시간에 섬을 떠나려 하고 있다. 사람들의 의지와 반대로 강을 거슬러 올라가는 중이다. 뭔가 잘못됐다는 느낌이 피부를 무겁게 압박한다. 머리 가죽이 따끔거린다. 하지만 그래도 아이슬린은 인파의 흐름을 이 잘못된 느낌의 대항마로 활용해 발을 놀리려고 애쓴다. 문을 지나, 선착장으로, 배를 향해서. 아이슬린은 지금 삶의 방향을 스스로 선택하는 중이다! 이 잘못된 느낌은 그저 상상일 뿐이다.

아니면…… 아니면 뭔가 다른 일이 벌어지고 있는지도. 어쩌면 아이슬린의 발목을 잡아끄는 것이 항구에 몰아치는 세찬 돌개바람이 아니라 납처럼 무거운 그의 발과 돌덩이 같은 다리인지도 모른다. 머리 가죽이 따끔거리는 건 사나운 바람이 머리카락을 파헤치고 있기 때문이 아니라 섬 ─ 아이슬린의 섬 ─ 이 두려움에 가득차, 애정을 담아, 그를 잡아당기고 있기 때문인지도 모른다.

아니면 단순히 공황발작의 전조일 수도 있고.

아이슬린은 그 느낌에 저항하며 어떻게든 페리에 올라타는 경사로까지 가는 데 성공한다. 조타실 옆에 커다란 글씨로 적혀 있는 페리의 이름은 존. F. 케네디다. 저것이 바로 아이슬린을 괴롭히는 것의 이름이다. JFK도 누군가 ─ 아버지는 갱이라고 했고, 어머니는 미친놈이라고 했는데 ─ 그의 머리를 날려 버리기 전에 무서워하던 게 있었을까? 아이슬린이 저 배에 올라탄다면 거의 매일같이 그런 일이 일어나는 시티로 가게 될 것이다. 스태튼아일랜드에서도 사람들이 서로를 죽이긴 하지만 '시티'는 다르다. 거기서는 모든 게 다르다.

만일 저 배에 탄다면, 아이슬린은 달라져서 돌아오게 될 것이다.

뒤에서 누가 세게 밀친다. "길 좀 막지 마요."

만일 저 배에 탄다면, 아이슬린은 잘못되어 돌아올까?

팔에 누군가의 손이 닿는다. 경사로가 워낙 좁고 사람은 많다 보니 누군가 아이슬린에게 세게 부딪치며 욕설을 내뱉고, 뒤에서 계속 밀치는 사람들 때문에 아이슬린의 왼쪽 가슴이 닿아 짓눌린다.

별로 아프지도 않고 우연히 일어난 일이지만 누군지 보려고 고개를 돌린 순간, 아이슬린의 시선이 검은 살갗 위를 스친다. 마치 매직 에잇볼*을 흔들었더니 안에 든 자그마한 플라스틱이 '이제 패닉에 빠져!'라고 말하는 것 같다.

머릿속에서 두서없는 생각들이 터져 나온다. **저리 가 저리 가 나한테서 떨어져 손대지 마 떨어져 제발 여기서 나가게 해 줘.** 무의식적으로 몸이 움츠러든다. 이제 아이슬린은 인파를 거슬러(하지만 드디어 섬의 소망대로), 낯선 사람의 접촉에서 탈출해 또 다른 사람들 사이로 돌진하며 대체 누가 저렇게 째지는 비명을 지르고 있는 건지 의아해하다가, 뒤늦게 그것이 자신의 목소리임을 깨닫는다. 깜짝 놀란 사람들이 발을 멈추거나 미친 여자를 피하려고 화들짝 물러나지만 이곳은 여전히 비좁고 서로 다닥다닥 붙어 있다. 사람들이 아이슬린에게 부딪친다. 아이슬린은 몸을 비틀며 그들을 피해 유리문으로 달려간다. "우와, 이봐요, 잠깐만요." 누군가 그를 붙잡으려는 것처럼 말한다. 저건 누구지? 흑인 남자가 다시 몸에 손을 대게 내버려 둘 순 없다.

아이슬린의 손목을 붙잡은 것은 흰 손이다. 손의 주인은 보지도 않고 손톱을 세워서 살점을 긁어 거기서 벗어난다. 누군가 비명을 지르고, 군중의 물결이 갈라지고, 마침내, 드디어, 아이슬린은 자유의 몸이 된다. 유리문을 통과해 터미널 밖으로 뛰쳐나간다. 가족용 화장실에서 한 경관이 허리춤을 추스르며 나온다. 한쪽 겨드랑이

---

*질문을 하고 흔들면 대답을 해 주는 장난감.

밑에 《포스트》가 끼워져 있다. 그가 고함을 지르며 아이슬린을 쫓아오기 시작하자 멈춰야 한다는 생각이 든다. 아버지는 언제나 아이슬린에게 도망치는 건 범죄자나 하는 짓이라고 단단히 이르곤 했다. 그리고 방금 아이슬린은 누군가에게 손톱을 휘둘렀다. 그것도 일종의 폭행이 아닌가? 이제 그는 범죄자다. 경찰은 아이슬린을 라이커스 섬*에 처넣을 거다. 아이슬린의 섬과는 정반대로 다른, 나쁜 곳. 그들은 아이슬린을 스태튼아일랜드에서 끌어내 억지로 경찰선에 실은 다음, 다시는 돌아오지 못하도록 —

"하지만 누구도 도시가 원하지 않는 일을 억지로 하게 할 수는 없지." 바로 옆에서 누군가 의아한 듯 말한다. 눈을 들어 보니 한 여자가 아이슬린의 옆에서 나란히 달리고 있다.

아이슬린은 소스라치게 놀라 발을 헛디디고 만다. 여자가 잽싸게 손을 내밀어 붙들고, 두 사람은 함께 멈춰 선다. 아이슬린은 어느새 자기가 터미널 밖에 평행으로 늘어선 여러 개의 버스 플랫폼 사이에 와 있는 걸 알고는 다소 놀란다. 생판 모르는 사람들이 지나가면서 의아한 눈빛을 던지자 움찔거리며 낯선 이들의 시선을 피해 고개를 숙이지만, 부드러운 바닷바람에 조금씩 패닉에서 벗어나는 것 같다. 아이슬린은 마른침을 삼키고는 조금씩 마음을 가라앉히기 시작한다.

"자, 자, 괜찮을 거야." 여자가 아이슬린의 어깨를 잡고 말한다. 다독이는 미소를 띤 얼굴이 아이슬린이 보기에도 안심이 된다. 짧게

---

*라이커스 교도소가 있다.

자른 금발이 하얀 얼굴과 회색 눈을 감싸고 있고, 발에는 샌들을 신었는데 그런데도 빨리 뛸 수 있나 보다. 화이트진은 아마 최신 유행을 따른 거 같고, 하얀 블라우스는 분명히 그렇다. 아이슬린이 멍청한 표정으로 쳐다보자 여자가 말을 잇는다. "이제 좀 낫지? 여긴 무서워할 게 없어. 배도 없고, 물도 없고, 불법 이민자랑 부대낄 일도 없고, 빨리 배를 타고 건너오라는 또래 압력도 없지! 널 비난하는 건 아냐. 맨해튼은 생긴 건 예쁘장한데 애가 좀 까불거리거든."

말도 안 되는 소리를 듣고 있으려니 마음이 진정되는 것 같다. 맨해튼은 사람이 아닌데, 꼭 사람인 것처럼 말하네. 그리고 까불거린대. 저도 모르게 웃음이 삐져나온다.

하지만 여자의 말을 깊이 생각하기도 전에 전화기가 울린다. 아이슬린이 화들짝 놀라 튀어 오르자 여자가 지나치게 친근한 척 어깨를 토닥인다. 처음 만났을 때부터 계속 이랬다. 마치 낯선 타인이 닿은 기억 따위는 전부 지워 버리고 자기에 대한 기억만 남기고 싶다는 듯이. 하지만 이상하게도 아이슬린은 기분이 좀 나아진다. 전화기를 꺼내 화면을 보니 '매슈 홀리한(아빠)'이라는 글자가 떠 있다.

"어디냐?" 전화를 받자마자 아빠가 묻는다.

"볼일이 있어서 나왔어요." 아이슬린은 거짓말에 소질이 없고 아버지는 아이슬린의 거짓말을 잡아내는 데 천부적인 능력이 있기 때문에, 아버지와 말을 할 때는 항상 약간의 진실을 끼워 넣어야 한다. 아이슬린은 페리 터미널에 오는 길에 식료품점에 들러 마늘을 샀다. "식료품점에 들렀다가 지금은 쇼핑을 좀 하고 있어요. 일은 괜찮아요?"

아이슬린이 아니라 아버지에게 화제의 중심을 돌리는 건 항상 좋은 방법이다. 아버지가 한숨 짓더니 미끼를 덥석 문다.

"이민자들 때문에 죽을 것 같다." 아버지는 집에서와는 달리 직장에 있을 때는 사회적으로 용납 가능한 단어를 쓰려고 조심한다. 경찰들이 집에서 쓰는 말과 직장에서 쓰는 말을 구분 못 해서 자주 신세를 망친다고 말하곤 했다. "요 지긋지긋한 인간들. 오늘 아침에도 한 놈 체포했다. 차 안에 혼자 아무것도 안 하고 앉아 있는 거야. 뭔지 알지? 딱 봐도 마약상일 거 같더라. 뒤져도 물건은 안 나왔는데, 신분증이 없더라고. 뭔지 알지? 그래서 한번 찔러 보려고 이름을 시스템에 돌려서 이민국에 전화할 거라고 했지. 근데 그래도 괜찮은 척하는 거야. 자긴 푸에르토리코인이라서 미국 시민이라나?* 나를 별 괴상한 호칭으로 불러 대면서 인종 프로파일링이 어쩌고 트위터에 올리겠다 뭐라 떠들더라." 아버지가 눈동자를 굴리는 소리가 들리는 것 같다. "그래서 원하는 대로 프로파일을 작성해 줬다. 폭행죄로 감방에 처넣었거든."

아버지가 혼자 떠벌리는 말을 대화로 이어 나가는 것은 아이슬린이 어린 시절부터 완벽하게 갈고닦아 온 기술이다. 아버지가 말한 마지막 문장에서 힌트를 포착하고, 그것과 관련된 질문을 하고, 관심을 딴 데로 돌린다. 아이슬린은 지난 몇 년간 이런 식으로 겨우 생각의 틈새를 만들어 낼 수 있었다.

"폭행요? 아빠 괜찮아요?"

---

* 서인도제도에 위치한 푸에르토리코는 미국의 자치령으로, 주민도 미국 시민으로 규정된다.

아버지는 놀란 것 같으면서도 흡족한 소리를 낸다. 이건 좋은 신호다. "아, 아니란다, 우리 애플. 그 자식이 날 공격했으면 내가 그 멍청한 머리를 엉덩이까지 쑤셔 박아 줬겠지. 아냐, 아냐. 그냥 집어넣을 이유가 필요했던 것뿐이다." 아버지가 어깨를 으쓱하는 소리가 들린다. 그러고는 웃음소리. "긴장을 풀려고 차에서 뉴에이지 음악을 듣고 있었단다. 그 말이 믿기냐? 이놈의 인간들."

아이슬린은 아버지가 떠드는 동안 버릇처럼 고개를 주억거리며 주변을 두리번거린다. 집에 가려면 몇 번 버스를 타야 하는지 열심히 기억을 더듬는다. 하지만 그때, 아직도 아이슬린의 어깨에 손을 올리고 있는 낯선 여자가 시야에 들어온다. 아이슬린은 여자의 손을 거의 느낄 수가 없다. 거기 있어야 할 압력도, 따스한 체온도 느껴지지 않는다. 하지만 페리 경사로에서 흑인 남자가 잡았던 반대쪽 손은 아직도 따끔거린다. 그 사람이 아이슬린에게 나쁜 짓을 한 건 아닐까? 손에 마약이 묻어 있어서 피부에 흡수된 건 아닐까? 어떤 마약은 그런 식으로 작용한다고 아버지한테 들은 적이 있다.

하지만 아이슬린의 눈길을 끈 것은 옆에 서 있는 흰옷을 입은 여자가 이따금 하는 행동이다. 여자는 행인들이 옆을 지날 때마다 자유로운 반대쪽 손으로 그들을 슬쩍슬쩍 건드리고 있다. 모든 사람한테 그러는 건 아니고 그저 가끔씩 이 사람 저 사람 다정하게 어깨를 가볍게 만진다. 아무도 여자의 손길을 눈치채지 못하는 것 같다. 그러다 한 남자가 신발 끈을 매려고 멈춰 섰을 때 아이슬린은 뭔가 이상한 것을 발견한다. 흰옷의 여자가 그를 만진 곳에, 티셔츠 사이로 희고 가느다란 덩어리가 볼록 튀어나와 있다. 아이슬린이 지켜보는 앞에서 그 덩어리는 조금씩 길고 두꺼워지더니 남자의 어깨 위로 거의 15센티미터나 길쭉하게 뻗어 나와 바람에 산들산들 흔들리기 시작한다. 색은 하얗고 굵기는 털실 정도다.

저건 정말 너무 이상하다. 흰옷을 입은 금발 여자가 아이슬린이 사적인 통화를 하고 있는 게 명백한데도 옆에 찰싹 달라붙어 있는 것도 너무 이상하다. 어쩌면 아이슬린이 진짜로 괜찮은지 보려고 그러는 건지도 모르지만.

아버지의 기분이 조금씩 풀리고 있다. 드디어 자유인가 생각할 무렵 아버지가 말한다. "그건 그렇고 채널에서 긴급경보가 뜨길래 네 생각이 났지 뭐냐." 아이슬린은 바짝 긴장한다. 채널은 아버지가 경찰 무전을 가리킬 때 쓰는 말이다. "너랑 인상착의가 비슷한 젊은 여자가 소란을 일으키고 누굴 공격했다는 거야."

이것도 일종의 버릇이다. 아이슬린은 아버지의 말을 웃어넘긴다. 자신의 목소리가 불안하게 들린다는 건 안다. 그의 목소리는 늘 불안하다. "갈색 머리에 서른 살짜리 백인 여자가 한둘이에요?"

그 말에 아버지가 웃자, 긴장이 풀린다. "그건 그래. 네가 누군가를 칼로 찌른다는 것도 상상이 안 되고 말이다." (칼? 아이슬린은 생각한다. 하지만 그의 손톱이 긴 편이긴 하다.) "페리를 타는 것도 그렇고."

아이슬린의 몸이 빳빳하게 굳는다. 흰옷의 여자가 어깨를 건드리며 뭐라 위로의 말을 건네는 것 같지만 이번엔 아무 도움도 되지 않는다. "나도 페리에 탈 수 있어요." 아이슬린이 불쑥 내뱉는다. "마음만 먹으면요."

아버지의 웃음소리가 귀에 거슬리기 시작한다. "네가? 넌 도시에 잡아먹힐 거다, 우리 애플." 그러고는 아이슬린이 마음 상한 것을 알았다는 듯이, 마치 거기 진짜 신경이라도 쓴다는 듯이 아버지의 음성이 조금 부드러워진다. "넌 좋은 아이야, 아이슬린. 하지만 시티는 좋은 사람들이 갈 곳이 아니란다. 내가 항상 뭐라고 하더냐?"

아이슬린은 한숨을 내쉰다. "여기서 일어나는 일은 다른 곳에서도 전부 일어나지만 적어도 여기 사람들은 품위를 지키려고 한다고요."

"맞다. 아빠가 또 뭐라고 했지?"

"'네가 행복한 곳에 있으라'고요."

"그래. 도시에서 네가 행복할 수 있을 것 같니? 거기에 갈 수야 있겠지. 하지만 여기서 이대로가 좋다면? 집에 있으렴. 집에 계속 산다고 나쁠 건 없어."

그렇다. 아이슬린은 성인이 되고 난 후에 날마다 스스로에게 그렇게 말하곤 했다. 어른이 되었는데도 여전히 부모님과 한 집에 사는 자신을 위안하기 위해서. 하지만 그건 거짓말이다. 그는 외롭고, 창피하고, 언젠가 또는 어디선가 신나고 재미있고 우아한 삶을 산다는 꿈을 아직 포기하지 못했다. 하지만 이건 그에게 필요한 거짓말이다. 특히 페리를 타려다 처참하게 실패한 뒤에는 더욱 그렇다.

"네, 아빠. 고마워요."

아버지의 미소가 눈에 보이는 것 같다. "엄마한테 아빠 오늘 늦는다고 전해 줘라. 체포를 했다는 건 서류 작업을 해야 한다는 뜻이거든. 이 염병할 인간들." 그는 한 푸에르토리코인이 어두운 피부색을 가진 주제에 차 안에서 뉴에이지 음악을 들으며 앉아 있었기 때문에 저녁식사에 늦게 되었다는 것처럼 한숨을 내쉬고는 전화를 끊는다.

아이슬린은 휴대전화를 집어넣고 핸드백을 고쳐 메며 마음을 가다듬는다. 혹은 그러려고 한다. 낯선 여자가 아직도 아이슬린의 어깨를 쥐고 있다. 자기 손이 왜 거기 가 있는 건지 이상하다는 듯 눈시울을 찌푸리고 있긴 하지만. 아이슬린이 여자의 손을 내려다본다.

"어, 무슨 문제라도 있나요?"

"뭐? 아." 여자가 손을 떼더니 웃어 보인다. 다소 경직된 미소다. "다 괜찮아. 아무래도 쉽게는 안 되겠네 싶어서." 여자의 미소가 더욱 환하고 솔직해진다. "하지만 역시 너에 대한 내 짐작이 맞았어."

그제야 처음으로, 아이슬린은 꺼림칙함을 느낀다. 여자는 무섭지는 않지만 어딘가 이상해 보인다. "뭐가 맞아요?"

"일단 널 내 걸로 만들 순 없었어." 여자가 팔짱을 끼더니 페리 선착장에서 고개를 돌려 높은 사무용 건물과 아파트 단지가 모여 있는 쪽으로 시선을 향한다. "성향은 완전 딱인데. 오늘 아침에야 도시가 재탄생했는데 벌써 이곳 속성과 강하게 묶여 있어서 내가 아무리 끌어들이려고 해도 안 되네. 이미 평범한 인간이 아니라 도시의 냄새를 풍기는걸."

여자가 어깨를 으쓱한다. 무슨 소리인지 도통 모르겠지만 아이슬린은 슬그머니 고개를 돌려 겨드랑이 냄새를 킁킁 맡아 본다.

흰옷의 여자가 세인트조지의 보잘것없는 경관을 바라보며 혼잣말을 중얼거리기 시작한다. "런던 이후로는 이렇게 애를 먹은 적이 없는데. 보통은 매개체를 분리하기가 크게 어렵지 않거든. 물론 도시형태학은 늘 예측 범위를 뛰어넘지만 후성적(後成的) 발현, 그러니까 인지가 가능한 방식으로 이뤄지는 대사(代謝) 흐름이 발생하기 마련이지. 한데 이 도시는 이상해." 여자가 못마땅한 얼굴로 고개를 흔든다. "뉴욕 그 자체인 뉴요커가 너무 많아. 문화변용(文化變容) 지수가 위험할 정도로 높아."

여자의 머리가 갑자기 빙그르르 돌더니 아이슬린을 향한다.(정말로 그렇게 빙그르르 회전한 것처럼 보였다. 여자의 목 근육이 모터나 도르래나 무슨 기계라도 되는 것처럼.) 뭔가를 골똘히 생각하고 있는 듯하다.

"넌 네가 누군지 알아?"

"아뇨, 어……." 아이슬린은 다시 주위를 두리번거린다. 어떤 플랫폼에서 버스를 타야 하더라? 너무 많은 데다 하나같이 다 똑같아 보인다. 어쩌면 아무거나 골라잡아 그쪽으로 가야 할지도 모르겠다. 이 여자에게서 벗어날 탈출 전략이 필요하다. "미안해요. 난 잘 모르겠네요……."

바로 그때 ― 나중에 아이슬린은 이 순간을 아주 또렷하게 기억할 것이다 ― 여자의 존재감이 돌변한다. 지금까지 여자는 엄밀히 말해…… 진심으로 관심을 집중하고 있는 게 아니었다. 아이슬린을 구슬리는 미소 아래에는 서먹함과…… 마지못한 시늉……이 있었다고 해야 할까? 하지만 돌연, 여자는 지금 여기에 있다. 더 크고 선명해진다. 내려다보며 압박한다. 아이슬린보다 고작 몇 센티미터가 더 클 뿐이면서 그 얼마 안 되는 격차 속에서 거대한 탑처럼 우뚝 솟아 있다. 여자가 빙그레 웃자 아이슬린은 그의 그림자 속에서 작고, 초라하고, 하잘것없고, 비참하고, 절망적이리만큼 외로움을 느낀다.

하지만 그와 동시에, 아이슬린의 내부에서 뭔가 다른 느낌이 솟구친다. 오늘 아침에 경험했던 것과 똑같은 느낌이다. 아침식사를 마치고 어젯밤에 읽은 로맨스 소설 『스코틀랜드 여인의 비밀』을 떠올리며 설거지를 하고 있을 때였다. 상상 속에서 그는 잘생긴 마굿간지기와 몰래 잠자리를 같이하는 자부심 강하고 결단력 있는 하일랜드의 여자 귀족이었는데, 남자는 흑인은 아니었지만 성기만큼은 절대 그 사람들 못지않았다.(흥분했을 때 끝부분만 빼고. 그 부분은 분홍색이었는데 아이슬린은 그게 작가가 창의력을 발휘해 지어낸 건지 아니면 실제로 그런 게 가능한지 알 수가 없었다.)

수세미로 프라이팬에 달라붙은 달걀 찌꺼기를 문지르며 전날 밤에 읽은 섹스 신을 상상하던 그때, 아이슬린은 갑자기 마음속에서 울부짖는 소리를 들었다. 상스럽고 품위 없고 성난 울부짖음이었다. 너무도 지독한 분노에 가득 차 있어 귀를 통해 들었다면 뭐라고 말하는지 알아듣지도 못했을 포효였다. 혼란스럽고 두서없는 날것의 분노. 하지만 아이슬린은 마음으로 그 단어들을 듣고, 이해하고 느낄 수 있었다. 그는 싸우고 싶었다. 어디선가 고함을 내지르고 있는 저 사람처럼. 아이슬린은 알 수 있었다. 저 사람은 지금 싸우고 있다. 마치 그와 한 몸이 된 양 엄청난 분노와 공격성이 밀려왔고, 주체할 수 없는 감정에 압도된 아이슬린은 방으로 달려 들어가 베개를 침대에 마구 내려쳤다. 그건 전혀 아이슬린답지 않은 일이었다. 아이슬린은 절대로 맞서 싸우거나 저항하지 않은 사람이다. 하지만 그날 아침, 그는 베개를 갈가리 찢어발겼고, 도시로 가야 한다는 주체할 수 없는 충동에 못 이겨 베개 폼 대학살 현장에서 벌떡 일어나 페리를 타러 왔다. 그 강렬한 분노 속에서 자신의 강인함을 확신하며 수년 만에 처음으로 여기까지 왔다.

하지만 실패했다. 이번에도 또.

그러나 지금 아이슬린은 그 이상한 분노가 또다시 북받쳐 오르는 것을 느낀다. 그를 압박하며 내려다보고 있는 이 여자는 누굴까? 아이슬린은 안다. 이자는 이곳에 속하지 않는다. 아이슬린이 아무리 도시를 무서워할망정 스태튼아일랜드는 그의 섬이고, 감히 누구도 그의 본거지를 업신여기지 못한다.

하지만 아이슬린이 입을 열어 제발 경찰을 부르기 전에 저리 가요를 절박하고 애처로운 버전으로 호소하기 직전, 흰옷의 여자가 얼굴 가득 미소를 띠며 상체를 가까이 들이민다.

"너는 스태튼아일랜드구나."

아이슬린은 흠칫 놀란다. 여자가 한 말 때문이 아니라, 누군가 그 말을 했다는 사실 때문이다. 여자가 나직하게 웃더니 아이슬린이 내비치는 충격을 전부 다 삼켜 버리겠다는 듯이 눈알을 굴리며 그의 얼굴을 샅샅이 훑는다.

"모두가 잊고 있는 곳, 그리고 기억되었을 때조차 경멸받는 곳. 다른 자치구들은 물론 스스로도 '진짜' 뉴욕으로 여기지 않는 곳. 하지만 그래도 넌 여기 분명히 존재하지! 남들의 무시와 경멸 속에서도 재탄생 과정에서 살아남을 만큼 독특한 문화를 발전시켰고. 오늘 아침에 도시의 다른 부분들이 너를 부르는 걸 들었지, 그렇지?"

아이슬린은 주춤거리며 뒤로 물러난다. 별 이유는 없다. 그저 더 편안하고 적당한 거리에서 대화를 나누기 위해서일 뿐이다. "아니, 난……." 하지만 그는 들었다. 도시의 오만하고도 생생한 부름을 들었고, 그의 일부는 거기 응답하려 했다. 그래서 이곳 페리 선착장으로 달려온 것이다. 하지만 아이슬린은 끝내 문장을 완성하지 못한다. 이 이상 말할 필요가 없기 때문이다. 흰옷의 여자는 아이슬린이 그의 섬을 속속들이 알듯이 그에 대해 너무 잘 알고 있다.

"아, 불쌍한 것." 여자의 열망 어린 표정이 너무도 빨리 다정하게 변하는 바람에 아이슬린의 분노도 함께 녹아 사라져 버린다. 이제 아이슬린은 빠른 속도로 자라나는 불안감을 느낀다. "너도 내 말이 진실이라는 걸 알잖니? 하지만 넌 이 광막한 세상에 혼자란다. 초록의 바다 위를 떠다니는 작은 해조류 하나. 수천억 세계의 존망을 위협하고 있으면서도 자기가 별로 중요하지 않다고 생각하지. 네가 그토록 위험한 존재만 아니었다면 딱하게 여겼을 텐데."

"난……." 아이슬린은 여자를 멀거니 쳐다본다. 해조류? 그게 무슨 말이야? 방금 나를 미생물 취급한 거야?

"그리고 넌 이제 항상 그 진실을 안고 살아가야 하지." 여자는 더 이상 아이슬린을 압박하듯 내려다보고 있지는 않지만 ― 적어도 심하게는 ― 가소롭게 여기는 분위기는 그대로다. 아이슬린은 아직도 여자의 태도에 모멸감을 느껴야 할지 말아야 할지 몰라 당혹스런 마음으로 쳐다보고만 있다. 여자가 몸을 가까이 기울인다. "그래서 네가 페리를 무서워하는 거야. 이 섬에 사는 인간들의 절반은 매일같이 저 물을 건너가야 한다는 사실에 진절머리를 내지. 왜냐하면 그들은 알고 있거든. 저 건너편에서 기다리고 있는 게 권력도 화려함도 아니라 고작해야 형편없는 일자리와 쥐꼬리만 한 봉급, 평범한 커피 한 잔을 주문하면 콧방귀를 뀌며 경멸하는 콧대 높은 장발남 바리스타와 영어는 한 마디도 못하는 주제에 네 410⒦*를 멋대로 굴려 억대로 돈을 버는 더럽고 열등한 짱깨년들과 페미니스트와 유대인과 성전환 도착자 들과 까아아아암둥이들과 진보주의자뿐이라는 걸 말이야. 아, 좌파 저능아가 도처에 깔려 있지. 온갖 변태들에게도 안전한 세상을 만들어야 한다고 지껄이면서 말이야. 그리고 섬의 나머지 절반은 거기서 살 형편이 안 된다는 걸 슬퍼하면서 언제든 여길 등지고 나가 다시는 돌아오고 싶어 하지 않는 바리스타와 짱깨와 페미니스트 들이고. 네가 바로 그 사람들이야, 아이슬린! 넌 50만 명의 두려움과 적개심을 함께 품고 있지. 그러니 왜 네 일부가 항상 비명을 지르면서 여기서 도망치고 싶어 하는지 알 것 같지 않니?"

이제 여자는 바짝 붙어 내려다보는 걸 넘어 두 팔을 크게 벌리고 마구 흔들면서 거의 고함에 가까운 커다란 소리로 혼자 떠들고 있다. 콧구멍이 벌름거리고, 눈빛이 열기에 번들거린다. 그래서 아이슬린은 자기보다 덩치 크고 목소리 큰 사람이 소리를 지를 때마다 하던 대로 반응한다. 몸을 최대한 작게 움츠리고, 여자가 들이댈 때마다 움찔움찔 피하면서 두 손으로 꼭 움켜쥔 핸드백을 방패처럼 몸 앞쪽으로 내민다.

마침내 여자의 횡설수설 밑천이 떨어져 입가에 작고 흰 거품만을

---

* 미국의 기업 퇴직연금 제도.

남기며 조용해졌을 때, 아이슬린이 생각해 낼 수 있는 대꾸는 한 가지밖에 없다. "나……난 401(k) 없는데요."

흰옷의 여자가 고개를 갸웃 기울이며 몸을 뒤로 물린다.

"뭐라고?"

"그, 그쪽이 아까……." 아이슬린은 침을 꼴딱 삼킨다. 여기 페리 항에서 그 단어를 말할 수는 없다. 그건 집에서만 쓰는 말이다. "어, 아시아 여성들이 내 401(k)를 훔쳐 간댔는데 나……난 그거 가입 안 했어요."

흰옷의 여자가 아이슬린을 물끄러미 쳐다본다. 어쩌면 이건, 여자는 자기보다 더 미친 소리를 하는 사람은 생전 처음 봤는지도 모른다. 잠시 후 여자가 박장대소를 터트린다. 무시무시하고 끔찍한 웃음이다. 여자가 즐거워하고 있는 건 분명하지만, 그래도 끔찍한 소리다. 지나치게 높고, 지나치게 날카롭고, 그 날선 소리에 아이슬린은 고등학교 때 겪었던 못된 여자애들과 만화영화에 나오는 마녀의 웃음소리를 떠올린다. 옆을 지나던 사람들이 흠칫 놀라며 마치 그 소리에서 경고의 기미라도 감지한 듯이 여자를 쳐다본다.

하지만 잠시 후에 아이슬린은 자기도 피식거리고 있다는 걸 깨닫는다. 아주 약간이지만. 그러다 긴장의 순간이 지나고, 키득거리는 웃음소리가 새어 나온다. 웃음은 원래 전염성이 있다고들 하지만 이건 그 이상이다. 아이슬린은 여자의 웃음에 감염되었다. 카타르시스를 공유함으로써 형성되는 유대감. 이제 아이슬린과 흰옷의 여자는 함께 큰 소리로 웃고 있다. 어찌나 심하게 웃음이 나는지 아이슬린의 눈에 눈물이 찔끔 고이고, 이 기분 좋은 순간만큼은 방금까지 고민하던 모든 게 전부 헛되고 쓸모없는 것 같다. 마치 둘이서 오랫동안 알고 지낸 친한 친구 사이 같다.

웃음이 잦아들자, 흰옷의 여자가 실수했다는 듯이 한쪽 눈을 손으로 꼭 누른다.

"세상에, 방금 그거 정말 좋았어. 솔직히 다 끝나고 나면 이 세계가 그리울 것 같아. 가증스럽긴 해도 소소한 즐거움이 있단 말이야."

아이슬린은 아직도 엔도르핀에 취해 싱글거리고 있다.

"좀 평범하고, 어, 정상적으로 말하면 안 돼?"

"그러지 않으려고 노력하는 편이야." 여자가 작게 한숨을 쉬며 아이슬린에게 손을 내민다. "하지만 널 도와주고 싶어. 제발 내가 널 돕게 해 줘."

아이슬린은 거의 반사적으로 눈앞에 보이는 손을 마주 잡지만, 살짝 난색을 표한다. "어, 날 도와줄 일이 뭐가 있는데?"

"전부 다. 난 너 같은 애들이 이런 과정을 겪는 걸 수백 번도 더 봤어. 그리고 항상…… 난관이 많았지. 난 네가 마음에 들어, 아이슬린. 넌 아주 조그만 섬이잖니. 프라이머리(primary)가 눈을 뜨면 넌 끔찍한 일을 겪게 될 거야. 놈은 괴물이거든. 난 널 그놈한테서 구해 주고 싶어."

발작에 가까운 격렬한 폭소가 머릿속을 말끔히 청소해 준 덕분에, 이 여자가 생각한 것보다 더 정신이 나갔다는 게 분명해진다. 아이슬린은 미친 사람은 다 시티에 있다고 생각했다. 약쟁이 노숙자들과 지저분한 드레드록을 늘어뜨리고 (아마도) 머릿니와 성병을 여기저기 옮기고 다니는 강간범들. 이 여자는 옷차림은 단정할지 몰라도 눈에서는 광기가 번득이고, 밝고 명랑한 목소리는 가식적이다. 이렇게까지 행복한 사람이 있을 리가 없잖아. 이 여자가 '이 근처 사람'일 리가 없다. 어쩌면 이민자일 수도 있겠다. 합법적인 이민자. 추위와 사회주의 의료보험 때문에 여기까지 쫓겨 내려온 캐나다 사람일 수도 있고.

그렇지만 아이슬린은 이 미친 여자가 마음에 든다. 그보다 더 중요한 건 여자가 아이슬린을 돕고 싶다고 말했다는 점이다. 게다가 어찌된 일인지 여자는 아이슬린의 머릿속에 있는 이상한 음성과 그를 페리 선착장으로 몰고 온 기이하고 강박적인 충동에 대해서도 알고 있는 것 같다. 그래선지 아이슬린은 평소답지 않게 여자에게 다소 호감을 느낀다.

아이슬린은 여자에게 손을 내민다. "좋아. 난 아이슬……." 하지만 이내 말끝을 흐린다. 여자는 이미 그의 이름을 알고 있다. 어떻게……?

"스태튼 아이슬린." 여자는 마치 아이슬린이 평생 누군가를 만날 때마다 이 농담을 들으며 살아오지 않았다는 듯이 재밌다고 키득거린다. 부모님이 하필 무난한 미국식 이름이 아니라 아일랜드 발음 그대로 아이슬린이라는 이름을 붙인 게 서러운 게 이번이 처음도 마지막도 아니다. 여자가 아이슬린의 손을 꽉 잡고 지나치게 발랄하게 휙휙 흔든다. "그래, '만나서반갑다'고 말해야 하는 거 맞지? 우린 둘 다 시간과 공간, 육신의 경계에 의미를 지닌 복합적인 존재야. 이제부터 단짝친구 하자."

"그, 그래."

여자가 아이슬린의 손을 다시 한 번 꼭 힘주어 쥐더니 문자 그대로 옆으로 내팽개쳐 버린다. "자, 그럼 넌 동정심이 많은 성격 같으니까 네 합의된 현실의 이곳 노드(node)를 존재적 소멸로부터 일시적으로나마 구해 볼까? 괜찮지?"

"난 이제 정말로 집에 가 봐야…… 잠깐, 뭐?" 소멸이라는 단어가 머릿속에 제대로 입력되는 데에는 조금 시간이 걸린다.

"오늘 다리에서 있었던 사건은 알아?" 흰옷의 여자처럼 다리 사건은 아이슬린의 인식 속에 고유 명사로 새겨져 있다.

"그래, 하지만……."

여자가 페리 터미널의 둥그스름한 지붕 너머로 삐죽이 내다보이는 맨해튼의 마천루를 바라본다. 여기서 다리는 보이지 않지만, 그 사건은 온종일 뉴욕 시 광역권을 떠들썩하게 만들었다. 여기서 두 사람이 얘기를 나누는 동안에도 군용기 편대가 시끄러운 굉음을 내며 머리 위를 지나가 이스트 강 위를 맴돌고 있다. 여자가 신이 난다는 듯이 발 앞볼로 통통거리며 뛴다.

"다리가 왜 무너졌는지 알아? 나 때문이야! 내가 그랬어! 하지만 그건 사고였어. 내가 노린 건 그 쪼끄만 놈이었거든. 프라이머리 말이야." 여자의 미소가 나타났을 때만큼이나 순식간에 사라진다. "도시는 항상 나한테 맞서 싸우려 들지만 보통은 공정한 게임이지. 힘과 힘이 부딪치는 거니까. 근데 이번엔 나한테 개념을 내던지지 뭐야. 너희들이 전투에서 에너지화된 추상적 거시개념을 사용할 만큼 발전했을 줄은 정말 생각도 못 했어. 미생물이 핵폭탄을 던질 거라고 누가 예상이나 하겠냐고. 그래서 이제 더는 은밀하게 움직일 필요가 없다는 걸 깨달았지."

아이슬린은 여자를 멍한 표정으로 바라보고 있다. 방금까지 느끼던 불안감은 충격과 공포에 압도되어 이미 잊었다. 테러리스트야! 속으로 그렇게 비명을 질렀다가…… 이내 부인한다. 테러리스트는 턱수염을 길게 기르고 후두음이 섞인 이상한 언어를 중얼거리고 처녀를 강간하고 싶어 하는 아랍인 남자니까. 이 여자는 그냥 미친 것뿐이야. 그러니까 이 여자가 진짜로 다리를 무너뜨린 사람일 리는 없다. 하지만 제정신이 아닌 건 확실하니까 위험할지도 몰라. 아이슬린은 자기가 확실히 안전해질 때까지는 여자의 말에 장단을 맞춰주기로 한다.

"아, 음, 그래."

흰옷의 여자의 머리가 또다시 빙글 돌아간다.

"난 잠들어 있었어. 어쨌든 나의 대부분은 말이야. 이제까진 아주 작은 부분만 보내도 이 영역에서 움직이는 데 별문제가 없었거든. 하지만 이젠 조건이 충족되어서 드디어 진짜 발판을 마련할 수 있었지." 아이슬린이 어떻게든 여자의 마음을 상하지 않고 점잖게 떨쳐낼 방법을 궁리해 내기 전에 여자가 그의 어깨에 팔을 두른다. "너희는 다섯이야. 물론 프라이머리는 빼고. 다섯 명의 잠재적 동맹자들. 내가 이용해 먹을 수 있는 다섯 개의 약점."

여자의 입에서 나오는 말이 왠지 거의 말이 되는 것 같다. 거의 이해할 수 있을 것 같다…… 하지만 아이슬린은 고개를 휘젓는다.

"무슨 프라이머리?"

"중심 화신. 놈을 찾게 도와줘. 그럼 넌 자유야."

"자유? 하지만 난……."

여자가 아이슬린을 붙들고 성큼성큼 걷기 시작한다. 신기하게도 여자가 가는 쪽에 아이슬린이 애타게 찾고 있던 버스가 있어서 여자의 팔을 뿌리칠 수가 없다.

"지금도 자유롭다고? 천만의 말씀. 넌 지금 그의 일부분이야. 아냐, 그건 아니다. 너희 모두는 서로의 일부분이야. 그래, 그게 맞는 것 같아. 이렇게 설명하는 게 제일 쉽겠다. 이 미생물 집락(集落), 그러니까 미생물 매트에는 핵(核)이…… 음, 잠깐, 그러니까 너네 족속은 전부 영혼을 갖고 있는데……. 하, 망한 비유네." 여자가 답답하다는 듯이 한숨을 쉰다. "간단히 말해서, 너희 여섯은 다른 것들보다 더 큰 영향력을 행사할 수 있어. 그리고 자연적으로 서로에게 아주 민감하게 동조되어 있고. 즉 너희 중 하나를 찾으면 나머지도 쉽게 찾을 수 있단 얘기지." 여자가 이를 드러내며 씨익 웃는다. "특히 그 녀석을 말이야."

그들은 열려 있는 버스 문 앞에 서 있다. 아이슬린이 전화기에서 본 버스 시간표에 따르면, 버스가 출발하려면 아직 3분은 더 있어야 한다. 하지만 아이슬린은 흰옷의 여자가 혹시나 버스에도 같이 올라타지는 않을지, 집까지 따라오지나 않을지 슬슬 걱정이 된다. 그렇게 하지 못하게 빨리 핑곗거리를 생각해 내야 한다.

"이제 집에 가." 여자의 말에 아이슬린은 크게 안도한다. "난 다른 볼일이 있거든. 하지만 다음에 또 만날 때까지 이 점을 잘 생각해 보렴." 여자가 몸을 가까이 기울이며 음모라도 꾸미는 양 은밀하게 속닥인다. 아이슬린은 용케 싫은 티를 내지 않는다. "어째서 다른 것들은 너를 보호해 주지 않고 혼자 내버려 둔 걸까?"

마치 따귀를 맞은 것 같은 느낌이다. 일순 찌르는 듯한 격통이 밀려오고, 이내 망연해진다.

"뭐……뭐라고?"

"그게, 난 지금 너희들이 어디 있는지 거의 다 알아냈거든." 여자가 손을 들어 올려 손톱을 요모조모 뜯어본다. 손톱은 아주 길고, 둥글게 휘어 있다. "브롱크스는 항상 화가 나 있고 언제 배신당할지 모른다고 의심 가득한 사람들의 자치구지. 워낙 약삭빠르고 눈치가 좋아서 계획적으로 접근해야 해. 맨해튼은 택시를 타고 와서 나한테 자기소개를 했는데 꽤나 뻔뻔스럽더라. 맨해튼이 그렇지 뭐. 브루클린은 건방지고 오만하지. 내가 맨해튼한테 다시 내 소개를 하려는데 버릇없이 끼어들어서 그 녀석을 구해 줬지 뭐니. 그리고 지긋지긋한 상파울루도 여기 어딘가에 와 있을 텐데. 그 괘씸한 자식! 그놈이 프라이머리를 보호하고 있는 게 틀림없어."

아이슬린이 방금 들은 말(너희는 다섯이야)을 이해하려고 애쓰는 사이, 여자가 쐐기를 더욱 깊숙이 찔러 박는다.

"하지만 널 보호하거나 구하러 온 사람은 아무도 없지. 맨해튼과 브루클린은 강력한 동맹을 형성해서 브롱크스와 퀸스를 찾아다니는 중인데…… 너에 대해선 전혀 생각도 안 하더라. 단. 한. 번. 도."

마침내 여자의 말을 이해한 아이슬린이 시선을 든다. 그들 다섯. 그리고 프라이머리라고 불리는 가장 중요한 여섯 번째. 아이슬린은 스태튼아일랜드이고 다른 이들 역시 뉴욕의 자치구이며, 마지막은 뉴욕 그 자체다. 한데 그들도 아이슬린과 똑같다고? 생판 모르는 사람들이? 수만 명의 욕구를 느끼고, 머릿속으로 수백만 명의 목소리를 듣는다고? 그들을 만나 보고 싶다. 물어보고 싶다. 어떻게 해야 내 자치구를 조용히 닥치게 할 수 있어? 그리고 그게 진짜 내 친구인 거야, 아니면 내가 그 정도로 외로운 거야?

하지만 아이슬린은 그들을 찾지 못했다. 페리를 타지 못하고 꽁무니를 뺐으니까. 그러나 설령 맨해튼까지 갔더라도 어떻게 그들을 찾을 수 있을까? 맨해튼과 브루클린이 서로를 찾아냈다면 분명히 방법이 있을 터였다. 일종의 도시 탐지기 같은 게 있어서 다른 이들을 찾으려고 마음먹으면 저절로 작동하는 걸까? 하지만 아이슬린이 그런 노력을 하지 않았기에 탐지기는 지금껏 침묵하고 있다.

흠. 하지만 그 사람들이 아이슬린을 찾아올 수도 있잖아?

귀찮으니까. 아이슬린은 생각한다. 도시 사람들은 스태튼아일랜드에 오는 걸 항상 귀찮아해.

그건 그래. 하지만 이건 아주 중요한 일 아니야? 뉴욕에 자치구가 다섯 개라는 건 뻔히 알고 있을 텐데. 그리고 만약에 그들이 아이슬린을 찾지 않기로 선택했다면……

누가 널 믿어 주겠니? 기억 속에서 아버지의 목소리가 버럭 외친다. 누가 널 도와주겠냐고? 아무도 신경 안 쓴다. 씨발, 넌 전혀 중요한 사람이 아니야.

실은 한 번도 들은 적이 없는 말이건만 아이슬린은 그 모든 단어를 흡수하고, 말들은 뼛속 깊숙이 스며들어 납처럼 무겁고 유독하게 그를 오염시킨다. 도시에 대한 두려움만큼이나 자신이 중요하지 않다는 믿음을 떨칠 수가 없다.

"일부러 널 까먹은 건 아닐 거야. 시간이 좀 지나면 결국엔 널 기억해 내고 찾으러 오겠지……. 하지만 사람들은 페리 타는 걸 싫어하잖아? 너무 느리고 또 귀찮기도 하고. 베라자노 브리지도 있긴 한데 통행료가 너무 비싸지. 한 도시에 있으면서 여긴 왜 이렇게 왔다 갔다 하기가 힘든 거야? 그 누구더라, 검둥이들이랑 같이 재즈나 부르고 다니던 유대놈이 뉴욕을 '방문자의 도시'라고 하지 않았어?* 하지만 여긴 아냐. 그 노래에서도 용커스**는 언급해 놓고 이 자치구는 쏙 빠트렸잖아. 스태튼아일랜드는 항상 뒷전이지."

아이슬린은 가만히 서서 여자의 입에서 흘러나오는 말을 들으며 진저리를 친다. 왜냐하면 전부 다 사실이니까. 그는 중요하지 않다. 그의 섬도 빌어먹을 전혀 중요하지 않다. 아이슬린이 다른 이들을 필요로 할 때 그들은 그를 잊어버렸고, 다리는 무너지고, 세상 모든 것은 끔찍하고, 그는 스스로를 보호할 방도를 홀로 찾아야 한다.

"저런, 왜 그런 얼굴이야?" 여자가 어깨동무를 풀더니 다정하게 아이슬린의 어깨를 잡는다. "왜 그렇게 슬퍼하는데? 걱정하지 마. 그것들은 널 버렸을지 몰라도 내가 있잖아! 자, 저거 봐 봐."

흰옷의 여자가 쾌활한 동작으로 아이슬린을 빙글 돌려 어깨 너머로 20분 전에 아이슬린이 공황발작을 일으키며 뛰쳐나온 페리 터미널의 문을 가리킨다.

"뭘 보라는……." 아이슬린은 발견한다. 금속 문틀, 오래되어 갈라진 페인트칠 틈새로 해괴망측한 것이 튀어나와 있다. 고사리잎,

---

*레너드 번스타인의 「뉴욕, 뉴욕」의 가사.
**브롱크스 북쪽에 위치한 도시.

아니면 특이한 외래종 꽃이 피어난 줄기처럼 생겼다. 거의 투명할 정도로 새하얗고, 지상의 것이라 믿기지 않을 만큼 아름답다. 아이슬린이 숨을 들이켜며 경탄한다. "저게 뭐야?"

흰옷의 여자가 웃는다. "원한다면 카메라라고 생각하렴. 마이크라고 여겨도 되고. 내가 필요한 일이 생겼는데 주변에 저런 게 보이면 그냥 말만 하면 돼. '수상한 걸 목격하면 신고하십시오'* 알지? 그럼 내가 네 말을 듣고 널 구하러 올게."

이건 단순히 정신 나간 걸 넘어섰다. 여자가 줄기꽃을 통해 다른 곳을 보고 들을 수 있을 리가 없잖아. 아이슬린은 빨리 집에 가서 어머니가 저녁상을 차리는 걸 도와야 하기 때문에 매우 조심스럽게 여자의 손을 어깨에서 밀어낸다. "알았어." 하지만 그는 이 여자가 마음에 든다. 새 친구를 사귄다는 건 즐거운 일이다. 설사 그 친구가 미쳤더라도 말이다. 하지만 적어도 친구의 이름은 알아야 할 것 같아서 물어본다. "헤어지기 전에 물어보는데, 넌 이름이 뭐니?"

여자가 낯을 살짝 찡그리며 고개를 한쪽으로 기울인다.

"마음에 안 들걸. 외국어거든. 발음하기가 아주 힘들어. 너네 같은 애들에게 몇 번 말해 줬는데 제대로 발음하는 사람이 한 명도 없더라."

아이슬린은 여자가 캐나다인이 틀림없다고 결론짓는다.

"그래도 한번 해 볼게."

"알았어. 하지만 귓속말로 말해 줄게. 드디어 내 이름을 창공을

---

*9·11 이후에 시행된 미국의 테러 예방 공익 캠페인 슬로건.

가로질러 외칠 때가 다가오고 있고 그때가 되면 모두가 그 소리를 알게 되겠지. 하지만 지금은 이 세상에서 가냘픈 속삭임일 뿐일지라. 준비됐어?"

버스 운전사가 하품을 쩍 하고 몸을 긁적이며 걸어오고 있다. 빨리 이 실랑이를 끝내야 한다. "그래. 말해."

여자가 몸을 기울여 아이슬린의 귀에 단어 하나를 불어 넣는다. 그 단어는 세상에서 가장 끔찍하고 무시무시한 종소리처럼 그의 두개골을 울리고 온몸의 뼈를 뒤흔들어, 아이슬린은 그만 균형을 잃고 비틀거리며 무릎을 바닥에 풀썩 떨어뜨리고 만다. 세상 전체가 흐릿해진다. 피부가 따끔따끔 간지럽고, 마치 그 단어가 지나간 모든 자리에 불이 붙은 것처럼 홧홧하게 달아오른다.

누군가 아이슬린의 앞에 몸을 구부린다. "아가씨?" 버스 운전사다. 아이슬린은 두 눈을 깜박이며 주위를 둘러본다. 그는 지금 집으로 가는 버스 앞에 있다. 언제 여기까지 왔지? 아까까지 여기 누가 있지 않았나……?

"911 불러 줄까요?"

"아뇨……."

아이슬린은 아무렇지도 않다는 듯이 고개를 젓는다. 하지만 정말로 아무렇지도 않나? 어지럼증은 가시고 있지만 왠지 모든 게 다 잘못된 것 같다. 조금 정신을 차리고는 입고 있는 가벼운 어깨끈 드레스 아래 노출된 팔을 내려다봤다가 깜짝 놀라 다시 눈을 깜박인다. 희미하지만 팔에 벌건 자국들이 조금씩 부풀어 오르고 있다. 두드러기다. 몸에 두드러기가 나고 있다.

운전사도 그걸 봤는지 눈살을 찌푸리며 뒷걸음질 친다.

"저기요, 병 같은 거 있으면 대중교통 타면 안 됩니다."

"아, 알레르기예요." 아이슬린은 팔을 응시하며 중얼거린다. 잣과 바질에 알레르기가 있긴 하지만 도대체 어디서 그게 들어간 걸 먹은 건지 짐작도 안 간다. "그냥 알레르기예요. 어, 괜찮을 거예요."

운전사는 다소 미심쩍어하면서도 아이슬린을 부축해 일으켜 세운 다음, 그가 혼자서도 걸을 수 있다는 게 확실하자 어깨를 한번 으쓱하고는 버스에 타라고 손짓한다.

버스를 타고 한 10분쯤 지났을까, 창밖으로 지나는 건물과 사람들을 멍하니 쳐다보며 앞으로는 비상용으로 에피네프린 주사기를 갖고 다녀야 할까 생각하고 있던 아이슬린의 머릿속에 흰옷의 여자에 대한 기억이 불쑥 떠오른다. 흠칫 놀라 주변을 돌아보지만 버스 안에는 다른 승객들뿐, 몇 명이 그에게 무관심한 눈길을 힐긋 던진다. 그 여자는 처음 나타났을 때처럼 홀연히 사라졌다.

하지만. 아이슬린의 시선이 우연히 '다음 정류장 하차'라는 전광판에 닿았을 때…… 그는 시선을 뗄 수가 없다. 흰옷의 여자가 페리 터미널에서 가리켰던 꽃처럼 하얗고 예쁘장한 양치잎 가닥이 전광판에서 30센티미터는 뻗어 내려와 운전사의 머리 위에서 흔들거리고 있다.

걱정하지 마. 내가 있잖아.

그 여자 이름이 뭐였지? R로 시작했던 거 같은데. 너무 이국적인 발음이어서 그거 말곤 흐릿하니 하나도 기억이 안 난다.

로지. 그래, 그걸로 하자. 아이슬린은 그 여자를 로지라고 부르기로 한다. 여자와 무척 잘 어울리는 이름이다. 아이슬린은 옛날 포스터에서 팔 근육을 자랑하는 여자를 떠올리며 싱긋 웃는다. '당신을 원한다'*는 문구가 적혀 있었지. 아냐, 잠깐만. 아무래도 옛날 포스터들끼리 헷갈린 것 같다. 리벳공 로지 포스터에 적힌 슬로건이 뭐였더라.**

뭐, 상관없다. 어느새 마음이 한층 가벼워진 아이슬린은 두드러기를 긁고 싶은 마음을 꾹 눌러 참으며 버스 좌석에 편안히 기대 앉아 집으로 향한다.

---

*1, 2차 세계대전 당시 미 육군 신병 모집 포스터 문구.

** '리벳공 로지'는 제2차 세계대전 당시 여성의 경제 참여를 독려하는 포스터 속 인물로 해당 슬로건은 "우리는 할 수 있다!"이다.

# 막간

인우드힐 파크는 뭔가 잘못됐다.

다른 도시에 있을 때에는 자신이 어디로 가고 있는지 늘 파악하기가 어렵다. 어릴 적 ─ 파벨라의 날래고 사나운 쥐새끼였던 시절, 1200만 명의 사람이 되기 훨씬 전 아직 그 자신이었을 때 ─ 파울루는 귀신같은 방향감각을 갖고 있었고, 하늘에 떠 있는 해만 봐도 동쪽과 남쪽을 구분할 수 있었다. 처음 가 보는 낯선 곳에서조차 그랬다. 하지만 도시가 된 순간 그 능력은 사라졌다. 이제 그는 상파울루이며 그의 발은 이곳이 아닌 다른 도시의 거리에 맞춰져 있다. 그의 피부는 이곳이 아닌 다른 장소에서 부는 바람을, 다른 각도로 비치는 햇빛을 갈망한다. 세상 어딜 가도 동서남북은 그대로지만 지금 그의 땅은 겨울이어야 한다. 상파울루는 1년 내내 춥지 않지만 지금 이 별난 도시처럼 후덥지근하고 뜨거운 햇살이 이글거리는 게 아니라 건조하고 선선해야 한다. 여기서 지내는 매일매일이 그에게는 거꾸로, 잘못된 것처럼 느껴진다. 집이란 마음이 머무는 곳이 아니다. 바람이 올바르게 느껴지는 곳이다.

아, 하지만 이런 푸념을 늘어놓을 여유도 없다.

파울루는 맨해튼의 바둑판 거리와 구글 앱에서 흘러나오는 부드러운 포르투갈어 안내 음성의 도움으로 방향감각을 보완하여 마침내 침범과 방해, 적개심이 강하게 감지되는 장소에 도착한다. 적(敵)이다. 뉴욕이 탄생했으니 당연히 약해져야 하건만, 이상하게도 이 느낌은 시시각각 강해지고 있다. 게다가 그가 처음 보는 방식으로 변해 가는 중이기조차 하다. 적이 도처에서 싹트며 그의 인식을 자력선(磁力線)처럼 잡아당긴다. 극(極)이 생성되고 있다. FDR 드라이브에 나타난 것은 뉴욕이 탄생하기 전임을 감안할 때 어느 정도 예상하고 있었고, 나중에 단서를 찾으러 들러 볼 생각이었다. 하지만 인우드에 있는 것은 완전히 새로운 것이다.

파울루는 천천히 공원을 걸으며 시원한 공기와 산뜻한 풀내음을 즐기면서도 주변 경계를 게을리하지 않는다. 처음에는 몸 한쪽을 다른 쪽보다 더 세게 잡아당기고 있는, 뭔가 잘못됐다는 어렴풋하고도 꺼림칙한 감각을 해명해 줄 원인을 찾을 수가 없다. 평일이라 그런지 공원은 한산하다. 새들의 아름다운 지저귐도 파울루의 귀에는 낯설게 들린다. 모기들이 들러붙어서 쉴 새 없이 손을 파닥여 쫓아내야 한다. 적어도 이것만큼은 고향과 다를 바가 없다.

그리고 그때, 유독 옹기종기 모여 있는 한 무리의 나무 옆을 돌아 방향을 튼 순간 그는 발을 멈춘다.

좁은 산책로 기슭에 공터가 하나 있고, 그 너머로 휴대전화 지도가 스파이턴 다이빌이란 이름을 알려 준 강이 내다보이는 널찍한 풀밭이 펼쳐져 있다. 공터 한가운데 그가 예상했던 것이 있다. 과거 유럽인들이 이 아름다운 숲이 우거진 섬을 매연 가득한 주차장과 지나치게 미화된 평가를 받는 쇼핑몰로 탈바꿈할 거래를 협상한 장소를 기념하는 단순한 기념물이다.(다소 야박한 평가라는 건 알지만, 뉴욕에 갇혀 있는 동안에는 이 의견을 수정할 생각이 전혀 없다.) 그것은 금속 명판이 붙은 바위다. 그리고 역사적 사실로 미뤄 짐작건대, 이것 역시 도시의 목소리를 들을 수 있는 사람에게 힘을 부여해 주는 장소일 것이다.

파울루가 첫 번째로 이해한 사실은 여기에서 전투가 벌어졌다는 것이다. 이제 공기 중에서 느껴지는 것은 순수한 초목의 내음이 아니라 짭짜름한 소금기다. 그는 이 냄새를 안다. 땅바닥에는 돈이 널려 있다. 맨해튼의 본질을 이해하는 파울루로서는 누군가 도시의 힘을 더욱 정밀하게 조준하기 위해 돈을 구성개념으로 이용했다는 사실을 금세 간파할 수 있다. 하지만 무엇을 조준한 걸까? 적이다. 적이 어떤 형태를 취했는지는 몰라도 그것만이 유일하게 타당한 해답이다. 그리고 누군지는 몰라도 여기서 적과 대결한 이는 전투에서 이겼거나 아니면 적어도 무사히 이곳을 빠져나갔다.

파울루가 두 번째로 이해한 사실은 —첫 번째로 알아차리긴 했지만— 적 역시 이곳에 표식을 남겼다는 것이다.

공터에 사람들이 바글바글하다. 바위 옆만 해도 최소한 스무 명이 모여 서서 떠들고 있다. 바람을 타고 몇몇 대화 조각이 파울루의 귀에 들어온다.("……여기 집세가 얼마나 싼지 믿기지가 않아요. 브루클린보다도 훨씬 낫다니까……", "진짜 도미니카 음식을……", "……음악을 왜 그렇게 크게

트는지 모르겠어!") 그중 몇몇은 손에 주전부리나 음료수를 들고 있다. 한 여자는 와플콘 위에 아이스크림이 적어도 세 덩어리나 얹힌 비싸 보이는 아이스크림을 들고 있고, 한 명은 뒷주머니에 식사 대용 셰이크 병을 꽂아 뒀다. 한 명은 숫제 로제 와인이 담긴 플라스틱 와인잔을 홀짝이는 중이다. 대부분 백인이고 옷도 잘 차려입었지만 피부색이 약간 어두운 사람이나 그런지룩*을 입은 사람도 섞여 있다.

하지만 이들은 서로 대화를 나누고 있는 게 아니다. 허공에 대고 혼자 떠들거나, 검은 휴대전화를 스피커 모드로 켜서 입 앞에 대고 말하고 있거나, 한 남자의 경우에는 한쪽 팔에 안은 작은 강아지 ─ 남자의 얼굴을 핥으며 끙끙대고 있는 강아지 ─ 에게 말을 거는 중이다. 서로 마주 보고 있는 사람도 없다. 여자는 들고 있는 아이스크림콘이 녹아 세 가지 색이 뒤섞인 끈적끈적한 액체가 팔을 타고 흘러내려 옷까지 적시고 있는데 전혀 알아차리지 못한다. 발치에 고인 녹은 아이스크림 웅덩이 주위로 비둘기 떼가 모여들고 있다.

파울루가 가장 먼저 알아차린 사실은 그들 모두가 흰옷을 입고 있다는 사실이다.

난생처음 보는 특이한 광경이지만, 파울루는 그가 우연히 공원 한복판에서 열린 하얀 옷 깜짝 파티를 마주친 게 아니라고 확신한다. 눈살을 찌푸리며 휴대전화를 꺼내 사진을 찍는다. 옵션을 끄는 귀찮은 일을 하지 않은 까닭에 희미하게 찰칵 하는 소리가 울려 퍼진다. 바위 근처에 모여 있던 사람들이 삽시간에 입을 다물더니 고

---

*낡고 남루한 느낌으로 자유분방함을 추구하는 스타일.

개를 돌려 파울루를 쳐다본다.

그는 긴장한다. 하지만 아무 일도 없었다는 양 태연하게 전화기를 바지 주머니에 찔러 넣고는 재킷 주머니에서 담뱃갑을 꺼낸다. 한 대 꺼내 입에 물기 전에 손바닥 위로 탁탁 두 번 두드린다. 오랜 버릇이다. 눈 하나 깜박이지 않고 자신을 빤히 응시하는 스무 쌍의 시선을 받으며 라이터를 꺼내 불을 붙인 다음, 가슴 깊이 아주 길게 빨아들인다. 두 손가락 사이에 담배를 끼운 채 가슴 앞에 팔짱을 낀다. 천천히 콧구멍으로 연기를 내뿜자 담배연기가 그의 얼굴을 앞에서 모락모락 피어올라 회색 구름을 만든다.

사람들의 눈에서 초점이 사라진다. 어떤 이들은 얼굴을 찌푸리며 뭔가를 잃어버렸는데 그게 뭔지 기억이 안 난다는 듯이 주변을 두리번거린다. 파울루가 뒷걸음질로 둥그렇게 휘어진 산책로를 따라 그들의 시야에서 사라졌을 때에도 그들은 뒤따라오지 않는다. 잠시 후, 사람들의 산만하고 기계적인 말소리가 다시 들리기 시작한다.

파울루는 발걸음을 재촉한다. 공원은 크고 갈 길은 멀지만 인우드힐 파크에서 적어도 한 블록은 떨어질 때까지는 속도를 늦추지 않는다. 그때가 되어서야 그는 아까 찍은 사진을 확인해 본다.

아까 본 장면도 기괴했지만, 파울루가 찍은 사진 속 사람들의 얼굴이 마치 디지털 사진이 아니라 불에 그슬린 오래된 폴라로이드 사진이라도 되는 듯이 이곳저곳이 비틀리고 일그러져 있다. 확실치는 않지만 사람들의 머리 뒤쪽 또는 어깨 근처에도 비슷한 왜곡이 일어나 있다. 자세히 들여다보지 않으면 알아보기 힘들 만큼 허공의 한 점이 아주 약간 뒤틀린 정도지만 매우 일관된 현상이다. 찍혀 있는 대부분의 사람들이 그렇다. 거기에 뭔가 파울루의 눈에는 보이지 않는 것이 있다. 하지만 뭔지 곧 알게 되겠지.

파울루는 작고, 어둡고, 직원들이 전부 친척으로 보이는 오래된 레스토랑으로 들어간다. 자리를 잡고 앉아 아무거나 눈에 닿는 대로 주문한다. 배가 고프지는 않지만 그가 하는 행동에는 힘이 담겨 있고, 지금은 방어를 강화할 필요가 있다. 이곳은 파울루의 도시가 아니다. 그는 여기서 평소보다 취약하다.

파울루는 평생 먹어 본 중 제일 맛있는 페르닐*을 우물거리며 방금 찍은 일그러진 사진을 국제 번호로 전송한다. 그러고는 이렇게 덧붙인다. 자치구야. 다섯 명이겠지. 네 도움이 필요해.

---

* 포르투갈의 전통 음식으로 일종의 돼지고기 찜.

# 4장
# 부기다운 브롱카와 죽음의 화장실

브롱카는 화장실 문을 홱 열어젖힌다. "베키."

거울 앞에서 눈 화장을 고치고 있던 키 큰 아시아 여성은 한숨만 내쉴 뿐 돌아보지도 않는다.

"내가 그렇게 부르는 거 싫어하는 거 알잖아요."

"지금은 내가 부르고 싶은 대로 부를 거야." 브롱카는 성큼성큼 다가가 거울을 보고 있는 여자 옆에 선다. 여자의 어깨에 힘이 들어가는 게 보인다. "진정해. 그런 식으로 널 박살 내려는 건 아니니까. 문명인답게 해결하자. 내가 내 방식대로 너한테 꺼져 있으라고 하면 며칠 동안 꺼져 있으면 돼. 한동안 네 멍청한 얼굴 따위는 보기도 싫으니까."

여자가 짜증을 내며 브롱카를 돌아본다. "문명인처럼 굴 거면 적어도 이징이라고 내 진짜 이름을 부르든가요."

"모르겠네, 지금쯤이면 우리 서로 익숙해질 때도 되지 않았어? 너도 내 이름 뒤에 '박사'가 붙는다는 걸 알면서 '박사님'이라고 부르는 걸 항상 까먹잖아?" 브롱카가 얼굴을 바짝 들이대며 상대방의 코를 향해 삿대질을 한다. "지원금 신청서 제출한 거 너지? 거의 다 내가 작성한 걸 갖고 내 이름은 쏙 빼놓고 제출해? 씨발 어떻게 그런 짓을……."

"네, 그랬어요." 이징이 잽싸게 브롱카의 말을 끊는다. 그들 사이에는 여자가 말하는 중간에 끼어드는 건 성차별주의자 새끼들이나 하는 짓이라는 암묵적인 규칙이 있지만 어차피 이징은 개똥 같은 녀석이고, 그래서 브롱카는 별로 놀라지도 않는다. 이징이 팔짱을 낀다. "소장님 이름도 넣을까 상당히 고민하긴 했는데요, 요즘 새 작업을 안 하는 것도 사실이잖아요. 그래서……."

브롱카가 황당하다는 표정으로 뒤쪽에 있는 화장실 벽을 손짓한다. 벽면 위에는 추상적인 색조와 형태가 찬란하게 만발해 있다. 장소는 사진을 활용해 극사실주의로 표현했고, 다른 부분은 가벼운 수채화풍이다. 아래쪽 구석에 그라피티 형식의 소용돌이 장식체로 서명이 휘갈겨져 있다. 다 브롱카.

이징이 눈썹을 찌푸린다. "내 말은 공개한 게 없다고요, 브롱카. 갤러리에……."

"뭐라는 거야, 이 멍청이가. 나도 갤러리 있어! 여기서 3킬로미터도 안 되는 곳에……."

"그래, 그게 문제라고요!" 이징이 결국 이성적인 척하던 가면을 내던지고는 분통을 터트리며 음성을 높인다. 그럼 그렇지. 브롱카는 이징이 다른 직원이나 가끔 여러 남자친구에게 이렇게 폭발하는 모습을 본 적이 있다. 그는 브롱카보다도 더 시끄럽고, 유리도 깨트릴 만큼 높고 날카로운 목소리를 가졌다. 브롱카는 사태가 좀 지저분해지더라도 차라리 이렇게 터놓고 부딪치는 편을 더 좋아한다. "당신은 활동 영역이 너무 좁아요. 지원금을 더 많이 받으려면 더 폭넓은 관객층에게 접근해야 한다고요. 예를 들면 맨해튼에 있는 갤러리라든가."

브롱카가 욕설을 내뱉더니 몸을 돌려 화장실 안을 서성이기 시작한다. "맨해튼 갤러리들은 진짜 예술을 원하는 게 아냐. 부모한테 반항한답시고 뉴욕 대학에 가서 예술을 전공한 상류층 애새끼들이 불쾌해하지 않을 것만 찾는다고." 그러고는 이징을 쳐다보며 의미심장하게 웃어 보인다.

"이걸 내 문제로 만들고 싶은 모양인데, 그런다고 핵심이 달라지는 게 아니거든요, 브롱카." 이징이 진심으로 안타깝다는 투로 고개를 흔드는 걸 보자 울컥 화가 밀려온다. "당신 작품은 연관성이 떨어져요. 여기 자치구 말고 다른 곳 사람들한테는 전혀 말을 안 걸고 있잖아요. 그리고 맨날 박사학위가 있다고 자랑하지만 그래 봤자 커뮤니티 컬리지에서 가르치면서! 그래요, 이 일을 하다 보면 학문에 집중할 시간이 없으니까 솔직히 그건 그다지 문제가 안 된다고 쳐도 기금 위원회가 그런 걸 어떻게 생각하는지 알잖아요."

브롱카는 자신이 그 말에 얼마나 마음이 상했는지 깨닫지도 못할 만큼 충격을 받고 멍하니 이징을 쳐다본다. 연관성이 부족하다고? 하지만 평생 몸에 밴 습관대로 사납게 반격한다.

"왜, 위원장이랑 같이 자기라도 하나?"

"아, 씨발, 브롱카……." 북경어가 터져 나온다. 이징의 음성이 한

옥타브 높아지더니 몇 데시벨쯤 상승해 진짜 쌍욕을 퍼붓기 시작한다.

하지만 괜찮다. 브롱카는 정면으로 맞받아친다. 이징과 영어 외 모국어 대결을 할 정도로 먼시어*를 잘 하는 건 아니지만 살면서 나쁜 말 정도는 몇 개 주워들었으니까.

"마탄투위이닝 우크 크팜! 칼룸퍼일! 연관성 따위 내 레나페 엿이나 먹어라!"

화장실 문이 또다시 벌컥 열리자 브롱카와 이징이 동시에 팔짝 뛰어오른다. 실험극 부문 책임자인 제스가 두 사람을 쏘아보고 있다.

"밖에 다 들리는 거 알죠? 아마 길거리에서도 들릴걸."

이징이 고개를 휘휘 젓더니 브롱카에게 책망하는 눈빛을 던지고는 제스의 옆을 돌아 화장실을 빠져나간다. 브롱카는 세면대에 비스듬히 기대서 가슴 앞에 팔짱을 끼고 고집 세게 입을 다문다. 이징의 뒷모습을 바라보던 제스가 고개를 흔들더니 브롱카를 보고는 그게 무슨 자세냐는 듯이 한쪽 눈썹을 추켜세운다.

"삐친 거예요? 세상에, 나이를 예순이나 먹어 놓고?"

"삐치는 건 쓸데없이 제 성질을 못 이겨서 그러는 거고, 내가 화를 내는 건 다 그만한 이유가 있어." 사실 브롱카의 나이는 일흔에 가깝지만 굳이 그걸 상기시킬 필요는 없다.

"당연히 그렇겠죠." 제스가 고개를 절레절레 젓는다. "그건 그렇고, 브롱카가 그런 식으로 다른 여성을 비하할 줄은 몰랐는데요."

*아메리카 원주민인 레나페족의 하위 부족 먼시족의 언어.

그 말에 브롱카가 움찔거린다. 젠장, 진짜로 그랬잖아? 하지만 그는 화가 나 있었고 — 이유야 있었지만 제 성질을 못 이겨서 — 그래서 옛날 버릇이 튀어나오고 말았다. 자기가 틀렸다는 걸 알면서 방어적으로 구는 것.

"저년은 취향이 나쁘단 말이야. 어디 한 군데라도 괜찮은 남자랑 잤으면 나도 알았을걸."

제스가 눈동자를 굴린다. "이젠 '저년'이라고까지 하네. 더구나 소장님은 남자는 전부 다 쓰레기라고 생각하잖아요."

"내 아들은 그럭저럭 괜찮아." 이건 그들 사이의 오랜 농담이다. 브롱카는 조금씩 긴장이 풀리는 걸 느낀다. 아마 제스가 의도한 것도 이거였겠지. "난 그냥…… 망할, 제스."

제스가 고개를 젓는다. "브롱카가 여길 위해 한 일을 부정할 사람은 아무도 없어요. 심지어 이징도 그럴걸요. 하지만 제발 머리 좀 식혀요. 지원금 이야기는 나중에 하고요. 지금 당장 골치 아픈 문제가 있어서 전문가인 당신 도움이 필요해요."

그게 바로 브롱카가 듣고 싶은 말이었다. 집중력이 돌아오고, 어두운 수렁에 빠졌던 생각들이(연관성이 부족하다니, 내가 늙어서 그런 거야? 이렇게 내 커리어가 끝나는 거야? 쾅 소리가 아니라 흐느낌과 함께?* 내가 바란 건 세상에 의미를 부여하는 것뿐이었는데.) 조금씩 제자리로 돌아오는 걸 느끼며 허리를 세우고, 데님 재킷에서 존재하지 않는 상상 속 보풀을 털어내며 마음을 가다듬는다.

---

*T. S. 엘리엇의 시 「텅 빈 사람들」의 마지막 구절의 패러디.

"그래, 알았어. 무슨 일인데?"

"신생 예술가 집단이 전시회를 하고 싶대요. 무슨 거물급 후원자랑 연줄이 있다나 봐요. 그래서 라울이 똥 덩어리를 본 파리처럼 달려들었는데, 그 작품들이요⋯⋯." 제스가 얼굴을 찌푸린다.

"왜? 형편없는 작품이야 전에도 많이 걸었잖아."

공공기금을 지원받는 창작자 공간은 어디나 가끔은 그럴 수밖에 없다.

"이건 훨씬 나빠요." 제스의 굳은 어깨에 드러난 무언가가 드디어 브롱카를 자기중심적인 세계에서 끄집어낸다. 그는 제스가 진심으로 화가 난 걸 본 적이 없지만, 지금 제스의 프로로서의 냉철한 모습 아래에는 격렬한 노여움과 더불어 모멸감과 역겨움이 들끓고 있다. "그러니까 빨리 정신 차리고 나와요." 제스가 화장실 문을 닫고 떠나 버린다.

브롱카는 한숨을 내쉬며 거울을 들여다본다. 지금 자기 꼴이 신경 쓰여서라기보다는 습관에서 나온 행동이다. 그래, 이 정도면 차분해 보인다. 제스는 그가 조만간 이징과 화해하길 바랄 테지만 그 마음을 이해 못 하는 것도 아니다. 센터에서 일하는 사람은 얼마 되지 않고, 언제나 함께 일해야 한다. 하지만 그래도⋯⋯.

"점점 더 커다란 원을 그리며 날아오르네.'*"

갑자기 여자의 부드러운 목소리가 울려 퍼진다. 브롱카는 이징과 말다툼을 벌이는 동안 어느 불쌍한 바보가 꼼짝없이 화장실 칸막이

---

*윌리엄 예이츠의 시 「재림(再臨)」의 첫 구절.

안에 갇혀 있었다는 사실을 뒤늦게 깨닫고는 얼어붙고 만다. 여자가 웃는다. 밝고, 명랑하고, 전염될 것 같은 즐거운 웃음소리다. 일순 브롱카도 무심코 피식 따라 웃을 뻔하지만, 이내 뭐가 저렇게 웃긴지 의아한 생각에 입매를 굳힌다.

여자 화장실 칸막이 여섯 개 중에서 문이 닫혀 있는 것은 입구에서 먼 쪽에 있는 세 개다. 브롱카는 몸을 수그려 발이 있는지 확인해 보지 않는다. 혹시 그와 이징의 말다툼을 들은 게 세 명이라는 걸 알게 될까 봐 겁이 나기 때문이다.

"시끄럽게 해서 미안." 닫혀 있는 화장실 칸을 향해 외친다. "너무 흥분했어."

"그럴 수도 있지." 높은 톤의 웃음소리와 달리 낮고 허스키한 음성이 대답한다. 로런 버콜*이 연상되는 목소리다. 브롱카는 로런 바콜의 목소리를 좋아한다. 꼬꼬마 레즈 시절부터 그랬다. "이징이 아직 어려서 그래. 연장자를 존경하는 모습을 보여 주기가 싫은 거지. 누구나 연장자를 존경할 줄 알아야 하는데."

"음, 그렇지." 불현듯 브롱카는 저 목소리의 주인을 모른다는 사실을 깨닫는다. "어, 미안한데, 우리 아는 사이던가?"

"너무나도 자주, '매는 매부리의 소리를 들을 수 없지'."

다시금 작은 웃음소리. 그러고는 대답이 없다.

브롱카는 얼굴을 찌푸린다. 틀림없이 허세로 가득한, 이징의 뉴욕 대학 애송이 친구들 중 하나일 거다.

---

*「빅 슬립」, 「오리엔트 특급 살인」 등에 출연했던 미국 배우.

"그래? 예이츠 정도는 나도 인용할 수 있단다. '세상이 무너져 내리고 중심을 지탱할 수 없다./오직 무질서만이 세상에 풀려나고⋯⋯.'"

"'피에 물든 조수가 범람한다!'" 이제 여자의 목소리는 신이 나서 날뛰고 있다. "'도처에서 순수의 의식(儀式)이 침몰하네⋯⋯.' 아, 여기가 내가 제일 좋아하는 구절이야. 너무나도 많은 것들의 얄팍한 수행성을 아주 잘 짚어 내지 않았어? 순수함이란 정말 의례에 불과하지. 그런 걸 숭배하다니 너희 인간들은 너무 이상해. 도대체 어떤 세계가 생명이 작동하는 방식을 전혀 모른다는 걸 찬양하냐고?" 나직한 한숨 겸 웃음소리. "너희 종(種)이 이 단계에 도달한 것 자체가 미스터리란 말이야."

브롱카는⋯⋯ 이 대화가 마음에 들지 않는다. 잠시나마 이 이름 모를 여자가 추파를 던지는 건 아닌지 의심했지만 지금은 화장실 안에 있는 여자가 그 이상의 행동을 하고 있다고 확신한다. 은근한 위협에 더 가까운 무언가를 말이다.

후원자랑은 싸우면 안 돼. 브롱카는 굳게 다짐하며 불안감을 쫓아 버리기 위해 거울을 들여다보면서 머리카락을 매만진다. 옛날에 남편은 그가 영화 「에일리언」에 나오는 바스케즈보다 더 섹시하다고 농담을 하곤 했는데, 진짜 웃기는 일이었다. 왜냐하면 브롱카가 바스케즈를 위아래로 훑는 동안 남편은 힉스를 뚫어져라 쳐다보고 있었고, 1년쯤 후에 두 사람은 결국 서로에게 진실을 실토했고 ─

닫혀 있는 칸막이에서 키득거림이 또다시 새어 나온다. 갑자기 온몸에 오싹 소름이 돋는다. 칸막이 안 목소리가 조용해지자마자 그 안에 사람이 있다는 사실을 저도 모르게 깜박할 뻔했다. 브롱카는 거울에 반사된 세 개의 문에 시선을 고정한다. 이 각도에서는 발이 안 보인다.

"순진해 빠졌어." 여자가 중얼거린다.

좋아, 여기까지. "그렇네. 시구를 주고받아서 즐거웠어." 브롱카는 물을 틀어 손을 씻기 시작한다. 그저 뭔가를 하고 있다는 티를 내기 위해서다. "음, 안에서 무슨 볼일을 보는 중인지는 모르겠는데, 다 잘 되길 바란다." 저 여자가 화장실에 들어가 앉아 있은 지 최소한 20분은 지났다.

잠겨 있던 칸막이 세 개 중에서 문 하나가 딸깍 열린다. 그 소리가 어찌나 큰지 화들짝 놀란 브롱카가 손에서 물을 뚝뚝 떨어뜨리며 몸을 홱 돌려 쳐다본다. 칸막이 문이 차츰차츰 조금씩 벌어져 열린다. 안에는 아무도 없다.

"여긴 다 잘 되고 있어. 발판을 만들었거든."

"화장실에다?" 그 와중에도 브롱카는 따지지 않을 수가 없다. 정말 이 주둥아리 때문에 언젠가 경을 칠 거다.

키득키득. 하여간 마리화나만 피우면 다들 열두 살이 되지.

"아주 많은 곳에 만들었지. 스테튼아일랜드에. 이 도시에. 너무나도 순수한 이 세계에. 어쩌면 너한테도 그럴지 몰라, 귀염둥이야."

브롱카는 여자한테 자기가 할 일 없이 미적거리고 있는 게 아니라는 걸 알려 주러 일부러 큰 소리를 내며 종이타월을 뽑는다. 뭐, 사실은 그러고 있는 게 맞지만.

"난 곧 할머니가 될 몸이란다. 늙은이가 취향이니?"

두 번째 칸막이 문이 아주 천천히, 따알깍 소리를 내며 열린다. 아까처럼 놀라지는 않았지만 문이 너무 느릿느릿 움직이고 있어서 온몸의 털이 곤두서는 것 같다. 공포영화에서처럼 끼이이익거리는 소리가 한없이 계속된다. 브롱카의 손이 갑자기 분주하게 종이타월을 만지작거리기 시작한다. 그는 지금 모든 것에 과민한 상태다. 공기 중에 떠다니는 희미한 곰팡이 냄새, 얼마 전까지 음식이었던 것의 고약한 냄새, 부족한 예산 때문에 어쩔 수 없이 구입해야 했던 싸구려 갈색 종이타월의 까끌까끌함. 이상하리만큼 고요한 정적. 화장실 환풍기가 또 고장 난 걸까. 한 자리에 고여 있는 답답한 구린내.

마지막 칸막이의 문은 아직 열리지 않았다.

"전부 다 내 취향이야." 목소리에서 웃음소리가 들리는 것 같다. "도시 전체에 달콤하고 앙증맞은 인간들이 가득해서 전부 다 꿀딱 삼켜 버릴 수 있을 거 같아. 길거리도, 하수구도, 지하철도 전부 다. 그리고 넌 전혀 나이가 많지 않아! 방금 태어난 거나 마찬가지인걸. 하지만 오래 묵은 영혼을 갖고 있어서 매력 공세는 안 통할 거 같네. 내가 도무지 이해할 수 없는 게 이거라니까. 너희는 하나같이 똑같이 하찮은데, 각각의 하찮음이 다 제각각이란 말이야. 전부 다 다른 접근법을 사용해야 해! 너무 답답하고 귀찮아." 칸막이 안 여자가 화를 내며 한숨을 쉰다. "아, 조심해야 되는데. 짜증이 나면 진실을 너무 많이 털어놓게 된단 말이야."

문득 브롱카는 여자의 모습이 칸막이 문틈으로도 전혀 보이지 않는다는 사실을 깨닫는다. 솔직히 대부분의 화장실 문은 예의상 필요한 만큼만 가려 줄 뿐 사적인 비밀을 완전히 감춰 주지는 못한다.

마음만 먹으면 쉽게 엿볼 수 있다.(브롱카는 화장실 칸막이를 남자가 설계했다고 확신하는 바다.) 하지만 저 마지막 칸은 틈새로도 보이는 게 아무것도 없다. 그저 밋밋한 흰색뿐이다. 마치 누군가 복사 용지로 틈새를 막아 놓은 것 같다. 하지만 누가 그런 짓을 하겠어? 게다가 지금은 문 아래쪽도 보이는데, 있어야 할 발이 없다.

"진실은 나쁜 게 아냐." 피부 위 솜털이 따끔거리는 걸 멈추기 위해서라도 저 계집애를 밖으로 끌어내야겠다. "난 뭐든 빙빙 돌리기보다 할 말을 대놓고 하는 게 낫다고 생각해."

"내 말이!" 여자가 거의 자랑스럽다는 투로 외친다. "사실 별로 어려운 일도 아닌데. 내가 네 본질을 바꿀 수만 있다면, 그래서 덜 해롭게 만들 수만 있다면 당연히 그편이 좋지! 난 너희들이 좋거든. 한데 너흰 진부 융통성도 떨어지고 순수해서 위험하단 말이야. 너희 중에 자진해서 대량학살을 하겠다고 나설 애도 없을 거고. 하긴 그건 나도 이해해. 같은 처지였다면 나도 그랬을걸."

여자가 잠깐 말을 멈추고 한숨을 쉬는 동안, 브롱카는 생각한다. 잠깐만, 방금 쟤가 뭐라고 한 거야?

"하지만 마침내 종말의 때가 왔을 때 살고 싶지 않니? 너랑 네 사랑스런 아들, 그리고 곧 태어날 손주까지 말이야. 원한다면 전 남편도 끼워 줄게. 아, 물론 아직 살아 있는 애들만. 다른 모든 세상이 무너져 무(無)로 돌아갈 때, 음, 네가 좋아하는 이 작은 공간만은 온전하게 남기고 싶지 않아?" 브롱카가 분노와 혼란의 소용돌이 속에서 뜨겁게 달아오르고 있는 사이, 칸막이 안 여자는 아는 건지 모르는 건지 아니면 관심이 없는 건지 계속해서 말을 잇는다. "내가 그렇게 해 줄 수 있어. 너한테도 좋고, 나한테도 좋고."

브롱카는 이제껏 살면서 단 한 번도, 단 한 번도 협박을 듣고 그냥 넘어간 적이 없는 사람이다. 심지어 지금 이 상황과 저 여자가 너무 괴상하고 기분 나빠서 온몸에 소름이 돋을 때조차도 그렇다. 하지만 이런 일을 처음 겪는 것도 아니다. 상대에게 약점을 드러내선 안 된다는 것쯤은 기본이다.

"나와서 내 얼굴을 보고 말해 보지 그래." 브롱카가 험악하게 쏘아붙인다.

여자는 깜짝 놀란 듯 입을 다물더니 이내 웃음을 터트린다. 아까처럼 입 안으로 키득거리는 게 아니라 배 속 깊은 곳에서부터 우렁차게 솟아나는 웃음소리다. 다만 가시가 돋친 것처럼 거슬리는 구석이 있어 기분 좋은 느낌은 아니다. 게다가 모욕감이 느껴질 정도로 너무 길게 이어진다.

"오, 세상에! 그런 게 아니란다, 자기야. 오늘은 정말 피곤한 하루였거든. 이 모습을 유지하는 것도 너무 힘들고. 그래서 말하자면, 음, 우리 집 거실에 들러서 좀 쉬어야 했어. 내 말 믿으렴……. 내가 지금 문을 여는 건 너도 바라지 않을 거야."

"씨발, 난 열었으면 좋겠는데. 더러운 화장실에 처박혀서 감히 나랑 내 가족을 협박해?"

이건 허세다. 브롱카는 지금 무서워서 토할 것 같다. 보통 때 브롱카는 겁을 먹으면 도리어 더욱 화를 내며 부딪치는 성격인데 지금은 왠지 온몸의 세포가 아직 준비가 안 됐다고 외치고 있다. 저 어린 년이 감히 협박을 늘어놓고 그냥 빠져나가게 둘 수는 없다…….

하지만 동시에 브롱카는 저 화장실 칸막이 안에 뭐가 있는지 보고 싶지 않다.

"협박이 아냐."

그러더니 별안간, 칸막이 안 여자의 목소리가 변한다. 더는 사근사근하지도, 허스키하지도 않다. 그보다는…… 텅 빈 공간에서 울리는 목소리다. 어찌된 건지 화장실이 아니라 훨씬 먼 곳에서 말하는 것 같다. 비좁은 화장실 칸막이가 아니라 훨씬 크고 광활한 공간에 있는 것 같다. 여자의 음성이 화장지걸이와 생리대 수거함이 있을 리가 없는 표면에 부딪쳐 메아리친다. 사우스 브롱크스의 작은 화장실 칸막이 안에 앉아 있는 이 보이지 않는 여자는 더 이상 웃고 있지도 않다. 아, 틀림없다. 브롱카는 악다문 잇새로 새어 나오는 여자의 음성을 듣는다.

"충고라고 생각하렴. 그래, 충고야. 너희들의 그 쓸데없는 순수함을 타파할 유용한 조언이란다. 앞으로 며칠 동안 아아아주 많은 걸 보고 이해하게 될 거야." 길게 늘어지는 단어가 마치 전자음처럼 들린다. 아니면 음성 파일이 손상되거나 재생 시스템과 호환이 되지 않는 것처럼. "생소한 것들, 특이한 거어엇들! 그, 그, 그때가 되면, 우리가 나눈 이 대화를 기억하렴, 알았지? 내가 살 수 있는 기회를 줬는데도, 네가 내애애애던져 버렸다는 걸. 나는 손을 내밀었는데, 너는 부, 부, 불태워 버렸지. 그리고 네 손주가 어, 어, 어미의 배, 배 속에 산산조각 나 누워 있을 때, 무수한 쓰레기차가 밟고 지나간 것처럼 갈가리 찢기고 조각나……."

브롱카는 주먹에 힘을 준다. "이 미친……."

그 순간, 정체 모를 파동이 화장실 전체를 뒤흔든다.

깜짝 놀란 브롱카는 여자의 존재마저 잊어버리고 주변을 두리번 거린다. 마치 지진이 지나간 것 같은, 아니면 땅속 지하철이 힘든 하루를 보낸 것 같은 느낌이지만 흔들리거나 떨어진 것도 없고 지하철이 지나는 길은 여기서 세 블록이나 떨어져 있다. 아까부터 브롱카는 줄곧 꼼짝도 하지 않았건만 이상하게도 움직인 기분이다. 그의 내부가.

칸막이 여자는 아직도 혼자 재잘거리고 있다. 한 마디 한 마디 뱉을 때마다 목소리가 점점 더 크고 빨라진다. 하지만 저 여자는 더 이상 중요하지 않다. 뭔가 늘어났다가…… 제자리에 쏙 맞춰 들어간 것 같은 느낌이 든다. 퍼즐 조각이 맞는 자리를 찾은 것처럼. 변화. 이제 브롱카는 조금 전과는 다르다. 그는 그 자신보다 더 거대한 존재다.

난데없이 어렸을 때 있었던 일이 떠오른다. 브롱카는 심부름을 가는 길에 낡은 벽돌 공장을 가로지르려고 발가락 부분에 철판이 대어져 있는 아버지의 작업용 장화를 훔쳤다(빌렸다). 오래전에 철거된 건물 잔해와 부스러기가 가득하고 꽃과 담쟁이가 어수선하게 자라는 곳이지만 동네 남자들과 마주치느니 차라리 그곳을 질러 가는 게 나았다. 전에는 순전히 장난 삼아 브롱카가 지나갈 때 휘파람을 불거나 뒤를 쫓아왔다면 요즘에는 적극적인 집적거림으로 변해가고 있었다. 특히 그중에 부업 삼아 경비원으로 일하는 남자가 있었는데(그치들은 전부 성인이었고 브롱카는 겨우 열한 살이었다. 브롱카가 남자를 낮게 평가하는 것도 무리가 아니다.) 소문에 의하면 원래는 경찰이었는데 미성년자 증인에게 부적절한 행위를 해서 잘렸다고 했다. 또 다른 소문에 의하면 특히 히스패닉 여자애들을 좋아한다고 했는데, 브롱크스에 사는 누구도 브롱카가 히스패닉이 아니라는 걸 정확히 이해하지 못했다.

그래서 그 남자가 권총 손잡이에 손을 올린 채 껍데기만 남은 낡은 건물의 무너진 입구에서 히죽거리며 나오는 것을 봤을 때, 브롱카는 50년이 지난 지금 이 아트센터 화장실에서 느끼는 것과 똑같은 감정을 경험했다. 그건 분노도, 두려움도 아니었다. 브롱카는 자신이 더 커졌다고 느꼈다. 그래서 당연하게도, 그는 건물 입구를 향해 다가갔다. 양쪽 문틀을 잡고 몸을 지탱한 다음, 사내의 무릎을 있는 힘껏 걷어찼다. 남자는 그 뒤로 3개월 동안 다리를 교정하느라 침대 신세를 져야 했고, 주변에는 벽돌에 발을 헛디뎌 넘어졌을 뿐이라고 주장했다. 그리고 다시는 브롱카를 건드리지 않았다. 6년 뒤에 드디어 자신만의 작업용 장화를 마련한 브롱카는 스톤월 항쟁*에서 또다시 더 거대한 것의 일부가 되어 짭새 *끄*나풀에게 똑같은 발길질을 선사해 주었다.

더 크고 거대하게. 빌어먹을 뉴욕 자치구만큼이나 크고 완전하게.

광기에 차서 나불대던 화장실 여자의 목소리가 갑자기 뚝 그친다. 앵돌아진 말투로 툭 내뱉는다. "이런, 설마 너도니."

"가서 거시기 다발이나 *빠시지*."

베네자에게서 배운 욕이다. 그런 다음 브롱카는 두 주먹을 움켜쥐

---

*미국 LGBTI 인권 운동의 시발점이 되었던 사건.

고 커다란 미소를 띤 채 목표를 향해 달려든다. 왜냐하면 그는 항상 좋은 난장(亂場)을 벌이고 휘젓는 것을 좋아하니까. 지금이 21세기고 이제는 아무도 난장 같은 운동권 어휘를 쓰지 않아도, 그가 지긋이 나이 들고 "존경할 만한" 사람이 됐다고 해도 말이다. 그는 아직도 벽돌 공장의 브롱카, 스톤월의 재앙 브롱카, AIM(American Indian Movement) 형제자매들과 함께 무장경찰에게 대항했던 브롱카다. 이건 춤을 추는 것과 비슷하다. 뭔지 알지? 모든 전투는 춤과 같다. 브롱카는 파우와우*에서도 늘 춤을 잘 췄다. 그리고 지금은? 그의 영혼에는 쇳덩어리를 댄 안전 장화가 영원토록 함께 살고 있다.

브롱카가 화장실을 향해 돌진하는 순간, 칸막이 걸쇠가 딸깍 소리를 내며 풀리더니 문이 움직이기 시작한다. 틈새로 보이는 것은 오로지 흰색뿐이다. 빛이 아니라 그냥 흰색이다. 그리고 그 짧은 찰나의 순간, 브롱카의 눈에 은색의 방이 들어온다. 흰색 바닥, 그리고 저편에 새겨진 뭔지 모를 기하학적 형체는 마치…… 고동치고 있는 건가? 불규칙하게? 브롱카를 더욱 당황시킨 건 그 이상한 형체가 적어도 6미터는 멀리 떨어져 있다는 것이다. 마치 화장실 칸막이가 좁은 칸막이가 아니라 선반과 벽 안쪽으로 깊이 뚫린 터널인 것처럼. 그리고 그 터널이 도대체 어디로 이어져 있는지는 알 수가 없다. 왜냐하면 브롱카가 아는 한 브롱크스 아트센터에는 안에도 밖에도 저런 큰 공간이 없으니까.

하지만 칸막이 문이 10센티미터도 채 벌어지기 전에, 그리고 언

---

* 북미 원주민의 연례 축제 의식.

뜻 스친 시선만으로 저것에 대해서는 생각조차 해서는 안 된다는 불길한 경고를 받아들이기 전에, 브롱카는 칸막이 옆 타일 벽을 손으로 짚고 망할 놈의 문을 거세게 걷어찬다.

그 즉시 맞은편에서 저항이 밀려온다. 꼭 베개를 찬 것처럼 이상하게 부드러운 소리가 나더니, 뒤이어 번개가 치기 직전 먹구름이 우르릉거리는 듯한 굉음이 터져 나온다.

브롱카의 눈앞에서 칸막이 문이 순식간에 잔상을 남기며 멀어져 간다. 경첩이 부서져 화장실 문과 꼭 같은 크기의 직사각형 터널 밑으로 추락하는 것처럼, 아니면 문이 거울의 거울에 반사돼 비치는 것처럼 수십, 수백만 개의 문이, 불가능한 수의 문이 무한대로 한없이 뻗어 나간다. 그 뒤편에서 날아드는 것은 날카롭고 격앙된 절규다. 칸막이 여자가 내지르는 새된 소리가 찢어지는 비명으로 돌변하더니 유리창에 거미줄처럼 금이 가고 천장에 고정된 조명기구가 흔들거리며 깜박깜박 —

조용해진다. 평범하게 문틀에 달려 있는 화장실 문이 브롱카의 발차기에 떠밀려 생리대 수거함에 부딪쳤다가 다시 밀려 나온다. 칸막이 안은 비어 있다. 터널도 없고, 다른 큰 공간도 없고 평범한 벽과 변기뿐이다. 흔들리던 전등이 천천히 제자리로 돌아오고 전구의 깜박임도 멈춘다. 쩨지는 비명 소리의 잔향조차 한 점 남지 않았다.

그리고 그 순간, 방금 겪은 일의 여파 속에서 휘청거리며 서 있는 브롱카의 머릿속에 거의 10만 년에 달하는 지식의 파도가 흘러 들어온다.

이것은 응당한 일이다. 어쨌든 브롱카는 같은 이들 가운데 가장 나이가 많고, 도시는 그가 지식이라는 무거운 짐을 지는 데 가장 적합한 자라고 판단한다. 그리하여 모든 지식을 이어받은 브롱카는, 비틀거리며 가까운 세면대에 기대 헐떡거린다. 온몸이 떨린다. 왜냐하면 방금 자신이 얼마나 위험천만한 짓을 했는지 깨닫게 되었기에.

하지만. 브롱카는 이제 무엇을 해야 하는지 안다. 서로를 찾아 함께 맞서 싸울 방법을 배우고 익혀야 한다. 미친 소리 같지만 사실이다. 그럼에도 브롱카는 턱에 힘을 주며 입을 딱 다문다. 그는 그런 걸 원치 않는다. 그는 그럴 필요가 없다. 브롱카에게는 해야 할 일이 있다. 버릇없게 키워야 할 손주도 있다! 젠장할, 이미 평생을 투쟁하며 살아왔고 은퇴 생활 비슷한 흉내라도 내면서 살려면 아직 5년은 더 일을 해야 하는데. 브롱카는 지쳤다. 그에게 거창한 차원 간 전쟁을 할 만한 기력이 남아 있기나 할까?

그럴 리가 없잖아.

"다른 자치구 애들이 알아서 하겠지."

브롱카는 마침내 중얼거리며 몸을 일으켜 세워 화장실 입구로 향한다. 브롱크스는 항상 혼자서 버텨 왔다. 그게 어떤 기분인지 다른 녀석들도 한번 경험해 보라지.

브롱카가 떠난 뒤, 텅 빈 칸막이 안은 움직임 하나 없이 고요하다.

딱 한 군데, 변기 뒤만 빼고. 미처 예상치 못한 브롱카의 격노한 반격에 동료들은 전부 불타 사라져 버렸건만, 유일하게 살아남은 희고 뭉툭한 덩어리 하나가 눈에 띄지 않는 그곳에 자리 잡고 앉아 때를 기다린다.

## 5장

# 퀸스를 찾아서

그들은 크로스타운 버스를 기다리는 중이고, 버스는 도통 나타날 기미가 안 보인다. 하지만 덕분에 전략을 짤 시간이 생겼다. 어떤 자치구가 "각성"했는지 아니면 소위 정신적인 배트 시그널*을 받았는지 어쨌는지는 모르겠지만, 어쨌든 매니와 브루클린은 다른 자치구 동지들을 어떻게 찾아야 할지 감도 안 잡힌다. 아니 그보다 매니는 감도 안 잡힌다고 하는 편이 더 정확할 것이다. 버스 정류장에서 버스를 기다리는 동안 브루클린이 약간의 "조사"를 해야겠다고 선언하더니 누군가에게 전화를 걸어 뭐라 말하고는 금세 끊는다. 매니는 예의를 차리느라 무슨 통화를 하는지 엿들을 생각조차 하지 못했다. 브루클린이 말한다.

"내 예감이 맞다면 몇 시간 후면 브롱크스에 대한 소식을 들을 수 있을 거야."

---

*「배트맨」에서 경찰청장 고든이 배트맨을 부를 때 사용하는 조명.

"예감인 거지?" 매니는 고개를 빼고 거리를 내다본다. 버스를 기다리고 선 지 벌써 20분이 넘었다. 40분도 훨씬 넘은 기분이다. 날은 덥고, 답답하고, 습기 때문에 후덥지근하고, 매니는 벌써 모기한테 세 방이나 물렸다. "당신이 날…… 그런 식으로 느낀 건 우연이 아냐. 지금 당신이 옆에 있으니까 나도……."

브루클린의 존재가 지나치리만큼 민감하게 느껴진다. 때때로 그가 옆에서 움직이기라도 하면 공간 자체가 움직이며 중력의 중심이 이동하는데, 보이거나 느껴지는 건 아니지만 혀끝에서 그 변화의 맛이 느껴진다. 이게 말이 되긴 하나? 중력에 맛이 있을 리가 없잖아. 하지만 만약에 그렇다면 소금 결정이 갑자기 혓바닥 위를 미끄러지는 것과 비슷한 맛일 거라고 매니는 생각한다. 처음엔 거의 아무 맛도 안 나다가 약간의 달콤함을 거쳐, 뒤이어 밀려오는 두 눈이 따끔하고 코는 시큰거리고 귀는 간질간질해지는 씁쓸하고 묵직한 금속성의 압력. 다른 공간, 즉 '이상한 뉴욕'에서 매니는 시시각각 변화하는 브루클린의 광활한 창공과 그 아래 맨해튼 자신의 뾰족한 마천루와도 견줄 만한 웅장한 도시 경관을 본다. 두 자치구는 현실 세계에서는 불가능한 방식으로 겹쳐 있지만 두 사람이 지금 아주 가까이 서 있다는 사실을 감안하면 그럴 만도 하다. 아마 그래서 중력점이 계속 변화하는 거겠지. 과대한 질량과 면적이 한 곳에 동시에 존재하고 있기 때문에. 그러나 정상적인 뉴욕이 지닌 물리 법칙과의 모순 때문에 환영은 그리 오래가지 못한다. 브루클린은 다시 인간 브루클린이 된다.

그리고 인간 브루클린은 조금 전까지 에어컨이 빵빵한 사무실에 있다 온 사람처럼 차분하고 냉정한 모습이다. 땀도 별로 안 흘리고, 버스가 코빼기도 비치지 않는데 낙담한 기색도 없고, 무엇보다 모기들마저 그를 모른 체하고 있다.

"예감이자, 일종의 유대감이기도 하지." 브루클린이 어깨를 으쓱하며 대답한다. "지하철에서 내렸을 때만 해도 내가 뭘 찾고 있는지 몰랐어. 그러다 TV 상점 옆을 지나는데 화면이 전부 지역 뉴스 채널을 틀고 있더군. 누가 휴대전화로 찍은 영상이 나오는데 어떤 머저리가 택시 지붕에 올라타서 FDR을 질주하고 있더라고. 그건 그렇고, 너 11시 뉴스 탔다."

"신나 죽겠네."

짜증이 가득한 대답에 브루클린이 낄낄대더니 금세 진지해진다. 매니는 브루클린의 처진 눈썹을 보고는 지금까지 일어난 불가사의한 사건들에 대해 그 역시 당혹스러워하고 있음을 알 수 있다.

"하지만 널 보자마자 네가 누군지, 뭔지 알겠더라. 마치…… 널 보니까, 그러니까 맨해튼이라는 개념과 연결된 사람을 보니까 정신이 번쩍 드는 것 같았어. 그러자 대충이긴 해도 네가 어디 있는지도 알수 있었고. 그러니까 이번에도 대중교통을 타고 돌아다니면서 감이올 때까지 기다리면 되겠지."

즉 그들에게는 퀸스가 어떤 사람일지 약간의 단서만 있으면 된다. 이름이나 얼굴, 아니면 빅풋 사진처럼 알아보기 힘든 흐릿한 사진한 장이라도. 아주 작은 도움만 있다면 100만하고도 50만 명이 사는이 메가도시에서 한 사람 정도는 찾아낼 수 있겠지. 뭐가 어렵겠어.

매니는 한숨을 쉬며 눈가를 문지른다.

"이건 미친 짓이야. 전부 다. 당신이 나타나기 전에 난 병원에 가서 뇌출혈이 있는 건 아닌지 진찰을 받으려고 했어. 하지만 병원에 가지 않은 건 왠지 이게⋯⋯."

"당연하게 느껴졌으니까." 매니가 말꼬리를 흐리며 고개를 젓자 브루클린이 빈 문장을 대신 마무리 짓는다. "정상적인 것 같고. 그래, 나도 알아. 나도 너랑 똑같았으니까. 심리상담사에게 전화해서 당장 예약을 잡으려고 했을 정도야. 특히 DJ 그랜드마스터 플래시가 보이지 않는 깃털괴물한테서 날 구해 줄 수 있을 거라는 생각이 들었을 땐, 그쯤 되니 내 잠재의식에 문제가 생겼거나 외계인들이 보내는 전파 때문이라고도 할 수도 없을 만큼 해괴망측했지." 브루클린이 관자놀이 근처에서 손가락을 빙글빙글 돌린다. "하지만 네 룸메이트는 어떻게 그걸 볼 수 있는지 모르겠다. 네가 FDR에서 택시를 타고 싸우는 영상에선 아무도 못 보는 거 같던데. 내가 아는 한 네 룸메이트는 어, 일단 너는 빼고 이 도시 환영인지 뭔지를 볼 수 있는 유일한 사람이야."

"아, 실은 FDR에서도 비슷한 일이 있었어. 내가 타고 있던 택시를 몰던 여자분도 그⋯⋯ 커다랗고, 어⋯⋯ 구불구불한 걸 봤거든. 다른 사람들은 그게 거기 있는지도 모르는 것 같았지만. 적어도 그 사람처럼 눈에 보이지는 않는 것 같았어. 대신에 무의식적으로 그게 있는 자리를 피해 가려고 했지. 그래서 교통체증이 발생했고."

"알아야 될 만큼만 이상한 걸 느낀다?" 자신이 찾아낸 표현이 뿌듯한지 브루클린이 코웃음을 친다.

하지만 그 말이 옳다는 느낌이 든다. 매니는 하얀 촉수들에 둘러싸였을 때 벨이 그것들이 진짜 존재하는 건지 확신할 수 없다는 듯 눈을 가늘게 뜨고 노려보던 것을 기억한다. 하지만 그래도 벨은 FDR 드라이브에 있던 대부분의 사람보다 훨씬 더 많은 것을 볼 수 있었다. 매디슨도 마찬가지였다. 그들은 촉수를 볼 수 있어야 했다. 그렇지 않았다면 그들 역시 그것들에게 당했을 테니까.

아니야, 그게 아니야. 매니는 이맛살을 찌푸린다. 그의 본능, 특히 옛 성격의 잔재로 보이는 계산적이고 무자비할 정도로 이성적인 일부가 틀렸다며 땡! 종을 울리고는 다른 설명을 내놓는다. 벨이 그 촉수를 못 봤다면 네게 아무 쓸모도 없었을 거야. 만약에 그가 흰옷의 여자에게 넘어갔다면 너는 골치 아픈 문제를 배로 떠안았겠지. 벨이 자기 자신을 유지할 수 있었기에 적어도 그는…… 유용했어.

그렇다. 벨이 가진 현금 덕분에 매니는 신용카드를 쓸 생각을 떠올렸고 ― 젠장, 공원 바닥에 버려 두고 왔잖아? 빨리 카드회사에 전화해서 취소해야지 ― 벨이 걱정된 나머지 정신을 집중할 수 있었다. 그리고 매디슨도 거대한 촉수 폭포가 FDR 드라이브에서 분출하는 걸 보지 못했다면 매니가 시키는 대로 택시를 몰고 그것을 향해 돌진하지 않았을 것이다. 브루클린이 말한 대로 알아야 할 만큼만…… 하지만 벨이나 매디슨이 알아야 할 만큼이 아니다. 매니의 입장에서 다른 사람들이 알아야 하는 만큼이다. 다시 말해 그가 그들을 도구로 이용할 수 있을 만큼만.

도시가 벨과 매디슨에게 한 일은 매니라는 인간의 과거 정체성을 앗아 가고 보기 좋은 외모와 목적을 위해 타인을 냉혹하게 협박할 수 있는 능력만을 남겨 둔 것과 똑같다. 만약 이게 사실이라면……

매니는 과연 이 도시를 동맹으로 여겨도 될지 모르겠다. 자신이 정말로 착한 편인지도 잘 모르겠다.

브루클린도 그의 생각을 눈치챈 모양이다.

"아직도 뉴요커가 되기 위한 속성 코스가 필요하니?"

"선택의 여지가 있긴 하고?"

자신의 목소리에서 비아냥이 느껴진다.

"당연하지." 브루클린의 대답에 놀란 매니가 그를 쳐다본다. 브루클린이 어깨를 으쓱해 보인다. "누구나 선택할 권리가 있어. 아무리 황당한 짓거리가 일어나고 있어도 이게 도시와 관련된 거라면 가장 확실한 해결책은 여길 떠나는 거지."

그건…… 매니는 브루클린이 그런 말을 할 줄은 몰랐다. 하지만 그는 그 안에 담긴 진심을 느낄 수 있고, 그래서 얼굴을 찌푸려 보인다. 여기서 떠나, 왔던 곳으로 다시 돌아가…… 거기가 어딘지는 모르겠지만 그게 무슨 상관인가? 펜 역에 가서 필라델피아든 보스턴이든 가장 빠른 기차를 잡아타고는, 새로 빌린 집이고 대학원이고 전부 다 잊어버리면 그만이다. 돈과 자존심은 잃겠지만 기억이 돌아올지도 모르잖아? 그보다 더 중요한 점은, 다른 사람이 맨해튼의 자리를 대체하게 되리라는 사실을 그가 알 수 있다는 것이다. 사람들 눈에 보이지 않는 심해괴물과 다른 세계의 존재에게 자아를 빼앗긴 시장분석가와 싸우는 건 다른 누군가의 일이 될 거다. 그는 앞으로 더 많은 전투가 기다리고 있다는 것도 안다. 흰옷의 여자가 그럴 거라고 장담했으니까. 이제껏 있었던 일들은 앞으로 일어날 더욱 거대한 사건의 전초전에 불과하다.

때가 되면 도시는 군대와 함께 전쟁에 나설 것이다. 매니는 그 군대에 참여할 마음이 있나? 솔직히 잘 모르겠다.

드디어 버스가 모습을 드러낸다. 모퉁이를 돌아오는 속도가 거의 외설적으로 느껴질 정도로 느릿하다. 매니는 MTA 교통카드를 갖고 있다. 전에 그였던 남자가 샀던 것으로, 지갑에 들어 있었다. 부디 쩨쩨하게 굴지 않고 한 달짜리 정기권을 사 뒀다면 좋겠다.

두 사람은 버스에 올라탄다.(카드는 한 달 정기권은 아니지만 50달러가 충전되어 있다. 잘했어, 옛날 매니!) 버스는 정말이지 굼벵이 같은 속도로 움직인다. 하느님, 제발 퀸스와 브롱크스를 도와주십시오. 이 속도라면 매니와 브루클린이 다른 자치구에 도착할 즈음엔 뉴욕이 벌써 한참 전에 멸망해서 폐허가 되고도 남을 것 같다. 그래서 매니는 일단 지금 할 수 있는 일에 집중하기로 한다.

"뉴욕에 대해 알려 줘. 내가 이 도시에 처음 왔거나, 아니면 옛날에 와 봤는데 아무것도 기억을 못 하는 사람이라고 생각하고 자세히 설명해 줄 수 있어? 왜냐하면 어, 진짜 그렇거든."

"뭐가 그렇다고?"

매니는 숨을 깊이 들이마신다.

"나…… 내가 누군지 기억이 안 나."

"뭐?"

어떻게 해야 그의 상황을 설명할 수 있을지 모르겠다. 매니는 브루클린에게 펜 역에서 있었던 일에 대해서, 그리고 MC 프리의 노래 가사는 기억하지만 어머니의 얼굴은 기억나지 않는다고 털어놓는다. 마침내 그의 이야기가 끝났을 때, 브루클린은 맨해튼을 물끄러미 쳐다보고만 있다. 한참이 지난 후에야 매니는 브루클린이 그의 기억상실증에 대해 더는 묻지 않을 것이라고 확신한다. 그때 브루클린이 입을 연다.

"난 음악이 들려."

매니가 뜬금없는 말에 얼굴을 찌푸린다.

"머릿속에서 계속 음악이 흘러. 난 어릴 적부터 비트박스를 하면서 놀던 애였지. 틈만 나면 가사를 짓고, 지하철을 기다릴 때에도 혼잣말을 하고, 그런 애 있잖아? 그런데 지금은 무슨 오케스트라가 머릿속에서 연주하고 있는 것 같아. 하이힐이 길바닥에 또각또각 부딪치는 소리, 자동차의 낡은 타이밍 벨트가 돌아가는 소리, 손바닥 때리기 놀이를 하는 어린 여자애들의 노랫소리…… 머릿속에서 그런 게 끊임없이 울려 대. 이명(耳鳴) 같기도 한데, 굉장히 아름답기도 하지." 브루클린이 손바닥으로 얼굴을 문지른다. "그래서 내가 오래전에 잃었다고 생각한 것들이 다시 깨어나고 있어. 하지만 내가 그걸 포기한 건 다 이유가 있어서였다고. 다른 중요한 것에 집중하고 싶었으니까."

"음악은 중요하지 않아?"

"내 자식의 건강보험보다야 훨씬 덜 중요하지." 브루클린이 얼굴을 일그러뜨린다. "어차피 그 바닥을 뜨기 한참 전부터 진절머리가 나던 참이었어. 진짜 내가 아니라 다른 사람이 돼야 한다는 압박이 너무 심했거든. 더 섹시하게, 더 강하게, 그런 것들. 그래서 딸이 태어났을 때 더는 이렇게 못 살겠다 했지. 난 지금 이렇게 사는 게 행복해. 그런데 이 새로운 음악은 마치 그때의 나로 되돌리려고, 끄집어 당기고 있는 것 같단 말이야. 하지만 틀렸어. 난 이제 프리(Free)가 아닌걸.*"

매니는 조용히 듣고 있다. 난 이제 프리가 아닌걸. 브루클린이 왜 그에게 이런 말을 하는지 이해한다.

"지금 일어나는 일 때문에 우리가 변화하고 있다고 생각하는 거군. 우리 모두가 각자 다른 방식으로 재구성되고 있다고 생각하는 거지?"

"그래. 내 생각엔, 음, 그게 우리가 치러야 할 대가인 것 같아. 너의 기억, 내 평화로운 삶. 다른 사람들도 마찬가지겠지. 하지만 내 생각엔, 어, 그게 이치에 맞다고 해야 하나? 그렇잖아. 도시가 된다는 건……." 브루클린이 고개를 흔든다. "우리가 더는 평범한 사람이 아니라는 뜻이니까."

넌 확실히 인간이 아니야. 흰옷의 여자는 매니에게 그렇게 말했다. 그땐 거짓말처럼 느껴졌지만…….

갑자기 브루클린이 신음 섞인 한숨을 내뱉더니 눈가를 문지른다. "아, 좆까라지. 일단 할 일부터 하자. 그래, 초보를 위한 뉴욕 가이드가 필요하댔지." 그러고는 전화기를 켜서 재빨리 앱 몇 개를 훑더니 매니가 볼 수 있게 화면을 들이댄다. 매니에게도 익숙한 뉴욕의 지하철 노선도다.

"여기가 맨해튼." 브루클린이 중앙에 있는 길쭉한 섬을 손가락으로 짚는다. 매니는 으쓱대고 싶은 느낌에 저항한다. 브루클린이 작

---

* '난 이제 자유롭지 않은걸.'이라는 이중적인 의미로도 해석될 수 있다.

은 스타일러스 터치펜으로 지도 위쪽에서부터 시계방향으로 돌며 뉴욕의 자치구를 하나씩 짚어 나간다. "브롱크스, 퀸스, 브루클린, 스태튼아일랜드. 여기까지가 공식적인 뉴욕이야. 실질적으로 퀸스와 브루클린은 롱아일랜드와 같은 섬에 있지만. 용커스는 뉴욕에 포함되지 않고 독립적으로 살아남는 데 성공했고, 스태튼아일랜드는 노력은 했는데 실패했지. 그리고 저지가 있고." 브루클린이 눈동자를 굴린다.

"저지가 왜?"

"저지가 저지지. 자, 어쨌든 이 지도 있지? 이거 완전 엉터리야."

매니는 놀라서 눈을 깜박인다. "하지만 방금……."

"그렇다니까. 그래서 이거부터 보여 준 거야. 이게 바로 뉴욕에 온 사람들이 대부분 가장 먼저 보게 되는 거야. 여기서 수십 년 산 사람도 이게 뉴욕이라고 생각하지." 브루클린이 전화기를 흔들며 강조한다. "보통 사람들은 맨해튼이 뉴욕의 중심이라고 생각해. 실제로 인구의 대부분은 다른 자치구에 살고 있는데 말이야. 그리고 스태튼아일랜드는 작은 섬이라고, 일종의 덤 같은 거라고 여기지. 이 지도를 중심으로 생각하니까. 하지만 사실 스태튼아일랜드는 브롱크스보다도 더 큰 곳이야. 최소한 면적은 그래. 자, 그러니까 뉴욕에 대해 알아야 할 첫 번째 사실. 사람들이 우리라고 생각하는 건 사실 진짜 우리가 아니란다."

매니는 혹시 브루클린이 의도적으로 그의 처지를 빗대 비꼬는 건 아닌지 의아해하며 빤히 바라본다.

"변호사인 브루클린 토머슨 의원이 사실은 MC 프리인 것처럼?"

"그건 별로 비밀도 아니야, 도련님. 브루클린은 숨기지 않고 전부 까놓는 체질이거든." 브루클린이 다시 지도 위를 톡 건드린다. 이번에는 다른 곳이다. "퀸스는 아직 옛 뉴욕이 남아 있는 지역이지. 퇴직자, 노동계급, 그리고 수많은 이민자. 언젠가 마당 딸린 집을 사려고 등골 빠져라 일하는 사람들이야. 빌어먹을 젊은 IT 놈들이 야금야금 몰려들고 있고 언젠가 결국은 차지하겠지만, 아직까진 오염 지역이었던 롱아일랜드 시티에 머무르고 있어. 퀸스가 롱아일랜드에 있으니까 거기도 롱아일랜드이긴 한데, 롱아일랜드의 일부는 아니야. 무슨 뜻인지 알겠어?"

"전혀."

브루클린은 웃음을 터트리지만 자세히 설명하지는 않는다. 이번에는 브롱크스를 짚는다.

"여긴 뉴욕에서 뭐든 항상 가장 심한 타격을 받는 곳이지. 갱단, 부동산 사기…… 그런 걸 겪다 보니 깡다구 있고 터프한 사람들이 살고 있고……, 그래서 많은 면에서 뉴욕의 심장이야. 보통 사람들이 뉴욕 하면 떠올리는 건방진 태도나 분위기, 창의성, 터프함은 다 여기서 나온 거지."

"그러니까 퀸스에서는 IT 업계에서 일 안 하는 성실근면한 사람을 찾고 브롱크스에선 창의적이고 건방진 사람을 찾아야 한다는 거지? 범위가 참 많이도 줄어드네." 매니가 한숨짓는다. 그러고는 스태튼아일랜드를 가리킨다. "여기는?"

브루클린이 입술을 꾹 다문다. 생각 중이라기보다는 못마땅해하는 것 같다고, 매니는 생각한다.

"스태튼아일랜드는 시골 마을의 사색가 타입일 거야. 미국에서 가장 큰 도시의 일부인데도 말이지. 명심해야 돼. 그곳 사람들은 뉴욕에 속하는 걸 좋아하지 않아. 그리고 네가 그 사실을 절대 잊지 못하게 만들 테고." 브루클린이 어깨를 으쓱한다. "간단히 말해 불평불만 많은 머저리? 그리고 틀림없이 공화당 지지자겠지."

마침내 버스가 그들이 내려야 할 지하철 정류장 앞에 슬금슬금 멈춰 선다. 여기서 N호선을 타야 한다.

"리모를 빌릴 걸 그랬어." 브루클린이 투덜댄다. 러시아워가 절정에 달한 시간이라 지하철이 만원이다. 그들은 서 있고, 매니는 실수로 다른 사람을 팔꿈치로 칠까 봐 꼼짝도 못 하고 있다. 지하철을 타는 건 처음이지만 사람이 너무 많아 즐길 수도 없다. "뭐, 위쪽이 더 심하게 막힐 수도 있지만."

"그래도 리무진은 좀 과하지 않아?"

"'리모'는 전용 콜택시를 말하는 거야. 택시 중에서 노란색이랑 녹색이 아닌 거. 여기선 리모를 자주 이용해. 네가 말하는 비싼 리무진도 그렇고. 브루클린에서는 그걸 '카 서비스'라고도 부르지만." 브루클린이 어깨를 으쓱한다. "요즘엔 우버랑 리프트한테 잡아먹히고 있지."

"왜 브루클린에선 다르게 부르는데?"

브루클린이 매니를 쏘아본다. 그럴 만도 하다. 브루클린이 다른 이유는 브루클린에는 항상 그들만의 방식이 있기 때문이다. 매니는 아직 배울 게 많다.

퀸스보로 플라자에서 7호선으로 갈아탄다. 지하철에 서 있는 게 슬슬 고단해질 무렵, 매니는 또다시 중력이 한쪽으로 기우는 걸 느낀다. 이번에는 브루클린 때문이 아니다. 중력의 변화를 상쇄시키기 위해 몸을 움직이자, 브루클린도 똑같이 하는 것이 보인다. 서로의 눈을 마주치며 고개를 끄덕인다.

"잘됐네." 브루클린이 반가운 듯 말한다. "플러싱까지 가야 하나 걱정했거든. 우리 친구는 잭슨하이츠에 있나 보다."

두 사람은 전동차에서 내려 지상으로 올라간다. 말도 안 되는 말을 멋대로 지껄이고 있는 길거리 선교사의 맞은편 모퉁이에 서 있는 동안, 매니는 브루클린이 그를 추적할 때 사용한 방법을 시도해 보자는 근사한 생각을 떠올린다. 몇 개의 키워드를 조합해 다양한 소셜 미디어를 검색해 본다. '퀸스'와 '이상한'을 조합하자 드랙퀸의 앙상블이 형편없다고 불평하는 수많은 포스팅이 뜬다. 하지만 그 외에도 잭슨하이츠 사람들이 아이들의 비명과 "이상한 굉음"을 들었다고 쓴 트윗들을 발견한다. 피드를 살펴보는 사이, 누군가 새 트윗을 올린다. "(웃음) 할머니 수영장이 애들을 잡아먹으려는 중. TMZ 웹진이 사진 실어 줄까?"

사진은 흔들려서 흐릿하다. 이상하게 바닥이 칙칙해 보이는 뒷마당 수영장에서 어린애 둘이 허우적거리고 있고, 수영장 옆에는 검은 머리를 한 사람이 흐릿하게 찍혀 있다. 하지만 그것만으로도 충분하다. 매니와 브루클린은 그 검은 머리의 여성에게서 강한 인력을 느낀다.

그때 브루클린의 휴대전화가 쩽쩽거리고, 그가 재빨리 핸드백에서 전화기를 꺼내 메시지를 읽는다.

"허 참, 이것 보시게. 방금 브롱크스도 찾은 것 같아."

브루클린이 전화기를 돌려 매니에게 화면을 보여 준다. 작은 화면에 떠 있는 것은 벽화 사진이다. 처음엔 뭔지 알아보기가 힘들다. 흩뿌려진 페인트 자국 사이에 그려진 선들이 우툴두툴한 벽돌 벽위에서 어지럽고 풍성하게 서로 엉키고 교차하고 있다. 잠시 후, 매니의 뇌가 위아래를 구분하게 되자 그의 다른 부분이 숨을 헉 들이켠다. 매니는 자신이 무엇을 보고 있는지 깨닫는다.

다른 장소다. 다른 그다. 그가 화(化)한 도시다. 지금 이 현실 속에서 위장하고 있는 뉴욕의 이미지와 아이디어의 집합체가 아니라 독특하고 완전한, 진짜 뉴욕이다. 매니는 이제야 자신이 왜 다른 뉴욕을 텅 비어 있다고 생각했는지 이해한다. 사실 그곳은 비어 있지 않다. 거기에도 사람들이 있다. 그저 정신적으로 존재하고 있을 뿐이다. 뉴욕 시가 모든 거주민과 관광객의 삶 속에 실재가 아닌 환영의 이미지로 존재하는 것처럼. 그러나 여기, 이 이상하고 추상적인 벽화 속에서 매니는 지금 그가 경험하고 있는 진실을 본다.

그리고 그는 알 수 있다. 저 벽화를 그린 사람은 브롱크스다. 매니가 그걸 알 수 있는 까닭은 그림을 보자마자 또다시 중력이 잡아당기는 이상한 느낌을 받았기 때문이다. 이번에는 저 북쪽 어딘가다. 가까이 있는 퀸스만큼 강하진 않지만 착각하려야 착각할 수가 없다.

"아까 건방지고 창의력 넘치는 사람일 거라고 했지?" 브루클린이 그림을 뚫어져라 바라보며 중얼거린다. "넌 단순히 찍은 거였겠지만, 난 늘 브롱크스에 대해 그렇게 생각했지. 브롱크스야말로 힙합의 탄생지이고, 최고의 그라피티와 춤과 패션이……." 브루클린이 고개를 흔든다. "안 그래도 뭔가 이상하거나 특이한 일이 있으면 알려 달라고 사람들한테 일러 뒀는데, 아까 네 말을 듣고 생각나는 게 있어서 어떤 그림을 찾아보라고 했어. 언제 어디서 봤는지는 기억이 안 나지만 내 설명만 듣고 이렇게 찾을 수 있을 만큼 세세하게 기억에 남아 있었거든. 그래, 이건 브롱크스야."

브루클린이 손가락으로 전화기 화면을 내린다. 사진 밑에는 5분 전에 뉴욕 시의원 토머슨의 보좌관인 마크 비시네리오가 보낸 문자가 있다. 지금 브롱크스에 있는 갤러리에서 전시 중. 작가는 "다 브롱카". 브롱카 시와노이 박사의 예명. 브롱크스 아트센터 소장. 작품 제목은 「뉴욕 — 진정한 실재」.

브루클린이 고개를 들어 하늘을 쳐다보며 시간을 가늠해 본다.

"벌써 러시아워지. 여기선 스쿨버스가 도로를 가득 메우는 두세 시쯤에 시작이고. 빨리 퀸스랑 합류하거나 브롱크스가 사무실에서 늦게까지 일하지 않는다면 브롱크스 아트센터에 갔을 즈음엔 놓치겠는데."

"그럼 집으로 찾아가야지. 혼자 있으면 위험할 거야."

브루클린이 한숨을 지으며 고개를 젓는다.

"거리는 너무 멀고 시간은 너무 없어. 우리 둘이 찢어질까?"

그건 합리적인 판단이다. 하지만 매니는 이맛살을 찌푸린다.

"그랬다간 우리가 위험해질 수 있어. 퀸스도 지금 당장 우리 도움이 필요하고. 한 번에 하나씩 해결하자."

"자치구가 늘수록 문제도 늘어나네." 브루클린이 중얼거리더니 결국 마지못해 알겠다며 고개를 끄덕인다.

매니는 휴대전화에서 승차 공유 앱을 실행해 지도 위에 퀸스의 존재가 느껴지는 곳과 대충 가까운 위치를 찍는다. 두 사람은 출발한다. 뭐든 늦더라도 안 하느니보단 낫다.

## 6장

# 차원 간 예술 평론가 화이트 박사

어쩜 이렇게 형편없을 수가.

브롱카는 생각할 시간을 벌기 위해 그림이 전시된 벽을 따라 일부러 느릿느릿 걷는다. 시야 한쪽 구석에 안내 데스크 옆에 서 있는 제스의 모습이 보인다. 손을 뻗으면 전화기가 닿을 거리다. 안내 데스크 뒤에 앉아 있는 사람은 센터에서 보조로 일하고 있는 베네자다. 제스는 포커페이스를 유지하고 있지만 베네자는 크고 처연한 갈색 눈동자를 브롱카와 제스, 그리고 이징과 ─ 그래, 둘 사이에 무슨 일이 있었든 이 환장할 일을 해결하기 위해 공동전선을 구축하러 달려온 이징까지 ─ 방문객들을 번갈아 쳐다보고 있다.

센터를 찾아온 이들은 전시실 가운데 몰려 있지만, 그들의 대변인 격인 붉은 기가 도는 긴 금발을 뒤통수에 상투처럼 말아 올리고 덥수룩한 턱수염을 기른 백인 남자는 외교적 수완을 발휘해 그들과 브롱카 사이에 자리 잡았다. 그러고는 자신을 이 예술가 집단의 매니저라고 소개한다. 그를 비롯해 전원이 남자고 대부분이 백인인데

197

그중에 딱 한 명, 키가 작은 사내는 '거의 백인이지만 남미 원주민 혈통이 약간 섞인' 것처럼 보인다. 그렇지만 똑같이 숱이 적고 멍청해 보이는 턱수염을 기르고 있다. 딴에는 다른 사람들과 비슷한 모습으로 어울려 보려고 갖은 애를 쓰고 있는 것 같지만 자기 얼굴에는 전혀 안 어울린다는 걸 모르는 모양이다. 수염이 없는 편이 더 잘생겨 보일 텐데.

작은 놈들을 조심해야 해. 브롱카는 전 남편의 말을 머릿속으로 되새긴다. 부부 사이는 유지하면서 둘 다 팀을 완전히 동성으로 바꿨던 시절에 그는 첼시 예술가의 거의 절반과 뒹굴고 다녔고, 브롱카는 좀 더 신중하게 쉰 살이 넘은 레즈비언을 위한 데이트 서비스인 핑크 크로피시에 가입했다. 둘은 점점 시들해 가는 AIM 소송과 AIDS 시위, 공동 양육이라는 시련을 거치고도 좋은 친구 사이로 남았다. 크리스는 늘 새로 얻은 깨달음을 친구들에게 전파하는 것을 좋아했다. 가령 이런 것들. 조그만 사내놈들은 소형견이랑 비슷해. 겉으로 보기엔 귀여운데 온종일 미친놈처럼 짖어 대지. 뇌는 쪼끄만데 거시기가 너무 크거든.

참된 어르신이자 전사였던 크리스 시와노이. 그 사람이 그립다. 그이라면 이 엿같은 상황에서 뭘 해야 할지 조언해 줄 수 있을 텐데.

브롱카는 인위적이고 과장된 예의 바른 표정 위에, '한번 해보시든지'라고 말하는 듯한 미소를 띠고 있는 금발 상투남에게로 관심을 돌린다. 남자는 지금 브롱카가 무슨 생각을 하는지 아주 잘 알고 있다. 브롱카가 감히 본심을 입 밖에 내어, 공공장소에서 '깜'으로 시작하는 단어를 내뱉는 것만 빼면 뭐든 해도 된다고 여기는 백인들에 대한 암묵적인 합의를 깨트리기만을 기다리고 있다. 젠장, 심지어 어떤 놈들은 그 단어마저 아무것도 아니라고 부인하고 싶어 한다.

"그렇군요." 마침내 브롱카가 반쯤 자신의 생각에 대답하듯 입을 연다. "지금 이게 뭐 하는 짓거리죠?"

이징이 신음을 내뱉으며 손바닥으로 얼굴을 감싼다. 하지만 제스는 팔짱을 낀다. 이건 소위 여자들이 귀고리를 뺀다고 하는, 쌈박질을 각오한 그만의 준비 태세다. 물론 그런 종류의 싸움이 되진 않을 테고 브롱카도 그럴 필요가 없기만을 바라지만 제스의 싸늘한 표정을 보건대 어떤 상황에도 맞설 준비가 되어 있다는 걸 알 수 있다. 성질 더러운 젊은 유대인 계집애는 성질 더러운 늙다리 레나페 계집애만큼이나 이런 뭣 같은 형태를 웃어넘길 생각이 없다.

금발 상투남은 거의 예술적으로 큰 충격을 받은 표정을 지어 보인다. 도저히 눈 뜨고 못 봐줄 연기력이다. 이력서에는 분명 2년 정도 브로드웨이 무대에서 대역 배우를 했다고 적혀 있었는데, 거짓말이 틀림없다. 이런 종류의 인간들은 자신이 얼마나 보잘것없는 사람인지 숨기려고 항상 거짓말을 하고 다른 사람을 공격한다.

이들의 작품이 더욱 모욕적인 이유도 여기에 있다. 이것들은 인종차별적이고, 여성혐오적이고, 반유대적이고, 동성애혐오적이고, 그 외에도 브롱카가 한눈에 잡아내지 못한 온갖 불쾌하고 역겨운 코드가 잔뜩 들어 있다. 하지만 무엇보다도, 너무도 형편없다. 브롱카가 그렇게 많은 것을 혐오하는 사람에게서 훌륭한 예술 작품이 나올 리가 만무하다고 생각하기 때문이 아니라 — 예술에는 공감

능력이 필요하다——센터는 평판이 꽤 좋은 편이고 브롱카는 존경받는 전문가이기 때문이다. 사람들은 대개 그에게 이런 쓰레기 같은 물건을 가져오지 않는다.

그렇다. 이건 쓰레기다. 흑인 린치 사진을 찢어 만든 콜라주는 고통스럽게 죽어 가는 흑인들의 얼굴이 크게 클로즈업되어 있고, 그 주위를 하얀 분장용 물감으로 그린 단순한 형체들이 둘러싸고 손가락질하며 웃고 있다. 다른 작품은 목탄으로 선을 그리고 수채물감으로 색칠한 세 폭짜리 세트이다. 첫 번째 그림은 우스꽝스럽게 과장된 두꺼운 입술과 젖꼭지, 외음부를 가진 짙은 색 피부의 여인이 이름이 기억 안 나는 일본식 매듭에 온몸이 묶여 누워 있다. 여자의 표정은 무감각함과 무료함의 중간쯤 된다. 두 번째 그림에서는 그 여자의 몸 위에 남자가 올라타 있고, 맨살이 드러난 엉덩이를 일부러 흐릿하게 그려 놓은 것이 앞뒤로 흔들고 있음을 암시한다. 남자의 머리에는 슈트레이멜 모자*가 씌워져 있고 뺨에는 구레나룻이 있다. 마지막 쐐기를 박는다고 엉덩이에 다윗의 별 문신을 그려 놓지 않은 게 장할 지경이다. 세 번째 그림에서 남자는 이제 장발에, 빌어먹을 북미 원주민의 깃털 머리장식은 물론이요 평원 국가의 고정관념을 뒤죽박죽 섞어 놓은 정형화된 이미지의 원주민이다.(심지어 그가 걸치고 있는 조잡한 허리천과 바지에 가려 보이지 않을까 봐 남자의 몸 밑에 커다랗게 열려 있는 여자의 외음부를 대충 엑스레이처럼 그려 놓았다. 관람객들이 둘이 단순히 몸을 서로 문지르고 있다고 착각할까 봐 그랬나? 저런 자식들 머릿

---

* 유대교에서 착용하는 모피 모자.

속을 누가 알겠어.) 여자 옆에는 남자들이 손에 성기를 쥐고 — 아니면 칼일지도? — 줄지어 차례를 기다리고 있다. 그리고 이 세 그림 모두, 남자들이 그 짓을 하는 동안 무표정한 여자의 입에서 유명한 비백인 페미니스트들의 명언들이 흘러나오고 있다.

이게 다가 아니다. 대부분 화를 불러일으키기보다 황당하고 기가 막혀서 지리멸렬하게 느껴질 정도다. 저질의 예술 작품은 모두를 피곤하게 만든다. 이 중 최악은 허리를 구부리고 떡 벌어진 항문을 노골적으로 드러낸 남자의 조각상이다. 딱 봐도 사람 주먹을 집어넣으라고 만들어 놓은 구멍이다. 하지만 이들이 가장 자랑스러워하는 건 그 세 폭짜리 그림 같다.

브롱카가 남자의 조각상을 가리킨다. "포챈*에서 이런 걸 만들라고 하던가요, 아니면 혼자 생각해 낸 건가요?" 이렇게 말하며 베네자를 흘깃 쳐다보자 그가 재빨리 긴장된 웃음을 지어 보인다. 베네자는 브롱카에게 "포챈 문화"에 대해 가르쳐 준 장본인이다. 브롱카는 그 사이트 이름을 아직 기억하고 있다는 게 내심 뿌듯하다.

금발 상투남과 같이 온 사람들 중에 어깨가 구부정하고 폐결핵이나 다른 빅토리아 시대 유행병을 앓고 있는 것처럼 해쓱한 남자가 하나 있다. 브롱카는 그를 닥 할리데이**라고 부르기로 한다.

"당신이 작품 의도를 이해 못 할 줄 알았어요." 그가 딱딱거리며 응수한다. "모를까 봐 알려 주자면, 이건 아이러니를 표현한 거라고

---

* 4chan. 미국의 익명 온라인 커뮤니티.

** 미국 서부 시대의 유명한 총잡이 와이어트 어프의 동료인 존 헨리 할리데이의 별명.

요. 모마(MoMA)*에도 클리토리스 추상화가 스물두 점이나 걸려 있는데."

머리에 열이 확 뻗친다. 좋지 않다. 정신을 바짝 차리고 냉정함을 유지해야 한다.

"그러니까 혐오스럽고 변태적인 밈이 클리토리스에 대한 타당한 응답이다? 도대체 여성의 재생산 건강과 윤간이 무슨 상관이죠?"

"이건 여성기 훼손에 대한 비판이라구요." 기껏해야 열다섯 살밖에 안 되어 보이는 꼬맹이가 대답한다. 이기죽대는 표정을 숨길 생각조차 없다. 심지어 자기가 하는 헛소리를 알아듣게 표현할 줄도 모른다. "보여요? 여자잖아요. 흑인이고. 그러니까 아프리카계 흑인이요."

브롱카는 숨을 깊이 들이마신 다음, 그가 지을 수 있는 가장 가식적인 미소를 띤다.

"알겠습니다. 오늘 귀한 시간 내어 이렇게 와 주셔서 감사합니다. 그러니 최대한 짧게 말하도록 하죠. 브롱크스 아트센터는 1973년에 설립되었으며, 시 당국 및 개인 후원자의 지원을 받고 있습니다. 우리의 사명은 간단합니다. 이 훌륭한 자치구가 지닌 문화적 복합성을 예술을 통해 소개하고 전시하는 거지요. 우리는……."

"지금 우리한테 설교하는 겁니까?" 금발 상투남이 말한다. 어떻게 웃음소리마저 저렇게 역겨울 수 있는지 모르겠다. "팸플릿 문구를 읊으면서 돌려서 퇴짜 놓는 거예요?"

---

*The Museum of Modern Art. 뉴욕 현대 미술관.

브롱카는 이제 흐름을 타기 시작했다.

"브롱크스의 다양성을 기리고 포용하며 모든 인종, 혈통, 성별, 재능, 성적 취향, 민족적 기원, 소수 종교를 막론하여······."

"우리도 브롱크스 살아요." 아까까지 경박하게 이죽대던 열다섯 살짜리가 어느새 새빨개진 얼굴로 화를 내며 끼어들어 어린애처럼 생떼를 부린다. "나도 여기서 자랐다고요. 나도 여기 내 작품을 전시할 자격이 있다고!"

브롱카는 소년이 리버데일 출신일 거라고 짐작한다. 넓은 잔디밭과 튜더풍 저택, 님비(NIMBY)식 사고로 점철된 삶.

"센터는 그런 식으로 운영되는 게 아닙니다. 우리는 뉴욕 예술계를 맨해튼 너머로 더욱 넓게 확장하는 걸 목표로 삼고 있어요. 하지만 그래도 가장 중요한 건 역시 예술이고, 목표를 달성하려면 훌륭한 작품들을 선보여야 합니다. 이 자치구에는 150만 명이 거주하고 있고, 그중 많은 수가 예술가죠. 덕분에 전시할 작품들을 까다롭게 고를 수 있답니다."

"그리고 설령 그게 어렵더라도······." 브롱카가 요점에서 멀어지고 있다고 생각했는지 제스가 불쑥 끼어든다. "우린 혐오와 편견이 들어간 작품은 받지 않아요. 고정관념을 강화하는 것도 안 되고 강간 페티시도 안 됩니다. 반동성애는 물론이고······." 제스의 얼굴이 점점 붉으락푸르락 변해 가고 있다. 브롱카에게 한 손을 파닥파닥 흔드는 걸 보니 빨리 바통을 가져가라는 뜻이다.

"궁금한 점 있나요?" 브롱카가 그래 봤자 듣고 싶지 않다는 의도가 역력한 투로 묻는다.

"그렇지만 제일 중요한 작품을 아직 못 봤잖아요." 금발 상투남이 말한다. 브롱카가 남자의 뻔뻔스런 태도에 질려 매섭게 노려보자, 그가 미소 띤 얼굴로 마주 본다. 브롱카의 머릿속에서 위험 신호가 시끄럽게 울려 대기 시작한다. 남자의 눈빛은 약에 취한 것처럼 어딘가 몽롱한 데가 있다. 주머니에서 연기 흡입기가 삐죽 튀어나와 있는 걸로 보아 진짜로 약을 한 건지도 모르겠다. 하지만 그마저도 상투남이 지금 얼마나 화가 나 있는지를 감추지는 못한다. 이 자식에겐 뭔가 꿍꿍이가 있다. "우리 최고작을 보고도 안 된다고 하면 그냥 가지요. 별로 어려운 일도 아니잖아요. 한번 봐 주기만 하면 됩니다. 우리가 바라는 건 그게 다예요."

남자가 두 팔을 옆으로 넓게 벌린다. 순진한 척하면서 상대방을 열 받게 하는 전형적인 태도다.

"내가 왜 이런 걸 더 봐야 하는 거죠?"

브롱카가 세 폭 그림을 가리킨다. 정말 흉측하다. 저걸 본 안구를 씻어 내고 싶다.

"이건 더 추상적인 작품이에요."

닥 할리데이가 말하고는 브롱카가 아직 별명을 붙이지 않은 또 다른 턱수염을 쳐다본다. 지목받은 턱수염이 복도로 달려 나간다. 오는 길에 방수비닐에 싸여 있는 뭔가를 본 기억이 나긴 하는데, 이 끔찍한 작품이 오감을 지독하게 공격하는 바람에 잊어버리고 있었다. 그들이 새로 가져온 작품은 굉장히 크다. 폭이 3미터는 될 것 같고, 저렇게 커다란데도 가볍게 들고 오는 걸 보니 캔버스인 모양이다. 이름 없는 남자가 방수포에 둘러 놓은 테이프를 벗기기 시작한다. 할리데이가 포장을 푸는 사람들과 브롱카의 사이를 부산하게 움직인다. 방수포 밑에 뭐가 있는지는 몰라도 극적인 등장을 위해 브롱카가 조금이라도 엿보지 못하게 하려는 수작인 것 같다. 진짜 예술가는 이런 짓을 하지 않는다. 무능한 작자들만 이런 무의미한 연극을 할 뿐이다. 게다가 이 작자는 지나치게 솔직하다.

"소장님 의견을 듣고 싶은 것뿐이랍니다. 맨해튼에 있는 갤러리에선 꽤 좋은 평을 들었죠."

이징이 몸을 움찔거린다. 그는 줄곧 노골적으로 넌더리가 난다는 표정을 짓고 있다. 이징을 알게 된 후 처음으로, 브롱카는 이징이 뾰로통하게 턱을 치켜올리고 있는 모습이 정말 마음에 든다.

"무슨 갤러리죠?"

남자가 말한 곳은 사실 브롱카도 들어 본 곳이다. 브롱카는 이징이 그 이름에 얼마나 큰 인상을 받았는지 보려고 시선을 마주친다. 이징이 입을 꾹 다문다. "그렇군요." 하지만 이징의 대답에서, 브롱카는 그가 이따 갤러리를 소유한 딜러에게 전화를 걸어 도대체 당신은 뭐가 문제냐고 따질 것 같은 강한 예감이 든다.

금발 상투남이 다 됐냐고 묻듯이 딱 할리데이를 쳐다보고, 두 사람이 전시 벽 한쪽에 그림을 기대 세우고는 양옆에 자리를 잡는다. 모든 준비가 끝났다. "나는 이걸 위험한 정신적 기계라고 부른답니다." 딱이 이렇게 말하고는 느슨하게 걸려 있던 방수포를 휙 잡아당긴다.

브롱카는 즉시 이 그림이 다른 작품들과는 다르다는 것을 알 수 있다. 이건 캐리커처다. 순수미술을 싫어하는 사람들이 이 시대 이 분야의 최고봉으로 여기는 것. 게다가 진짜배기다. 브롱카는 다양한 색상들이 패턴과 패턴 속에서 더욱 복잡한 패턴으로 자연스럽게 변형돼 녹아드는 모습을 보며 화가의 솜씨가 얼마나 뛰어난지 실감한다. 이 작품에는 확실히 훌륭한 테크닉이 있다. 많은 점에서 신(新)표현주의 화풍을 따르고 있지만 그라피티의 미덕도 갖췄다. 모두가 장 미셸 바스키아*가 되고 싶어 하지만 대부분은 그 재능을 통제하지 못한다. 심지어 바스키아 자신도 그랬다. 하지만 이 그림을 그린 사람은 ── 브롱카는 닥과 열다섯 살 꼬마가 이걸 그리지 않았다는 걸 안다 ── 가능했다.

하지만.

이것은 거리의 풍경, 혹은 그렇게 보이도록 의도한 그림이다. 불규칙한 간격으로 흩어져 있는 열두 개의 이상한 형체들이 분주하게 붐비는 거리를 따라 저쪽으로 걸어가고 있다. 늘어선 상점과 간판들이 어딘가 익숙해 보인다. 차이나타운이다. 배경은 밤이고, 비가 오고 있다. 포장된 도로가 비에 젖어 번들거린다. 형체들은 얼굴도 없고 별 특징도 없는 그저 소용돌이치는 물감 얼룩에 가깝지만⋯⋯ 하지만⋯⋯ 브롱카는 눈살을 찌푸린다. 뭔가 이상하다. 그들은 더럽고, 칙칙하고 단조로운 차림새를 하고 있다. 걷어 올린 소맷자락 아래에는 검게 그을린 손이 드러나 있고, 검댕 묻은 신발과 피인지 뭔지 모를 체액으로 얼룩진 앞치마를 두르고 있다. 이 더러운 것들, 사람이라는 단어가 어울리지 않아 보이는 존재가 갑자기 눈앞으로

---

*브루클린 출신의 그라피티 아티스트.

불쑥 다가온다. 축축한 쓰레기 냄새와 저녁 안개가 뒤섞인 아지랑이 속에서 그들이 떠드는 목소리가 들리는 것 같다…….

(순간 전시장 안이 어두워지며 모든 소리가 죽는다. 브롱카의 시야 가장자리에서 금발 상투남이 혼자 밝은 스포트라이트 밑에 서 있는 것처럼 환한 미소를 띠고 게걸스런 눈길로 그의 얼굴을 관찰하고 있다. 아무도 움직이지 않는다.)

하지만 그 소리는 차이나타운을 걸어 다닐 때 들리는 것과는 전혀 다르다. 진짜 거리에서는 사람들의 대화가 들린다. 공연 전에 시험 삼아 악기를 연주하는 것처럼 다양한 음조와 음색을 지닌 언어들이 만들어 내는 불협화음. 영어와 관광객들이 말하는 유럽 언어들, 중간중간 섞여드는 아이들 웃음소리와 성난 운전사들의 노성. 하지만 여기, 이 그림 앞에서 브롱카가 듣는 것은 그보다 훨씬 톤이 높다. 와글와글 무슨 소린지 알아들을 수 없는 의미 없는 지껄임이다.

(지금은 늦은 오후다. 원래라면 지금 이런 소리가 들릴 리가 없다. 낡은 공기 정화 시스템이 한여름 열기에 저항하며 희미하게 덜거덩거리는 소리가 나야 한다. 센터는 주요 간선도로와 붙어 있는데, 밖에서 들려야 할 자동차 소리는 어디 간 거지? 목공 작업장에서 센터 예술가들이 주문한 물건을 만드는 전기톱 소리도 가끔 웅웅 들려야 한다. 브롱크스 아트센터는 결코 이렇게 조용한 법이 없다. 적어도 하루 중 이 시간에는 그렇다. 브롱카가 얼굴을 찌푸리고 있을 때…… 그림이 다시 그의 관심을 잡아끈다.)

지지직 자글자글거리는 영문 모를 소리. 브롱카가 다시 그림에 집중한 순간, 눈앞으로 다가온 얼굴들이 움직이는 것 같다.

(아냐, 잠깐만. 뭔가 있어. 소리가 들린다.)

끽끽 소리. 단단한 딱정벌레가 날갯짓을 하며 치르륵거리는 것처럼 귀에 거슬리는 소리. 하지만 먼 거리와 움직임 때문에 제대로 들리지 않는다.

(베네자의 목소리가 들린다. "올드비, 저기요, 올드비. 브로옹카아." 브롱카는 베네자가 그의 이름을 저렇게 길게 늘여 부르는 것을 좋아하지 않는다. 저걸 들을 때마다 자기가 뇌졸중이라도 온 게 아닌지 겁이 나기 때문이다. 베네자도 그걸 알기 때문에 저렇게 부르는 거지만.)

또 다른 소리가 들린다. 등 뒤에서 무겁고 축축한 무언가가 센터의 반질반질한 콘크리트 바닥에 철썩 부딪친다. 부두 위로 젖은 정박 로프를 끌어 올리는 소리와 비슷하다. 심지어 희미하게 바닷물 냄새도 나는 것 같다. 하지만 브롱카는 누가 왜 해수에 젖은 밧줄을 전시관에다 풀어 놓고 있는지 궁금하지 않다. 왜냐하면 그림 속, 저 표정 없는 물감 얼굴이 아까보다 한층 더 가까이 다가와 있는 것 같기 때문이다. 저들이 바로 알아들을 수 없는 말을 지껄이고 있는 범인이다. 전자파처럼 지직지직거리면서.

얼굴들이 브롱카를 따라 빙글 돈다.

얼굴들이 빙글 돌더니 돌연 그를 덮칠 듯이 주위를 에워싸며 점점 좁혀 와 —

손 하나가 나타나 브롱카의 어깨를 덥석 붙잡고 황급히 뒤로 끌어당긴다.

그 순간 세상이 멈춰 서고 시간이 연장된다. 길게 늘어난 찰나 속에서 브롱카가 오랫동안 억누르고 있던 숨을 토해 내자마자 현실이 제자리로 돌아온다.

브롱카는 눈을 깜박인다. 옆에 걱정스런 얼굴을 한 베네자가 서 있다. 브롱카의 팔에 손을 올려놓은 채다. 베네자가 브롱카를 끄집어낸 것이다. 그들 앞에 세워져 있는 그림은, 그저 캔버스 위에 칠해진 물감에 불과하다. 브롱카는 처음부터 그림이 변한 적이 없다는 느낌을 받는다. 하지만 반면에 그가 있는 이 방은…….

브롱카는 길잡이이기에, 방금 무슨 일이 일어났는지 정확하게 이해한다. 세세하게 따지기엔 너무 복잡한지라 아무에게도 설명할 필요가 없다는 게 반가울 따름이다. 고려해야 할 요인이 너무 많다. 입자파 가설, 중간자(中間子, meson) 감쇠 과정, 양자 식민주의 윤리 등등. 하지만 요점만 간단히 말하자면, 이건 습격이다. 브롱카를 그냥 죽이는 것도 아니고 완전히 파괴할 뻔한 공격이었다. 만약 성공했다면 뉴욕도 함께 죽었겠지.

"올드비?" 올드비(Old B)는 베네자가 브롱카를 부르는 별명인데, 지금은 센터를 사용하는 다른 젊은 예술가들 사이에도 퍼져 있다. 가운데 이름이 브리지다인 베네자의 별명은 영비(Young B)다. "괜찮아요? 방금 넋이 나간 것처럼 보여서. 그리고…….'' 베네자는 입을 벌린 채 잠시 주저하더니 마침내 용기를 내어 말을 잇는다. "뭔지는 잘 모르겠는데, 방금 잠깐 모든 게 다 이상해졌어요."

시공간 연속성을 묘사하기엔 지나치게 단순한 표현이다. "난 괜찮아." 브롱카는 베네자의 손등을 토닥여 안심시킨 다음, 금발 상투남과 그의 친구들을 돌아본다. 상투남은 더 이상 웃고 있지 않고 닥 할리데이는 노골적으로 오만상을 찌푸리고 있다.

"저 망할 것을 당장 덮어." 브롱카가 그들에게 험악하게 말한다. "시간이 좀 걸렸는데, 이제 알겠군. '위험한 정신적 기계'라고? 하!"

주위를 둘러본 브롱카는 제스와 베네자의 어리둥절한 얼굴을 발견한다. 하지만 이징은 다르다. 이징은 성질은 더러울지 몰라도 적어도 값비싼 인문학 교육에 대한 애정만큼은 브롱카에게 뒤지지 않는다. 이징이 새로이 깨달은 분노를 터트리며 닥 할리데이를 매섭게 노려본다. 브롱카가 말을 잇는다. "그래. 그건 H. P. 러브크래프트가 차이나타운 사람들에게, 아, 미안, '아시아 쓰레기'들에게 붙인 멸칭이지. 돈을 벌 수 있으니 백인들만큼 똑똑하다는 건 인정해도 그들에게 영혼이 있다고는 생각하지 않았으니까."

"아, 그 작자는 적어도 평등한 혐오주의자였죠." 이징이 팔짱을 끼고 남자들을 노려보며 말한다. "편지에서 정말 온갖 사람들에게 악담을 늘어놨으니까. 어디 보자, 내 기억이 맞다면 흑인은 '순진해 빠진 반(半)고릴라'고, 유대인은 '저주받을 것'이고, 포르투갈인은 '유인원'이었죠, 아마. 내 학위논문 세미나에서 그걸 잘근잘근 씹어대면서 상당한 재미를 봤죠.*"

"젠장, 포르투갈인도요?" 베네자는 충격을 받은 것 같다. 브롱카가 알기로 베네자는 절반은 흑인이고 절반은 포르투갈 피가 섞였다. 그리고 포르투갈 쪽 친척과는 별로 사이가 좋지 않다.

"그래." 브롱카가 한 손을 허리춤에 얹으며 말한다. 아직 그림을 덮지는 않았지만 ─ 사실 저건 그림이 아니다 ─ 이제 브롱카는 저것을 보면 안 된다는 사실을 안다. 제스와 다른 사람들은 아마 괜찮을 것이다. 이 공격은 순전히 뉴욕이라는 도시, 아니면 그 도시의 중

---

* 1926년 8월 21일 러브크래프트가 동료 소설가 프랭크 벨크냅 롱에게 보낸 편지.

요한 일부만을 노린 것이니까. "당신들이 러브크래프트에게 거울을 들이대며 비판했다면 좋았겠지. 그가 얼마나 뒤틀린 증오와 공포와 혐오로 가득한 인간이었는지 보여 줬다면 말이야. 하지만 이건 그런 사고방식을 되려 강화하고 있어. 댁들이 뉴욕을 그 질질 짜는 겁쟁이 자식이랑 똑같은 시선으로 보고 있다는 걸, 거리를 걸으며 마주치는 다른 사람들을 같은 인간으로 보고 있지 않다는 걸 말해 줄 뿐이라고. 자, 그러니 신사양반들, '혐오와 편견은 안 된다'는 말의 어떤 부분을 이해 못 한 거지?"

닥은 브롱카가 아직도 말을 하고 있다는 데 충격을 받은 것 같다. 금발 상투남은 거의 발광하기 직전 수준으로 화가 난 것처럼 보이지만 이내 미소를 띠며 고갯짓으로 다른 사람들에게 그림을 다시 포장하라고 지시한다.

"알겠습니다. 기회는 줬는데 그래도 마음에 안 든다 이거군요. 그 정도면 충분히 공정하네요."

아니, 충분하지 않다. 이런 작자들은 공정함에 관심이 있는 게 아니다. 하지만 브롱카는 그들이 작품을 챙기고 포장할 수 있도록 자리를 내어준다. 그 뒤로 10여 분 동안, 그와 이징은 나란히 연합전선을 구축해 불쾌감이 가득한 시선으로 상투남의 일거수일투족을 째려본다.

하지만 이들에게는 뭔가 이상한 점이 있다. 브롱카는 그들이 일하는 모습을 지켜보며 생각한다. 그러니까 말하자면, 선입견과 고정관념, 포르노 페티시를 아방가르드라고 부르는 나이 어린 부잣집 "예술가" 도련님들치고도 유독 이상하다는 소리다. 먼저 저 그림이 그렇다. 닥이나 다른 일행도 저 그림에는 면역이 있는 듯 보인다. 그건 즉 이들이 브롱카나 앞으로 뭘 해야 할지 몰라 머리를 싸매고 도시 어딘가를 헤매고 있을 다른 다섯 명과 달리 평범한 사람에 불과하다는 뜻이다. 하지만 평범한 사람이 저 그림을 그렸을 리가 없다. 둘째로 애초에 이런 짓을 했다는 것 자체가 그렇다. 어째서 센터에 저런 거지같은 작품들을 걸겠다고 시간을 낭비하는 걸까? 그저 브롱카를 만날 구실로만 사용하고는 갑자기 눈앞에 그림을 들이밀어 기습을 하면 됐을 텐데. 다른 꿍꿍이가 있는 게 틀림없다. 브롱카는 혹시 도청장치나 녹음기 같은 게 있는 건 아닌지 눈을 가늘게 뜨고 그들을 면밀히 살펴본다.

아무것도 보이지 않는다. 그리고 마지못해 인정하자면, 그런 게 있다고 해도 어떻게 찾아야 할지 모르겠다. 브롱카가 첨단 감시기술에 대해 공부하길 게을리한 지도 벌써 20년이 다 됐다. 아들이 스마트폰을 줘서 그걸로 영화나 동영상 보는 건 좋아하지만, 다이얼식 전화기를 사용하고 전화번호를 문자 조합으로 외우던 시절이 아직도 엊그제 같―

시야 안에서 뭔가 팔랑, 움직인다. 브롱카는 눈을 깜박이며 집중한다. 잠깐만, 저거 전선인가? 청동 조각상이 든 나무궤짝을 나르고 있는 금발 상투남의 발목에 뭔가 삐쳐 나와 있다. 아니야. 브롱카는 21세기에 사용되는 도청장치에 대해 아는 게 없긴 하지만 적어도 저렇게 생기지는 않았을 거라고 확신한다. 신발끈이 풀어진 건가? 하지만 그가 신고 있는 건 끈 달린 샌들이니 그럴 리도 없다.(브롱카는 상투남의 지저분한 발톱을 보고 눈썹을 찌푸린다.)

하지만 저기 그의 발등 뼈 위에, 피부 위에서 뭔가 왔다 갔다 흔들리고 있다. 유난히 길고 성긴 털처럼 보인다. 하지만 붉은 금발이 아니라 흰색이다. 길이도 15센티미터는 넘어 보이고…… 브롱카가 지켜보는 사이, 그것이 남자가 나르고 있는 궤짝에 닿으려는 것처럼 위로 주욱 늘어나기 시작한다. 20센티미터, 30센티미터, 궤짝의 옆면에 거의 다다랐다. 그러더니 움직임을 뚝 멈추고는 다시 줄어들기 시작한다. 아무래도 길이가 충분치 않은 모양이다. 아무 일도 없었다는 듯이 처음 있던 자리로 돌아가 시치미를 뗀다. 나중에 좀 더 자란 뒤에 다시 시도하려는 것일지도.

브롱카는 저게 뭔지 모르겠다. 그가 전수받은 지식의 사전에는 저런 것이 존재하지 않고, 그렇기에 더욱 신경에 거슬린다. 하지만 이제 브롱카는 하나에 하나를 더할 수 있게 되었다.

그래서 이 "예술가 집단"이 할 일을 마치고 떠날 때가 되자, 브롱카는 문 앞까지 상투남을 따라 나간다. 하루가 거의 저물어 가고 있다. 오늘 브롱카는 센터의 문을 일찍 닫고 직원들을 퇴근시킬 것이다. 하지만 먼저 저 상투남에게 할 말이 있다.

"누굴 위해 일하는 거지?"

브롱카는 그가 자신의 질문을 무시할 거라고 생각한다. 그럴 타입으로 보이니까. 하지만 남자는 능글맞게 웃더니 대답한다.

"아, 걱정 마세요. 곧 그분을 만나 뵙게 될 테니까. 이번엔 얼굴을 직접 보게 될 거라고 그분이 그러셨답니다. 당신을 보호해 줄 화장실 문도 없을 거라고요."

브롱카는 입술에 힘을 주어 꾹 다문다. 그렇게 된 거로군. "그 여자에게 지난번에 어떻게 됐는지 물어보지 그래?" 남자에게 쏘아붙이고는 면전에 대고 문을 닫는다. 유리문이라 있는 힘껏 쾅 닫아 꺼져! 효과를 줄 수 없는 게 유감이지만 대신에 놈의 표정을 볼 수 있어 기분이 좀 나아진다.

그렇게 그들은 가 버린다.

브롱카는 문을 잠그고, 남자들이 자동차에 올라탄 다음——한 대는 크고 육중한 허머고 다른 한 대는 테슬라인데 둘 다 브롱카의 연봉을 훌쩍 능가한다——떠나는 모습을 지켜본다. 한숨을 내쉬며 몸을 돌리자 다른 사람들의 얼굴과 마주친다. 다들 다양한 수준의 걱정과 노여움 사이의 표정을 짓고 있다.

"그래, 이런 일도 일어나는군."

"나 연줄이 좀 있어요." 이징이 말한다. "전화를 돌려야겠어요. 저 자식들 엿 좀 먹이게."

브롱카가 눈썹을 추켜세운다. "저런 놈들은 그래 봤자라는 거 네가 제일 잘 알잖아."

"변호사가 얽힐 일이 없을 때야 그렇죠." 이징이 단호한 동작으로 팔짱을 낀다. "아까 그건 노골적인 괴롭힘에 은근한 협박까지 있었다고요. 아니라고 말할 수 있어요? 파시스트 사내새끼들이 하필 비백인 여자들이 운영하는 곳에, 하필 저런 '작품'을 들고 무더기로 몰려왔는데?" 양쪽 손가락을 구부려 작품이란 단어를 강조하는 것도 잊지 않는다. "니미씨발놈들."

맙소사. 물론 브롱카도 저게 지나친 반응이라고는 생각하지 않는다. 하지만 제스가 유난히 조용하다. 그래서 브롱카는 묻는다.

"제스?"

제스가 눈을 깜박이더니 이맛살을 찌푸린다. "위층 작업실을 사용하는 사람들한테 오늘 밤엔 문을 닫는다고 말해야겠어요. 열쇠를 갖고 있는 상주자들한테도요. 오늘 밤엔 건물을 비우는 게 좋겠어요."

브롱카가 몸을 흔들며 난처해하는 사이, 베네자가 외친다. "에에에에에엑?" 이징도 즉시 안 된다며 입을 열지만 제스가 목소리를 높여 모두의 항의를 막아 버린다. "만약의 경우를 대비해야지." 고함에 가까울 정도로 날카로운 어조다. "너희도 나만큼 저 자식들이 나치라고 느꼈을지는 모르겠는데, 나한텐 지금 이 말을 하지 않으면 따귀를 후려칠 조부모가 둘이나 있거든? 다른 분들은 강제수용소에서 돌아가셨다고. 알겠어?"

브롱카는 알아들었다. 그는 참담한 기분으로 천천히 고개를 끄덕인다. 왜냐하면…… 그 역시 몇몇 어른 없이 자라야 했기 때문이다. 그리고 그런 점에서 지금도 비슷한 시대를 살고 있기 때문이다. 사람들이 진짜로 나이트클럽에 불을 지르고 총기 난사를 해 대는 시대에 이건 편집증이 아니다.

그렇지만. "상주자들은 안 돼." 브롱카가 말한다. "경고는 해 두지. 하지만 몇 명은 여기 말곤 갈 데가 없어."

센터에 상주하는 몇몇 예술가들은 문자 그대로 여기 살고 있다. 성소수자라서, 신경학적 비전형*이라서, 또는 단순히 '싫다'고 거부했다는 이유로 집에서 쫓겨난 아이들, 집세를 내지 못한 성인 예술

---

* neuroatypical. 신경다양성의 관점에서 자폐인이나 신경질환을 가진 사람들을 일컫는 말.

가들, 그리고 최근에 남편에게서 도망친 브롱카와 비슷한 연배의 여성까지. 그는 정말로 아름다운 유리 세공품을 만든다. 남편이 그를 지독하게 두들겨 패고 눈앞에서 최고의 작품까지 깨트려 버리자 그는 결국 센터 공방에 있는 빈백에서 잠을 자기 시작했다.

공방은 거주를 위한 공간이 아니기 때문에 센터는…… 엄밀히 말하자면 거주지 규제를 위반하고 있는 게 아니다. 브롱카는 상주자들에게 이 공간이 일시적으로 머무는 곳에 불과하다는 사실을 정기적으로 상기시킴으로써 규정 위반을 피해 가고 있다. 하지만 어떤 사람들에게는 그런 말을 마지막으로 한 지도 벌써 몇 년이 넘었다.

베네자가 우울한 표정으로 책상 뒤로 돌아가 컴퓨터 앞에 앉더니 뭔지 모를 일을 하기 시작한다. 제스가 한숨을 내쉰다. "그래, 알았어요. 열쇠를 가진 사람들은 빼죠. 하지만 경고는 해 둬야 해요. 그리고…… 이사회에도 연락하는 게 좋겠어요. 미리 대비해 두라고요."

브롱카는 고개를 갸우뚱 기울이며 제스의 의중을 짐작해 본다.

"뭘 대비해야 하는데? 시위나 뭐 그런 거?"

"그렇지!" 베네자가 끼어든다. "이럴 줄 알았어. 다들 이리 와 봐요. 보여 줄 게 있으니까."

그들은 책상 뒤로 몰려가 모니터를 주시한다. 베네자는 브라우저를 띄워 유튜브에 접속했는데, 뭘 검색했는지 자극적인 색글씨와 심술궂은 얼굴들이 떠 있는 영상들이 줄줄이 나열되어 있다. 뭘 보라는 거냐고 브롱카가 막 물으려는 찰나, 히죽거리고 있는 익숙한 얼굴이 눈에 들어온다. "이 사람!" 화면을 가리킨다. 금발 상투남이다.

"돌아 버리겠네." 제스가 중얼거리더니 고개를 돌리며 신음을 내뱉는다. "그래, 그렇겠지."

"뭐가?" 브롱카는 얼굴을 찌푸리며 제스를 쳐다봤다가 다시 베네자를 돌아본다. "왜 그러는데?"

"음, 그러니까요, 아까 왔던 놈들 이메일에 있던 로고를 검색해 봤거든요." 베네자가 동영상 한구석에 찍혀 있는 상징을 손가락으로 가리킨다. 어디선가 본 기억이 난다. 그들이 보낸 이메일과 명함에 찍혀 있었다. 그건 그들의 작품이 얼마나 끔찍할지 미리 알려 주는 경고와도 같았다. 얼핏 북유럽 룬 문자를 닮은 글자들과 못생긴 소용돌이꼴 장식체에 둘러싸인 A자였다. 아무런 정보도 담겨 있지 않고 기억하기도 힘들고. 간단히 말해 로고의 목적 자체를 완전히 위배하고 있다. "이건 '알트 아티스트(Alt Artiste)'라는 단체의 로고예요. 이게 그 사람들 채널이고요."

베네자가 영상 하나를 클릭해 크게 키운 다음, 커서를 당겨 영상의 중간 즈음으로 이동한다. 화면 가득 금발 상투남의 얼굴이 나타난다. 얼굴이 벌게질 정도로 흥분해 있고, 요란스러운 몸짓 때문에 정수리에 말아 올린 똥머리가 거의 풀릴 지경이다.

"……관짝에 못을 박았지, 그 머저리들이!" 남자가 말하고 있다. 배경을 보아하니 호텔방 같다. "이게 그 수정주의자들이 주장하는 거야. 훨씬 더 우월한 문화를 존중할 줄도 모르고. 피카소와 고갱 같은 예술가들이 어디서 나왔다고 생각……."

"소리 꺼." 저치의 목소리를 듣는 것만으로도 기분 나쁘다. 고맙게도 베네자가 브롱카의 말을 들어 준다. "알겠다. 그러니까 이 작자들은 일종의…… 행위 예술가 같은 거지? 일부러 형편없는 작품을 만들어 갤러리에 보여 주고, 형편없으니까 당연히 퇴짜를 맞고, 그런 다음 이게 역인종차별이라는 영상을 만들어 뿌리는 건가?"

"아마도요? 그 정도로 체계적인 것도 아니에요. 영상을 클릭하거나 후원해 줄 머저리들이 좋아할 만한 거면 뭐든 지껄이는 거 같아요. 그리고 피카소는 아프리카 화가들한테서 화풍을 훔쳐왔고 고갱은 타히티에서 미성년 여자애들에게 매독을 옮기고 다닌 소아성애자죠. 하지만 저 골 빈 놈들이 뭘 알겠어요."

베네자가 동영상 아래쪽을 톡톡 두드리자 브롱카는 숫자를 보기 위해 눈을 가늘게 뜬다. 저건 꼭……

"제발 저 k가 1000 단위를 말하는 게 아니라고 해 줄래." 숫자를 보고 경악한 브롱카가 몸을 젖힌다. "저 쓰레기 같은 영상을 4만 2000명이나 봤어?"

"맞아요." 베네자가 검색 결과로 돌아가 다른 영상들의 소름 끼치게 높은 조회수를 가리킨다. "개중에 가장 높은 거긴 한데, 그래도 대충 이 정도예요. 요즘엔 아예 이런 분야가 하나의 사업이에요. 선동이 과격할수록 더 많은 사람이 영상을 보고, 돈도 더 많이 버는 거죠."

"백인 사내놈들이 징징거리는 게 요즘 뜨는 분야란 말이지." 제스가 침울하게 말한다. 제스는 금발에 예쁘고, 백지장처럼 하얗다. 그래서 브롱카는 제스가 그의 성적지향이 정확하게 자기들과 같은 팀이 아니라는 걸 깨닫지 못하고 거창한 음모론을 지어내는 백인 사내놈들의 징징거림을 상당히 자주 받아 줘야 했을 거라고 짐작한다. "이사회에 폭력사태가 발생할지도 모른다고 알릴 참이었는데,

이런 건 생각을 못 했네."

"그쵸." 베네자가 말한다. "이런 작자들을 추종하는 인간들은 완전히 광신도예요. 저 작자가 말하는 거면 뭐든 그대로 믿을걸요. 상사에게 살해 협박을 보내고, 자식들을 스토킹하고, 거짓 신고를 해서 집에 SWAT 특수기동대를 보내고, 직접 총을 들고 찾아가고…… 그러니까 완전히 차단해야 돼요."

"차단해?" 브롱카가 베네자를 빤히 쳐다본다. "뭘?"

"신상정보요. 인터넷에 있는 개인정보 같은 거. 어떻게 하는지 내가 도와줄게요. 근데 그거 하려면 시간이 좀 걸려요."

그래서 그들이 계획을 세우고 대비책에 관한 의견을 주고받는 사이, 베네자는 온갖 이름 검색 사이트들을 뒤지며 평생 동안 쌓인 온라인 흔적을 이떻게 감춰야 하는지 가르친다. 그건 머리가 아찔할 만큼 골치 아프고 또 걱정스러운 일이다. 문득 브롱카는 자신이 전투적으로 살던 시절이 가고 이제 근본적으로 완전히 다른 세상이 되었다는 사실을 깨닫는다. 더더욱 두려워진다. 그 당시에 브롱카는 정부가 전화기를 도청할까 봐 두려웠고, 아마 지금도 어느 정도는 그럴 것이다. 하지만 지금은 모든 게 외주화되어 있다. 브롱카는 이제 FBI의 정치조직 파괴 활동뿐만 아니라 부모님 집에 얹혀사는 어느 이름 모를 남자가 그의 친척을 스토킹하고, 어린 꼬마애들이 (테러리스트) 깡패가 되는 쾌감을 얻으려고 살해 협박을 해 대고, 러시아에 있는 댓글부대가 나치들을 선동할 도구로 아트센터를 이용할지도 모른다는 걱정까지 해야 한다. 그리고 바로 그들이야말로 이 나라를 위태롭게 하는 장본인들이다. 도대체 왜 그런 건지 그들은 이 모든 지저분한 일들을 자진해서 공짜로 해 주고 있다. 이게 끔찍하고 무서운 일만 아니라면 브롱카는 어느 정도 그들에게 감탄했을 것이다.

어쨌든 할 수 있는 데까지 발등의 불을 끄고 나자 — 베네자가 도울 수 있는 건 그나마 받을 수 있는 협박을 최대한 줄이는 것뿐이고, 가능성을 완전히 제거하는 건 불가능하다 — 벌써 밤이 늦었다. 이징과 제스는 집으로 가고, 브롱카와 베네자는 좀 더 남아 공방에서 일하는 사람들에게 온라인 보안에 대해 경고하는 이메일을 보낸다.

브롱카는 방범 셔터를 내리러 건물 밖으로 나간다. 셔터를 다 내렸을 즈음, 베네자가 넋이 나간 표정으로 직원용 문에서 나온다. 베네자는 많은 면에서 아주 강한 아이다. 아, 아이라고 부르는 버릇을 고쳐야 하는데. 베네자는 벌써 대학도 졸업했고, 그것도 쿠퍼 유니언 대학을 나왔다. 머리가 좋은 아이니까. 하지만 지금 베네자는 갈색 피부가 거의 잿빛으로 보일 정도로 하얗게 질려 있다.

"화장실요." 베네자가 중얼거린다. "어, 모르겠어요, 올드비. 항상 으스스하긴 했는데, 오늘은 제일 안쪽 칸이 너무 소름 끼쳐서 무서워 죽을 뻔했어요."

브롱카가 얼굴을 일그러뜨린다. 세이지랑 담배를 태워서 액막이를 하든가, 암모니아로 박박 문질러 닦든가, 아니면 그 두 가지를 다했어야 했는데.

"그래애, 귀신이라도 들렸나 보지."

"하지만 어제까진 안 그랬다고요. 대체 하루 사이에 무슨 일이 있었던 거죠? 겉으로 보기엔 똑같은데, 오늘 모든 게 갑자기 다 이상해졌어요."

베네자가 건물 앞을 지나는 도로를 바라본다. 아트센터는 브롱크스 강과 크로스 브롱크스 고속도로 진입구가 내다보이는 경사진 언덕에 서 있다. 러시아워가 끝나 드디어 긴 주차장 신세에서 벗어난 고속도로 너머로 지평선을 따라 도시의 밤 풍경이 펼쳐진다. 맨해튼 북쪽은 관광객들이 열광하는 다른 동네들만큼 인상적이진 않다. 하지만 브롱카는 여기서 보이는 풍경을 더 좋아한다. 여기서는 뉴욕이 단순히 금융과 유명 건물들의 도시가 아니라 실제로 사람들이 사는 곳이라는 걸 알 수 있기 때문이다. 여기서는 안개나 스모그만 끼지 않는다면 인우드의 끝없는 아파트 건물과 스패니시 할렘의 커다란 공립학교, 심지어 슈거힐에 아직 남아 있는 위풍당당한 연립주택들까지도 볼 수 있다. 주택과 학교와 교회와 동네 보데가와 가끔 시야를 가로막는 반짝이는 유리와 강철로 만들어진 고급 고층 아파트. 오직 브롱크스만이 도시의 이런 모습을 볼 수 있다. 그리고 바로 그 때문에, 브롱크스 사람들이 오만한 맨해튼 사람들의 개소리를 참아 주지 않는 것이다. 어쨌든 뉴욕에서 사는 사람이라면 누구나 먹고, 자고, 자식들을 교육하고, 어떻게든 버텨 내야 한다. 아무리 잘난 척해 봤자 다 거기서 거기다.

하지만 브롱카는 베네자가 무엇을 알아차렸는지 안다. 뉴욕이 달라졌다. 어제 이곳은 단순한 도시였지만, 오늘은 살아 있다.

전에도 이런 일이 있었다. 남들보다 유독 도시와 파장이 잘 맞는 사람들이 있다. 완전히 다른 주에서 왔다면 그런 일이 일어나지 않을 테지만, 베네자는 저지 시티 출신이다.

브롱카는 조심스럽게 베네자를 떠본다.

"모든 게 이상해졌다니 무슨 뜻이니?"

"화장실이요! 다른 것도 말해 줘요? 남자들이 가져온 그림이요. 제일 마지막 거." 베네자가 몸을 부르르 떤다. "브롱카는 그걸 보고 맛이 가 있어서 몰랐을지도 모르는데요, 모든 게 변했어요. 꼭, 그러니까, 갤러리 전체가요. 갑자기 이징이랑 남자들이 사라지고 없고, 방도 텅 비고, 그리고 진짜 진짜 조용했어요. 조명도 이상했고요. 그리고 그 그림은 그림이 아니었……."

베네자가 불안한 표정으로 갑자기 말을 뚝 멈춘다. 그 순간 브롱카는 베네자를 어떻게 해야 할지 선택을 해야 한다는 사실을 깨닫는다. 시치미를 떼고 이 아이를 속일 수도 있다. 그런 예감 따위 아무런 의미도 없다고 말해 줄 수도 있다. 다 착각이라고, 예전에 베네자가 한번 해 본 적이 있다고 고백한 버섯 같은 것 때문에 환각을 본 거라고 말하면 된다. 베네자는 브롱카가 더 나은 세상에 태어났더라면 될 수 있었을 모습과 참 많이 닮았고, 지금의 브롱카와도 많이 닮았다. 왜냐하면 지금도 세상은 여전히 똥통 같으니까. 브롱카는 진심으로 베네자를 지키고 보호해 주고 싶다.

하지만 바로 그 때문에, 브롱카는 결심한다. 베네자의 눈에 이런 것들이 보인다면 아이는 그것이 단순한 환각이 아님을 알아야 한다. 도망갈 방법을 알아야 한다.

그래서 브롱카는 한숨을 내쉬며 말한다. "그 그림은 일종의 문이었어."

베네자가 고개를 어찌나 번개같이 돌리는지 풍성한 아프로 머리가 한동안 출렁일 정도다. 그는 아무 말 없이 브롱카를 뚫어져라 응시한다. 그러더니 침을 꼴깍 삼키고는 천천히 입을 연다.

"우리, 추상적인 거리에 있던 추상적인 사람들을 그린 그림을 보고 있었던 게 아닌 거죠? 진짜 거기 갔던 거죠? 진짜 그렇게 생긴 장소로요." 베네자가 숨을 깊이 들이마신다. "솔직히 말하면, 올드 비, 내가 버섯 때문에 환각을 본 거라고 말해 줬으면 했어요."

"그리고 불지옥에 떨어진 사람들은 찬물을 마시고 싶어 하지. 덧붙여 엄밀히 말하자면 그건 추상주의가 아니라 표현주의였어. 하지만 이건 그냥 내 기분이 나아지라고 트집 잡는 거니까 신경 쓰지 말고." 브롱카가 다소 서글픈 미소를 짓는다. "어쨌든 회까닥 나라에 있는 게 나 혼자가 아니라서 기쁘구나."

"어. 내가 항상 당신 뒤를 지킬게요, 비. 근데, 이게 대체 뭔 미친?"

정말로 미친 일이다. 브롱카는 한숨을 쉬며 바란 적도 없는데 이런 황당한 난장판이 문 앞에서 벌어지고 있다는 사실에 대해 벌써 몇 번인지도 모를 정도로 재차 한탄한다. 이런 거 말고도 걱정할 일이 산더미 같은데. 제기랄. 지금 브롱카는 아직 태어나지 않은 손자인지 손녀인지 아니면 양쪽 모두일지 모를 갓난아기를 위해 쓸데없이 귀여운 물건들을 사다 나르는 데 집착하고 있어야 하는데, 다른 차원의 예술 작품의 공격 때문에 목숨이 간당간당하다.

"그래, 그게…… 있지. 우리 얘기 좀 하자. 왜냐하면 이 일만큼은 네가 내 뒤를 지키는 게 불가능하거든. 그게 말이다, 넌…… 어, 넌 안 돼." 브롱카와 다른 다섯 명이 지금 겪고 있는 일을 설명할 수 있는 말이 있기는 한가? 브롱카의 머릿속에 쌓여 있는 이 지식은 개념은 풍성할지 몰라도 그것을 표현할 어휘는 부족하다. "너는 그…… 부츠가 없어서 안 돼."

베네자가 자기 샌들을 내려다본다. "그거야 그렇죠. 오늘 기온이 30도가 넘는데."

브롱카가 고개를 흔든다. "오늘 운전하고 왔니?"

"아뇨, 월급날까지 기름 댈 돈도 없거든요."

"그럼 나랑 같이 가자. MTA랑 뉴저지 버스가 벌써 호박으로 변했을 시간이니까 집까지 태워다 줄게. 그리고 너한테 보여 줄 것도 있고. 가는 길에 말이다."

"우~ 미스터리! 그런 거 완전 좋아." 베네자가 가방을 고쳐 메고, 두 사람은 브롱카의 낡은 지프로 향한다.

저지 시티로 가는 길에 브롱카는 모든 걸 솔직히 털어놓는다. 여기서는 이런 이야기를 더 쉽게 받아들일 수 있다. 도시의 가장 굵은 동맥을 따라 흐르면서, 이곳 주민들과 상업을 유지하는 적혈구가 오고 가는 것을 바라본다. 머리 위에는 달을 품은 채 희미하게 빛나는 구름이 팰리세이드 산맥을 향해 질주하고 있고, 왼쪽에는 언제나 변함없이 존재감을 뽐내는 도시의 실루엣이 보석처럼 반짝반짝 빛난다. 브롱카가 유독 기이하거나 무시무시한 정보 앞에서 주저할 때마다 도시가 속삭인다. 전부 다 말해 줘. 적은 예전과 달라. 더 교묘하고 잔인해. 저 아이가 살아남게 도와줘. 우리에겐 동맹이 필요해, 그렇지 않니? 진짜로 우리와 함께할 사람들 말이야.

그래서 베네자가 아무 말 없이 브롱카가 들려준 이야기를 곱씹는 사이, 브롱카는 워싱턴하이츠로 가는 다리를 건너기 직전 고속도로에서 빠져나온다. 그들은 지금 브롱크스 외곽에 와 있다. 지나가는 차들은 적고, 아직 완전히 늦은 시간이 아닌데도 거리는 비어 있다. 저소득층 주택단지 외에는 아무것도 없는 지역이다. 시 당국에서는 이곳에 사는 사람들을 가둬 놓고 고립시키기 위해 온갖 재주를 발휘했다. 방벽, 동네 한복판을 둘로 가르며 지나가는 고속도로, 주택가 주위를 에워싼 텅 빈 공업지대까지. 브롱카가 아는 한 근처에 처량해 보이는 식료품 가게가 하나 있긴 하다. 하지만 여기까지 오는 동안 그들은 간선도로 곳곳에 빠르게 증식하는 종양처럼 박혀 있는 10여 개가 넘는 일수업체 광고와 1달러 균일가 상점을 지나왔다.

브롱카는 브리지 파크로 가는 자갈길 위에 차를 세운다. 아무래도 조금 불안하긴 하다. 그는 이 "공원"이 다 쓰러져 가는 건물뿐이고 밤이 되면 주정뱅이와 마약중독자, 그리고 섹스를 하거나 괴롭힐 사람을 물색하며 돌아다니던 10대들밖에 없던 시절을 기억한다. 가령 그저 생각할 장소가 필요했던 투블럭 커트머리를 한 갈색 피부의 인디언 레즈비언 소녀라든가. 하지만 지금은 많이 달라졌다. 공원에는 이제 오래된 자전거 도로를 따라 잔디밭과 벤치, 산딸나무가 조성되어 있다. 대신 요즘에는 옛날과는 완전히 다른 종류의 위험이 산재해 있다. 브롱카는 경찰들이 새로 이사 온 돈 많은 백인들이 안전하다고 느낄 수 있게 동네 토박이들을 들볶아 공원에서 쫓아내고 있다는 이야기를 너무도 자주 듣고 있다. 그리고 그는 지금도 투블럭 커트 머리를 한 갈색 피부의 몸집 큰 인디언 여성이고, 차별과 편견으로 점철된 경찰이 이해하거나 이해할 생각도 없는 이유 때문에 또 다른 흑인 여성과 함께 늦은 밤중에 여기 나와 있다.

하지만 이제 브롱카는 전과 같은 사람이 아니다. 자동차를 주차하고 내려서 그의 도시를 향해 마음을 뻗자 도시가 기분 좋게 가르랑거리며 응답한다. 아무도 방해하지 않을 거야. 소리 없이 속삭인다. 침입자들이 뭐라고 생각하든, 여긴 우리가 있을 곳이야. 자, 어서 저 아이에게 너를 보여 줘.

브롱카는 몸을 약간 떤다. 머릿속에서 목소리가 들릴 때마다 ─ 목소리보다는 느낌이나 감정의 흐름에 가깝지만 ─ 기겁해야 정상일 텐데, 전혀 그런 기분이 안 든다.

"저기, 나 이제 좀 겁이 나기 시작하는데요." 고개를 돌려 쳐다보니 베네자가 의심스런 눈초리로 브롱카를 살펴보고 있다. "브롱카가 남자였다면 지금쯤 브롱카가 내가 갖고 다니는지도 몰랐던 페퍼 스프레이를 꺼내 들었을 거예요."

"페퍼 스프레이는 여기서 합법이야. 저지에 사는 멍청이들은 뉴요커들이 전부 평화나 부르짖는 히피인 줄 아는데, 웹사이트 좀 읽어 보라고."

"아, 그래요? 뭐, 그냥 그렇다고요. 그건 그렇고 오늘 진짜 특히 이상하네요, 올드비."

브롱카는 소리 내어 웃는다. "그래? 아마 앞으로 더 그럴 거다. 하지만 말로는 어떻게 설명해야 모르겠는 게 몇 가지 있어. 따라와."

자갈길과 난간 너머로 할렘 강이 뻗어 있다. 여기서는 별로 볼 만한 게 없다. 서쪽에는 워싱턴하이츠의 근사한 지평선과 북쪽으로는 진정한 교외라고 할 수 있는 용커스와 마운트버넌이 있겠지만. 따뜻한 밤공기 속에서 어둡고 탁한 강물이 느릿느릿 움직이고 있다. 할렘 리버 드라이브를 따라 흐르는 강물의 워싱턴하이츠 쪽 강변에는 그라피티가 그려진 낮은 벽이 있지만 브롱크스 쪽 강둑에는 쓰러진 나무와 나뭇가지, 이끼 긴 바위, 그리고 브롱카가 기억하는 한 항상 거기 있었던 낡고 녹슨 쇼핑카트 두어 개뿐이다. 시큼한 냄새가 나는 걸로 보아 근처에 하수가 흘러 들어오는 관이 있는 모양이다. 브롱크스의 이 지역은 요즘 이른바 뜨는 중이다. 하지만 이곳은 오랫동안 아주 가난한 지역이었고, 정치가들은 여기서 가장 부유한 동네의 기반시설조차 신경 쓰지 않는다.

하지만 동부 시각으로 오전 11시 54분, 이곳에 완전히 다른 종류의 기반시설이 탄생했다. 브롱카는 빠르고 단호한 걸음새로 물가로 내려간다. 베네자는 조금 더 조심스런 발걸음으로 그 뒤를 따른다. 브롱카가 발을 멈췄을 때 베네자는 하마터면 젖은 바위 위에서 미끄러질 뻔하지만 용케 균형을 바로잡는다.

"올드비, 혹시 날 죽일 생각이면 여기 말고 마른 땅에서 찔러 줘요. 알았죠? 더러운 진창 속에서 죽고 싶진 않다고요. 성병 같은 거라도 걸리면 어떡해요."

브롱카가 웃음을 터트리며 베네자에게 잡으라고 손을 내민다.

"여기서도 볼 수 있으니까 괜찮아." 그는 강둑을 가리킨다. "뭐가 보이는지 말해 봐."

베네자는 시키는 대로 본다. 브롱카는 지금 베네자의 눈에 보이는 게 물속에 잠긴 나무뿌리의 어둔 그림자와 오래된 하수관밖에 없다는 걸 알고 있다.

"우리가 낸 세금이 제대로 사용되고 있지 않다는 거? 내가 뭘 봐야 하는데요?"

"제발 잠깐만 그 입 좀 다물고 기다려 줄래? 내가……." 동시에 두 가지 일을 하고, 동시에 두 장소에 존재하고, 동시에 두 개의 자신에 대해 생각하는 것은 무척 어려운 일이다. 하지만 이건 중요하다. "내가 플렉스하는 걸 보라고."

베네자가 그 말에 재치 있는 대꾸를 했을지도 모르지만 브롱카는 듣지 못했다. 왜냐하면 그는 지금 물소리와 벌레 우는 소리, 저 앞 고속도로와 그보다 훨씬 멀리 떨어져 있는 조지워싱턴 현수교에서 쉴 새 없이 달려가는 자동차 엔진 소리 속에 잠겨 있기 때문이다. 그가 듣고 있는 건 이뿐만이 아니다. 모든 소리들 아래, 모든 것의 기반에 존재하는 게 있다. 이 모두를 지탱하는 기둥, 도시의 소리에 리듬과 의미를 부여하는 메트로놈. 숨소리. 나직하게 가르릉거리는 소리. 뉴욕의 무수한 것들이 잘못되고 엉망이 되었건만, 이곳만큼은 아니다. 상황 이상 무. 그래서 설령 도시가 겨우 절반만 깨어나, 그 화신들은 뿔뿔이 흩어져 겁에 질려 있고 도로에 바글거리는 기생충들이 땅 밑으로 파고들어 증식하며 숙주를 죽이려고 애쓰고 있는 와중에도…… 여기, 이곳에서, 브롱크스는 평화로운 꿈을 꾼다.

여기, 이곳에서, 브롱카는 진정 그 자신이다.

그래서 그는 한 발을 들어 올려, 탁탁 두 번 내려놓는다. 다시 들어서, 두 번 두드리고, 몸을 돌린다. 도시의 콧노래가 노랫소리로 변한다. 도시의 심장박동이 빠르게 뛰기 시작한다. 타닥 타닥 타닥 타닥 타닥 타닥. 이것이 브롱카의 리듬이다. 리듬에 맞춰 빙글빙글 돌며,

바위에서 바위로 뛰어다니며 춤을 춘다. 배에 힘을 주어 무게 중심을 잡으며, 지표면에 발바닥을 가볍게 내려 앉힌다. 이것은 춤이다.

"이것은 이야기."

브롱카가 말한다. 눈을 감는다. 어디에 바위가 있는지 어디가 미끄러운지, 눈으로 볼 필요가 없다. 바위는 그의 발을 부르는 조상들이니 그들의 부름을 따라 움직일 뿐. 이야기는 브롱카의 안에 있고, 그를 따라 흐르며, 그의 발을 인도한다. 춤은 기원(冀願)이다. 그는 오랫동안 춤을 추지 않았다. 더는 파우와우에 참석하지도 않고, 레즈비언 클럽에도 발길을 끊고, 땅의 힘을 느끼기 위해 오래된 벽돌 공장을 가로지르는 것을 그만둔 뒤로 이렇게 춤을 춰 본 적이 없건만, 마치 한 번도 떠난 적이 없다는 듯이 모든 것이 그에게 다시 돌아온다. 타닥 타닥 타닥 타닥 타닥 타닥.

이것이 도시다.

타닥 타닥 타닥 타닥 타닥 타닥.

도시는 그다.

타닥 타닥 타닥 타닥 타닥 타닥.

"이것은 나의 손가락."

브롱카가 소리 내어 말한다. 손바닥을 아래로 향한 채 한 손을 가볍게 들어 올린다. 그러고는 가운뎃손가락을 위로 치켜든다.

한 10미터쯤 떨어진 곳에서 둥근 호를 그리며 강물에 머리를 담그고 있던 커다란 수도관 하나가…… 움직인다. 금속성의 신음을 끼익 울리며 수면 위로 몸을 일으킨다. 가지런하게 일자로 펴지더니, 이윽고 브롱카의 손가락과 똑같은 각도를 그리며 물 밖으로 곧

추선다. 브롱카는 베네자가 똑바로 볼 수 있게 팔을 그대로 들어 올린 채, 몸을 돌려 다른 바위 위로 깡충 뛰어내린다.

브롱카가 눈을 뜨고 베네자를 바라본다. 베네자는 입을 헤벌린 채 수도관을 쳐다보고 있다. 브롱카는 빙그레 웃고는 춤을 멈춘다. 그러나 멈춘 것은 육신뿐, 그의 마음속에서 춤은 계속 이어진다. 그는 도시이며, 도시 아래 대지다. 그렇기에 그는 언제나, 항상 춤을 출 것이다.

"이걸 말해 주려고 했던 거야." 여전히 팔을 쳐든 채, 브롱카가 말한다. 이제 베네자는 브롱카를 보고 있다. "이게 네가 도시가 달라졌다고 느낀 이유이고, 네가 기억해야 하는 진실이란다. 앞으로 뭘 보게 되든…… 가장 중요한 건 그게 다 사실이라는 거야. 두 번째는 위험할 수 있다는 거고. 무슨 뜻인지 알겠니?"

베네자는 천천히 고개를 젓는다. 하지만 브롱카가 보기에 그건 거부보다는 놀라움의 의미다.

"혹시, 어, 도시의 다른 부분도 뭘 하게 만들 수 있어요?"

"물론이지. 어떤 것들은 다른 것보다 더 쉬워. 어쨌든 그 정돈 아무것도 아냐."

브롱카가 손가락을 접자 파이프가 덜그럭거리며 제자리로 돌아간다. 브롱카는 이번에는 반대쪽 팔을 들어 올리며 히죽 웃는 얼굴로 베네자를 지켜본다. 왜냐하면 이것은 춤이고, 머리로는 어떤 일이 벌어질지 알고 있을지라도 직접 경험하는 것은 완전히 다른 문제니까. 그리고 어떤 것들은 젊은이들의 눈을 통해 경험할 때 최고의 효과를 발휘한다.

그래서 폭이 150미터에 달하는 강물이 공중으로 떠올라 리벳공 로지의 포스터를 닮은 구부러진 팔꿈치와 꺾인 손목과 기다란 물기둥 손가락을 만들었을 때, 베네자의 얼굴에 떠오른 환희는 브롱카의 마음을 완전히 굳힌다. 브롱카는 이런 것을 원한 적이 없다. 자신이 왜 선택되었는지도 알고 그게 얼마나 중요한지도 알지만, 그는 작금의 상황에 대해 체념과 불만과 두려움 이외에 무엇을 느껴야 할지 몰랐다. 하지만 지금, 베네자의 "이런 씨발 세상에!"라는 감탄사를 듣자 처음으로 기분이 좋아진다.

　이왕 이렇게 된 거 약간 잘난 체도 해 본다.

　"완전 따봉이지 않니?"

　"요즘에 대체 누가 그런 말을 써요, 올드비."

　"아니, 왜 안 쓰는데. 난 좋아한다고."

　"근데 있잖아요……." 베네자가 약간 눈살을 찌푸리며 말한다. "규모가 좀, 작지 않아요? 그러니까 저게…… 당신의 몸이라면요. 내 말은 저게 브롱카 팔이라면 몸 전체라고 해 봤자 공원에서 저 길 건너편까지 정도 아니에요?"

　"그렇게 딱딱 비율적인 게 아니야."

　그리고 자치구가 브롱카의 몸을 그렇게 단순한 방식으로 모방하는 것도 아니다. 가령 이 강둑은 브롱카가 갖고 있는 수천 개의 잠재적인 손가락이 될 수 있고, 그중 몇 개는 날카로운 손톱을 기르고 있다. 브롱크스 자치구의 심장은 실제로 여기가 아닌 다른 강이다. 브롱크스 강. 거기 말고 어디겠는가? 까맣게 썩긴 했지만 아직도 단단하고 날카로운 이빨은 수많은 주택단지이고, 귀는 부기다운 음악에서 탄생한 수천 개의 녹음 스튜디오다. 그리고 그 뼈대는 조상님들만큼이나 오래된, 그 아래 묻힌 바위와 돌들이다.

베네자는 강물이 만들어 낸 팔에서 아직도 눈을 떼지 못하고 있다.

"가운뎃손가락 세우는 거 할 수 있어요?"

브롱카가 코웃음을 치면서 손을 돌려 가운뎃손가락을 세운다. 강물이 휘어지며 그 동작을 흉내 내자, 주먹 형상의 물주머니 중앙에서 15미터 높이의 물기둥이 하늘을 향해 솟구치면서 두 사람의 얼굴에 물방울 세례를 퍼붓는다. "으윀." 베네자가 소리를 꽥 지르지만 얼굴을 문질러 닦으면서도 좋아서 낄낄거린다. 그러더니 눈을 깜박이며 빤히 응시한다. 왜냐하면 브롱카가 강바닥에서 강물을 공중으로 들어 올렸는데도……. 지난 1000년 동안 늘 그랬듯이 강물이 유유히 흐르고 있기 때문이다.

"이건 네가 알고 있는 현실과 달라." 브롱카가 조용히 말한다.

"잠깐. 그럼 뭔데요, 환각? 방금 내 입에 들어온 더러운 물이……."

"환각도 아니야. 이건 그냥…… 현실이란 딱 잘라 있다 없다로 나눌 수 있는 게 아니야."

브롱카가 한숨을 쉬더니 팔을 내리고 힘을 뺀다. 강물이 만들어 낸 거대한 팔이 다시 강물 한가운데로 내려앉더니 거기 계속 존재하고 있던 다른 강과 하나로 합쳐진다.

"세상엔 무수한 뉴욕이 존재하고 있단다. 그중 어떤 곳에서 너는 오늘 아침 지하철에서 내려 우회전을 했고, 또 다른 뉴욕에서는 좌회전을 했지. 어떤 뉴욕에서는 공룡을 타고 출근했을 테고, 또 다른 곳에서는 점심때 별미인 개미과자를 먹었을 테고, 어떤 곳에선 부업으로 오페라 가수를 하고 있을 수도 있어. 이 모든 게 가능하고, 또 이미 일어났단다. 무슨 뜻인지 알겠어?"

"SF 소설처럼요?" 베네자가 고개를 갸우뚱 기울인 채 눈가를 좁히며 생각에 잠긴다. "아님 다세계 해석이라고 하는 거? 양자물리학에서? 지금 그런 거 얘기하는 거예요?"

"어, 난 「스타트렉」에 나온 거 아니면 몰라."

하지만 브롱카도 거울 우주가 나오는 이상한 에피소드가 희미하게 기억나긴 한다. 등장인물들이 전부 다 사악하고, 남자들은 웃기는 수염을 길렀던 거 같은데. 그리고 이 세계의 사악한 남자들은 상투머리를 하고 있지. 알 게 뭐람.

"천지창조에 관한 이야기를 해 줄게. 우리 부족의 창조 신화와도 다르고, 너희 민족에 전해 내려오는 이야기와도 다르지. 내가 해 줄 이야기는……." 브롱카는 잠시 생각해 보고는 문득 머릿속에 떠오른 단어에 웃음을 터트린다. "천지창조의 통일장이론에 가깝겠다. 그러니까 잘 들어 봐. 옛날 옛적에, 세상이 처음 존재하게 되었을 때 생명으로 가득한 세계는 딱 하나밖에 없었어. 그게 좋은 건지 나쁜 건지는 모르지. 살아 있는 건 그냥 살아 있는 거니까."

그들 옆을 지나고 있는 강물은, 다른 세계의 다른 브롱카가 말하고 있는 또 다른 평원을 따라 계속 흘러간다. 수천 명의 이야기꾼이 수천 개의 서로 다른 이야기를 수만 개의 하늘 아래에서 말하고 있다. 조금만 집중하면 브롱카는 그들 모두를 한꺼번에 볼 수 있다. 두 번째 태양이 떠 있는 하늘과, 보랏빛과 금빛으로 빛나는 밤공기와, 브롱카에게는 유독한 기체가 타오르고 있는 세계. 하지만 그는 그

것들을 보지 않으려고 애쓰는 중이다. 지금은 베네자에게 집중해야
하고…… 저 중 어떤 것들은 힐끔 보는 것만으로도 위험하다. 도시
가 이미 그에게 경고했었다.

"그 최초의 세계, 첫 번째 생명들은 참으로 경이로웠어. 기적과도
같았지. 하지만 거기 살던 모든 것들이 내리는 모든 결정들은 각각
새로운 세계를 낳았단다. 그중 일부가 좌회전을 한 세계, 또 다른 이
들은 우회전을 한 세계. 그리고 또 그 각각의 세상들이 또다시 각자
만의 다른 세계들을 탄생시켰고. 그렇게 계속, 계속해서 이어졌지.
기적을 능가할 수 있는 게 있을까? 아니, 그런 건 없어. 그래서 계속
해서 세계들이 만들어지고, 또다시 그들만의 기적을 탄생시켰어.
그렇게 생명들이 계속해서 확산되고 증식해 나갔지. 수만, 수억 개
의 서로 다르고 이질적인 우주가 만들어져서."

브롱카는 손바닥을 평평하게 펴서 한 손바닥을 다른 손바닥에 닿
지 않게 조금 위에 올려놓는다. 그러고는 두 손바닥을 번갈아 겹쳐
쌓으면서 여러 겹의 층층을 묘사한다. 무한의 세계가 서로 겹치고
쌓여 높아졌다가 쪼개지고 비틀리고 또다시 쪼개지고 갈라진다. 하
나의 작은 발단에서 돋아나 끝없이 성장하는 거대한 나무. 가지가
지마다 존재하는 세계들은 한 곳의 생명체가 다른 세계의 생명체를
산 것으로 인식조차 못 할 정도로 서로 이질적이지만, 단 하나 아주
중요한 예외가 있다.

"도시는 그 겹겹의 층을 관통할 수 있어." 이 세계의 브롱카가 강
건너 브리지 파크 숲 위로 높이 솟은 건물들을 가리킨다. "사람들은
지금도 브롱크스가 얼마나 위험한 동네인지 떠들어 대. 그리고 동

시에 어딘가 다른 곳에서는 부동산업자가 여기가 얼마나 환상적인 동네인지 잘난 척 늘어놓지. 돈 많은 사람들이 몰려와 다 사 재끼게 말이야. 하지만 여기 사는 사람들한테 브롱크스는 최악의 동네도 아니고 환상적인 곳도 아니야. 브롱크스는 그냥 브롱크스지. 그리고 브롱크스의 그 모든 면면은 전부 다 거짓이 아니라 진실이야. 우리 현실에서 벌어지는 일들만 해도 이 정도란다. 그러니까 내 말은 결정만 영향을 끼치는 게 아니라는 거야. 이 도시가 간직한 모든 전설과 거짓말이 하나하나 다 새로운 세계가 돼. 그리고 그 모든 게 합쳐진 게 뉴욕인 거야. 그러다 마침내, 그 육중한 무게에 짓눌려 모든 게 무너지면…… 완전히 새로운 게 되지. 살아 있는 거."

잘한다! 머릿속 목소리가 말한다.

닥치렴, 아가. 나 지금 바쁘거든. 브롱카가 노래한다.

베네자가 고개를 돌려 숲을, 강물을, 그리고 야경의 불빛을 난생처음 보는 것처럼 쳐다본다. 실제로도 그렇다. 그것들은 전부 새로 태어난 것들이다. 그가 경외감으로 가득 찬 목소리로 말한다.

"집에 살 때 옥상에서 도시를 내려다보는 걸 좋아했어요. 꼭 도시가 숨을 쉬는 것 같았거든요."

"정말로 그랬어. 그땐 조금이었지만." 태아는 양수를 호흡하고 들이마시면서 완전히 다른 것으로 호흡하고 대사할 그날을 기다리며 연습한다. "하지만 오늘 모든 게 변했어. 오늘 이후로 도시는 예전과는 다른 방식으로 살아 있게 될 거야."

"왜 하필 오늘이에요?"

브롱카가 어깨를 으쓱한다. "별들이 나란히 정렬해서? 창조주가 심심해서? 그건 나도 모르지. 시기는 중요하지 않아. 그런 일이 일어났다는 게 중요하지."

"그렇군요. 내가 쓸데없는 걸 물었네요." 베네자가 진지하게 대답한다. "오늘 본 그림에 대해 설명해 줘요."

맞다. 이제 잘난 척은 그만해야지. 브롱카는 한숨을 내쉬며 바위에서 내려와 베네자에게 지프 쪽으로 따라오라고 손짓한다.

"맞아, 그 그림. 간단히 말해 저 밖에 존재하는 수많은 현실 중 하나가 지금 우리 현실이 존재한다는 걸 별로 좋아하지 않아. 왜 그런지야 누가 알겠느냐마는. 하여간 이유는 몰라도 그 다른 현실에서 온 건 뉴욕처럼 새로 탄생한 도시를 죽이고 싶어 해. 오늘 아침에도 그러려고 했고. 상처를 약간 입히긴 했는데 끝까지 밀어붙이진 못했지."

베네자의 눈이 휘둥그레진다. "이런 빌어먹을, 윌리엄스버그에서 벌어진 일이 그거였군요!"

"그래, 윌리엄스버그." 브롱카가 엄숙하게 고개를 끄덕인다. "훨씬 더 나빴을 수도 있었지. 아까 말한 것처럼 놈은 도시 전체를 노리고 있었거든. 근데 뭔가가 그걸 막은 거야. 나 같은 사람. 나처럼 도시가 된 다른 사람이 그랬을 거다."

"예? 잠깐만……." 베네자가 얼굴을 찡그리며 말한다. "강물을 움직일 수 있는 사람이 더 있다고요?"

"전부 여섯 명이야. 자치구마다 한 명씩, 그리고 뉴욕 전체를 대표하는 한 명. 마지막 사람이 오늘 아침에 공격을 막았고. 한데 다른 세계에서 온 존재는……." 마음속에서 목소리가 속삭인다. 적(敵)이야. "아직 여기 있어. 그리고 우리 세계에 나타나는 방식도 변했지. 원래 그건 도시가 탄생할 때 공격하는 크고 무시무시하고 끔찍한 것이었어. 이제까지 항상, 수천 년 동안 그랬고. 그런데 이번엔 다른 전술을 쓰고 있어."

그리고 그게 바로 브롱카가 우려하는 점이다. 그가 아는 지식의 사전에는 적이 인간 졸개들을 시켜 기괴한 예술품을 보여 주게 하는 일 따위는 포함되어 있지 않다. 혹시 다른 이들도 이런 위험에 처해 있는 걸까? 어쩌면 그들을 도와…….

아냐. 아니다. 베네자를 최대한 위험에 대비시키는 것까지만 하고, 브롱카는 이 싸움에 끼어들지 않을 작정이다.

"그 그림이요." 브롱카와 똑같은 생각의 흐름을 따라가고 있는 게 분명한 베네자가 몸서리를 친다. "그 안에 있던 거…… 움직이고 있었죠." 겁에 질린 목소리가 조금씩 작아진다.

"아까 내가 다른 세계의 생명체들이 우리 눈엔 살아 있는 것처럼 보이지도 않을 거라고 한 말 기억하니?"

"잠깐만. 그럼 그 2차원 페인트 자국처럼 생긴 사람이 진짜 존재하는 거라고요?" 베네자가 고개를 젓는다. "씨바아아알."

그래서 그 페인트 자국들이 그토록 섬뜩하게 느껴졌던 것이다. 브롱카가 본 것이 이성도 생각도 없는 뭉개진 얼굴의 괴물이 아니라 실제로 생각과 감정을 지닌 존재였기 때문에. 과거에 러브프래크프트가 동료 인간들을 그렇게 취급한 것처럼 이해 불가능한 외계 생명체의 사고방식을 지닌 것들.

두 사람은 차에 올라타고, 브롱카는 뉴저지로 이어지는 고속도로를 탄다. 조수석에 앉은 베네자는 방금 들은 이야기를 조용히 소화하는 중이다. 하지만 브롱카가 넘어야 할 크고 중요한 산이 아직 하나 더 있다.

"그러니까." 브롱카는 운전 중에 위험하지 않을 정도로만 아주 잠깐 도로에서 시선을 떼어 베네자를 쳐다본다. 이건 아주 중요한 순간이다. "내가 아까 강물로 한 거 기억나지? 오늘 센터에서도 똑같은 일을 했었어. 조심만 하면, 제대로만 하면 난 그 사람들을, 적들을 다시 그놈들 세상으로 돌려보낼 수 있단다. 적어도 내 구역에선 쫓아낼 수 있지. 하지만 넌 그런 거 못 해. 그러니까 다음번에 말도 안 되는 요상한 걸 보면……."

"브롱카를 부르라고요? 알았어요."

"어, 음. 그래, 그것도 한 가지 방법이지. 하지만 만약에 내가 근처에 없으면 도망쳐. 꽁지 빠져라 달아나. 오늘처럼 달려들지 말고, 알았지?"

하지만 베네자는 도리어 그를 노려본다. "내가 그 미친 그림에 달려들어서 브롱카를 뒤로 잡아당기지 않았으면 그 씨발랄라놈들이 튀어나와서 당신을……." 베네자가 손가락을 꿈틀거리며 우거지상을 해 보인다. 브롱카는 놀라서 이맛살을 찌푸린다. 그것들이 자기를 노리고 튀어나오고 있었다고? "내가 아니었으면, 어, 잡아 먹혔을걸요."

어쩜 이렇게 고집이 센지. "알았다. 그럼 네가 나를 구해 줘야 할 만큼 위험한 상황만 아니라면 제발 도망쳐. 왜냐하면 네가 그것들한테 잡히면 어떻게 될지 정말 모르겠거든." 베네자의 턱에 힘이 불끈 들어가자, 브롱카가 결정타를 날린다. "날 위해서라도, 제발 부탁한다."

베네자가 약간 움찔거리지만, 아까보다는 고집이 좀 누그러진 게 보인다. "제기랄. 알았어요. 그럴게요." 하지만 걱정되는 게 있는지 눈썹을 찌푸린다. "근데 왜 나한테는 그게 보이는 거예요? 이징이랑 제스는 안 보이는 거 같던데. 그때 그 둘은 꼼짝도 안 하더라고요. 꼭 화면이 멈춘 거 같았어요. 조명도 어두워지고. 그림을 가져온 남자들도 그랬고요. 브롱카만 평소랑 똑같이 보였죠. 나도 몸이 얼어붙거나 그러지 않았고요. 그건 왜 그래요?"

"유달리 도시와 가깝게 연결된 사람들이 있거든. 어떤 사람들은 나처럼 되고, 어떤 사람들은 도시의 의지에 따라 필요한 만큼 도움을 주지."

베네자가 놀라 숨을 들이켠다.

"이런 씨발. 내가 브롱카처럼 될 수도 있었단 말이에요?"

"어쩌면. 네가 저지 출신만 아니었다면 그랬을지도."

"우와, 젠장." 이건 베네자가 가끔 유치하게 굴긴 해도 어린애가 아니라 어른이라는 증거다. 그는 다차원 초능력이 생길지도 모른다는 생각에도 흥분하거나 좋아하지 않는다. 뭔가 확고한 게 필요하다는 듯이 지프의 문손잡이를 꽉 움켜쥘 뿐이다. "맙소사, 비. 그러니까 내 말은, 아니, 당신이 도시라는 게 완전 멋진 일이긴 한데요! 어, 축하해요! 브롱카의 이 새로운 정체성 확립 단계에 하루 빨리 적응하도록 할게요. 근데 어떤 사람들이 당신을 잡아먹고 싶어 하는 그림 괴물을 갖고 직장에 나타났는데, 만약에 브롱카의 개인정보가 노출되기라도 하면 어떻게 해요? 그런 게 당신집에 나타나면요?"

안 그래도 거기에 대해서는 생각하지 않으려고 노력 중이다.

"젠장, 내가 알겠냐."

베네자는 저지 시티로 가는 내내 조용하다. 그런 상태로 거의 10분이 흐른다. 브롱카는 베네자의 원룸 건물 — 작고 평범하고 반쯤 빈 주차장 건너편에 있는 건물 — 앞에 도착해 연석 옆에 차를 세운다. 하지만 베네자는 지프에서 내릴 생각을 않는다.

"오늘 우리 집에서 잘래요?" 베네자가 100퍼센트 진지한 어조로 브롱카에게 묻는다.

브롱카는 놀라 눈을 깜박인다. "너 원룸 살잖아."

"맞아요. 룸메이트도 없고. 완전 호화로운 삶이죠."

"소파도 없잖니."

"대신에 카펫 위에 쓰레기 한 점 없는 가로세로 60×180 공간이 있다고요. 보면 알아요. 젠장, 아니면 그냥 한 침대 써요. 시트도 깨끗하다고요. 한 5일 전에 갈았나. 아니다, 7일! 8일! 알았어요, 가자마자 새 걸로 갈게요."

브롱카는 곤혹스럽다는 듯이 고개를 젓는다. "나 너랑은 안 잘 거거든."

"브롱카가 자는 동안에 절대로 손가락 하나도 안 댈게요." 베네자는 농을 주고받는 동안에도 브롱카를 뚫어져라 쳐다보고 있다. "지금 도시를 잡아먹는 우주만 한 괴물이 당신을 노리고 있다면서, 하룻밤만이라도 순결이고 뭐고 집어치우고 브롱카 목숨부터 걱정하면 안 돼요?"

애가 참 착하다니까. 브롱카는 한숨을 푹 쉬고는 손을 내밀어 베네자의 북실북실한 머리를 흐트러뜨린다. 베네자는 도망가는 척하지만 결국 머리를 맡긴다. 브롱카가 그러는 걸 내심 별로 싫어하지 않는데다 브롱카는 머리를 망가뜨리지 않고 더 귀여워 보이게 만들어 주기 때문이다.

"난 그것들이 우리 집에 못 들어오게 할 수 있어. 아마도 말이야. 하지만 그러려면 난 뉴욕에 있어야 해. 그러니까 내가 속한 도시라고 해야 하나? 그리고 지금 우리가 있는 곳은 거기가 아니지."

"아." 베네자가 한숨을 쉬며 말한다. "그러네요. 규칙이 있다는 걸 까먹었어요."

베네자는 차에서 내린 뒤에도 뒷좌석에서 가방을 꺼내는 데 유난히 오래 꾸물거린다. 그래서 브롱카는 베네자가 여전히 그를 도울 방법을 고민하고 있다는 걸 알 수 있다.

"베네자." 베네자가 돌아보자 브롱카가 고개를 끄덕여 보인다. "난 괜찮아. 이래 봬도 왕년에……."

"'스톤월 항쟁에서 경찰들을 밟아 줬다' 이거죠, 예, 예, 나도 알아요. 하지만 짭새들은 빌어먹을 이드에서 튀어나온 그림 괴물이 아니잖아요.*"

그건 우르라고 해. 하지만 브롱카는 베네자가 더 무서워할까 봐 그 생각을 입 밖으로 내지는 않는다.

"어쨌든 내가 알아서 할게. 그만 들어가라."

---

* 1956년 영화 「금단의 혹성(Forbidden Planet)」에 등장하는 이드 괴물을 빗댄 것.

베네자가 툴툴거리며 차 문을 닫는다.

브롱카는 베네자가 건물 안으로 들어가는 모습을 끝까지 지켜본 다음, 집으로 향한다. 그리고 마침내 다시 안긴 뉴욕의 품 안에서, 브롱카는 어떤 차원에 있는 신이라도 좋으니 제발 그의 친구를 안전하게 지켜 달라고 기도한다.

# 7장
# 옆집 유 할머니의 수영장에 있는 것

유난히 더운 어느 날 모든 것이 변한 그때, '여왕'은 퀸스에서 삼항트리모형의 확률 과정에 대해 생각하고 있다. 여왕의 진짜 이름은 파드미니 프라카쉬다. 도시가 탄생한 순간, 그는 전산 해석 프로젝트에 손을 대고 싶지 않아 멍하니 창밖을 바라보며 얼마 전에 텀블러 사이트에서 읽은 러브프래프트 메타 분석에 대해 생각하고 있었다. 하지만 그 메타 분석은 비유클리드 기하학이 유클리드 기하학보다 더 불길하고 사악할 수 있다는 우스꽝스러운 의견을 놓고 논쟁하다 결국 러브크래프트가 수학을 무서워한 것뿐이라고 결론지은 과학 텀블러 페이지만큼 재미있거나 흥미롭지는 않았다. 지금 퀸스가 내다보고 있는 창밖 광경도 그만큼 지루하다. 평범한 집들과 교회와 광고판이 펼쳐져 있는 퀸스 서쪽의 풍경으로, 그 뒤에서는 굉장히 유클리드 기하학적인 맨해튼의 고층 빌딩들이 굽어보고 있다. 맑고 화창한 6월의 어느 날 오전 11시 53분. 미국인들이 흔히 말하듯 시간을 부질없이 흘려보내고 있던 파드미니는 결국 한숨을 쉬며 다시 프로젝트를 들여다보기 시작한다.

파드미니는 금융공학이 싫다. 그리고 그게 바로 그가 금융공학 석사 학위를 딴 이유다. 그는 사실 이론 수학 쪽을 더 좋아한다. 계산 과정과 거기 담긴 사고방식, 그리고 나아가 우주 전체를 이해한다는 훨씬 순수하고 깨끗한(아니면 적어도 탈맥락적인) 목표를 위해 수학 이론을 더욱 우아하게 적용할 수 있기 때문이다. 하지만 요즘 세상은 순수 학문으로는 일자리를 얻기가 너무 어렵다. 특히 H-1B 비자*라는 복권에 당첨되기가 점점 힘들어지고 있는 데다 이민국 게슈타포가 어떤 구실로든 문을 빵 차고 쳐들어올 기회만 노리고 있을 때에는 더더욱 그렇다. 그래서 이렇게 된 것이다.

그때 뭔가가 — 아마 본능이려나 — 파드미니로 하여금 문득 고개를 들어 창밖을 다시 쳐다보게 만든다. 그래서 이스트 강에서 꿈틀거리며 솟구쳐 오른 거대한 촉수가 윌리엄스버그 브리지를 강타해 무너뜨린 바로 그 정확한 순간에, 파드미니는 맨해튼의 수평선을 바라보고 있었다.

처음에는 그게 무슨 다리인지도 모른다. 뉴욕의 그 많은 다리를 어떻게 일일이 기억하겠어. 하지만 이 먼 거리에서도 촉수라는 걸 알아본 걸 보니 저게 엄청나게 크다는 건 알겠다. 가짜네. 파드미니는 진정한 뉴요커답게 즉시 코웃음을 친다. 겨우 이틀 전에도 크고 하얀 촬영용 트레일러들이 그가 사는 블록에 몰려왔었다. 요즘엔 그런 일이 너무 비일비재하다. 영화계 사람들이 백인만 나오는 상

---

*미국의 비이민 전문직 취업 비자.

류층 코미디 드라마를 찍으면서 배경으로는 다문화 노동자 계급 뉴욕을 사용하고 싶어 하고, 그건 즉 퀸스에서 촬영을 한다는 의미이기 때문이다. 이스트 뉴욕은 그 사람들 취향에 흑인이 너무 많고 브롱크스야 "평판"이 자자한 곳이니까. 롱아일랜드 시티의 해변 콘도 위로 솟아 있는 촉수가 크기는 어마어마하지만 반투명한 데다 꼭 연결이 잘못된 모니터처럼 — 아니면 싸구려 특수효과처럼 — 깜박이고 있다 보니 파드미니는 당연히 저게 가짜라고 생각할 수밖에 없다. 2012년이 전화했더라, 얘. 투팍 홀로그램 돌려 달래.* 파드미니는 제가 한 농담에 혼자 킥킥대며 웃는다. 우리 수학 여왕님은 농담도 참 잘하지.

하지만 촉수가 다리를 내려치는 모습을 보니 육중한 무게감이 느껴진다. 솔직히 말해 엄청나게 세세한 부분까지 신경 쓴 특수효과라는 건 인정해야겠다. 무거운 질량을 지닌 물체는 가벼운 물체보다 공기를 더 많이 밀어내고, 질량 마찰로 인해 지연이 발생해 가속도가 눈에 띄게 느려지기 마련이다. 저 촉수는 자유낙하치고는 너무 빠르지만 그래도 저 정도면 후반 제작 과정에서 손을 볼 수 있을 것 같다. 아니면 저 촉수가 극강의 존재라서 저런 거라는 설정을 끼워 넣을지도? 그래도 관객들한테서 자발적인 불신의 유예를 이끌어 내는 데에는 별로 방해가 되지 않을 거다.

촉수가 교량을 후려치자 교량이 홀로그래픽답게 모든 소리가 사라진 적막 속에서 꼬이며 비틀린다. 하지만 다음 순간, 공기가 물결

---

* 2012년 코첼라 뮤직 페스티벌에서 1996년에 사망한 래퍼 투팍의 홀로그램 공연을 열어 큰 화제가 되었었다.

치면서 금속이 찢어지고 콘크리트가 부서지고 비명을 지르는 자동차 경적 소리가 밀려온다. 파드미니가 있는 아파트 건물이 마구 흔들린다. 그러더니…… 비명 소리가 퍼진다. 워낙 멀리서 나는 소리라 도플러 효과처럼 메아리치긴 하지만 틀림없이 누군가의 비명이다. 윌리엄스버그에서부터 잭슨하이츠까지는 수 킬로미터나 되는데도, 파드미니는 비명을 듣는다.

그러더니 그 음파를 타고 너울거리며 뒤이어…… 감정? 기대감?의 파도가 물밀듯이 밀려온다. 공포심. 그리고 흥분. 뭔가 잘못됐다. 하지만 이건 또한 올바른 일이기도 하다. 파드미니의 주위로 갑작스럽게, 그리고 거세게 터져 나온 올바름이 아파트 건물 뒷마당에 있는 나무를 뒤흔들고 낡은 건물의 토대를 우르르 진동시킨다. 벽의 틈새로 오래 묵은 먼지가 풀썩 뿜어 나온다. 파드미니는 희미한 곰팡이와 쥐똥 냄새를 들이마신다. 더럽긴 하지만 이것은 올바르다.

그는 주체할 수 없는 불안감을 느끼며 발에 힘을 주고 벌떡 일어선다. 그와 동시에 그리 멀지 않은 곳에서 지하철 한 대가 고가선로를 타고 지나간다. 그 짧은 순간에 파드미니는 지하철과 함께 달린다. 그는 열차다. 빠르고 강력하고 매끈하지만 심심한 은색 피부에 그라피티가 코팅되기를 갈망하는. 하지만 다음 순간 파드미니는 다시 파드미니다. 평범하고 피곤한 젊은 대학원생. 패션 잡지에 따르면 인생의 절정기를 지나 원숙한 스물다섯 살이 된 그는 지금 얹혀 살고 있는 친척 집의 침실 창문에 몸을 지탱하며 어떻게 세상이 눈 깜박할 사이에 완전히 변할 수 있는지 이해하려고 애쓴다.

그러다 갑자기, 뭔가 다른 게 잘못되었다는 사실을 본능적으로 감지한 순간 입 안이 바싹 타들어 간다. 이번에는 이스트 강보다 훨씬 가까운 곳이다.

바로. 여기. 파드미니의 머리가 자유의지라도 가진 양 갑자기 홱 돌아간다. 마치 누군가 그의 관심을 끌려고 머리 꼬랑지를 세게 잡아당긴 것 같다. 저기. 뒷마당. 바닥 포장은 되어 있지만 잡초투성이에, 옛날에 아랫집에 살던 사람이 버리고 간 녹슨 바비큐용 드럼통이 있는 지금 그가 사는 이 아파트 건물의 뒤뜰이 아니다. 옆집의 뒷마당이다. 그 정원 딸린 아파트에는 유씨 할머니가 살고 있는데, 그분은 뒷마당에 수영장이 필요하다고 생각했다. 왜냐하면 그는 텍사스에서 왔고, 텍사스 사람에게는 수영장이 있어야 하니까. 간단히 조립해서 세운 작은 간이 수영장으로, 뉴욕에서 두 번의 겨울을 나고는 벌써 더러워지고 금도 갔다. 폭이 겨우 2.5미터쯤 될까 말까 하지만 그런데도 마당을 거의 다 차지하고 있다. 하지만 오늘은 날이 덥고, 유 할머니의 두 손자가 물장구를 치며 윌리엄스버그에서 들려오는 비명 소리를 거의 — 정말로 거의 — 지울 수 있을 만큼 커다란 목청으로 꺅꺅 즐거운 비명을 질러 대고 있다.

저 아이들은 물 색깔이 변하고 있다는 것을, 수영장의 밝은 파란색 플라스틱 바닥이 뭔가 다른 것으로 변하고 있다는 것을 아직 모르는 걸까? 뭔가 칙칙한 흰색인 것. 플라스틱이 아닌 낯설고 이상한 것. 뭔가…… 움직이는 것. 수영장 물 아래로 뭔가 살아 있는 것이 천천히 굽이치고 있다.

아니야. 아이들은 아무것도 모르고 있다. 하필 마르코 폴로 놀이*

---

* 눈을 가린 술래가 '마르코'라고 외치면 다른 사람들이 '폴로'라고 대답하는 소리를 듣고 잡는 술래잡기.

를 하느라 영어와 북경어를 섞어 고함치며 술래에게 잡히지 않으려고 요란스럽게 첨벙대고 있기 때문이다. 한 소년은 눈을 감고 있고, 다른 아이는 술래만 쳐다보고 있고, 두 아이 모두 수영장 바닥에 발을 디디지 않고 있다. 둘 다 작은 어린아이지만 수영장도 그만큼 작다. 하지만 언젠가는 결국 수영장 바닥에 발을 딛고 말 것이다.

파드미니는 생각을 하기도 전에 이미 책상에서 튀어 올라 문을 향해 내달린다. 만약 생각이라는 걸 했다면 자신이 바보짓을 한다고 여겼을 것이다. 만일 그의 이성이 주도권을 쥐고 있었다면, 회색으로 변한 수영장 바닥에 발을 디디면 위험하다는 터무니없는 믿음에 약간이라도 근거가 있다 치더라도 때맞춰 1층까지, 그리고 유 할머니네 집까지 도달하는 건 불가능하다는 걸 당연히 알았을 것이다. 문 앞에서 유 할머니에게 잡혀 평소처럼 시시콜콜 30분간 수다라도 떨게 되면 — 할머니는 무척 외로운 분이라 — 건물 안에 들어가, 뒷마당으로 뛰어 들어가, 아이들이 수영장 바닥에 발을 딛기 전에 도저히 시간에 맞출 수 없을 것이다. 그리고 만일 그가 생각이란 걸 했다면 애초에 그 수영장이 위험하다는 생각 자체가 말도 안 된다고 확신했을 것이다.(진짜? 이렇게 코웃음 치며 비웃었겠지. 그다음은 뭐야? 보도블록 금을 밟으면 엄마가 허리를 다치나?)

하지만 파드미니는 이게 진짜라는 걸 안다. 그에게 주어진 역할이 모든 일이 돌아가는 전체적인 구조와 역학을 이해하고 파악하는 것이기에, 그는 본능적으로 물이 적의 조력자라는 것을 알 수 있다. 그것은 차원을 넘나드는 문은 아니지만 오고 가는 것을 더 쉽게 만들어 주는 일종의 윤활제다. 수영장 안에 있는 저것은 아이들의 목숨을 빼앗는 것보다도 더욱 악독한 짓을 할 것이다. 그것은 아이들을 빼앗아 갈 거다. 어디로? 그리고 왜? 그걸 누가 알겠는가. 하지만 그런 일이 일어나게 해서는 안 된다.

그래서 파드미니는 공포에 사로잡힌 채 아파트 문 밖으로 튀어나가 현관에서 열쇠를 집어들 틈도 없이 4층 계단을 순식간에 거의 절반이나 달려 내려간다.(활짝 열린 문이 등 뒤에서 흔들거린다. 아이쉬와라 이모가 깜짝 놀라 파드미니의 이름을 부르는 소리가 들린다. 아직 갓난쟁이인 조카가 울고 있다. 파드미니는 문을 닫는 것도 잊어버렸다.) 그는 계단 난간에 손을 얹은 채 생각한다. 지금, 지금 당장 저기로 가야 해 —

— 그리고 파드미니는 파드미니이기 때문에, 마법이 아니라 수학적으로 가속하여 벽과 뒷마당 울타리, 공간과 대기를 가로질러 원하는 곳에 도착하는 모습을 상상한다. A지점에서 B지점에 도달하는 데에는

$$T = \pi \sqrt{\frac{a^2 - r_0^2}{ag}}$$

만큼의 시간이 걸리고

이때 내파선(內擺線)이 그리는 호(弧)의 표면 중력이

$$g = \frac{GM}{a^2} = \frac{4}{3}\pi\rho Ga$$

라면 —

그가 공식을 떠올린 순간, 머릿속에서 목소리가 대답한다. 아, 이게 네가 바라는 거야? 알았어. 가뿐하지.

그러더니 파드미니의 주위에서 낡은 아파트 건물이 둥글게 휘어지기 시작한다. 그는 더 이상 아래층으로 뛰어 내려가고 있는 게 아니라 날고 있다. 아니, 날고 있다기보다 그는 총알이고 주변 세상은 총신인 것처럼 동그란 터널 속으로 빨려 들어가 —

다음 순간 잔디밭을 달리고 있다. 유 할머니네 건물 마당에 뛰어들어 수영장 가장자리에서 아이 하나의 어깨를 붙들고 억지로 끌어올린다. 아이는 악을 쓰고 발길질을 하고, 급기야 파드미니의 얼굴을 팔로 후려쳐 안경을 떨어뜨린다. 다른 사내애도 할머니를 소리쳐 부르기 시작한다. 파드미니는 첫 번째 아이를 물에서 끌어내 잔디밭 위에 앉힌다. 이곳은 안전하다. 잔디밭은 단단하고 확고하고 올바르다. 하지만 아이는 여전히 그를 발로 차고 머리채를 잡아당기고 비명을 지르며 두 번째 소년을 구하러 가지 못하게 있는 힘을 다해 방해한다. 몸무게는 겨우 25킬로그램 정도인 것 같은데 파드미니의 무릎을 노렸다가 그다음엔 배를 주먹으로 힘껏 쥐어박는다. "난……." 파드미니가 아이에게 애원하려고 입을 연 순간 수영장에서 아까와는 전혀 다른 종류의 날카로운 울부짖음이 터져 나오고, 깜짝 놀란 둘은 동시에 동작을 멈춘다.

유 할머니가 집 뒤편에서 대나무 찜통을 휘두르며 달려 나오다 발을 멈추고 수영장을 멀거니 쳐다본다. 실은 세 사람 모두 그렇다.

간이 수영장 안에, 남아 있는 사내애가 회색이 감도는 흰색 바닥에 발을 딛고 서 있다. 가까이서 보니 바닥은 어스레한 흰색이 아니라 얼룩덜룩하고, 흉터 자국이 있다. 왜냐하면 그건 플라스틱도 흙 바닥도 아닌, 뭔가의 살갗이기 때문이다. 수영장 밑바닥에서 칙칙한 색의 촉수들이 불쑥 솟구쳐 사내아이의 다리를 칭칭 감는다.

무서움에 넋이 나갔는지 멍하니 자기 다리를 내려다보던 소년이 비명을 지르며 물 밖으로 나가려고 허우적대지만 다리를 움직일 수가 없다. 파드미니의 눈앞에서 촉수가 아이의 수영복 하의를 거쳐, 허리 위로 기어 올라온다. 아이가 미친 듯이 손바닥으로 철썩철썩 내려치지만 촉수는 눈 깜짝할 사이에 아이의 한쪽 팔을 휘리릭 붙들어 제압해 버린다. 갑자기 아이의 발이 보이지 않는다. 소년의 주위에서 부글부글 끓어오르는 형태를 알 수 없는 회색 물질 속에 묻혀 버렸다. 그것이 아이의 발목을 집어삼키고 이내 점점 더 밑으로 끌어당기는데 —

유 할머니가 고함을 지르며 수영장으로 돌진한다. 그제야 파드미니도 정신을 다잡고 할머니를 따라 달려간다. 두 여자는 버둥거리는 소년의 손을 양쪽에서 하나씩 붙잡는다. 정체 모를 회색 물질은 주체가 안 될 만큼 강한 힘으로 아이를 집어삼키고 있다. 파드미니도 젖 먹던 힘까지 다해 반대쪽으로 잡아끌고 있지만, 그는 프로레슬러 더 락이 아니라 뚱뚱하고 피곤에 찌든 대학원생이다. 잔뜩 겁에 질려 두 사람을 쳐다보는 아이의 얼굴 위로 손가락처럼 가느다란 회색 물질이 들러붙어 꾸물꾸물 올라오고 있다. 도저히 눈 뜨고 볼 수가 없다. 만지기도 싫다. 실제로 파드미니가 내뱉고 있는 비명을 구성하는 입자들마저 거기 닿길 거부하고 있다. 왜냐고? 이유는 몰라도 저게 파드미니에게 해롭기 때문이다. 하지만 싸우지도 않고 아이를 포기할 수는 없다.

문득 파드미니는 유체역학 이론을 떠올린다.

유체역학은 아름답다. 그 방정식은 번지고 출렁이고 물결치면서 밀물과 썰물을 이룬다. 이 와중에 유속(流速)을 계산하는 방정식을 세우는 것은 그에게 별로 어려운 일도 아니다. 변수를 바꿔 소년의 피부를 타고 흐르는 액체의 속도를 증가시키는 것도 역시 아무 일도 아니다. 물은 윤활 작용을 하지만, 만일 파드미니가 그보다도 더 미끄러운 것을 상상해 낼 수 있다면…… 아이의 피부와 회색 물질 사이에 물보다도 더 빠르고 유동적인……

수영장 물이 마치 계곡의 급류처럼 빠르게 소용돌이친다. 물거품 때문에 촉수는 안 보이지만, 파드미니는 그게 아직 거기 있다는 걸 느낄 수 있다. 그는 계속 잡아당기고, 유 할머니도 계속 잡아당기고, 심지어 파드미니가 구출한 소년마저 할머니 뒤에 붙어 끙끙거리며 힘을 보탠다. "안 돼!" 파드미니는 숨이 차 헐떡거리면서도 회색의 무언가를 향해 대항하듯 크게 소리 지른다. 하지만 그러는 와중에도 머릿속으로는,

$$\rho \left( \frac{\partial \mathbf{u}}{\partial t} + \mathbf{u} \cdot \nabla \mathbf{u} \right) = -\nabla p + \nabla \cdot \mathbf{T}_{\mathrm{D}} + \mathbf{f}$$

라는 수식을 생각하는데, 저 역겨운 것을 아이에게서 떼어 내는 데 필요한 힘이 f이고, 그게 무한대와 같다면 —

효과가 있다. 촉수가 스르륵 풀리더니, 아이가 마치 기름칠한 대포에서 발사되는 대포알처럼 수영장 밖으로 펑 하고 날아오른다.

그 충격을 고스란히 떠안은 건 파드미니다. 얼마나 다행인지 모르겠다. 유 할머니는 골다공증을 앓고 있으니까. 파드미니는 아이를 안고 뒤로 나가떨어진다. 한껏 움츠린 채 흐느끼고 있는 작은 아이를 품에 안고 바닥에 누워 있는데 기분이 날아갈 것 같다. 거의 황홀하기까지 하다! 저 괴물이 계속 수영장 안에 있을지 아니면 밖으로 기어 나와 그들 모두를 잡아먹으려 들지는 모르겠지만, 상관없다. 파드미니는 참으로 오랜만에, 그저 해야 하기 때문이 아니라 스스로 선택한 일을 했고, 보기 좋게 성공시켰다.

"그리고 너희 그 비늘 무성하고 기분 나쁜 것들은 감히 여기 발들일 수 없다." 파드미니는 헉헉거리며 자기가 무슨 말을 하는지도 깨닫지 못한 채 씨익 웃는다.

그 말이 폭탄이라도 터트린 것 같다. 힘의 파동이 그의 발과 정수리, 그리고 아직도 풀을 깔아뭉개고 있는 엉덩이를 따끔따끔 자극하며 몸 바깥쪽으로 거세게 퍼져 나간다. 에너지의 물결이 뒷마당 잔디밭을 넘어 유 할머니의 아파트 건물로, 그리고 오래된 수영장까지 번져 나가는 게 보인다. 힘의 파문이 수영장을 쓸고 지나간 순간, 물 아래 어딘가에서 사납게 쉬쉬거리는 소리가 들린다. 수영장물이 성난 듯이 마구 날뛴다. 파드미니에게 안겨 있던 소년이 몸을 움츠리며 겁먹은 소리를 낸다. 하지만 파드미니는 이것이, 이 변화가 좋은 것이라는 걸 안다. 그는 비틀거리며(아이는 무겁다.) 몸을 일으키지만, 허리를 세웠을 때 무엇을 보게 될지 이미 알고 있다. 유 할머니의 수영장 바닥은 평소처럼 옅은 푸른색 플라스틱으로 되돌아가 있다. 수영장 바닥이 인간을 집어삼키는 무언가의 살갗으로 만들어진 다른 세계로 이어진 포털은 이미 사라지고 없다.

그래서 파드미니는 아직도 울고 있는 아이를 두 팔로 꼭 감싼 채, 눈을 감고 속으로 오랫동안 거들떠보지 않았던 그의 작은 푸자* 제단에 제물을 올리겠노라고 약속한다. 지난주에 산 과일은 벌써 파리가 붙어 있고 물러 터졌을 것 같은데. 좋아, 그럼 대신에 향을 바쳐야겠다. 아주 좋은 걸로.

그리고 잠시 후에, 수상쩍은 낯선 이 두 명이 나타난다.

"우리가 먼저 와서 다행이야."

매니는 하마터면 퀸스를 삼킬 뻔한 뒷마당 수영장 옆에 서 있다. 지금은 그저 평범한 수영장이지만 매니가 볼 수 있는 다른 세계에서 이곳은 땅거미가 내려앉은 텅 빈 뒷마당이며(이상한 뉴욕은 깜깜한 밤이나 환한 대낮인 법이 없는 것 같다.), 뭔가 날카로운 발톱으로 할퀴어 벌린 것처럼 커다랗고 붉게 달아오른 두 개의 자국이 나란히 나 있다. 하지만 그 자국도 점차 치유되어 사라진다. 매니는 그 자국이 뿜어내는 거칠고 무자비한 기운을 느낄 수 있다. 그보다 더 나쁜 것은 공기 중에 기이한 바닷물 냄새가 맴돌고 있고, 어딘가—이상한 뉴욕은 아니지만 뒤숭숭할 정도로 가까운 곳—에서 굉장히 거대하고 이 세계로 거의 넘어올 뻔한 무언가의 실망에 찬 포효가 희미하게 들려오고 있다는 것이다.

이 세계로 돌아온 매니의 귀에 아파트 창문 너머로 유 할머니가

---

*힌두교에서 신과 소통하는 예배 행위.

손자들에게 먹을 것을 쥐어 주며 달래는 목소리가 들려온다. 두 어린아이 중 동생은 수영장 바닥 괴물에게서 딱히 큰 해나 상처를 입지는 않았지만 매니는 그 아이가 다시는 수영장에 들어가지 않을 것이고 어쩌면 앞으로는 목욕을 시키는 것도 꽤나 고역이 될 거라고 생각한다. 하지만 이건 아이의 잘못이 아니다. 매니조차 그 일이 일어난 곳에서 1.5미터 떨어진 곳에 서 있는 것만으로도 무섭고 섬뜩할 정도니까.

"그게 정말 좋은 일일까?" 브루클린이 묻는다. 유 할머니의 집은 약간 경사진 곳에 자리 잡고 있다. 그들은 아래쪽으로 끝없이 늘어서 있는 뒤뜰과 집 들을 내려다본다. "우린 너무 늦게 도착했어. 저 아가씨가 저게 왔던 곳으로 돌려보낼 방법을 알아내지 못했다면 여기 사람들은 전부 죽었을 거야. 아니면…… 사라지거나."

매니는 몸서리를 친다. 그가 본능적으로 이해하는 어떤 것들은 목숨을 잃는 것보다도 더 참혹하다. "당신 말이 맞아. 저 아가씬 정말 운이 좋았어. 사실 우리 모두 그랬지." 하지만 한 번이라도 실수하면 끝장이야라는 말은 덧붙이지 않는다. 어차피 브루클린도 알고 있을 것이다.

"이 수영장에 있었던 건 그, 촉수라고 해야 할지 아니면 깃털이라고 해야 할지 우리가 본 것들보다 훨씬 난폭했던 것 같군." 매니가 말한다. 불현듯 끔찍한 생각이 떠오른다. "아니면 그 둘이 같은 걸지도 몰라. 안 그래도 공원에서 그 여자가 계속 '나'와 '우리'를 섞어서 사용하던 게 이상하다고 생각했거든. 꼭 그 둘의 차이점을 구분 못 하는 것 같았어. 아니면 아예 신경 쓰질 않든가."

"원래 쓰는 말이 영어가 아닌가 보지."

부분적으로는 그럴 것이다. 하지만 매니는 그것이 언어보다는 맥락적인 문제가 아닐까 생각한다. 그 여자가 영어를 잘 이해하지 못하는 건 영어가 개인과 집단을 구분하는 언어이기 때문이고, 여자가 온 곳에서는—그 여자의 정체가 뭐든—그 둘의 차이가 이 세상과는 다를 수도 있다. 그 둘의 의미가 진짜로 다르다면 말이다.

"공원에서 촉수들은 그 여자가 시키는 대로 움직였어." 브루클린이 말한다. "윌리엄스버그 브리지에서 일어난 일도 그 여자 짓이 틀림없고, FDR도 마찬가지야. 그리고 이번엔 여기. 우리가 여기까지 오는 데 얼마나 걸렸지? 설마 그 여자가 이 모든 장소에 전부 다 왔다 갔다 했을 리가 없어. 어떤 건 도시의 이쪽 끝과 저쪽 끝에서 거의 동시에 벌어졌다고. 그러니까 어쩌면 그 여잔…… 모르겠다. 균류랑 비슷한 걸지도 몰라. 도시 전역에 은밀하게 퍼져 있는데, 일부가 가끔 밖으로 고개를 내밀 때만 우리 눈에 보이는 거지."

"으웩." 그들이 만나러 온 여자가 말한다. 잠시 양해를 구하더니 옆에 있는 나이 든 다른 여성과 뭔가를 이야기하다 말고 그들에게로 몸을 돌린다. 여자는 아직도 유 할머니의 뒷마당 계단에 앉아 있다. 그 옆에 서 있는 나이 든 여성은 가슴 앞에 팔짱을 끼고 공격적인 방어 태세로 턱을 치켜올리고 있지만 파드미니가 말하는 동안에는 아무 소리도 하지 않는다. "꼭 균류라고 해야 해요?"

퀸스 자치구의 살아 있는 화신은 키가 작고 가슴이 풍만하며, 짙은 갈색 피부와 염소 처리된 수영장 물에 잔뜩 젖었지만 말리기 전에 린스를 쓰지 않아 뻣뻣한 길고 숱 많은 검은 머리칼의 소유자다. 그는 파드미니라고 자신을 소개하는데 —"그 여배우 이름처럼?"—사람들이 자기 이름을 잘 못 알아듣는 데 대해 거의 체념한 것 같다. 하지만 매니는 그를 파드미니라고 불러야 한다는 사실을 끊임없이 상기해야 한다. 그의 머릿속에서 퀸스는 당연히 퀸스이기 때문이다. 하지만 이름은 파드미니의 선택이다. 매니는 그에게 강요할 수 없다.

브루클린이 파드미니에게 피곤한 미소를 지어 보인다.

"내가 느낀 대로 말한 것뿐이야. 하지만 네 말이 옳아. 나도 균류라는 표현이 어울린다고는 생각하지 않으니까. 어쨌든 별로 얘기하고 싶진 않지만 누군가는 얘기해야 하는 것들로 돌아가 보자면……저건 매니와 나를 공격했어. 하지만 네 경우엔 네가 아니라 이웃 사람을 공격했지. 그 이유를 아니?"

"왜 나한테 물어요?" 파드미니는 조금 억울해하는 것 같다. 그는 다시 머리카락을 비틀어 짜기 시작한다. 물기는 마른 지 오래지만 불안한 마음이 그렇게 발현되는 것 같다. "서너 시간 전만 해도 아무것도 몰랐던 사람한테."

그들은 벌써 파드미니에게 아는 걸 전부 설명해 주었다. 매니가 예상했던 것보다는 일이 훨씬 수월하게 돌아갔는데, 아마 파드미니가 방금 수영장이 두 어린애를 먹어 치우려 했다는 걸 목격한 덕분일 것이다. 하지만 동시에 대화는 무척 어색한 분위기에서 이뤄졌다. 파드미니의 친척 — 파드미니가 아이쉬와라 이모라고 소개한 나이 많은 여성 — 이 파드미니가 왜 갑자기 집에서 전속력으로 뛰쳐나가 이웃집 뒷마당으로 텔레포트 했는지 알아내기 위해 옆에 함께 있었기 때문이다. 아이쉬와라 이모는 말을 많이 하지는 않지만 세 사람 주위를 맴돌면서 그 매서운 눈초리가 매니가 아니라 브루클린을 향해 있기만 했더라면 매니가 경외심을 표하고 싶을 정도로 파드미니에게 맹렬한 보호 본능을 발휘하고 있었다.

그러나 매니는 브루클린의 질문에 대한 대답을 알고 있고, 그래서 끼어들기로 한다.

"아무것도 모르는 주변인을 노리는 건 좋은 전략이지." 매니는 한숨을 쉬며 주머니에 손을 찔러 넣는다. "가족이나 이웃, 직장 동료들…… 스스로를 보호할 수 없는 사람이라면 누구나 상관없어. 목표 대상이 소중하게 여기는 사람들에게 이목을 끄는 혼란을 발생시키면 대상을 안전한 곳에서 끌어낼 수 있을 뿐만 아니라 걱정이나 슬픔으로 집중력을 흐트러뜨릴 수 있지. 그러고는 불시에 공격을 가하는 거야."

브루클린이 눈가를 가늘게 좁힌 채 그를 지그시 바라보고 있다. 매니는 그 이유를 안다. 하지만 이건 그가 어떻게 할 수 있는 일이 아니다. 그러나 다시 입을 열었을 때, 브루클린의 어조는 중립적이다.

"파드미니가 있었던 곳이 어떻게 안전했다는 건데?"

"그래, 어떻게?" 이건 아이쉬와라 이모의 목소리다. 퀸스의 화신이 키가 좀 더 크고 마흔 살쯤 먹은 듯한 모습인데, 강렬한 선셋오렌지 색의 면직 사리를 걸친 모습이 위엄 넘친다. "너희들이 그냥미친 게 아니고?" 파드미니가 황급히 이모에게 조용히 하라는 손짓을 보낸다.

매니는 몸을 돌려 파드미니가 살고 있는 아파트 건물을 가리킨다. 평범한 4층짜리 목골조 건물이다. 파드미니는 꼭대기층에서 이모와 이모의 남편, 그리고 태어난 지 얼마 안 된 조카와 살고 있다고 한다.

"건물에서 빛이 나고 있잖아. 다들 보이지?"

브루클린이 그쪽으로 고개를 돌리고, 파드미니는 놀라 헛숨을 삼킨다. 빛이 난다는 지금 그들이 보고 있는 모습을 정확하게 묘사하는 말은 아니지만 충분히 비슷하다. 해가 서쪽으로 기울고 있어 만일 이곳이 잭슨하이츠가 아니라 아미티빌이었다면 다소 으스스했을 분위기로 햇살이 건물 뒤편에서 내리비치고 있다. 하지만 매니가 가리킨 건 그게 아니다. 그가 다른 이들이 보길 바란 것, 그리고 아이쉬와라만 빼고 다른 이들이 보고 깨달을 수 있는 것은 파드미니가 사는 건물이 유 할머니의 집, 그리고 주변의 다른 모든 건물들과 다르다는 것이다. 왠지 모르게 더 밝다. 더 또렷하다고 해야 할까? 마치 이 건물만 포토샵으로 선명도를 높이고 같은 블록의 다른 건물들은 전부 흐리게 보정한 것 같다. 왠지 모르게, 저 건물은 올바르다. 지금 생각해 보면 체커 택시도 그랬다. 그리고 그의 아파트 건물도, 엘리베이터에서 내렸을 때 그랬다. 그때도 주위가 변했다는 걸 알아차렸지만 그게 무슨 뜻인지는 몰랐다.

"아마 적은 저 건물 안으로 들어갈 수 없었을 거야." 매니가 말한다. "무엇 때문인지는 몰라두 저곳은, 말하자면 퀸스의 다른 지역보다도 더 퀸스다워진 거지."

"내가 그랬단 뜻이에요?" 파드미니가 고개를 젓는다. "난 아무것도 안 했는데. 당신들 둘이 나타날 때까진 왜 이런 일이 생겼는지 짐작도 못 하고 있었다고요. 대체 내가 어떻게……." 그가 답답한 표정으로 아파트 건물을 손짓한다.

"그건 나도 몰라. 하지만 어떻게 그랬는지 우리한테 말해 줄 수 있으면 좋겠는데. 놈은 우리를 차례대로 공격하고 있고 앞으로도 멈출 것 같지 않거든. 우리한테 규칙을 가르쳐 줄 설명서나 나이 든 현자 같은 사람도 없는데 이렇게 계속 한발씩 늦다 보면 결국엔 놈이 이길 거야."

매니는 갑자기 피곤함이 밀려오는 것 같아 한숨을 내쉬며 손바닥으로 얼굴을 문지른다. 무척이나 긴 하루였다. 세 사람 앞에는 유 할머니가 가져다준 바오쯔*가 담긴 작은 접시가 놓여 있다. 갑자기 허기를 느낀 매니는 허리를 굽혀 하나를 집어 든다. 맛있다. 하나를 더 집어 먹는다.

브루클린도 한숨을 푹 쉰다. "난 피곤해 죽겠다. 이 친구를 깃털 괴물한테서 구한다고 인우드까지 가느라 점심도 걸렀고." 그가 매니를 엄지손가락으로 쿡 찌른다. "전부 다 한꺼번에 해치우자고 한 거, 계획을 바꿔야겠어. 이러다 쓰러지기라도 하면 아무 도움도 안 될 테니."

"브롱크스에 가야 하지 않아?" 매니가 얼굴을 찡그린다. "브롱크스가 누군지 알고 있으니까. 그리고, 어, 다섯 번째 자치구도. 이름이 뭐였지? 미안, 까먹었어."

"스태튼아일랜드. 하지만 그 여자는 어떻게 찾아야 할지 모르겠어."

---

* 중국식 찐만두.

"'그 여자'요?" 파드미니가 묻는다.

브루클린이 눈을 깜박인다. "허. 내가 왜 그렇게 말했는지 모르겠는걸. 하지만 그게 맞는 것 같다. 안 그래?" 그가 다른 두 사람을 둘러본다. 파드미니가 이맛살을 찌푸리더니 천천히 고개를 끄덕인다. 매니도 마찬가지다.

"좋아, 그럼." 브루클린은 갑자기 이상한 지식이 머릿속에 떠오른 게 어색한지 고개를 흔든다. "어쨌든 내 말은, 그 하얀 여자가 벌써 브롱크스랑 스태튼아일랜드를 공격했을 거라는 거야. 우리한테 그런 것처럼. 하지만 그 두 자치구가 폭발했다거나 그런 소식은 못 들었으니까 그 둘도 어떻게든 지금까진 살아 있다는 얘기지. 이게 다 무슨 일인지 얼떨떨해하고 있을 순 있지만 얘랑 똑같이 우리 도움이 크게 절실하진 않을 거야." 브루클린이 파드미니를 향해 고개를 까딱인다.

"난 확실히 얼떨떨하다만." 아이쉬와라 이모가 투덜댄다. 파드미니가 그의 팔을 끌어당겨 옆에 앉힌다. 두 사람은 엄청나게 빠른 외국어로 중얼중얼 대화를 나누기 시작한다. 저건 타밀어다. 매니는 알고 있을 리 없는 지식을 너무 많이 알고 있다.

"한 사람 더 있어." 매니가 불쑥 말한다. 모두의 시선이 그에게 쏟아지고, 심지어 아이쉬와라마저 눈을 가늘게 뜨고 그를 주목하자 매니가 설명한다. "다섯이 아니라 여섯이야. 흰옷의 여자가 계속 그 다른 사람에 대해 말했거든. 그 여자랑 싸운 사람. 이겼지만 완벽하게 승리를 거두진 못했지. 그래서 그 여자가 계속 우리를 공격할 수 있는 거고."

"여섯이라고?" 브루클린이 얼굴을 구긴다. 아까부터 바오쯔에 눈독을 들이고 있었는데, 마침내 유혹에 굴복하고 마지막 남은 걸 입에 집어넣는다. 그 즉시 등 뒤에서 문이 삐그덕 열리더니 유 할머니가 만두 접시를 하나 더 들고 나온다. 매니가 멋쩍게 고개를 끄덕여 아는 척하지만, 유 할머니는 그들에게는 눈길 하나 주지 않고 접시를 내려놓고는 다시 문을 닫고 들어가 버린다. 브루클린이 입을 연다. "뉴욕의 자치구는 다섯 개야, 매니."

"다섯 개의 조각들이 모여 완전한 하나를 만들죠." 파드미니가 어깨를 으쓱이며 말한다. 매니는 무슨 소린지 몰라 눈을 깜박이지만 브루클린은 이해한 것 같다.

"도시 전체를 말하는 거구나." 브루클린이 눈을 크게 뜬다. "각각의 자치구가 아니라…… 뉴욕? 뉴욕 시 전체를 대표하는 한 사람이 있는 거야." 브루클린이 고개를 절레절레 저으며 휘파람을 휘익 분다. 브루클린은 분명 그렇다고 믿고 있다. 매니도 그렇다. 이제 매니의 마음속에 그 개념이 확고하게 자리 잡는다. "오만 가지로 미친놈이겠는데."

"하지만 강해." 매니가 중얼거린다. 전율이 온몸을 훑고 지나간다. 목덜미 털이 쭈뼛 곤두서는 것 같다. 왜지? 이유는 모른다. 하지만 그는 자신의 판단에 의문을 품고 싶지도 않고, 뉴욕의 현현이 남자라는 브루클린의 추측에도 반론을 제기하고 싶지 않다. "만일 그 사람이 다리를 무너뜨린 적과 혼자 맞서 싸웠다면 우리한텐 그가 필요해."

파드미니가 천천히 손을 든다. "어, 만약에 투표할 거면 난 브루클린 편이에요. 두 사람 다 많이 지쳐 보이는 데다 나도 힘들어 죽겠거든요. 곧 저녁 시간이고 난 생각할 시간이 필요해요. 어쩌면 우리 모두, 어, 하룻밤 쉬었다가 내일 아침에 다시 만나는 게 어때요?"

"멍청한 소리야." 아이쉬와라 이모가 끼어든다. 이모는 다들 멍하니 자기를 쳐다보자 더욱 심각한 표정으로 눈썹을 찌푸린다. "방금 뭔가 너희를 노리고 있다며. 그런데 지금 따로따로 흩어지면 나쁜 놈한테 나 잡아가라 하는 꼴 아니냐? 같이 있으면 서로를 지켜 줄 수 있잖아."

"이모? 지금 우리 말을 믿는 거예요?" 파드미니가 눈을 동그랗게 뜨며 묻는다. 기대감에 가득 찬 얼굴이 무척 어려 보인다.

아이쉬와라가 어깨를 으쓱한다. "내가 믿느냐 마느냐가 뭐 중요해? 미친 짓이 실제로 일어나고 있는데. 이 말도 안 되는 짓거리를 어떻게든 빨리 해결해야 네가 다시 평범한 생활로 돌아올 거 아니냐, 안 그래?"

파드미니가 작은 소리로 웃지만 매니는 그의 눈빛에서 감사의 마음을 읽는다.

브루클린이 한숨을 내쉰다. "어차피 나도 집에 가야 해. 딸에게 늦을 거라고 말해 뒀지만 밤새도록 사람 자치구를 찾아다닐 순 없어. 사람 도시라도 마찬가지고. 특히 어디서부터 시작해야 할지도 모를 두 사람은 더욱 그렇고."

매니도 같은 기분이지만, 파드미니가 도시 전체를 대표하는 화신을 언급했을 때부터 왠지 계속해서 신경이 곤두서 있는 느낌이다. 그들이 서로를 필요로 하고 있는 건 확실하다. 하지만 그중에서 가장 특별한 건 여섯 번째 화신이다. 게다가 그는 본능적으로, 될 수 있는 한 빨리 서둘러야 한다는 느낌이 든다.

"다른 도시에서도 이런 일이 일어나고 있겠죠?" 파드미니의 말에 매니는 상념에서 깨어난다. 파드미니는 하룻밤 새에 어제보다 더 말도 안 되는 세상이 되어 버린 게 화가 난다는 듯이 얼굴을 찌푸리고 있다. "우리만 이렇게 이상한 일을 겪고 있을 리가 없잖아요. 오늘 다른 데서는 다리 같은 거 안 무너졌어요?"

"그런 일 없었어." 아이쉬와라가 한숨을 내쉰다. "평소랑 똑같이 안 좋은 뉴스뿐이었지만 다리가 무너졌다는 소리 같은 건 없었다."

하지만 매니는 생각해 낸다. "그 여자가 상파울루가 여기 있다고 했어." 뉴욕인 사람과 함께 있다고 했다.

"상파울루 시?" 브루클린이 묻는다. "거기……에도 우리 같은 사람이 있다고? 하지만 그 사람은 상파울루에 있어야 하는 거 아냐?"

"그건 나도 모르지만, 만약에 그 말이 사실이라면 그 도시도 지금 우리한테 일어나는 일을 겪었을지도 몰라. 그렇다면 내가 아까부터 생각하고 있었던 문제가 해결되는 셈인데." 매니가 브루클린을 쳐다본다. "전에 우리가 원하지 않는다면 언제든 떠날 수 있다고 했지. 그러면 도시가 다른 사람을 선택할 거라고. 난 그 말이 맞다고 생각해. 그게 올바르게 느껴지기도 하고. 지금껏 우리가 한 일은 다 느낌을 따른 거였잖아. 한데 또 어떤 느낌이냐면…… 어느 시점이 지나면 더는 그런 선택을 못 하게 되는 것 같아. 원래는 이 도시 전체가 파드미니가 사는 건물처럼 됐어야 했어. 흰옷의 여자로부터 안전하게 말이야. 지금 뉴욕이 안 그런 건 우리가 뭘 해야 하는지 모르기 때문이 아니라 뭔가 잘못됐기 때문이야. 우린 불완전해. 그리고 서로가 없다면, 뉴욕 전체를 대표하는 사람이 없다면, 우린 도시 전체를 안전하게 지킬 수 없어. 하지만 만약에 그렇게 할 수 있다면……."

브루클린이 신음한다. "알겠다. 그럼 우리도 상파울루처럼 될 거라는 거지. 뉴욕을 떠나 어딜 가더라도…… 여전히 뉴욕이라 이거지."

파드미니가 화들짝 허리를 세운다.

"잠깐. 영원히요? 하지만…… 그건 안 돼!"

두 사람이 놀라 그를 쳐다본다. 아이쉬와라도 마찬가지다. 파드미니가 얼굴을 찌푸린다.

"그건…… 저기요. 나 지금 머리가 너무 복잡하거든요. 두 사람 날 도와주러 온 건 고마운데……." 파드미니가 고개를 흔든다. 가로젓는다기보다는 문제가 뭔지 설명하기 힘들다는 듯이 머리 꼭대기만 흔드는 모양새다. "모르겠어요. 나……난 퀸스일 수가 없어요. 심지어 미국 시민도 아닌데! 지금 인턴으로 일하는 회사에서 재계약을 안 해 주거나 다른 직장을 못 구해서 비자가 안 나오면 첸나이로 돌아가야 한다고요. 퀸스인 채로요! 그건 이상하잖아요."

세 사람은 어색한 침묵 속에서 서로 시선을 교환한다.

유 할머니가 또다시 슬그머니 문을 열더니 얼굴을 반쪽만 빼꼼 내민다. 매니는 슬슬 그 할머니를 모르는 척하는 데 익숙해지고 있다. 그들의 이야기를 엿듣고 있었던 게 분명하지만 이 또한 뉴욕의 삶의 일부분일 뿐이다. 이번에는 접시를 가져다 놓지도 않고 그저 문과 문틀 사이로 빤히 쳐다보기만 한다. 그들 모두를 찬찬히 훑다가 매니에게 시선을 멈춘다.

"자네 훈슈얼(混血儿)인가? 요즘 젊은 사람들이 뭐라고 하더라? 하파?*"

매니는 자기가 왜 타이산(台山)어**를 이해할 수 있는지 의아해하며 두 눈을 깜박인다. "어, 아뇨." 어쨌든 그가 아는 한에는 그렇다.

"허." 유 할머니가 모여 앉은 사람들을 다시 차례차례 살펴보고는 심히 언짢다는 듯이 입술을 꼭 다문다. "중국에는 많은 도시에 성곽을 지키는 신이 있지. 신한텐 항상 행운이 따라다녀. 정상적인 거야. 너무 걱정하지 마."

"그렇군요. 제기랄." 브루클린이 말한다.

"그래, 맞아." 아이쉬와라의 말에 파드미니가 이모에게 눈살을 찌푸려 보인다. "우리나라에도 그런 걸 믿는 사람이 많아. 전해 내려오는 이야기도 많고. 신도 많고, 화신도 많지. 수백 개도 넘을걸. 마을이나 도시의 수호신을 도시 신이라고 부를 수도 있겠다. 네가 그중 하나라는 건 좀 황당하지만." 아이쉬와라가 조카를 쳐다보자, 파드미니는 왠지 억울해 뵈는 멍한 표정을 짓는다. 매니의 짐작으로는 할 말이 있더라도 일단 입을 다물고 보는 오랜 습관인 것 같다. "하지만 네가 그렇다는데, 그런 거겠지."

"그래." 유 할머니가 문틈을 조금 더 벌린다. 그의 뒤로 보이는 소파에서 손자 중 더 어린 아이가 잠들어 있다. 형은 마치 조금 전까

---

*아시아계 혼혈 미국인을 부르는 말.

**광둥어의 한 분파.

지 목숨을 건 사투 따위는 벌이지도 않았다는 듯이 옆에 앉아 교과서를 읽고 있다. "진짜 신은 너희 기독교인이 신이라고 생각하는 거랑 달라. 신은 사람이야. 어떤 때는 죽은 사람일 수도 있고 어떤 때는 산 사람일 수도 있지. 아예 살았던 적이 없었을 수도 있고." 유 할머니가 어깨를 으쓱한다. "신도 다 제 할 일이 있어. 복을 가져다주고, 사람들을 보살피고, 세상이 이치대로 돌아가게 하지. 신도 사랑을 해. 애도 낳고. 싸우고. 죽어." 다시 어깨를 으쓱. "그건 사명이야. 정상적인 일이야. 그러니까 인정하고 받아들여."

그 말에 대고 뭐라고 하겠는가.

브루클린의 표정이 누그러진다. "죄송합니다. 여기 너무 오래 있었죠. 너무 귀찮게 해 드렸네요."

"내 손자들 목숨을 구해 줬잖아. 하지만 그 말은 맞아."

그래서 그들은 계단에서 일어나 줄줄이 자리를 뜬다. 번거롭지만 유 할머니의 집을 통과해야 한다. 그 와중에도 매니는 만두를 맛있게 먹었다며 고마움을 표한다.

아이쉬와라가 건물 밖 인도에서 발을 멈추고는 그들이 몰래 자신을 괴롭힐 계획이라도 짠 것처럼 노려본다. "당신들 둘, 우리 집에서 자요." 브루클린과 매니에게 이렇게 말한다. "우리 집이 안전하다면서. 당신들이 있으면 우리 파드미니도 더 안전할 거고. 한데 집에 맞는 옷이 있을지 모르겠네. 또 바닥에서 자야 하는데……."

"내가 사는 아파트 건물도 괜찮을 겁니다." 매니가 대답하고는 얼굴을 찡그린다. "어, 근데 그랬다간 내 룸메이트가 더는 못 참겠다고 할지도 모르겠지만요."

하지만 브루클린은 고개를 젓는다. "나한테도 안전한 장소가 있어. 만약에 이게 내가 생각한 대로 돌아가는 거라면 말이야. 우리 모두 같이 묵고도 남을 정도로 넓고. 잠깐만." 전화기를 꺼내더니 등을 돌리고 서서 어디론가 전화를 건다.

혹시 브루클린이 반쯤 신격화된 도시들을 숨길 일종의 안전가옥을 준비하기 위해 이번에도 보좌관들에게 부탁을 하고 있을지 궁금하다. 매니는 옆에서 파드미니가 묘한 표정으로 그를 쳐다보고 있는 걸 깨닫고는 눈썹을 추켜세운다.

"왜?"

"난 당신이 펀자브 혈통이 섞인 사람이라고 생각했어요. 유 할머니가 말씀하시기 전까지는요. 대체 무슨 인종이에요?"

"흑인."

반사적으로 대답이 튀어나온다. 그리고 그게 맞는 것 같다.

"하지만…… 절반은 백인이고요?"

"아니. 흑인이라니까."

"라틴계 흑인? 아님 유대계 흑인? 아니면, 그 뭐지, 크리올……?*"

"평범하고 순수한 흑인이야." 왠지 익숙한 대화 같다. 아마도 그는 이제껏 살면서 이런 대화를 수없이 경험했을 것이다. "중간에 어디선가 흑인 말고 다른 피도 섞였겠지만, 그게 뭔지는 기억나지 않아. 관심도 없고." 매니는 어깨를 으쓱한다. "그냥 미국인이지."

파드미니는 그 말에 작게 웃음을 터트린다. 아이쉬와라가 브루클

---

* 유럽계 혈통과 과거 식민지 지역 원주민과의 혼혈을 일컫는 말.

린을 지켜보는 중이라 이모의 마뜩잖은 시선에서 벗어나게 되니 긴장이 약간 풀린 것 같다.

"퀸스, 그러니까 이 자치구도 당신과 비슷한 모습이죠. 도무지 어디 출신인지 알 수 없는 각양각색의 갈색 피부 사람들이 살고 있으니까요. 하지만……." 파드미니가 아 하고 말하는 것처럼 숨을 약간 들이켠다. "맨해튼에는 할렘이 있죠. 센트럴 파크는 흑인과 아일랜드인이 살던 동네고. 인터넷에서 읽은 기억이 나요. 그 사람들한테 땅을 빼앗아서 공원을 지었다죠. 그리고 월 스트리트에서 이름 없는 흑인들 무덤을 많이 발견했다고 들었어요. 노예들 무덤이요. 몇 명은 자유민이었을 수도 있고요. 하지만 수천 명이 그 아래 묻……." 파드미니가 얼굴을 구긴다. "어, 내가 일하는 곳 아래 묻혀 있죠. 그러니까 맨해튼은 지금은 백인들이 대부분 운영하고 있을지 몰라도 문자 그대로 흑인들의 뼈 위에 세워진 곳이네요. 그리고 선주민과 중국인과 라틴계 사람들과 유럽에서 건너온 이민자들과…… 전부 다요. 그래서 당신이…… 누구로도 보이는 거예요."

"그렇군." 매니는 그보다 더 흥미로운 것에 집중한다. "월 스트리트에서 일해?"

파드미니가 다소 시무룩한 얼굴로 어깨를 축 늘어뜨린다.

"내 잘못이 아니에요. 난 시민권이 없다고요. 졸업한 뒤에 취업비자를 얻으려면 가장 좋은 방법은 등록금을 갚을 수 있는 회사에 인턴으로 취직하는 건데, 요즘엔 금융 아니면 IT 말고는……."

"어, 괜찮아. 신경 쓰지 마. 내가 미안." 매니가 재빨리 두 손을 들어 올리며 말한다. "그게 나쁘단 얘기가 아니야."

"난 나쁘다고 생각해요." 파드미니의 표정이 분노로 굳어진다. "내 고용주는 나는 상상도 못 하거나 밤에 잠을 설칠 정도로 끔찍한 짓을 한다고요." 그러고는 한숨을 푹 내쉰다. "난 이 도시가 싫어요. 그래서 아이러니하다는 거예요. 내가 뉴욕의 일부라고? 헛소리 말라 그래요. 진짜 말도 안 돼. 하지만 난 여기서 인생의 3분의 1을 살았고, 내가 여기서 성공하느냐에 우리 가족들의 소망이 달려 있죠. 그래서…… 여길 떠날 수도 없어요."

그리고 그 말을 들은 매니는 왜 파드미니가 퀸스가 되었는지 이해한다.

브루클린이 전화기를 핸드백 안에 집어넣으며 이쪽으로 몸을 돌린다. "방금 아버지한테 우리가 갈 거라고 했어. 이제 다 해결됐으니까, 그럼 갈까?"

아이쉬와라가 브루클린의 효율적인 일 처리 방식에 깊은 인상을 받았는지 입술을 꼭 오므린다. 그가 파드미니를 바라보며 말한다.

"저 사람들하고 같이 갈 거니?"

파드미니가 한숨을 쉰다. "네, 그래야 할 거 같아요. 난교 파티나 뭐 그런 거 절대로 안 할게요. 약속해요."

아이쉬와라가 우습다는 듯이 코웃음을 친다.

"난교를 할 거면 상대는 꼭 미국 시민을 고르고, 성병 같은 게 없는지 먼저 확인하고, 너무 나이가 많거나 너무 못생겨도 안 된다. 어쨌든 갈아입을 옷을 챙겨 가는 게 좋겠다, 쿤주*."

"알았어요." 파드미니는 매니와 브루클린에게 씩씩하게 웃어 보

---

* 'girl'을 의미하는 타밀어.

인 다음 집으로 향한다. 하지만 매니와 브루클린이 자신의 뒤를 따라오자 곧 발을 멈추고 말한다. "5분이면 돼요."

"흰옷의 여자는 5분 만에 널 죽일 수 있어." 매니가 말한다. "아니면 그게 우리가 될 수도 있고."

파드미니가 물끄러미 그들을 바라본다. 아마 유 할머니네 집 수영장이 생각난 모양이다. "알았어요, 그럼." 그래서 결국 다 같이 파드미니를 따라 건물 안으로 들어간다.

하지만 5분보다 훨씬 더 걸린다. 파드미니가 앞뜰 문을 열자마자 정원 아파트의 창문이 드르륵 열리더니 몸집이 왜소하고 나이 많은 백인 여인이 그들을 내다보며 이렇게 말하기 때문이다. "파디미, 아까 소리 지른 거 너니?" 노인이 묻자, 파드미니는 창문 옆에 몸을 숙이고 방금 비명을 지른 건 자기가 맞지만 유 할머니의 수영장에 엄청나게 커다랗고 소름 끼치는 바퀴벌레가 나왔기 때문이고, 마침 그 집에 놀러 갔었는데 자기는 바퀴벌레를 무엇보다 특히 싫어한다고 설명을 늘어놓는다. 노인은 그 말에 납득했는지 파이를 굽고 있으니 다 되면 파드미니의 집에 가져다주겠다고 말한다.

"죄송해요." 대화를 마치고 다시 집으로 향하는 길에 파드미니가 다소 쑥스러워하며 말한다.

"케네웍 부인이 만든 파이는 진짜 맛있어." 아이쉬와라가 옆에서 브루클린과 매니에게 말한다. "우리 남편은 꼭 돼지처럼 먹어 치운다니까."

계단을 올라가 파드미니의 건물 안으로 들어간 뒤에도 똑같은 일이 반복된다. 이 아파트 건물은 층마다 두 세대가 살고 있다. 1A호에 사는 사람은 젊은 남자인데, 문을 열기 전부터 안에서 개 짖는 소리가 난다. 남자는 문에 체인을 건 채 브루클린과 매니를 노골적으로 직시하더니 아주 낮은 목소리로 파드미니에게 혹시 "곤란한" 상황에 처한 건 아니냐고 묻는다. 파드미니는 활짝 웃으며 아무 문제도 없으며 전부 친구들이고 다 괜찮다고 대답한다. 남자가 짧게 명령을 내리자 개가 ─ 아주 커다란 핏불이 ─ 단숨에 조용해진다. 하지만 남자와 개는 매니와 브루클린이 시야에서 사라질 때까지 험악한 눈초리로 계속 노려본다.

"토니는 원래 저래요." 계단을 오르면서 파드미니가 말한다. "착한 사람이에요. 12월에 까만 케이크를 만들어 줬는데, 럼이 들어 있어서 먹고 나니까 좀 알딸딸해지더라고요!* 아마 프리랜서일 거예요. 하루 종일 집에 있거든요. 그래서 요리도 잘하나 봐요. 무슨 일을 하는지 정확히는 모르지만."

"난 알 거 같은데." 브루클린이 히죽 웃으면서 매니를 쳐다본다.

꼭대기 층까지 올라가는 내내 계속 이런 식이다. 1B와 2A호에 사는 사람은 만나지 못하고 지나치지만 파드미니의 말에 따르면 그 둘은 지금 직장에 있다고 한다. 2B호에는 쿠피**를 쓴 어깨가 구부정한 나이 든 흑인 남성이 세 들어 살고 있다. 파드미니에게 지난주에 고양이를 대신 돌봐 줘서 고맙다고 인사를 한다. 파드미니가 쭈뼛거리며 혹시 향 몇 개비만 얻을 수 없냐고 묻자 남자가 환하게 웃으며 문 근처에 있는 선반에서 향을 꺼내 준다. "기도할 때 향냄새

---

* 이 까만 케이크는 브라우니이고, 미국에서는 파티 등에서 브라우니에 대마를 넣어 먹는 경우가 있다.
** 둥글고 테두리가 없는 서아프리카의 전통 모자.

가 참 좋지." 그는 파드미니가 영성(靈性)을 되찾은 데 대해 무척 기뻐하는 눈치다.

"얘가, 기도를 해?" 아이쉬와라가 옆에서 꿍얼거리지만 쿠피를 쓴 남자는 듣지 못한다.

"나도, 하거든요, 기도." 파드미니는 이렇게 대꾸하지만 얼굴을 살짝 붉히며 서둘러 계단을 올라간다.

3층은 한 가족이 통째로 빌려서 살고 있다. 파드미니의 말에 따르면 건물주의 친척이란다. 문이 열리지는 않지만 안에서 어린애들이 노는 소리가 들린다. 그중 한 명이 문 근처로 다가와 외친다. "파드미니다! 목소리가 들려! 파드미니한테 인사할래!" 하지만 안에 있는 누군가 황급히 아이를 조용히 시키며 문에서 떨어뜨린다.

3층을 지나 파드미니와 아이쉬와라가 사는 4층으로 올라가는 길에, 매니는 마침내 깨닫는다. 이곳은 잭슨하이츠에 있는 수천 개의 평범한 아파트 건물 중 하나지만 여기, 이 4층짜리 건물은 마치 퀸스를 그대로 작게 줄여 놓은 것 같다. 여기 사는 사람들, 그리고 그들의 문화. 다양한 사람들이 모여 살며 하나의 공동체를 이루고 끊임없이 움직이고 들락거린다. 화신의 존재와 그의 보살핌 아래에서 자치구의 힘이 이 건물의 모든 판자와 콘크리트 덩어리 깊숙이 스며들어 적의 맹공격에 도시 전체가 비트적거리고 쇠약해졌을 때도 이곳만큼은 더욱 강하고 안전해졌던 것이다.

불현듯 매니는 도시 전체가 이처럼 온전하기를 갈망하며 가슴이 아려 오는 것을 느낀다. 뉴욕의 모든 이들이 이런 보호를 받아 마땅하지 않을까? 여기 도착한 지 고작 하루밖에 안 됐지만 생동감에 넘치는 수많은 흥미로운 사람들을 만나고 아름다운 낯섦을 참으로 많이 경험했다. 그는 그런 경험을 창조해 주는 도시를 보호하고 싶다. 이 도시가 더욱 강인하게 성장하도록 돕고 싶다. 그 옆에 함께 서서, 참된 자신이 되고 싶다.

그 순간, 마치 그의 영혼을 관통하는 듯한 경종이 울려 퍼진다. 매니는 흠칫 놀라 계단을 오르다 말고 우뚝 멈춘다. 브루클린도 갑자기 숨을 멈추며 주위를 둘러본다. 가장 앞장서서 일행을 이끌고 있는지라 혼자 다음 계단참에서 다른 방향을 보고 있던 파드미니가 발을 멈추더니 눈을 질끈 감는다. 매니는 세 사람이 공명하는 것을 느낀다. 반향이 그를 또 다른 공간으로 데려간다. 매니는 처음으로, 자신이 지금까지 그 공간에서 인간으로 존재하지 않았다는 사실을 깨닫는다. 그는 도시다. 텅 비어 있는 이상한 거리와 부서지고 손상된 상흔(지금은 거의 다 복구되었다. 왜냐하면 그들이 점점 강해지고 있으니까.), 아름답게 너울거리는 빛줄기들을 바라보는 것은 그의 내면을 묵상하는 것과도 같은 일이다. 그 둘 사이의 연관성을 깨달은 순간, 매니의 인지감각이 휘청이는가 싶더니 순식간에 위로, 그리고 뒤로 멀찍이 물러나며 지각이 확장된다. 다음 순간 그는 자기 자신의 모습을 내려다보고 있다. 그는 맨해튼이다. 그리고 가까이에 그의 화려한 마천루에도 전혀 위축되지 않는 또 다른 도시가 있다! 저건 브루클린이다. 그리고 그 옆에는, 손만 뻗으면 닿을 거리에 새로운 장관이 펼쳐져 있다. 파드미니는 광대하다. 저층의 건물들이 끝없이 펼쳐져 있다. 파드미니가 몸을 돌린 순간, 매니는 수천수만 개의 다양한 악기들이 울리는 선율을 듣고, 스테인드글라스가 뿜어내는 색색의 광채와 공업용 유리섬유와 군데군데 박혀 있는 반짝이는 다이아몬드 알갱이를 보고, 짭짤한 소금기와 씁쓸한 토양과 눈물을 쏙 빼놓는 얼얼한 향신료를 혀끝으로 맛본다. 그래, 바로 저기! 그 자신의 또 다른 일부들. 그들이 되어야만 하는 도시. 다른 세상에서 매니가 손을 들어 올린다. 작은 사람들의 세상. 두근거리는 자신의 맥박을 통해 다른 두 사람 역시 그와 똑같은 동작을 하고 있음을 알 수 있다. 그래, 이렇게. 함께한다면 그들은 더욱 강해질 수 있다. 만일 그들이 ──

다음 순간 매니의 지각이 다시 피와 살로 이뤄진 육신으로 돌아온다. 층계를 헛딛고 넘어지는 바람에 계단의 수직면에 얼굴을 그대로 처박고 만다. 입 안에 피가 고이는 게 느껴진다. 브루클린과 파드미니가 반응한 것은 10초는 좋이 지난 후다. 깜짝 놀란 아이쉬와라가 먼저 허둥지둥 계단을 내려와 매니를 일어나 앉히고, 그제야 두 사람도 옆에서 거들기 시작한다. 매니가 자신이 왜 바닥에 얼굴을 짓뭉개고 있는지 자각한 것도 그만큼 시간이 지난 후다.

뭘 기대했던 거야? 무언가 웃는다. 그의 머릿속에 존재하는 음성 같지는 않다. 하지만 웃음소리는 매니를 놀리거나 악의가 있는 게 아니라 너그럽고 상냥하다. 비웃는 게 아니라 순수한 웃음이다. 넌 뉴욕이 아니라 맨해튼이야. 시도는 좋았어. 하지만 모두를 하나로 끌어당기는 건 그의 몫이지 네가 할 일이 아냐.

그러고는 돌연, 그는 다른 곳에 와 있다.

정상적인 뉴욕의 어딘가. 아래쪽. 지하인가? 어둡다. 어두운 그늘 아래 하얀 타일 벽이 보인다. 그리고 회색 콘크리트 바닥. 지하철역이다. 먼지와 오존 냄새. 하지만 그가 딱 한 번 경험한 지하철에서 풍기던 오래 묵은 오줌 냄새보다 훨씬 깨끗하다. 가깝지만 아주 가깝지는 않은 곳에서 열차 한 대가 요란한 소리를 내며 지나간다. 위쪽 어딘가에서 비쳐 들어오는 한 줄기 햇살이 드리운 그림자 아래로 보행자들이 서둘러 서로를 스쳐 지나간다. 그리고 그의 앞에는—

매니의 앞에, 오래된 신문지 더미 위에 한 젊은이가 몸을 말고 잠들어 있다.

매니는 그 자리에 못 박힌 채 멀거니 그를 내려다본다. 젊은 사내애는 아주 말랐다. 보기 흉할 정도로 여위었고, 지저분한 청바지와 낡은 운동화를 걸쳤으며 길고 호리호리한 팔다리는 아무렇게나 펼쳐져 있다. 위에서 얼룩덜룩하게 비쳐드는 빛줄기 아래 누워 있는데도 이상하게 얼굴을 또렷이 볼 수가 없다. 뭔가 저 그림자에, 각도에…… 매니는 더 가까이 다가가려 한다. 그의 얼굴이 간절히 보고 싶다. 하지만 아무 일도 일어나지 않는다. 이렇게 넌지시 보는 것만으론 부족하다. 충분하지 않다. 그는…… 그에게 필요한 건…….

나는 저 사람 거야. 매니는 걷잡을 수 없이 생각한다. 나는…… 하느님 맙소사, 난 저 사람 것이 되고 싶어. 필요하다면 저이를 위해 살고 저이를 위해 죽을 거야. 그래, 그리고 저이를 위해서라면 뭐든 죽일 수 있어. 그를 위해서라면, 저 사람을 위해서라면 나는 기꺼이 다시 괴물이 되어—

깜박. 환영이 사라진다. 매니는 다시 계단 위에 앉아 있고, 일행이 주변에 모여들어 있다. 입 안에는 피가 고여 있고 머리는 멍하다. 파드미니와 브루클린도 둘 다 넋이 나가 옆에 우두커니 앉아 있다. 브루클린이 미세하게 굳은 표정으로 매니를 쳐다본다. 매니는 그 표정을 읽을 수가 없다. 저건 정치가의 포커페이스다.

"너, 그 남자 봤지." 브루클린의 말은 질문이 아니다. "정말로 여섯 번째가 있는 거구나. 진짜 뉴욕이."

그렇다. 매니는 침을 삼키며 고개를 주억거린다. 아랫입술에 난 이에 긁힌 상처를 혓바닥으로 쓸어 본다. 코에서도 피가 흐르고 있다. 매니는 자신의 목소리가 떨리는 것을 듣는다. 그가 지금 느끼고 있는 기분 그대로다.

"그래. 환영이라. 이건 또 새로운데."

"집단 환영이었어." 브루클린이 천천히 숨을 들이마신다. 그의 목소리도 떨리고 있다. "전부 네 머릿속 상상일 뿐이라고 말하고 싶은데 공교롭게도 내 머릿속에도 들어 있는 것 같네."

매니가 떨떠름하게 고개를 끄덕인다.

"그리고 나도요." 파드미니가 말한다. 아이쉬와라가 옆에 앉아 있지만 파드미니의 몸은 여전히 불안하게 기우뚱거리고 있다. "아까 거기가 어딘지 아는 사람 있어요?"

"난 여기 온 지 하루밖에 안 됐어." 대답한 매니는 상체를 조금 세우고는 콧잔등을 쥐고 머리를 뒤로 젖힌다.

브루클린도 고개를 젓는다. "나도 모르겠어. 어쨌든 브루클린은 아냐."

"어떻게……." 왜냐하면 그 환영은 매니에게 가장 강력하게 다가왔기에. "아."

"뭐가 어떻게 생겼는데?" 아이쉬와라가 찌푸린 얼굴로 매니를 쳐다본다.

매니는 고개를 젓는다. 머릿속을 정리하기엔 마음이 너무 복잡하다. 파드미니가 그를 대신해 설명하기 시작한다. 매니는 마치 그의 머릿속을 들여다본 것처럼 정확한 묘사에 경탄한다.

"지하였어요. 지하철역 같은데 좀 이상했고요. 어두웠어요. 근데 햇빛도 비치고 있었고요. 신문 더미 위에 한 남자애가 누워 있었죠."

어리긴 했지만 애는 아니었다. 20대 초반 정도로 보였다. 짙은 피부색의 흑인. 마르고 군살이 없다. 아주 잽싸고 날래겠지.

"신문?" 아이쉬와라가 눈을 둥그렇게 뜨며 파드미니와 다른 사람들을 번갈아 쳐다본다. "강아지처럼?"

"아뇨. 침대처럼요." 브루클린이 눈가를 문지르더니 벌떡 일어난다. "신문 무더기였어. 아직 끈으로 묶인 것들도 있었고. 폐쇄된 지하철역에서 신문으로 만든 침대 위에 누워 있는 거야. 범위가 많이 좁혀지네. 그래, 어 한 스무 군데쯤? 젠장, 뉴욕에선 아직도 가끔 우리가 까먹고 있었던 지하철역이 발견된다고. 그러니 그중 한 군데일 거야. 하지만 이게 다 무슨 의미인지 모르겠단 말이야." 브루클린이 매니를 지그시 바라본다. "한데 왠지 넌 아는 것 같단 느낌이 든단 말이지."

"병원 가야 해요? 공유자동차 불러 줄까요?"

파드미니가 어디선가 화장지를 꺼내 매니의 코 주변을 두드리며 닦아 주려 하지만 별 소용은 없다. 결국 매니가 화장지를 받아 얼굴에 묻은 피를 닦기 시작한다.

"고맙지만 괜찮아. 금방 멈추겠지."

"방금 계단에다 엄청 세게 박았다고요? 부러졌으면 어떡해요?"

"그렇더라도 아마 처음이 아닐걸." 매니는 다시 브루클린을 돌아본다. "나도 너랑 별다를 바 없어. 내 생각엔 내가, 아니 우리가 그를 본 건 우리 셋이 같이 모였기 때문인 것 같아. 아까보다 더 자세히 보려면 더 많은 우리가 필요해."

브롱크스나 스태튼아일랜드가 필요하다. 어쩌면 진정한 뉴욕인 여섯 번째가 어디 있는지 알아내려면 다섯 명 전부가 한 자리에 모여야 할지도 모른다. 다섯이 전부 모이면 모두의 마음속에 **여기 용이 있다**\*는 화살표가 떠오를지도.

브루클린은 한동안 말이 없다. 그러더니 파드미니에게 말한다.

"가서 빨리 필요한 걸 챙겨 와. 리프트를 불러야겠지만 그래도 짐은 최대한 가볍게 하고."

"아, 네."

파드미니가 아이쉬와라의 부축을 받아 계단에서 일어나더니 서둘러 계단을 뛰어 올라간다. 그들이 사는 아파트 문이 닫히자 브루클린이 매니의 위쪽 계단에 앉는다.

"예전의 너에 대한 기억이 좀 돌아왔어?" 평상시와 똑같은 말투다.

매니는 코를 확인해 본다. 부러진 것 같진 않다. 피도 조금씩 멎고 있다. "약간." 역시 가볍게 대답한다.

브루클린이 입을 오므린다. "난, 어, 아까 그 환영에서 그 남자애,

---

\* 라틴어 hic sunt dracones에서 유래한 말로, 중세 시대 지도에는 잠재적 위험이 있다고 생각되는 영역에 용이나 바다 괴물 등을 그려 넣는 풍습이 있었다.

그러니까 뉴욕 말고 다른 정보를 좀 얻었는데, 내 생각엔 너에 대해 알게 된 것 같아."

그래, 그랬을 거라고 짐작했다. 파드미니는 눈치챈 것 같지 않았지만 지금 당장 생각해야 할 이상한 것들이 너무 많아서 이것도 그 중 하나로 여기고 있는지도 모른다. 매니는 브루클린이 본론을 꺼내기를 기다린다.

"언제부터 기억이 돌아오기 시작했어?"

"정확히 말해 그런 건 아냐."

하지만 그건 어느 정도 그가 원하지 않기 때문이다. 예를 들어 그의 신분증에는 진짜 이름이 적혀 있지만 매니는 그 이름을 보길 거부하고 있다. 휴대전화 주소록에도 주변 사람들의 전화번호가 있지만 그들에게 전화를 걸거나 문자에 답장을 보내고 싶지도 않다. 이건 그가 다음번 기차를 잡아타고 아무도 모르는 도시로 달아나지 않기로 한 것만큼이나 중요하고 의미 있는 선택이다. 매니는 원하기만 한다면 언제든 과거의 자신이 될 수 있다. 하지만 그것도 어느 정도까지다. 과거의 그에게는 도시가 그에게서 원하는 새로운 정체성과 일치하지 않는 부분이 있고, 그래서 그는 그 부분을 희생하더라도 맨해튼이 되기로 결심했다.

"흠." 브루클린의 반응은 그뿐이다. 더는 다그치지 않는다.

매니는 피곤하다. 오늘은 정말 긴 하루였다.

"난 다른 사람을 해치고 다녔어." 매니는 벽에 등을 털썩 기대며 둘 사이의 허공을 바라본다. "그걸 알고 싶은 거지? 전부 기억나진 않아. 왜 그랬는지 이유도 모르겠고. 하지만 그것만은 기억나. 가끔은 신체적으로 다치게도 했지만 그보단 주로 겁박을 해서 내가 원하는 일을 하게 만들었지. 하지만 그 협박에 이빨을 세우기 위해 가끔은…… 내가 한 말을 지키기도 했고. 난 솜씨가 좋았어. 효율적이고 유능했지." 매니가 눈을 감으며 한숨을 내쉰다. "하지만 결국 더는 그런 사람이 되지 않기로 선택했어. 그것만큼은 확실해. 사람들이 과거를 버리고 대도시로 떠나오는 것도 대부분 그래서잖아? 새사람이 되어 새 출발을 하려고. 내 경우엔 다른 사람들과 달리 정말로 문자 그대로 그렇게 된 것뿐이야."

"흠." 브루클린이 숨을 다시 깊이 들이마시며 말한다. "연쇄살인마였나?"

"아니." 매니는 그 일을 하면서 즐겼다는 느낌은 들지 않는다. 하지만 사람들에게 공포와 고통을 주는 일이 공원에서 마사 블레민스에게 겁을 준 것만큼이나 쉽고 별 의미도 없는 일이었던 것만은 기억난다. 과연 그게 연쇄살인마와 뭐가 다른지는 잘 모르겠지만. "그건…… 그냥 일이었어. 적어도 내 생각은 그래. 아마도 권력을 위해서, 그리고 돈을 위해 그랬던 것 같아."

하지만 그는 중간에 그만두기로 결심했다. 매니는 자신의 인간성을 입증하는 이 증거가 마치 세상에서 유일하게 중요한 것인 양 매달린다. 왜냐하면 실제로도 그렇기 때문이다.

"뭐, 맨해튼한테는 정말 더럽게 잘 어울리네." 매니는 브루클린의 묵직한 시선을 느낄 수 있다. "너, 그 젊은이한테 이상한 느낌을 받더라."

매니가 작게 한숨을 내쉰다. 제발 브루클린이 눈치채지 않았길 바라고 있었다. 젠장, 어떤 건 개인적인 문제니까 좀 내버려 두라고.

"미안. 벌컨족 마인드멜드* 같은 기술을 쓰게 될 줄은 나도 몰랐다고. 그래서, 어, 안 들여다볼 생각 자체를 못 했어. 너는 내 속을 못 봤으면 좋겠는데."

"안 그런 거 같아."

"다행이군." 브루클린이 팔짱을 끼더니 무릎에 상체를 기댄다. 비스듬한 다리는 단정하고, 치마에는 주름 하나 잡히지 않았다. 지저분하고 나무 패널이 대진 낡은 계단에서도 그는 여전히 우아함의 극치를 발휘하고 있다. 하지만 그 우아한 얼굴에는 근심이 가득하다. "우리 사이에 하는 말인데, 우리 여섯 명이 한자리에 모이면 무슨 일이 생길지 그다지 예감이 안 좋아. 아까 그게 맛보기였다면⋯⋯ 내 머릿속에 전혀 모르는 다섯 명이 같이 사는 건 전혀 달갑지 않거든."

매니가 어깨를 으쓱한다. 그건 그도 마찬가지다. 그러나 그들이 서로를 찾아내지 못한다면 죽을 것이라는 사실은 점점 자명해지고 있다. "뉴욕을 찾아내면 그렇게 나쁘지 않을지도 몰라. 어쩌면 그가⋯⋯ 중간에서 조절하거나 통제할 수도 있고."

"넌 연쇄살인마치고는 이상하게 긍정적이란 말이야. 그거 하난 마음에 들어."

그 말에 매니는 웃고 만다. 기분이 가벼워지는 걸 보니 그에게 필요한 게 이거였나 보다. "당신은 이 일을 다 어떻게 견뎌 내고 있는

---

* 「스타트렉」에 등장하는 외계 종족인 벌컨족의 능력으로 타인의 의식 속에 침투할 수 있다.

거야? 실존적 두려움은 빼고."

브루클린이 어깨를 으쓱 치켜올리지만, 매니는 사람들을 읽는 솜씨가 좋다. 아마 과거에 그가 직업적으로 갖추고 있던 기술일 것이다. 브루클린은 특유의 조용하고도 우아한 방식으로 겁에 질려 있다.

"나도 떠날까 생각했었어. 물론 그러고 싶다는 말은 아니고. 뉴욕은 내 고향인걸. 평생 이 도시를 지키기 위해 싸워 왔다고. 하지만 내 딸과 아버지를 위험에 처하게 할 순 없으니까. 무슨 뜻인지 알지? 하지만 어쨌든 내가 지금 이러고 있는 건 돌아가는 상황을 보면 두 마리 새를 전부 잡을 가능성이 있다고 판단했기 때문이야. 도시도 돕고, 우리 가족도 안전하게 지키고. 그런데 상황이 너무 힘들어지면……." 브루클린이 보란 듯이 어깨를 으쓱한다. "과연 내가 내 목숨까지 포기할 정도로 뉴욕을 사랑할지는 모르겠네. 적어도 내 가족을 희생할 만큼 사랑하지 않는 건 확실해."

"딸이 열네 살이라고 했지."

"그래. 아무도 뭘 하라고 말할 수 없는 나이지." 브루클린이 화제가 바뀐 데 대해 눈에 띄게 안도하며 애정이 담뿍 담겨 있지만 질렸다고 말하는 듯한 미소를 짓는다. "아버지는 그게 다 내가 그 나이때 하던 짓을 업보로 돌려받는 거라고 하시지. 하지만 내 딸도 어깨 위에 달린 거 하나는 괜찮아. 자기 엄마를 닮았거든."

매니가 피식 웃는다. 자신이 어렸을 적 얼마나 자기주장이 강했는지는 기억나지 않지만 그랬을 거라고 상상하니 기분이 좋아진다.

"내가 너희 가족을 위해 할 수 있는 일이 있다면 뭐든 도울게."

브루클린의 표정이 부드러워진다. 어쩌면 매니가 약간 더 마음에 들었는지도 모르겠다. "너도 네가 정말로 되고 싶은 사람이 될 수 있길 바라." 브루클린의 말에, 매니는 눈을 깜박인다. "조심하지 않으면 이 도시가 널 산 채로 잡아먹을 거야. 그러니까 그렇게 되게 내버려 두지 마."

그때 집에서 나오는 파드미니를 보고 브루클린이 계단에서 일어난다. 파드미니는 아직도 뭔가를 백팩에 집어넣느라 낑낑대고 있고, 그 뒤에서는 아이쉬와라가 빠트린 물건과 먹을 것이 든 봉지를 건네주고 있다. 브루클린도 가서 거들어 준다. 여자들이 투덜대며 백팩을 잠그려 안간힘을 쓰는 동안, 매니는 브루클린이 한 말을 곱씹는다. 왠지 많은 경고가 담겨 있는 듯한 말이다.

드디어 여자들이 계단을 내려오고, 매니는 파드미니 대신 짐을 받아 들려고 일어서지만 파드미니는 그의 도움이 크게 필요 없는 모양이다. 대신 아이쉬와라가 먹을 걸로 가득 찬 재활용 가방 두 개를 양쪽 팔에 턱 걸어 주고 손에도 커다란 찬합을 들려 준다.

"준비됐어요." 파드미니가 다소 불안한 얼굴로 그들을 쳐다본다. "음, 그리고 저녁거리도 싸 왔어요. 혹시 다들 배가 고플까 봐서요. 또 상사한테 전화해서 앞으로 며칠 동안 출근을 못 한다고도 말해 놨고요. 난 지금 독감에 걸렸거든요." 그는 시험 삼아 콜록콜록 작게 기침을 해 보인다. "독감에 걸리면 기침하는 거 맞죠?"

"가끔은." 매니가 웃음을 참으려 애쓰며 대답한다.

"뭐, 여하튼 열이 40도나 되고 거기다 생리까지 하고 있다고 말했거든요. 그 사람 아마 내가 열 때문에 정신이 나간 줄 알 거예요."

"빨리 나으렴." 브루클린이 무미건조한 말투로 말한다. "그럼

284

가자.”

그들은 리프트를 불러 브루클린 퀸스 고속도로를 탄다. 차가 달리는 동안 맨해튼의 야경을 감상하기에 완벽한 길이다. 매니는 그게 자기 자신이라는 사실을 알면서도 넋을 잃을 정도로 탐욕스럽게 그 광경을 바라본다. 이 모든 것에 압도되는 느낌이다. 눈부신 불빛, 고속도로 위의 놀라운 질서. 비록 절반가량의 차량은 자기들끼리 레이싱 시합을 벌이고 있는 것 같긴 하지만. 고속도로 옆면에는 고층 건물들이 늘어서 있고 빠른 속도로 스쳐 지나는 짧은 장면들을 통해 그는 잠시나마 다른 사람들의 삶을 엿본다. 못생긴 보트 그림 앞에서 말다툼을 하는 커플. 사람들로 가득 모여 있는 방은 아마 디너파티 중일 것이다. TV를 향해 두 손으로 쥔 리모컨을 내밀며 소리를 지르고 있는 남자 노인. 한 번은 그들이 달리는 고속도로가 두 개의 다른 고속도로 사이를 가다 세 번째 고속도로 아래로 빠지는데, 고속도로보다도 더 넓은 측면도로가 옆을 따라오기도 한다. 미친 것 같다. 환상적이다.

이건 어떤 대도시에서든 흔히 볼 수 있는 풍경이면서…… 또한 그 이상의 것이기도 하다. 매니는 저곳에서 용솟음치는 생명력을 느낀다. 창문을 내리고, 안전띠가 허용하는 한 머리를 최대한 밖으로 내밀고 얼굴로 밀려드는 공기를 마신다.(리프트 운전사가 왜 저러냐는 눈빛으로 쳐다보지만 어깨만 으쓱할 뿐 아무 말도 하지 않는다.) 매니가 숨을 내뱉자, 갑자기 세찬 돌개바람이 일면서 차량이 약간 기우뚱거린다. 운전사가 욕설을 내뱉고, 브루클린은 창문으로 들이치는 바람에 머리 모양이 망가지지 않게 손바닥으로 머리카락을 꼭 누른다.

매니의 속셈을 알아차린 브루클린이 경고의 눈빛을 보내자 매니가 미안하다는 미소로 화답한다.

하지만 어쩔 수가 없다. 그는 이 도시와 사랑에 빠지고 있고, 사랑에 빠진 남자는 항상 현명하거나 사려 깊은 행동을 하지는 못한다.

브루클린이 운전사에게 알려 준 주소는 지도에서 베드퍼드 스타이베선트라고 불리는 동네의 한복판이다. 차에서 내리자 한 쌍의 브라운스톤*이 기다리고 있다. 폭이 약간 좁긴 하지만 위풍당당하게 서 있는 두 건물은 비슷한 스타일로 꾸미고 개조되어 있다. 한 채는 철창 대문을 열면 현관 계단으로 이어지는 전통적인 양식을 고수하고 있지만 다른 한 채는 완전히 다른 모습이다. 대문도 없고, 현관 앞 계단도 없고, 정원 문을 열면 곧장 예쁜 벽돌 길과 풀과 관목이 흩뿌려진 안뜰로 이어진다. 아치 모양의 더블도어 현관문은 다른 브라운스톤 건물의 입구보다 훨씬 넓고 현대식이다. 매니는 문 옆에 자동문 버튼을 발견한다.

파드미니가 휘파람을 휘익 분다. "엄청 부티 나네요." 건물을 보고 감탄하더니 브루클린에게 말한다. "엄청 부자인가 봐요."

브루클린이 코웃음을 친다. 하지만 그는 다른 일행이 입을 헤벌리고 집을 구경할 수 있도록 인도에 잠시 서서 기다려 준다. 이 순간을 즐기고 있는 게 틀림없다. 매니는 브루클린이 "부자"라는 점을 부인하지 않는다는 사실을 눈치챈다.

"우린 여길 쓸 거야." 브루클린이 전통적인 양식의 집을 향해 고

---

*적갈색 사암(砂岩)으로 지어진 건물로, 대개 미 동부 상류층의 고급 저택을 의미한다.

개를 까딱인다. "혹시 계단 쓰는 게 불편한 사람 있어? 우리 가족은 저쪽 집에 살아. 아버지가 휠체어를 사용하시거든. 그리고 열네 살짜리 내 딸이 좀 건방지게 굴긴 하겠지만, 그 점만 참을 수 있으면 저 집에서 잘 수도 있고."

"가족들은 만나 보고 싶지만 계단은 불편하지 않아." 매니가 말한다. 파드미니도 같은 의견이라 브루클린은 두 사람을 데리고 전통적인 브라운스톤의 계단을 올라간다.

건물 안에 들어서자, 파드미니의 엄청 부자라는 평가에 스타일리시하네요가 추가된다. 누군가 근사하게 리노베이션을 해 두었다. 벽난로(와 대리석 선반!), 카펫, 마호가니 난간 계단처럼 원래 있던 인테리어에 덧붙여 폭발 중에 얼어붙은 것처럼 생긴 현대식 샹들리에와 시각적으로 너무 획기적이라 완전히 편안함을 느끼기에는 다소 어색한 최신 유행 가구까지. 어쨌든 매니는 마음에 든다.

그중에서도 가장 최고는, 건물 안에 들어가자마자 파드미니와 자신이 살던 건물에서 느낀 것과 비슷하게 온몸에 전율이 휩쓸고 지나가는 듯한 감각이 느껴진 것이다. 건축물의 윤곽이 더욱 선명해지고 벽면의 질감은 더욱 섬세해진다. 조명도 아주 약간 더 밝아지고 방에서는 더 산뜻한 냄새가 난다.

"그래, 이럴 줄 알았어." 브루클린이 씨익 웃는다. "브라운스톤은 브루클린의 정수지."

"부동산 사업이라도 해요?" 파드미니가 여전히 눈을 동그랗게 뜬채 묻는다.

"엄밀히 말하자면 그건 아냐. 딱 이 건물 두 채만 갖고 있거든. 난 여기서 자랐어." 브루클린이 한숨을 쉬며 신발을 벗는다. 매니와 파드미니도 재빨리 따라 한다. "아버지가 70년대에 이 두 건물을 사셨어. 그때 시세로 한 채에 6만 달러였고. 경기가 별로 안 좋던 시절이었거든. 백인들은 자기 자식들을 꼬마 호세나 자키타랑 같은 학교에 다니게 하기 싫어서 교외로 도망쳤고. 그러니 안 그래도 경기가 전반적으로 안 좋았는데 이 동네는 두 배로 타격을 입었지. 하지만 아버지는 재산세 때문에 우리가 굶어 죽을 판에도 집을 팔지 않으셨어. 내가 열네 살 땐 화장실이 막혀도 알아서 뚫고 가구도 직접 옮겨야 했지. 조조는 자기가 얼마나 편한 팔자인지 모른다니까."

"조조가 딸이에요?" 파드미니가 묻는다.

"그래, 본명은 조지핀이야. 조지핀 베이커*의 이름을 땄지." 브루클린이 고개를 흔들더니 히죽 웃는다. "어쨌든 지금은 한 채당 100만 달러가 넘어." 브루클린이 웃더니 구경을 시켜 주려는지 따라오라고 손짓한다. "블록 전체가 역사 보존 지역으로 지정되기 전에 저쪽 건물을 개조한 게 천만다행이었어. 하마터면 시(市)랑 싸우느라 아직도 서류 더미에 묻혀 있을 뻔했지 뭐야. 거기다 여기저기 사람들을 달래느라 이 건물은 절대로 개조하지 않겠다고 약속해야 했지."

"집 안에 휠체어를 사용하는 사람이 있어서 집을 개조하겠다는데, 그걸 가지고 뭐라고 하는 사람이 있었다고?"

브루클린이 콧방귀를 뀐다. "뉴욕에 온 건 환영한다." 그가 벽과 천장 사이 몰딩에 포인트를 준 널찍한 부엌을 가리킨다. "어쨌든 부

---

*미국 출신의 프랑스 무용가이자 인권운동가.

업 삼아 이 집을 관광객들에게 빌려주고 있지." 브루클린이 신이 난다는 듯 고개를 흔든다. "'역사적인 타운하우스! 훌륭한 도시 경관! 고풍스런 빈티지!' 월 임대료 5000달러에, 휴가철이나 성수기엔 가격이 좀 더 올라가지. 아버진 그걸 '클라이드 토머슨 연금 보충 자금'이라고 불러. 시 당국에서 계속 연금을 끊겠다고 협박하고 있거든."

브루클린은 두 사람에게 깔끔하게 정돈된 작은 손님용 침실을 각각 배정해 준 다음 저녁식사로 중국음식을 주문한다. 퀸스에게는 아이쉬와라가 싸 준 찬합이 있지만, 배달 온 볶음밥을 우물거리고 자신이 가져온 향긋한 양고기 커리와 이들리*를 나눠 준다. 부엌 조리대 주위에 둘러앉은 조용하고 소박한 저녁식사지만 잠시나마 숨을 돌리며 이 시간을 음미할 수 있다는 건 정말 다행한 일이다.

하지만 매니는 죄책감을 느낀다. 이 도시 어딘가에 브롱크스와 스태튼아일랜드가 홀로, 어쩌면 겁에 질린 채, 그리고 틀림없이 위험에 처해 있다. 그리고 이 도시 어딘가 그들의 발아래 — 컴컴한 지하철역에 — 뉴욕의 화신이 쓰레기 더미 위에서 옆에서 온기 하나 보태 줄 사람 없이 홀로 외로이 잠들어 있다. 보호해 줄 사람도 없이.

조금만 버티면 돼. 매니는 속으로 조용히 맹세한다. 내가 곧 널 찾아낼 테니까.

그런 다음에는…… 글쎄. 매니는 과거의 자신을 버리고 싶어 뉴

---

*인도의 전통 빵.

욕으로 왔다. 도시는 그의 이름과 과거를 앗아 갔지만 그건 애초에 그가 그것을 바라지 않았기 때문이다. 어쩌면 그는 자신이 탐탁지 않거나 부도덕하게 여기는 것들을 도시가 원하는 데 대해 수치심을 느끼지 말아야 할지도 모른다. 뉴욕은 어떻게든 그것들을 이용할 방도를 찾아낼 것이다. 매니와 같은 사람이 없다면, 어떤 도시도—특히 이 도시는—존재할 수 없다. 이제는 그도 그 사실을 받아들일 때가 되었는지도 모른다.

게다가 만약에 그가 자신의 나쁜 부분을 활용해 도시에 봉사할 수 있다면, 과연 그가 끔찍한 인간이라는 게 정말로 그렇게 끔찍한 일일까?

그렇게 생각하니 뜻밖에 마음이 굉장히 편안해지는 느낌이다. 매니는 잠자리에 눕자마자 거의 즉시 잠에 빠져들고, 800만 가지의 아름답고도 비정한 꿈을 꾼다.

# 막간

파울루는 택시에서 내리자마자 눈앞에 보이는 것의 정체를 알 수 있다. 이 아파트 건물은 거의 모든 면에서 평범하다. 단 하나, 이 건물이 이제껏 파울루가 제멋대로 뻗어 있는 이 자치구에서 본 다른 어떤 곳보다도 퀸스답다는 점만 제외하면 말이다. 이곳은 도시 화신의 힘이 발생하는 중심지다.

뿐만 아니라 파울루는 꽤 가까운 곳에서 적이 남긴 따끔거리는 기운을 느낄 수 있다. 하지만 인우드와는 달리 이 틈새는 비교적 해를 끼치지 않았다. 택시가 떠나자(택시운전사의 주머니는 꽤나 두둑해졌다. 파울루가 차원의 온전성이 침해된 지역을 찾기 위해 이 근방을 빙빙 돌아 달라고 부탁했기 때문이다.) 파울루는 건물과 건물 사이의 어두침침한 골목길로 들어가, 문제의 장소를 더 자세히 관찰하기 위해 체인이 걸려 있는 울타리를 훌쩍 뛰어넘는다. 땅 위에 엎어 놓은 오래된 플라스틱 수영장. 인우드의 기념물 바위가 감염되었을 때처럼 시고 얼얼한 냄새가 어렴풋이 느껴진다. 하지만 이곳에서는 더 강력하고 커다란 힘이, 파울루가 감탄을 금치 못할 만큼 외과의사처럼 정확하고 효율적인 솜씨로 감염원을 도려내는 데 성공했다. 더구나 힘의 중심지인 아파트와 가까운 데다 그가 짐작할 수 없는 다른 수많은 요소들 덕분에…… 이곳이 적의 졸개들을 유인할 것 같지도 않다.

파울루는 집 안에서 누군가 중국어로 부르는 소리를 듣고는 재빨리 뒷마당에서 빠져나온다. 문제의 아파트 건물로 돌아가, 꼭대기에서부터 한 층씩 내려오며 화신을 찾아볼 요량으로 꼭대기 호수의 초인종을 누른다. 인터컴 스피커에서 뭉개져서 잘 알아듣기 힘든 여자의 음성이 들려오자 이렇게 말한다. "옆집 뒷마당 수영장에서 무슨 일이 있었는지 아는 분을 찾고 있는데요."

잠시 정적이 흐른다. 잡음이 많아 여전히 알아듣기 힘든 목소리가 말한다. "[어쩌고저쩌고] 이민국이에요? 우린 여기 합법적으로 살고 있거든요. 우릴 신고한 [어쩌고]는 지옥에나 떨어지라고 해요!"

"난 절대로 이민국이나 경찰, 아니면 당신이 들어 본 적 있는 어떤 기관에서도 나온 사람이 아닙니다."

파울루는 창밖으로 내다보고 있을 사람이 더 자세히 볼 수 있게 건물 앞 인도 위로 뒷걸음질 친다. 누군가 창가에 있는 것 같지만 순식간에 사라져 버려 제대로 보지는 못했다. 다시 인터컴 앞으로 돌아가 벨을 한번 더 눌러 볼까 아니면 다른 집 초인종을 시도해 볼까 고민한다. 그때 스피커에서 웅얼거리는 말소리가 나더니 버저 소리와 함께 건물 현관문이 열린다.

4층으로 올라가니 사리를 걸친 마흔 살가량의 통통한 여자가 체인이 걸린 문을 슬며시 열고 의심스런 눈초리로 그를 쏘아본다. 그 뒤에서는 한 중년 남자가 한 손에 갓난애의 젖병을 들고 호전적인 분위기를 풍기며 파울루를 노려보고 있다. 여자의 태도도 무척 방어적이다. 하지만 파울루는 그들이 왜 이러는지 이해한다. 도시에서는 누구나 낯선 이를 경계하기 마련이다.

파울루가 층계 꼭대기에 도달하자 여자의 시선이 그를 위아래로 훑는다. "여긴 함부로 못 들어와요."

"얘기만 할 겁니다. 그래도 불안하면 여기 서 있을 테니 이대로 잠깐 말씀만 묻죠."

그 말에 여자가 약간 긴장을 푸는 것 같다.

"용건이 뭐예요?" 여자가 외국어 억양이 심한 영어로 짜증을 낸다. "기자예요? 누가 트위터에 올렸다더니. 그깟 수영장 때문에 여기까지 왔다니 믿기지가 않네. 한밤중이잖아요."

"내 이름은 상파울루입니다." 그는 여자가 자신의 이름을 대수롭지 않게 여길 거라고 생각하며 이름을 댄다. 어쩌면 그가 캘리포니아 출신이라고 생각할지도 모른다. "내가 찾는 건……."

하지만 놀랍게도, 여자가 헉! 소리를 내며 숨을 삼킨다.

"그 사람들이 말…… 세상에, 당신 진짜예요?"

파울루는 한쪽 눈썹을 스윽 치켜올린다. "진짜 맞습니다만." 여자가 저렇게 말하는 이유는 한 가지밖에 없다. "최근에 진짜가 아닌 걸 본 적이라도 있는 모양이죠?"

여자가 어깨를 으쓱한다. "미친 짓이야 맨날 일어나고 있잖아요. 하지만 가장 최근에 본 건 어제예요. 이웃집에서. 어떤 사람들이 왔는데, 정신 나간 소리를 하더라고요. 당신과 비슷한…… 사람들이었죠." 여자가 눈을 가늘게 뜬 채 뭔가 설명할 수 없는 것을 포착하려는 듯 파울루를 유심히 노려본다. "잘은 몰라요."

"어떤 사람들요?"

"그중 한 명은, 음…… 매니라고 했나? 그런 이름이었던 거 같은데. 또 한 명은 브루클린 토머슨이었어요. 시의원이요. 키가 큰 흑인이었죠. 둘 다요. 남자는 피부색이 좀 밝고 여자는 더 짙고. 그 사람들이 우리 파드미니보고 퀸스랬어요."

자치구들이 그의 도움 없이도 서로를 찾아내기 시작했다. 파울루는 저도 모르게 비어져 나오는 웃음을 참을 수가 없다.

"다 같이 떠났나요? 어디로 갔는지 알려 주실 수……?"

중년 여자가 고개를 한쪽으로 기울이며 생각에 잠긴다. 갑자기 눈빛이 날카롭게 번득인다. 뒤쪽에 서 있던 남자가 여자에게 가까이 다가와 뒤를 지키듯이 선다. 두 사람 모두 자세가 미묘하게 닮았다. 누군가를 보호하려는 태도. 하지만 남자는 여자를 따를 뿐 주도권은 여자에게 있다. 여자가 파울루에게 말한다.

"그러는 당신은 누군데요? 그 사람들이 뭔가 그들을 노리고 있다고 했어요. 어떤 사람요. 여자래요."

파울루의 피부가 따끔거린다. 인우드힐 파크의 바위에서, 그리고 아까 수상한 수영장 옆에서 그런 것처럼. 적이 전령을 다시 불러낸 것일까? 도시가 탄생할 때 치른 전투가 아무 효과도 없었던 걸까?

"원래는 그러면 안 됩니다." 파울루는 천천히 차분하게 대답한다. "하지만…… 노리고 있다고요. 그래요. 그게 맞는 것 같군요." 새로 태어난 도시는 대개 매우 건전한 생존본능을 지니고 있다. 그래야만 하기 때문이다. 만일 뉴욕의 화신들이 적의 어린 외부 존재가 그들을 노리고 있다고 믿는다면 아마 그들의 생각이 옳을 것이다. "여자라고 했습니까?"

여자의 입술이 한쪽으로 치켜 올라간다. "내가 보기에 그쪽은 여자가 아닌 것 같긴 한데. 그래도 내가 왜 당신한테 말해 줘야 하죠?"

"왜냐하면 난 그들을 도우러 왔으니까요."

"아유, 참 잘도 하고 있네요."

파울루는 그 말에 고개를 살짝 숙인다. 사과를 하는 게 아니다.

"솔직히 내가 할 수 있는 일은 별로 많지 않습니다. 내 일은 옆에서 조언을 하는 것뿐, 실제로 싸우고 살아남는 건 그들이 해야 할 일이거든요. 하지만 그들을 찾지 못하면 조언도 해 줄 수 없을 겁니다. 그리고 이 시점에서는 어떤 지식도 도움이 될 거고요. 지금 그들에겐 아무리 작은 도움이라도 절실합니다."

여자는 곰곰이 생각에 잠긴다. 파울루는 솔직하게 털어놓길 잘했다고 생각한다. 여자는 그를 높이 평가하진 않아도 적어도 긍정적으로 여기는 눈치다. 남편이 여자의 귀에 대고 뭔가 다른 언어로 속삭인다. 굳이 번역해 주지 않아도 파울루는 그 말이 전부 다 말해 주진 마, 저 남자가 누군지 모르잖아라는 걸 알 수 있다.

여자가 고개를 살짝 끄덕인다. 다시 파울루를 향한 얼굴에는 안타까움이 가득하다.

"난 그 애를 도와줄 수 없어요. 우리 사촌언니 딸인데, 아주 똑똑한 애예요. 착하고, 평소에 신경만 좀 쓰면 얼굴도 참 예쁜데. 근데 그런 애를 여기다 달랑 혼자 보냈지 뭐예요? 믿어져요? 그 집 형편이 그거밖에 안 됐거든요. 여기서 그 애를 돌봐줄 사람도 우리밖에 없고."

"이제는 그 애를 도와줄 사람이 많습니다." 파울루는 최선을 다해 다정하게 말한다. 여자의 걱정은 진짜다. 하지만 애석하게도, 파울루는 여자를 달래 주거나 안심시켜 줄 수가 없다. 만일 이 여자의 오촌조카가 정말로 퀸스의 화신이라면 그는 지금 심각한 위험에 처해 있으며 어쩌면 살아남지 못할지도 모른다. 하지만 파울루는 적어도 사실을 말해 줄 수는 있다. "도시는 절대로 혼자가 아닙니다. 그리고 특히 이 도시는 다른 대부분의 도시보다 덜 외로운 것 같군요. 가족과 비슷하죠. 많은 부분들이 평소엔 자주 티격태격하지만…… 종국에는 적에게 맞서, 서로 힘을 모아 서로를 지켜 줄 겁니다. 반드시 그래야만 합니다. 아니면 죽을 테니까요." 이제 여자는 안타까움이 아니라 호기심이 어린 표정으로 그를 쳐다보고 있다. "그 애를 지켜 줄 사람이 다섯 명은 더 있습니다. 도와주신다면 나까지 여섯이고요."

여자는 한참 후에야 비로소 한숨을 쉰다.

"다들 완전히 지쳤더라고요. 배도 고프고. 오늘 밤에는 좀 쉬겠다고 브루클린이 브루클린에 데려갔어요."

그들은 피곤하지도, 배가 고프지도 않아야 한다. 이 어린 도시는 당연한 이치대로 돌아가는 게 하나도 없다. 파울루는 새어 나오려는 한숨을 억지로 참는다. "그것도 좋군요. 그들이 쉼터를 만드는 법을 안다면……" 그는 건물 복도를 둘러본다. 여긴 단순히 못생긴 나무 패널 그 이상이다. 이런 식으로 보호받는 장소라면 적의 공격에도 거뜬히 버틸 수 있을 것이다. 그리고 세 사람이 함께라면 파울루와 같이 있는 것보다 더 안전할 것이다. 파울루는 고개를 주억거린다. "세 명이 같이 있다면 서로를 지켜 줄 수 있을 겁니다. 그렇다면 나머지 둘은 혼자 있다는 뜻이군요." 브롱크스와 스태튼아일랜드.

"내일 아침에 브롱크스로 간다고 했어요. 어디로 가야 할지 아는 거 같던데요."

즉, 브롱크스의 화신은 내일 그들이 찾아갈 때까지 혼자서 버텨야 한다. 하지만 화신들이 브롱크스가 어디 있는지 짐작하고 있다면 서로를 찾아내는 데 있어 파울루보다 더 잘하고 있다는 얘기다.

"스태튼아일랜드는요?"

"그게 왜요?" 여자는 미심쩍은 표정이다. "그 사람은 어떻게 찾아야 할지 모른다고 했어요."

위키피디아에 따르면 스태튼아일랜드는 뉴욕에서 가장 작은 자치구다. 지리 면적은 넓을지 몰라도 인구가 몇십만에 지나지 않기 때문이다. 차를 한 대 빌려 돌아다니면 파울루가 화신을 찾을 수도 있지 않을까? 도시는, 아무리 작은 도시라 하더라도 중력장처럼 세상을 무겁게 내리누른다. 충분히 가깝게 접근하면 인력을 느낄 수 있다.

"그럼 난 거기서부터 시작해야겠군요." 파울루는 재킷 앞주머니에 끼워져 있는 반쯤 피운 담뱃갑에서 명함 한 장을 끄집어낸다. 파울리스타누(상파울루 사람들)는 지독한 일 중독자들이다. 브라질의 다른 지역 사람들은 회의와 사내정치, 그리고 온갖 사업적 술수에 대한 그들의 집착에 관해 농담을 하곤 한다. 파울루가 여자에게 내민 명함에는 힘이 깃들어 있지만 그는 여자에게 힘을 쓰고 싶지 않다. 어쨌든 여자는 파울루에게 속한 자가 아니며, 퀸스의 친척을 건드렸다간 응징이 내릴지도 모른다. 그래서 파울루는 그저 이렇게 말한다. "혹시 조카와 연락이 되면 그 번호를 말해 주십시오. 조카분은 미국 번호를 사용할 테니 나한테 전화를 걸려면 국가번호 55번을 먼저 눌러야 한다고도 말해 주고요."

여자는 명함을 받아들고는 눈살을 찌푸린 채 그것을 응시한다. 명함에는 굵고 우아한 대문자로 **미스터 상파울루**라는 이름과 전화번호가 적혀 있다. 그리고 전화번호 위, 이름 아래에는 더 작은 글씨로 **도시 대표**라고 적혀 있다.

"왜 비싼 국제전화까지 걸어 가며 당신이랑 통화를 해야 하는 거예요? 미국 번호를 만들라고요."

"남들에게 내 근원지를 인식시키면 잠재적인 강화 효과를 얻을 수 있거든요."

여자는 얼떨떨한 표정으로 머뭇거린다. 파울루는 그와 그의 남편에게 고개를 끄덕여 인사를 건넨 다음 몸을 돌린다.

"잠깐, 그게 다예요? 그냥 전화하라고 말하기만 하면 돼요?"

"네." 하지만 파울루는 계단 앞에서 발을 멈춘다. "아뇨. 퀸스에게 브롱크스가 있는 곳을 내게 문자로 알려 달라고 전해 주십시오. 스태튼아일랜드를 찾으면 거기로 데려가죠."

"정확히 어디 있는지는 모른다고 했……."

"아뇨, 알 겁니다."

몇몇 자치구들이 서로를 찾아냈다는 것은 도시가 힘에 부치는 와중에도 그들을 돕고 있다는 증거다. 직감을 자극하고, 별거 아닌 것처럼 보이는 사실이나 사건에 주의를 상기시키고, 그들이 쉴 곳을 보호해 주고 등등. 그리 오래 버틸 수는 없겠지만 그래도 충분히 보호는 된다. 그들은 가능한 어떤 도움이라도 받아야 한다.

여자가 고개를 저으며 한숨을 내쉰다. "그 앤 공부를 해야 하는데. 직장도 있고, 자기 생활도 있고. 이게 다 언제 끝날까요?"

"그들이 중심 화신을 찾으면요." 하지만 파울루는 왠지 거짓말을 하는 기분이 든다. 지금 이 도시에는 뭔가 이상한 일이 벌어지고 있다. 이제껏 파울루가 본 적 없는, 그리고 다른 이들도 말해 준 적 없는 그런 일들. 도시가 완전해진다고 이 모든 게 해결될지는 장담할 수가 없다. 왜냐하면 지금까지 그 무엇도 응당 그래야 하는 대로 이뤄지지 않았으니까. 그래서 파울루는 이렇게 덧붙인다. "그랬으면 좋겠네요."

그런 다음 그는 뉴욕의 가장 작은 자치구를 찾으러 간다.

## 8장

# 잠들지 못하는 브루클린(그리고 그 근처)

브루클린은 이 집에서 그들과 함께 자는 게 그저 무례해 보이지 않으려고 하는 일일 뿐이라고 거듭 되뇐다. 파드미니는 엄청난 스트레스에 시달리고 있다. 가엾은 것. 도시와 관련된 사정을 알게 된 지 겨우 몇 시간밖에 되지 않았으니 당연하다. 그리고 잘생긴 얼굴 뒤에 무시무시한 악당을 숨긴 맨해튼은 뉴욕에 도착한 지 얼마 되지도 않은 신참이다. 브루클린은 혹시 이 둘이 뭔가 필요로 할지도 몰라 가까운 곳에서 대기하는 것뿐이라고 합리화한다.

하지만 그건 거짓말이다. 브루클린이 지금 누워 있는 침대는 새것이고 유럽풍의 고급 매트리스와 1000수 시트가 깔려 있지만 이 방은 그가 어렸을 때 쓰던 침실이다. 도시의 밤 소리를 들을 수 있게 창문을 살짝 열어 두고 —귀뚜라미 울음소리와 자동차 소음, 그리고 옆 블록에서 하우스파티를 열고 있는지 기분 좋은 웃음과 음악 소리가 들린다— 침대에 누워 있으려니 마음을 달랠 거리가 필요했다는 걸 체감하게 된다. 그는 오래된 벽과 천장, 그리고 새로

칠한 페인트와 단단한 마룻바닥에 아직도 희미하게 남아 있는 익숙한 냄새 속에서 위안을 찾는다. 옛날에 브루클린의 방은 쪄 죽을 만큼 더웠다. 에어컨을 달 형편도 안 되고 전기세를 감당할 수도 없어 결국 사용할 수 있는 거라곤 선풍기가 다였다. 그러고는 마약 문제가 전염병처럼 번져 절정에 달했던 시절 집집마다 설치해야 했던 방범용 창살 너머로 밤하늘을 바라보곤 했다. 하지만. 그때 그는 꿈 많은 10대 소녀였고 유일한 고민거리라고는 리젠트 시험*을 무사히 통과하는 것과 당시 남자친구의 아이를 임신하지 않는 것뿐이었다.(걔 이름이 뭐였지? 저마인? 저먼? J로 시작했던 거 같은데. 세상에, 이젠 정말 하나도 기억이 안 난다.) 브루클린이 힙합 운동의 선봉인 MC 프리가 되기 전의 일이다. 한밤중에 어둠 속에서 프리스타일 가사를 쓰려고 낑낑대다 중간에 잠이 드는 바람에 제일 쓸 만한 가사 중에서 절반은 까먹어 버리던 어린애 시절이다.

그리고 그 시절에는 언젠가 자신이 이렇게 끝내주지만 제정신이 아닌 멍청한 도시의 살아 있는 화신이 될 거라고는 꿈에도 상상하지 못했다.

하지만 지금 브루클린이 처한 이 상황은 어딘가 시적인 데가 있다. 왜냐하면 이 끝내주고 제정신이 아니고 멍청한 도시는 그에게 너무도 많은 것을 주었으니까. 시 의회에 출마한 것도 그래서였다. 왜냐하면 브루클린은 단순히 자리만 차지하고 남을 착취하는 이들이 아니라 진심으로 뉴욕을 사랑하는 사람이 이곳의 현재와 미래를

---

*뉴욕 주에서 실시하는 고등학교 졸업 자격시험.

결정해야 한다고 생각했기 때문이다. 뉴욕의 자치구가 된다는 것은 브루클린이 지금까지 늘 해 왔던 일이 문자 그대로 현실화된 것뿐이다. 그래서 그는 괜찮다. 생각한 것보다 훨씬 괜찮다.

전화기가 울리자마자 브루클린은 누가 걸었는지 알 수 있다. "집에 안 와요?" 별 관심이 없다는 걸 일부러 티 내려고 신중하게 골라 만든 지겹다는 말투다. 이래야 멋있다. 아이는 열네 살이고 자신이 거의 다 자랐다고 생각한다. 그래서 조조는 절대로, 누가 뭐래도, 엄마가 보고 싶지 않다.

"나 지금 옆집인데."

"그래서 집에 안 오냐고 물어본 거잖아요."

브루클린은 애정 어린 한숨을 푹 내쉰다.

"전에도 말했잖니. 엄마한텐 여기가 아직 집처럼 느껴진다고. 그러니까 조금만 더 여기 있게 해 주렴. 괜찮지?"

조조의 한숨은 브루클린과 거의 똑같지만 약간의 웃음기가 느껴진다. "엄만 진짜 이상해." 전화기 반대편에서 조조가 몸을 일으키더니 툴툴거리면서 나무가 삐걱거리는 소리가 나는 무언가를 하는 게 들린다. 아, 창문을 열고 있군. "옛날에 엄마도 이 풍경을 내다보면서 가사를 지은 거죠?"

"난 주로 하늘을 봤단다. 영어 에세이는 다 썼니?"

"예예. 다섯 단락이나 썼어요. 딱 SAT 시험이 좋아할 내용으로." 그렇고 그런 판에 박힌 이야기. "파운틴 선생님이 그리워요. 그 선생님은 재미있는 걸 쓰게 해 줬는데."

브루클린도 거기에 대해선 동감이다. 조조는 뉴욕에서 평판 높은 특목고교인 브루클린 라틴 학교에 다닌다. 솔직히 브루클린의 취향에 이 학교는 너무 구식이다. 라틴어를 가르치는가 하면 교복도 입어야 하고, 그 나이 때 브루클린이라면 토하고 싶을 정도로 싫은 게 수두룩한데 놀랍게도 조조는 그 학교에 가고 싶어 했고 학교생활도 마치 제 세상을 만난 듯 날아다니는 중이다. 조조가 좋아하는 파운틴 선생님은 평생 좁디좁은 집에서 룸메이트랑 같이 살 생각이 없는 다른 수많은 뉴욕 교사들처럼 웨스트체스터의 근사한 사립학교에서 세 배의 연봉을 주겠다는 제안을 받고 직장을 옮겼다. 선생님을 비난할 수는 없지만 조조와 공립학교 아이들이 얼마나 좋은 기회를 놓쳤는지 생각하면 너무나도 아쉽다.

"그래서 엄마가 지난번에 말한 정책을 제안한 거잖니. 공립학교 교사들의 재정 수준으로도 자기 집을 마련할 수 있게 하는 거."

"흐음." 이건 무관심의 표시가 아니다. 조조는 과거 브루클린의 래퍼로서의 삶보다 현재 정치인으로서의 삶에 더 큰 관심을 갖고 있고, 브루클린은 그 점이 무척 기쁘다. 하지만 지금 조조는 딴 데 정신이 팔려 있다. 전화기 건너편에서 다른 소리가 들린다. 휴대전화가 창문 방충망에 부딪치는 소리다. "하나도 안 보이네."

"방충망을 열어야지."

"으웩. 그럼 모기가 들어오잖아요! 말라리아에 걸릴 거야."

"그럼 모기를 잡아야지. 도시 불빛이 너무 밝아서 그래. 별이 좀 떠 있긴 하지만 별을 보고 싶으면 그만큼 노력을 해야지." 브루클린이 싱긋 웃는다. "원하는 게 있다면 아무것도 네 목표를 방해하지 못하게 하렴."

"아, 또 목표에 대해 설교하려는 거예요? 다시는 안 그러겠다면서."

"이건 별에 대한 설교야."

그리고 목표에 대한 설교이기도 하고. 그 후로 한참 동안 브루클린은 조조가 방충망을 열고 마침내 원하는 것을 얻어 내는 소리를 말없이 듣는다.

"우와, 저기…… 별 세 개가 나란히 있는 게 보여요. 저거 오리온자리죠?"

"아마도." 이번에는 브루클린이 침실 창문과 씨름할 차례다. 다행히도 집 내부를 개조하면서 페인트가 부스러져 떨어지는 낡아 빠진 단일창을 이중창으로 교체했었다. 이중창은 열기가 훨씬 쉽다. 방충망을 위로 젖히고 머리를 밖으로 내밀어 하늘을 올려다본다. "그래, 오리온 자리 맞네."

브루클린은 다른 한쪽 집을 내다본다. 두 건물은 일직선으로 나란히 서 있다. 어둠 속에서 딸의 실루엣이 그에게 손을 흔든다. 브루클린도 손을 마주 흔들어 준다.

그러다 다음 순간, 어둠 속에서 뭔가를 발견하고 퍼뜩 동작을 멈춘다. 저쪽 건물 뒷마당은 아버지가 가끔 가족들을 위해 바비큐를 하는 곳이다. 그리고 그 외 대부분의 연중에는 오래된 철제 테이블과 불편한 의자, 그리고 수많은 죽은 화분들이 차지하고 있는 곳이기도 하다.(아버지는 이것 때문에 항상 브루클린을 달달 볶는데, 그는 너무 바쁘다. 정원을 가꾸려면 이미 없는 시간을 내서 투자해야 한다.) 브루클린은 늘 언젠가 조경회사에 연락해서 뒤뜰을 어떻게든 활용해야지 하고 생각만 하고 있었다. 그런데 지금, 그 정원 한쪽 구석에서 뭔가 기다란 것이 이상한 광채를 내고 있다.

브루클린은 창밖으로 몸을 한껏 내밀고는 뭔지 자세히 보려고 눈가를 찌푸린다. 누가 야광 테이프라도 버렸나? 요즘 그런 걸 팔기는 해? 하지만 저건 야광 제품에서 흔히 볼 수 있는 노르스름한 기가 없다. 완전히 새하얗고 유령처럼 흐릿하며, 실상은 저기 있는 게 아닌 것처럼 깜박깜박거린다.

그때, 그것이 움직인다.

너무도 급히 후다닥 놀라는 바람에 밖을 자세히 내다보려고 창틀 아래 기대고 있던 브루클린의 몸이 순간 삐끗 균형을 잃고는 바깥쪽 허공을 향해 기운다. 아무리 2층이라도 그보다 더 낮은 높이에서 잘못 떨어져 목숨을 잃은 사람들도 있다. 다행히도 브루클린은 다급히 창틀을 붙잡아 가까스로 위기를 넘긴다. 손바닥은 식은땀으로 축축하고 온몸은 오한 때문에 감각이 없다.

왜냐하면 지금, 그의 딸이 창밖으로 몸을 내밀고 있는 뒷마당에, 크기가 거의 1미터나 되어 보이는 커다란 거미 같은 게 돌아다니고 있기 때문이다. 다리는 네 개뿐인데 그걸 다리라고 불러도 될지 모르겠다. 진짜 거미처럼 끝으로 갈수록 가늘어지지도 않고, 중앙에 있는 작은 몸체에서 뻗어나 있는데 중간이 구부러져 있지도 않다. 저 정체 모를 생물은 평평한 콘크리트 판석 위에 평평한 십자가 모양으로 몸을 붙이고 있는 게 틀림없다. 그렇게밖에는 설명이 안 된다. 하지만 움직일 때에는 거미와 약간 비슷한데, 하나의 선이 되었다가 가운데 있는 동그란 몸통을 기준으로 네 개의 선으로 쫙 갈라진다. 마치 섬뜩하고 으스스한 X자 모양의 장님거미 같다.

그러더니 또 한 마리가 무성한 포도넝쿨이 매달려 있는 이웃집 철망 울타리 사이로 쑤석거리며 나타난다. 주변 공기를 시험해 보는 것처럼 다리 하나를 허공에 치켜든 채 잠시 가만히 멈춰 있다.

브루클린의 손에는 아직 전화기가 들려 있다. 그는 입 안이 마르는 것을 느끼며 재빨리 전화기를 얼굴 쪽으로 가져온다.

"조조, 안으로 들어가라."

"뭐라고요?" 브루클린은 하늘을 올려다보던 딸이 뭔가에 놀라는 것을 본다. "으앗!" 그러더니 그가 아까 그런 것처럼 순간적으로 몸의 균형을 잃고 휘청인다. 브루클린은 하나뿐인 자식이 저 기괴한 것들이 있는 마당으로 추락하는 것을 꼼짝없이 지켜봐야 할지도 모른다는 무시무시한 공포에 휩싸인다. 하지만 조조는 어머니처럼 금세 자세를 바로잡고는 주위를 둘러본다. "뭐 이상한 거라도 봤어요, 엄마?"

"그래. 어서 안으로 들어가! 창문 닫고 창가에서 멀리 떨어져 있어라." 그리고, "할아버지한테 가서 휠체어에 앉혀 드려."

"이런, 젠장."

조조가 내뱉더니 곧장 방 안으로 사라진다. 조조는 얄밉게 굴 때만 아니면 아주 똑똑한 아이고 브루클린이 정말 중요한 일이 아니라면 이렇게 급박한 경고를 하지 않는다는 사실을 잘 알 만큼 진정한 뉴욕의 딸이다. 지금 같은 상황에서 욕설 정도는 눈감아 줄 수 있다.

조조가 창문을 닫자마자 ―커다란 텅 소리와 함께― 뒤뜰에 있던 하얀 X자 거미들이 가볍게 몸을 떨며 앞쪽으로 몇 발짝 전진한다. 어느새 세 마리가 되었다. 또 다른 한 마리가 방금까지 몸을 숨기고 있었던 게 분명한 나무 화분 위에 앞다리 두 개를 걸쳐 놓고 있다. 브루클린은 저것들이 뭔지 알 것 같다. 지하철역에서 그를 위협하고 인우드힐 파크에서 맨해튼을 포위했던 하얀 깃털들과는 다른 모습이지만 저 거미들 역시 적과 관련된 것들이 뿜어내는 피부가 따끔거리고 신경이 곤두서게 만드는 반(反)존재감을 지니고 있다. 마치 저것들이 차지하고 있는 작은 공간공간마다 뉴욕의 일부가 지워져 사라진 것처럼.

그리고 지금, 브루클린의 집 뒷마당에 저런 놈들이 여섯 마리나 있다.

브루클린은 방문을 향해 달려가 복도를 내달린다. 그의 맨발바닥이 요란한 소리를 내며 복도를 지나자 손님용 침실 한 곳에서 화들짝 놀란 콧소리가 난다. 맨해튼이 잠에서 깬 것 같다. 맨해튼이 이런 일에 얼마나 큰 도움이 되든 지금은 그를 기다릴 여유가 없다. 브루클린이 걸치고 있는 건 가벼운 새틴 파자마뿐, 신발도 없고 총도 없다. 물론 무슨 일이 있어도 총은 필요 없다. 그것에 너무도 많은 친구를 잃었으니까. 지금 그에게 있는 것이라곤 뉴욕 시에서 불법인 접이식 삼단봉과 — 우산꽂이 옆을 지나며 재빨리 그것을 뽑아든다 — 아버지와 딸에 대한 걱정뿐이지만, 그것만으로도 장정 열 명은 맨손으로도 거뜬히 동강 낼 수 있을 것 같은 아드레날린이 온몸에 넘쳐흐른다. 하지만 그의 어린 딸을 위협하고 있는 건 사람이 아니다.

아, 하지만 자기야, 넌 저런 것들을 어떻게 다뤄야 하는지 알잖니.

마음속에서 도시가 웃음 짓는다. 브루클린은 중간문을 비틀어 열고, 바깥문을 열어젖히고, 브라운스톤의 현관 계단을 후다닥 달려 내려간다. 대문을 펄쩍 넘어 인도 위에 맨발로 착지한다.(브루클린은 이런 짓을 하기엔 너무 늙었다. 내일 아침이면 온몸이 쑤시겠지만 어쨌든 휘청거리면서도 용케 해낸다. 이게 다 개인 트레이너 덕분이다.) 숨을 헐떡이고 몸을 떨면서, 두 건물을 돌아보고는 완전히 겁에 질린다. 마침내 자신이 얼마나 큰 실수를 저질렀는지 깨달은 것이다.

브루클린이 집에 왔을 때, 그의 것임이 자명한 이 블록, 그의 것임이 자명한 이 건물, 그리고 또한 그의 것임이 너무나도 자명하여 다른 누군가 화신으로 선택됐다면 도리어 내심 놀랐을지도 모를 그의 자치구에 도착했을 때, 브루클린은 아버지와 딸과 몇몇 세입자들이 머무는 다른 한 채의 건물에 발을 들여놓지 않았다. 그럴 필요가 없었다. 항상 여기에도 옷가지와 세면도구를 구비해 두고 있었으니까. 그래서 도시의 힘이 그가 머무는 브라운스톤을 가득 채웠을 때, 브루클린다움으로 충만하게 하여 적의 침입에 대비한 난공불락의 요새로 만들었을 때, 브루클린은 그 힘이 두 채의 브라운스톤을 모두 아우를 것이라고 지레짐작했던 것이다. 하지만 도시의 에너지는 부동산 소유권이 뭔지 이해하지 못한다. 최악은 새로 개조한 현대식 브라운스톤이 예전에는 주변 동네와 연결해 주고 있던 현관 계단을 깎아 없애 버렸다는 것이다. 아직도 치유 단계에 있는 주위와의 단절은 건물이 저 이계 생명체의 공격에 더욱 취약하게 만들었다. 저 집에 더 신경을 썼어야 했는데.

브루클린이 저지른 멍청한 짓 때문에, 이제는 하얀 X자 거미가 열두 마리나 건물 앞쪽에 우글거리고 있다. 브루클린이 지켜보는 앞에서 그중 한 마리가 벽돌길 위로 뚝 떨어지더니 무슨 종잇장처럼 문 아래 틈새로 스르륵 미끄러져 들어간다.

패닉에 빠지면 안 된다는 것쯤은 안다. 총알이 날아다니기 시작하면 그런 사람들이 제일 먼저 목숨을 잃는다. 그리고 이게 그를 잡기 위한 함정이라는 것도 안다. 파드미니를 잡기 위해 유 할머니의 수영장에 수작을 부린 것과 똑같다. 그를 꾀어 안전한 곳에서 끌어내려는 적의 음모다. 브루클린은 과호흡으로 쓰러지고 싶은 유혹에 굴복하거나 비명을 지르며 무작정 불속으로 뛰어드는 대신, 두 눈을 질끈 감는다. 하느님 맙소사, 저것들이 내 딸과 같은 집에 있어 말고 다른 생각을 하려고 애를 쓴다. 거칠게 쌕쌕거리는 자신의 숨소리가 들린다. 평소에 몸 관리를 그만큼 열심히 하지 않았기 때문이다. 그의 도시에게 제발 도와 달라고 간청한다. 왜냐하면 하느님은 아직 여기 오시지 않았기에. 그러다 문득, 마침내, 깨닫는다.

헉(후) 헉헉(후)

완벽한 비걸(B-girl) 박자다. 공포에 질린 와중에도 마음 한구석이 음악을 인지한다.

브루클린한테는 이것만 있으면 된다. 왜냐하면 오랫동안 이 무기를 사용하는 훈련을 해 왔으므로. 이런 종류의 전투라면 그는 산전수전 다 겪어 본 베테랑이다. 자신의 이 오랜 무기를 새로운 형태로 변형할 방법만 찾아낼 수 있다면? 그걸로 끝이다.

먼저 허세를 부리며 으스댈 것. 브루클린은 마음을 가다듬고, 어깨를 펴고, 다리를 털며 몸을 푼다. 됐어. 그럼 간다.

"브루클린 전투? 좋아, 가자고.'"

정신을 집중하기 위해 소리 내어 속닥인다. 이건 그가 처음으로 이름을 떨치게 해 준 랩이다. 하지만 그는 이미 허공에서, 그리고 음악 역사를 총망라한 기억 속에서 필요한 것들을 뽑아내고 섞어 새 가사를 자아내고 있다. 다음에 쓸 단어를 고르고 생각해 낼 때마다 그의 마음이 만들어 내고 실재화시킨 힘이 솟아나는 것을 느낀다. 단어는 단순한 전달 매체다. 그가 형태를 부여한 구성개념이다. 전설. 신화. 장정 열 명을 동강 낼 수 있는, 아니면 이계 차원에서 온 거미 괴물 50마리를 완벽하게 작살 낼 수 있는 슈퍼 영웅 파워다.

고상한 척은 노노, 이 몸은 더럽게 간다.

브루클린은 건물을 향해 돌진한다. 몸을 낮게 웅크리고 어깨로 문을 들이받는다. 잠금장치가 부서진다.(이런 게 가능할 리가 없다. 문은 금속 테두리에 무겁고 튼튼한 목재로 만들어져 있다. 하지만 도시가 브루클린의 뼈대에 스며들어 근육을 강화해 주고, 이제는 아무도 그를 막을 수 없다.) 문 바로 뒤에 집 안에 침입한 X자 거미가 벌써 거미집을 쳐 놓았다. 하얗게 빛나는 섬뜩한 선들이 천장부터 바닥 사이를 이리저리 뒤엉켜 가로지르며 브루클린이 방금처럼 하려고 하면 붙잡으려고 덫을 쳐 놓았다. 가까이서 보니 그 선들이 단순한 발광체가 아니라는 걸 알 수 있다. 그것들은 전부 살아 있다. 서로 속닥이고 진동하면서, 마치 장미 가시가 안쪽으로 난 것 같은 작고 이상한 구멍들에 뒤덮여 있다. 하지만 그는 브루클린이다, 젠장. 고양이처럼 갈고리 손톱을 휘둘러 거미줄을 싹둑 자른다. 에너지가 그의 손 주위로 몰려들어 보호막처럼 감싸고, 잘려 나간 가닥들이 불꽃에 휩싸여 재가 되어 사라진다. 거미가 끼익 외마디 비명을 지르더니 —— 왜냐하면 거미와 저 거미줄은 한 몸이자 같은 존재이기에 —— 이내 잠잠해진다.

살아도 썩어도 이 도시의 중심은 나.

네 가사를 봄내 보겠다고? 어디 라임을 던져 보시지.

집 안쪽에서 날카로운 비명이 터져 나온다. 조조의 목소리. 아버지 침실이다.

방법이 없어, 네깟 수준에 날 이기는 건 무리.

나는야 여왕, 나는야 보스, 약점 따윈 없지./ 나는야 슈퍼맨, 그러나 크립토나이트도 안 듣지. 이 몸은 너무 잘났거든, 꼬마야.

방 안으로 뛰어 들어간 브루클린은 아직 무사한 조조와 아버지를 발견한다. 하지만 안도감은 오래가지 못한다. 큼지막한 X자 거미가 창틀 틈새로 미끄러져 들어오고 있다. 저 빌어먹을 것들은 원한다면 2차원이 될 수 있다. 뒷다리 두 개까지 방 안으로 완전히 들어오고 나자 다리를 아래로 펼치며 벽을 딛고 선다. 몸통이 부풀어 오르고 다리도 두꺼워져 기둥 모양이 된다. 다리에 붙어 있는 작은 구멍들이 움직이는 게 보인다. 저건 그냥 구멍이 아니다. 가장자리에 날카로운 이빨이 다닥다닥 나 있는, 뻐끔뻐끔 쉴 새 없이 벌렸다 오므리는 입인데 ——

……가서 숙제나 하시지. 브루클린은 머릿속으로 무자비하게 가사를 내뱉으며 달려들어 괴물의 통통한 몸통을 손바닥으로 철썩 찍어 누른다. 거미는 깃털 촉수처럼 마치 이 세계에 존재하지 않는 양 반투명하지만, 에너지 막에 감싸인 브루클린의 손바닥 아래에서는 순간적으로 단단한 실체를 띤다. 그것은 차갑고, 덜덜 떨리며 웅웅

거린다. 살아 있는 생명체라기보다는 아주 미세한 크기의 레고 조각들이 일순 허물어졌다가 브루클린의 손바닥 밑에서 다시 형태를 복구하려는 느낌이다. 아니, 그게 아니다. 그의 손 주위로. 그의 손을 에워싸려고 하고 있다.

하지만 브루클린이 허용하지 않는다. 그는 평범한 여성이지만 지금 이 순간만큼은 또한 두 명이자, 50만 명이자, 50조 개의 무수한 살아 있는 요소이자 부분이며, 세계에서 가장 크고 위대한 도시의 가장 크고 성질 더러운 자치구이기도 하다. 그리고 그를 하나로 묶어 주는 것 —우리는 브루클린이다!를 외치는 모두의 의지력과 헌신과 집단의 힘 —은 X자 거미를 하나로 결합하고 있는 힘보다 훨씬, 훨씬 더 강력하다.

그래서 브루클린의 손이 X자 거미를 짓뭉개자, 브루클린한테는 거의 느껴지지도 않는 청백색 불꽃이 즉시 화르륵 피어오른다. 눈 깜짝할 사이에 거미가 거미줄처럼 쭈그러들어 사라져 버린다. 이건 죽음보다 더한 것이다. 브루클린은 그것을 완전히 소멸시켰다.

그가 큰 소리로 포효하며 바닥에 털썩 무릎을 꿇고 두 손을 마룻바닥에 가져다 댄다. 이곳은 그의 마룻바닥이다. 그의 집, 그의 가족, 그의 도시다. 그런데 저 망할 것들이 감히 여길 침범해 —

다 처맞았으면 어디 다시 덤벼 봐. 내 눈에 다시 띄면 또 맞을 줄 알아. 질질 짜며 집으로 줄행랑하게 본때를 보여 주지.

—그의 손바닥에서 터져 나와, 건물 전체를 뒤흔드는 도시 에너지의 파동은 너무나도 강력하고 너무나도 순수하여, 뉴욕 전체가 전율하며 그 소리 없는 울림에 공명한다. 잠시나마 브루클린은 이

아름다운 화음과 하나가 되고 싶은 충동을 느낀다. 맨해튼이 그랬던 것처럼 도시 전체에 대한 권리를 주장하고 싶은…… 하지만 아니다. 그는 브루클린에 만족할 것이다. 그는 자신의 것을 책임지는 것만으로도 만족스럽다.

브루클린은 건물 전체에 우글거리는 X거미들을 느낀다. 그것들이 갑자기 동작을 멈추더니 날카로운 비명을 지르며 오래된 브라운스톤을 거센 폭포처럼 내리치는 브루클린다움에 휩쓸려 소멸하는 것을 느낀다. 이 집이 있는 블록을 넘어, 동네 전체를 향해. 죽기 살기로, 베드스타이. 일어나라, 크라운하이츠. 나타내라, 플랫부시. 그는 브루클린 전역이 자신의 것임을 선포한다. 그린포인트에서 코니아일랜드까지, 브루클린하이츠에서 이스트뉴욕에 이르기까지. 그의 도시 곳곳에 퍼져 있는 오염물질에 전부 죽어 소멸해 버릴 것을 명한다. 놈들은 집에 갈 필요가 없다. 다만 그의 브루클린에서는 씨발 당장 꺼져 버려야 한다.

그의 명령은 수행된다. 하지만 브루클린이 할 수 있는 일은 여기까지다. 그가 발산한 에너지 파동이 브루클린 자치구의 경계선에 닿는 순간, 더는 힘을 뻗을 수가 없다. 게다가 이것만으로도 ─ 다른 이들의 도움 없이 순전히 혼자서 ─ 온몸의 기력이 완전히 바닥난다. 바닥으로 힘없이 쓰러지고 만다. 조조가 부리나케 달려와 그를 흔드는 손길이 느껴지고, 아버지가 그의 이름을 부르는 음성이 어렴풋이 들리지만 대답할 기운도 없다.

하지만 시야가 점점 흐릿해지는 와중에도 브루클린의 입가에는 슬그머니 미소가 떠오른다. 맨해튼이 시끄럽게 쿵쿵 다급히 달려오는 소리가 들린다. "이 몸 아직 안 죽었어." 브루클린은 중얼거린다.

조조는 거의 미치기 직전이다.

"엄마 죽어? 엄마? 할아버지, 엄마가 안 일어나요……."

"쉬게 놔두렴."

맨해튼이 말한다. 맨해튼의 손이 브루클린의 손을 건드리자 그에게서 뭔가 흘러 들어오는 게 느껴진다. 브루클린은 그 반동으로 약간 움찔거린다. 왜냐하면 맨해튼을 구성하는 부분 중 너무나도 많은 것이 브루클린을 근본적으로 혼란스럽게 하기 때문이다. 하지만 맨해튼의 목소리는 다정하고, 혼자 싸울 필요가 없다는 걸 안다는 건 기꺼운 일이다. 맨해튼이 브루클린에게 흘려보낸 힘은 그를 혼수상태 직전에서 단순한 탈진 상태로 조용히 잠들게 하는 데 충분하다. 브루클린은 이것이야말로 뉴욕 전체의 현현인 자를 발견하고 나면 그들이 해야 할 일이라는 사실을 깨닫는다. 자치구들의 접촉은 이와 똑같은 방식으로 그에게 힘을 부여할 것이며, 그러면 그는 그들 모두를 더욱 강력하게 만들어 줄 것이다. 그렇게 그들은 도시 전체를 보호할 수 있다. 머지않아. 잘됐다.

브루클린은 가물가물 잠에 빠져든다. 마침내 승리를 선언하는 라임을 완성하며 비식 웃는다.

……그러니 브루클린을 지나가고 싶으면 다시 생각해 보셔.


브루클린이 침대에서 몸을 일으킨 것은 다음 날 오후 늦은 시간이다. 아침 일찍 브롱크스를 찾아 떠나기는 글렀다.

부엌에 들어가니 조조와 아버지, 파드미니, 맨해튼, 심지어 집에서 키우는 고양이 스웨터까지 테이블 주위에 말없이 모여 앉아 있다. 커피 테이블 위에 펼쳐져 있는 일종의 사무용 서신을 다들 뚫어져라 응시하고 있다. 아버지가 오늘 아침에 꺼내온 우편물이 틀림없다.

"무슨 일이에요?" 브루클린이 느릿느릿 다가간다. 그럭저럭 움직이고는 있지만 아직도 피곤해 죽겠고, 몸의 근육 절반은 어제 너무 무리를 한 탓에 뻐근하고 욱신거린다. 한밤중에 차원 간 랩배틀을 벌이기에는 이제 너무 늙었다. 하지만 자신이 뭘 보고 있는지 깨닫자 정신이 확 든다. 열려 있는 봉투 뒷면에 '내용증명'이라는 글자가 찍혀 있다. 게다가 노발대발한 아버지의 표정까지. "아빠? 도대체……."

"퇴거 통지서다." 클라이드 토머슨이 대답한다.

"퇴거? 그런 거 신경 안 쓰셔도 돼요. 우린 세 들어 살고 있는 게 아니잖아요. 벌써 몇 년 전에 융자금도 다 갚았는데."

조조가 너무 겁을 먹고 있는 것 같아 딸아이에게 다가가 어깨에 손을 올린다.

"맞아요. 근데 시에서 나온 사람들이 세금 같은 게 연체됐대요……."

조조의 말에 브루클린은 결국 피식 웃고 만다. 그의 가족은 평소에 브루클린이 어떤 종류의 청구서든 무조건 기한 내에 내야 한다는 강박증을 갖고 있다고 놀리곤 했다. 그는 낼 것을 내지 않아 누군가에게 빚을 지고 있다는 조바심을 체질상 못 참는 사람이다.

"농담이죠? 누가 우리 엿 먹이는 거예요. ID랑 이름이랑 다 다시 확인해 봐요. 틀림없이 잘못 온 걸 테니까."

"벌써 전화해 봤다." 아버지가 편지를 들어 공중에서 팔락팔락 흔든다. "한 시간은 걸렸는데 어쨌든 통화를 하긴 했지. 부동산 권리증서를 갖고 있다더라. 여기랑 저쪽 건물까지 둘 다 벌써 팔려서 더 이상 우리 소유가 아니래. 제3자 양도 뭐라는데⋯⋯." 아버지의 음성이 갈라진다. 겉으로는 잘 견디고 있는 것 같지만, 브루클린은 아버지를 잘 안다. 아버지는 지금 무너지기 직전이다. "다음 주까지 나가지 않으면 보안관을 데리고 와서 우릴 쫓아낸단다."

브루클린은 너무 충격을 받은 나머지 뭐라고 말해야 할지 알 수 없어 편지지를 잡아채 읽기 시작한다. 아버지가 말한 건 전부 사실이다. 브루클린의 집은 더 이상 그의 소유가 아니다. 강탈당했다. 범죄의 피해자가 도둑맞은 것을 미처 깨닫기도 전에 남의 손으로 넘어갔다.

그리고 가장 파렴치한 부분이 뭔지 아는가? 그 도둑놈의 이름이 서신에 떡 하니 박혀 있다는 사실이다. '더 나은 뉴욕 재단.'

## 9장
# 더 나은 뉴욕의 등장

아무도 간밤에 센터에 불을 지르지 않았다. 상주 예술가들도 다음 날 아침 늦게 출근한 브롱카에게 평소보다 수상하거나 위협적인 기미는 없었다고 말한다. 브롱카는 밤새도록 불안한 마음 때문에 뒤척이며 자주 깨는 바람에 잠이 부족해 머리가 멍하다. 집에 쳐들어온 사람은 없었지만 걱정이 되는 건 어쩔 수 없고, 그 기념으로 얻은 다크서클이 눈 아래 큼지막하게 매달려 있다. 사무실 자동응답기에는 기금위원장인 라울의 음성 메시지가 녹음되어 있다. "브롱카 소장님, 나도 알트 아티스트의 작품에 대한 소장님 견해를 존중해요. 어떤 종류의 혐오나 편견을 지지하거나 힘을 실어 줄 수는 없지요. 하지만 제스에게도 말한 것처럼 이 단체는 아주 유력한 후원자와 관계가 있어서……."

"예, 예, 어쩌고저쩌고 쓸데없는 소리."

브롱카는 메시지를 끝까지 듣지도 않고 수화기를 탁 내려놓는다. 라울이 맨날 떠들어 대는 헛소리다. 이징이 이 남자랑 자고 있다니

기겁할 노릇이다. 브롱카야 당연히 제일 좋은 조건에서도 남자 거시기에는 원래 미적지근하지만 아무리 끝내주게 화끈한 거시기라도 그 정도 수준까지 내려갈 가치는 없다.

음성사서함에 메시지가 두 개나 더 남아 있지만 브롱카는 일단 정신을 좀 차린 다음에 듣기로 한다. 그래서 휴게실에서 커피를 한 잔 내린 다음 여느 때처럼 센터의 문을 열기 전에 한 바퀴 둘러보는 아침 점검을 시작한다.

비영리 기관의 관리자는 목적을 잃고 현실과 절충하기 쉽다. 정신을 바짝 차리지 않으면 모든 게 보조금 신청과 급여 문제, 소모품 주문과 기금 모금 파티로 전락할 수 있는 것이다. 브롱카는 예술가고, 그래서 자신의 마음가짐은 둘째치고라도 일상에서 예술을 최우선으로 놓으려면 상당한 노고가 필요하다.

오늘 그는 센터에서 가장 최근에 준비하고 있는, 그리고 가장 흥미로운 전시로 향한다. 그는 늘 이 전시가 일종의 소환 의식과도 비슷하다는 느낌을 받았지만 어제 정오까지만 해도 자신이 무엇을 소환하려고 하는지 정확하게 알지 못했다. 이 전시관에는 브롱크스 자치구에서 발견한 그라피티의 사진이 걸려 있다. 전부 한 아티스트의 그라피티로, 그의 작품은 매우 독특하면서도 구성에 있어 묘하게 절충적이다. 스프레이 페인트와 가정용 페인트, 그리고 약간의 도로포장용 타르와 때로는 천연색소도 사용된다.(브롱카는 브롱크스 근처에 인디고가 자라고 있는지는 전혀 몰랐지만, 어쨌든 돈을 주고 의뢰했으니 대학교 분석 센터의 판단이 옳을 것이다.) 이 예술가는 손에 넣을 수만 있다면 어떤 재료든 가리지 않는다. 돈을 주고 사든, 훔치든, 아니면 얼마 되지 않는 돈으로 만들 수 있는 것이라면 뭐든지 말이다. 작품의 주제도 기묘하다. 두 개의 이빨을 드러내며 울부짖는 커다란 입. 옆에서 건설 중인 유리와 강철로 만든 고급 아파트 건물을 은밀하게 곁눈질하는 거대한 갈색 눈동자. 초원 위로 해가 지고 있는 이상할 정도로 단순한 벽화. 이 그림은 12층짜리 버려진 공장 건물 벽면에 그려져 있었다. 느슨해진 벽돌이 추락해 누구 한 사람 죽기 전에 한시라도 빨리 철거해야 하는 건물이었다. 소박하고 목가적인 초원 한가운데에 밝고 짙은 빨간색의 굵은 화살표가 초원 밑에 있는 암붕(岩棚)을 가리키고 있다. 브롱카는 처음에는 그게 무슨 의미인지 몰랐지만 나중에야 깨달을 수 있었다. 초원은 미끼에 불과하다. 진짜 중요한 점은 그 바위턱이 손잡이라는 것이다. 뭔가 거대한 것이 붙잡고 무거운 몸을 끌어 올릴 수 있는 유용한 장소. 하지만 뭐가 올라오는 거지? 누가 알겠어. 하지만 그건 패턴과 일치했다.

전부 다 한 사람의 작품이다. 예전부터 그렇게 의심하고 있었고, 어제 그 일을 겪은 뒤로는 틀림없다고 확신한다. 도시의 노래를 또렷하게 듣고 있는 보이지 않는 귀. 그래. 이건 브롱카와 똑같은 존재인 다른 누군가의 작품이다. 또 다른 그 자신. 뉴욕의 일부. 브롱카가 이 작품들을 수집한 이유는 예술적으로 탁월했기 때문이고, 나아가 이것들을 한데 모으면 그를 이곳으로 부를 수 있기 때문이었다.(이유는 모르겠지만 브롱카는 이 사람이 남자라고 생각한다.) 사진작가가 정확히 찍을 수 있는 작품은 실물 크기로, 그러기 힘든 작품은 포스터 크기로 인화한 사진들이 센터에서 가장 크고 훌륭한 전시 공간인 머로 홀을 점령하고 있다. 이 전시회의 제목인 **무명의 브롱크스**

라고 적힌 플래카드가 천장에서 낚싯줄에 매달려 늘어뜨려져 있고, 이제 공개할 준비가 거의 다 끝났다. 몇 주일 후 7월이 되어 전시회가 시작되고 언론 매체에서 취재를 하게 되면 이 예술가가 브롱카를 찾아와 더는 무명이 되지 않을지도 모른다. 어쨌든 브롱카는 그를 찾아 나설 생각이 없으므로.

브롱카는 머로 홀에서 누군가를 발견하고 발을 멈춘다. 밤새 잠겨 있던 센터 문을 연 지 얼마 되지도 않았는데, 벌써 한 여자가 들어와 있다. 하얀 바지 정장과 거기 잘 어울리는 낮은 하이힐을 신은 여자가 사진 한 장을 지그시 들여다보고 있다. 브롱카가 커피를 가지러 간 사이에 들어왔는지도 모르지만 그랬다면 소리가 들렸을 거다. 브롱크스 아트센터는 낡았고, 목재 나뭇바닥은 삐걱거린다. 이 여자는 손에 클립보드를 쥔 채 문을 등지고 있다. 뭘 조사하러 나온 사람인가?

"힘이 느껴지네요, 그렇죠?"

여자가 우두커니 쳐다보며 서 있는 브롱카에게 말을 건넨다. 그는 브롱카가 가장 좋아하는 작품을 보고 있다. 그것 역시 눈에 보이는 것과는 다소 다른 목적을 지닌 듯 느껴지는 작품이다. 위에서 내려다보는 구도로, 누군가 오래 묵은 신문 더미 위에 몸을 웅크리고 잠들어 있다.《빌리지 보이스》나《데일리 뉴스》같은 신문도 아니고 브롱카마저 아주 어릴 적에나 봤던《뉴욕 헤럴드 트리뷴》이나,《스태튼아일랜드 레지스터》처럼 처음 보는 이름이다. 노끈이나 비닐에 아직 뭉텅이로 묶여 있다. 그림의 중앙에 신문으로 만들어진 침대 위에 누워 있는 인물은 빛 웅덩이 속에서 거의 사진처럼 선명해 보인다. 낡은 청바지와 더러운 티셔츠를 입은 짙은 피부색에 호리호리한 젊은 흑인 남자가 몸을 옆으로 누인 채 잠들어 있다. 천으로 된 스니커즈는 평범하고 상표도 없고 지저분하고 한 짝에는 구멍이 뚫려 있다. 기껏해야 스무 살도 안 되어 보이는데 어린애처럼 보들보들한 뺨 말고는 신문지 더미에 얼굴이 대부분 파묻혀 있어 확신하기가 힘들다. 근육은 조금 있는 것 같지만 — 희망 사항인지 티셔츠 소매 사이로 이두박근이 보이고, 그 아래 삼두박근도 그려 놓은 것 같다 — 전체적으로는 모성애를 지긋지긋하게 생각하는 브롱카마저 저 불쌍한 아이를 배부르게 먹여서 살집을 붙이고 싶다는 마음이 들 정도로 피골이 상접해 있다.

가장 흥미로운 부분은 이 그림의 구도다. 브롱카는 전시를 위해 사진을 원형으로 자르다가 이 사실을 알아차렸다. 모든 게 전체적으로 원형 구도다. 마치 이걸 그린 사람이 뻥 뚫린 구멍을 통해 우물 밑을 내려다보고 있는 것 같다. 브롱카는 이 구도에 숭배의 감성이 숨어 있다고 느낀다. 잠들어 있는 파트너를 내려다보는 연인, 또는 잠든 아이를 들여다보는 부모의 시선. 고전 화가들이 성모 마리아를 그린 그림에서도 이와 똑같은 구도와 빛 처리 방식을 본 적이 있다. 하지만 브롱카는 왜 이 그림이 독특한지 알고 있다. 이것은 자화상이지만 그림을 그린 것은 그림 속의 소년이 아니다.

"이게 특히 그래요." 흰 정장을 입은 여자가 말한다. 브롱카는 충동적으로 머로 홀 안으로 걸어가 여자의 옆에 선다. 작품 사진보다도 여자를 면밀히 뜯어보기 시작한다. 여자의 피부색은 입고 있는 옷만큼이나 하얗고 창백하다. 어쩌면 거의 흰색에 가까운 황갈색 머리카락과 대조되어 더욱 그렇게 느껴지는지도 모르겠지만. 여자는 그림 속 소년을 열렬히 응시할 뿐, 브롱카에게는 눈길도 주지 않는다. "마치 나한테 메시지라도 보내는 것 같군요."

정말로 그렇다. 하지만 아무에게나 무작위로 보내는 게 아니다. 브롱카는 팔짱을 끼고 맞장구를 치는 척하기로 한다.

"우린 모두 이 무명의 브롱크스의 엄청난 팬이지요. 무슨 메시지를 보내고 있는 것 같나요?"

"내 생각엔 '이리 와.'라고 말하는 것 같군요. '어서 날 찾아 줘.'"

브롱카는 흠칫 긴장하며 천천히 고개를 돌려 여자를 바라본다. 여자가 싱긋 웃는다. 옆에서 봤을 때 브롱카의 눈에 가장 먼저 들어온 것은 여자의 송곳니다. 지나치게 크고, 다른 치아와 달리 유난히 튀어나와 있어 균형이 맞지 않는다. 저 정장만 해도 무척 비싸 보이는데 그 정도 여유가 있는 사람이라면 치아 교정 정도는 할 수 있을 텐데.

왜 갑자기 이런 쓸데없는 생각을? 갑자기 피부 위로 불안하고 따끔거리는 감각이 쓸고 지나간다. 불안감……. 본능적인 감각인 걸까? 이런 걸 격세유전이라고 하는 걸까? 고양이를 생전 처음 본 생쥐는 본능적으로 당장 도망쳐야 한다는 걸 안다. 유전자에 새겨진 무언가가 적을 알아보는 것이다.

하지만 브롱카는 생쥐가 아니다. 그래서 그는 흰 머리의 여자를 똑바로 바라보며 태연하게 말한다. "어쩌면 그럴지도요. 하지만 난 경고의 분위기도 강하게 느껴지는군요."

여자가 눈살을 약간 찌푸린다. "무슨 뜻이죠?"

"흠, 미묘하긴 한데. 이 예술가에 대해 아는 것이 하나도 없다는 점에서 전부 추측에 불과하긴 하지만 난 이 무명의 작가가 노숙자거나 아니면 그와 비슷한 위태로운 상황에 있다고 생각합니다." 브롱카는 여자를 무시한 채 사진 쪽으로 다가가 찢어진 청바지와 지저분한 얼룩이 묻은 하얀 티셔츠, 해어진 싸구려 신발을 가리킨다. "이건 주머니에 몇 달러밖에 없는 사람이 중고품 가게에서 구하는 것들이에요. 더구나 이 아이는 눈에 띨 만한 건 아무것도 걸치고 있지 않죠. 후드도 안 입고, 색깔 있는 옷이나 장신구도 없어요. 백인들은 흑인 남자애가 그 비슷한 것만 입어도 경찰에 신고를 할 테니까요. 이 아이는 거의 벌거벗지 않은 수준으로만 입고 있어요."

"아, 눈에 안 띨수록 좋다는 거군요. 뭔가를 피해 도망치고 있다는 뜻인가요?"

브롱카는 미간을 찌푸리며 사진을 올려다본다. 사실 그건 매우 좋은 질문이다. 하지만 지금은 괜찮을 거야, 그렇지? 도시가 살아 있으니까. 하지만 달리 생각해 보면, 브롱카도 괜찮아야 하지만 요 며칠간 그는 이곳이 어딘가 잘못되었다는 신호를 너무 많이 봤다.

그날 아침 세 번째로, 브롱카는 그와 같은 다른 이들을 찾아 나서야 하는 게 아닌지 생각한다.

아니야. "그렇네요." 브롱카는 여자의 질문에 대답한다. "그 말을 듣고 보니 정말 숨어 있는 모습 같군요. 흠."

"이유가 뭘까요?" 여자가 두 눈을 크게 뜨며 순진한 표정으로 묻지만 목소리를 들어 보면 그 표정은 거짓이다. "왜 이렇게 밝고 생기 넘치는 젊은이가 겁을 잔뜩 집어 먹고 숨고 싶어 하는 걸까요?"

"글쎄요, 나도 잘 모르겠네요." 그제야 브롱카는 여자가 뭔가를 말하려 하고 있다는 사실을 기억해 낸다. 그는 놀랍도록 섬세하게 묘사된 사내아이의 손을 톡톡 두드린다. 예술가나 농구 선수, 혹은 양쪽 모두의 손이다. 길쭉한 뼈대와 손가락, 그리고 큼지막한 손바닥. 손가락 마디 위에는 희미하고 오래된 흉터가 볼록하게 남아 있다. "하지만 이 아이는 싸움꾼이에요. 그게 바로 경고죠. 필요하다면 몸을 숨기고 도망칠 테지만 지나치게 몰아붙이면 당하는 건 네가 될 거라는 의미예요."

"흠." 담담한 어조지만 브롱카는 거기서 비웃음을 감지한다. "그 말을 들으니 많은 게 설명되네요. 별로 위험해 보이진 않는데. 봐요, 막대기처럼 빼빼 말라빠졌잖아요. 아직 어린애고."

그렇다. 아주 어린 ─ 전 지구적으로 보자면 비교적 ─ 이 도시의 어린 화신은 진짜 물어뜯기보다는 허세를 부리는 것처럼 보인다. 하지만 뉴욕 시의 환하고 매력적인 미소 속에서 큼지막한 송곳니를 발견하지 못하는 사람들이나 그렇겠지.

"사람들이 잘 모르는데, 싸움이 붙으면 진짜 조심해야 할 사람은 덩치 큰 작자들이 아니랍니다." 브롱카가 몸을 돌려 그림 앞에 선다. 여자의 시선을 가로막는 건 아니고 초상화의 옆쪽에 자리를 잡을 뿐이다. 이곳은 예술의 장소, 상징적인 행위가 중요하다. "거구의 덩치는 무섭죠. 그중엔 많이 싸워 본 사람도 있을 테고요. 하지만 사실, 대부분의 경우에 몸집이 큰 사람들은 싸워 본 경험이 많지 않답니다. 왜냐하면 덩치가 커서 딱 봐도 위압적이거든요. 정말로 당신을 작살 낼 수 있는 건 이런 꼬마들이죠. 예쁘장한 얼굴에 작고 말라빠진 애들, 가난하고 가무잡잡하고 싸구려 옷을 입은 아이들. 이런 아이들은 항상 싸우면서 살아야 하니까요. 폭력은 때때로 이 아이들을 무너뜨리기도 하지만 때로는, 사실 그보다 훨씬 더 자주 아주 위험한 존재로 만듭답니다. 자기가 몇 방이나 버틸 수 있을지 정확하게 알고 있고, 이판사판 전략을 쓸 정도로 잔인하고 인정사정이 없죠."

"흐으으음." 여자는 브롱카의 말이 못마땅한 것 같다. 가슴 앞에 팔짱을 낀 모습이 부루퉁해 보인다. "어떤 사람들은 그런 애들을 괴물이라고 부르겠네요."

브롱카가 눈썹을 쓰윽 추켜 올린다. "어떤 사람들은 그럴지도요. 하지만 내가 알기로 그렇게 말하는 사람들은 꼭 먼저 싸움을 건 작자들이더군요." 브롱카가 어깨를 으쓱한다. "학대하는 사람들은 이런 아이들이야말로 나중에 자라서 때때로 망가진 세상을 바로잡는 사람이 된다는 걸 알고 있죠. 그들의 학대에도 죽지 않고 살아남는다면요. 이런 아이들이 많아지면 학대자도 사라질 겁니다."

"그거 진짜 허황된 꿈이네요." 브롱카는 그 말에 얼굴을 찡그린다. "잔인함이야말로 인간의 본성인데."

브롱카는 피식 웃고 싶은 마음을 애써 눌러 참는다. 그는 언제나 소위 "옛말"이라느니 동서고금의 "지혜"라느니 하는 것들을 좋아하지 않았다.

"설마요. 인간이 하는 일 중에 딱 정해져 있는 건 아무것도 없어요. 뭐든 변하는 법이잖아요. 우리도 변할 수 있답니다. 원하기만 한다면 뭐든지 말이죠. 그저 원하기만 하면 돼요." 브롱카가 어깨를 으쓱 치켜올린다. "변화가 불가능하다고 말하는 사람들은 대개 지금 현재에 만족하는 사람들이죠."

그것은 여자를 노리고 한 말이다. 여자의 값비싼 옷과 전문가처럼 보이는 머리 모양과 정성스럽게 만들어 낸 '너희보다 더 아리아인다운'의 미적 특질까지. 브롱카가 평생 살아온 바에 따르면, 이런 여자는 항상 조심해야 하는 부류다. 인종차별적인 언사를 지적받았다고 울부짖는 "페미니스트", 세금은 내기 싫고 파산한 공립학교에 다니는 아이들로 실험을 하고 싶은 자선가, 인디언 보호구역에 사는 여자들을 "돕기" 위해 불임시술을 하는 의사들, 베키들\*. 그래서 브롱카는 이징을 그 이름으로 부르지 않기로 결심했다. 그건 그렇게 불려 마땅한 이들을 위해 남겨 둬야 한다.

뭔가를 말하려는 듯 입을 열려던 여자가 브롱카의 은근한 비아냥을 포착한다. 하지만 그는 모른 체하거나 화를 내기보다는 도리어 싱긋 웃는다. 이가 거의 다 드러날 정도로 큼지막한 웃음이다. 입이 어떻게 저렇게 클 수가 있지? 세상에.

"난 화이트예요." 여자가 브롱카에게 손을 내밀며 말한다. 브롱카가 잠시 어리둥절해 있는 사이\*\* 여자가 덧붙인다. "BNY 재단에서 일하는 화이트 박사죠."

브롱카는 여자의 손을 잡고 흔든다. "시와노이 박사입니다." 일부러 같은 단어를 힘주어 강조하며 미소를 짓는다. 말투도 일부러 백인 말투로 바꾼다. 왠지 그런 종류의 만남 같다는 느낌이 들기 때문

---

\*전형적인 백인 중산층 여성을 가리키는 말.

\*\* "난 백인이에요(I'm White)."로 이해될 수 있는 말이다.

이다. "하지만 브롱카라고 불러 주세요."

"브롱카 소장님." 여자는 여전히 이를 활짝 드러내며 웃고 있다. 얼굴 근육이 당기지 않을까 걱정스러울 정도다. "어제 내 친구들을 만나 보셨다고 하더군요. 아주 귀여운 젊은 예술가들 말이에요."

이런, 젠장. 브롱카는 안간힘을 다해 미소를 유지한다.

"'얼트 아티스트' 말씀이시군요." 일부러 그들이 말해 주지 않은 이름을 댄다. "그들의 작품은 우리 센터가 오랫동안 주창해 온 혐오를 조장하지 않는다는 방침에 위배되더군요."

"아, 하지만 혐오란 어떻게 해석하느냐에 따라 다르지 않나요? 예술은 더욱 그렇고요." 여자가 여전히 웃는 얼굴로 콧잔등에 살짝 주름을 잡으며 말한다. "패러디 작품이었나요, 진지한 작품이었나요? 어쩌면 혐오를 반대하는 의도였을지도 모르잖아요?"

"어쩌면요." 브롱카도 계속 웃는 얼굴로 응수한다. 웃는 얼굴 대무기화한 웃는 얼굴. 프로페셔널한 '엿이나 먹어'가 충돌하는 각축장. "하지만 센터의 방침은 의도가 아니라 결과물에 의거한답니다." 브롱카가 어깨를 으쓱한다. "고정관념을 강화하지 않는 방식으로 고정관념을 전복하는 방법도 있어요. 훌륭한 예술작품은 작금의 현상을 경솔하게 그대로 토해 내기보다는 더 복잡한 층위를 그려 내야 합니다."

"층위라." 드디어 화이트 박사의 얼굴에서 미소가 사라진다. 일순 지겹다는 표정이 스쳐 지나간다. "맞아요. 존재하는 층위가 너무 많죠. 전부 다 확인하기가 힘들 지경이라니까. 그러니 일을 간단하게 만들어 보죠." 화이트가 들고 있던 클립보드를 돌려 거기 끼워져 있는 수표를 브롱카의 앞에 들이민다. 브롱카는 미간을 찌푸리며 몸을 앞으로 기울여 자세히 들여다봤다가 거기 적힌 금액을 보고는 할 말을 잃는다.

"2300만 달러예요. 이 정도면 여기를 몇 년은 운영하고도 남겠죠? 물론 조건이 있어요."

브롱카는 수표를 뚫어져라 노려본다. 살아생전 이렇게 많은 동그라미가 손 글씨로 적혀 있는 건 처음 본다. 심지어 화이트가 거기에 작은 낙서까지 해 뒀다. 0이 말똥말똥한 눈처럼 보이도록 안에 점을 찍어 놓고 위에는 눈썹까지 그려 놨다. 하지만 센트 단위의 0에 이르러서는 거의 폭주했는지 동그라미 안에 작은 점들이 무수히 찍혀 있다. 브롱카는 결국 참지 못하고 얼굴을 구기며 화이트를 올려다본다.

"지금 날 놀리는 겁니까?"

"아뇨. 수표보다 계좌에 직접 이체하는 쪽이 더 좋은가요?" 화이트가 고개를 한쪽으로 살짝 기울인다. "이사회에서 내가 누구고 곧 올 거라는 연락, 못 받았어요? 그리고 우리 재단은 정말로 이 정도의 자금을 보유하고 있답니다."

망할. 라울의 음성 메시지를 끝까지 듣지 않고 중간에 끊어 버렸었지. 이건 속임수다. 그래야만 한다. 실제로 사람들은 가끔 비영리 재단에 이런 짓을 하곤 한다. 눈앞에서 돈뭉치를 흔들어 대면서 무능한 친척을 고용하라거나 건물에 죽은 소아성애자의 이름을 붙이라고 강요하는 것이다. 그리고 사실 실제로 그런 일을 할 수 있는 여지도 있다. 그건 돈을 구걸해야 하는 일을 해야 할 때 지불해야 하는 대가다. 하지만 그렇다고 사람들이 생각하는 만큼 자주 많은 대가를 치르지는 않는다.

"내가 제대로 이해한 건지 잠깐만 정리해 보죠." 자존심에 상처를 입긴 했지만 브룽카는 여전히 웃는 얼굴이다. "브롱크스 아트센터에 기부를 하고 싶으시다고요? 2300만 달러를? 정말 반가운 말씀이시네요. 그런데…… 조건이 있으시다고요."

"으흠." 화이트의 미소가 슬며시 돌아온다. 이번에는 크고 노골적이라기보다는 은근하고 교활한 웃음이다. "센터 갤러리에 알트 아티스트의 작품을 전시하고 싶어요. 아, 센터에서 거절한 그 작품들 말고요!" 브룽카가 반론을 꺼내기도 전에 화이트가 잽싸게 손을 들어 올리며 선수를 친다. "소장님이 이곳 방침에 대해 설명하셨고, 나도 전적으로 그 말에 동감한답니다. 하지만 알트 아티스트는 어제 소장님께 보여 준 것 말고도 아주 많은 작품들을 보유하고 있어요. 그러니 그중에 편견과 혐오가 거의 담겨 있지 않은 것들이 분명히 있을 거예요. 가령, 딱 세 점만 전시를 하는 건 어떨까요. 딱 세작품만요."

상당히 합리적인 제안이다. 파국으로 가는 발단은 항상 이런 식이지. 브룽카는 눈을 가늘게 좁힌다.

"그 사람들이 찍어서 올린 영상을 봤습니다. 자기들이 부잣집 백인 도련님이라 차별을 받고 있다는 걸 입증하는 게 목적이더……."

"그러니까 그 사람들 작품을 전시해서 그 주장이 틀렸다는 걸 입증해야죠." 화이트 박사가 마치 그게 지당한 해결책이라는 듯이 브룽카를 빤히 쳐다본다.

"화이트 박사, 난 당신 친구들의 작품이 수준 이하라고 생각합니다. 그래서 그 작품을 걸길 거부한 거고요."

그리고 그 자식들 작품이 수준 이하인 이유는 놈들이 예술을 농담거리로 치부하는 돈 많은 백인 도련님들이기 때문이다. 돈 많은 후원자가 당연히 그들을 위해 문을 활짝 열어 줄 거라고 기대하고 있고 말이다.

화이트가 한숨을 내쉬며 클립보드를 든 손을 내린다.

"어차피 우리 둘 다 소장님이 어느 정도는 타협을 해야 한다는 걸 알잖아요. 아주 단순한 문제예요. 그 단체의 작품 세 점을 갤러리에 걸어 주고 2300만 달러를 받는 거죠. 사용처 제한도 없는 자금이라고요."

잠깐만. 제한이 없어? 그것만큼은 절대로 못 믿겠다. 자선가들은 비영리 단체가 자금을 어떻게 써야 하는지 모른다고 생각한다. 돈이 들어오는 족족 횡령해 버릴 거라면서. 아마 그들이야말로 기회만 생기면 그렇게 할 작자들이기 때문일 테지. 그들은 다른 모든 사람이 자기들처럼 도덕적으로 휘청거리는 나침반을 갖고 있다고 믿는다. 이쯤 되니 브롱카는 이게 전부 헛수작이라고 장담할 수 있다.

"그래서 그쪽이 얻는 건 뭐지요?" 브롱카가 호전적으로 묻는다. 미소는 진즉에 사라졌다. 브롱카는 이용당하는 걸 좋아하지 않는다. "그 어린애들이 친척이라도 됩니까? 아니면 무슨 종교 집단이나 뭐 그런 거예요?"

화이트 박사의 미소가 측은함으로 바뀐다.

"오, 아니에요. 그런 게 아니랍니다. 난 그냥…… 균형을 유지하는 게 중요하다고 믿을 뿐이에요."

"어떻게 그게······ 아니지."

따져봤자 소용없다. 편협한 차별주의자들을 설득하는 건 늘 승산 없는 게임이다. 그리고 브롱카는 이 제안을 거절한다면 이사회 사람들이 세상이 무너진 것처럼 폭발할 것이라는 것도 안다. 브롱카는 갑갑한 한숨을 내쉬며 눈가를 문지른다. 조금만 양보하면 되잖아, 안 그래? 딱 몇 주일만 끔찍한 그림 몇 장을 걸어 두면 앞으로 몇 년 동안 센터를 자유롭게 운영할 수 있는 거금을 받을 수 있다. 설령 시 보조금이 줄더라도 그 정도 돈이면 상주 예술가들의 삶을 완전히 바꿀 수 있다. 직원도 더 고용하고, 드디어 베네자도 정직원으로 채용하고, 프로그램도 늘리고, 또 —

"한 가지만 더요." 화이트가 항복의 냄새를 맡았는지 정적을 깨트리고 슬그머니 말을 꺼낸다. "이것들을 내리고 싶어요."

그러고는 무명 예술가의 그라피티를 찍은 사진들을 향해 고개를 까딱인다.

브롱카는 스스로를 미처 말리기도 전에 숨을 들이켜며 경악한다. "뭐라고요? 왜요?"

"그냥 마음에 안 들어서요. 그뿐이에요." 화이트가 어깨를 으쓱하고는 다시 브롱카에게 손을 내민다. "이게 내 조건이에요. 오늘 근무시간이 끝나기 전까지 이사회에 답해 주세요. 소장님이 승낙하면 거기서부터는 그 사람들이 알아서 할 테니까."

브롱카는 화이트를 멀거니 쳐다보다가 결국 손을 맞잡는다. 이건 습관이다. 하지만 그때 손바닥 전체에서 뭔가 수없이 날카로운 것들이 찌르는 따끔한 통증이 느껴지고, 브롱카는 화들짝 놀라 몸을 뒤로 젖히고는 손바닥을 살펴본다.

"아우, 이게 뭐야!"

화이트가 짜증이 난다는 듯 한숨을 쉰다. "뭐가 잘못됐나요?"

"방금 뭔가…… 마치…… 모르겠네요." 알레르기인가? 아토피? 대상포진이라도 생기려나? 브롱카는 그게 아주 아프다는 이야기를 들은 적이 있다. "미안합니다."

화이트가 다시 미소를 짓는다. 이번에는 단순한 인사치레 같은 느낌이다. "생각할 게 많으실 테니 오늘은 그만 가 보도록 하죠." 묘한 말투다. 브롱카는 몸을 돌려 출입구로 향하는 화이트의 뒤를 따라 나간다. 그는 소리 없이 움직이는 화이트의 동작에 내심 감탄한다. 펌프스를 신고 있지만 낡은 나무 바닥도 화이트의 발밑에서는 아주 희미한 소리만 날 뿐이다. 댄서처럼 가벼운 발걸음이다.

하지만 화이트가 등 뒤로 유리문을 닫은 순간, 브롱카는 매우 이상한 장면을 목격한다. 화이트는 문지방 앞에서 건물 바깥에 내리쬐고 있는 화창한 햇빛에 눈을 적응하려는 것처럼 잠시 서서 머뭇거린다. 그러고는…… 지지직 깜박인다. 굳이 설명하자면 그렇다. 아지랑이처럼, TV 채널이 막 바뀌기 직전 모든 게 사라지는 찰나의 순간처럼 깜박. 그게 뭔지 미처 생각하기도 전에 그 순간이 지나고, 화이트는 어깨를 들썩이며 한숨을 쉬고는 발을 옮기기 시작한다. 그러나 브롱카의 마음속에는 몇 가지 놀라운 사실들이 새겨진다. 첫째, 화이트는 한숨을 내쉬며 몸을 약간 떨었는데 참으로 이상한 움직임이었다. 마치 브롱카의 존재 자체가, 아니면 뭔가 다른 것이 불쾌하다는 듯이 몸서리를 치는 것 같았다. 둘째, 아까까지 화이트의 머리카락은 흰색인가 백금발 아니었나? 지금은 벌꿀빛의 짙은 금색이다. 신발도 흰색이 아니라 발랄한 노란색이다.

그리고 마지막으로 방금 지나간 찰나의 순간, 브롱카는 화이트의 그림자를 봤다. 화이트가 움직이기도 전에 그림자가 먼저 움직이고 있었다. 마치 원래는 훨씬, 훨씬 커다란 듯이 재빨리 수축해 줄어드는 것을 봤다.

화이트가 브롱카의 시야에서 벗어나 사라진다.

브롱카는 손을 들어 올려 찬찬히 살펴본다. 콕콕 쑤시는 이상한 느낌은 아직도 가시지 않았다. 눈으로 보기엔 별문제가 없다. 솔직히 심하게 아픈 것도 아니다. 다만 손바닥 가득 뭔가 찌른 듯이 움푹 들어간 자그마한 자국들이 무수히 나 있다. 마치 맨손으로 빳빳한 헤어브러시를 꼭 쥐기라도 한 것 같은 모양새다.

브롱카는 머릿속 지식의 사전을 뒤져 보지만 방금 경험한 조우를 설명할 수 있는 것은 없다. 적은 과거 수만 년 동안 거대하고 잔인한 짐승과도 같은 무엇이었다. 자그맣고 부유한 수동공격적인 백인 여자였던 적은 결코 없었다. 다시 말해 브롱카가 늘 그렇듯이 엄청난 액수의 수표 아래에서 위험을 감지했을 뿐이라는 의미다.

하지만.

이징이 휴대전화를 한 손으로 쥐고 엄청난 속도로 문자를 입력하며 들어온다. 브롱카의 긴장감을 아직 못 느꼈는지 알고도 모르는 척하는 건지 무심하게 손을 팔랑팔랑 흔들어 보인다. 브롱카는 안내 데스크로 향한다. 파트타임으로 일하는 베네자는 늦게 출근하기 때문에 그때까지는 브롱카가 여기 앉아 있어야 한다. 그는 책상 앞에 앉아 방금 있었던 일을 처음부터 꼼꼼히 돌이켜보고는 지식의 사전이 뭐라고 하든 화이트 박사는 뭐가 아주, 아주 많이 잘못되었다는 결론에 다다른다.

그때 전화기가 울린다. 라울이다. "지금 무슨 생각하는지 압니다."가 그의 첫마디였다.

브롱카는 베네자가 출근하면 사무실 문을 잠그고 안에서 잠시 눈을 붙일까 생각하던 참이었다.

"오, 안녕하세요, 기금위원장. 그건 공식적인 '무슨 생각하는지 압니다'인가요, 아니면 비공식적인 건가요?"

"사실은 경고였죠." 라울의 말에 브롱카는 즉시 업무 모드로 태세를 전환한다. "이사회에서 어젯밤 내내 화이트 씨의 기부금을 놓고 논의했어요. 전화에 이메일에, 심지어 문자도 주고받았죠. 돈과 관련된 문제라면 이 사람들은 잠도 안 자니까요."

그래. 그건 브롱크스 아트센터 이사회에 대한 브롱카의 견해와도 일치한다. 이사회에는 몇몇 유명한 예술가도 끼어 있지만 진짜로 중요한 건 그들이 아니다. 실권을 쥐고 있는 건 CEO와 오래된 대부호 가문의 자손들, 싱크탱크 고문들, 그리고 브롱카와 같은 길을 걷고 지금은 은퇴한 사람들이다. 하지만 브롱카보다는 확실히 일을 잘했나 보다. 비영리기관을 운영하고도 어찌된 일인지 신기하게 백만장자가 될 수 있었으니까.

"그렇군요. 그래서 결론이…… 잠깐, 내가 맞혀 볼까? 돈을 받자는 거겠네."

"제한 없는 기금이라고요, 브롱카."

"제한이 없기는 무슨. 돈을 주는 대신 우리 원칙을 포기하라고 했다고!"

라울은 느릿하게, 조심스럽게 한숨을 내쉰다. 브롱카는 라울을 나름 존중하고 있다. 직장 내 성적 관계에서의 권력 역학에 대해 너무 가볍게 생각하는 건 일단 제쳐 두고, 그는 이사회에서 한 자리를 차지하고 있는 몇 안 되는 예술가 중 한 명이고 조소에 대한 재능만큼이나 예술이 뭔지도 모르는 사업가 타입의 사람들과 언쟁을 벌이는 데 탁월한 재능이 있기 때문이다. 그가 재능이 부족한 분야가 있다면 브롱카처럼 까다로운 예술가 타입과 언쟁을 벌이는 것이다.

"그건 너무 멜로드라마틱한 표현 아닌가요. 그리고 완전히 그러라는 것도 아니라고요. 더 나은 뉴욕 재단은……."

"세상에, 그 이름 진짜야?"

"맞습니다. 매우 풍부한 자금원을 갖추고 있는 사적 재단이고, 지금 뉴욕의 껄끄러운 이미지를 번영과 발전의 극치로 끌어올리기 위해 전력하고 있죠."

브롱카는 수화기를 귀에서 떼고 노려본다. "내 평생 들어 본 중에 최고로 더러운 냄새가 펄펄 풍기는데. 완전히……." 브롱카가 고개를 젓는다. "젠트리피케이션 논리잖아. 백인 상류층이나 하는 생각이라고. 그 사람들은 이 도시를 지금의 뉴욕으로 만든 사람들이 껄끄럽다며 내쫓고 싶어 한다고! 라울, 그 여자가 원하는 건……."

"솔직히 무리한 요구는 아니죠. 어쨌든 이사회는 그렇게 생각합니다."

라울의 음성에는 최후통첩이 담겨 있다. 브롱카는 가슴이 옥죄이는 것을 느낀다. 일이 너무 빨리 진행되고 있다.

"지금 이게 양자택일의 문제란 소리야? 돈을 받든가, 아니면……?"

"당신은 어떻게 생각해요, 브롱카?"

브롱카의 첫 번째 본능은 고래고래 고함을 지르고 싶다는 것이다. 잘못된 반응이고 이 상황에서 하등 도움이 되지 않을 거라는 것도 알지만, 그래도 그러고 싶다. 할아버지는 늘 브롱카가 성질이 너무 급하고 사납다고 했다. 브롱카의 부족은 여러 세대 동안 흑인이나 히스패닉인 척하면서 눈에 띄지 않게 살아남았지만, 진짜 자신들이 아닌 척하던 오랜 시간은 그들에게 흔적을 남겼다. 브롱카는 레나페 족의 삶의 방식이 협동이라는 것을 항상 기억하려고 애쓰지만 때로는 무척 힘든 일이다.

"내 말 좀 들어 봐. 무명의 작품을 내리고 그 자리에 그…… 돈 많은 네오나치 새끼들 작품을 걸면 사람들이 눈치 못 챌 것 같아? 그게 무슨 의미로 보이겠냐고……."

"그 돈 많은 네오나치들이 올린 영상 봤어요? 당신 이메일은 확인해 봤고요?" 브롱카가 우물쭈물거리며 입을 다물자 라울이 한숨을 쉰다. "한번 확인해 봐요. 그리고 그 문제로 이사회도 밤새도록 이메일 폭탄을 받았다는 점도 생각해 보고요. 그런 다음에 어떻게 할 건지 내게 알려 줘요."

브롱카는 마지막으로 발버둥을 쳐 본다.

"'하라는 대로 안 하면 해고'는 선택권을 주는 게 아니야, 라울."

"천만에요. 당신은 기부금을 거절하고, 잘리고, 센터 직원들과 예술가들을 수년 동안 재정적인 불안 속에 집어 던지는 걸 선택할 수 있어요. 이사회에서는 당신 대신 어디서 굴러먹다 왔을지 모를 인간을 데려와 앉히겠죠. 틀림없이 이사회 말이라면 깜박 죽는 사람일 테고, 그건 즉 당신의 절반만큼도 센터 사람들을 위해 일하지 않을 거란 뜻입니다. 중요한 건 그거예요, 브롱카. 당신이 잘리면 그 사람들한테 전혀 도움이 되지 않을……."

"지금 너도 선택을 한 거잖아! 빌어먹을 인종차별주의자 새끼들이랑 한평생 그런 놈들이랑 싸워 온 사람 사이에서! 그런데 그 인간들을 선택해?"

그래, 소리를 참 안 지르기도 하겠다.

"이사회는 그런 식으로 생각하지 않습니다. 네, 그리고 솔직히 말하자면 나도 당신 말이 맞다는 걸 알아요." 라울이 단번에 브롱카의 울분에 편승한다. "맙소사, 브롱카. 내가 이게 뭔지 모를 거 같아요? 나도 망할 치카노*라고요. 우리 부모님은 불법체류자였고…… 당연히 나도 압니다. 하지만 이 사람들은 브런치 테이블에서 무제한 음료를 얻을 수만 있다면 약간의 파시즘 정도는 아무 문제 없다고 말할 인간들이란 말입니다!"

브롱카는 입을 다문다. 하지만 몸이 덜덜 떨리고 있다. 대꾸할 말도 떨어졌다. 시야 한구석에서 이징이 귀를 쫑긋 세우고 어정대고 있는 게 보인다. 제스도 브롱카가 목청을 키운 뒤로 제 사무실 문밖으로 나와 있다. 베네자도 출근할 시간이라 센터로 들어온 참이다.

---

*멕시코계 미국인.

브롱카는 충동적으로 스피커폰 버튼을 누른다. 이제 모두의 귀에 라울의 긴 한숨 소리가 들린다.

"저기요. 난 그저 심부름꾼일 뿐이에요. 나도 이 문제를 놓고 싸웠을 거라는 거 당신도 알잖아요…… 어쨌든 시간을 좀 두고 천천히 생각해 봐요, 브롱카. 난 당신을 알아요. 당신이 옳다는 것도 알고요. 하지만 당신을 잃고 싶진 않아요. 제발 몸조심하고요. 사태가 너무 빨리 악화되고 있어요." 그러고는 전화를 끊는다.

브롱카가 통화를 마치고, 시선을 들어 올린다. 제스가 손으로 입을 막은 채 경악하고 있다. 이징이 한숨을 쉬며 손에 쥐고 있던 전화기를 돌려 소셜 미디어 같은 화면을 보여 준다. 글씨가 너무 작아 브롱카는 읽을 수가 없다.

"알트 아티스트 영상이 올라갔어요." 이징이 말한다. "내 맨션 창은 아침 내내 자살해라 같은 걸로 넘쳐나고 있고요. 처음엔 왜 이러나 싶었죠. 계정은 다 다른데 하는 말은 대충 똑같아요. 왜 @BronxArts는 백인 남성을 싫어하는가, 실제로 차별을 하고 있으면서 왜 차별을 안 한다고 변명하는가, 유색인 예술가 작품만 전시하는 건 소수집단 우대 정책 아니냐, 등등. 거기다 짱깨년 어쩌고랑 강간해 버리겠다는 말도 엄청나고요."

"이게 다 도대체 무슨 일이야?" 어안이 벙벙해진 브롱카가 묻는다.

"나도 마찬가지예요." 제스는 벌써부터 피곤해 보인다. "어젯밤에 우리 집 전화로 연락이 왔어요. 다섯 번이나요. 남편이 아예 수화기를 내려 버렸는데, 자동응답기에도 애정 넘치는 메시지가 가득할걸요. 센터 웹사이트에서 내 이름을 보고 거기서 개인정보를 알아낸 거 같아요. 베네자가 말한 것처럼." 그가 한숨을 내쉬며 눈을 비빈다. "솔직히 이메일을 확인해 보기가 무섭네요."

"맞아요, 하지 마요." 베네자가 방으로 들어오며 말한다. 한 손에는 노트북 가방을 들고 있고 피곤해서 눈이 게슴츠레하다. "어제 옛날 남자친구 하나가 문자를 보냈는데 그놈들 영상이 완전히 미쳤대요. 나더러 한동안 집을 떠나 있는 게 어떻겠냐고 하더라고요. 하지만 어쨌든 내 이름은 직원 페이지에 없으니까요." 베네자가 눈동자를 굴린다. "처음으로 센터가 나한테 정직원 혜택을 안 줄 정도로 구두쇠라는 게 고마웠다니까요."

제스가 흠칫 긴장한다. "우리 신상정보가 퍼지면 어쩌지?"

"벌써 그런 거 같던데요."

브롱카의 등골이 오싹해진다. 베네자가 한숨을 푹 쉬며 노트북을 열어 뭔가를 클릭한다. 그러고는 컴퓨터를 돌려 화면을 보여 준다. 일종의 포럼 게시판이다. 상단에 포럼의 주제가 적혀 있다. '팔뚝만 한 딜도로 레즈년들 박아 주기 작전.' 그러고는 수십 개의 글들. 브롱카는 읽어 보려 하지만 글씨가 너무 작다. 그리고 너무 많은 사람이 "대화"를 하고 있다. 브롱카는 늘 인터넷에서 하는 얘기들을 따라가려고 노력하지만, 이럴 때면 시대에 뒤처진 신기술 반대운동가라도 된 기분이다.

"자기네들끼리 무슨 조직 활동을 벌이고 있는 것 같아요." 베네자가 해석해 준다.

이런 종류의 글을 읽는 데 훨씬 익숙한 이징이 눈을 가늘게 뜨고 화면을 들여다보더니 욕설을 내뱉는다.

"씨발, 날짜를 봐. 이 자식들 이거 훨씬 전부터 계획했던 거잖아."

"그런 거 같죠." 베네자는 괴로운 표정이다. "어제 내가 온라인 흔적을 빨리 지워야 한다고 했는데, 벌써 늦은 거였네요. 미안해요."

베네자가 화면 속 댓글 하나를 가리킨다. 갑자기 거기 쓰인 단어들이 브롱카의 머릿속에 인식된다. 그것은 그의 집 주소와 전화번호다. 그 밑에 누군가 마침표도 없이 "찾았다아아아아아"라고 써 놓았다.

"이 개새끼들."

브롱카가 사납게 으르렁거린다. 하지만 속으로는 떨고 있다. 만약 이 사람들이 한밤중에 집에 불을 지르기라도 하면 어떻게 하지? 아니면 밤중에 자고 있을 때 집 안에 몰래 들어오면? 브롱카는 총을 갖고 있다. 불법이긴 하지만. 젊을 적에 AIM 시위와 "기물 파손" 죄목으로——여기서 기물 파손이란 예술가들이 폐건물 벽에 벽화를 그리는 걸 가리킨다——체포된 적이 있어 총기 소지 허가를 받을 수가 없기 때문이다. 정말로 결국 그렇게 되는 걸까?

제스가 신음 소리를 낸다. 이징이 고개를 젓는다. 화면을 훑느라 눈동자가 위아래로 번개처럼 움직이고 있다.

"브롱카 사회보장번호랑 은행정보도 찾으려고 했네요. 하지만 거기까진 못 알아낸 거 같아요. 은행이랑 경찰이랑, 되는 대로 다 전화해 보는 게 좋겠어요."

브롱카는 얼굴을 손바닥으로 덮은 채 한동안 말이 없다. 머리가 돌아가지를 않는다. 뭘 어떻게 해야 하지? 도시의 힘조차도 이런 일은 도와줄 수가 없다.

그때 베네자가 브롱카를 슬쩍 건드린다. 브롱카가 손을 내리자 베네자가 측은한 눈빛으로 그를 바라보고 있다.

"저기요, 잊지 마요. 카펫 위 깨끗한 공간이요. 내가 있잖아요."

정말이지 웃기는 말이다. 그래서 브롱카는 베네자를 참 많이 사랑한다.

브롱카는 심호흡을 하고, 기운을 되찾으려고 애쓴다.

"알았어. 그래. 일단 은행에 전화부터 해야겠다."

"우리도 온라인으로 뭔가 해야 해요." 이징이 미간을 찌푸리며 말한다. "놈들한테 맞설 반대운동을 벌이는 거예요. 일단 브롱카는 해야 할 일부터 해요. 그동안 우린 반격을 할 테니까."

그러고는 하루 종일 골치 아픈 일들의 연속이다. 브롱카는 그를 해고하겠다는 으름장 때문에 아직도 약간 멍하지만 그건 무수한 포화 중 하나에 불과하다. 베네자가 "열만 받을 텐데요."라고 말리는데도 부득이 찾아본 알트 아티스트 영상은 암시와 주입에 있어 그야말로 대가의 솜씨를 자랑하고 있다. 자기네가 백인이기 때문에 브롱카가 거절했다는 말은 한마디도 대놓고 하지 않았다. 증명할 수도 없고 법적 소송을 초래할 수도 있기 때문이다. 하지만 그것만 빼놓고 다른 모든 것을 지껄여 댔다. 브롱카가 커밍아웃한 레즈비언이고, 아이비리그에서 박사학위를 수료한 선주민 인권운동가라는 것.(무슨 전문가라며 초대손님으로 출연한 열다섯 살 소년이 "인디언은 다 가난한 줄 알았는데!" 하고 빈정거린다.) 이징의 작품이 갤러리에 걸려 있다는 것.("자기랑 친구들 작품만 홍보한다 이거지!" 누군가 영상 댓글란에 이렇게 써 놨다.) 그리고 제스가 유대인이라는 것. 그들은 그게 엄청나게 끔찍한 일인 양 굴었다.("이제 이 모든 일의 진짜 배후가 누군지 알겠죠." 금발 상투 남이 몸을 앞으로 기울이며 카메라를 똑바로 바라보며 말한다.)

명확한 결론이나 특정 행동을 부추기는 지령은 신중하게 분리되어 있지만, 진짜 중요한 메시지는 전부 다 있다. 그리고 댓글을 보건대 구독자들은 그 메시지를 아침식사처럼 게걸스럽게 집어삼키고 있다. 알트 아티스트는 의심스런 성적 취향을 가진 으스대는 "유색 인종" 여자들이 형편없고 열등한 자기들 작품을 홍보하려고 우연히 시스헤테로 백인 남성으로 태어났을 뿐 실은 훨씬 더 탁월하고 재능 넘치는 예술가들을 박해하는 사회적 음모에 말려든 피해자였다. 그래서 결론을 말하자면 이들은 구독자에게 "여러분이 어떻게 생각하는지 브롱크스 아트센터에 알려 주라"고 지시했고, 아트센터의 뉴스레터 발행란에 적힌 이사회의 이름과 연락처를 공개했다.

그들은 누구를 겨냥해야 하는지 정확하게 알고 있었고, 그들의 의도는 실현되었다. 그렇게 브롱카는 잘릴 위기에 처한 것이다.

이징과 다른 이들은 벌써 행동에 착수했다. 제스가 센터 예술가들에게 전화를 돌리고 문자를 보내는 동안 브롱카는 은행에 전화를 건다. 브롱카는 제스에게 설명을 들을 때까지 그가 어떤 기준으로 전화를 돌리고 있는지 알 수가 없다. 제스는 아주 거물급은 아니지만 소셜 미디어에서 영향력이 큰 인물들을 중심으로 공략하고 있다고 설명한다. 그들에게 센터의 현 상황에 대해 포스팅을 해 달라고 부탁하고, 베네자는 벌써 예술학교 친구들을 들들 볶아 공개적인 온라인 토론을 시작했다. 제스의 설명에 따르면 목표는 대중이 자발적으로 센터를 지지하는 모습을 보여 주는 것이다.

실제로 베네자가 보여 준 것처럼 이미 자발적인 의견 표출이 발생하고 있다. 다만 집중되지 않고 흩어져 있을 뿐이다. 아트센터는 지역사회에 좋은 일을 하고 있는데 왜 사람들이 갑자기 화를 내고 있는지 묻는 글들이 꽤 올라와 있다. 인종주의에 반대하는 행동을 어떻게 인종차별이라고 부를 수 있는지 의아해하는 글들도 있다. 하지만 한 시간도 안 돼 이징은 세 명의 예술매체 기자와 한 뉴스 편집자에게서 전화를 받는다. 그는 기자들에게 브롱크스 아트센터 소장이 재능 있는 예술가의 작품을 내리고 "혐오 작품"을 걸라는 요청을 받았다고 설명한다. 버즈피드가 그러한 사정을 알리는 포스팅을 한다. 드러지도 마찬가지다. 이미 모두가 저쪽에 대해 창문 너머로 삐딱한 시선을 보내고 있다. 베네자는 카운터 해시태그라고 부르는 것을 뿌리기 시작했다. #브롱크스는혐오를반대한다. 하지만 중간에 누군가 도와주겠답시고 #예술은대안우파가아니다를 시작한 탓에 신경질을 낸다. "이건 우리 메시지를 희석하는 거라고요!" 베네자는 이렇게 주장하지만 브롱카가 보기엔 두 가지 메시지 모두 좋은 것 같다. 이징이 가르쳐 준 대로 소셜 미디어에서 일이 어떻게 돌아가고 있는지 찾아보니 수천 명의 사람들이 트위터와 블로그에 아트센터를 지지하는 글을 올려놓았다. 세상에 이렇게 아름다운 광경은 처음이다.

그러고는 저녁이 다 되었을 무렵 ─ 이미 한두 시간 전에 센터 문을 닫아야 했지만 당연히 다들 아직도 남아 있다 ─ 브롱카의 직통 전화가 울린다. 라울의 번호다.

브롱카는 사무실에서 라울의 전화를 받는다. 통화는 짧다. 이윽고 사무실에서 나와 그를 뚫어져라 응시하는 동료들의 시선을 마주하자, 저도 모르게 웃음이 나온다. 피곤하고 지친 웃음이지만 너무도 황당한 하루를 보낸 참이라 거의 카타르시스처럼 느껴진다.

"그래, 어…… 그러니까 이사회가 현 상황을 검토한 다음 진정으로 예술을 사랑하는 집단답게 공식적으로 표현의 자유에 대한 지지를 선언하기로 했고 어쩌고…….." 브롱카가 어깨를 으쓱한다. "해석하자면 더 나은 뉴욕 재단의 기부금을 거절하기로 했단다. 날 해고하지도 않을 거고."

베네자가 의자에서 벌떡 일어나며 승리의 환호를 내지른다. 제스는 당장이라도 쓰러질 것 같은 얼굴이다. 이징은 노호를 터트린다.

"해석하자면 빌어먹을 인터넷에서 들고 일어나니까 나쁜 놈처럼 보이기 싫다는 소리잖아요. 근데 사과는 할 거래요? 애초에 화이트 박사 제안을 고려한 것부터 잘못된 거잖아요!"

"이사회잖아. 그 인간들이 어떤지 알면서." 이징이 입을 열지만 브롱카가 한 손을 들어 올려 가로막는다. "자, 이번 일은 정말 말도 안 되는 난장판이었어. 하지만 어쨌든 버텨 냈잖아. 그만 집에들 가. 집에 가서 오랜만에 9시가 되기 전에 저녁을 먹으라고. 오늘 있었던 일은 잊어버리고. 그리고…… 모두 고마워. 내 일자리를 지켜 줘서."

순간적으로 정적이 흐른다. 이징이 베네자를 쳐다본다. 베네자가 찌그러지고 괴상한 표정으로 브롱카는 이해할 수 없는 무언의 메시지를 이징에게 보낸다. 이징이 짜증을 내더니 허리를 곧게 펴고 브롱카를 쳐다본다. "우리 집에 방 하나 남는데." 약간 뻣뻣한 말투지만 두 사람이 서로를 얼마나 싫어하는지를 감안하면 브롱카가 지난 세월 동안 이징에게 했던 온갖 못된 말들의 절반 정도는 후회하게 만드는 행동이다.(하지만 나머지 절반은 죽을 때까지 후회하지 않을 거다.)

"우리 둘이라면 자정도 못 돼서 서로 죽여 버리겠다고 난리를 칠 걸." 브롱카가 부드러운 말투로 대답한다. 그러고는 빙그레 웃으며 덧붙인다. "하지만 고마워."

이징이 어깨를 으쓱하고는 긴장을 풀며 의자 등받이에 몸을 기댄다.

"브롱카를 참아 주는 거야 저 씨발자식들에 비하면 상대적으로 작은 희생이죠. 그건 그렇고 앞으로 어떻게 할 거예요? 위험하니까 며칠은 집에 안 가는 게 좋을 거 같은데."

브롱카는 눈을 문지른다. 일단 호텔은 안 된다. 신용 도용 문제 때문에 은행에서 현금카드와 신용카드를 전부 취소했기 때문이다. 그건 즉 새 카드를 발급받을 때까지 지갑에 있는 현금만으로 버텨야 한다는 소리다. 이웃집에는 벌써 조심하라고 말을 해 뒀다. 브롱카의 집은 두 채가 붙은 반(半)단독주택인데, 헌츠포인트에 있다. 외지인에게는 거친 동네라 브롱카의 주머니 사정으로도 그 집을 살 수 있었다. 솔직히 스토킹하겠다는 인간이 있더라도 그 동네에서 오래 알짱거릴 만큼 배짱이 두둑하진 못할 거다. 하지만 그래도 최대한 안전한 방법을 택해야 한다.

"여기서 자려고." 이윽고 브롱카가 대답한다. "호텔은 비싼 데다 거기까지 미행이 따라붙지 않는다는 보장이 없으니까. 그리고 여기 있으면 상주자들이 내 뒤를 봐 줄 수도 있고. 위층에서 대충 끼어 자면 되겠지." 전에도 해 본 일이고, 브롱카의 사무실에는 에어매트리스와 여분의 옷, 그리고 2003년 북동부 대정전* 때 이후로 챙겨 놓은 비상배낭도 있다.

"맞다. 어제 상주자들에게 폭력 사태가 발생할 수도 있으니 조심 하라고 말하지 않았나요?" 제스가 묻는다.

"그랬지. 하지만 진짜로 그런 일이 일어나더라도 혼자보다 여럿 이 있는 게 낫잖아?" 브롱카가 어깨를 으쓱한다. "어떻게든 되겠지. 다들 집에 가. 난 괜찮으니까. 정말이야."

그래서 그들은 주섬주섬 물건들을 챙기기 시작한다. 브롱카는 잠 시 사무실에 앉아 있기로 한다. 주로 체력과 에너지를 충전하기 위 해서다. 그래서 베네자가 문가에 기대서서 그를 바라보고 있는 것 을 발견했을 때, 그러고는 다가와 그를 꼭 껴안았을 때, 브롱카는 그 어느 때보다도 포옹이 절실하던 참이었다.

"나도 오늘 여기서 같이 잘게요. 상주자들이랑 같이 유리공예 도 가니 옆에 둘러앉아서 캠프파이어 노래 부르고 놀아요. 안내 데스 크 서랍에 마시멜로도 있거든요."

"그 도가니라면 1초도 안 돼서 마시멜로를 숯덩이로 만들어 버릴 걸. 그리고 안내 데스크 서랍에 왜 마시멜로가 있는 건데?"

"핫초콜릿에 넣어 먹으려고요." 베네자가 당연한 소리를 왜 하냐 는 표정으로 쳐다본다. "엄청 비싼 유기농 제품이라고요. 네모난데, 마다가스카르 바닐라 맛이에요. 아냐, 인도네시아 바닐라던가? 기 억이 안 나네. 하지만 공정무역 제품이라고요."

---

브롱카는 웃음을 터트리며 고개를 절레절레 흔든다. 잠시나마 모든 게 다 괜찮을 것 같은 기분이 든다.

브롱카는 다른 사람, 다른 장소가 된 꿈을 꾸고 있다. 그때, 그의 도시가 갑자기 그를 가볍게 쿡쿡 찌른다. 헤이, 문제가 생겼어.

브롱카는 툴툴거리며 일어나 앉는다. 왼쪽 엉덩이가 저린다. 몸이 뚱뚱하다 보니 아무리 에어매트리스를 깔아도 엉덩이에 딱딱한 콘크리트 바닥이 느껴진다. 온몸이 걸리는 건 나이가 들었기 때문이다. 하지만 그는 결국 비상용 은박담요 밑에서 빠져나와 ─ 재난 대비용 배낭에 들어 있던 건데 신기할 정도로 따뜻하다 ─ 꾸물거리며 일어선다. 왜냐하면, 문제가 생겼다잖아.

그는 공방이 있는 센터 3층에 있다. 밤에는 센터를 잠그기 때문에 이 층까지 올라올 수 없지만 상주 예술가들은 화물용 엘리베이터를 사용할 수 있다. 하지만 엘리베이터는 지금 움직이고 있지 않다. 브롱카의 주변에는 여섯 명이 자고 있다. 센터에 상주하는 사람들로 빈백이나 소파에 웅크려 자는 중이다. 한 사람은 자신이 만든 조각상의 손바닥 위에 누워 자고 있다. 엄청나게 커다란 대리석 손이다. 베네자는 밝은 초록색 플러시체어에서 짜부라져 잠꼬대 중이다.

사람들을 깨우지 않으려고 살금살금 움직이며 반쯤 완성된 초현실주의 작품과 아직 초벌구이가 안 된 도자기가 놓인 선반 사이를 기웃거린다. 아무것도 없다. 아래층이야? 브롱카는 도시에게 묻는다.

도시는 멀리서 들려오듯 귓전에 어렴풋이 울리는 반향으로 대답한다. 콘크리트 바닥 위로 느릿하게 긁히는 수상쩍은 소리. 숨죽여 웃는 남자 목소리. 뒤이어 또 다른 음성이 쉿! 조용히 하라고 경고한다. 액체가 출렁이며 딱딱한 표면에 후두둑 튀는 소리. 그리고 화가라면 누구나 알아들을 수 있는, 나무에 고정된 캔버스 천이 덜걱대는 소리.

브롱카는 생각할 겨를도 없이 계단으로 뛰어간다. 센터 건물 내부의 계단 벽은 어린아이와 청소년 들이 수업 시간에 그려 놓은 밝은 색채의 그림으로 가득하다. 춤추는 지하철, 길게 늘어선 거리의 간판들. 명랑한 피자 배달부가 피자 한 조각과 음료수를 내밀고 있고 세탁소 여인들은 얼굴 가득 환한 미소를 띠고 있다. 브롱카는 즉각 뭔가 잘못되었다는 것을 알 수 있다. 벽화가 전부 손상됐다. 누군가 벽화를 큼지막하게 훼손해 놨다. 마치 계단을 따라 올라가면서 벽에다 지우개를 문지른 것 같다. 페인트가 지워지고, 그 아래 아무것도 없는 회색의 콘크리트 벽이 드러나 있다. 도대체 어떻게……?

두 주먹을 불끈 쥔 채 우두커니 서 있는데, 갑자기 새로운 소리가 들린다. 훌쩍훌쩍. 뭔가를 웅얼거리는 소리. 아래층에서 나는 건가? 고개를 기울여 집중해 보지만 잘 모르겠다. 하지만 무슨 말을 하는지는 들린다.

"노력 중이에요." 훌쩍이며 중얼거린다. "내가…… 안 해 봤을 거 같아요? 네, 네. 알아요." 여자의 음성. 누군지는 몰라도 왠지 친숙하다. 대화를 나누고 있는 것 같은데, 중간중간 소리가 끊어지고 뭉개져 잘 못 알아듣겠다. 통화 중인가? 하지만 소리를 크게 지를 때처럼 메아리친다. "그만! 내가……." 깜박. 소리가 끊어졌다가 다시 돌아온다. "하라는 건 전부 다 했는데! 아악!"

고통스런 울부짖음이다. 브롱카는 누군가 고통스러워하고 있다는 생각에 저절로 계단을 내려가기 시작한다. 이건 아래층에서 들리는 소리가 아니다. 사방에서 들려오고 있다. 그러면서도 한편…… 여기서 나는 소리가 아니다. 건물 안에서 나는 게 아닌 것처럼 아득하다. 이 근처에서 나는 소리가 아니다.

"알아요 알아요 알아…… 내가 이걸 위해 만들어졌다는 거. 하지만 난 훌륭한 피조물이 아닌가요?" 헐떡임. 흐느낌. 그리고 이어지는 딸꾹질. "나도…… 알아요. 내, 내가 어, 얼마나 흉측한지. 하지만 그건 내 잘못이 아니잖아요. 이 우주의 입자가 잘못된 걸……." 그러고는 긴 침묵이 이어진다. 브롱카가 1층에 거의 다다랐을 즈음, 다시 목멘 음성이 말한다. 꽉 잠긴 목소리에 비통함이 배어 있다. "당신께서 저를 이렇게 만든 것을."

그러고는 또다시 정적. 브롱카는 1층 문의 빗장에 손을 댄 채 가만히 귀를 기울이지만 더는 아무것도 들리지 않는다. 그는 이를 사려물며 빗장을 끄른다.

1층은 침침한 조명이 비치는 곳 외에는 무척 어둡다. 이제 소리가 또렷하게 들린다. 사람들이 움직이고 있다. 어떻게 건물 안에 들어온 거지? 상관없다. 지금 중요한 건 브롱카가 머로 홀을 지나치면서 본 것처럼 그들이 벽에 걸려 있는 무명 작가의 작품들을 전부 끌어내렸다는 사실이다. 전시실 한가운데 액자들이 위태롭게 쌓여 있다. 가까이 다가간 브롱카는 누군가 거기에 라이터 기름을 뿌려 놓은 것을 알아차린다. 반은 냄새 때문에, 그리고 나머지 절반은 노여움 때문에 코가 실룩거리며 주름이 잡힌다. 브롱카는 가장 위에 뒤집어져 있는 액자를 덥석 잡아 돌려 본다. 그가 가장 좋아하는 그림이다. 누군가 잠들어 있는 청년의 얼굴에 검은색 마커로 보이는 것을 마구 칠해 엉망으로 만들어 놨다.

"이 니미씨발새끼들이." 브롱카가 험악하게 으르렁거린다.

"신기하게도 너희 중에 진짜 그러는 애들은 별로 없더라."

등 뒤에서 들려온 익숙한 목소리에 브롱카는 흠칫 놀라 몸을 굳힌다. 칸막이 여자다. 방금에야 깨달았지만, 아까 계단에서 들은 목소리도 이 여자다. 그땐 목소리가 또렷하지 않았지만 틀림없다.

"처음에 이 도시에 왔을 땐 제 어미랑 붙어먹는 꼴을 많이 볼 줄 알았거든." 칸막이 여자는 아까처럼 정신이 나간 것 같지도 않고, 목소리도 차분하다. 어찌 보면 좀 지겨워하는 것 같기도 하다. "뉴요커들이 그 욕설을 하도 자주 쓰길래 진짜로 골목길마다 지 어미랑 그 짓을 하는 애들이 널려 있을 거라고 생각했지 뭐야. 그런 역병 같은 게 돌고 있든가, 아니면 어미들이 씹질을 좋아하든가. 내 생각엔 그럴 거 같긴 하지만. 그래서 니미씹질이 아주 풍부한 세계일 거라고 생각했는데, 실제론 별로 없더라고. 정말 이상해."

브롱카는 고개를 쳐든다. 머로 홀은 천장 높이가 9미터나 되기 때문에 주로 높고 커다란 작품들이 설치된다. 하지만 지금, 저 천장 한쪽 구석에서 뭔가 움직이고 있다. 페인트가 덜 마르기라도 한 것처럼, 벽에 칠해진 흰색 페인트칠 아래에서. 브롱카는 숨을 삼킨다. 그것은 마치 거미처럼 생겼다. 벽에 찰싹 달라붙어 있고 다리 몇 개가 부족하긴 하지만. 별로 크지는 않다. 손바닥 크기 정도? 하지만. 정체가 뭔지는 몰라도 브롱카가 보는 앞에서 몸집이 두 배로 부풀어

오르더니 또다시 두 배로 팽창한다. 그러고는 찢기고 갈라지는 소리와 함께 ― 왜냐하면 정말로 그러고 있기 때문이다 ― 별안간 양쪽으로 쩍 쪼개진다. 갈라진 틈새의 가장자리가 또르르 말려 벗겨지기 시작하는데, 그 모습이 살아 있는 생물보다도 전자적인 뭔가에 가깝다. 픽셀이 겹겹이 쌓이더니 이윽고 주르륵 흘러내리며 그 너머에 존재하는 공간이 드러난다.

거기 있어야 할 것은 옆 전시실의 천장이다. 아니면 단열재나, 환풍시설이나. 하지만 브롱카의 눈에 보이는 건 실제 있어야 하는 것보다 훨씬 더 멀리 있는 하얀 천장이다. 센터의 규모를 생각하면 불가능할 정도로 멀리 떨어져 있다. 혹시 2층 천장인 걸까? 지금 브롱카의 인지 감각은 엉망이다. 그러나 그가 지금 보고 있는 천장은 센터 전체에 칠해진 따뜻한 느낌의 하얀색이 아니다. 차가운 회색이다. 질감도 다르다. 벽보다 훨씬 거칠고 까칠까칠해 보이고, 여기저기 자그마한 수정 알갱이가 박혀 있다. 예쁘긴 한데 역시 거리가 잘못됐다. 지금 그는 도무지 말도 안 되는 걸 보고 있다.

말하자면 지금 브롱카가 보고 있는 건 센터 내부의 어떤 공간도 아니다. 왠지 그날 화장실 칸막이에서 일어난 일을 또다시 보고 있다는 느낌이 든다.

쳐다보면 안 된다. 지식의 사전이 경고한다. 하지만…… 브롱카는 저 작고, 평평하고, 단조로운 다름의 공간에서 눈을 뗄 수가 없다.

브롱카가 그것을 바라보는 사이, 뭔가 자그만 것이 틈새 사이로 미끄러져 빠져나온다. 엄청나게 빠르다. 너무 빨라서 육안으로는 움직임을 따라잡지도 못할 정도다. 다음 순간 그것이 브롱카의 발

치에 있다. 순식간에 거대해진다. 또다시 깜박 흔들리고, 브롱카가
놀라 외마디 비명을 지른다. 눈앞에 거칠고 오돌토돌한 흰색의 거
대한 벽이 솟구쳐…… 사람만 한 크기로 줄어든다. 묽스그레한 하
얀 진흙 덩어리가 조금씩 형상을 갖추기 시작한다. 사람이다. 몸을
길게 펴고는 고개를 돌려 브롱카를 바라본다. 브롱카는 놀라 숨을
헐떡이며 주춤 뒷걸음질 친다. 그 사람은 얼굴이 없다.

또다시 픽셀이 깜박깜박 명멸하는가 싶더니 얼굴 없는 사람이 사
라지고, 그 자리에 흰옷을 걸친 여자가 얼굴 가득 미소를 띠며 서
있다.

오늘 아침 브롱카가 만난 사람은 아니다. 브롱카는 더 나은 뉴욕
재단의 스폰서를 전부 찾아봤고 "화이트 박사"의 사진을 발견했다.
사실 그의 성은 화이트가 아니라 아켈리오스였다. 정치적 우파 성
향으로 유명한 그리스 선박왕 가문의 한 사람. 하지만 이 사람은 사
진 속에서 평범한 갈색 머리였던 아켈리오스 박사가 아니다. 지금
브롱카의 눈앞에 나타난 사람은 평범한 것과는 거리가 멀다. 그는
키가 큰 몸을 똑바로 세우고 묘하게 우아한 자세로 선다. 발레의 기
본 3번 동작처럼 발꿈치를 들고 몸 앞쪽에 두 팔을 우아하지만 부
자연스럽게 들고 있다. 머리카락은 브롱카가 만난 여자처럼 백금발
이지만 둘 사이의 유사점은 그게 전부다. 이 흰옷의 여자는 브롱카
가 패션모델이나 아니면 다른 살아 있는 도구를 연기하는 데 있어
아름답다고 간주되는 여자들에게서나 봤던 각지고 높은 광대뼈를
지녔다. 하지만 이 여자는 그들보다도 훨씬 더 소품이나 인형과 비
슷해 보인다. 미적 기준을 넘어 기괴한 불쾌함의 골짜기 영역에 가

갑다. 여자의 높은 광대뼈는 지나치게 섬세하다. 입술은 너무도 완벽한 활 모양 곡선을 그리고 있고 양 눈 사이의 거리는 너무 멀다. 그리고 얼굴 위의 미소는 마치 그림으로 그린 것처럼 조금도 흔들리지 않는데…… 적어도 이것만큼은 익숙하다. 비록 외양이 완전히 다르긴 하지만 브롱카는 이제야 드디어 진짜 화이트 박사를 만났다고 확신한다.

머로 홀 입구에서 누군가의 목소리가 들린다. 고개를 돌려 보자 친숙한 알트 아티스트 친구들이 브롱카가 빠져나가지 못하게 입구를 가로막고 있는 게 보인다. 전부 다 온 건 아니다. 상투남과 할리데이, 그리고 열다섯. 열다섯은 우스꽝스러운 닌자 옷을 입고 있는데 꼭 펑퍼짐한 검정 새틴 파자마처럼 보인다. 하지만 그래도 브롱카가 손쉽게 해치울 수 있는 것보다 세 명은 더 많다. 어두침침한 야간 조명 아래에서 그들이 히죽이고 있다. 이가 반짝이는 게 보인다. 그들은 브롱카가 지금 곤경에 처해 있다고 생각한다.

하지만 그들의 생각이 옳기에, 브롱카는 일부러 더 호전적인 태도로 화이트를 돌아본다. "집구석에 문제라도 생겼나 봐?" 계단에서 들었던, 비굴하게 억울해하던 목소리를 떠올리며 묻는다.

화이트가 어깨를 으쓱이는 것과 비슷한 동작을 한다. 이렇게 말하는 까닭은 어깨를 으쓱인다고 하기엔 거의 구불거리는 것에 가깝기 때문이다. 머리는 너무 많이 움직이고 어깨는 너무 적게 움직인다.

"누구한테나 보고해야 할 이사회 같은 게 있기 마련이지."

놀랍게도 브롱카는 약간의 연민을 느끼며 웃음을 터트린다.

"그래도 우리 이사회가 좀 나은 것 같은데. 진짜 박사 학위가 있긴 하고? 무슨 분야인데? 정신 나간 병신 짓거리?"

화이트가 웃는다. 입이 커다랗게 벌어지고 치아가 전부 드러나는 웃음이다.

"우리 종족 기준에 따르면 난 뭔가를 가르친다는 게 불가능한 갓난아기나 마찬가지란다. 하지만 너희들 기준으로 따지면 난 감히 헤아리지도 못할 만큼 오래됐지. 난 너희가 아직 궁금해하지도 못하는 신비를 알고 있어. 어쨌든 드디어 이렇게 얼굴을 보게 되어서 반가워, 브롱크스."

"브롱카야." 그는 화이트가 왜 자신을 그렇게 부르는지 안다. 하지만 젠장, 내 이름은 내 이름이라고.

화이트는 잠깐 생각하는가 싶더니 다시 어깨를 으쓱인다.

"이름이란 건 정말 쓸데없지. 이 세계는 그런 것에 너무 집착해. 온통 혼동과 구분과 차이뿐이야. 아, 하지만 나도 이해할 수 있어." 여자의 손이 호소하듯 넓게 펼쳐진다. 안타까운 표정이 번진다. "난 이 세상에서 무한한 인간의 삶을 살았단다! 너희들이, 그중에서도 너희 같은 부류들이 남들과 같은 인간으로 보이려고, 그러면서도 다수에 흡수되지 않으려고 분투하는 모습을 봤지. 그래서 내가 해야 할 일을 생각하면 참으로 안타까워."

브롱카가 도대체 저게 뭔 소린지 혼란스러워하는 사이, 화이트가 공중에 들어 올리고 있던 손의 손가락을 넓게 펼친다. 그러자 무명 작가의 생동감 넘치는 그림이 사라져 처량해 보이기까지 하는 희고 텅 빈 머로 홀의 벽면에 색색의 붓질 자국이 피어나기 시작한다. 마치 보이지 않는 화가의 손이 거대한 페인트 롤러를 굴리는 것처럼 벽면 위로 생소한 벽화가 펼쳐진다. 배 속이 꽉 죄어든다. 브롱카는 이 작품의 화풍을 알고 있다. 점점 더 넓게 번져 나가는 색채의 소용돌이 속에서 물감 얼룩에 불과한 얼굴 없는 형상들이 튀어나오는 것을 본다. 구경꾼처럼 벽면 가득 모여 있는 형체들. 몇몇은 앉아 있거나 무릎을 꿇고 있는 반면, 다른 것들은 벽을 넘어 이쪽으로 다가오려는 듯이 팔꿈치와 무릎으로 기어 올라오고 있다. 그중 하나, 인간처럼 대칭형이 아니라 다섯 개의 팔다리를 가진 방사형의 괴물이 고개를 한쪽으로 슬쩍 기울이더니 갑자기 브롱카를 향해 번개같이 ─

브롱카는 다급히 시선을 돌린다. 하지만 그림은 이미 사방의 모든 벽에 그려져 있고 천장까지 번져 나가는 중이다. 심장이 미친 듯이 두방망이질한다. 이 벽화는 상투남과 그 친구들은 비교도 안 될 정도로 그를 공포에 떨게 만든다.

"이해가 안 되네." 흰옷의 여자가 갑자기 머리를 홱 젖히며 의아함이 담긴 동작을 가장한다. 그 목소리는 더 이상 상냥하지 않다. "내 화장실 칸막이로 쳐들어오려고 한 게 너 아니었어? 들어와서 날 보려고 한 게 아냐? 그래서 일부러 문도 열어 줬는데. 그래, 정말로 그랬어. 근데 네가 날 발로 찼잖아. 그래서 문이 닫혀 버렸지. 정말 버릇없기는." 별안간 여자의 미소가 사라지고 짜증이 그 자리를 차지한다. 여자가 한숨을 쉰다. "하지만 난 널 아직 포기하지 않았어, 브롱크스. 화장실에서 내가 한 제안 기억나? 그거 아직도 안 늦었거든? 나랑 한편이 되면 널 도와줄게. 너랑 네 친구들은 조만간 맞이할 대격변 때 죽을 필요가 없단다. 어쨌든 적어도 한동안은 말이야. 난 마지막으로 합류하는 게 너라는 걸 알 수 있거든. 네가 할 일은 날 위해 그를 찾아주는 것뿐이야."

흰옷의 여자가 무명 화가의 작품이 쌓여 있는 무더기를 향해 손짓한다. 그 꼭대기에는 엉망진창으로 훼손됐는데도 여전히 아름다운, 브롱카가 가장 좋아하는 작품이 있다.

마구 칠해 놓은 마커 자국 아래에서도 여전히 선명하고 깔끔한 선들, 원작을 사진으로 옮기면서 비롯된 간접적인 거리감을 보고 있으려니 공포심이 조금씩 사그러들기 시작한다. 브롱카는 저 사진 속에 담긴 진짜 그림을 발견한 날을 기억한다. 그것은 사우스 브롱크스의 어느 지하철 4호선 역과 가까운 곳에 있는 허물어지기 직전의 낮은 벽에 그려져 있었다. 또 다른 벽돌 공장. 브롱카는 아무래도 그런 곳과 뗄 수 없는 인연이 있는 모양이다. 하지만 그 쇠퇴와 절망의 장소에서 그는 그것을 발견했다. 한 젊은이가 멀리 떨어진 곳에서 페인트도 없이, 심지어 손가락 하나도 움직이지 않고 그려 낸 자화상. 그 그림을 그린 것은 이 도시다. 그래서 이 그림만 혼자 시점이 달랐던 거야. 그리고 지금, 뉴욕의 화신이 이 도시 아래 어딘가에 홀로 잠들어 있다. 브롱카는 본능적으로 알 수 있다. 지하철 터널 속. 그는 이 그림과 똑같은 모습으로 잠들어 있고, 마침내 브롱카는 그게 어떤 의미인지 이해한다. 뭔가 잘못되었다. 화신이 잠들어 있는 것은 이상하고도 신비한 일이다. 도시가 예기치 못한 돌발 사태를 해결하는 사이 힘을 아끼기 위한 최후의 절박한 수단이다. 도시가 지금처럼 위험에 처한 이유, 흰옷의 여자와 그 일족에게 잠식당한 이유는 도시의 방어력이 바닥까지 떨어져 쇠감하고 있기 때문이다.

왜지? 왜 도시의 화신이 잠들어 있는 거지?

그 대답이 거의 고통스러울 정도로 브롱카를 거세게 강타한다. 마치 도시가 이제껏 그가 그 질문을 던져 주길 고대했다는 듯이. 왜냐하면 뉴욕은 한 사람이 전부 품기엔 너무나도 방대하기 때문이다. 왜냐하면 그럼에도 불구하고 도시가 화신을 필요로 했을 때 그가 모든 것을 혼자 감당했기 때문이다. 그는 맞서 싸웠고 승리를 거뒀지만 ─ 그렇지 않았다면 도시가 지금 이렇게 살아 있을 수 없겠지 ─ 그 과정에서 너무 많은 힘을 사용했고 그래서 하마터면 완전히 소진될 뻔했다. 지금 그는 브롱카와 다른 이들이 찾아와 도와주길 기다리고 있다. 그들은 그를 치유해야만 한다. 그들이 도와주지 않는다면 그는 다시 눈 뜨지 못할 것이다.

브롱카는 흰옷의 여자에게 이런 것을 말해 줄 수도 있다. 그림 속에 있는 게 어느 지하철역인지는 몰라도 아는 것을 다 말해 줄 수도 있다. 지금 머로 홀의 벽은 다른 세계와 이어진 문이다. 브롱카가 상징하는 모든 의미에 적대적이고 해로운 세계. 인간. 여성. 개인. 육신. 3차원. 호흡. 사방 어느 쪽으로든 아주 약간만 움직여도 그는 그 세계로 넘어가게 될 것이다. 떠밀려서. 잡아끌려서. 그리고 아주 짧은 시간만이라도 거기 있게 된다면, 그 이세계의 분자와 충돌하거나 그곳 공기를 들이마시기만 해도, 브롱카의 모든 것이 갈가리 잡아 찢겨 부서질 것이다.(거기 공기가 있긴 할까? 아니, 그런 게 존재할 수 있는 곳이긴 하나?) 브롱카는 그 사실을 자신의 이름만큼이나, 자신의 피부색만큼이나 분명히 안다. 적은 문 앞에 와 있는 게 아니다. 그의 목구멍 밑에 도달해 있다. 살고 싶다면 항복이 최선이다.

그러나 브롱카가 그만큼 분명하게 알고 있는 또 다른 게 있다. 그는 투사(鬪士)다.

날 때부터 그런 건 아니었다. 언젠가 크리스가 브롱카는 온화한 영혼을 가졌지만 날카롭고 뾰족한 철조망으로 둘둘 감싸여 있고, 그 뾰족하고 날카로운 것은 그의 잘못이 아니라고 말한 적이 있다. 브롱카에게 폭력을, 사나움을 가르친 건 이 세상이었다. 왜냐하면 이 세상이 브롱카가 브롱카인 것을 증오했기에. 브롱카가 그를 침해하고 그의 영역을 축소시키고 가장 본질적인 자아를 감염시켜 바람직해 보이는 일부만을 남기고자 하는 이들에게 포위당한 게 이번이 처음도 아니다. 거기 대항해 싸울 힘을 갖게 된 것도 처음이 아니다.

이건 그저, 빌어먹을 브롱크스가 된 후에 처음으로 일어난 일일 뿐이다.

"싫어." 브롱카가 흰옷의 여자에게 말한다. "웃기고 자빠졌다."

"정 그렇다면야. 아쉽네."

한숨을 내쉰 여자가 한 손을 움직여 약간 실룩이는 동작을 한다. 무언가 브롱카의 등 뒤에서 소리를 낸다. 뭐라 형용할 수 없는 소리다. 두-둥. 낮고 꿀렁이는, 음악적으로까지 느껴지는 이중의 반향. 마치 전자음처럼 들린다. 하지만 이건 유기체다. 브롱카는 안다. 이것은 목소리가 없는, 그리고 브롱카가 아는 이 세계의 물리적 법칙과는 완전히 동떨어진 괴물이 사냥의 시작을 알리는 함성이다. 아주 가까이 있다. 흰옷을 입은 여자의 추종자인 알트 아티스트들이 낄낄거리며 야유를 보낸다. 그들은 브롱카에게 무엇이 다가오고 있는지 볼 수 있나 보다. 열다섯이 괴물의 모습을 자세히 봤는지 갑자기 얼굴이 허옇게 질린다. 기겁하며 주춤주춤 물러나더니 시선을 피해 버린다. 그 각도로 보아 브롱카는 그것이 자신의 바로 뒤에 있다는 걸 알 수 있다.

브롱카는…… 웃음을 터트린다.

어쩔 수가 없다. 어느 정도는 그가 담대하기 때문이고, 나머지는 분노 때문이다. 아, 저놈의 인간들. 이들은 브롱카의 자치구에, 즉 그의 영역에 속한 자들이지만 훌륭한 예술품을 모독했다. 대신에 브롱카에게 혐오가 그득한 자기들의 역겨운 물건을 들이라고 강요했다. 또 이 백인 여자도 있다. 실은 여자도 아니고 백인도 아니지만 어쨌든 정치 논리와 권력을 내세우며 브롱카를 멋대로 조종하려 들었고, 무엇보다 그에게 항복하라고 명령했다. 씨발. 내가 잘도 그러겠다.

브롱카의 웃음소리에 흰옷의 여자가 얼굴을 찌푸린다.

"네까짓 게 뭐라고 생각하는지 모르겠다." 브롱카가 두 팔을 넓게 벌린다. "그리고 진짜 네가 뭔지도 모르겠고. 하지만 이런 한심한 힘겨루기 같은 걸로 날 어떻게 해 보려고 했다면 내가 누군지는 정도는 알아야지."

여자가 눈을 가늘게 뜬다. "넌 브롱크스야."

"그래. 그리고 난 이 일이 어떻게 돌아가는지 모든 지식을 전수받은 자이기도 하지." 브롱카는 발에 힘을 단단히 준다. "다른 애들은 뭘 어떻게 할지 몰라도 나는 알거든."

갤러리 안에 바람이 몰아치기 시작한다. 센터 복도에 붙어 있는 종잇장이 펄럭인다. 그러나 브롱카는 그 사실을 알아차리지도 못한다. 세상이 두 개로 갈라진다. 머로 홀의 벽화 속에서 가늘게 떨리던 그림자들이 놀라 주춤거리며 물러나자 흰옷의 여자가 욕설을 내뱉는다. 다른 뉴욕, 다른 세계의 뉴욕에도 머로 홀이 존재한다. 그러나 이곳의 관점은 다르다. 여기서 브롱카는 거대하고 장엄하다. 대지에 굳게 박힌 100만 개의 토대로 만들어진 다리와 수억 개의 철근 관절이 달린 팔. 그 뼈대 사이를 채운 살과 근육은 어머니 조상들이 수천 세대 동안 성장하고 번영해 온 땅이다. 무수히 침략받고 새로운 자들이 오고 가고 자리 잡고 융성을 누리고 수없이 무너지고 거듭 세워졌건만 아직까지 굳건히 살아남았다. 강인하게 살아남았다.

브롱카의 눈앞에 작고 미미한 하얀 공백이 깡충깡충 뛰어다니고 있다. 이것은 위험하다. 브롱카는 알 수 있다. 이것은 그를 해칠 수 있다. 두 세계의 브롱카를. 그의 모든 것을. 진실되고 온전한 브롱카가 죽어 다시는 회복하거나 태어나지 못하는 곳으로 끌고 갈 것이다. 그러면 브롱크스도 함께 소멸한다. 브롱크스가 사라지면 뉴욕도 죽는다.

그래서 브롱카는 강철판이 덧대진 발가락을 춤을 추듯 가볍게 바닥에 내디딘다. 그의 발이 수만 개의 동네 파티처럼, 커다란 스피커를 얹고 달리는 자동차처럼, 드럼 악단처럼, 묵직하게 내려앉으며 주변 모든 것을 쓸어 버릴 강력한 에너지의 파도를 내뿜는다. 뉴욕이 아닌 것을 전부 소멸시킬 힘.

흰옷의 여자와 브롱카 주위의 벽화 속에 모인 것들이 눈 깜짝할 사이에 쓸려 사라진다. 알트 아티스트들이 바닥으로 풀썩 쓰러진다. 의식을 잃은 이도 있고 괴롭게 신음하는 이도 있다. 브롱카의 현현이 센터에 존재하는 하얀 촉수를 남김없이 죽여 버렸기 때문이다. 남자들의 몸 안에 자라고 있던 것도 마찬가지다. 브롱카는 이제야 화장실의 세 번째 칸막이가 감염의 근원이라는 사실을 깨닫는다. 제길, 그때 확실하게 처리했어야 했는데. 그것들이 전선을 타고자라나, 계단통 벽을 타고 아이들이 그린 벽화를 손상시켰다. 하지만 지금은 그 오염원도 깨끗이 사라졌다.

이제 그들 둘뿐이다. 살아 있는 도시, 그리고 이계에서 온 섬뜩한 것이 얼굴을 맞대고 최후의 결전을 준비한다. 오늘 승부가 날까? 어쩌면. 두고 봐야지.

숨 막히는 긴 시간이 지나고, 마침내 흰옷의 여자가 숨을 훅 내쉰다. 브롱카의 공격은 그에게 아무 피해도 끼치지 못했다. 이상한 일이다.

"널 내 편으로 끌어들이고 싶었는데." 부드러운 목소리다. 어쩌면 다소 겸허하기까지 하다. 그러나 브롱카는 인간의 사고방식으로 여자의 행동을 해석해서는 안 된다는 것을 안다. "우린 정말 닮은 데가 많거든. 너랑 나 말이야. 우린 둘 다 살고 싶어 하잖아! 항상 남들 도움 없이도, 잘난 척하는 작자들의 그림자 밑에서 과소평가 받으면서도 꿋꿋이 버텨 내지. 무엇보다 우리 둘 다 결말이 어떻게 되든 간에 옳은 일을 하기로 선택했고 말이야."

브롱카는 공감하길 거부하며 고개를 가로젓는다.

"난 빌어먹을 딴 차원에서 온 침략자가 아니거든."

"아, 그래. 넌 그냥 무한한 차원들의 존속을 위협하는 존재일 뿐이지. 너희 종도 어마어마하게 많은 다른 생명들을 위협하고 있고."
화이트가 잽싸게 대꾸한다. 브롱카는 이맛살을 찌푸리지만 그때 여
자가 한숨을 내쉰다. "하지만 그렇다고 널 비난할 순 없지. 너나 나
나 할 일을 하는 거뿐이니까. 그래. 어쨌든 난 지금은 널 이길 수 없
어. 하지만 상황이 바뀌면 곧 다시 만나게 될 거야."

그 말과 함께 흰옷의 여자가 고개를 한쪽으로 까딱인다. 이제는
그저 단순한 색채의 소용돌이에 불과해진 벽 위의 그림이 사라지
고 아무것도 없는 하얀 공간으로 변한다. 브롱카의 등 뒤에서 나직
하게 두둥 하고 울리는 소리를 끝으로, 사방이 적막에 휩싸인다. 브
롱카는 안도하며 마른침을 꿀꺽 삼킨다. 어쨌든 지금은 조금이라도
약한 모습을 내비쳐서는 안 된다. 그는 브롱크스다. 브롱크스는 절
대로 물러서지 않는다.

흰옷의 여자가 고개를 한쪽으로 기울인다. 약간의 존중심이 엿보
이는 동작이다. "내 수하들도 다시는 널 귀찮게 하지 않을 거야. 적
어도 모든 가면이 필요 없어질 때까지는."

"그렇겠지." 브롱크스가 찡그리며 대꾸한다. 수하들이라니. 코미
디가 따로 없다. 브롱카는 우익 예술가들을 쳐다보지도 않고 입술
만 삐죽 내밀어 가리킨다. "쟤네들은?"

여자가 그들에게 시선을 던진다. 진심으로 브롱카의 질문에 어리
둥절해하고 있는 것 같다. "저것들은 이제 필요 없어. 흡수하든 고
쳐 쓰든 마음대로 해. 조금만 건드려도 쉽게 바꿀 수 있으니까."

그러더니 더는 할 말이 없는지 몸을 돌려 발을 내딛는다. 마치 브
롱카의 눈에는 보이지 않는 허공 속 구멍으로 들어가는 것 같다. 몸

의 앞부분 절반이 먼저 사라지더니 발을 끌면서 몸을 당기자 뒤이어 나머지 절반이 감쪽같이 사라진다.

브롱카는 조심스럽게 여자가 사라진 곳으로 다가가 본다. 손을 내밀어 그 자리를 휘저어 보지만 아무것도 없는 허공일 뿐이다. 조금 전까지 어디론가 통하는 구멍이 있었대도 이미 닫혀 사라졌다. 브롱카는 크게 한숨을 뱉으며 허리를 펴고는 알트 아티스트들에게로 관심을 돌린다. 그러고는 바닥에 쓰러진 남자들 뒤로 베네자가 서 있는 걸 발견한다. 충격을 받은 것처럼 두 눈을 동그랗게 뜨고 브롱카를 멀뚱멀뚱 쳐다보고 있다.

브롱카는 베네자를 한참 동안 쳐다보다 허리에 두 손을 얹는다. "괜찮니?" 베네자의 표정을 보건대 흰옷의 여자와의 대결을 조금이나마 목격한 게 틀림없다. 묻고 싶은 게 많겠지.

"뭐, 도저히 이해 불가능한 아주 끔찍한 걸 보긴 했지만 그렇다고 입에 게거품을 물고 쓰러지진 않을게요." 베네자의 말투는 태연하지만 목소리가 흔들리고 있다. "난 저지 사람이라고요."

브롱카가 웃음을 토해 낸다. "이상한 걸 보면 당장 튀라고 했지."

"내가 본 건 이 역겨운 자식들이라고요." 베네자가 알트 아티스트들을 향해 입술을 비죽인다. 그가 브롱카에게서 배운 레나페 족의 습관이다. 사내들 중 하나는 얼굴을 밑으로 하고 엎어져 있어서 제대로 숨을 쉬고 있는지 알 수가 없다. 제발 죽지만 말아 줬으면 좋겠다. 나머지 둘은 한 명이 다른 한 명을 뒤에서 껴안고 있는 것과 비슷한 자세로 누워 있다. 인종차별 성차별 동성애혐오 개새끼들만 아니라면 나름 귀여워 보였을 텐데. "그래서 브롱카가 괜찮은지 보

러 내려왔는데⋯⋯." 베네자가 머뭇거리며 뒷말을 흐린다. 그의 시
선이 브롱카의 등 뒤에 있는 벽면으로 향한다. 두둥 소리가 튀어나
온 곳.

"그럼 그때 도망쳤어야지."

"그럴 생각도 못 했어요." 베네자가 고개를 가로저으며 양손바닥
으로 눈을 세게 누른다. 브롱카는 흠칫 긴장하지만, 베네자가 눈알
을 뽑아내는 것 같진 않다. 지식의 사전은 그런 일이 생길 수도 있
다고 경고한다. "제기랄, 며칠간은 악몽을 꿀 거야. 그러니까, 어, 그
게 브롱카를 노리고 있는 거예요? 진짜로? 그러니까, 에세스 레지
두오스 데 펠레(esses residuos de pele, 피부 잔여물)를 통해서? 그 화이트
쌍년이요?"

브롱카는 노력했다. 롤모델이 되기 위해서 정말로 열심히 노력했
다. 가끔은. 때때로. 음, 그렇게 자주는 아니지만, 어쨌든.

"다른 여성을 비난할 때 쌍년이라는 말은 쓰지 말자고 우리가⋯⋯."

"인간도 아니고 여자도 아니니까 상관없잖아요. 그러니까 이게
다, 그, 다른 차원의 침략 뭐 그런 거예요? 방금 내가 본 게 그거냐
고요." 베네자의 목소리는 이제 그냥 떨리는 게 아니다. 거의 대지
진 수준이다. 몸도 부들부들 떨고 있고, 손으로는 눈에서 흘러내리
는 눈물을 훔치고 있다. 브롱카는 한숨을 내쉬며 베네자에게 다가
간다. "그 촉수 괴물이 정신 나간 광신도 새끼들을 시켜서 인터넷에
서 당신을 괴롭힌 거예요? 그러니까, 러브크래프트의 악몽이 요즘
엔 그런 식으로 실현되는 거예요? 왜냐하면 난⋯⋯ 도저히⋯⋯."

브롱카는 말없이 베네자를 껴안는다. 지금 당장 두 사람에게 필

요한 것은 그거니까. 적어도 한동안은 말이다.

그때 계단에서 발소리가 들려오고, 상주 예술가 한 명이 문을 거칠게 밀치며 뛰어 들어온다. 남편의 학대를 피해 센터에 들어온 유리공예사 엘리마다. 치켜든 손에는 알루미늄 야구방망이가 들려 있다. 다른 상주자인 20대의 젊은 노숙자 두 사람이 그의 등 뒤에 몸을 숨긴 채 고개만 빼꼼히 내밀어 브롱카를 훔쳐본다. 엘리마가 바닥에서 뒹구는 남자들과 심한 충격을 받은 것 같은 베네자를 발견하고는 콧구멍에서 불을 내뿜는다. 브롱카는 엘리마가 무슨 짓을 할 작정인지, 아니면 무엇을 하지 말라고 말려야 할지 몰라 재빨리 고개를 내젓는다. '야구방망이는 안 돼' 아니면 적어도 '지금은 안 돼'라는 뜻이다.

"경찰에 전화해." 그가 엘리마에게 말한다. "난 방범 카메라에서 영상을 뽑아 올게."

"복사본도 떠 놔요." 베네자가 잽싸게 끼어든다. 눈은 빨갛고 아직도 떨고 있지만 아까보다는 진정된 것 같다. "뭐 잘못 먹었어요? 복사본도 만들고 복사본의 복사본도 만들고 예비용 복사본도 떠 놔요. 뉴욕 경찰이 영상 원본을 가져가고 나면 다시는 구경도 못 할 테니까."

"하지만 그럴 시간이 없는데." 하지만 브롱카가 이렇게 말하자마자, 베네자가 지겹다는 듯 신음하며 안내 데스크로 향한다.

"그럼 브롱카가 경찰에 신고해요. 경찰이 증거를 망치지 못하게 막는 건 내가 할 테니까. 엘리마, 저놈들이 헛소리라도 하면 그걸로 패 버려요." 그렇게 말하고 베네자는 사라진다.

옐리마가 걱정스러운 얼굴로 다가온다. "괜찮아요?"

브롱카는 언제든 싸울 태세로 대기 중인 자치구의 호전적인 기운에서 벗어나기 위해 잠시 눈을 감고 있는 중이다. 심호흡을 하고는 고개를 끄덕인다. "그래." 놀랍게도. 이런 상황에서도. 그는 정말로 괜찮다.

경찰이 도착하기까지는 한 시간이나 걸린다. 여긴 사우스 브롱크스니까. 그때쯤엔 아티스트 중 한 명 ─ 닥 할리데이 ─도 정신을 차렸다. 혼란스러워 보이고, 마약 같은 것에 취해 있는 것 같다. 옐리마가 경험에서 우러나온 무서운 눈초리로 벽에 기대 덜덜 떨고 있는 사내를 감시 중이다. 할리데이는 끊임없이 춥다고 칭얼거리며 자기가 어떻게 여기 왔느냐고 묻는다. 브롱카는 흰옷의 여자가 사내의 기억에 손을 댔을 거라고 생각하지만 할리데이와 친구들이 흰옷의 여자와 심적으로 동조하지 않았다면, 이른바 동화된 부분이 없었다면 그가 그들을 이용하지 못했으리라는 것도 안다. 그래서 상투남이 진짜로 의식불명이든 아니면 단순히 긴장증을 앓는 것이든 브롱카는 아무런 동정심도 들지 않는다. 그저 이 작자가 여기서 죽지만 말아 줬음 좋겠다.

마침내 나타난 경찰들은 브롱카에게 이들을 고발하지 말라고 설득하려 든다. 잘사는 집안의 착하고 순진해 빠진 백인 청년들이 갈색 피부의 히피 여자들이 운영하는 아트센터에 밤중에 몰래 들어와 잡힌 것뿐이니까. 물론 경찰들도 돈 많은 집안의 변호사나 언론에 시달리고 싶지는 않겠지. 베네자는 경찰에게 세 남자가 센터의 잠긴 문을 쇠지렛대로 뜯고 들어오는 영상이 담긴 플래시 드라이브를 건넨다. 저 문은 하필 얼마 전에 센서가 고장 나 센터에서 유일하게 경보장치가 울리지 않는 곳이었다. 어떻게 알았는지는 몰라도 어쨌든 미리 알고 있었던 게 틀림없다. 영상에는 그들이 센터 안으로 들어오는 모습도 찍혀 있다. 심지어 한 명은 대놓고 라이터 기름통을 들고 있다. 베네자는 머로 홀과 마커로 훼손해 놓은 사진 더미를 사진으로 찍어 남긴 뒤 타임스탬프까지 추가해 두었다. 브롱카는 경찰들에게 아직도 인화지에 기름 냄새가 생생하게 감돌고 있음을 주지시킨다. 한 경찰이 만일 브롱카가 이 영상을 "온라인이나 뉴스" 같은 데 보여 주기라도 한다면 수사를 방해하는 거라며 투덜거린다. 브롱카는 미소를 지으며 말한다. "경찰과 검사가 알맞은 조치를 취해 준다면 그럴 필요가 없겠죠."

그래서 결국 경찰은 남자들의 손을 결박해 데려가고, 상투남은 구급차의 들것에 실려 간다.

그렇게 일이 해결되었을 즈음에는 동녘이 밝아 오고 있다. 상주 예술가들은 이미 전부 잠에서 깨어 갤러리를 정리하는 것을 도와주고 있다. 그들은 브롱카의 부탁대로 무명 화가의 자화상을 다시 벽에 건다. 망가졌든 말든 상관없다. 베네자가 나가서 커피와 도넛을 사 오고, 소셜 미디어에는 밤새 있었던 침입 사건에 대한 이야기가 퍼져 나가기 시작한다. 브롱크스의 다른 예술가와 후원자 들이 하나둘 나타나기 시작한다. 그들은 빗자루와 청소도구를 가져왔다. 삼촌이 철물점을 운영한다는 한 남자는 아예 영업용 트럭에 멋들어진 철문을 싣고 와서는 치수를 재고 혼잣말을 중얼거리며 망가진 전시장 문을 교체하는 데 성공한다. 센터 예산으로 마련할 수 있는 것보다 훨씬 좋은 물건이다. 남자는 돈을 받지도 않는다.

드디어 잠시 짬을 내어 사무실 문을 닫고 혼자 있을 수 있게 되었을 때, 브롱카는 두 손으로 얼굴을 덮은 채 울음을 터트린다.

그때 누군가 문을 두드린다. 긴급 사태가 생겼거나 아니면 지금 와 있는 수많은 낯선 사람들 중 한 명일 것이다. 센터 직원이라면 브롱카가 사무실 문을 닫아 둘 때면 방해하지 않는 게 좋다는 걸 알고 있을 테니까. 손등으로 눈물을 문질러 닦으며 티슈를 뽑아 코를 풀고 웅얼웅얼 대답한다.

"뭐야."

문이 열리자, 세 사람이 서 있다. 지금처럼 예민한 상태가 아니었더라도 브롱카는 그의 영혼을 뒤흔드는, 거의 고통에 가까운 갑작스런 울림을 통해 그들이 누군지 알아봤을 것이다. 이들은 브롱카의 동질, 전우, 그 자신의 잃어버린 조각이다. 이들은 맨해튼, 브루클린, 그리고 퀸스다. 드디어 브롱카를 찾았다는 데 신이 나서 헤실헤실 웃고 있다.

"씨발, 원하는 게 뭔데?" 브롱카가 내뱉는다.

## 10장
# 스태튼아일랜드에 장벽을
### (상파울루를 막아라)

오늘도 옥상에 앉아 저 멀리 펼쳐진 도시의 야경을 바라보던 아이슬린은 갑자기 뒤에서 어머니가 건드리는 바람에 기절초풍할 뻔한다. 기겁하며 꽥 소리 지르자 그의 목소리가 이웃집 지붕 너머로 퍼져 나간다. 그는 어머니를 노려본다.

"엄마! 날 놀래 죽이려는 거예요?"

"미안, 미안하다. 그런데 여기 올라와 있어도 괜찮겠니? 알레르기가……."

아이슬린은 페리 역에서 돋기 시작한 두드러기 때문에 지난 24시간 동안 베나드릴*을 먹어야 했다. 아직 간지럽긴 해도 두드러기는 대부분 가라앉았는데 약 때문에 머리가 좀 몽롱하다. 옥상에서 보내는 시간은 아이슬린이 가장 좋아하는 일과 중 하나지만 약 기운이 도는 데다 쉴 새 없이 들려오는 도시의 부드러운 노랫소리 때문에 지금은 거의 숭고하게까지 느껴진다.

---

\* 존슨앤드존슨 사의 알레르기 약.

"괜찮아요. 여기 나와 있으면 기분이 좋으니까. 바람도 시원하고 항구 냄새도 나고……." 기분이 너무 좋아서 그는 충동적으로 덧붙인다. "여기 앉아 봐요, 엄마. 나랑 같이 시티를 구경해요."

홀리한 주택의 옥상에는 문과 위성용 TV 접시 안테나뿐이지만 아버지는 우스갯소리로 이곳을 우리 집 "루프톱 바"라고 부른다. 아이슬린은 여기다 정원용 접의자 두 개를 가져다 두었다. 그는 아버지가 이곳을 자주 이용한다는 것도 안다. 그때마다 아버지가 두고 간 빈 맥주병과 쌍안경을 치워야 하기 때문이다. 하지만 어머니가 여기 올라온 건 처음인 것 같다. 그래서 그는 켄드라(아이슬린은 10대 때부터 어머니를 이렇게 인식하고 있다. 아버지가 어머니를 켄드라라고 부르기 때문이다.)가 의자에 조심스럽게 앉는 모습을 흥미롭게 지켜본다. 앉는 순간 의자가 끼긱거리며 체중에 밀려 뒤로 살짝 젖혀지자, 켄드라가 작게 비명을 지르더니 신경질적으로 웃는다.

"미안. 높은 곳을 별로 안 좋아하거든."

그러더니 곧 입을 다물고는 조용히 도시 경관을 내다본다. 아이슬린은 어머니의 얼굴에서 긴장감이 가시고 곧이어 경탄으로 채워지는 모습을 흡족한 마음으로 지켜본다. 맨해튼은 가까이서 볼 때는 무서운 곳이지만—그리고 까불거리는—멀리서 보면 무척이나 아름답다.

한참 동안 편안한 침묵 속에 앉아 있던 중, 어머니가 운을 뗀다.

"그래서, 어제 시티엔 다녀왔니?"

아이슬린은 흠칫 놀란다. 가슴이 덜컹 내려앉는다. 왜 그런지는 모르겠다.

그는 어머니를 이해할 수가 없다. 켄드라는 기본적으로 아이슬린이 나이 든 버전이다. 검은 머리, 늘씬한 몸매, 피부는 너무 창백해서 가끔은 푸른 기가 돌 정도다. 가끔 아이슬린은 자신도 어머니처럼 아름답게 나이가 들었으면 하고 생각한다. 나이가 50대인데도 흰 머리도 몇 가닥 없고 주름도 거의 없다. 검은 머리 아일랜드인들은 다들 동안이다. 그러나 아이슬린은 어머니의 눈만은 닮고 싶지 않다. 켄드라가 살아온 모든 세월이 거기 담겨 있다. 눈가의 주름이 아니라, 쉼 없이 불안하게 움직이는 피곤함과 애환을 머금은 그 눈빛에. 아이슬린은 10대 때만 해도 어머니가 멍청하다고 생각했다. 하지만 언젠가부터 여자라면 가끔 일부러 멍청한 척을 해야 한다는 것을 깨달았다. 주변 남자들이 자기가 똑똑한 줄 여기게 말이다. 아이슬린도 성인이 되고서는 그렇게 해야 했고, 나이가 들면서 점점 더 자주 그래야 했다. 그래서 마침내 어머니와 친구가 될 수 있었지만…… 하지만 이 우정은 연약하고 아슬아슬하다. 스트레스 상황에서 형성된 우정이라는 것이 으레 그렇다. 그리고 어머니는 아이슬린이 불가침으로 여기는 영역에는 절대로 침범하는 법이 없다.

아이슬린은 자세를 고쳐 앉으며 불편한 기색을 내비치지 않으려 애쓰지만 불안정한 접이의자가 삐걱거리며 그를 배신한다.

"어떻게 알았어요?"

켄드라가 어깨를 약간 으쓱한다. "넌 보통 쇼핑 갈 때 차를 가져가잖니. 버스는 너무 느리니까. 하지만 페리 터미널에선 경찰이 자동차 번호판 사진을 찍지."

그리고 아버지는 아이슬린이 공황발작을 일으키는 바람에 거의 눈치챌 뻔했었다. 아이슬린은 체념하며 한숨을 내쉰다. "난 그냥……." 하지만 뭐라고 말해야 할지 알 수가 없다. 아이슬린의 어머니는 거의 한평생을 스태튼아일랜드에서 살았다. 그런 어머니에게 어떻게 엄마랑 아빠랑 내가 아는 모든 걸 버리고 엄마아빠가 항상 가면 안 된다고 했던 시티에 가고 싶다고 말할 수 있단 말인가? 게다가 뭘 하려고? 내 일부이자 뉴욕의 일부인 얼굴도 모르는 낯선 이들을 만나러? 나도 뉴욕의 일부이고, 내가 바란 건 아니지만 나는 —

그때 켄드라가 단 한 문장으로 아이슬린이 이제껏 어머니에 대해 갖고 있던 이미지를, 그가 유지해 온 관점을 산산조각 낸다.

"네가 떠나길 진심으로 바랐는데." 조용하고 차분한 음성이다.

아이슬린은 의자가 뒤로 밀릴 정도로 소스라치게 놀란다. 그는 어머니를 뚫어져라 응시한다. 켄드라가 지친 미소를 짓는다. 하지만 아이슬린을 쳐다보지는 않는다. 시선은 여전히 시티의 풍경에 못 박혀 있다.

"엄만 어렸을 때 피아니스트가 되어 세상을 돌아다니는 게 꿈이었단다." 그 말에 아이슬린은 한층 더 놀란다. "그럴 실력도 됐었어. 줄리어드에서 장학금도 받았고. 날마다 타고 다닐 지하철비만 빼면 동전 한 푼도 낼 필요가 없었지." 켄드라가 나직이 한숨을 내쉰다. "내 말은…… 엄만 정말로 재능이 있었어. 좆나게 잘 쳤지."

이제껏 어머니가 아이슬린의 면전에서 비속어를 쓰는 걸 본 건 한평생 다 합쳐도 한 손에 꼽을 수 있을 정도다. 하지만 가장 놀란 부분은 그게 아니다.

"어…… 난 엄마가 피아노를 만지는 것도 본 적이 없는데. 아빠가

372

라디오를 들을 때 아니면 음악도 안 듣잖아요."

켄드라가 얼굴의 다른 부분은 꿈쩍도 하지 않은 채 한쪽 입꼬리만 실룩이며 희미하게 웃는다. 설명을 덧붙이지도 않는다.

아이슬린은 믿을 수가 없다. "혹시…… 부모님이 안 된다고 한 거예요?" 엄마 쪽 할머니 할아버지는 벌써 돌아가셨다. 할아버지는 심장마비였고 할머니는 병원 진단은 안 받았지만 간암이었다. 하지만 아이슬린은 두 분이 전통을 무척 중시했던 걸 기억한다. 굉장히 무신경하고, 금요일에는 고기도 먹지 않던 철저한 가톨릭 신자였다. 두 분에 대한 가장 뚜렷한 기억은 아이슬린에게 좋은 남편감을 만나려면 옷과 행동거지를 어떻게 해야 하는지 단단히 이르던 할머니의 모습이다. 할머니가 돌아가셨을 때 아이슬린은 고작 일곱 살이었다.

"임신을 했단다, 애야. 합격 편지를 받고 한 달도 안 돼 네 아버지와 결혼을 했지."

아이슬린은 그 이야기를 알고 있다. 코닐. 그의 오빠가 되어야 했지만 배 속에서 유산되어 세상의 빛을 보지 못한 아이. 아이슬린은 그로부터 몇 년 후에 태어났다. 코닐이 진짜로 사내아이였는지는 당연히 아무도 알지 못한다. 엄마 배 속에서 사라졌을 때 아직 손가락에 물갈퀴가 달려 있던 작은 덩어리에 불과했으니까. 하지만 아버지는 술만 마시면 이 끔찍한 세상을 함께 헤쳐 나갈 진짜 전우를 잃었다면서 한탄하곤 했다. 자기가 보호해 줘야 하는 쓸모없는 딸자식만 있을 뿐이라며.

아이슬린은 부모님이 일하는 엄마라는 개념을 얼마나 끔찍하게 생각하는지 잘 알고 있다. 하지만 코널……은 없어졌고, 그래서 남는 건 엄마가 아니라 일하는 아내일 뿐이다. 그렇기에 아이슬린은 미간을 찌푸리며 말한다. "그냥…… 갔으면 됐잖아요. 아니에요? 만약에……." 아이슬린은 자라면서 코널에 대한 이야기를 귀동냥으로 주워들었다. 아버지는 아직도 세상에 없는 아들을 애도하고 어머니는 그 문제에 대해서는 언제나 입을 꾹 다물고 있다. 여자라면 누구나 때로는 그럴 줄 알아야 하니까. 그게 어머니가 항상 아이슬린에게 하던 말이다.

"나야 그러고 싶었지. 한데 너희 아버지가, 아, 전혀 도움이 되지 않았단다. 그래도 난 어떻게든 방도를 찾아내고 싶었어." 어머니가 다시 빙긋 웃는다. 이번에는 얼굴의 반의 반이 아니라 최소한 절반은 움직이는 미소다. 여전히 시선은 시티 너머 머나먼 허공에 못 박혀 있다. "그래서 애를 지운 거란다."

아이슬린의 턱이 툭 떨어진다.

"그런데 너희 아버지가 너무 상심하는 바람에, 그래서……." 켄드라가 한숨을 내쉰다. 미소가 시들해진다. "그래서 나도 뭔가를 포기하는 게 맞다는 생각이 들었지."

세상에. 침이라도 삼키지 않으면 말이 안 나온다.

"그거 아빠한텐 말 안 했어요?"

"내가 왜?"

너무나도 많은 대답이 숨어 있는 말이다. 왜 어머니가 세상에서 가장 보수적이고 아들을 열망하는 남편에게 아이를 지워 버렸다고 말해야 하지? 왜 두 가지 꿈 사이에서 선택을 하라고 강요한 게 남편의 잘못이었다고 그에게 말해 줬어야 한단 말인가? 거기다 만약 어머니가 사실을 밝혔다면 그가 어떻게 반응했을까.

아이슬린은 무의식중에 어머니에게서 조금 물러난 것을 깨닫고는 몸을 움죽댄다. 일부러 그런 건 아니었다. 그냥…… 놀라서 그렇다.

하지만 어머니의 말은 아직 끝나지 않았다. "그래서 너만은 해내길 바랐어. 적어도 우리 둘 중 한 명은, 뭐랄까, 세상을 봐야 하지 않겠니? 새로운 걸 시도해 본다거나. 그래서 너한테 시티에 있는 대학교 홍보물을 보낸 거야." 아이슬린이 충격받은 눈빛으로 쳐다보자 어머니가 약간 얼굴을 찡그린다. 아이슬린은 그 대학 홍보물 때문에 엄청난 고역을 치러야 했다. 그가 신청한 거라고 아버지가 오해했기 때문이다. 아버지는 저녁마다 시티가 얼마나 끔찍한 곳이고 딸자식을 안전하게 지키기 위해 이제껏 얼마나 많은 것을 희생했는지, 그리고 물론 결국 모든 건 아이슬린의 선택에 달린 문제지만 딸의 현명한 판단력을 믿는다고 큰 소리로 설교를 늘어놓았다. 일주일 뒤에 아이슬린은 스태튼아일랜드 대학교에 등록했다.

"하느님 맙소사." 중얼거린 아이슬린은 문득 자신이 무슨 말을 했는지 깨닫고 움츠러든다. 어머니는 아버지가 이런 말을 할 때마다 신성모독이라며 타박을 주곤 했다.

"그래, 그땐 정말 개판이었지." 좋아, 이제 아이슬린은 심장마비로 졸도할 것 같다. "미안했다."

하지만 마침내, 어머니가 의자에서 일어나 아이슬린을 똑바로 마주한다. 아이슬린은 저도 모르게 어머니의 다른 모습을 머릿속으

로 상상한다. 똑같은 얼굴, 여전히 도시의 야경이 뿜어내는 희미한
불빛을 등에 업고 있지만 멋들어진 작은 검은 드레스를 입고 머리
카락은 목덜미에서 아무렇게나 묶은 게 아니라 머리 위로 우아하
게 말아 올렸다. TV에서 봤던 유명 피아니스트처럼. 이 낯선 이가
지난 30년 동안 아이슬린의 어머니였다는 점을 감안하면 주름살도
지금보다 더 적을 테지. 눈 아래 다크서클도 없을 테고. 그리고 그의
눈은 아름답지만 피곤하고 슬픈 눈빛을 지닌 게 아니라, 그저 아름
답기만 할 것이다.

하지만 그 순간이 지나고, 켄드라는 다시 평범한 켄드라가 된다.
"여기 갇혀 있지 말렴. 그냥…… 그러지 마. 도시가 널 부른다면,
린, 그 목소리에 귀를 기울이렴. 그리고 가거라."

켄드라는 아이슬린의 어깨를 몇 번 토닥이고는 아래층으로 내려
가는 문으로 향한다. 아이슬린은 그 뒤로도 한참 동안 거기 앉아 있
다. 시티가 아니라 어머니가 사라진 문을 응시하면서.

아래층으로 내려오자 부엌 식탁에 아버지가 누군가와 함께 앉아
있다. 흔치 않은 일이다. 아버지는 그의 영역에 다른 사람을 들이는
것을 좋아하지 않는다. 하지만 문 앞에서 몸을 기울여 안을 훔쳐본
아이슬린은 아버지가 아이슬린과 비슷한 나이의, 누가 봐도 극좌파
폭도로 보이는 남자와 앉아 있는 걸 발견하고는 깜짝 놀란다. 아니
면 공산주의자. 아니면 약쟁이. 어쨌든 매슈 홀리한이 저렇게 생긴
젊은 남자에게 갖다 붙일 만한 온갖 명칭이랑 똑같이 생겼다. 네모
난 검은 뿔테 안경에 수상할 정도로 구식 콧수염을 길렀는데, 심지

어 왁스를 발라 끝을 꼬아 놨다. 멜빵과 소매가 아주 짧은 ─ 다른 남자가 입었다면 아버지가 "게이"라고 불렀을 법한 ─ 남방셔츠 밑으로 드러나 있는 팔에는 잘 보이지 않는 근육과 정체를 알 수 없는 색색의 문신들이 어지러이 새겨져 있다. 남자는 식탁 모서리에 아버지와 가까이 붙어 앉아 태블릿 컴퓨터로 아버지에게 뭔가를 보여 주고 있다. 뭘 보고 있는지는 몰라도 두 사람 다 머리를 맞대고 일요일에 교리 수업을 받는 어린 사내아이들처럼 숨죽여 키득거린다. 덩치가 건장하고 심지어 벗어진 정수리마저 널찍한 아버지는 문자 그대로 젊은 남자의 두 배에 달한다. 마치 불도그가 닥스훈트의 농을 듣고 낄낄거리는 것 같다.

그때 두 남자가 번득 고개를 들더니 아이슬린을 발견한다. 아버지가 얼굴 가득 환하게 웃으며 이리 오라고 손짓한다.

"애야, 애플. 이리 와 봐라. 내 친구를 소개해 주마."

아이슬린은 무례해 보이지 않으려고 얼굴이 찌푸려지는 것을 애써 참지만…… 아버지에겐 친구가 없다. 같은 경찰인 "직장 동료"들이 있긴 하지만 가끔 아버지가 하는 말을 들어 보면 대부분 형사 직급을 두고 경쟁하는 라이벌로 여기고 있을 뿐이다. 그는 아이슬린이 아는 한 일생의 거의 대부분을 형사라는 직함을 얻기 위해 분투해 왔다. 동료들과 술을 마시고 때때로 같이 야구를 하기도 하지만 구태여 갈구하지 않는 우정을 대신할 거리는 그걸로도 충분하다. 그런데 그런 아버지가 웃는 얼굴로 낯선 사람을 친구라고 소개하고 있는 것이다.

"이쪽은 코널 맥기니스란다." 이름을 들은 아이슬린의 눈이 커다래지는 것을 보고 아버지가 다시 웃음을 터트린다. "제대로 된 아이리시 이름이지? 내가 아주 좋아하는 이름이지."

코널도 웃는다. "우리 아버지 잘못이죠." 그러자 매슈가 기분 좋은 웃음을 터트리더니 손바닥으로 사내의 등을 내리친다. 코널은 아이슬린을 유심히 뜯어본다. "만나서 반갑습니다, 아이슬린. 얘기 많이 들었어요."

"음, 좋은 이야기였으면 좋겠네요." 아이슬린은 기계적으로 대꾸한다. 소심하게 보이지 않으려는 대응이다. 어렸을 때에 비하면 정말 많이 좋아졌다. 어릴 적에는 처음 사람을 만나면 입을 떼지도 못하고 우물쭈물 멀뚱히 서 있기만 했다. 아직도 사람들을 잘 대하는 편은 아니다. 아버지도 이 사실을 알기에 집에 손님을 데려올 때면 미리 경고를 하곤 했다. "나도만나서반가워요." 그렇게 단숨에 내뱉고 나서 아이슬린은 궁금증을 참지 못하고 아버지에게 묻는다. "어, 이분도 직장에서 알게 된 사이예요?"

"직장? 에이, 아니다." 아버지는 여전히 웃음 짓고 있지만 아이슬린은 그게 거짓말이라는 걸 금방 알 수 있다. 하지만 왜 그런 거짓말을 하지? 코널은 경찰처럼 보이지 않는다. 경찰처럼 느껴지지도 않는다. 물론 아이슬린의 경찰 감지 능력은 분명 한계가 있긴 하지만. 어쩌면 코널은, 말하자면 경찰의 친구인지도 모른다. "그냥 둘이서 같이 하는 일이 좀 있어."

"취미죠." 코널이 덧붙이고는 다시 꼬맹이 사내애들처럼 아버지와 같이 낄낄거린다. 뭐가 그렇게 웃긴지 모르겠다.

이윽고 웃음을 멈춘 코널이 전형적인 대사를 내뱉는다.

"애플이랬죠? 귀엽네. 아이슬린이라는 이름을 딴 애칭이 있을 줄 알았는데. 꿈 소녀라든가 몽상가라든가."

아이슬린은 게일어로 꿈이라는 뜻이다. 어렸을 때 사전에서 찾아본 적이 있다. "정말로 아일랜드의 건아시군요."

코널이 씨익 웃는다. 아이슬린의 아버지가 그렇다고 말하듯이 고개를 끄덕인다.

"애플이라고 부르는 건 얘가 여기 빅 애플*에서 내 작은 애플이라서야. 아주 어렸을 때부터 그렇게 불렀는데, 아주 좋아하더라고."

아이슬린은 항상 그 별명을 싫어했다.

"음, 마실 거라도 갖다 줄까요, 코널? 아빠도?"

"괜찮다 얘야. 아, 하지만 코널, 아이슬린은 요리 솜씨가 참 좋아. 얘 엄마보다 낫다니까. 켄드라!" 아이슬린은 갑자기 터져 나온 고함에 소스라치게 놀라지만 아버지는 지금 화를 내는 게 아니다. 그 즉시 켄드라가 나타난다. 매슈가 몸짓으로 집 뒤쪽을 애매하게 가리키며 말한다. "손님용 방을 준비해. 코널이 며칠 묵고 갈 거니까."

켄드라는 고개를 끄덕인다. 코널에게도 인사를 건네는 대신 고개를 끄덕여 보인다. 그러고는 잠시 머뭇거린다. "하지만 린과 나는 벌써 저녁을 먹었어요." 그리고 남은 음식은 챙겨서 넣어 두었다. 코널이 배가 고프다면 그걸 먹으면 된다. 이건 매슈가 오늘 집에 평소보다 늦게 왔기에 덧붙이는 말일 뿐이다.

매슈의 미소가 순식간에 사라진다. 아이슬린도 순식간에 배 속이

---

*뉴욕의 별명.

죄어드는 것을 느낀다.

"내가 언제 물어봤어?"

아이슬린은 코널이 등허리를 세우며 부모님의 관심을 끄는 것을 보고는 다소 안도한다.

"챙겨 주셔서 감사합니다." 그가 켄드라에게 매력적인 미소를 날린다. "와우, 맷이 거짓말을 한 게 아니네요. 홀리한 부인, 정말로 아름다우십니다."

켄드라가 놀라며 눈을 깜박인다. 보통 때라면 맷이라고 불리는 걸 아주 싫어하는 아이슬린의 아버지가 파안대소하며 또다시 친근하게 코널의 등을 두드린다. "내 아내를 꼬시려는 거냐? 어? 이 날라리 자식 좀 보게." 그렇게 모든 게 웃음기 넘치는 분위기로 돌아간다.

아이슬린은 켄드라를 흘낏 쳐다본다. 의도한 건 아니다. 이제껏 살아오면서 아버지 앞에서는 어머니와 한편인 것처럼 보이면 안 된다는 걸 배웠다. 그게 진짜더라도 말이다. 켄드라도 아이슬린만큼이나 지금 상황이 어리둥절한 것 같다. 결국 어머니는 손님용 방을 준비하러 가고, 아이슬린도 그만 방으로 돌아가기로 한다.

하지만 아이슬린이 막 몸을 돌리는 찰나, 시야에 뭔가 재빠른 움직임이 포착된다. 깜짝 놀라 미간을 찌푸리며 고개를 따라 휙 돌린다. 코널과 아버지가 다시 태블릿에 골몰한 채 낮은 목소리로 열심히 얘기를 나누고 있다. 무슨 단짝 친구처럼. 비정상적일 정도로 정상적이다. 그럼 아까 움직인 건 뭐지?

저기. 코널의 목 뒤에. 가늘고 길고 하얀 것이 여섯 번째인지 일곱 번째 목등뼈에서 돋아나 빳빳한 셔츠 칼라 위로 비죽이 튀어나와 있다. 흰옷의 여자가 사람들과 사물에 심어 두던 이상하고 작은 가닥이다.

코닐이 고개를 들어 그들을 멀거니 쳐다보고 있는 아이슬린을 발견하고는 눈썹을 추켜세운다. "뭐 잘못됐어요?"

"아무것도 아니에요." 아이슬린은 인사하듯 고개를 까딱이고는 서둘러 2층 방으로 올라간다.


새벽 3시. 도저히 잠이 오지 않는다. 불면증과 한바탕 전투를 치른 아이슬린은 결국 침대에서 일어나 뒷마당으로 나간다. 뒤뜰엔 아버지가 10년 전에 설치해 둔 수영장이 있다. 아이슬린이 평생 두 번쯤 사용했을까.(수영하는 걸 좋아하지 않기 때문이 아니다. 누군가 수영복 차림을 훔쳐볼지도 모른다는 불안감 때문이다. 마당 주위에 3미터 높이의 나무 울타리가 둘러져 있으니 이성적인 반응이 아니라는 건 알지만 그런 식이라면 스태튼아일랜드 페리에 대한 그의 공포심도 마찬가지다.)

하지만 수영에는 별 쓸모가 없다고 해도 가만히 앉아 명상을 하기엔 그리 나쁘지 않다. 파자마와 그가 가장 좋아하는 푹신푹신한 돌고래 대니 슬리퍼를 걸친 채 수영장 옆에서 우울하게 앉아 있는 것을 명상이라고 할 수 있다면 말이다. 아이슬린은 여기 나온 지 5분도 안 되는 사이 점점 더 절박하게 들려오는 도시의 부름을 음울하게 곱씹는다. 그때 뭔가가 옆에서 슬그머니 움직인다. 화들짝 놀라 홱 쳐다보니 아버지의 손님인 코닐이 2미터도 안 되는 곳에서 긴 수영장 의자에 앉아 있다.

아이슬린은 그 남자가 내내 거기 있었다는 사실을 깨닫는다. 자기 생각에만 너무 깊숙이 잠겨 있던 탓에 미처 알아차리지 못했다. 코널이 나른한 표정으로 하품을 하며 눈을 깜박인다. 한쪽 뺨에 의자 자국이 새겨져 있는 걸로 보아 방금까지 자고 있었던 것 같다. 한쪽 입가에 침 자국이 보인다. 아이슬린은 그 모습을 보고도 웃지 않는다. 간담이 서늘해진다. 왜냐하면 코널이 아버지의 낡은 파자마 바지 말고는 아무것도 걸치고 있지 않기 때문이다. 허리 매듭을 두 번이나 지었는데도 여전히 커서 텐트를 입은 것 같다. 셔츠를 입지 않아 드러난 상체는 희멀겋고, 팔과 얼굴만 옷을 경계로 그을린 자국이 있다. 가슴과 배에는 팔보다 훨씬 알아보기 쉬운 문신이 여럿 새겨져 있다. 하나는 약간 오래된 전통적인 아일랜드식 삼위일체 매듭이다. 그 위에는 14와 88이 아마추어 스타일로 삐뚤삐뚤하게 새겨져 있다. 어디선가 저 숫자에 대해 읽은 기억이 난다. 무슨 뜻인지 정확히 기억나지 않지만 좋은 의미는 아니었다.* 몇몇 문신은 뭔지 잘 모르겠는데, 노르웨이 신인가? 다들 근육질이다. 노르웨이와 켈틱 문양이 섞여 있는 걸 보고 아이슬린의 일부가 약간 거부감을 느낀다. 바이킹은 침입자니까. 그때 코널의 왼쪽 흉근에 새겨진 문신을 발견한 아이슬린이 온몸의 근육을 바짝 긴장시킨다. 저기, 심장 바로 위에, 짙고 선명한 스와스티카** 문양이 있다. 어쩌면 지금은 신화적 상징을 섞어 놨다고 불평할 때가 아닌지도 모르겠다.

코널이 낄낄거린다. "와, 비명을 지르면서 도망칠 줄 알았는데, 그

---

*백인 우월주의를 뜻하는 문구의 14글자와 히틀러를 의미하는 88.

**나치를 상징하는 갈고리 십자가 문양.

러진 않네. 당신 아버지 말이 진정한 아일랜드의 딸이라더니.”

“아일랜드랑 저거랑 무슨 상관이죠…….” 아이슬린이 스와스티카를 가리킨다.

“너처럼 올바른 선택을 하는 여자들이 별로 없단 소리지.” 코널이 손을 뻗는다. 아이슬린은 그제야 의자 옆에 놓여 있는 술병을 발견한다. 아버지가 좋아하는 맥주 브랜드다. 거기에 금속 플라스크와 비행기에서 주는 작은 양주병도 주위에 흩어져 있다. 전부 다 빈 것 같다. 여기서는 그의 목에 붙어 있는 하얀 가닥이 보이지 않는다. 지금 흰옷의 여자가 그걸 통해 아이슬린을 보고 있는 걸까? 그 여자도 이 남자의 일부인 걸까? 아이슬린이 그 여자가 당신에게도 이름을 말해 줬나요?를 어떻게 물어야 할지 고심하던 중, 코널이 술병을 내려놓고 말한다. “흑인이랑 그 짓 해 본 적 있어?”

“뭐…….” 순간 머리가 백지처럼 텅 빈다. 뭘 어떻게 보더라도 도저히 있을 수 없는 질문이다. 어떻게 저런 말을 잘 알지도 못하는 사람에게, 다른 누구도 아닌 아이슬린에게, 친구의 딸에게, 저런 천박한 단어를 엮어서 물어볼 수 있는 거지? “뭐라고요?”

“거 알잖아. 올드 정글 짐에 올라타 본 적 있냐고. 아님 깜보들이랑 찐하게 뒹굴어 봤냐고.” 코널이 아이슬린의 표정을 보고는 웃음을 터트린다. 마치 세상에서 가장 우스운 걸 봤다는 듯이.

“그러니까, 너네 아버지가 나랑 너를 엮으려고 하는데 뭘 사기 전에는 일단 물건 상태부터 알아봐야 하잖아. 예쁘장하게 생기긴 했어도 스태튼아일랜드 출신이고.” 코널은 마치 거기에 다른 의미가 있다는 듯이 씨익 웃는다. “그냥 물어보는 거야. 어, 누가 네 가랑이를 벌려서 뚫은 적 있어?"

그가 입으로 이렇게 말하면서 눈동자를 굴려 아이슬린의 몸을 위아래로 훑는다. 갑자기 자신이 입고 있는 낡고 커다란 티셔츠와 다 바랜 돌고래 파자마 바지가 세상에서 가장 음란한 차림처럼 느껴진다. 위에 가운이라도 걸쳐야 했다. 그래서 저 사람이 이런 식으로 말하는 거다. 아이슬린이 창녀처럼 입고 있어서. 그러지 말았어야—

남자가 다시 웃는다. 이번에는 느른하고 다정하다.

"진정해, 진정하라고. 그냥 장난치는 거야. 안 그래도 너희 아빠한테 내 타입은 아니라고 했거든. 그치마아아아안……"

코널이 플라스크를 집어 들어 한 모금 마시고는 목구멍이 타들어가기라도 하는지 우거지상을 짓는다.

빨리 여길 벗어나야 한다. 저 인간은 역겹고 취했다. 하지만 그가 던진 말들이 아이슬린의 노기를 불사른다. 처음에 강타한 충격도 곧이어 파악한 현실에 자리를 내준다. 아이슬린은 지금 자기 집에 있다. 손님 주제에 집주인에게 저런 말을 해?

"그래, 난 절대로 당신 타입 아니야."

그러고는 등을 휙 돌린다. 하지만 막상 자리를 뜨지는 않는다. 마음은 절실하지만 꽁무니를 빼고 달아나는 것처럼 보이고 싶지는 않다.

남자가 클클 웃는다. 울컥 속이 뒤집힌다.

"어우, 이봐, 어이, 아이시. 미안해, 미안. 친구 하자, 됐지? 친구 하자고. 맞다, 내가 뭐 하나 보여 줄까?"

아이슬린이 돌아보지 않자 코널이 몸을 움직이고, 의자가 콘크리트를 긁는다. 아이슬린은 그 소리에 소스라치게 놀라 고개를 돌린다. 왜냐하면 그의 일부는 코널이 갑자기 의자에서 일어날까 봐 무섭고, 그리고…… 그래서? 이젠 정말로 머리가 안 돌아가게 된 걸까? 아이슬린의 부친은 경찰이고 소리만 지르면 금방 닿을 곳에 있다. 코널은 감히 아무 짓도 못 할 것이다. 그는 여전히 의자에 앉아 있다. 긴 의자에 편안하게 등허리를 기대고 반쯤 누워서, 다리를 넓게 벌리고 발은 수영장 가장자리 나무데크에 단단히 고정시킨 채, 그리고…… 저 바지 안에서 불룩 튀어나와 있는 건 술병이 아니다. 아이슬린은 흠칫 진저리를 치며 화끈거리는 얼굴로 걷기 시작한다.

그때 코널이 손을 낚아채는 바람에 아이슬린은 깜짝 놀란다.

"진짜 가려고?"

"놔." 아이슬린이 으르렁거리며 말한다.

"에이, 아이시." 코널이 갑자기 목소리를 낮추며 유혹하듯 속삭인다. "어차피 누군가랑 결혼하지 않으면 평생 이 집에 갇혀 살다 죽을 거라는 거, 우리 둘 다 알잖아."

그건. 아이슬린은 얼어붙는다. 그건.

코널은 아이슬린의 경악한 표정에서 그 역시 그 현실을 안다는 사실을 읽고는 피식 웃는다.

"크고 시커먼 거시기는커녕 네가 어떤 남자하고도 아무 짓도 안 해 봤다는 것도 알고. 내가 너 같은 타입을 좀 알지. 착하고 순진한 가톨릭 여자애. 겁이 너무 많아서 이제껏 아무것도 못 해 봤겠지. 내가 비밀 하나 알려 줄까? 숫처녀 따윈 아무도 안 좋아해, 아이시. 그런다고 네가 무슨 순수하거나 특별한 존재가 될 거 같아? 그건 드디어 누군가 너를 건드릴 마음이 조금이라도 생기더라도 넌 재미도 없고 맛도 없는 계집애란 뜻이라고." 아이슬린이 도망치지 못하게 단단히 붙들고 있는 남자의 손이, 그를 힘주어 끌어당긴다. "아직도 부모님 집에 얹혀사는 아빠의 착한 딸. 남자친구도 한 번 못 사귀어 보고 불쌍하게. 하지만 넌 여길 떠나고 싶을 거야. 그렇지? 진짜 제 대로 된 삶을 살아 보고 싶지? 이 똥통 같은 섬에서 도망치고 싶지? 중요한 사람도 되고 싶고. 맞지?"

"놔."

아이슬린이 다시 말한다. 하지만 이번에는 부서질 듯이 가느다란 목소리다. 코널의 말에 정곡을 찔렸기 때문이다. 아이슬린은 떨고 있다. 그게 너무도 싫다. 그가 떨고 있다는 걸 코널도 느끼고 있을 테니까. 하지만 다음 순간, 아이슬린은 갑작스러운 깨달음에 크게 놀란다. 그는 무서워서 떨고 있는 게 아니다. 코널이 말한 건 상당수가 사실이다. 하지만—

이 똥통 같은 섬?

손안에 잡혀 있는 아이슬린의 손이 실룩이는 게 느껴지자 코널이 손아귀에 더욱 세게 힘을 준다. 그는 아이슬린이 도망가려는 줄 알고 있다. 틀렸다.

똥통 같다고?

"그러니까 여기서 도망칠 기회를 잡으라고." 코널이 엉덩이를 흔들자 발기한 성기가 음탕한 제안을 하며 흔들린다. "너네 아빠가 나를 얼마나 조오오오아하는지 알아? 아빠한테서 벗어나고 싶지, 응? 진짜 여자가 되고 싶지 않아? 내 거시기를 한번 빨아 봐. 아니면 아예 너네 아빠에게 손주를 안겨 줄까? 응? 요 굵직한 것에 네 배를 채울 크림파이가 잔뜩 들었거든." 코널이 히죽이며 바지 끈을 더듬어 풀기 시작한다. "아, 혹시 순결이 어쩌고 할 거면 뒷구멍도 좋지. 하나도 안 아파." 그가 웃는다.

역겹고 징그럽다. 아이슬린은 왜 아버지가 이런 짐승 같은 자식을 집에 데려와 재우기까지 하는지 이해할 수가 없다. 아니, 그게 아니다. 아이슬린의 일부가 특히 동요하고 있는 건 아마도 그 이유를 이해하기 때문이다. 왜냐하면 아버지도 똑같은 작자니까. 아이슬린은 매슈 홀리한이 어머니에게 이런 상스러운 짓을 하는 걸 상상할수가 없다. 만약 그랬다면 외갓집에서 결혼을 허락했을 리가 없으니까. 하지만 전통을 중시하는 아버지의 존경스러운 모습 아래에는 맥주를 걸신들린 듯 벌컥벌컥 들이마시고 여자들을 통제하는 데 집착하는 천박한 사내가 있다. 아이슬린은 아버지를 사랑한다. 정말이다. 하지만 코널의 말도 어느 정도는 옳다. 아이슬린은 지금껏 평생 그의 감정적 부동산을 유지하기 위해 발버둥 쳐 왔고, 조만간 이집을 떠나지 않는다면 아버지가 모든 걸 손에 쥐고 아이슬린이 원하지 않는 모든 감정에 대해 임대료를 두 배로 인상할 것이다.

하지만 코널은 다른 중요한 것에 대해서는 완전히, 완전히 틀렸다. 그는 아버지가 말한 소심하고 수줍은 소녀, 방금까지 자기가 위협한 젊은 여자가 아이슬린의 전부라고 생각한다. 틀렸다.

아이슬린의 나머지 부분? 그건 도시만큼이나 크고 거대하다.

"내가 말했지." 마침내 아이슬린이 코널의 손을 뿌리친다. "그. 손. 놓으라고."

마지막 단어가 입 밖으로 떨어짐과 동시에 아이슬린의 몸에서 순수한 힘의 결정체인 둥근 구가 바깥쪽으로 폭발한다. 충격파에 밀려 의자에 처박힌 코널이 놀라 숨을 들이켜는 순간 그의 몸과 의자가 다시 순식간에 수영장 데크 건너편으로 날아간다. 남자와 의자가 나무 울타리와 충돌해 파편이 튀기고 판자가 우두둑 부러지는 소리가 난다. 신음소리와 함께 뒤늦게 목소리가 들린다.

"쌍! 뭐야 이게!"

아이슬린은 등허리를 곧게 편다. 그의 시선이 수영장 가장자리에 설치된 카메라로 향한다.

"여기서 일어나는 일은 다른 모든 곳에서도 일어나지.'" 그가 중얼거린다. 이건 아버지가 평소에 자주 하는 말이다. "'하지만 적어도 여기 사람들은 품위를 지키려고 노력해. 품위를 지키려고 노력한다고.'"

아이슬린의 주위로 뭔가가 너울거린다. 인식의 교정(敎正). 녹화 중을 알리는 카메라의 불빛이 깜박거린다. 가까스로 몸을 일으킨 코널이 이웃집의 생울타리 이파리와 나뭇가지 파편을 잔뜩 뒤집어쓴 채 공포심이 담긴 눈빛으로 아이슬린을 쳐다보고, 아이슬린은 남자를 번득이는 눈빛으로 노려본다. "난 여기 없었어." 이렇게 내뱉고는 엉망진창이 된 남자를 지나쳐 집 밖으로 발을 옮긴다.

아이슬린은 지금 자신이 어디로 가고 있는지 모른다. 실은 별로 중요하지도 않다. 돈도 없고 신분증도 없고, 돌고래 모양 털 슬리퍼를 신고는 어차피 멀리 가지도 못한다. 하지만 그는 걷는다. 아이슬린의 팔다리가 씩씩하고 절도 있는 동작으로 효율적으로 움직인다.

긴장한 턱 근육이 팽팽하게 당긴다. 아이슬린은 스태튼아일랜드를 느낀다. 그의 섬. 그를 중심으로 주변에서 이뤄지는 모든 인식과 관점을 교정하고 편집한다. 아무도 새벽에 차도 한복판을(그가 살고 있는 거리에는 인도가 없다.) 홀로 걷고 있는 젊은 여자를 알아차리거나 신경 쓰지 않는다. 아이슬린을 보지 못해서가 아니다. 도로를 지나는 자동차 운전자들, 혹은 훌리한 집에서 터져 나온 커다란 굉음에 놀라 창밖을 내다본 이웃들도 그저 모두 다른 것에 더 정신이 팔려 있을 뿐이다. 바람에 흔들리는 나뭇가지, 음악을 너무 시끄럽게 틀고 달리는 자동차, 어디선가 들려오는 버스의 날카로운 급제동 소리. 현관문이 벌컥 열리고, 매슈 훌리한이 총신을 짧게 자른 산탄총을 쥐고 뛰어나오더니 집 옆을 돌아 울타리가 부서진 곳으로 달려간다. 그도 아이슬린을 발견하지 못한다. 겨우 5~6미터 정도밖에 안 떨어져 있는데도. 그는 그저 아이슬린이 그가 보길 원하는 것만을 볼 수 있을 뿐이다. 스태튼아일랜드에서도 물론 다른 모든 곳에서 일어나는 일들이 일어난다. 하지만 이곳 사람들은 품위 없는 것들을 보기를 거부한다. 가정폭력. 마약. 눈앞에서 벌어지는 일을 부인함으로써 적어도 자신만은 좋은 사람들로 가득한 좋은 곳에 살고 있다고 위안하는 것이다. 적어도 여기는 시티가 아니라고.

어쨌든 적어도 아이슬린은 아버지가 동질감을 느끼는 남자에게 강간당하지는 않았다. 바로 그런 이유로, 그리고 아버지가 평소에 강간 피해자에 대해 농담하는 것을 들은 적이 있기에 아이슬린은 코널이 무슨 짓을 했는지 아버지에게 말할 생각이 없다. 그리고 바로 그런 이유로, 아버지는 보안카메라 영상에서 누군지 알 수 없는 형체 ─ 어쨌든 아이슬린이 아닌 누군가 ─ 가 수영장 옆에 서 있다가 코널과 몸싸움을 벌이고 그를 울타리 너머로 집어 던진 다음 도주하는 모습을 보게 될 것이다. 매슈 홀리한은 악한 것은 늘 외부에서 온다고 믿는다. 악한 것은 항상 다른 사람이다. 남이다. 아이슬린은 아버지가 계속 그렇게 착각하도록 내버려 둘 것이다. 왜냐하면 그는 세상을 단순한 흑백으로 인식하고 거기서 편안함을 느끼는 아버지의 능력이 어찌 보면 부럽기 때문이다. 아이슬린의 그런 능력은 급속도로 잠식되고 있는데.

그리고 바로 그런 이유로, 아이슬린은 모퉁이에서 발을 멈추고 고개를 푹 숙인 채 두 손으로 주먹을 쥐고 어깨에 힘을 준다. 가슴속 깊이 숨을 들이마신 다음 마음을 진정시켜 본다. 울지 않으려고 애를 쓴다. 늦은 밤이라 거리는 비어 있고 주변을 스치는 바람은 고요하다. 방금 차 한 대가 지나갔고 그다음 차량은 적어도 2킬로미터는 떨어져 있다. 여기. 이 두 개의 시간 사이에 존재하는 적막 속에서 아이슬린은 겁을 내고 화를 내고 그를 지금의 그로 만들기 위해 음모를 꾸민 모든 힘과 세력들을 원망한다. 그는 더 나은 것을 소원할 수 있다. 그는 ─

도로를 따라 한참 동안 이쪽으로 달려오던 자동차가 마침내 가까이 접근한다. 움직임이 느릿한데, 아이슬린과 가까워질수록 점점 더 속도를 늦추고 있다. 드디어 차량이 아이슬린의 앞에 멈춰 선다. 운전하던 사람이 몸을 기울여 조수석 창문을 내린다. 아이슬린은 낯선 남자가 그를 희롱하거나 창녀 취급을 할지도 모른다는 생각에 긴장한다.

운전석에 앉아 있는 남자는 지독하게 말랐고 검은 머리에 어딘가 백인답지 않다. 입술 사이에 불붙인 담배를 물고 한참 동안 아이슬린을 지그시 바라본다. 그러더니 말한다. "스태튼아일랜드?"

아이슬린은 놀라 허리를 세운다. 별안간 세상이 바뀐다. 주위에서 고층건물이 빙글빙글 돌고 버스가 새된 소리를 내며 두 사람 사이를 지난다. 부두와 선창이 예민하게 신경을 곤두세우며 방어 태세에 돌입한다. 아이슬린의 앞에 이질적이고 형광색처럼 밝은, 군데군데 건물이 박힌 방대하고 너른 지평선이 굽어보며 그늘을 드리우고 있다. 하지만 다음 순간 거기 있는 것은 갈색 피부의 호리호리한 남자뿐이다. 가느스름하게 눈을 찌푸리고 냉소적인 눈빛으로 아이슬린을 바라보고 있다.

"어서 타지." 처음 보는 낯선 남자의 말에 아이슬린은 무심코 그의 차를 향해 걷기 시작한다.

하지만 손을 내밀어 차 문 손잡이를 잡으려는 찰나, 발밑이 요동치더니 트럼프 카드가 뒤섞이는 것처럼 주변 풍경이 어지러이 날아다니기 시작한다. 바닥에서 둥그렇게 말린 하얀 고사리 같은 줄기가 자라나 아이슬린과 자동차 사이를 가로막는다.

아이슬린은 눈을 크게 뜨며 움직임을 멈춘다. 남자가 욕설을 내뱉으며 차를 후진해 벗어나려 한다. 하지만 줄기들은 계속해서 쑥쑥 자라나 순식간에 아이슬린의 키를 넘어선다. 그러더니 돌연 자동차를 향해 달려들어 눈 깜짝할 사이에 에워싸 휘감아 버린다. 뜨거운 차대에 부딪친 하얀 줄기들이 쉭쉭거리며 그을리는 소리가 들린다.

그 광경을 보고 주춤주춤 뒤로 물러나는데 뒤에서 흰옷의 여자가 나타나 아이슬린의 어깨를 붙잡고는 귓가에 대고 속삭인다.

"휴! 정말 아슬아슬했어. 하마터면 저 자식한테 잡힐 뻔했잖아. 너 괜찮니?"

"뭐? 싫어! 이거 놔!" 아이슬린은 반사적으로 여자의 손에서 벗어나려 한다. 도대체 어디서 나타난 거지?

그때, 구불구불 엉켜있는 하얀 꽃줄기 안쪽에서 소리 아닌 이상한 소리가 울린다. 소리라기보다는 진동에 가깝지만 아이슬린의 귀가 잡아내지 못하는 음색은 아니다. 하얀 덤불 사이로 소리가 새어 나오자 줄기들이 녹아내리기 시작한다. 타이어가 바닥을 긁는 날카로운 소리와 함께 차량이 비틀비틀 앞쪽으로 돌진하고, 갑작스런 움직임을 주체 못 해 옆으로 미끄러지다가 용케 멈춰 선다. 브레이크등이 깜박인다.

하지만 아이슬린은 그런 데 신경 쓸 겨를이 없다. 남아 있는 하얀 가닥들과 흰옷의 여자에게서 벗어나려고 용을 쓰다가 털 슬리퍼에 걸려 넘어질 뻔한다. 여자는 이틀 전에 아이슬린이 페리 역에서 봤을 때와는 완전히 딴판이다. 트레이닝복을 입고 있어 그런지 더 펑퍼짐하고 키도 작아 보인다. 여기저기 빛바랜 적갈색 가닥이 섞여 있는 하얀 머리칼은 자식들 운동시합을 쫓아다니는 극성 엄마처럼 어깨 길이의 단발이다. 그리고 그 얼굴은…… 같은 여자가 아니야. 아이슬린은 경악하며 전율한다. 여자는 지난번과 완전히 다른 사람이다. 하지만 그럼에도…… 그는 또한 아이슬린이 알고 있는 흰옷의 여자다. 온몸의 모든 세포와 감각이 지난번과 똑같은 사람이라고 말해 주고 있다. 똑같은 광기 어린 에너지. 똑같이 발랄하고 지나치게 솔직한 눈빛. 그리고 겁먹고 날뛰는 짐승을 진정시키려는 듯 들어 올린 손.

(아이슬린의 일부가 여자의 이름을 생각해 내려 하지만 세 음절을 떠올리기 전에 몸서리를 치며 거부한다. 아니면 두 음절이던가? 세 음절인지 두 음절인지 애매하게 섞여 있었던 것 같은데. 어쨌든 R로 시작했었다. 로지. 로지로 하자.)

상관없다. "나한테 손대지 마." 아이슬린이 신경질적으로 응수한다. 그는 떨고 있다. 코널의 목 뒤에 붙어 있던 하얗고 섬세한 넝쿨들을 떠올린다. 전에는 그 하얀 줄기가 아름답다고 생각했었다. 하지만 여자는 그걸 통해 주변에서 무슨 일이 일어나고 있는지 볼 수 있다고 했다. 즉 코널이 아이슬린에게 무슨 짓을 하는지 빤히 봤으면서 그를 말리거나 멈추지 않았다는 뜻이다. 아이슬린은 분노한다. "네가 내 친구인 줄 알았는데! 날 도와줄 거랬잖아!"

여자가 얼굴을 구긴다. 진짜로 당황하고 마음이 상한 듯 보인다.

"그러는 중이잖아! 저 남자, 저건 다른 도시인데 난 쟤가 싫어. 혹시 저 남자가 너한테 해를 입……."

"네 친구 말이야!" 아이슬린은 바보가 된 기분이다. 여자가 정말 코널이 아이슬린을 붙들고 자기 나치 거시기를 빨아 달라고 한 걸 가만히 보고만 있었던 걸까? 그걸 보고도 도와줄 생각을 안 했어? 도시인지 자치구인지 아이슬린의 삶에 끼어든 다른 이상한 일하곤 아무 상관도 없는 일이라서? "우리 집에서! 내가 사는 내 집에서!" 더욱 치욕적이다.

갈색 피부의 남자가 차에서 내려 이쪽으로 걸어오고 있다. 처음 아이슬린이 생각한 것보다 더 키가 크고 넥타이 없이 어두운 색 양복을 입고 있다. 끝이 붉게 타고 있는 담배를 물고 손가락 사이에는 명함을 마치 잭나이프처럼 들고 있다. 왠지 위험하고도 근사한 분위기를 물씬 풍기고 있는데, 그런데…… 아이슬린은 온몸을 파고드는 싸늘한 기운을 느낀다. 이 남자는 그가 아니다. 저건 뉴욕이 아니다. 아까 무슨 수작을 부렸는지는 몰라도, 어떻게 아이슬린이 함께 가고 싶게 만들었는지 몰라도, 주문의 효과는 사라졌다. 이제 아이슬린에게 저 남자는 크고, 강한, 외국인일 뿐이다.

아이슬린은 뒷걸음질 치며 남자와 거리를 벌린다. 남자가 살랑거리는 하얀 꽃줄기 무리 건너편에서 발을 멈춘다. 기다란 가닥이 파르르 경련하며 덤벼들자 그가 담배를 깊숙이 빨아들이더니 보지도 않고 연기를 내뿜는다. 아이슬린이 보기에는 그저 담배 연기일 뿐이다. 하지만 하얀 가닥들은 마치 그게 화학무기라도 되는 것처럼 반응한다. 깩깩거리며 연기를 피해 움츠러든다. 이내 다른 가닥들도 활기를 잃고 축 퍼지더니 반투명한 몸통이 희미해지며 사라져 버린다.

새로이 찾아든 적막 속에서, 세 사람이 삼각관계처럼 서로를 마주 본다.

흰옷의 여자가 분노로 이글거리는 눈으로 갈색 피부 남자를 노려본다. 머리를 한쪽으로 까딱인다. 지나치게 방어적이고, 어떻게 보면 거의 겁을 집어먹은 것처럼 보일 정도다.

"슬슬 네놈이 지겨워지는데, 상파울루."

"수천 년 동안 우리가 합의한 게 있지 않았나." 남자가 말한다. 하지만 그는 남자도, 인간도 아니다. 아이슬린은 상파울루라는 도시에 대해 한 번도 들어 본 적이 없다. 아프리카에 있나? 아니면 인도? 그만큼 이국적인 이름이다. 흰옷의 여자가 말한 상의 발음도 특이했다. 거의 "송"에 가깝게 들리는, 목구멍 뒤쪽에서 나오는 둥근 발음. 남자의 어조에도 똑같이 음악처럼 경쾌한 비음이 깃들어 있다.

"도시가 태어난 뒤에는 공격을 중지한다. 지금까지 항상, 언제나 그렇게 해 왔지."

여자가 피식 웃는다. "오, 제발. 합의 같은 건 한 적 없거든. 그런 게 가능할 리가 없잖아. 너희 종족은 이해할 수 있는 게 아무것도 없으니까."

상은 그 말에 미간을 찌푸리더니 고개를 한쪽으로 기울인다.

"그럼 이해시켜 봐. 한 번도 이런 식으로 행동한 적이 없잖아. 너는 무작정 우리를 죽이려고 했고 그래서 우리는 맞서 싸울 수밖에 없었지! 한데 네가 말을 할 수 있다면, 그리고 만일…… 사람이라면, 그럼 원하는 게 뭔지 말로 설명할 수 있을 거야. 이렇게 싸울 필요도 없을 테고."

여자의 표정은 그야말로 불신의 극치다.

"내가 뭘 원하느냐고?" 큰 소리로 깔깔거리며 눈을 가느스름하게 좁힌다. "아, 난 너희 인간들이 가끔 정말 싫더라. 하나씩 놓고 보면 괜찮은데. 아냐, 솔직히 괜찮은 거 이상이지. 몇몇은 좀 굉장하거든. 재미있고, 특이하고. 그렇지만 너희가 맨날 하는 짓거리들은 정말. 그래서 난 너희를 경멸해. 내가 말하는 걸 직접 안 들으면 내가 사람이란 걸 모르는 거야, 상파울루? 이렇게 대놓고 저항하지 않으면 폭력을 멈출 생각을 못 하는 거냐고."

남자가 흠칫 긴장한다. 아이슬린도 마찬가지다. 폭력이라는 단어 때문이다. 하지만 그렇다. 남자의 얼굴에 떠오른 혼란과 분노 사이에는 뚜렷한 죄의식이 있다. 남자가 무슨 짓을 한 게 틀림없다. 저 갈색 피부의 외국인 남자가. 흰옷의 여자에게, 아니면 다른 여자에게 자기가 해도 된다고 믿는 짓을 저지른 건지도 모른다. 이제 아이슬린은 저 상파울루라는 사내를 증오한다. 흰옷의 여자가 코널과 한 패거리든 아니든 상관없다. 이건 개인적인 일이 아니다. 지금 이 순간, 아이슬린은 해서는 안 되는 일을 해도 된다고 믿는 모든 남자를 증오한다.

그래서 아이슬린은 남자를 노려보며 말한다. "원하는 게 뭐야?"

상파울루는 흰옷의 여자에게서 시선을 떼고 아이슬린을 돌아본다. 아이슬린의 말투에 놀란 기색이 역력하다. 아니면 아이슬린 같은 사람이 나서서 먼저 당당하게 말을 꺼낼 거라곤 상상도 못 했는지도. 어쩌면 저 남자는 무슬림이나 여자를 싫어하는 다른 이교도 야만인일지도 모른다.

"널 찾으러 왔다." 차분한 어조지만 아이슬린은 남자가 자신의 질문에 당혹하고 있다는 걸 알 수 있다. "너와 다른 이들 모두. 이 도시가 완전히 성숙해지려면 너희의 도움이 필요해."

"그래? 하지만 난 네 도움 필요 없는데." 아이슬린이 쏘아붙인다. "그러니까 가 버려."

남자가 아이슬린을 우두커니 바라본다. 이어서 흰옷의 여자를 쳐다보고는 의심하듯이 눈을 가늘게 뜬다. 마치 흰옷의 여자가 어떻게 아이슬린이 저런 말을 하게 만들었는지 알아내고야 말겠다는 듯이. 마치 아이슬린이 혼자서 제 의견을 말하지도 못할 거라고 생각하는 것처럼.

아이슬린의. 인내심이. 뚝. 끊어진다.

"여긴 네가 있을 곳이 아냐." 아이슬린이 사납게 말한다. 저도 모르게 불끈 주먹을 쥔다. "너는 이 도시에, 내 섬에 속하지 않아. 난 네가 필요 없어. 난 네가 여기 있는 게 싫어!"

코닐을 나무 울타리에 처박은 뒤로 아이슬린은 계속 그의 자치구와 연결되어 있기에, 그 분노와 에너지로 충만해 있기에, 그리고 30년간 억눌려 있던 분노를 분출할 출구를 드디어 발견했기에, 그는 코닐만큼이나 상파울루를 격렬하게 거부한다.

이런 게 통할 리가 없다. 아이슬린은 상파울루의 다른 모습을 보았고 그것은 어마어마하게 거대하다. 뉴욕 전체보다도 더 거대하다. 그리고 무엇보다, 그는 뉴욕과 달리 완전하고 강력하다. 하지만 그럼에도 그는 스태튼아일랜드다. 그는 지금 자신의 땅에 발 딛고 서 있고, 이곳에서 상파울루는 침입자에 불과하다. 더구나 파울루는 대기오염으로 뒤덮인 높다란 탑으로 가득한 고향 도시로부터 아주 멀리 떨어져 나와 있다. 그리하여 아이슬린이 코닐을 날려 보낸 힘의 파동이 또다시 물결친다. 흰옷의 여자가 팔을 내두르며 비명을 지르더니 나타났을 때만큼이나 눈 깜짝할 사이에 사라진다. 지금 아이슬린의 옆에 서 있는 건 스프레이 탠을 하고 머리를 짙은 빨간색으로 염색한 땅딸막하고 포동포동한 중년 여성이다. 그는 어리 벙벙하게 눈을 깜박이더니 주변에서 무슨 일이 벌어지고 있는지 아랑곳하지 않고 몸을 돌려 다음 블록을 향해 걷기 시작한다.

하지만 이건 부수적인 피해일 뿐이다. 왜냐하면 아이슬린이 쫓아내고 싶은 건 흰옷의 여자가 아니기 때문이다. 여긴 네가 있을 곳이 아니야의 파동은 상파울루를 전력으로 강타하고, 그 결과는 코널과는 비교도 안 될 정도로 치명적이다. 어쨌든 코널은 평범한 사람에 불과했으니까. 상파울루는 눈에 보이지 않는 화염방사기의 공격을 받은 것과 비슷하다. 아이슬린은 그가 두 가지 방식으로 타격을 입는 것을 볼 수 있다. 한쪽 세상에서 파울루는 아이슬린의 분노의 불길을 막으려는 것처럼 두 팔을 들어 올리지만 그 뼈는 부러지고 몸뚱이는 도로에 주차된 자동차 너머 암흑 속으로 내동댕이쳐져 날아간다.

또 다른 차원에서 아이슬린은 높은 곳에 떠 있다. 그는 무시무시한 지진이 상파울루의 거대한 대도시권을 뒤흔드는 것을 본다. 파벨라 빈민촌에서 오래된 건물들이 무너진다. 도시의 옆구리를 따라 널찍한 네 개 도로가 나란히 늘어선 고속도로가 뼈가 부러지듯 뚝 동강 난다. 다행히 완전히 으스러지지는 않았다. 그랬다간 윌리엄스버그 브리지에서 있었던 끔찍한 사건이 되풀이되듯 차량 수백 대가 가까운 강물 속에 처박혔을 것이다. 하지만 그래도 여전히 끔찍한 일임은 분명하다. 도시의 통근 도로는 생명줄이다. 앞으로 며칠 동안 상파울루의 1500만 시민들은 출근을 하고 병원에 가는 등 도시가 삶과 건강을 유지하는 데 필요한 무수한 일을 하는 데 어려움을 겪을 것이다.

또 이 다른 장소에서, 아이슬린은 커다란 대들보가 흐릿해지더니 무언가 그를 향해 쏜살같이 날아오는 것을 본다. 다만 상파울루가 의식적으로 그를 해치려 한다기보다는 그저 반사적인 반응임을 느낄 수 있다. 항상 싸우며 자란 이들은 쓰러지는 순간 더욱 맹렬하게 반격하는 법이다. 반사적인 대응이든 아니든, 그것이 땅을 내리친다. 아이슬린은 다른 공간에서 중심부를 횡단하는 도시 철도를, 즉그 자신을 뭔가 발톱처럼 날카로운 것이 할퀴고 지나가는 것을 느낀다. 아프다. 뜨겁고 지독한 통증이 아이슬린의 안에 있는 무언가를 찢어발기는 것 같다. 몸속 장기도 힘줄도 아니지만 그만큼 중요하고 자신의 실존과 관계가 있는 것. 어쩌면 아이슬린의 영혼일지도 모르겠다. 그는 숨을 들이켜며 배를 붙잡고 몸을 웅크린다. 애써 눈꺼풀을 깜박이며 찔끔 배어 나오는 눈물을 떨쳐 낸다. 그는 본능적으로 스태튼아일랜드의 일부가 상처를 입었음을 감지한다. 그의 섬이 그와 함께 고통을 느끼고 있다.

하지만. 아직 두 발로 서 있는 건 아이슬린이다. 상파울루는 아니다.

너무도 오랫동안 살아남는 데에만 급급했던 아이슬린은 승리가 자아낸 엔도르핀과 고양감에, 짧은 시간이나마 자신이 강하다는 자부심에 도취된다. 배에서 느껴지는 통증은 아랑곳하지 않고 큰 소리로 웃음을 터트린다. 머리가 아찔해지는 듯한 승리감에 웃음을 멈출 수가 없다. 하지만 이내, 천천히 숨을 고르며 억지로 마음을 진정시킨다. 흰옷의 여자처럼 자기도 미쳤나 보다. 미친 것처럼 느껴진다. 하지만 아이슬린은 상파울루가 저 어둠 속 어딘가, 심한 상처를 입은 채 아직 살아 있다는 걸 안다. 그래서 그는 등허리를 곧추세우고, 잇새로 공기를 들이마시며 통증을 억누른다. 그러고는 상파울루에게 말한다.

"날 내버려 둬. 안 그러면…… 각오해야 할 거야."

그건 아이슬린이 할 수 있는 가장 무섭고 살벌한 협박은 아니다. 하지만 파울루는 대답하지 않는다. 의식을 잃었거나 아니면 부루퉁해 있는지도 모른다. 상관없다. 아이슬린이 이겼으니까.

아이슬린은 비틀거리며 집 쪽으로 걷기 시작한다. 갈비뼈가 욱신거리고 살갗은 뜨겁게 달아 있고, 머릿속은 신이 나서 방방 뛰어다니는 대피덕*처럼 흥분해서 뒤죽박죽이다. 집에 도착해 보니 불이 켜져 있고 뒷마당에서 아버지가 코널에게서 진술을 받고 있다. 앞뜰에 들어선 순간 경찰차 두 대가 집 앞에 멈춰 선다. 차에서 내린 경찰들은 뒷마당으로 향하는 길에도 아이슬린을 보지 못한 것 같다. 집 안에서는 아이슬린의 어머니가 뒷문에서 사람들을 지켜보고 있다. 아무도 위층에서 안전하게 잠들어 있을 아이슬린은 확인해 볼 생각조차 못 했다. 그래서 아이슬린은 누구의 방해도 받지 않고 무사히 계단을 올라 자신의 방에 도착한다.

환기를 하러 창문을 조금 열자마자 아버지가 흥분한 어조로 코널과 이야기하는 게 들린다. 아버지는 코널이 술에 취해 주사를 부리며 수영장 의자를 울타리에 집어 던졌다고 생각한다. 코널은 똑같이 크고 시끄러운 목소리로 부인 중이다.("아까부터 계속 말하잖아요! 언놈이 날 공격했다니까요! 엄청난 덩치의 흑인이었어요!") 아이슬린은 저 말다툼이 어떻게 결론 날지 궁금하다. 하지만 그는 이따 아버지가 방

---

*만화영화 「루니툰」에 등장하는 성질 고약한 검은 오리.

범카메라를 확인하면 코널이 말한 "엄청난 덩치의 흑인"을 보게 될 것임을 알고 있다. 물론 그건 아이슬린이 체중 60킬로그램의 백인 여성 위에 덧씌운 환상에 불과하다. 아이슬린의 일부는 아직도 아버지가 코널이 어떤 괴물인지 깨닫고 정의가 실현되길 바라지만…… 반면에 그의 대부분은 그런 게 불가능하다는 것을 알고 있다. 아버지의 말이 옳다. 진정한 정의란 외부의 침입자 또는 정복자에게서 스스로를 보호할 힘을 갖는 것이다.

"도시가 널 부른다면 그 목소리에 귀를 기울이렴."

아이슬린은 혼잣말로 중얼거린다. 어머니가 한 말이다. 상파울루도 비슷한 말을 했다. 도시가 그를 필요로 한다고. 하지만 아이슬린은 그 부름을 무시하기로 결심한다. 아이슬린을 보호해 준 것은 그의 자치구다. 맨해튼도 퀸스도 브루클린도, 그리고 브롱크스도 아닌 바로 스태튼아일랜드다. 그에게 필요한 건 전부 다 여기에 있다. 시티 따위는 가서 목이나 매달라지.

아이슬린은 이렇게 생각하며 침대 속으로 기어 들어가 기진맥진한 채 잠든다.

몇 킬로미터 밖, 쓰레기가 널려 있는 차량 기지에서는 뉴욕 지하철 공사 엔지니어와 경찰 들이 모여 수군거리고 있다. 하룻밤 새 갑자기 거대하고 가지런한 도랑이 네 개나 파여 스태튼아일랜드에 있는 한 외딴 지하철 노선의 선로를 끊어 놓았기 때문이다. 졸려서 꿈벅거리던 차장이 교대를 하러 가던 길에 이 깊이 파인 자국을 처음 발견했는데 그때까지도 뜨겁고 연기까지 모락모락 나고 있었다. 누군가 땅을 판 게 아니라 엄청나게 크고 뜨거운 나이프나 산업용 레이저로 바닥을 가른 것처럼 보인다. 지금은 열기가 조금 식어 조사관들이 사다리를 타고 내려가 어떤 종류의 소이장치가 이런 흔적을 남겼는지 검사 중이다. 가장 깊게 파인 곳의 깊이는 거의 5~6미터에 달하고 흙바닥은 물론 금속과 콘크리트, 그 아래 기반암, 전력을 공급하는 제3레일까지 잘렸다. 누군가 엄청 커다란 대들보만 한 발톱으로 대지를 할퀴기라도 한 것처럼.

며칠 걸리긴 하겠지만 복구는 간단하다. 철근과 시멘트로 구멍을 메우고 부서진 선로를 대체하기만 하면 된다. 다만 그동안에는 섬의 주민 중 많은 빈곤한 이들이 출퇴근을 하거나 편찮은 부모님을 방문하거나 아이들을 학교에서 데려오는 데 애를 먹을 것이다. 도시의 통근용 교통수단은 생명줄이다.

그리고 때로는 아주 작고 얕은 상처도 심하게 곪을 수 있다.

아이슬린은 잠든다.

# 11장

# 그래, 그 팀워크라는 거 말인데

브롱카는 그들을 보자마자 싫어진다. 뉴욕 시 자치구의 다른 화신들이 그의 사무실에 앉아 있거나 서 있다. 가장 짜증나는 건 브루클린이다. 아, 브롱카는 그 여자를 한눈에 알아봤다. MC 프리. 그 시절에 최초로 이름을 날린 여성 래퍼. 어찌나 자유로운 영혼을 지니셨는지 같은 분야에 있는 다른 여성들을 모욕하고 남자들처럼 동성애혐오 개소리를 지껄이고 그러면서도 뻔뻔스럽게 페미니스트라고 자처하던 여자. 그러니 정치인이 될 만도 하지. 그러니 브롱카의 지저분한 사무실을 보고 기분 나쁘게 콧방귀를 뀌며 유성페인트가 말라붙은 의자에 앉기를 거부했을 테고.

하지만 맨해튼도 별다를 바가 없다. 지나치게 많은 이를 드러내며 친근하게 웃는 얼굴. 브롱카는 처음에 그가 자신과 비슷한 혈통일지도 모른다고 생각한다. 너무 많은 인종이 섞여 있어 뭐든 가능해 보이지만 어쨌든 그의 외모에는 친근하게 느껴지는 구석이 있다. 하지만 브롱카는 문득 자신이 맨해튼에게만 유독 몸을 가까이 기울이고 다른 이들에 비해 그의 말에 더 집중한다는 사실을 깨닫고는 그제야 이해한다. 어쩌면 이 땅에 발을 들인 네덜란드인도 저런 순진한 웃음을 띤 얼굴로 카나시 족—레나페 족의 하위 부족—에게 장신구를 주었을 테고, 나중엔 과거 수백만 년 동안 모든 이들이 함께 나누고 공유했던 땅을 자기들 거라고 주장했겠지. 아마 맨해튼을 만나는 모든 사람들이 맨해튼이 같은 인종이거나 적어도 부분적으로나마 같은 피를 공유한다고 생각할 것이다. 그건 사람을 조종하는 미묘한 마법과도 같은 것이고, 그래서 그 사실을 알아차리자마자 브롱카는 기분이 팍 나빠진다.

퀸스는 그나마 이 중에서 브롱카가 가장 덜 싫어하는 사람일 것이다. 왜냐하면 이런 거창한 존재라기보다 지금 일어나고 있는 일들에 압도당해 겁을 집어먹은 어린애일 뿐이니까. 하지만 그럼에도 브롱카는 저 젊은이의 순진해 뵈는 모습이 아니꼽다. 그는 퀸스다. 퀸스가 저렇게 바보 같을 리가 없다. 하지만 브롱카는 브롱크스고, 브롱크스는 원래 브롱크스 외에는 아무도 믿지 않는 법이다. 그러니까 브롱카가 다른 이들에게 느끼는 거부감은 그저 맨해튼이 풍기는 매력만큼이나 지당한 것인지도 모른다. 만일 그렇더라도 브롱카는 이 감정을 있는 그대로 받아들이기로 한다. 지난 며칠간 힘든 시간을 보냈고, 그걸 극복한답시고 별로 노력하고 싶지도 않기 때문이다.

"난 너희들 필요 없어." 벌써 같은 말을 세 번이나 했는데 다들 듣는 척도 안 한다. 브롱카는 당장이라도 이 인간들 엉덩이를 발로 뻥 차서 쫓아내고 싶다. "그 흰옷 입은 여자가 내 영역을 공격하길래 벌써 애저녁에 쫓아냈단다. 나 혼자서 말이야. 너희 도움이 절실했는데 아무도 오지 않아서 나 혼자 해결할 수밖에 없었지. 그러니까 너희는 필요 없어."

자치구들이 서로를 돌아보며 눈짓을 교환한다. 브루클린은 한숨을 내쉬고는 체념인지 무관심인 건지 고개를 돌려 버린다. 그래서 또다시 시도하는 것은 맨해튼이다. 그는 혓바닥이 유려하다. 그것만큼은 인정해야겠다. 라울은 저리 가라다. 맨해튼이 여기서 나갈 즈음이면 이징이 저치에게 팬티를 벗어 던질지도 모른다.

"왜 싫다는 건지 이해를 못 하겠습니다." 맨해튼이 말한다. 자기를 "매니"라고 불러 달란다. 웃기고 있네. 전부 다 웃기는 소리다. 브롱카가 싫다는데 가타부타 토를 달면서 간이 얼마나 부었는지 자기가 상처 입은 양 굴고 있다. "우리가 뭔지 알잖아요. 당신도 느끼고 있을 겁니다. 함께 힘을 합치면 도시 전체를 지킬 수 있는데, 왜 이곳 자치구만 보호하겠다는 거죠?"

"왜냐하면 난 혼자 싸우는 게 좋으니까." 브롱카가 받아친다. "항상 그래 왔고. 또 혹여나 남들과 '힘을 합칠' 거면 적어도 날 위해 불길에도 뛰어들 수 있는 사람이 좋아. 너라면 그럴 거니?"

당연히 맨해튼은 얼굴을 찌푸린다. "어쩌면요. 하지만 먼저 당신에 대해 조금 더 알아야겠지요."

적어도 솔직하긴 하다. "그래? 하지만 난 너에 대해 알고 싶은 마음이 전혀 없단다."

"우리가 뛰어들 불길은 바로 여기, 지금 눈앞에 있어, 시스." 브루클린이 말한다. 하지만 그는 브롱카를 등진 채 사무실 창문 너머 갤러리를 바라보고 있다. 어찌나 건방지고 무례한지 속이 부글거린다. 더 짜증나는 건 브루클린이 일부러 그러는 것도 아니라는 거다. 그냥 천성적으로 오만하고 건방진 애송이라 그렇다. "문에 불이 붙고 경보기가 울리니, 멈춰서 누운 다음 굴러야지.*"

"난 너 같은 자매 둔 적 없거든. 그리고 불을 꺼야 한다면서 나를 열 받게 하지 말아 줄래?"

불쌍한 퀸스.(다른 이름을 말해 줬지만 기억이 나지 않는다. 그리고 어쨌든 저 애는 퀸스니까.) 어안이 벙벙해 보인다. "저기, 나 빼고 다 아는 사이예요?" 그가 모두에게 묻는다. "서로 악감정이라도 있는 거 같은데."

"브롱크스와 뉴욕의 다른 지역 사이엔 항상 악감정이 흘러넘치지." 브루클린이 말한다. 브롱카의 적대감 어린 태도가 마침내 브루클린의 관심을 끈 모양이다. 브루클린이 몸을 돌려 브롱카를 마주한다. 가슴 앞에 팔짱을 낀다. 오, 그러니까 이럴 때 그 표현을 쓰는 거지? 드디어 귀고리를 빼야 할 순간인가? 브롱카는 마음의 준비를 한다. "뉴욕의 많은 좋은 것들이 이 자치구에서 시작됐지. 훌륭한 사람들도 많고. 한데 여기 사람들은 그걸 제대로 활용해서 자기 몫을 챙기질 못했어. 그래서 다른 모든 사람이 뭔가를 활용해 써먹고 있을 때 브롱크스는 난리발광을 하면서 그게 자기들을 무시하는 거라고 주장하지. 하지만 사실은 그런 게 아니야, 알겠어, 시스?" 브루클린이 어렴풋한 미소를 띤다. "그건 우리가 너희한테 관심을 갖고 있다는 뜻이라고."

---

*화재시 몸에 불이 옮겨붙었을 때 해야 할 행동 요령. "멈춰서 바닥에 누운 다음 뒹굴 것".

브롱카는 손바닥으로 책상을 탁 짚으며 다리를 펴고 일어난다.

"당장 내 사무실에서 나가."

브루클린이 피식 웃더니 문을 향해 걷기 시작할 때에야 브롱카는 참았던 숨을 들이마신다. 매니가 브루클린의 뒷모습을 바라보다 브롱카에게 간청하듯이 두 손을 내민다.

"다 같이 뭉치지 않으면 아무도 살아남을 수……."

브롱카가 외친다. "나가!"

그들은 떠난다. 미쳤냐는 눈빛으로 쳐다보긴 하지만, 어쨌든 떠난다.

브롱카는 그들이 문 밖으로 나가는 모습을 지켜보며 다시 의자에 앉는다. 몸이 떨린다. 이게 무슨 느낌인지 모르겠다. 지금껏 먹은 거라곤 도넛 반쪽밖에 없다. 인생 최악의 사흘을 보내면서 잠도 몇 시간밖에 못 잤다. 그리고 그동안 적어도 두 번이나 죽을 뻔했다.(어쩌면 세 번인지도 모른다. 화장실 칸막이를 발로 걷어찼을 때 그의 힘이 조금이라도 약했더라면…… 뭐, 어쨌든 최소한 두 번.) 어쩌면 브롱카는 지금 비이성적으로 굴고 있는지도 모른다. 아냐, 그렇다고 거의 확신한다. 하지만 빌어먹을 저 인간들이 신경을 건드리고 있다고.

가만히 앉아 남은 도넛 반쪽을 노려보며 부아를 삭이고 있을 때, 문이 달칵 열린다. 고함을 지르려고 숨을 막 들이켠 순간, 거기 서 있는 게 베네자라는 걸 깨닫는다. 베네자는 언제든 무사통과다. 그래서 브롱카는 조용히 화를 가라앉힌다. 베네자가 사무실 안으로 들어오더니 맨해튼인지 뭔지가 앉아 있던 의자에 털썩 주저앉는다. 그러고는 속내를 읽을 수 없는 표정으로 브롱카를 지그시 바라본다.

그것만으로도 충분하다. 브롱카는 이 온화한 무언의 훈계의 무게에 짜부라져 책상 위로 엎어진다. 손바닥에 이마를 묻는다.

"더는 못 하겠어." 이건 선언이라기보다는 흐느낌에 가깝다. "이런 일을 하기엔 너무 늙었어. 무서워 죽겠고, 집에도 못 가. 그리고 이제 나는 내가 아니야. 난 못 하겠어. 불가능해."

베네자가 숨을 깊이 들이마셨다가 입술 사이로 길게 내뱉는다.

"그쵸오오오. 그 사람들이 막 한꺼번에 몰려와서 브롱카를 힘들게 할 것 같았어요." 그는 잠시 아무 말도 않는다. 베네자는 항상 언제 입을 다물어야 할지 알고 있다. "이따 다시 오라고 할까요?"

"다시는 오지 말라고 해." 하지만 브롱카는 그게 진심이 아니라는 걸 안다. 그래서 한숨을 쉬며 베네자에게 그가 완전히 미친 건 아니라는 걸 알려 준다. "한 시간만 달라고 해."

"알았어요." 하지만 베네자는 움직이지 않는다. 할 말이 있는 게 틀림없다. 한참 뒤 마침내 브롱카가 조금 진정된 듯 보이자 이렇게 말한다. "있죠…… 난 브롱카를 만나기 전까지 뉴욕을 싫어했어요. 여길 사랑하는 법을 가르쳐 준 게 당신이라고요."

"웃기고 있다." 브롱카는 책상에 대고 대꾸한다. 그는 지금 부루퉁해 있고, 자신이 그렇다는 걸 알고 있으며, 그 안에서 허우적거리고 있다. "난 이 도시가 싫어."

베네자가 웃음을 터트린다. "그래요. 뭐, 당신네 뉴요커들은 늘 그렇게 말하죠. 새로 온 사람들은 말고요. 너무 지저분하고 차도 많고 제대로 돌아가는 건 하나도 없고 여름엔 너무 덥고 겨울엔 너무 춥고 1년 중 대부분은 더러운 궁둥이 냄새가 난다고요. 하지만 실제로 여길 떠나는 사람이 있긴 해요? 뭐 가끔 뉴멕시코나 그런 데 사는 어머님이 편찮으시거나 해서 고향에 가야 한다거나 자식들이 가끔 들소 떼를 구경할 수 있게 진짜 마당이 있는 집으로 이사 가겠다는 사람들이 있긴 하죠. 하지만 그래도 대부분은 여기 계속 살잖아요. 이 도시가 싫고 모든 게 싫다면서 다른 모든 사람들에게 화풀이를 하면서요."

"너 사람 격려하는 법을 배우려면 연습 좀 많이 해야겠다."

베네자가 품 웃는다. "하지만 그러다 동네 파티에서 꽤 괜찮은 사람을 만나게 되는 거예요. 아니면 베트남식 피에로기*나 이 멍청한 도시 말고 딴 데서는 구경도 할 수 없는 괴상한 걸 먹어 보거나요. 브로드웨이보다 한참, 한참은 떨어지고 아무도 듣도 보도 못 한 완전 마이너한 축제에 가거나 지하철에서 완전 신기하고 특별하고 근사한 걸 마주치거나 하기도 하죠. 나중에 늙어서 손주들에게 이야기를 들려줄 만한 그런 거요. 그러고는 다시 이 도시와 사랑에 빠지는 거죠. 다들 온몸으로 그런 애정을 발산하고 있어요. 망할 놈의 오라처럼." 베네자가 고개를 저으며 약간 서글프게 웃는다. "날마다 전철을 타고 집에 갈 때 가끔 옆을 둘러보면 사람들이 전부 반짝반짝 빛나거든요. 이 도시의 아름다움으로 가득 차 있는 것처럼."

브롱카는 고개를 들어 미간을 찡그리며 베네자를 쳐다본다. 베네자는 브롱카의 사무실 한쪽 벽을 압도적으로 차지하고 있는 유리블록 창문을 바라보고 있다. 그 창문 너머로는 아무것도 볼 수가 없다.

---

* 동유럽에서 유래한 만두.

밖을 지나는 사람들의 애매한 그림자와 때때로 버스의 모습이 흐릿하게 비칠 뿐이다. 하지만. 그것 역시 이 도시의 일부분이다. 끊임없이 움직이고 생생하게 살아 있는 도시. 유리창을 거쳐 들어온 빛과 색채가 베네자의 얼굴 위에 순간적으로 비현실적인 느낌을 드리운다. 브롱카는 생전 처음으로 딸이 있었다면 참 좋았을 거라는 생각을 한다. 베네자는 정말 굉장하고, 브롱카가 자식에게 바랄 수 있는 모든 것을 갖고 있다. 하지만 그는 좋은 친구를 갖는 것으로 만족하기로 한다.

브롱카는 천천히, 피곤한 미소를 지으며 한숨을 내쉰다. "알았다. 그래. 한 시간. 단 아무도 방해하지 말 것." 그런 다음 그는 자신의 다른 일부들에게 사과를 하고, 자존심을 내려놓고 응당 그래야 하듯이 그들에게 합류할 것이다. 여전히 그들을 좋아하지 않고 아마 끝내 좋아하지는 못하겠지. 그래도. 베네자가 사랑하는 이 도시를 살리려면 그들이 필요하다. 그것만으로도 이 거지 같은 상황을 참고 견디기엔 충분하다.

베네자가 그의 생각을 읽은 듯이 생긋 웃더니 다른 이들에게 소식을 전하러 나간다.


브롱카는 다른 이들이 아는 게 하나도 없다는 사실을 알고는 깜짝 놀란다. 그는 지금 일어나는 일의 역사에 관한 지식을 전수받았고, 그래서 적어도 다른 사람들도 뭔가를 받았을 줄만 알았다. 덕분에 조금은 화가 가라앉는다. 이들이 문자 그대로 정말 아무것도 모르는 상태에서 모든 것을 ─ 서로를 찾는 방법을 포함해 ─ 스스로 알아내야 했다면 조금은 감안해 줘야 할 것 같다. 더구나 원래는 어제 브롱카를 찾아올 예정이었는데 브루클린이 자기 자치구 전체를 봉쇄하는 바람에 탈진해 버려서 하루를 통째로 잃어버렸단다. 그 사실을 들은 브롱카는 다른 이들에게 고래고래 악을 쓰고 싶은 심정이다. 왜냐하면 절대로, 절대로 그래서는 안 되니까! 그들이 힘을 증폭하고, 저항을 줄이고, 뭐라고 표현해야 할지 모를 다른 수많은 일들을 하려면 서로가 필요하다. 함께 힘을 합쳐야 한다. 거기에 이 모든 일에 집중하려면 중심 화신이 필요하다. 하지만 브롱카는 그들에게 고함을 지를 수가 없다. 심지어 브루클린에게조차 그렇다. 왜냐하면 그들은 정말로 아무것도 몰랐으니까. 그리고 이건 사실 브롱카의 잘못이다.

그래서 그는 먼저 몇 가지를 설명하기로 한다.

이징과 제스가 센터 일을 처리하는 동안 브롱카는 자치구 동료들과 함께 직원용 휴게실에 모여 앉는다. 베네자도 같이 있다. 브롱카가 선을 넘지 않게 막기 위해서라고 우스갯소리를 하지만 실은 농담도 아니다. 브롱카는 베네자가 옆에 있어 고마울 따름이다.(다른 자치구들이 어리둥절해하며 베네자를 힐끔거리지만 그때 그가 팝콘 봉지를 꺼내 전자렌지에 돌리기 시작한다. 퀸스가 외친다. "앗, 달콤한 맛!" 그렇게 베네자도 한 패가 된다.) 브롱카가 이들과 마주 앉기까지는 한 시간이 아니라 사실 여러 시간이 걸렸다. 센터에서 반달리즘이 발생해 범인이 체포됐다는 소식을 듣고 미리 연락도 않고 무작정 취재를 하러 온 기자 두 명과 인터뷰를 해야 했기 때문이다. 그러고 나서 기자들은 당연히 유망한 시의원인 브루클린 토머스를 발견했고, 사건에 대한 그의 발언을 따고 싶어 했다. 브루클린은 다른 자치구 의원이 왜 브롱크스의 공기관을 돕고 있냐는 질문에 즉석에서 꽤 괜찮은 답변을 내놓는다. "브롱크스에 대한 공격은 뉴욕 전체에 대한 공격이나 다름없으니까요." 심지어 이 말에는 진실이 담겨 있기까지 하다.

그래서 지금 뉴욕 자치구의 화신들은 둥글게 모여 앉아서 배달 주문한 베트남 국수를 후루룩거리는 중이다. 따끈한 진짜 음식이 배 속에 들어가자 브롱카도 조금은 성질머리가 가라앉고, 분위기가 호전된다. 브루클린도 퉁명스럽게 굴어 미안하다고 사과를 한다. 알고 보니 이들은 오늘 아침에야 센터에 올 수 있을 거 같아 그 전에 브롱카에게 전화를 하려고 했단다.(하지만 헛수고였다. 지금 센터의 음성사서함은 혐오 메시지로 가득 차서 아무도 건드릴 생각도 않으니까.) 이제 그들은 모두 친구다. 잘됐다. 왜냐하면 브롱카는 이들에게 말해 줄 게 있기 때문이다.

"자, 그럼." 브롱카가 입을 연다. "일단 스태튼아일랜드를 찾아야 해. 우리 넷이 모여 있으니 별로 어렵진 않을 거야. 벌써 우리가 걔 부르고 있지만 이렇게 같이 있으면 스태튼아일랜드가 어디 있는지 위치를 더 정확하게 특정할 수 있지. 그 애가 우릴 먼저 찾아내지 않는다면 말이야. 그리고 스태튼을 찾는 와중에 우리가 진짜 주력해야 하는 건, 프라이머리, 즉 중심 화신을 찾는 일이지."

그들은 브롱카가 먼시어로 말하기라도 한 것처럼 멀뚱멀뚱 쳐다본다.(그래서 브롱카는 베네자를 쳐다본다. 때때로 피곤하면 정말로 먼시어가 튀어나올 때가 있기 때문이다. 젊었을 때 하도 배우려고 용을 썼더니 이젠 가끔씩 황당한 시점에 절로 튀어나오곤 한다. 하지만 베네자가 고개를 젓는다. 아니네, 그냥 이해를 못 한 거로군.)

"진짜 여섯 번째가 있었던 거군." 이윽고 그렇게 말한 브루클린이 맨해튼에게 읽기 힘든 눈짓을 보낸다.

하느님 맙소사. "어, 그래, 당연히 있고말고. 그걸 몰랐단 말이야?"

이젠 브루클린에 퀸스까지 맨해튼을 빤히 주시하고 있다. 맨해튼이 얼굴을 약간 찡그리더니 숨을 깊이 들이마신다. "음…… 짐작은 했는데, 그 정보를 알려 준 게 그 여자라서요." 그 여자가 누구인지는 애써 설명할 필요가 없다. 브롱카가 고개를 끄덕인다. 그들은 모두 그 여자가 누구인지 안다. "그리고, 어, 일종의 환영도 있었죠."

잠깐. 그건 브롱카가 예상했던 게 아니다. 브롱카는 눈썹을 추켜세운다. "환영?"

맨해튼은 피부색이 밝아 홍조가 올라오는 게 눈에 보일 정도라, 거의 귀엽게까지 느껴진다. 그때 퀸스가 헛기침을 하며 끼어든다.

"나도 봤어요. 우리 셋 다 봤죠. 그래서 어, 그게 단순한 환각이 아니었다는 걸 안 거예요."

"하지만 그걸 어떻게 해석해야 할지 몰랐습니다." 말을 잇는 맨해튼은 아직도 약간 민망해하는 것 같다. 브롱카는 그가 그 환영에서 대체 뭘 봤길래 저러는지 궁금해진다. "이게 어떤 식으로 돌아가는 건지, 왜 우리한테 그런 게 보이는지 알 수가 없어서, 음, 처음엔 부인하는 과정을 거쳤어요."

"왜요?" 베네자가 나직하지만 모두가 들음직한 음성으로 중얼거린다. "벽에서 빌어먹을 꾸불탱이들이 기어 나오는 판에……."

맨해튼이 고개를 가로저으며 다시 브롱카를 쳐다본다.

"그런데 당신은 우리보다 더 많은 걸 알고 있는 것 같군요. 어떻게 그러는 거죠?"

순간 레나페 전설을 늘어놓으며 좀 놀려먹어 볼까 하는 유혹이 들긴 하지만, 지금 그런 짓을 하기엔 너무 피곤하다. 그래서 브롱카는 말한다. "원래 도시라면 다 알아. 이건…… 나도 모르겠다. 조상들의 기억, 뭐 그런 거랄까. 이 단계에 도달한 다른 도시들이 물려주는 거지. 어, 아님 우리 경우엔 한 명은 다른 대부분 도시랑 비슷해도 어쨌든 전부 여섯 명인데 하필 내 머릿속으로 들어온 거지. 하지만 난 너희에게도 적어도 약간의 여파는 남아 있을 줄 알았다."

"내 머릿속엔 뭐가 많아요." 맨해튼의 말투에는 비꼬는 구석이 없다. "하지만 왜 도시가, 어, 우리가 됐는지에 관한 지식은 하나도 없습니다." 그가 테이블 주위에 둘러앉은 사람들을 손짓한다.

"음, 그건." 브롱카가 말한다. "우리 모두가 할 수 있는 일이 있고, 우리 각자가 따로 할 수 있는 특기가 있거든. 모든 자치구는 제각각 뉴욕을 지금의 뉴욕으로 만드는 서로 다른 개성이 있으니까. 브롱크스는 가장 역사가 깊은 곳이지." 헤아릴 수 없이 무수한 세대의 레나페 족이 이곳에서 살아왔고, 완전히 멸족되진 않았으나 식민주의에 의해 변화해 왔다. 생존자들은 저지 남쪽으로 옮겨가 번성하고 있지만 브롱크스야말로 그들의 조상 땅이다. "그래서 내가 과거에 대한 기억을 갖게 된 거지."

"난 이상한 능력 같은 거 없는데요." 퀸스의 어조는 왠지 서글프다.

브루클린은 골똘히 생각 중이다. 브롱카는 이제야 브루클린이 무척 피곤해 보인다는 것을 알아차린다. 그리고 브루클린이 왜 이렇게 피곤해하는지 이유를 떠올리자 그에 대해 조금은 다른 평가를 내리게 된다. 브루클린은 있는 힘을 다해 자신의 자치구를 보호했고 거의 하루 동안 나가떨어졌다. 그 정도에 그친 게 다행이다. 어쩌면 브루클린은 거만하거나 냉담한 게 아니라 많이 지치고, 또 속에서 뜨겁게 끓고 있는 분노를 참고 있는 것인지도 모른다. 그리고 그 분노는 처음 짐작과는 달리 브롱카를 향한 게 아니다. 브루클린은 모든 침입자들을 기꺼이 찢어발기고 작살낼 것이다. 하지만 뭔가 다른 게 있다. 살아 있는 도시 말고 다른 것과 관계된 일. 하지만 브롱카는 일단 그 생각을 접어 두기로 한다.

"나도 이상한 능력 같은 건 없는데." 브루클린이 말한다. "도시의 음악을 듣긴 하지만 그건 그냥, 옛날에 내가 음악을 했으니까 그런 거고."

맨해튼은 또다시 멍한 얼굴을 하고 있다. 브롱카는 일부러 그를 찔러 본다. "너는?"

맨해튼이 숨을 깊이 들이마신다. "아래층에 있는 그림이요. 악당들이 얼굴을 훼손해 놓은 거. 무명의 자화상이라고 했지요. 나는…… 어, 그게 내가 본 환영이었어요. 정확하게 바로 그 장면이요. 내려다보는 각도고 똑같고 빛이 비추는 것도 똑같아요. 하지만 그때도 얼굴은 안 보였습니다."

그거 흥미로운데. "그가 어디 있는지는 알고?" 브롱카가 묻는다.

"아뇨. 알았다면 진즉에 거길 찾아갔을 겁니다." 맨해튼의 얼굴 위로 일순 안절부절한 기색이 스쳐 지나간다. 불편한 듯 몸을 움직거린다. "그는 혼자예요. 그 여자가 뒤를 쫓고 있고. 누군가 그를 보호해야 해요. 내가 그를 보호해야 해요." 맨해튼이 눈을 깜박이더니 입을 다문다. 그의 몸짓에는 갑작스러운 충격과 깨달음이 담겨 있다. "난 그를 보호해야 하는 거군요."

"네가 할 일을 찾아낸 거 같네." 브루클린이 느릿하게 말한다.

다정하고 착한 퀸스가 상체를 기울여 맨해튼의 어깨에 손을 올린다. "찾아낼 거예요."

"그래." 그때 맨해튼의 눈빛이 변한다. 햇빛이 달빛으로 변한 것처럼, 따스한 기운이 싸늘하게. 순식간에 일어난 변화에 간이 철렁 내려앉는다. 그리고 브롱카는 쉽게 불안을 느끼는 사람이 아니다. 맨해튼은 그를 쳐다보지도 않는다. 그저 바닥을 노려보며 자신의 소망이 현실이 되리라 단언한다. "그럴 거야."

맨해튼의 앞길을 가로막는 자에게 부디 신의 자비가 함께하길. 하지만 브롱카는 고개를 가로젓는다. 그 점에서는 자신도 도움이 안 될 거라고 털어놓는다.

"나도 프라이머리가 어디 있는지는 몰라. 스태튼아일랜드가 없다면 찾지 못할 공산이 크지. 하지만 음, 프라이머리를 찾으려면 일단 다른 공간의 우리가 되어 봐야 하지 않을까? 여기서?" 뭐라고 설명을 해야 할지 모르겠다. 말의 문제가 아니라 표현할 단어가 적절하지가 않다. 하지만 그들 모두 이해했다는 듯이 고개를 끄덕인다. 좋아, 여기까진 잘 되고 있다. 브롱카는 본론으로 들어가기 전, 몸을 바짝 기울이며 긴장감을 높인다. "이걸 하면 우리의 복잡한 존재성을 온전히 보게 될 거다. 어디선가 강하게 끌어당기는 곳이 느껴지면 그게 바로 프라이머리가 있는 곳이야. 그런 다음 다시 이 세계로 돌아오면…… 짜잔! 이 세상에서도 그가 어디 있는지 알 수 있지. 이 방법이 효과가 있다면 말이야."

퀸스가 모두를 둘러본다. "잠깐만요. 그러니까 그, 내가 봤던 우리가 사람이고 또 동시에 어마어마하게 커다란 도시였던 그 환영이, 실제로 존재하는 장소라고요? 난 그게 그냥……." 퀸스가 미간을 찌푸린다. "뭐라고 해야 할지 모르겠네. 그냥 세상에 대한 관념적인 표상 같은 거라고 생각했는데. 불교에서 말하는 만다라처럼요."

"난 만다라에 대해선 하나도 모르지만 그게 세상을 표현하는 개념인 건 맞아. 하지만 동시에 세상 그 자체이기도 하지. 진짜로 존재하는 세계 말이야. 그저 위치나 거리, 크기에 대한 관점이 우리가 사는 세계와 다를 뿐이야. 이런저런 이야기에 나오는 것들을 생각하면 돼. 호주 원주민 신화에 나오는 '꿈의 시대'라든가 융의 집단 무의식. 내 동족들 중 일부 부족이 행하는 신명 탐구(神命探究, Vision Quest) 같은 거."

브롱카의 말에 퀸스가 숨을 크게 들이켠다. "아, 전 브롱카가 라틴계인 줄 알았어요. 당신은 다른 종류의 인디언이군요."

"미대륙 오리지널이죠." 베네자가 남은 팝콘을 찾아 팝콘 봉지를 뒤적거리며 말한다. "뭐, 어쨌든 이쪽 미대륙 말이에요."

브롱카가 짧은 머리카락을 손으로 문지른다. 정말로 잠이 필요하다. 그리고 의식에 관한 이야기를 여름에 하는 건 정말 이상한 기분이다. 이런 이야기는 겨울밤에, 동물들이 동면에 들었을 때 들려주는 법이다. 어쨌든 그게 어머니가 항상 하시던 말씀이었다. 하지만 이건 이야기가 아니라 가르침에 가까우니까.

"자, 그러니까 이런 거야." 브롱카가 모두에게 말한다. "지금 일어나고 있는 모든 일은 다 진짜다. 집단 신화라든가 사람들이 영적 경험을 통해 믿는 다른 세상들도 전부 다 진짜고. 충분히 진짜처럼 상상할 수만 있다면 말이지. 이미 존재하는 게 아니라면 세계는 상상하는 것만으로도 창조되거든. 그게 바로 세계의 존재에 대한 위대한 비밀이란다. 존재란 생각 그 자체에 민감하게 반응해. 우리가 내리는 모든 결정, 소망, 거짓말…… 이런 것들이 전부 새로운 우주를 창조한다. 이 행성에 사는 모든 인간이 태어나서 죽을 때까지 수천수만 개의 세상을 창조하고 있지. 우리의 틀에 박힌 사고방식이 그 사실을 눈치채지 못하게 막고 있을 뿐이야. 매순간마다 우리는 수많은 차원들을 오가며 살아가. 한 자리에 가만히 있다고 생각하겠지만 실은 한 세계에서 다른 세계로, 또 다음 세계로 너무 빠른 속도로 추락하고 있어서 하나처럼 느껴지는 거지. 마치…… 그래, 애니메이션처럼. 다만 애니메이션을 만드는 그림보다 훨씬 더 많은 세상이 존재할 뿐이지."

브롱카는 잠시 말을 멈추고 다른 이들이 설명을 제대로 따라오고 있는지 확인해 본다. 단순히 따라오는 것 이상이다. 그들은 이야기에 푹 빠져 열렬한 눈빛으로 그를 쳐다보는 중이다. 조금 당혹스러울 정도지만 브롱카는 그 이유를 안다. 왜냐하면 이들은 그 사실을 어느 정도 인지하고 있기 때문이다. 이들은 이제 도시가 되었기에 인간일 때와 다른 방식으로 사고한다. 이미 본질적으로 이해하는 것을 설명하기는 훨씬 더 쉽다.

그래서 브롱카는 한 단계 더 나가 보기로 한다. 그는 전에 베네자에게 보여 줬던 동작을 해 보인다. 사다리를 만드는 것처럼 손바닥을 하나씩 차례대로 겹친다. 층 위에 층 위에 층.

"우리는 각각의 세계 사이에 존재하는 층을 넘나들 수 있어. 정확히 말하자면 도시가 태어날 때, 그러니까 우리가 도시로서 재탄생할 때 그 탄생 과정이라는 게 이 겹겹이 쌓인 층을 뚫고 튀어나오는 것과 비슷하거든." 브롱카가 손바닥 하나를 가로로 누인 채 다른 쪽 손바닥을 한가운데 수직으로 찔러 넣어 평평한 손바닥을 구부려 보인다. "우리는, 지금 우리라는 존재는 수많은 세계가 하나로 합쳐진 거라고 보면 돼. 실재와 전설, 전부 다. 이 세계에서 우리는 평범한 사람이지만 우리가 아는 다른 세계에서는 몇십 센티미터 옆에 붙어앉아 있는 수백 킬로미터 크기의 도시인 거지. 그곳에선 공간과 물리학의 법칙이 여기랑은 다르게 작용하니까."

맨해튼이 문득 뭔가를 깨달은 듯 두 눈을 깜박인다.

"내가 처음 뉴욕에 도착했을 때 도시가 상처를 입었습니다. 전구가 터지고 바닥이 갈라지고. 꼭 지진이 일어난 것처럼요. 그리고 난 도시의 일부가 되자마자 이름을 잊어버렸죠."

"이름을 잊어……." 아이구야. 어쩌면 브롱카는 이 친구들을 정말로 아주 많이 봐줘야 할지도 모르겠다. "기억상실증처럼?"

매니가 고개를 끄덕인다. 턱에 힘을 주고 미간을 찌푸린 채 다른 이들을 쳐다본다. "우리 모두 비슷한 사연을 갖고 있습니다. 그날, 그러니까 그저께 아침에 우린 모두…… 어떤 순간을 경험했죠. 도시가 변했을 때요. 내 생각에 난 그 직후에 여기 도착한 것 같습니다. 그 순간에 뭔가 일어난 거예요. 일종의 전투요. 그래서 내가 본 상처가 생긴 거고, 그래서 이 세계의 내 기억력에 공백이 생긴 것 같아요. 그러고는 얼마 지나지 않아 FDR 드라이브에서……." 맨해튼이 갈비뼈에 통증이 느껴지는 듯 옆구리에 손을 가져다 대며 얼굴을 일그러뜨린다. 하지만 그건 지난 기억일 뿐이다. 그는 금세 손을 거둔다. "그때 그걸 막지 않았다면 난 죽었을 겁니다. 어쨌든 중요한 건 이거예요. 도시가 다치면 우리도 다친다는 겁니다. 그러니 우리가 죽으면 어…… 도시도 죽겠죠?"

"그보단 폭발하는 것에 가깝지."

적막이 내려앉는다. 모두가 브롱카를 뚫어져라 쳐다본다. 그래, 그 말을 하면 다들 집중할 줄 알았다.

"그러니까아." 브롱카가 허리를 펴고 앉는다. "지금 일어나는 거? 맨날 있었던 일이야. 모든 세계에, 도시가 있는 곳이라면 어디서나 말이지. 특정한 장소에 충분한 숫자의 사람들이 몰려들고, 충분한 이야기를 나누고, 그곳의 독특한 문화를 충분히 발전시키면 모든 현실의 층들이 압축돼 변화하기 시작하지. 그러고는 결국, 음, 그 순간이 되면……." 브롱카는 맨해튼에게 고개를 끄덕이며 말한다. "도시가 누군가를 일종의…… 산파로 선택한다. 도시의 대리자. 도시를 대변하고 보호할 사람. 꼭 우리처럼 말이야. 하지만 그 사람은 도시가 새로이 탄생하기 전부터 그 일을 시작하지. 도시가 태어날 수 있게 돕는 거야."

"가엾은 녀석." 베네자가 중얼거린다. 맨해튼이 그를 못마땅하게 쳐다본다.

"일이 순조롭게 진행되면 도시는 완전하게 다시 태어나. 적은 완전한 도시를 건드리지 못해. 적어도 직접적으로는, 아니면 아주 많은 수고를 들이지 않으면 말이야. 하지만 탄생 과정에 일이 잘못될 수도 있어. 예를 들어 적이 중심 화신을 붙잡아 도시가 제 할 일을 하기 전에 갈가리 찢어 버린다면 도시는 태어나지 못해. 죽어 버리지. 그것도 아주 격하게 죽을 거다. 그런 식으로 죽은 도시들은 어떤 건 우리도 그 이름을 몰라. 하지만 지금까지 이름이 전해 내려오는 도시들은 만약에 우리가 잘못되면 어떻게 될지를 알려 주지. 폼페이. 테노치티틀란. 아틀란티스."

"아틀란티스는 진짜로 존재하는 도시가 아닌데." 브루클린이 말한다. 하지만 브롱카가 뭐라 대꾸하기도 전에 헉하고 놀란다. "아니면…… 더 이상은 진짜가 아니라고 말해야 할지도 모르겠네. 그러니까 한때는 실재했지만 화신이 실패했단 말이군."

브롱카가 고개를 끄덕인다. "플라톤은 지진과 홍수가 아틀란티스를 삼켜 버렸다고 했지. 하지만 진짜 재앙은 아틀란티스가 단순한 전설이 되어 버렸다는 거야. 완전히 대차게 실패한 바람에 인류 전체가 아틀란티스가 존재하지 않았던 현실로 옮겨 가 버린 거지."

화신들은 브롱카를 응시하다가, 고개를 돌려 서로 시선을 마주친다.

"세상에나." 모두의 심경을 소리내어 대변하는 건 베네자다. "맙소사, 비."

브롱카는 천천히, 조심스럽게 숨을 내쉰다.

"그래. 하지만 우린 그렇게 될 일 없으니 안심해도 돼. 우리 프라이머리는 성공했으니까. 뉴욕은 지금 살아 있지."

순간 모두가 한꺼번에 떠들어 대기 시작한다. 맨해튼이 말한다. "그럼 그는 왜 잠이 들……." 그러자 브루클린이 단언한다. "뭔가 잘 못된 게 분명해." 퀸스가 고개를 저으며 짜증스럽게 말한다. "그럼 우리는 왜 필요한 건데요?" 베네자가 브롱카를 미심쩍은 눈초리로 쳐다보며 말한다. "어, 그거 확실해요? 왜냐하면 저기, 그 꾸불탱이 가 있잖아요."

꼬마애들처럼 시끄럽고, 버릇도 없고. 브롱카가 재차 힘주어 말 한다. "살아남았다니까." 그러고는 주변에서 입을 다물고 잠잠해질 때까지 기다린다. 적어도 그리 오래 걸리진 않는다. "하지만 전투는 힘들고 벅찼지. 프라이머리는 우리가 필요하단 사실을 몰라서 적과 혼자 맞붙었고." 브롱카의 무명작가는 아직 젊지만 참으로 강하고 용감하다. "승리를 거두긴 했지만 모든 힘을 소진해서 결국…… 혼 수상태에 빠진 거야. 그래서 깨어나지도 못하고, 당연히 해야 할 일 인 도시를 더 강하게 만들지도 못하는 거지. 어쨌든 우리가 그를 찾 을 때까진 그래. 우린 반드시 그를 찾아야 해. 그리고 우리 모두 혼 자서는 그 일을 할 순 없단다."

브롱카는 일부러 마지막 문장을 강조하며 온종일 쉬었는데도 아 직 피곤한 기색이 역력한 브루클린에게 눈짓을 보낸다. 브루클린은 이미 그 눈빛을 알아채고는 미간을 찌푸리며 작게 숨을 들이켠다. 그러고는 뜻밖에도, 맨해튼을 돌아보며 이렇게 말한다.

"생각한 것보다 네 신세를 많이 진 것 같네. 그때 혼수상태에 빠 졌다면 골치 아팠을 거야."

맨해튼이 밝은 얼굴로 고개를 끄덕인다.

"그렇게 된다는 걸 알았다면 더 많이 도왔을 텐데. 다음번엔 혼자 잠옷 차림으로 뛰쳐나가지 마."

한편 퀸스는 방금까지 느끼던 짜증을 날려버리고 이젠 신이 난 것 같다. "방정식은 순수한 조건명제가 아니고 항상 동시성을 암시하죠. 그러니까 고양이는 상자 속에서 살아 있을 수도 있고 죽었을 수도 있거든요! 각각의 결과로 생성된 우주와 그 모든 게 동시에 존재하는 우주라니!" 다른 사람들도 자기가 느끼는 이 가슴 벅찬 기쁨에 공감해 주길 바라는 밝은 표정으로 모두를 돌아본다.

"어, 그래." 맨해튼이 대답한다.

퀸스는 남들에게 이해받지 못하는 상황이 익숙한 듯 한숨을 푹 내쉰다. 휴대전화를 꺼내 누군가에게 문자를 보내기 시작한다. 아랫입술이 비죽 튀어나와 있다.

브루클린이 가라앉은 표정으로 브롱카에게 말한다.

"아까 도시가 탄생하면서 다른 세계들을 뚫고 나온다고 했지?"

아, 적어도 브루클린은 안 멍청하군. 브롱카는 호감은 아니지만 적어도 존중의 의미로 브루클린에게 고개를 기울인다.

"그래."

"알았어. 그러니까." 브루클린은 마음의 준비를 한다. "우리 도시가 뚫고 나온 다른 세계들은 어떻게 되는 거지?"

맨해튼이 질린 듯한 표정을 하고 있다. 퀸스의 표정 변화는 가히 세계일주에 견줄 만하다. 충격에서 냉정한 계산, 공포, 그리고 마지막으로 비탄에 이르기까지. 그가 두 손으로 입을 틀어막는다.

"죽어." 브롱카는 다른 세계를 연민하긴 하지만 냉정하게 판단하기로 했다. 지금 그들은 감상적이 될 여유가 없다. "뚫고 나오는 과정에서 치명상을 입히거든. 그러면 그 우주는 존재감을 잃게 돼. 도시 하나가 태어날 때마다, 아니, 실은 그 전부터 그렇지. 우리가 탄생했다는 것, 다시 말해 우리가 지금 살아 있을 수 있는 건 수백수천 개의 밀접하게 연관된 다른 세계들과 거기 살고 있는 모든 생명체가 죽었다는 의미야."

브루클린이 두 눈을 질끈 감는다. "맙소사." 퀸스가 헐떡인다. "하느님 맙소사. 우린 대량학살자야."

"하지만 이미 끝난 일이야." 맨해튼의 목소리는 나직하고, 허공에 고정된 눈빛은 그 속내를 읽을 수가 없다. "우리가 이렇게 존재하게 된 순간에 다 끝난 일."

퀸스가 흠칫 놀라며 입을 벌린 채 그를 노려본다. "어떻게 그런 말을 할 수가 있어요? 당신 도대체 뭐가 문젠데? 그 사람들이 전부 다…… 얼마나 되죠? 몇 조? 계산도 못 할 만큼 어마어마한 숫자일걸요! 다 죽었다고요? 근데 우리가 죽였다고요?" 금방이라도 울음을 터트릴 것 같다. 퀸스의 손이 덜덜 떨리기 시작한다. "빌어먹을!"

브롱카는 맨해튼이 차고 냉정하게 굴 거라고 생각한다. 만난 지 몇 시간도 안 됐지만 브롱카는 그가 언제든 그럴 수 있는 사람이라는 것을 안다. 하지만 놀랍게도, 맨해튼은 잠시 시선을 돌리더니 심호흡을 하고, 퀸스의 앞에 무릎을 꿇으며 자세를 낮춘다. 퀸스의 떨리는 손을 가볍게 감싸 쥐고 시선을 맞추며 말한다.

"그럼 네 가족과 친구들이 대신 죽는 게 낫겠어? 어쩌면 그렇게 할 수 있을지도 몰라."

일순 모두가 벙어리가 된 듯 얼어붙는다. 단순한 제안일 뿐인데도 묘하게 협박처럼 들린다. 브롱카는 맨해튼이 어떻게 그런 무서운 소리를 차분하게 말할 수 있는지 모르겠다. 그러나 맨해튼의 눈빛에서 읽을 수 있는 것은 냉혹함이 아니라 연민이다. 냉혹함은 비난받아 마땅하고 끔찍하다. 하지만 연민은 그보다도 더 나쁘다. 나쁜 놈이라고 비난할 수가 없으니까.

파드미니는 한참 동안 그를 응시한다. 긴장된 시간이 지나고, 서서히 파드미니의 떨림이 멎는다. 눈을 감더니 숨을 길게 내뱉는다. 맨해튼은 움직이지 않는다. 강요를 하지도 않는다. 브롱카라면 저런 식으로 접근하지 않을 테지만…… 하지만 어쩌면 브롱카의 방식이 잘못된 것인지도 모른다. 브롱카가 퀸스에게 느끼는 감정은 베네자에게 느끼는 것과 비슷하다. 실제보다 더 어린애 같고, 보호해야 할 수양딸 같은 느낌이다. 하지만 퀸스는 그런 존재가 아니다. 파드미니는 퀸스, 고통스러운 곳을 떠나 도망쳐 나온 난민들과 죽도록 일하는 블루칼라 노동자들, 그리고 온 가족의 미래를 위해 삶을 저당 잡힌 살아남은 딸들의 보금자리다. 인정사정없는 선택과 불가피한 희생에 대해 누구보다 잘 알고 있는 인물이다. 그리고 맨해튼의 질문은 다소 가혹하게 느껴지긴 해도 퀸스의 그런 앎을 존중하고 있다.

그리하여 마침내, 저녁 하늘의 그림자가 밤을 향해 내려앉는 것처럼, 브롱카는 불가피한 현실을 받아들이는 퀸스의 얼굴에 변화가 이는 것을 본다. 체념한 듯 어깨를 늘어뜨리지는 않지만 입술에 힘을 주어 꼭 다무는 모습에는 슬픔이 담겨 있다.

"당연히 그건 싫죠. 화가 나서 그래요. 그게 다예요." 맨해튼에게
그렇게 말한 퀸스가 그에게 잡혀 있는 손을 빼내며…… 우아한 수
긍의 표시로 고개를 끄덕인다. "아무리 세상이 끔찍한 곳이라고 해
도 우리까지 그럴 필요는 없잖아요."

놀랍게도 맨해튼은 그 말에 싱긋 웃어 보인다. 그 자신의 슬픔을
드러내며 대답한다. "내 말이." 그러고는 몸을 일으켜 작은 창문 너
머로 주 전시실을 바라본다. 그들 모두를 등진 채.

브롱카가 길게 떨리는 한숨을 내뱉는다. 처음 이 사실을 알게 되
었을 때는 그도 힘들었다. 하지만 그럼에도.

"어쩔 수 없는 자연의 법칙이야. 살기 위해서는 다른 많은 것들을
죽여야 하지. 우리가 이렇게 살아 있기에 우리를 위해 희생된 다른
모든 세계들에 감사해야 해. 그들 모두에게 빚을 지고 있기에, 우리
세계 사람들은 물론 다른 세계를 위해서라도 아등바등 싸워서 살아
남아야 하는 거야."

퀸스와 베네자가 브롱카를 멀뚱멀뚱 쳐다본다. 이건 대부분의 도
시 사람이 가진 문제다. 브롱카 역시 도시에서 나고 자랐기 때문에
살면서 뒤늦게 이 교훈을 배워야 했기 때문에 안다. 언젠가 크리스
가 브롱카의 극심한 반대에도 불구하고 그를 사냥에 데려간 적이
있다. 브롱카는 직접 사슴을 쏘지는 않았지만 크리스와 함께 사냥
에 참가한 다른 토착민 여성들이 도살하는 것을 옆에서 도와야 했
다. 그들은 브롱카에게 말했다. 자기 입에 들어가는 음식이 어디서
왔는지 아는 건 정말 중요한 일이라고. 지금 그가 살아 있을 수 있

는 것은 하나의 죽음도 아니고 무수한 죽음 덕분이라는 걸 알아야 한다고. 그렇기 때문에 동물을 죽이더라도 가능한 모든 부위를 알뜰하게 활용해야 하고 필요한 것 이상의 생명을 취해서는 안 된다. 오직 그런 조건에서만, 또는 생존을 위해 생명을 빼앗는 것은 존중할 수 있는 일이다. 그 외의 다른 모든 살해는 천인공노할 짓이다.

맨해튼은 이 사실을 이해하고 있다. 브롱카는 알 수 있다. 나름 험한 삶을 헤쳐 왔을 브루클린도 그렇다. 마법의 주문에 걸려 어디선가 평화롭게 잠들어 있을 뉴욕 시의 화신도 그러할 것이다. 뉴욕이라면 이 이치를 이해할 수 있을 것이다.

잠시 후, 맨해튼이 숨을 깊이 들이마시더니 그들을 향해 돌아선다. "다음 차례는 뭐죠? 당신은 아는 것 같은데."

"스태튼아일랜드를 찾아야지."

"문제가 있어." 언제 꺼냈는지 브루클린이 전화기를 들고 있다. "사람들을 시켜서 알아봤어. 우리 집을 갈취해 가려는 사람들 말고 말이야. 그런데 소셜 미디어에 주목할 만한 특이한 일이 하나도 안 올라오고 있어."

이번엔 브롱카가 당황할 차례다. "주목할 만한 특이한 일……?"

그들은 브롱카에게 지금까지 어떻게 다른 이들을 찾았는지 설명하고, 브롱카는 그들이 이제껏 그를 찾아오지 않은 데 대해 화내는 걸 포기한다. 이렇게까지 허술해도 되는 걸까. 하지만 어쨌든 골자는 이제껏 그들이 해 온 방식이 스태튼아일랜드에게는 통하지 않는다는 것이다. 브롱카는 그럴 법도 하다고 생각한다. 그냥 스태튼아일랜드가 스태튼아일랜드답게 굴고 있는 것뿐이지.

그들은 한참 동안 의견을 나누지만 결국 브루클린이 한숨을 내쉬며 눈을 문지른다. "이렇게 다 모였으니까 그냥 집카* 한 대 빌려서 도시 감지 레이더인지 뭔지가 삐삐 울려 댈 때까지 대충 돌아다니면 되지 않을까. 지금으로선 그 방법밖에 생각이 안 나는데……."

"난 운전 못 해요. 미안요." 퀸스가 말한다.

베네자가 그에게 몸을 기울인다. "나도 작년까진 못했는데. 동지!"

"……어쩌면 프라이머리를 찾는 데에만 집중하는 게 나을지도 몰라." 브루클린이 결론을 내린다. "들어 보니 그 사람이 가장 중요한 것 같으니까. 그리고 어쨌든 우린 어, 이렇게 깨어 있고 그 하얀 것들이나 흰옷의 여자한테서 우리 몸을 지킬 수는 있잖아. 스태튼아일랜드도 할 수 있지 않을까? 운석 같은 게 떨어지거나 한 것 같지도 않고."

"하지만 혼자 싸우는 건 너무 힘들잖아요." 퀸스가 착잡한 표정으로 말한다. "무섭기도 하고. 이게 다 무슨 일인지 전혀 모르고 있을 텐데."

"최대한 빨리 스태튼을 찾아야지. 하지만 프라이머리를 찾을 방법이 있다면……." 맨해튼이 문득이 브롱카를 쳐다본다.

"있을지도. 아까 말한 것처럼 다섯 명이 다 모이지 않으면 안 통할지도 모르지만 그래도 원한다면 지금 시도해 볼 수 있어."

"난 하고 싶어요." 맨해튼이 말한다. 나머지 둘은 맨해튼만큼 확신이 서지는 않지만 적어도 관심은 있는 듯 보인다.

---

*회원제 렌터카 공유 서비스 기업.

"어, 나 자리 비켜 줘요?" 베네자가 브롱카에게 얼굴을 찌푸리며 묻는다. "여러분이, 어, 그 이상한 짓을 하면 황당한 일이 일어나잖아요."

"위험하진 않겠지만 그거야 네 맘이지." 브롱카가 대답하고는 다른 이들에게 말한다. "다른 공간에 들어갈 때 하는 일들을 해 봐. 명상이든 기도든 노래든 뭐든 좋으니까."

"수학요." 퀸스가 냉큼 말한다. 그러더니 약간 겸연쩍어한다. "난, 어, 학교 다닐 때 수학에서 100점 만점 밑으론 받아 본 적이 없거든요. 멍청한 애들이 그걸 갖고 날 놀리곤 했죠. '수학 여왕'이라나 뭐라나. 그게 뭔 놀림거리가 된다고. 난 수학 여왕이 아니라 여신이라고요." 그는 이야기가 딴 데로 샜다는 걸 깨닫고 얼굴을 붉힌다. "어쨌든, 음, 또 다른 내가 될 때 난 머릿속으로 수학식을 계산해요."

"뭐든 네 맘대로 하렴, 꼬마 아가씨." 브롱카가 말한다.

브루클린이 고개를 끄덕이며 묵묵히 생각에 잠긴다. 잠시 후 조용히 콧노래를 흥얼거리기 시작한다. 어쩌면 속으로 남들 귀에는 안 들리는 노래를 부르고 있는지도 모른다. 그만의 리듬에 따라 고개를 까딱이기 시작한다.

맨해튼만은 난처한 모양새다. "한 번도 내 맘대로 그렇게 해 본 적이 없는데요. 그냥, 어, 내가 뉴욕처럼 느껴질 때 저절로 그렇게 됐어요."

"그리고 그에 대해 생각할 때도 그랬지." 브루클린이 프리스타일인지 뭔지 자기 걸 하던 걸 멈추고 끼어든다.

맨해튼이 눈을 깜박이더니 진지해진다. "어, 그렇군."

브롱카는 천천히 고개를 젓는다. "뭐, 네 입으로 네가 그의 경호원이라고 했으니까. 만약 프라이머리가 네게 중요하다면, 그걸로 시도해 보는 게 좋겠어."

"예, 알겠습니다." 맨해튼이 한숨을 쉬며 목덜미를 문지른다. 그러고는 조용히 말한다. "그게 무슨 의미인지는 모르겠지만요."

브롱카는 어깨를 으쓱하곤 누군가와 어색한 관계일 때 자주 써먹는 해결책을 내놓는다.

"그 친구가 깨어나면 커피라도 마시러 가자고 물어봐야 한다는 의미야. 그런 다음 평범한 사람처럼 긍정적인 대답을 기대하는 거지."

매니가 눈을 끔벅이더니 픽 웃고는 긴장을 푼다. 브롱카가 솔직하게 터놓고 말한 덕에 마음이 좀 가벼워진 모양이다. 저 얼굴이라면 남자든 여자든 많이 낚았을 것 같은데 진짜 친밀한 관계를 맺는 법은 모를지도 모른다. 게다가 맨해튼으로 현현한다는 건 두 개의 영혼을 지니는 것과 마찬가지다. 브롱카는 그 생각에 약간 코웃음을 친다. 어쩌면 스톤월 항쟁을 한 보람이 있는지도. 어쨌든.

"시작해 볼까."

브롱카는 지금 영적 여행에 적합한 상태가 아니다. 이 차가운 공간에서, 천장 형광등은 지나치게 밝고 공기 중에는 화학약품과 세척제 냄새가 짙게 진동한다. 하지만 그들은 지금 브롱크스에 있다. 동포들의 노래가 아직도 울려 퍼지고 있는 이 대지 위에. 사실 여행을 할 필요가 없다. 그의 도시는 바로 여기 있으니까.

브롱카는 눈을 뜨기도 전에 변화를 느낄 수 있다. 별안간 몸집이 거대해졌기 때문이다. 그는 한없이 위로, 위로 뻗는다. 왜냐하면 옆으로, 그리고 그의 근원인 아래쪽 터널과 동굴 속으로는 이미 널찍이 확장돼 있기 때문이다. 눈을 뜨자 세상은 이상하고 하늘은 어슴푸레하다. 브롱카는 자기 자신을 보고 있다. 밝고도 어두운, 흐릿한 선과 얼룩진 콘크리트와 벽돌 공장들의 영적 형태. 그는 브롱크스다.

별안간 주위에 그의 동류들이 불쑥불쑥 나타나 합류한다. 아무런 패러독스도 고통도 없이, 서로가 서로에게 겹쳐지고 중첩된다. 높고 화려하게 빛나는 눈부신 맨해튼. 그러나 단도처럼 삐죽삐죽 솟은 고층건물 사이에는 어둡고 음산한 그림자가 드리워 있다. 약간 불안정하게 떨리고 있는 들쑥날쑥한 모습의 퀸스는 범성애적으로 모두를 환대하며, 창의적인 열정과 굳게 뿌리 내리려는 강인한 결단력이 비범하다. 브루클린은 나이가 많고 가족 중심적이며 브라운스톤과 넓은 대리석 홀, 그리고 다 허물어져 가는 공공주택이 단단하게 자리 잡고 있다. 진정한 뉴욕의 적자들이 끔찍하고도 소름 끼치는 롱아일랜드로 쫓겨나기 전에 들르는 최후의 종착지.

그리고 마침내, 그들 셋이 함께 몸을 돌려 잃어버린 자매를 주시한다. 스태튼아일랜드는 수백만 명이 밀집된 중심지에 비해 상대적으로 인구가 적은데도 여전히 밝게 빛나는 그들의 교외에 비해 어둡고 침침하다. 실제로 스태튼의 저 공간 어딘가에는 농장이 있을 것이다. 그런데도 그는 페리선 모양의 작은 투검(投劍)과 2세대 주택으로 구성된 방어 요새를 가시처럼 바짝 곤두세우고 있다. 그들은 스태튼아일랜드의 힘과 고집이 어떤 나트륨등보다도 더 밝게 타오르고 있는 것을 느낄 수 있다. 그는 너무도 다르고, 너무도 꺼려하며 탐탁지 않아 하고 있다……. 그러나 스태튼아일랜드가 원하든 원치 않든 그리고 다른 이들이 인정하든 그렇지 않든 그는 진정한, 분명한, 뉴욕의 일부다.

하지만 이상한 일이다. 스태튼아일랜드가 바로 저기 있는데, 그리고 이 공간에는 아무런 빈틈도 없는데, 이상하게도 그는 그들 모두와 멀리 떨어져 있다. 그리고 무척 어둡다. 높이 솟은 도심지와 도로에는 마치 짙은 안개가 끼어 시야가 가린 것처럼 이상하게 어두침침한 그림자가 드리워져 있다. 브롱카는 의식을 뻗어 보지만 스태튼을 만질 수가 없다. 이번에는 맨해튼이 가까이 다가가 본다. 그의 분주한 상업 지구가 스태튼아일랜드의 통근 허브에 닿을 뻔하지만…… 마지막 순간 스태튼이 수줍은 듯 피해 버린다. 정말 이상하다.

그러나 스태튼아일랜드는 그들이 이곳에 온 유일한 목적이 아니다. 다른 이들이 초조하게 동요하는 게 느껴지자, 브롱카가 방향타를 붙잡고 모두의 시선을 돌린다. 그는 길잡이다. 뉴욕의 특이점을 찾기 위해서는 뒤로 물러나 멀리서 봐야 한다. 세계에 대한 인식을 한층 더 상승시키고, 거기서 다시 우주 전체가 시야에 들어올 때까지 계속해서 위로, 위로 올라가야 한다.(브롱카는 퀸스가 경탄하는 것을 느낀다. 오직 그만이 지금 그들이 얼마나 방대한 것을 보고 있는지 알고 있기에. 하지만 브롱카는 규모를 숫자로 계산하고 싶어 하는 퀸스의 갈망을 떨쳐 낸다. 그들은 광대하다. 그들은 무한하다. 브롱카에게는 이 정도로도 충분하다.) 그들은 또다시 위로, 위로 상승한다.

방대한 시공간 속에서 이제 브롱카는 이해한다. 이곳뿐만 아니라 모든 곳에 하나의 우주가 아닌 무한한 우주가 존재한다. 이곳, 오직 인식 속에서만 존재하는 공간에서 우주는 끝없이 성장하는 브로콜리 형태의 덩어리다. 수천 개의 우주가 운모처럼 겹겹이 쌓여 형성된 무수한 가지들이 중심 기둥을 뱀처럼 둥글게 휘감아 올라가며 밖으로 곁가지를 뻗어 나간다. 순서에 대한 감각이라곤 전혀 없는 누군가가 쌓아 놓은 도미노 같다. 물론 여기에도 질서가 존재한다.(브롱카의 다른 일부인 퀸스가 생각하는 소리가 들린다. 프랙탈 나무잖아!) 그러나 이 같은 방대함 속에서, 맹렬하게 소용돌이치는 창조의 에너지 속에서 우주란 이해하기에 너무 압도적인 것이다. 브롱카가 처음 생각한 것처럼 무한하진 않아도, 상상의 범위를 능가할 만큼 어마어마하다. (적어도 브롱카의 눈에 보이는) 1000개의 가지가 성장하고 분열해 2000개의 자식을 낳고, 4000개의 종손을 새끼치고, 또……

그때, 갑자기 쿵 하는 소리와 함께 파문이 인다. 그들의 눈앞에서 가장 굵직한 가지 하나가 부러져 추락하기 시작한다. 너무도 순식간에 일어난 일이다. 푸른 섬광이 번쩍이는가 싶더니 그 가지가 갈라져 나온 최초의 분기점까지 통째로 불타 사라진다. 브롱카는 다른 이들이 그 무시무시한 광경을 보며 몸서리치는 것을 느끼고, 그 또한 같은 감정을 공유한다. 순식간에 커다란 가지가 사슬처럼 연쇄적으로 불길에 먹혀 들어가는 모습은 세상에서 가장 신비한 불꽃놀이처럼 아름답지만 그들은 저것이 어떤 의미인지 안다. 방금 무수한 숫자의 우주가 죽었다. 혹은 존재하지 않았던 무(無)로 돌아갔다. 한때 아틀란티스가 존재했던 세계가 그러했듯이.

그러나 브롱카는 방금까지 그 가지가 있던 자리를 보라고 다른 이들에게 손짓한다. 아직 작지만 밝은, 다른 세계들과 연결되지 않은 채 홀로 서 있는 눈부신 새싹 하나. 빛의 특이점.

브롱카가 다시 그들을 돌려 세운다. 그들은 서로를 바라본다. 그들은 바로 저 빛이다. 그들은 방금 이 다중우주 어디선가 그들과 똑같은 도시의 탄생을 목격했다. 저 수많은 빛들이 나무 전체에, 갈라지고 움푹한 곳마다 점점이 박혀 있다. 수천 개의 도시들이 형태 없는 어둠 속에서 반짝이는 보석처럼 빛나고 있다. 가끔 빛점이 드문드문한 곳도 있지만 ─ 아마 나무의 몸통일까? ─ 특히 꼭대기 근처에는 그런 도시들이 무수히 산재해 있다.

이제 브롱카는 네 명의 힘을 사용해 그들을 뒤로, 아래로, 안으로, 모두의 중심으로 데려간다 ─

얼룩덜룩한 구덩이 안에 뉴욕의 중심 화신이 누워 있다. 오래된 신문 무더기 위에 몸을 둥글게 말고 잠들어 있다. 검은 피부 위에 먼지가 옅게 쌓여 있는 걸로 보아 여기 있은 지 수일은 지난 것 같다. 참으로 외로워 보인다. 아무도 없이 홀로, 무방비 상태로. 너무 젊고 너무 가냘프고, 금방이라도 부서질 것 같다. 생각 하나가 떠오른다. 그를 위해서라면 무엇이든 하겠어. 브롱카의 생각이 아니다. 맨해튼이다. 그의 결심은 평생을 바칠 소명을 찾아낸 기사의 맹서이자, 부분적으로는 날것의 욕망이다. 그럼에도 브롱카는 맨해튼의 신념을 자신의 것으로 받아들인다. 그는 생각한다. 우리의 것. 그러고는 깜짝 놀란다. 브롱카는 이제껏 자신이 소유욕이 강한 타입이라고는 생각해 본 적이 없다. 다른 누군가 그의 생각에 반응한다. 거기에는 기쁨과 만족감이 있다. 그래. 사고가 흐르고, 이번에는 그들 모두의 머릿속에서 메아리친다. 누가 그 생각을 했는지는 중요하지

않다. 우리 거야. 그는

우리의 것, 그리고 우리도 그의 것이지. 하지만

잠깐, 이거 뭐예요. 어떻게 다들 내 머릿속에 있는 거야

집중해. 브롱카가 꿈틀대는 그들의 불안감을 밀어내며 말한다. 너무도 많은 강한 자아들이 서로 얽혀 있다. 이 상태론 오래가지 못할 것이다. 어디지?

빛 웅덩이가 빙글빙글 돌고, 아주 잠깐이긴 하지만 드디어 중심 화신이 잠들어 있는 곳의 벽을 처음으로 자세히 볼 수 있게 된다. 일정한 패턴으로 붙어 있는 흰색 타일. 아치형 천장은 색색의 벽돌로 모자이크 장식이 되어 있다.(브롱카가 놀라 숨을 들이켠다. 그는 이 타일을 안다.) 뉴욕의 어느 곳인지, 어떤 방향에 있는지는 모르겠다. 브롱카는 선회를 멈춰 보려고 한다. 다시금 중심 화신을 향해 아래로 뻗는다. 하지만 그는 통제할 수 없고 —

그곳과 점점 멀어지는 순간, 아래쪽에서 중심 화신의 눈꺼풀이 갑자기 번쩍 열린다.

잘하고 있어. 그가 소리 없이 말한다.

그가 입을 열자마자 그들은 빙글빙글 돌며 다시 추락하기 시작한다. 그의 입 안으로, 아가리 벌린 암흑 속으로 —

누군가 브롱카를 붙잡고 거칠게 흔들고 있다. 누군지 몰라도 귀찮고 짜증 나 죽겠다. "건드리지 마." 거칠게 쏘아붙인다. "난 늙은 몸이야. 씨발, 잠 좀 자자고."

"올드비, 지금 안 일어나면 얼굴에 찬 커피를 부어 버릴 거예요.

그랬는데도 심장마비로 안 죽으면 죽어 버리라고 저주할 거야. 제 발 좀 일어나요!"

그래서 브롱카는 눈을 뜬다. 그는 직원 휴게실에 있는 두 개의 소파 중에 더 낡은 쪽에 누워 있다. 그건 즉 그가 일어나 똑바로 앉는다면 등과 팔다리가 쑤시고 뻐근할 거라는 얘기다. 위층에서 상주 예술가들이 바삐 움직이는 소리가 들린다. 누군가 회전톱으로 뭔가를 만들고 있다. 저 요란한 소리에도 깨지 않았다니 진짜 피곤했던 모양이다. 전시관 유리창으로 아직 햇빛이 비치는 걸 보니 그렇게 오래 잠든 건 아닌 것 같다. 오후 8시쯤 됐으려나? 6월에는 9시까지도 해가 지지 않는다.

다른 이들도 의자나 소파에 널브러져 있다. 제 발로 서 있는 사람은 베네자뿐이다. 맨해튼은 소파 옆 바닥에 앉아 있는데, 빨리 경고를 해 줘야 할 것 같다. 산업용 콘크리트 바닥에 너무 오래 앉아 있으면 엉덩이에 뭘 느낄 수 있는 감각마저 없어질 텐데. 하지만 이미 늦은 것 같다. 맨해튼도 방금 깨어난 듯이 눈을 게슴츠레 뜨고 멍하니 끔벅이고 있다. 브루클린은 아직 정신을 덜 차렸다. 퀸스가 얼굴을 문지르더니 백팩을 뒤져 초콜릿 입힌 커피콩을 꺼내 입 안에 한 줌을 쏟아붓는다. 그러고는 옆에 있는 브루클린과 맨해튼에게도 나눠 준다.

그때 누군가 그들 사이로 걸어 들어온다. 큰 키에 말끔한 정장을 걸친 아시아인 남성이다. 나이는 50대쯤 되어 보이고, 대리석으로 조각한 듯한 얼굴에 아래로 축 처진 굳은 입매를 하고 있다. 그러나 브롱카의 관심을 사로잡은 것은 그가 아니다. 남자의 어깨에 다른 사람이 업혀 있다. 무겁게 늘어진 몸뚱이는 그 남자보다 더 멋들어진 양복을 입고 있지만 풀물과 지저분한 오물이 잔뜩 묻어 있다.

"이런 세상에." 브루클린이 전화기를 꺼내 긴급통화 버튼을 찾아 누른다. 맨해튼이 허둥지둥 바닥에서 일어나 정신을 차리려는지 머리를 격하게 흔든다.

"그거 치워." 낯선 남자가 브루클린에게 말한다. 짙은 억양이지만, 특이한 건 아니다. 브롱카가 보기에는 중국어 말씨가 가미된 영국 영어다. "이 친구는 도시야. 응급구조사는 못 고쳐."

모두가 멀거니 쳐다보는 가운데 브루클린이 휴대전화를 든 손을 스르르 내린다. 아시아인 남성이 퀸스에게 다소 무례한 태도로 소파에게 일어나라며 손바닥을 흔들더니 의식 잃은 남자를 거기 누인다. 이 남자는 다른 남자보다 더 젊고, 말랐고, 피부는 라티노에 가까운 갈색이지만 확신하기는 힘들다. 담배 냄새를 풀풀 풍기고 있다. 몸에 상처는 보이지 않지만 이상하게 피부색과는 상관없이 전체적으로 잿빛이다. 괴상한 모양새다. 온 세상이 HD 컬러인데 그 남자만 TV 채널이 세 개밖에 없고 화면도 거친 흑백 픽셀에 불과했던 시절의 화면처럼 보인다. 그리고 뭔가…… 그를 감싸고 있다? 브롱카는 눈을 깜박이며 가늘게 뜬다. 도시공간으로 반쯤 관점을 바꾼 뒤에야 이해한다. 의식을 잃은 남자의 몸을 뭔가 반투명한 막이 완전히 감싸고 있다. 거기에 마치 배꼽에 붙은 탯줄처럼 가느다란 선이 하나 연결되어 어디론가 멀리 뻗어 있는데……. 남미다. 아마 브라질인 것 같다. 그 나라가 어디 있는지 지도에서 짚을 확률은 반반이고 리우라는 데 말고는 아무 데도 모르지만.

눈을 깜박이며 현재의 시공간으로 돌아온 브롱카는 나이 든 남자가 자신을 흥미롭게 살펴보고 있는 것을 발견한다.

"완전히 쓸모가 없는 건 아니군." 그 말에 울컥 화가 치솟는다. 남자는 주위를 둘러보며 똑같은 방식으로 다른 이들을 평가하기 시작한다. 그다지 좋은 인상을 받은 것 같지는 않다. "이 친구가 너희 영역에 있었는데 아무도 그가 다치는 걸 감지하지 못한 건가?"

"이 사람도 도시예요? 무슨 일이 있었던 거예요?"

퀸스가 손을 내밀어 의식이 없는 남자를 조심스레 건드려 보지만 남자의 몸을 에워싼 막이 퀸스의 손에 닿기 싫다는 듯 옴폭 피하며 부르르 떨자 바로 손을 거둔다.

"당신은 뭔데?"

브루클린은 의자에 앉은 채로 상체를 공격적으로 내민다. 브루클린의 뒤에는 맨해튼이 조용히 꼼짝도 않고 버티고 있다. 두 사람이 일종의 공격에 대비하고 있다는 건 알겠다. 하지만 브롱카는 고개를 내젓고는 동료들을 진정시키기 위해 다리를 펴고 일어난다. 왜냐하면 그는 다른 공간에서 이 낯선 이를 볼 수 있기 때문이다. 그리고 이 남자는 또 다른 형태를 취한 흰옷의 여자가 아니다.

"홍이라고 하네." 그가 의식을 잃은 남자를 내려다보며 말한다. 한숨을 쉬며 허리를 굽혀 남자의 옷을 뒤지기 시작한다. 이상하게도 이번에는 보호막도 그를 거부하지 않는다. 그가 담배 한 갑과 라이터를 꺼낸다. "상황이 엉망이라고는 들었는데, 워낙 과장이 심한 친구라 이 정도로 나쁠 줄은 몰랐군. 어쨌든 이렇게 모였으니."

맨해튼이 다른 이들을 둘러보며 입을 뻐끔거린다. 홍……콩? 브롱카가 고개를 끄덕인다. 가 본 적은 없지만 사진으로 봤던 높고 화려한 ― 특히 남자 성기 모양의 건물이 특이했던 ― 마천루를 떠올린다. 브롱카는 다른 공간에서 남자의 완전한 존재를 보고 있다. 홍콩 시가 그들 앞에서 얼굴을 구기며 담배에 불을 붙인다.

"이봐." 그 말에 홍이 쳐다보자 브롱카는 벽에 붙어 있는 경고문을 가리킨다. **금연.**

"좆까." 홍의 말투에는 아무 감정도 담겨 있지 않다. 심지어 평범한 사람들이 싫다고 거부할 때의 감정도 담겨 있지 않아 브롱카는 입을 쩍 벌린다. 화가 났다기보단 그저 놀랐을 뿐이다. 홍이 콜록거리더니 못마땅한 얼굴로 담배를 내려다본다. "난 정말 담배가 싫어."

"그럼 왜⋯⋯." 베네자가 입을 연다. 하지만 그가 말을 마치기도 전에 홍이 담배 연기를 가슴 깊이 빨아들이더니 몸을 굽혀 의식 잃은 남자의 얼굴에 길게 내뿜는다.

마치 남자의 온몸이 연기를 빨아들이는 것 같다. 몸을 부르르 떨자 회색 기와 흐릿함이 약간 가시는 것 같다. 이제 그는 세피아 톤이고, 90년대에 나온 3세대 컴퓨터 모니터 정도로 선명해진다. 브롱카는 무심코 헛숨을 들이켠다. 맨해튼이 재빨리 홍의 옆으로 다가온다.

"한 번 더 해 봐요."

"싫어." 홍이 담배를 문질러 끈다. "한 번이면 됐어. 어차피 이 친구가 아니라 내가 하는 거라 큰 효과도 없고. 지금 친구에게 필요한 건 자기 도시의 더럽고 오염된 공기지만 지금 거시공간을 통과하는 건 너무 위험하지. 그렇다고 너희 중에서 누가 열 시간이나 비행기를 타고 이 녀석을 거기까지 데려다 줄 것도 아니잖아? 그건 그렇고 나도 열다섯 시간이나 공중에서 시달리고 비행기에서 내린지라 최소한 일주일은 비행기를 타고 싶지 않군. 그런 연유로, 어떻게 해야 그를 회복시킬 수 있을지는 잘 모르겠다." 홍이 가까운 의자에 털썩 주저앉아 손바닥으로 얼굴을 문지른다.

"잠깐, 잠깐만요. 당신이 홍콩이라고요? 그럼 이건 누구예요?"

베네자가 의식 없는 사내를 가리킨다.

홍이 고개를 들어 베네자를 노려본다. "당연히 상파울루지. 거기 말고 어디겠어?"

"리우일 수도 있죠. 아님 다른 도시라거나?" 퀸스가 그를 쏘아본다. "우리가 그런 걸 어떻게 알아요?"

"리우는 아직 태어나지도 않았다." 홍이 신랄하게 응수한다. "지금 이쪽 반구에 살아 있는 도시는 둘뿐이야. 이 친구랑 너희들. 그래서 이 친구가 여기 온 거고. 가장 최근에 태어난 도시로서 새 도시가 이 일을 헤쳐 나가게 돕는 게 이 녀석의 일이니까. 이제 이해했나? 아직도 못 알아들었어?"

홍의 무례한 태도에 경악해 한참 동안 그를 멍하니 쳐다보던 퀸스가 버럭 고함을 지른다.

"그렇게 건방진 개자식처럼 굴 필요는 없잖아요!"

"그래?" 홍이 손가락으로 상파울루를 쿡 찌른다. "난 방금 이 친구가 이쪽 세상에서 형체도 제대로 유지하지 못할 만큼 반죽음이 되어 쓰러져 있는 걸 발견했는데, 너희는 눈곱만 한 관심도 없는 것 같군. 그리고 아무도 당연한 질문을 던질 생각도 없는 것 같고. 누가 이런 짓을 했는가? 그리고 어떻게 되갚아 줄 것인가?"

"상파울루, 상파울루."

혼잣말로 중얼거리던 베네자가 의자에서 미끄러지듯 일어나 휴게실 냉장고로 뛰어가더니 냉동칸을 무작위로 뒤지기 시작한다. 모두가 어리둥절해하며 쳐다보지만 베네자의 별난 기행에 익숙한 브롱카는 아무 관심도 주지 않는다.

맨해튼이 홍과 의식 없는 사내의 옆으로 다가간다. 브롱카는 맨해튼이 낯선 이들로부터 동료 자치구를 보호하듯 그 사이에 자리 잡고 서는 게 무의식적인 반응인지 아니면 의도적인 것일지 궁금하다. 퀸스가 맨해튼의 뒤에서 상체만 빼꼼히 내밀고는 홍에게 말한다.

"우린 이 사람 몰라요. 꼭 우리가 이 사람을 알아야 할 것처럼 말하는데, 이 사람이 우릴 도와줄 거였으면 지금까지 어디서 뭐 한 건데요? 근데 이 사람 죽어요?"

"상파울루는 아직 건재하지. 아닌가?"

수수께끼 같은 말을 던진 홍이 의자 등받이에 깊숙이 기대앉더니 차갑고 날카로운 눈빛으로 모두를 천천히 살펴본다.

브루클린이 억지로 인내심을 짜낸다. "이봐. 우린 저 사람과는 일면식도 없어. 당신 친구가 다쳤다면 미안한데, 내가 지금 상황을 제대로 이해한 거면 저 사람을 다치게 할 사람은 딱 한 명뿐이야. 우린 흰옷의 여자라고 부르지만 사실은……."

홍이 미소를 짓는다. 맨해튼보다도 더 사람을 불안하게 만드는 미소다. 누가 봐도 진심이 담기지 않은 가짜라서 그렇다. 브롱카는 맨해튼이 진짜 증오심을 뿜어내는 것을 본 적이 없지만, 지금 그의 눈에서 번득이는 것이 뭔지는 확실하다.

"이건 그 여자가 한 짓이 아냐."

충격을 받은 브루클린이 무심코 브롱카를 쳐다본다. 브롱카는 고개를 젓는다. 그도 홍콩이 무슨 소리를 하는지 전혀 이해할 수가 없다. "그걸 어떻게 알지?" 브롱카가 묻는다.

"이런 부상은 우리가 다른 도시의 경계 안에 들어갔을 때 도시가 우리를 거부했을 때에만 발생하니까." 홍의 시선이 그들 전부를 하나씩 차례대로 탐색한다. "그리고 지금, 이곳에서. 상파울루에게 이런 심각한 상처를 입힐 수 있는 건 뉴욕뿐이지."

"잠깐, 잠깐만요. 개 같은 소리 마요." 맨해튼이 얼굴을 구기며 말한다. 브롱카는 문득 그가 욕하는 걸 처음 듣는다는 사실을 깨닫는다. '씨발'이 난무하는 섭치고는 참 이상한 특성이다. "우리는 그런 짓 안 했습니다. 아까부터 전부 다 여기 모여 있었고요, 딱 한……."

정적이 흐른다. 서서히, 가차 없는 깨달음이 엄습한다. 브루클린이 나직이 신음을 내뱉는다. 퀸스가 믿을 수가 없다는 듯 고개를 가로젓는다. 맨해튼의 얼굴이 딱딱하게 굳는다. 브롱카는 믿고 싶지 않다……. 그러나 부인할 수 없는 결론이다.

홍은 그런 그들을 지켜보고 있다. 혹시 가짜로 놀란 척하거나 당황한 건 아닌지 그들을 평가하고 있음을 브롱카는 깨닫는다.

"흠." 그러고 나서 홍은 이윽고 아주 약간 누그러진 말씨로 말한다. "뉴욕엔 자치구가 다섯 개 있다고 들었는데 지금 내 눈에 보이는 건 넷뿐이군. 그리고 한 명 더."

그는 베네자를 향해 고개를 까딱인다. 베네자는 냉동실 속에 거의 기어 들어갈 것처럼 상체를 처박고 있다. 제스의 생일 파티 때 먹고 남은 오래된 나폴리탄 아이스크림 뒤에서 뭔가를 발굴하고 있는 것 같다.

스태튼아일랜드가 상파울루를 공격했다. 그리고 그 일이 뉴욕에서 일어났고 상파울루를 보호해 줄 도시가 가까이에 없었기에 그는 치명상을 입었다.

"아니야." 맨해튼이 일어나 빠른 걸음으로 서성이기 시작한다. "뭔가 오해가 있었을 겁니다. 스태튼은 우리의 일부예요."

"아니면……." 브롱카가 손가락으로 머리카락을 쓸어 넘긴다. 피곤하다. 요 며칠 잠도 제대로 못 잔 데다 다중우주까지 들쑤시고 다녔으니 진이 다 빠질 수밖에 없다. "어쩌면 스태튼아일랜드가 그를 흰옷의 여자라고 생각했는지 몰라. 사고였을 수도 있고."

"아니면……." 브루클린이 천천히 입을 뗀다. 그는 팔짱을 낀 채 벽에 기대서 있다. "평소처럼 스태튼아일랜드답게 굴었을 수도 있지. 짐작했어야 했는데."

맨해튼이 브루클린을 돌아본다. "뭐?"

브루클린은 건조하게 웃는다. "맞아, 너는 모르겠구나, 신참. 스태튼아일랜드는 이 도시의 별종이란다. 뉴욕의 다른 모든 자치구가 민주당을 찍을 때 거기는 혼자 공화당을 찍지. 우리가 지하철을 개선하자고 할 때에도 혼자 자가용을 늘리길 원하고. 베라자노 브리지 통행료가 왜 그렇게 비싼 줄 알아? 그들이 원했거든. 브루클린의 하층민 쓰레기들이 함부로 들어오지 못하게 말이야!" 브루클린이 역겹다는 듯 신음한다. "그러니 같은 편 등을 찌를 자치구가 있다면 틀림없이 거기지."

"하지만 프라이머리를 깨우려면 우리 모두가 필요해." 맨해튼의 목소리는 조금도 상승하지 않았지만 딱딱 부러지는 말투가 매우 위험하게 느껴진다. "우린 스태튼이 필요해."

"그럼 누군가 가서 걔랑 얘기를 해 봐야겠군." 브롱카가 말한다. "우리랑 손을 잡아야 한다고 설득해야지."

정적.

홍이 한숨을 내쉬더니 주머니에서 비단손수건을 꺼내 공연히 목과 얼굴을 닦는다. "저 친구 말이 맞았군. 런던보다도 최악이야. 아마 그래서 '스태튼아일랜드'라는 애가 위험을 감지하고 너희와 척을 지기로 선택했을 테지."

"무슨 위험?" 브롱카가 의아해하며 찌푸린 얼굴로 그를 쳐다본다. "그리고 런던은 또 뭔 상관……."

그때 베네자가 뭐라 알아듣기 힘든 환호를 내지르더니 냉동실에서 윗몸을 빼낸다. 냉장고에서 나온 그의 손에는 위생 비닐봉지가 들려 있고, 그 안에는 네모난 통이 담겨 있다. 베네자가 재빨리 몸을 구부려 비닐봉지를 열어젖히고 중얼거린다.

"얼었지만 빨아먹으면 되니까. 못돼 처먹은 이복오빠가 우리 집에 오면 맨날 혼자 다 먹어 치우는데 지난번에도 그럴까 봐 직장에 다 꿍쳐 놨었어요. 그러곤 완전히 까먹고 있었죠…… 하!"

베네자가 플라스틱 용기 안에서 작고 둥그런 초콜릿처럼 보이는 것을 의기양양하게 꺼내 치켜든다.

"이게 대체 다 뭔 일인지." 브루클린이 내뱉는다.

베네자가 눈동자를 굴린다. "브리가데이루예요. 브라질에서 먹는 디저트인데, 초콜릿 트러플하고 비슷하죠. 우리 아빠 브라질이 아니라 포르투갈 사람이지만 우리도 이거 먹거든요. 왜냐하면, 예이! 식민주의 만세! 상파울루 고유의 뭐 그런 건 아니지만 그래도……."
베네자는 서둘러 소파로 다가가 쪼그려 앉은 다음 의식이 없는 사내의 입술에 브리가데이루를 밀어 넣는다. 지금 이 광경을 자기 눈으로 직접 보고 있지 않았다면 브롱카는 못 믿었을 것이다. 상파울루가 온몸을 부르르 떤다. 디저트가 입술에 닿은 것만으로도 더욱 선명하고 또렷해진다. 이제 그는, 말하자면 색감은 좀 떨어져도 완연한 총천연색이다. 베네자가 포르투갈어로 뭔가를 달래듯이 중얼거리고 있는데 그것도 도움이 되는 것 같다. 상파울루가 또다시 떨더니 더 밝고, 더 인간에 가까운 색깔이 된다. 그가 입을 벌린다. 베네자가 그 안에 작은 덩어리를 던져 넣자, 잠시 후 그것을 씹기 시작한다. 모두가 안도한다. "아, 벨레자. 빌어먹게 좋네. 상파울루 억양을 좀 흉내 내 봤는데, 놀리는 거라고 생각 말아 줬음 좋겠네요."
상파울루가 두 눈을 뜬다. "발레우.*" 이렇게 대답하고는 일어나 앉는다.
퀸스가 손뼉을 치며 기뻐한다. 그러고는 베네자의 옆에 쪼그려 앉아 자기도 브리가데이루를 하나 먹어 봐도 되겠느냐고 모두에게 들릴 만한 크기의 목소리로 속닥인다.
홍이 탐탁지 않은 표정으로 상파울루를 살핀다.

---

* '고마워'라는 의미의 포르투갈어.

"다행이군. 안 죽어서."

상파울루가 힘겹게 치켜든 눈꺼풀 밑으로 그를 쳐다본다.

"여기 오는 데 사흘이나 걸렸어?"

"비행기를 타야 했으니까. 비행기는 시간이 걸리지."

"아무리 그래도……." 파울루의 눈이 가느스름해진다. "최고회의 를 소집했군. 그들에게 알렸는데 일축당했고, 그래서 하루가 더 걸린 거야."

홍이 재미있다는 듯이 코웃음을 치더니 스마트폰을 꺼내 화면을 스크롤하기 시작한다. "개인적인 감정은 아니라고 했지, 파울루. 고대 도시들은 기본적으로 젊은 도시를 싫어해. 그리고 어쩌면 자네를 거만하다고 생각하고 있을 수도 있고."

"당연히 거만하지. 난 상파울루라고. 게다가 내가 옳아. 그들이 인정하고 싶어 하지 않을 뿐이지." 파울루가 팔을 뻗어 보더니 마치 자신의 팔 외에 다른 걸 기대하기라도 한 듯이 찬찬히 살펴보기 시작한다. 손과 손가락도 구부려 보고, 그제야 만족스러운 듯이 긴장을 푼다. "그래서 지금 일어나는 일들을 전부 부인하고 다 내가 무능력한 걸로 해석하겠다? 나더러 왜 그들을 싫어하냐고 했지? 바로 이래서야."

"쓰러져 있는 널 발견했을 때 부서진 뼈를 맞춰야 했어. 마침 차에 있던 카페 데 폰토 커피로 상처를 치료했고. 없는 게 없는 뉴욕 공항 커피숍에 감사해야 할 일이지. 더불어 그걸 준비해 둔 내 선견지명도 말이야. 그건 그렇고 브라질 담배는 정말 더럽게 맛이 없더군." 홍이 전화기에서 찾고 있던 걸 발견한 모양이다. "이게 바로 우리가 걱정해야 하는 거야." 그가 전화기 화면을 돌려 보여 준다.

브롱카와 다른 이들이 다가가 화면을 들여다본다. 파울루는 앉은 자리에서 힐끗 쳐다보더니 한숨을 내쉰다. 다른 이들이 놀라 숨을 들이켜지만 브롱카의 눈에는 그저 흐릿한 이미지만 보일 뿐이다. 그는 짜증스러운 한숨을 내쉬며 사람들을 밀치고 홍에게서 아예 전화기를 받아들어 눈에 가까이 댄다.

그것은 해 질 녘에 찍은 뉴욕 시의 항공사진이다. 이런 종류의 사진은 전에도 많이 봤다. 드론이나 헬리콥터에서 특수 장비를 사용해 찍은 예술적인 풍경 사진. 흔히 그렇듯 맨해튼을 중심에 놓고 있는데, 흔치 않게 다른 자치구도 빠트리지는 않았다. 헬기는 맨해튼 섬의 중앙, 어쩌면 센트럴 파크에서 남쪽으로 향하고 있는 것 같다. 전경에는 로어맨해튼이 펼쳐져 있고, 쓰레기 매립지의 길쭉한 혓바닥 위에 고층 빌딩들이 불안정하게 모여 있는 게 보인다. 왼쪽으로는 — 사진은 뉴욕이 실제보다 더 넓어 보이도록 의도적으로 왜곡을 주어 전체적으로 약간 휘어져 있다 — 아마도 롱아일랜드와 퀸스, 그리고 브루클린의 베이 리지가 베라자노 브리지를 향해 둥글게 휘어 있다. 오른쪽 멀리 보이는 것은 저지 시티일 것이다. 호보켄일 수도 있고. 브롱카도 잘 모르겠다. 전부 에너지효율 LED 조명 속에서 반짝이고 있다. 거기다 사진작가는 약간의 주황색 필터를 입혀 따뜻한 느낌을 주고 이미지 전체에 생동감을 가미했다. 이건 가장 밝고 아름다운 뉴욕의 모습이다.

사진에서 보이는 가장 먼 쪽, 맨해튼의 아래쪽 끄트머리에서 어두운 물 건너편에 있는 곳만 빼고 말이다. 스태튼아일랜드.

그곳의 불빛들은 어둡다. 너무 어두워서 그 지역에만 소등이나 절전이 있었다는 소식을 왜 아직도 못 들었는지 의아할 정도다. 하지만 사진을 자세히 들여다보니 진짜 심각한 문제는 어스름이 아니라는 것을 알겠다. 스태튼아일랜드가 이상하게 멀리 떨어져 있는 것처럼 보인다. 브롱카는 눈을 깜박이며 고개를 흔든다. 아니야. 자치구는 응당 있어야 할 자리에 있다. 그저 느낌이 그런 것뿐이다. 아니면 사진이 지나치게 왜곡되어 생긴 착시 현상일까? 하지만 원인이 뭐든 스태튼아일랜드가 마치 맨해튼에서 수 킬로미터는 떨어져 있는 것처럼 보인다.

브롱카의 엄지손가락이 홍의 전화기 버튼을 잘못 건드리는 바람에 사진이 사라지고 화면이 소셜 미디어 포스팅 타래로 전환된다. 대부분은 중국어지만 영어로 쓰인 것도 몇 개 있다. "또 테러리즘 일어난 거?" 국어 실력에 상당히 문제가 있는 누군가가 묻는다.

홍이 브롱카의 손에서 전화기를 빼앗아 간다.

"이런 건 처음 있는 일이야." 시선은 모두를 둘러보고 있지만 대체로 파울루를 향한 말이다. 홍의 턱 근육이 팽팽하게 긴장되어 있는 게 보인다. "도시공간은 도시공간이야. 인공간(人空間)은 인공간이고. 그 둘은 서로 다른 우주고 보통은 우리를 통해서만 연결되어 있지. 한데 이 사진에는 도시의 한 자치구가 도시공간에서 다른 자치구와 멀어지려는 모습이 반영되어 있다. 심지어 인공간의 거주민들마저 그 사실을 알아차리고 있고."

파울루는 베네자의 도움을 받아 소파에서 몸을 일으킨다.(파울루가 고개를 끄덕이며 베네자에게 뭔가를 말하자 베네자의 얼굴이 발그레해진다. 아마 브리가데이루를 생각해 내다니 아주 기발했어 같은 의미의 포르투갈어일 것이다. 그다음엔 확실히 나와 함께 카스바로 가자고 한 것 같은데.)

"내가 너희 늙은이들한테 말해 주려고 했던 게 바로 이거라고." 파울루가 신경질적으로 내뱉는다. 늙은이가 늘그니이처럼 들리는 것만 빼면 그의 영어에는 다른 언어의 흔적이 아주 가볍게 섞여 있을 뿐이다. "뭔가 도시가 탄생한 후에 거쳐야 할 과정을 방해하고 있어. 이 도시가 완전히 성숙하지 못했다는 점은 차치하고라도 말이지. 차원 중첩이 불안정해. 적이 지나치게 활동적인 데다 듣도 보도 못 한 방식으로……."

"그래, 그래." 홍이 파울루의 말을 끊고는 맨해튼에게 시선을 보낸다. 그가 집단의 리더라고 멋대로 결론 내린 모양이다. 아마 유일한 남성이기 때문이겠지. "너와 네 패거리가 프라이머리와 동조하려는 걸 봤는데, 그를 찾았나?"

맨해튼이 고개를 젓는다. "아니, 그를 보긴 했지만……."

그때 브롱카가 숨을 헙 들이켠다. 뭐라 불러야 할지 모를 그 경험을 했을 때 생각난 게 기억난다. "타일. 젠장, 나 그 타일 패턴 알아." 그러고는 황급히 몸을 돌려 문밖으로 달려 나간다. 뒤에서 다른 이들이 잠시 머뭇거리는가 싶더니 허둥지둥 쫓아오는 소리가 들린다.

센터는 회의실만 빼고 전부 닫혀 있다. 이징은 브롱카가 컴퓨터를 반드시 써야 할 때만 아니면 전원을 켜지도 않는다는 걸 알면서도 사무실 컴퓨터 모니터에 포스트잇을 붙여 놓았다. "기부금 60만 새로 들어옴!" 브롱카는 머리에 숫자가 입력되지 않아 멍하니 쳐다보다가 쪽지를 옆으로 치워 버리곤 이해할 수 있는 다른 일에 집중하기로 한다. 가령 꿈속에서 포착한 단서를 이용해 뉴욕의 살아 있는 화신을 추적하는 일이라든가.

영겁에 가까운 시간을 거쳐 컴퓨터가 켜지는 동안, 브롱카는 책장으로 달려가『보자르(Beaux Arts) 양식의 세기』라는 제목의 커다란 사진집을 뽑아 든다. 다른 이들이 그가 갑자기 왜 저러나 궁금해하며 사무실로 몰려왔을 즈음에는 마침내 찾던 것을 발견한다. "이거! 이거!" 브롱카가 사진 한 장을 손바닥으로 탁 두드리며 책을 들어 올려 모두에게 보여 준다. 아름답게 장식된 둥근 아치형 천장 아래 금빛 벽돌처럼 보이는 타일로 장식된 벽을 찍은 풀컬러 사진이다.

맨해튼이 허리를 굽혀 사진을 살펴본다. 그의 턱 근육이 움찔거린다. "스타일은 비슷한데 우리가 본 곳은 아니잖아요."

"맞아. 프라이머리가 그랜드 센트럴 오이스터 바에 잠들어 있을 것 같지도 않고." 브루클린은 그렇게 말하면서도 이맛살을 찌푸린다. "하지만 나도 저 비슷한 걸 어디선가 본 것 같단 말이야."

"그랬을걸." 브롱카가 히죽 웃는다. "왜냐하면 교양이라곤 쥐뿔도 없는 작자들이 뉴욕에 있는 모든 아름다운 것들을 싸구려 쓰레기로 바꾸기 전까지 그건 세계에서 손꼽힐 정도로 독특한 건축 양식 중 하나였거든. 무엇보다 뉴욕을 중심으로 퍼진 예술 운동이었지. 구아스타비노 타일이라고 해. 지금은 구식으로 취급받지만 그때만 해도 내화성과 자체 안정성이 뛰어난 디자인이었어. 반쯤 지하에 묻힌 데다 불붙기 쉬운 쓰레기로 가득한 도시에 안성맞춤이었지." 브롱카가 사진 속 천장을 톡톡 두드린다. "이건 뉴욕에서 볼 수 있는 몇 가지 사례일 뿐이야. 그러니까……."

"오오오오오, 무슨 말인지 알겠어요."

베네자가 브롱카의 책상 의자에 엉덩이를 붙이더니 키보드를 자기 앞으로 가져온다. 브롱카는 베네자가 '구아스타비노 타일'과 '맨해튼'을 키보드로 치는 모습을 바라본다.

그동안 맨해튼은 책장을 손가락으로 짚으며 읽어 내려가고 있다. "오래된 다세대 주택에 구아스타비노식 아치가 많이 사용됐다는데." 다소 난감한 기색이 담긴 말투다. "버려진 건물들과……." 맨해튼이 갑자기 입을 다문다. 그의 눈이 커다래진다. 책을 휙 돌려세우다가 책상 위 연필꽂이를 넘어뜨릴 뻔한다. "여기." 맨해튼이 꽉 잠긴 목소리로 말하며 손가락으로 짚는다. "여기요."

브루클린이 들여다보고 피식 웃는다. "세상에나, 그래, 당연하지."

베네자도 사진을 보더니 씨익 웃는다. 그러고는 데스크톱 모니터를 돌려 그가 찾아낸 웹페이지를 보여 준다. '폐쇄된 지하철역은 이 도시에 있어 건축계의 보물이다'라는 제목이다. 맨해튼이 브롱카의 책에서 찾은 것과 똑같은 장소다.

"구시청사 역이요."

"거기에 있는 거군요." 맨해튼이 중얼거린다. 책상에 몸을 기대더니 안도의 한숨을 길게 내뱉는다. "드디어 그를 찾을 수 있어."

"쉽진 않을 거야." 브루클린이 말한다. "저 역은 사용이 중단되어서 대부분 닫혀 있어. 감전되거나 전철에 치이거나 체포당할 위험을 무릅쓰고 몰래 선로로 숨어들 게 아니면 저기 들어갈 유일한 방법은 교통박물관뿐인데, 거기서도 투어 행사는 아주 드물지. 하지만 전화만 잘 돌리면 어떻게든 기회를 만들 수도 있을 것 같은데."

브루클린이 휴대전화를 꺼낸다.

"6호선을 타면 종점에서 돌아올 때 저기 지나지 않아요?" 베네자가 브루클린에게 말한다. "관광객들이 자주 하는 짓인데. 나도 한번 해 봤고요."

"그래. 하지만 내릴 수가 없잖아. 열차를 멈춰 주지도 않고."

그들이 대화를 나누는 동안 홍이 다가와 사진집을 들여다본다. 초조하게 고개를 가로젓더니 모두를 날카로운 눈빛으로 돌아본다.

"좋아. 그럼 최대한 빨리 저기 가 봐. 프라이머리가 너희 넷을 흡수해서 강해지고 나면 도시를 제대로 지킬 수 있길 바라야지. 다섯 번째 자치구 없이도 말이야."

일순 사방이 죽은 듯이 고요해진다.

브루클린이 입을 연다. "미안한데, 뭐라고?"

## 12장
# 그곳엔 도시가 없다

아침에 아이슬린은 아침식사를 차려 부모님과 — 그리고 내내 아이슬린에게 눈길도 주지 않는 코널도 — 함께 먹은 다음 출근을 한다. 하지만 나가다가 깜짝 놀라 집 앞 현관 계단 위에서 우뚝 멈춘다. 너비가 거의 6미터에 달하는 커다란 흰색 기둥이 앞마당을 거의 가득 메우고 있다.

딱히 눈에 띄는 특징도 없다. 크고 표면이 매끈한 하얀 원통이 땅에서 솟아나 꼭대기가 보이지 않을 정도로 하늘 높이 뻗어 있을 뿐이다. 어떻게 그가 모르는 사이 집 앞에 이렇게 커다란 걸 세울 수 있었던 건지, 그리고 집안 식구들은 왜 이런 게 있다고 한마디도 언질을 안 해 줬는지 너무 황당하다. 어떻게 이런 게 하룻밤 만에 생길 수 있는 거지? 어젯밤에만 해도 없었는데! 하지만 다음 순간, 아이슬린은 반투명한 기둥 너머에서 한 무리의 캐나다 기러기가 날아가는 모습을 보고…… 상황을 이해한다. 대략은.

저 기둥은 그 하얀 양치 이파리와 비슷한 거다. 항상 흰옷을 입는 여자와도. 그리고 그 둘은 "이 근방 출신"이 아니다. 그리고 그 이파리처럼 아이슬린 말고는 아무도 저 기둥을 볼 수가 없다. 그래서 방금 등 뒤 현관에서 나온 아버지가 아이슬린의 옆을 지나 차를 향해 걸어가면서도 그의 집에 어두운 그늘을 드리우고 있는 커다란 기둥에 대해 아무 말도 않은 것이다. 아이슬린은 저게 어머니의 눈에도 안 보일 거라고 확신한다. 저것의 존재를 아는 건 오직 아이슬린뿐이다.

약간 경사진 곳에 서 있는 아이슬린의 집 앞마당 진입로에서 지평선을 내다보자 저 멀리 또 다른 기둥이 서 있는 게 보인다. 프레시킬스 파크 근처인 것 같다.

아이슬린도 차가 있다. 몇 년 전에 산 중고 포드 하이브리드다. 아버지는 이 차를 싫어한다. 환경에 신경 쓰는 건 진보주의자나 하는 짓이라고 생각하기 때문이다. 하지만 그래도 그는 아이슬린의 선택을 용인해 주었고, 아이슬린이 할부금을 낼 필요가 없게 차 값의 절반을 보태 주었다. 적어도 포드는 미국 차니까. 아이슬린은 지역 도서관에서 일해서 번 돈으로 기름값과 보험료를 낸다. 직원 명부엔 이름이 올라가지 않는 비정규직이다.(불법은 아니지만 어쩔 수가 없다. 도서관에 취직하려면 4년제 대학 졸업장이 필요한데 아이슬린은 2년제 전문대를 졸업했기 때문이다. 아버지가 도서관장의 미납 주차위반 딱지를 "잃어버리기로" 한 덕분이다.) 하지만 차가 있어도 아무 곳이나 갈 수는 없다. 아버지가 주행거리를 확인하는 데다, 자동차에 GPS 추적기도 심어 놓았을 거라고 아이슬린은 의심하고 있다. 아버지라면 정말로 그랬을 테니까. 그래서 사생활을 보호하고 싶을 때면 버스를 탄다.

하지만 지금, 운전석에 앉아 앞마당에 우뚝 솟은 커다란 기둥을 바라보며 어젯밤 접근해 온 이상한 남자 —— 상파울루 시가 틀림없다 —— 에 대해, 코닐에 대해, 그리고 이 섬을 떠나는 두려움과…… 다른 모든 것들에 대해 생각하고 있노라니 불현듯 더는 못 견디겠다는 생각이 든다.

그래서 시선을 들어 백미러를 쳐다본다. 눈에 잘 띄지도 않을 가느다란 하얀 넌출이 가볍게 하늘거리고 있다.

"저기." 아이슬린이 말한다. "지금 와 줄 수 있어? 할 얘기가 있어."

아무 일도 일어나지 않는다. 그러더니 갑자기 백미러가 달라진다. 방금까지 거울 속에는 홀리한네 집 앞의 진입로가 비치고 있었다. 하지만 다음 순간, 거대한 공간이 열린다. 자세히 보이지는 않는다. 딱딱해 보이는 회색빛 도는 하얀 바닥뿐이다. 그림자가 너무 뚜렷하게 져 있어 보이지 않는 구석에서 스포트라이트라도 비추고 있는 게 아닌지 의심스러울 정도다. 무엇이 저 그림자를 만들고 있는지는 모르겠지만 그중 하나가 움직이는가 싶더니 잠시 후 흰옷의 여자가 거울 아래쪽에서 스르륵 나타난다. 이번에도 다른 모습이다. 백인인 건 똑같지만 눈가에 몽고주름이 있고, 광대뼈가 솟은 각도와 코의 배치가 어딘가 이국적이다. 러시아 사람일까? 눈썹도 하얀색이다. 그리고 머리카락은……. 아이슬린은 눈을 깜박인다.

"린, 내 인간 형태 친구야! 어젯밤에 네가 왜 나한테 화가 났는지 알았어. 내 수하가 정말 못된 자식이었지. 그리고 멍청하기도 했고. 감히 도시한테 집적거리다니! 너한테 작살날 거라는 것도 모르고."

아이슬린은 멍하니 고개를 끄덕인다. "너 대머리야?"

"내가 대······." 여자가 말을 멈춘다. 갑자기 얼굴 주위로 황갈빛이 도는 풍성한 하얀 머리칼이 쏟아져 내리더니 거의 거울 밖까지 흘러나온다. 한쪽 눈 위로 머리카락 한 가닥이 예술적으로 드리운다. "아니, 나 대머리 아니야."

"으으음, 그래애애애."

아이슬린은 여자에게 화를 내야 한다는 사실을 기억해 내고는 미간을 찌푸린다. 코널은 줄곧 풀이 죽어 있지만 아이슬린의 아버지는 오늘 아침에도 호탕하게 그의 등을 두드리며 "아들"이라고 불렀다. 결국 누군가 뒷마당에 침입했는데 코널이 사람 얼굴도 기억 못할 만큼 취한 상태에서도 침입자를 쫓아낸 걸로 결론 난 모양이다. 매슈 홀리한의 눈에는 진짜 영웅인 셈이다.

"그러니까 코널이 무슨 짓을 했는지 안다는 거지?"

"아, 그래, 걔." 여자가 활짝 웃어 보인다. "그 안내선 있잖아, 네가 계속 꽃이라고 부르는 거. 정확히 말해서 그건 사람들을 조종하는 게 아냐. 말 그대로······ 안내할 뿐이지. 이미 존재하는 성향을 촉진해서 기존의 사고방식 에너지를 더 호환성 높은 파장으로 내보내는 거지."

아이슬린이 여자의 쓸데없이 장황한 말을 종합해 이해할 수 있는 거라곤 코널이 아이슬린을 추행한 건 애초에 그런 더러운 자식이기 때문이고, 목에 꽃줄기를 꽂고 있든 말든 결국엔 아이슬린을 덮쳤으리라는 것이다. 하지만 그런 사실도 여자의 설명도 아이슬린을 위로해 주지는 못한다.

"왜 사람들에게 그런 걸 심는 건데? 페리 역에선 깊게 생각 안 해 봤지만 지금은……."

꽃줄기인지 안내선인지 거기에 어떤 목적이 있다는 건 확실하다. 그게 사람을 조종하거나 통제하는 게 아니라고 해도 불안하긴 마찬가지다. 만약에 그 안내선이라는 게 사람 몸속에 들어가면 어떻게 되지? 아이슬린은 문득 언젠가 한가한 날에 봤던 TV 프로그램을 떠올린다. 기생충에 관한 내용이었다. 개미의 몸 안에 사는 곰팡이균이 있는데 그 균은 개미의 몸 안에서 일종의 네트워크를 구축해 자라면서 숙주를 먹어 치우고 숙주의 행동까지 조종한다고 했다. 그러고는 맛난 것을 다 먹어 치우고 나면 개미의 머리를 펑! 하고 터트려 포자를 퍼트린다.

아이슬린은 생각한다. 그런 게 사람의 목덜미에 붙어 있으면 어떻게 되는 걸까.

거울 속에서 흰옷의 여자가 상체를 기울이며 눈을 가늘게 뜬다.

"흠, 너 지금 쓸데없는 생각 하고 있지? 다 들리거든. 네가 생각하는 거랑 달라. 내가 다 설명해 줄게. 근데 이거 너무 불편하다. 잠깐만 기다려. 내가 그쪽으로 갈게."

뭔가 거울 속에서 슉 튀어나오더니 아이슬린의 얼굴을 스쳐 지나 뒷좌석에 떨어진다. 아이슬린은 화들짝 놀라 숨을 삼키며 반사적으로 몸을 젖히지만 너무 순식간에 일어난 일이라 무서움을 인지할 틈조차 없다. 어쨌든 아이슬린이 아는 거라곤 그것이 혓바닥처럼 길고 두툼한 하얀 덩어리이고, 백미러가 유리가 아니라 운반용 튜브나 통로라도 되는 것처럼 거기서 튀어나왔다는 것뿐이다. 하지만 뒷좌석을 돌아봤을 때 그가 발견한 것은 예상한 것처럼 물컹한 덩어리가 아니라 사람의 발이다. 평범하고 밋밋한 하얀 부츠가 덩그러니 놓여 있다. 그러고는 부츠의 아랫부분에서부터 조금씩 색과 질감이 형성되기 시작한다. 픽셀이 조금씩 쌓여 나가 발목 부분을 꼬고 있는 다리가 나타난다. 그다음은 엉덩이가, 허리가 나타난다. 형체를 갖추고 나자 이제는 현실에 가까운 선명도가 구현되고, 마침내 여기, 활짝 미소 짓는 흰옷의 여자가 있다. 무릎 위에 작은 클러치가 얹혀 있다.

그 즉시 아이슬린의 두뇌가 경고와 실존적 위험, 파멸 등 도마뱀 뇌의 역할인 투쟁 또는 도주 신호를 내보내려 시도한다. 만일 그 덩어리가 다른 걸 — 뭔가 흉측한 것을 — 만들어 냈다면 아이슬린은 바로 비명을 질렀을 것이다.

하지만 그가 그렇게 하지 않은 이유는 세 가지다. 첫 번째이자 가장 본능적인 이유는 아이슬린의 삶이 악(惡)과 단순하고 매우 특정한 것을 연관 짓도록 프로그램되어 있다는 것이다. 어두운 피부색. 흉터가 있거나 안대를 했거나 휠체어를 탄 못생긴 사람들. 그리고 남자. 흰옷의 여자는 외형적으로 아이슬린이 두려워하도록 교육받은 모든 것과 정반대를 가리키고 있고 그래서…… 머리로는 자신이 보고 있는 것이 실은 위장에 불과하고 진실된 본질이 아니며 흰옷의 여자가 누구든, 무엇이든 될 수 있다는 걸 알면서도 아이슬린은……

……생각한다. 뭐, 겉모습은 괜찮으니까.

아이슬린이 비명을 지르지 않은 두 번째 이유는 이 여자가 위험하다는, 거의 자각하지도 못한 본능적인 깨달음 때문이다. 그가 비명을 지르면 무슨 일이 생길까? 아버지가 달려와 자신의 소유물을 지키려 들 것이다. 아이슬린은 평범한 인간은 이 여자에게 어떤 해도 끼칠 수 없을 거라고 확신한다. 게다가 아버지에게도 저 하얀 기생 식물 같은 걸 심지 않을까? 아버지는 이미 폭력적이고 통제광적 성향이 다분한 사람이다. 그게 더 악화되면 어떻게 하지? 그럴 가능성을 피할 수만 있다면 아이슬린은 무슨 짓이든 할 것이다.

그리고 세 번째이자 가장 큰 이유는 아이슬린이 지금 고통스러울 정도로 외롭고 이 여자가 진짜 친구처럼 느껴지기 시작했기 때문이다.

그래서 아이슬린은 비명을 지르지 않는다.

"자, 어서 출발해."

흰옷의 여자가 몸을 내밀어 아이슬린의 어깨를 토닥인다. 이번에도 전기가 통한 것처럼 찌릿한 통증이 스쳐 지나간다. 아이슬린은 이제 그 따끔한 느낌이 어떤 의미인지 안다. 흠칫 어깨를 움츠리지만 흰옷의 여자가 손을 뗀 후에도 그의 어깨에는 흰색 넝출이 보이지 않는다. 여자가 작게 한숨을 쉰다. 아이슬린은 떨리는 한숨을 길게 뱉는다.

(그는 여자의 한숨이 실망의 표시라고 생각하지는 않는다. 자신의 한숨이 안도의 의미라고도 생각하지 않는다. 만일 그렇다면 흰옷의 여자가 그리 나쁜 사람은 아니라는 스스로의 믿음을 반박해야 하기 때문이다. 그렇게 되면 아이슬린 자신의 편견과 판단력에 의문을 품어야 하고, 스스로가 부족하다는 결론을 내려야 한다. 최근에 자기 자신에 대한 일종의 확신을 느끼기 위해 얼마나 힘겹게 저항했는지를 감안하면 아직은 스스로를 의심할 준비가 안 됐다. 그러니까 괜찮다. 모든 게 다 괜찮다.)

아이슬린은 중요한 것에만 집중하기로 한다. 앞마당에 거대한 탑처럼 우뚝 서 있는 하얀 것을 손가락으로 가리킨다.

"저건 뭐야?"

"음…… 일종의 변환 케이블? 그게 뭔지는 알지?"

"그래. 하지만 저건 전선이 아니잖아."

"왜 아냐? 저건 아주 커다란 변환 케이블일 뿐이야."

아이슬린은 고개를 절레절레 젓는다. 이러다간 진짜 미쳐 버릴 것 같다. "알았어. 그럼 뭘 연결하는 건데?"

"그게 말이지이…… 변환기라는 건 보통 돌아가는 방식이 서로 다른 것들을 연결하는 거잖아?" 여자가 어깨를 으쓱한다. "예를 들어서 네가 음악을 듣고 싶다고 쳐. 근데 네 스피커로는 어떤 한 사람이 만든 음악만 들을 수 있는 거야. 근데 네가 갖고 있는 노래는 전부 다 다른 사람이 만든 거지. 무슨 뜻인지 알겠어? 얼마나 짜증나고 비효율적이니. 하지만 이 문제를 해결할 아주 간단한 방법이 있지." 여자가 하얀 탑을 손짓한다.

무슨 소린지 모르겠지만 알 것도 같다. 아이슬린은 천천히 고개를 젓는다. "하지만 그 돌아가는 방식이 다른 거란 건 무슨 뜻이고 또 뭐랑 연결을 한다는 거야?"

"내 우주랑 네 우주."

"내……." 아이슬린이 멍청하게 여자를 쳐다본다. 그러고는 입을 다문다. 저기에 대고 뭐라고 대답을 해야 할지 모르겠다.

여자가 답답하다는 듯 한숨을 쉬며 운전대를 손짓한다.

"운전해, 운전! 네 정해진 일과를 방해하고 싶진 않으니까. 나도 온

종일 널 보고 있을 순 없다고. 그러다가 어젯밤에 그 패씸한 상파울루가 너를 손에 넣을 뻔했잖아." 여자가 갑자기 손뼉을 치며 신나게 웃는다. 좀 지나치게 좋아하는 것 같지만 이상하게도 여자의 명랑한 웃음에는 전염성이 있다. "하지만 네가 놈에게 본때를 보여 줬지!"

그 끔찍한 사내를 날려 보냈을 때에는 정말 기분이 좋았다. 코널에게 그랬을 때처럼 말이다. 오늘 아침에 보니 상파울루의 차도 사라지고 없고 경찰이나 응급차도 보이지 않았다. 그래서 아이슬린은 남자가 알아서 일어나 차를 몰고 가 버렸을 거라고 생각한다. 두 팔이 다 부러졌는데 그게 가능하긴 한가? 하긴, 알 게 뭐람. 아이슬린은 배시시 웃으며 운전대를 돌려 차를 출발시킨다.

"그래, 알았어. 하지만 계속 여기 있을 거면 이게 다 어떻게 된 일인지 말해 줘야 해."

"안 그래도 그럴 참이야, 잘됐네." 진입로에서 벗어나는 순간 여자가 뒷좌석에서 꿈지럭거리는 소리가 들린다. 집 앞 도로로 나서는데 배수로에 바퀴가 걸렸는지 이상하게 덜컹거린다. 자체가 평소보다 훨씬 더 낮게 가라앉아 있는 것 같다. 차축이 삐걱거리며 신음하고 차량 바닥이 아스팔트에 긁히면서 커다란 소리가 난다. 흰옷의 여자가 중얼거린다. "빌어먹을 중력. 항상 정확한 비율을 까먹는다니까." 이내 차체가 평소처럼 되돌아오더니 아무 문제도 없었던 것처럼 달리기 시작한다.

"변환기는 실현 가능성을 의미해." 여자가 아이슬린에게 말한다. 아이슬린은 백미러로 뒷좌석에 앉은 여자를 바라본다. 대화를 할 때는 눈을 마주치는 게 예의니까. 하지만 각도가 안 맞는지 여자의 모습이 보이지 않는다. "만약의 경우에 대비하는 거지. 그걸 세우려면 이 우주의 뮤온\*이 나한테 우호적이어야 하는데, 그 말인즉슨 불행히도 너희 집 앞마당이어야 했다는 뜻이거든. 또 페리 역이랑, 옛날에 쓰레기 매립지였던 공원이랑, 네가 다녔던 대학이랑. 네가 일하는 덴 어디야?"

"공공도서관인데……." 퍼뜩 깨달음이 엄습한다. 퇴근 후에 그 공원에 갔을 때, 쓰레기를 치우던 공원 직원이 그를 이상하게 뚫어져라 쳐다봤었다. 지난달 즈음의 일이다. "내가 가는 곳마다 탑을 세운 거야?"

"아니. 네가 갔던 곳마다가 아니야. 네가 이 현실을 어느 정도 거부한 곳이지. 네가 도시가 되기 전에도 그런 행동은 힘을 발휘하거든. 어쨌든 중첩된 개체는 관찰 여부에 따라 상태가 변화하니까."

"알았어." 영 탐탁지가 않다. 솔직히 이해하기도 어렵다. 하지만 별로 큰 문제는 아니다. 흰옷의 여자는 좋은 사람이고, 예쁘니까. 그러니 그를 두려워할 이유도 없고 이용당했다는 느낌을 받을 이유도 없다. 더구나 어쨌든 지금 이렇게 아이슬린에게 정직하게 다 털어놓고 있지 않은가. 그러니 적어도 거짓말을 하는 것보다는 훨씬 낫지 않아? "어……. 음, 그래. 그럼 괜찮아."

"내가 이래서 널 좋아한다니까, 린." 린은 어머니가 아이슬린을 부르는 애칭이다. 아버지는 절대로 린이라고 부르지 않는다. 그리고 아이슬린 역시 어머니 말고 다른 사람은 절대로 그렇게 부르지

---

\* muon. 우주를 구성하는 기본 소립자 중 하나.

못하게 한다. "넌 정말 협조적이야. 다른 곳도 아닌 바로 이 도시에 이토록 협조적이고 순응적인 부분이 있으리라고 상상이나 했겠어? 넌 정말이지 참을성이 강한 여성형이야."

그 말이 맞다. 아이슬린은 항상 참고 견디려고 애썼다. 그는 숨을 깊이 들이켠다. "그래서…… 그 변환기라는 게 어쨌는데?"

"아, 맞다. 음, 그러니까 너희 집 마당에 있는 것 같은 걸 몇 개만 더 세울 수 있으면 올바른 정렬을…… 으으으으음. 으어어어어." 흰 옷의 여자가 불편한 듯 자세를 고쳐 앉는 소리가 들린다. 꿈지럭거리는 것 같다. "여긴 너무 원시적이야. 뭘 어떻게 비유해야 제대로 설명할 수 있을지 감도 안 잡히네. 지금 넌 다른 우주는커녕 지금 네가 살고 있는 이 차원이 어떻게 돌아가는지도 모르잖아."

"우와, 난 다른 우주가 있다는 것도 몰랐는데."

"거 봐! 어떻게 그렇게 기본적인 것도 모를 수가 있어? 아, 어쨌든 저 밖에는 무한에 가까운 우주가 존재하고 있단다. 상상도 못 할 만큼 엄청난 수지. 1분 1초마다 늘어나고 있고!" 이것만큼은 못마땅하다는 말투다. "근데 문제가 있어. 옛날엔 세상에 우주가 딱 하나뿐이었어. 가능성이 개연성이 되는 단 하나의 세상. 그렇게 생명이 태어났지. 얼마나 풍성했는지! 거의 모든 평면과 표면에, 모든 대기층에 생명들이 떠다니며 모든 틈새와 공백을 가득 메웠어. 이 인색한 우주하고는 전혀 달라. 여긴 몇 안 되는 가스 공 주위에, 아주 드물게 몇 개의 습기 찬 공에나 옹기종기 모여 있는 게 전부잖아. 아, 린. 그 세계가 얼마나 아름다운지 너도 볼 수 있으면 좋을 텐데."

그때, 마치 여자의 탄식에 반응하듯 백미러 속에서 뭔가 움직인다. 아이슬린은 그것을 쳐다보지 않으려 애쓴다. 그는 지금 운전 중이고, 좁은 2차선 도로를 달리고 있는 데다 주택가와 도로 사이에 들판과 나무가 있긴 하지만 정면충돌이 어떤 느낌인지 별로 알고 싶지 않기 때문이다. 하지만 그래도…… 백미러를 흘깃 쳐다봤을 때, 거기에는 더 이상 아이슬린의 차를 따라오고 있을 다른 차량이나 도로, 또는 방금 지나온 교차로에서 이쪽으로 회전 중이던 스쿨버스가 없다. 대신에 그가 발견한 것은 선명한 그림자가 드리워진 텅 빈 방이다. 흰옷의 여자가 나타나 그에게 말을 걸었던 곳. 허공에 연기 같은 게 빙글빙글 휘도는 것이 보…… 아니, 액체인가? 아니면, 그냥 단순한 색깔? 마치 액체가 흐르는 것처럼, 거울 위를 가로지르는 색채의 물결. 왠지 살아 있는 것 같기도 하고, 배경의 짙은 그림자와 대비되어 옅은 분홍색이 도는 것 같기도 하다. 그리고 또 그 위에서 움직이는 것이 있는데…… 아이슬린은 약간 섬뜩함을 느낀다. 왜냐하면 그건 검은색이고 검은 것은 대개 나쁘기 때문이다. 하지만 불안감은 아주 잠시일 뿐이다. 왜냐하면 이내 그 검은 것이 둥글고 짧은 원통형이라는 것을 알 수 있고, 그렇게 생긴 건 나쁘지 않기 때문이다. 하키 퍽과도 닮았다. 아이슬린은 하키를 좋아한다. 뉴욕 레인저스가 잘하는 팀은 아니지만.(엄밀히 말해 그의 섬은 아니지만 아이슬린은 아일랜더스 팀을 더 좋아한다.*) 아니면 아이슬린이 어렸을 때 좋아하던 은박지에 싼 작은 초콜릿 케이크와도 비슷하다. 열세 살 때 이후론 그걸 먹어 본 적이 없다. 아버지가 그런 걸 먹으면 살

---

* 뉴욕 아일랜더스는 롱아일랜드를 연고지로 하는 팀.

이 찐다고 했기 때문이다. 그거 이름이 뭐였지? 링동? 딩호?* 어쨌든 아이슬린은 한때 그것을 좋아했고, 그래서 그 물체가 분홍빛을 띤 안개 흐름 위를 종종 뛰어다니며 꼭 그것을 지워 없애는 것 같은 광경을 보고도 속으로 생각할 뿐이다. 허, 좀 섬뜩하지만 귀엽네.

(하지만 그 움직임이 정말로 종종 뛰어다니는 것이었나? 분홍빛 안개가 움찔거리면서 그걸 피해 다니는 것 같았는데. 그리고 높고 빠르게 웅얼거리는, 알아들을 수 없는 소리도 들렸다. 애원, 혹은 고통과 몸부림, 그러더니 끔찍한 절망을 연상케 하는…… 거울 속이 갑자기 다시 텅 빈다. 아이슬린은 도로 위로 시선을 돌린다.)

"최초의 우주엔 도시가 없었어." 들판과 스트립몰을 지나는 동안 흰옷의 여자가 말을 잇는다. "너는 상상도 못 할 경이로움이 가득했지. 이 세계가 성취할 수 있는 그 어떤 것보다도 뛰어난 지성과 물질이 뒤섞여 있었는데, 그중에서도 가장 극악무도한 건 도시였어. 너한텐 이상하게 느껴지겠지. 너한텐 너무도 중요한 게 극악무도하다고 말하는 거 말이야. 더구나 너도 그중 하나잖니! 하지만 그 세계에 사는 이들에게 도시처럼 무시무시하고 끔찍한 건 없단다." 여자가 다소 서글픈 웃음을 띤다.

아이슬린은 잠시 여자의 말을 생각해 본다. 이해하기가 전혀 어렵지 않다. 그는 페리 선착장에 서서 부두 건너편의 도시를, 그의 섬을 압박하며 내려다보고 있던 맨해튼을 보았고 그 그늘 밑에서 몸서리쳤다.

"도시는 극악무도한 거 맞아. 추악하고, 사람도 너무 많고 차도 너무 많지. 범죄자와 변태가 사방에 널려 있고. 그리고 환경에도 아주

---

* 초콜릿 케이크 안에 크림 필링이 채워진 미국 스낵 '딩동'을 가리킨다.

나빠."

"맞아, 맞아."

흰옷의 여자가 손을 팔랑팔랑 흔든다. 손가락 끄트머리가 백미러 속 검은 그림자가 있는 공간을 순간적으로 가린다. 여자의 손가락이 지나가고 나자 검은 원통 모양의 물체가 다시 돌아와 있는 게 보인다. 거울 가장자리에 있는데, 잠시도 가만히 있지를 않는다. 불규칙한 리듬으로 아래위로 통통 뛰고 있다. 섬뜩하지만, 그래도 귀엽다.

"네 말이 전부 맞아. 하지만 도시가 끔찍한 이유는 그게 다가 아니야. 지금은 너도 약간은 이해하고 있겠지? 이곳을 넘어 다른 현실의 가장자리를 봤을 테니까. 전부는 아니라도 적어도 자기 자신을 어느 정도 안다는 것이야말로 생각하는 주체의 본질이지."

"난……." 아이슬린은 아니라고 대꾸하고 싶다. 그는 자기 자신이 자기가 싫어하는 것이라는 이야기를 듣는 게 싫다. 게다가 이 여자가 무슨 말을 하고 싶은 건지도 모르겠다. "그런가?"

"그래, 뭐."

또다시 손을 퍼덕인다. 통통거리는 건지 팔딱거리는 건지 모르겠는 하키동(아이슬린은 이렇게 이름 붙이며 속으로 키득거린다. 너무 야하니까 차라리 딩호라고 부르는 게 낫겠다.*)이 흰옷의 여자의 손짓을 본 것처럼 갑자기 움직임을 멈춘다. 마치 그 둘이 서로 관련이라도 있는 것처럼. 하지만 저 그림자가 있는 공간은 진짜가 아니잖아, 안 그래? 저곳은 아주 멀리, 먼 곳에, 차의 백미러보다 훨씬 더 먼 곳에 있는 것 같

---

* 영어로 동(dong)은 음경을 뜻하는 비속어. 한편 호(Ho)는 속어로 '창녀'를 뜻한다.

다. 솔직히 아이슬린은 조금 전까지 거울 속 광경이 눈의 착각일 뿐이라고 확신하고 있었다. 뒷좌석 창문에 비친 뭔가 움직이는 햇빛과 결합해 저런 모습을 만들어 낸 거라고. 아니면 그가 황당한 공상을 하고 있는지도. 아이슬린은 오늘 아침 콘비프 해시를 먹었다. 어쩌면 저 거울에 비친 건 소화가 덜 된 쇠고기나 덜 익은 감자일지도 모른다.

(아주아주아주 나중에, 이 모든 일이 거의 끝났을 즈음 아이슬린은 이때를 되돌아보며 생각할 것이다. 확증편향은 정말 개 같은 거야.)

"문제는." 아이슬린이 여자의 어조를 옳게 읽었다면 이제야 본론에 접어들었다. "도시들이 아주 탐욕스럽다는 거야. 생명체에서 비롯된 모든 우주가 전부 다 존재하고도 남을 무한한 공간이 있는데! 심지어 여기처럼 이상한 세계도 살아 있는데! 전부 다 같이 살 공간이 충분하단 말이야. 그런데 어떤 생명체들은 자기네 생태 공간에 만족할 줄을 몰라. 천성이 침략을 좋아하거든. 그래서 다른 모든 걸 뚫고 튀어나와서 이제까지 존재하던 수천수만 개의 다른 현실들을 아무것도 없는 무(無)로 만들어 버리지. 이렇게 말이야." 여자가 손가락을 딱 하고 튕긴다. "전력을 다한다면 그보다 훨씬, 훨씬 더 나쁜 짓도 할 수 있지만. 물론 그렇지 않더라도 마찬가지고."

검은 그림자 세상에서 이상한 일이 일어나고 있다. 딩호가…… 더 커진 건가? 아냐. 거울에 더 가까이 다가온 것뿐이다. 그렇게 보이는 것 자체가 이상하긴 하다. 돌연 아이슬린의 목덜미에 서늘한 바람이 느껴진다. 반가운 일이다. 지금은 6월이고 이 차의 에어컨은 성능이 별로다. 산발적으로 차가운 공기를 쿨럭거리는 것에 가까울 뿐. 냉각수 같은 걸 보충해야 하는 걸까. 어쩌면 흰옷의 여자가 뒷좌석 에어컨 구멍을 열었는지도 모르겠다.

"어, 그거 정말 끔찍하다." 아이슬린이 한쪽 눈으로 속도계를 살피며 말한다. 속도위반 딱지라도 떼면 평생 아버지의 설교를 들어야 할 거다.

"너희 종족의 멸망 따위는 하찮은 일로 만드는 진짜 대참사라고 할 수 있지." 뒤에서 흰옷의 여자가 어깨를 으쓱이는 소리가 들리는 것 같다. "무시무시한 도시들 때문에 매일 무수한 지성체가 죽어 나가는데 그까짓 종족 하나가 소멸하는 게 뭐 대수라고."

아이슬린은 여자의 말을 이해할 수가 없다. "잠깐만, 뭐라고?"

"너 도서관에서 일하지? 러브크래프트 읽어 본 적 있니?"

아이슬린은 목덜미를 주무른다. 차가운 기운 때문에 목에 경련이 일어나는 것 같다. 흰옷의 여자에게 에어컨을 꺼 달라고 하고 싶지만 창밖으로 지금까지 가끔 지나치던 나무와 수풀이 사라지고 자동차 정비소와 주유소, 뉴저지 쇼핑몰 광고판이 나타나고 있다. 아이슬린이 일하는 도서관에 거의 다 왔다는 뜻이다. 몸 상태가 너무 안 좋아지면 지갑에 넣어 둔 근육이완제를 사용하면 된다.

"조금." 하지만 SF와 판타지는 아이슬린의 취향이 아니다. 로맨스라면 모를까. 그는 크고 파란 성기를 가진 외계인 남자가 나오는 이야기를 읽으며 키득대곤 했다. 하지만 도서관에서 함께 일하는 선배 사서 하나가 엄청난 러브크래프트 팬이다. 그가 하도 닦달을 해서 하는 수 없이 아이슬린도 작품 몇 개는 읽어 봤다. 「인스머스의 그림자」는 무슨 소린지 잘 모르겠는데 왜 사람들이 거기 나오는 괴물로 영화를 만드는지는 알겠더라. 단편도 몇 개 읽어 봤어."

심지어 단편들은 무슨 소린지 더 이해할 수가 없었다. 하지만 뉴욕을 배경으로 한 소설 — 이케아가 있는 레드훅이 배경인 소설* — 은 아버지가 말한 브루클린을 상당히 정확하게 묘사하고 있는 것 같았다. 범죄자와 무서운 외국인, 그리고 범죄자 외국인이 판치는 곳. 어쨌든 그 단편은 마음에 들었다. 주인공이 아일랜드 사람이고, 높은 건물을 무서워했으니까.

흰옷의 여자의 목소리가 단호해진다. "러브크래프트가 옳아, 아이슬린. 도시엔 뭔가 다른 게 있지. 도시 사람들도 마찬가지고. 개별적으로 보면 너희 종족은 아무것도 아냐. 해조류 같은 미생물이나 다름없다고. 하지만 그런 바닷말이 한때는 이 행성에 살던 거의 모든 생물을 멸종시켰다는 걸 잊으면 안 돼."

"잠깐, 뭐?" 말도 안 된다. 바닷말이? "진짜?"

"정말이야. 도시는 이 분기의 우주가 지닌 고질적인 문제야. 한 장소에 충분한 숫자의 인간들이 몰리고, 충분한 다양성이 축적되고, 배양할 토대가 충분히 비옥해지면 너희 종족은 일종의…… 잡종강세**를 발전시키게 되지." 흰옷의 여자가 몸을 떠는 것이 느껴진다. 옷자락이 바스락거리는 소리가 들린다. "너희는 서로의 음식을 먹고, 새로운 기술과 향신료의 조합을 배우고, 새로운 재료를 교환해. 그렇게 점점 더 강해지지. 서로의 옷을 입고, 삶에 새로운 패턴을 적용하는 법을 배우고, 바로 그렇기 때문에 더더욱 강해져. 새

---

* 「레드훅의 공포」를 가리킨다.

** 雜種強勢. 잡종 자손의 형질이 부모 세대보다 우수해지는 현상.

로운 언어 하나를 접하는 것만으로도 완전히 혁신적인 사고방식에 전염될 수 있는 거야! 생각해 봐, 겨우 몇천 년 전만 해도 숫자도 셀 줄 몰랐던 주제에 벌써 양자우주를 이해하는 수준까지 왔잖니. 만약에 서로의 문화를 파괴해서 처음부터 새롭게 시작할 필요가 없었다면 그마저 앞당길 수 있었을걸. 정말 너무해."

아이슬린이 얼굴을 찌푸린다. "언어를 배우는 게 뭐가 어때서?" 그는 어렸을 때 혼자 게일어를 공부한 적이 있다. 발음도 어렵고 주변에 회화를 연습할 다른 게일어 사용자가 없어서 지금은 거의 잊어버렸고 기억나는 거라곤 멋들어진 구절 몇 개와 노래뿐이지만 말이다. 다른 언어를 배우는 게 왜 나쁘다는 건지 이해할 수가 없다.

"나쁘다는 게 아냐. 그냥 너희의 본질이 그렇다는 거지. 난 비판하거나 평가하지 않아. 하지만 너희가 성장하기 때문에, 너희의 도시가 성장하기 때문에 문제라는 거야. 너희는 서로에게 영향을 주고 변화시켜. 도시랑 사람, 사람이랑 도시. 그러면 도시들은 다중우주를 탄생시키기 시작하지. 그렇게 몇 개의 가지가 만들어지면 존재의 구조 전체가 흔들리게 된단 말이야."

이제 흰옷의 여자는 몸을 운전석 쪽으로 비죽 내밀고 있다. 조수석 시트의 머리받침대를 쥐고 있는 손이 보인다.

"헤아릴 수 없을 정도로 무수한 사람들이 헤아릴 수 없을 만큼 무수한 수의 세계에서 죽어 가고 있는데, 너희는 그걸 알지도 못하지. 너희네 현실의 이 끔찍하고도 냉혹한 토대 밑에서 무수한 우주가 짓눌려 부서지고 있는데, 그 밑에서 피해자들이 죽어 가며 울부짖고 있는데, 너흰 들은 척도 안 해. 어떤 이들은 너희와 맞서 싸우거나 피난처를 찾아 다른 가까운 영역으로 도망치기도 해. 반대로 너희를 숭배하며 자비를 애원하는 이들도 있지. 하지만 그 불쌍한 녀석들에겐 아무 승산도 없단다. 네가 보기엔 이게 공정한 것 같니, 아이슬린? 내가 왜 너희를 막아야 하는지 알겠어?"

끔찍하게도, 아이슬린은 알 것 같다. 만약 여자의 말이 사실이라면…… 세상에, 정말 안된 일이다. 하지만…… 그는 이맛살을 찌푸리며 생각한다. 조금은 죄책감이 느껴지긴 하지만, 그렇지만…… 그게 나쁜 걸까? 여자가 말하는 것은 사서 중 한 명인 파팔라도 씨의 이야기와 조금 비슷하게 들린다. 비건인 그는 아이슬린에게 늘 이렇게 말하곤 한다. 엄청나게 많은 다른 생물을 노예로 부린 덕에 네 차에 꿀을 넣어 마실 수 있는 거야. 아이슬린이 어디선가 읽은 바에 따르면 그건 틀린 말이다. 어쨌든 꿀벌은 자기들이 사용하는 것보다 훨씬 많은 양의 꿀을 생산하고, 인간과 꿀벌의 관계는 한쪽을 노예로 부린다기보다는 공생관계에 가깝다. 하지만 아이슬린이 차에 계속 꿀을 타 먹는 이유는…… 맙소사, 그건 그냥 꿀일 뿐이라고.

"어쩌면 다른 방법이 있을지도 몰라." 아이슬린은 저도 모르게 불쑥 말한다. 파팔라도 씨의 자동차 범퍼에 붙은 스티커를 떠올린다. "모두가…… 공존할 방법이 있지 않을까?"

"아냐. 다 시도해 봤어." 흰옷의 여자가 슬픈 듯 한숨을 내쉰다. "그러니까 내 말은, 난 네가 나쁜 애가 아니라는 걸 알아. 난 우리 고향 사람들이 너희를 이해할 수 있게 도와주려고 만들어졌거든. 실제로 난 너희를 그들보다 훨씬 더 잘 이해할 수 있어! 하지만 이해한다고 해서 뭘 어떻게 할 수 있는 건 아니잖아."

두둥.

막 커브를 돌던 아이슬린은 흰옷의 여자와 나눈 대화와 등 뒤에서 들린 이상한 소리에 신경이 팔린 나머지 핸들을 조금 늦은 타이밍에 돌리고 만다. 타이어가 회전 반경을 벗어나 연석에 부딪치는 바람에 깜짝 놀라 방향을 바로잡으려 황급히 꺾는다. 하지만 핸들을 너무 많이 풀어서 이번에는 반대쪽에서 오는 차를 피해 다시 반대쪽으로 돌려야 한다. 차량이 휘청거리며 지그재그로 움직이자 또다시 차체가 이상할 만큼 느릿하고 묵직하게 느껴지 —

"뭐야? 젠장, 중간 구역에서 얌전히 대기하고 있으라고 했지?" 드디어 아이슬린이 올바른 차선으로 돌아오는 데 성공했을 때, 흰옷의 여자가 날카롭게 내뱉는다. "네가 한 짓을 보라고."

그 말에 찔린 아이슬린이 말한다. "미안해! 난 그냥, 이상한 소리가 들려서…….""

"어머, 너한테 한 말 아니야, 린. 미안."

느닷없이 문이 세게 닫히는 소리가 나더니 살랑거리며 불던 차운 바람이 뚝 멈춘다. 그 즉시 차축에서 삐걱거리는 소리가 나면서 신기하게 차체가 가벼워진다. 아니면 아이슬린의 상상에 지나지 않은 것일지도. 아무래도 차에 문제가 있는 건 아닌지 나중에 확인해 봐야겠다.

도서관 주차장에 진입해, 주차 자리를 고른 다음 엔진을 끄고, 다행히 큰일은 없었다며 작게 안도의 한숨을 쉰다. 앞바퀴 림에 흠집이 나지 않았는지 점검해 봐야 할 것 같다. 수리가 필요할 정도로 차에 문제가 생기면 아버지가 아이슬린을 죽여 버릴 테니, 이만하길 다행이라고 생각한다.

아이슬린이 힐끗 쳐다본 백미러는 평소와 다를 바가 없다. 주차장. 건너편 도로에는 다른 차들이 지나가고 있고, 한 남자가 코를 파면서 걸어가고 있다. 뒤를 돌아보자 흰옷의 여자가 남자의 지저분한 행각에 개인적으로 큰 모욕감이라도 느낀 양 몸을 돌려 자동차 뒷유리 너머로 계속 노려보고 있다. 이상한 모습이지만 평상시보다 특별히 이상할 것도 없어서 아이슬린은 말한다. "음, 리프트라도 불러 줄까?" 흰옷의 여자가 직장까지 따라오진 말았음 좋겠다.

"뭐? 아, 어머나, 아니야." 여자가 고개를 돌리더니 빙긋 웃는다. 다정하고 애정 어린 미소다. "참 사려 깊은 아이라니까. 네가 그리울 거야."

"어디 가는 거야?"

"아니. 내 말 좀 들어 봐." 여자가 손을 뻗어 조수석 위를 짚고 있는 아이슬린의 손을 건드린다. "내가 너 안 싫어하는 거 알지? 다중우주에서 믿음은 아주 중요해. 그리고 난 신뢰와 유대감, 그리고 다른 터무니없는 것들을 갈망할 정도로 너희와 비슷하거든. 그러니까…… 넌 나 믿지? 내가 널 소중하게 생각한다고 말한다면, 그리고 상황이 달랐다면 좋았을 거라고 말한다면, 내 말 믿을 거지?"

"당연하지!"

아이슬린은 결코 사람들에게 나쁜 의도를 품은 적이 없다. 그리고 흰옷의 여자는 진심으로 안타깝게 생각하는 것 같다. 아이슬린은 흰옷의 여자가 안쓰럽다. 좋은 의도를 가진 사람들이 심각한 해를 끼칠 리가 없다. 다중우주니 필연적 멸망이니 살아 있는 도시에 살고 있는 생물들이니 하는 크고 복잡한 문제들과 이렇게 착하고 솔직한 여자의 단순한 현실을 결부시킬 수가 없다. 세상엔 이렇게 좋은 사람들이 더 많이 필요하다.

그래서 아이슬린은 운전석에서 최대한 손을 뻗어 어색한 동작으로 여자의 손등을 토닥인다. "다 괜찮아질 거야. 두고 봐."

흰옷의 여자가 빙그레 웃는다. "넌 정말 착한 차원파괴혐오종이야. 나도 최선을 다해 널 보살펴 줄게. 어쨌든 그럴 수 있는 동안엔 말이야."

그러고는 다음 순간, 흰옷의 여자가 스르륵 사라진다. 아이슬린이 그를 똑바로 보고 있지 않았다면 도무지 믿지 못했을 것이다. 연기가 피어오르지도 않고 펑 하는 소리도 없고 마법의 문이 열리거나 닫히지도 않는다. 그냥 그 자리에 없었던 것처럼 눈 깜짝할 사이에 없어져 버린다.

아이슬린은 놀라고 어리둥절한 상태로 한참 동안 앉아 있다. 왜 갑자기 차 안에 짭짤한 바닷물 냄새가 진동하는 걸까. 하지만 이러다간 지각할 것 같아 머리를 흔들어 정신을 차린 다음, 이해할 순 없어도 있는 그대로 받아들이기로 하고 서둘러 일터로 향한다.

## 13장

# 보자르다, 멍청이들아

"런던은 그랬지." 홍콩 시의 살아 있는 화신이 짜증스러운 기색을 감출 생각도 없이 내뱉는다. "그땐 화신이 열두 명이나 됐어. 그러다 무슨 일이 일어났고, 그런 다음에 보니 한 명만 남았더군. 하지만 그 뒤로 도시는 안전해졌다."

죽은 듯한 적막이 내려앉는다. 매니와 다른 이들이 말문이 막힌 채 홍콩을 멀뚱멀뚱 쳐다만 보고 있으니 점점 신경질이 나는 모양이다. 그가 파울루를 노려본다. "저들에게 말 안 해 줬어?"

아직도 베네자에게 기대 있는 파울루가 크게 한숨을 쉰다.

"방금 처음 만났다고. 애초에 저들이 준비가 다 됐을 때, 이해할 수 있는 방식으로 설명해 주려고 했단 말이야. 왜냐하면 난 너처럼 무신경하고 말재간 없는 개자식이 아니거든."

"우릴 흡수한다니." 매니는 그 의미를 이해하려는 듯 천천히 입안에서 중얼거린다. "그러니까, '먹어 치운다'는 뜻인가?"

"'식인종'처럼요?" 퀸스가 눈을 동그랗게 뜨며 묻는다. "그러니까 우리가 죽는다는 거?"

"그보단 소돔과 고모라처럼 되는 거지." 홍콩이 허리춤에 손을 얹
으며 말한다. "그 도시들도 완벽히 통합되기 전에 적이 죽였다고 들
었다. 그들도 너희와 비슷한 변환 과정에 있었어. 전설에 따르면 불
과 유황이 그들을 집어삼켰다고 하지? 화산 폭발이었다. 그리고 실
제로 그때 그 지역에 있던 도시 네 개가 죽었고, 그중 둘은 아직 탄
생하기도 전이었지."

매니는 소돔과 고모라가 진짜 존재했다는 사실에 깜짝 놀란다.
어쨌든 뉴욕에는 화산이 없으니까. 그는 겁에 질려 황망한 마음으로
이렇게 부정한다. 뉴욕은 바다와 맞닿은 섬이다. 기후 변화도 눈앞
에 다가와 있다. 그러니 홍수 쪽이 더 잘 어울릴 것이다.

"여기서도 비슷한 일이 일어날 거야." 홍이 마치 매니의 생각을
읽기라도 한 양 말을 잇는다. 그는 가차 없이 냉정하다. "뉴욕이 서
둘러 너희 모두를 흡수하지 않는다면 여기도 그렇게 될 거다. 다만
이 대도시권의 상호연계성을 고려하면 그런 재앙이 발생할 경우 뉴
욕은 물론이고 뉴저지와 롱아일랜드, 펜실베이니아와 코네티컷까
지 영향이 미치겠지. 어쩌면 매사추세츠 서부도 포함될지 모르겠
군. 그 근처에 단층선이 있으니."

아, 그래. 어쩌면 홍수가 아닐지도 모르겠다. 먼저 지진이 발생하
고 그다음에 홍수가 일어나서 동해안의 큼지막한 땅덩어리가 바닷
물 밑으로 가라앉는 거다. 선택지는 아주 다양하다.

다들 넋이 나간 것 같다. 매니도 비슷한 기분이다. 하지만 과거의
그는 끔찍하고 충격적인 뉴스에 빠르게 반응하는 데 익숙한 인간이

었다.

"거짓말." 매니의 대구에 홍의 턱 근육이 실룩거린다. 화가 났다기보다는 진저리를 치는 것 같다. "우릴 조종하려는 거야. 일부러 겁을 줘서 우리가……"

도시에게 필요한 일을 하도록 부추기려는 것이다. 그들 자신을 희생하도록. 만일 그게 흰옷의 여자가 뉴욕 광역권을 거대한 불구덩이로 만들지 못하게 하기 위해 필요한 일이라면 말이다.

"너희가 해야 할 일을 알려 주는 것뿐이다." 홍은 그들이 마지못해 가르쳐야 하는 어린 학생들인 양 천천히, 싸늘하고 딱 부러지는 영어로 응수한다. "다른 복합도시들, 그러니까 너희처럼 여러 도시로 구성된 도시가 태어난다는 게 어떤 건지 사실을 말해 주는 것뿐이야. 도시의 중심 화신이 있고, 거기에 각각의 자치구나 준교외, 달동네든 뭐든 여하튼 독자적인 구역의 하위 화신들이 같이 태어나지. 탄생 과정이 제대로 완료되지 못하면 도시는 안전하지 못해. 적어도 중심 화신이 다른 이들을 전부 집어삼키기 전까진 말이지."

"그게 당신이 들은 이야기면 '삼킨다'는 게 반드시 문자 그대로를 의미하지 않을 수도 있잖아." 브롱카가 말한다. 차근차근한 말투다. 방금 들은 이야기를 머릿속으로 찬찬히 이해하는 중이라 그런 게 아닌가 싶다. 일부러 소리 내어 말하며 생각을 정리하는 것이다. "어쩌면…… 뭐라고 해야 하지? 영적인 의미일 수도 있잖아. 성적인 걸 수도 있고. 누가 알겠어."

"섹스도 싫거든요!" 파드미니가 꽥 소리를 지르더니 주위 사람들을 노려본다.

"솔직히 나도 '집어삼킨다'는 게 어떤 식으로 진행되는지는 몰라." 홍이 시인한다. "하지만 이것만은 확실해. 런던은 수가 아주 많았지만 종국엔 하나만 남았어. 그리고 심한 트라우마를 얻었지. 수년간 아무에게도 입을 열지 않았고. 지금의 그는…… 아주 특이해. 우리들치고도 말이야. 가끔 이 문제에 대해 얘기할 때면 무슨 일이 있었는지 전혀 기억나지 않는다고 말하지." 홍이 한숨을 쉬며 팔짱을 낀다. "좋은 일이 아니었다는 건 분명해."

매니는 당장이라도 누군가를 때리고 싶은 심정이다. 누구라도 좋다. 폭력을 휘두르고 싶은 충동이 피부밑을 거친 급류처럼 흐르고……. 하지만 대체 누구에게? 그는 절대로 프라이머리를 다치게 하지 않을 것이다. 그리고 다른 사람을 공격해 봤자 아무 의미도 없다. 이 자리에 있는 모두는 단순한 전달자거나 아니면 초현실적인 상황에서 한 배를 탄 같은 승객에 불과하니까. 매니는 심호흡을 하며 마음을 추슬러 본다. 효과가 있다. 아마 그의 오래된 버릇인 것 같다. 그래, 그는 아무 때나 폭력을 휘두르는 괴물이 아니다. 그에게 폭력은 신중하게 조절하고 통제하는 도구이며, 오직 타당한 목적을 위해서만 사용하는 것이다. 그것이 그가 되기로 선택한 사람이다.

매니는 파울루에게 집중하기로 한다. 공격을 하는 게 아니라 이해하기 위해서다.

"그런 소식을 우리에게 부드럽게 전해 줄 방법이 있긴 한가요."

파울루는 아직 몸 상태가 좋아 보이지 않는다. 매니는 그를 관찰하며 냉정하게 평가한다. 파울루는 작은 냉장고 옆에 용케 제 발로 서 있는데, 곧게 선 수직과는 거리가 먼 자세다. 눈 밑에는 짙은 다크서클이 내려앉아 있다. 그럼에도 파울루는 품위를 지키려 노력 중이다.

"나라면 그게 얼마나 위험한지부터 설명했겠지. 너희는 모두 이 기적이야. 누구라도 그럴 거다. 도시면서 그러지 않기란 불가능하니까. 수십수백만 명의 목숨이 도시의 화신에게 달려 있거든. 적은 벌써 문지방을 넘었고, 이젠 시간이 없어. 프라이머리가 어디 있는지 알아냈다면 빨리 찾아가야 해." 파울루가 숨을 깊이 들이마신다. "그런 다음 필요한 일을 해야지."

그 순간 파드미니가 폭발한다. 매니에겐 꽤나 뜻밖이다. 파드미니는 착하고 무난한 성격으로 보였으니까. 하지만 파드미니가 갑자기 파울루에게 달려들어 냉장고에 대고 강하게 밀어붙인다.

"우리가 다 죽길 바라는 거예요? 그게 우릴 잡아먹게 하겠다고? 필요할 땐 코빼기도 안 비치다가 이제야 나타나서는 우리한테 가서 죽으라는 거야? 사람이 어떻게 그럴 수가 있어? 어떻게!"

생각보다 먼저 몸이 반응한다. 매니는 파드미니의 어깨를 붙잡고 더 심한 행동을 하기 전에 황급히 파울루에게서 떼어 낸다. 두 가지 이유 때문이다. 첫째, 파드미니가 밀쳤을 때 파울루가 얼굴을 심하게 일그러뜨렸기 때문이다. 그들이 생각한 것보다 부상이 더 심각하거나 아니면 파드미니의 행동이 보기보다 심한 고통을 주는 것 같다. 이곳에서 상파울루에게 이런 심한 상처를 입힐 수 있는 건 뉴욕뿐이지. 동맹으로서 신뢰할 수 있든 아니든, 매니는 그들에게 아직 파울루가 필요하다고 생각한다.

매니가 반사적으로 반응한 또 다른 이유는 보다 본능적이다. 파드미니가 중심 화신을 그것이라고 불렀기 때문이다. "그만해." 그는 파드미니에게 날카롭게 말한다. 그러면 안 된다는 건 안다. 파드미니가 화를 내는 건 당연하다. 하지만 매니는 파드미니가 뉴욕의 중심 화신을 거부하는 것을 참을 수가 없다. 그들은 모두 뉴욕이다. 또 매니는 사흘 전만 해도 존재하지 않았던 자신의 일부를 통해 느낄 수 있다. 그들은 다른 도시에게 할 수 있는 일을 서로에게도 할 수 있다. 그러니 그들 사이의 전쟁은 치명적인 결과를 낳을 것이다. 자기 배를 칼로 찌르면 무사할 수 없는 것과 마찬가지다.

파드미니가 몸을 뒤틀며 그를 뿌리친다. 주먹에 힘이 들어가는 게 보인다. 매니는 정말로 다른 자치구의 화신과 싸워야 할지도 모른다는 생각에 마음의 준비를 한다. 인간으로서, 그리고 동시에 최저입찰가 고층건물로 구성된 나약한 섬으로서. 다행히 파드미니는 고함만 지를 뿐이다. "닥쳐! 당신 말은 한 마디도 듣고 싶지 않으니까. 당신은 미쳤어. 지금도 그 사람한테 먹히고 싶어서 안달이 나 있잖아. 내가 왜 당신의 일부가 돼야 하는데? 아악!" 파드미니가 몸을 돌리고는 두 팔을 허공에 내던지며 으르렁거린다.

"나도 죽고 싶진 않아." 매니가 그렇게 대답하고는 프라이머리에게 먹히고 싶어 한다는 파드미니의 비난을 더 깊이 생각하지 않으려고 재빨리 말을 잇는다. "그리고 정말로 무슨 일이 생길지는 아무도 모르잖아. 파울루도 자기 입으로 그랬지. 정상적인 과정이 아닌, 뭔가 다른 일이 일어나고 있다고." 그는 시선을 돌려 외국 도시들을 노려본다. 파울루는 금방이라도 쓰러질 것 같은 몸을 다른 사람들이 눈치채지 못하게 냉장고에 기대고 서 있다. "들으면 알 수 있지.

우리가 깨어난 방식부터 적의 행동 패턴에 이르기까지, 당신들은 계속 이 도시에서 일어나는 일에 놀라고 있어. 우리만큼이나 아무 것도 모르는 거야!"

"그럴지도." 홍이 선뜻 맞장구를 친다. 지겹다는 표정이다. 파울 루가 그를 싫어하는 것도 무리가 아니다. "모든 도시는 태어나는 방식이 다 달라. 하지만 우리가 아는 모든 선례에서 하위 화신들이 사라졌다는 사실을 알려 주지 않는 편이 더 좋았을 것 같나?"

"아니, 그건 당연히 알아야 할 문제야." 브루클린이 대답한다. 브루클린은 그들 중에서 유일하게 일어나지 않고 앉은 자리를 꿋꿋이 지키고 있다. 이것저것 어수선하게 뒤섞인 브롱카의 의자들 중에서 가장 커다란 의자에 앉아 다리를 꼰 채, 손은 무릎 위에 놓여 있다. 다만 그 손마디에 핏기가 사라진 걸 눈치챈 건 매니뿐인지도 모른다.

홍이 브루클린을 지그시 바라보더니 "그렇지."라고 말하듯이 고개를 끄덕인다.

파드미니가 뒤돌아서 브롱카의 사무실 안쪽 좁은 공간을 빠른 걸음으로 서성이며 뭐라 투덜거린다. 타밀어와 아주 창의적인 영어 욕설이 섞여 있다. 파드미니에게 생각할 시간을 주려고 못 들은 체하려는데 그때 파드미니가 말한다. "칸 케타 피라구 수리야 나마쉬카람." 대충 해석하면 이미 눈이 멀었는데 태양은 뭐하러 쳐다본담이나 늦게 일어났는데 아침 요가를 왜 하라는 의미다. 매니는 저도 모르게 대꾸한다.

"우린 서로의 적이 아냐." 그 말에 파드미니가 발을 멈추고 빤히 쳐다본다. "우리에게 적은 하나뿐이야. 우리 모두를, 때로는 한 번

이상 공격한 여자. 프라이머리는 우리에게 해를 끼친 적이 없어. 그는 우리 편이야. 우리를 죽이고 싶어 할 이유가 없⋯⋯."

"그건 모르지." 브롱카가 한숨과 함께 말한다.

"그가 우리를 죽이고 싶어 하든 말든은 중요하지 않아." 브루클린은 한층 더 단호한 목소리다. 깍지 낀 손 위로 매니를 직시한다. 브루클린은 아직도 가족을 공격한 이세계 괴물과의 전투와 집을 잃은 충격에서 벗어나지 못하고 있다. "살면서 겪는 많은 불행한 일들이 실제로 개인적인 악의에서 비롯되는 건 아니잖아. 프라이머리는 우리를 형제자매처럼 사랑할 수도 있지만 결국엔 해야 할 일을 할 거야. 그의 입장에서 생각해 봐. 넷을 희생해서 수백만을 구할 수 있다면?" 브루클린이 어깨를 으쓱한다. 무심한 듯 보이지만 실은 그렇지 않다. "고민할 건덕지도 안 되지."

매니는 브루클린의 지원 사격에 감사를 담아 고개를 끄덕인다. 브루클린이 솔직하고 냉철한 시선으로 매니를 응시한다. 덕분에 매니는 브루클린이 그를 위해 그런 말을 한 게 아님을 깨닫는다.

홍도 고개를 끄덕인다. "흠. 이제 너희도 아는군. 그럼 가 봐."

모두가 고개를 돌려 홍을 쳐다본다. 심지어 매니조차 그의 눈치 없는 행동이 기가 막혀 혀를 내두를 지경이다.

"다들 너무 성급한 거 아니에요?" 베네자가 끼어든다. 이 모든 일을 베네자가 어떻게 생각하고 있는지는 문자 그대로 신만이 아실 일이지만, 지금 돌아가는 상황을 어떻게 받아들이고 있는지는 분명하다. "빌어먹을 너무 급하다고요."

"상관없어." 홍이 아무 감정도 실리지 않은 말투로 내뱉는다. "너회는 앞으로 무슨 일이 일어날지 알 권리가 있다. 하지만 감상적으로 굴거나 따로따로 놀거나 아니면 겁먹고 뒤로 뺄 여유가 없다는 점에서는 파울루 말이 옳아. JFK 공항에서 여기까지 오는 동안 하얀 촉수가 블록 전체를 빼곡하게 덮고 있는 걸 몇 번이나 봤는지 알아? 그것들이 구조물을 만들고 있는 건 알고 있고?"

"구조물이라니?" 브롱카가 얼굴을 찌푸린다. "무슨 구조물?"

"나도 처음 보는 것들이었지. 스태튼아일랜드에서는⋯⋯." 처음으로 홍이 당혹스러운 듯 망설이더니 이내 고개를 내젓는다. "일종의 탑 같은 걸 봤다. 그게 뭔지 짐작도 안 가. 그렇지만 적이 그걸 만든 거라면 분명 이유가 있을 거다."

베네자가 자리에서 벌떡 일어나더니 일언반구도 없이 사무실 밖으로 뛰쳐나간다. 나가면서 문도 닫지 않는다. 늦은 시간이지만 셔터를 아직 닫지 않아 저녁노을에 물든 불그스름한 빛줄기가 갤러리 창문으로 비쳐 들어오고 있다. 그들은 베네자가 커다란 창가에 멈춰 서서, 비스듬히 비추는 붉은 햇빛을 받으며 몸을 앞으로 기울여 뭔가 멀리 있는 것을 주시하는 모습을 지켜본다. 베네자가 그들을 향해 고개를 돌리며 창밖을 가리킨다.

"탑이라고 했죠? 어, 저런 거요?"

그 말에 모두가 허겁지겁 메인 갤러리로 달려 들어가 창문 앞에 몰려든다.

여기서는 잘 보이지 않는다. 워낙 멀어서 작아 보이긴 하지만 나무와 건물과 고가도로 위를 지나는 차량들 위로 뭔가 우뚝 솟아 있다. 매니는 눈을 가늘게 뜨고 초점을 맞춰 보려 한다. 그것은 어마어마하게 커다란 빨간 갓 독버섯과 세인트루이스에 있는 게이트웨이 아치가 섞인 혼종처럼 보인다. 보기 흉하게 불규칙적으로 꼬이고 비틀린 아치 모양인데 꼭대기는 평평하다. 그리고 그 납작한 꼭대기 가장자리에서 살랑살랑 물결치는 좁고 기다란 띠 같은 것들이 떨어져 나와 이 거리와 각도에서는 잘 보이지도 않을 만큼 가느다란 것으로 쪼개지고 있다. 저 가느다란 것들이, 살아 움직이는 촉수들이 어디로 향하고 있는지 추측하기란 그리 어렵지 않다. 아래로. 필라멘트처럼 가늘게 쪼개져 저 아래 거리로 퍼져 나가고 있다.

"아까 낮에 점심 먹으러 가는데 저게 보이더라고요." 모두가 망연하게 그것을 바라보는 와중에 베네자가 조용히 말한다. "난 그냥, 게릴라 아티스트가 설치한 작품이나 무슨 흉물스런 마케팅용 설치물인 줄 알았죠. 오늘 퇴근하고 가서 자세히 살펴볼 생각이었는데, 저게 있는 헌츠포인트에 사는 친구한테 문자를 보냈더니 자기 눈엔 아무것도 안 보인다는 거예요."

브롱카가 작게 신음한다. "젠장, 내가 헌츠포인트에 살아. 저거 아무래도 우리 집 위에 있을 것 같은데."

홍이 베네자를 잠시 응시한다. "가까이 가지 않는 게 좋을 것 같은데."

"아무래도 그죠?"

"저게 뭐야?" 파울루가 묻는다.

"전혀 모르겠군." 홍이 한숨을 내쉰다. "이 도시가 특이한 케이스라는 네 말이 맞는 것 같아."

"그렇다고 했잖아." 파울루가 홍을 노려본다. "그건 그렇고 내 뒤통수를 쳐 줘서 정말 고맙군그래."

"천만의 말씀을." 홍이 무미건조한 말투로 대답한다.

"저것 봐."

겁에 질린 목소리로 나직하게 말한 브롱카가 아트센터 앞쪽을 지나는 도로를 가리킨다. 길 건너편 인도에서 라틴계 청소년 한 무리가 걸어가고 있다. 방과 후 활동을 끝내고 집에 가는 길인 것 같다. 평범한 10대 소년들답게 큰 소리로 웃고 떠들고 농담을 주고받고 가벼운 주먹질을 날리며 시끌벅적하다.

아이들은 모두 여섯 명이다. 그중 셋은 목덜미나 어깨 위에서 촉수가 살랑거리고 있다. 한 명은 양쪽 팔에 깃털처럼 생긴 이파리를 잔뜩 달고 있고, 한쪽 눈 아래에도 자그만 덩굴손이 자라나고 있다.

한동안 아무도 입을 열지 못한다.

마침내 브롱카가 크고 깊은 한숨을 내쉬며 적막을 깨트린다.

"나는…… 젠장. 일단 산책이나 좀 갔다 오자." 모두의 시선이 날아와 박히자 브롱카가 이를 꽉 깨문다. "근처 블록이나 한 바퀴 돌자는 소리야. 난 48시간이나 여기 갇혀 있었다고. 저 밖에서 진짜 뭔 일이 일어나는지 알려면 너희들하고 얘기하는 것만으론 부족해."

자치구들은 각자 얼굴을 쳐다보며 시선을 교환한다. 홍이 막 입을 열려는데 파울루가 팔꿈치로 그를 쿡 찌른다. 브롱카가 신음하며 짜증을 내더니 몸을 빙글 돌려 혼자 막무가내로 앞장서 가 버린다.

매니는 서둘러 브롱카의 뒤를 쫓는다. 브롱카가 발을 멈추곤 그를 노려본다.

"혼자선 못 보내요." 매니의 말에, 브롱카가 눈을 가늘게 뜨고 매니를 노려본다. 키는 매니보다 작지만 확실히 겁박하는 눈빛이다. 하지만 매니는 아랑곳하지 않는다.(잘 기억은 안 나지만 그는 훨씬 험악한 상대도 겪어 봤다.) "이 일이 끝날 때까지 아무도 혼자 다니면 안 됩니다."

"말도 안 되는 소리." 파드미니가 중얼거린다. 베네자가 어색하게 그의 어깨를 찰싹 때리고는 브롱카와 매니에게 합류한다.

"적이 공격하면 방어할 구성개념은 준비해 됐고?" 홍이 묻는다.

브롱카가 입술을 말아 올리며 그를 쳐다본다. 미소는 아니다.

"난 늘 부츠를 갖고 다니지."

브롱카는 부츠를 신고 있지 않지만 홍은 그 대답에 만족한 듯 보인다. 홍이 이번에는 매니에게 시선을 보낸다. 그제야 매니는 자신에게는 그런 게 없다는 걸 깨닫고 이맛살을 찌푸린다. 홍이 뭘 말하는 건지 짐작하기는 어렵지 않다. 그러나 위기가 닥쳤을 때 무기화할 수 있는 맨해튼의 본질이란 대체 뭘까? 매니는 뉴욕에 온 지 겨우 사흘밖에 되지 않았고, 자신의 자치구에서는 고작 하루도 시간을 보내지 못했다.

흠. 매니는 손을 뻗어 뒷주머니에 꽂혀 있는 지갑을 두드린다. 거긴 현금카드가 들어 있다. 어쨌든 그의 은행 잔고가 바닥나지 않았다면 말이다.

홍이 그에게 의심의 눈초리를 보내더니 브롱카를 향해 고개를 까딱인다. "어쨌든 여긴 저 여자 자치구니까 방해하지 말도록."

매니는 표정을 구기면서도 브롱카와 베네자를 따라 건물 밖으로 나선다.

하지만 밖에 나오자마자 브롱카가 얼굴을 찌푸리며 우뚝 멈춰 선다. 어디가 아프기라도 한 듯 오만상을 지으며 한쪽 손을 골반 위에 올린다.

"젠장, 진즉에 나와 봤어야 했는데. 전부 다 잘못된 느낌이잖아."

"덥고 건조해서 그래요." 베네자가 말한다. 브롱카는 고개를 가로 저을 뿐, 다시 걷기 시작한다. 한쪽 다리를 눈에 띄게 절고 있다.

센터는 비스듬한 경사 위에 지어져 있고, 그래서 작은 도로를 향해 걷기 시작하자 매니는 한눈에 눈앞에 펼쳐진 풍경을 볼 수 있다. 가끔 지나가는 사람이나 자동차에 촉수가 매달려 있는 것만 빼면 별다른 문제는 없어 보인다. FDR 드라이브에서 봤던 큼지막한 촉수 덩어리는 아니지만 이렇게 많은 자치구 주민들이 감염됐다면 분명히 어딘가에 그 본체가 있을 것이다. 어쩌면 저 구조물인지도 모른다. FDR 드라이브에 있던 것이 매니에게 쫓겨나 저런 것—탑—으로 변했는지도 모른다.

브롱카는 노인답지 않게 힘차고 씩씩한 걸음걸이로 성큼성큼 앞서가며 감염된 사람이나 물체를 발견할 때마다 매니가 처음 듣는 이해할 수 없는 언어로 뭐라 중얼거린다. 맨해튼에서는 자주 쓰이지 않는 언어가 틀림없다. 브롱카가 골반에 이어 이번에는 옆구리를 문지른다. 두 동작 모두 어딘가 익숙한 느낌이다. 브롱카가 속이라도 쓰린 양 얼굴을 찌푸리며 다시 허리를 문지르자, 매니가 말을 건다.

"FDR에서 저것과 싸웠을 때도 아스팔트가 아니라 내가 찔린 느낌이 들었어요."

브롱카가 한숨을 내쉰다. "아, 다행이군. 류머티즘인 줄 알고 걱정했어."

브롱카가 모퉁이를 돌자마자 우뚝 멈춰 선다. 뭔가에 경악한 표정이다. 매니는 온몸을 긴장시키며 현금 카드를 찾아 주머니로 손을 가져가지만, 브롱카의 시선이 닿은 곳은 반대쪽 모퉁이에 있는 잡석이 쌓인 공터다. 최근에 건물을 철거한 것 같다. 남은 거라곤 바닥에 아무렇게나 뒹굴고 있는 잔해와 앞으로 이 자리에 뭐가 들어설지 알려 주는 합판 울타리뿐이다. 브롱카가 왜 저런 걸 보고 충격을 받았는지 모르겠다. 그때 베네자가 헛숨을 삼키며 경악한다.

"아, 안돼애애애애! 세상에, 안 돼, 내 머다버거."

"뭐라고?" 매니가 묻는다.

"머다버거가 없어졌잖아!" 베네자가 온몸에서 비극의 기운을 발산하며 울부짖는다. "세상에서 제일 푸짐하고 육즙이 가득한 버거였단 말예요. 내가 기억하는 한평생 저 자리에 있었는데! 완전 브롱크스 명물이었다고요. 도대체 언제 이렇게 된 거지? 아니, 대체 왜? 맨날 사람이 바글바글해서 장사가 잘되는 줄 알았는데!"

브롱카가 입매를 일그러뜨리고는 요란한 발소리를 내며 길을 건넌다. 어깨에 힘이 잔뜩 들어가 있다. 매니는 서둘러 그 뒤를 따라간다. 다시 걸음을 멈춘 브롱카는 합판 벽에 붙어 있는 포스터를 바라보고 있다. '최고급 럭셔리 주거지.' 포스터 상단에는 이렇게 적혀 있고, 그 밑에는 멋들어진 초현대식 건물 그림이 그려져 있다.

"콘도군." 누가 들었다면 브롱카가 코브라라고 으르렁거린 줄 착각할 것이다. "머다버거가 있던 건물은 여러 세대가 오랫동안 살았던 주상복합이었어. 몇 달 전에 임대료 인상 때문에 문제가 생겼단

애기를 듣긴 했는데 아무리 그래도 그렇지, 진짜 그 많은 사람을 다 쫓아낸 거야? 그것도 저 터무니없이 비싸기만 하고 못생긴 콘도를 짓겠다고?"

"저기요, 올드비."

베네자가 갑자기 다급하게 부른다. 그는 공터를 두른 합판 벽에 뚫려 있는 불투명한 플라스틱 창문 안을 들여다보고 있다. 한 발짝 뒤로 물러나더니 눈을 커다랗게 뜨며 아무 말 없이 창문 안쪽을 가리킨다. 매니와 브롱카도 안을 들여다본다. 처음에는 알아보기가 힘들지만…… 매니가 놀라 숨을 들이켠다.

공터 전체에, 마치 누군가 씨라도 뿌린 것처럼 짤막한 촉수들이 바닥에 흩어진 벽돌 사이에서, 그리고 벽돌 안에서 꿈틀거리고 있다. 완전히 촉수 밭이다. 그들이 지켜보는 앞에서 한 나이 든 여인이 비트적거리며 세탁물과 식료품이 가득한 카트를 밀고 공사장 옆을 지나간다. 카트에 발이 걸렸는지 갑자기 휘청거리더니 눈살을 찌푸리며 허리를 구부려 발목을 문지른다. 여자가 다시 허리를 펴고 걷기 시작했을 때는, 손등에 하얀 촉수가 비죽 튀어나와 있는 게 보인다. 매니가 미처 보진 못했지만 아마 여자의 발목에도 붙어 있을 것이다.

브롱카의 호흡이 빨라진다. 포스터를 노려보며 눈을 가늘게 뜬다.

"이런 게 도시가 태어났을 때 시작됐을 리가 없어." 그는 으르렁거리며 눈동자를 왼쪽에서 오른쪽으로 굴려 글씨를 읽는다. "이 섬뜩하고 으스스한 것들이 아무리 많은 사람에게 뇌물을 주고 세뇌를 시켜도 하룻밤 만에 뉴욕에서 건축 허가를 받을 수는 없다고. 다시 말해 화이트 박사가 2~3일 전이 아니라 훨씬 오래전부터 계획을 세우고 있었단 소리지."

"하지만 그게 어떻게 가능하죠?" 매니는 아직도 창문을 들여다보고 있다. 하지만 벽 반대편에도 하얀 촉수들이 붙어 있는 걸 보고는 조심스럽게 발을 뒤로 물린다. "도시가 탄생할 걸 미리 알고 있었을까요?"

"나야 모르지. 라울의 사내 정치에 깜박 정신이 팔려서 그만……." 브롱카가 구시렁거리며 깨알만 한 글씨에 집중한다. "진즉 알아차렸어야 했는데. 아무리 이 땅이 수백 년간 별로 건강하지 않았다고 해도 이건 새로운 종류의 질병이야. 당연히 알아차려야 했는데. 놈들은 뉴욕을 뉴욕답게 만드는 걸 전부 파괴하고 겉으로만 비슷해 보이는 엉터리로 대체하고 있어." 브롱카가 손바닥으로 포스터를 찰싹 내리친다. 그러고는 놀라 두 눈을 깜박이며 허리를 세운다. "더 나은 뉴욕 재단?"

왠지 익숙한 이름이다. 매니도 상체를 기울인다. 그렇다. 포스터 구석에 작은 로고가 있다. 장식체 B와 조그맣게 그려진 뉴욕의 마천루 풍경. 음, 정확히 말하면 맨해튼이다.

하지만 매니는 이내 그것이 맨해튼의 마천루가 아님을 깨닫는다. 피부가 따끔거리는 것 같다. 들여다보면 들여다볼수록 이상한 점이 보인다. 그림 중앙에 있는 독특한 건물은 처음에 시애틀의 스페이스 니들과 닮았다고 생각했다. 위로 갈수록 가늘고 뾰족해지는 길쭉한 기둥에 꼭대기에는 평평하고 넓은 구조물이 달려 있기 때문이다. 하지만 기둥을 따라 이상하게 생긴 덩어리들이 불규칙적인 간격으로 붙어 있다. 꼭대기 위에 달린 넓적한 부분도 레스토랑이나 전망대처럼은 보이지 않는다. 그보다는 살아 있는 유기체 같다. 깊은 심해에 사는 강장동물처럼 생긴 것.

"더 나은 뉴욕은 내가 말한, 그 빌어먹을 돈을 기부하겠다고 한 재단이야." 브롱카가 말한다. 이제 분노는 사라지고 혼란과 불안감이 그 자리를 대체한다. "'화이트 박사'가 일한다고 말한 곳이지."

왜 그 이름이 익숙하게 느껴졌는지 알겠다.

"그리고 브루클린의 집 소유권을 가져간 재단이기도 합니다."

"뭐?"

"브루클린한테는 오랫동안 갖고 있던 집 두 채가 있는데, 어제 퇴거 명령을 받았어요." 매니가 설명한다. "변호사 설명으로는 버려지거나 압류된 부동산을 취득하는 시 당국의 프로그램이라고 하더군요. 비영리재단한테 맡겨서 재개발하고 다시 매매한다나요. 그런데 어디서 잘못된 건지 실제론 압류되지도 않은 부동산을, 서류상의 오류나 아니면 실제로는 연체되지도 않은 사소한 세금 청구서를 빌미로 빼앗아 가고 있더라고요. 브루클린의 경우엔 정말 아무 근거도 없는데도 그랬고요."

브롱카가 눈썹을 추켜올리며 작게 휘파람을 분다.

"아, 그래서 그 친구가 그렇게 뭐 씹은 표정이었군. 브루클린이라는 거 말고도 말이야."

매니가 고개를 끄덕인다. 브루클린은 다행히 대부분의 사람들보다 연줄이 많은 관계로 퇴거 통보에 대해 일종의 중지명령을 내리고 철저한 조사가 이뤄질 때까지 모든 절차를 중단시켜 놓았다. 하지만 이런 상황 자체가 그를 매우 초조하게 만들고 있었다. 이해할 수 있는 일이다. 게다가……. "브루클린의 브라운스톤에 대한 소유권을 주장한 비영리 단체가 더 나은 뉴욕 어쩌고였어요."

브롱카가 시선을 들어 매니를 응시한다. 분개해하는 만큼 충격을 받은 것 같다. 눈이 커다래진다. "맙소사. 그 여잔 기다렸던 거야."

합판 벽 창문을 들여다보고 있던 베네자가 몸을 떼며 묻는다.

"뭘요?"

"이건 함정이야. 화이트는 도시 전체에 이런 자잘한 함정들을 만들어 놨어. 언젠가 이 도시가 생명을 얻는 건 필연적인 일이니까. 만약의 경우에 대비해 사방에 이런 걸 미리 심어 놓은 거지."

"어쩌면 전 세계에 심어 놨을지도요." 베네자가 심각한 표정으로 말한다. 모두의 시선이 날아와 꽂히자 한숨을 내쉰다. "그 꾸불탱이는 계획에 환장하잖아요? 그러니까…… 이왕 할 거면 왜 여기 뉴욕에만 그러겠어요? 만약에 대부분의 대도시가 언젠가 생명을 얻을 거라면 다른 곳에도 비슷한 일을 해 놓지 않았을까요? 미지의 행성에서 온 멋진 촉수괴물들이 전부 다 부동산 사업을 하고 있을지 누가 알아요."

브롱카와 매니가 시선을 마주친다.

매니가 전화기를 꺼내 들고 포스터에 적혀 있던 더 나은 뉴욕 재단의 홈페이지를 검색한다. 막 이동하기 버튼을 누르려는 순간, 베네자가 황급히 그의 손을 붙잡는다.

"세상에, 당신 뭐가 문제예요? 곧바로 사이트에 들어가면 당연히 안 되죠! 그러다 멀웨어 대신 전화기 촉수 같은 거에 감염되면 어쩌려고? 그거보단 뉴스 기사나 그런 걸 찾아봐요."

그래서 매니는 베네자의 말에 따른다.

"위키피디아에서는 이 재단이 1990년대에 설립됐다고 하는군요. 뉴욕과 시카고, 마이애미, 하바나, 리우데자네이루, 시드니와 나이로비, 베이징, 이스탄불이랑……."

"전부 다잖아!" 베네자가 자신의 이론이 맞았다는 사실에 전율하며 외친다.

매니는 위키피디아 페이지를 빠져나와 다른 뉴스를 검색해 본다.

"최근까진 활동이 별로 없었던 것 같아요. 그러니까 부동산 취득이나 정책 제안 같은 거 말입니다. 그런 걸 시작한 건 한 5년쯤 된 것 같은데. 그 전엔 재단 자체는 있었는데 하는 일 없이 잠잠해요."

"하지만 뭔가 계기가 있어서 활동을 시작한 거 아녜요?" 베네자가 매니의 전화기 화면 위로 얼굴을 들이민다. 그러고는 매니가 화면을 막 밑으로 내리려는 순간 갑자기 숨을 들이켜며 가리킨다. 경제 뉴스 사이트의 링크로, '더 나은 뉴욕의 모회사 TMW가 벤처캐피털 갈라에서 수상'이라고 적혀 있다. "모회사 TMW?"

"이렇게 세계적으로 퍼져 있다면 총괄 회사가 따로 있을 것 같긴 해요." 매니가 링크를 클릭하며 말한다. "더 나은 뉴욕이란 이름으로 보스턴에서 활동할 수도 없을 테고."

브롱카도 관심이 생겼는지 몸을 기울이지만, 가늘게 뜬 눈으로 전화기의 작은 글씨를 노려보며 답답하다는 듯 신음한다. 매니는 브롱카를 위해 일부러 전화기의 글씨를 크게 키운다. 브롱카가 그를 노려보지만 확실히 보기는 더 편해졌다.

"수백만 달러가 있다는 게 거짓말은 아니었나 보네. 가진 거에 비하면 그것도 푼돈이었겠……."

브롱카가 말을 하다 말고 입을 다문다. 매니는 흠칫 놀란다. 베네자의 입이 쩍 벌어진다. 세 사람 모두 동시에 모회사의 이름을 발견한 것이다.

**다중우주 전면전(Total Multiversal War), LLC.**

더는 주변을 돌아다닐 필요가 없다. 뭐가 진짜로 잘못됐는지 이제 알 것 같으니까.


밤이다. 아트센터의 닫힌 셔터 뒤, 그들은 머로 홀에 걸린 프라이머리의 자화상 아래 모여 있다. 훼손된 사진은 약간 위협적인 분위기를 풍기지만 그래도 여기 있으니 좀 나은 기분이다. 매니는 자신말고는 여기서 위안을 느끼지 못할 거라고 생각하지만 남들이 직접말하지 않는 한 속으로 무슨 생각을 하든 별 관심은 없다.

아무도 프라이머리에 대해 얘기하고 싶지 않은 것 같다. 홍과 파울루, 파드미니, 브루클린에게 더 나은 뉴욕에 대해 설명해 주자 홍은 진심으로 깜짝 놀란 듯 보인다. 반면에 브루클린은 문자 그대로 길길이 날뛰었다.

"놈들이 내 집을 강탈해 갔어." 브루클린이 으르렁거린다. 의자에서 벌떡 일어나 방 안을 빠르게 서성인다. 정치가 특유의 차분한 말투는 자취를 감추고, 이제 남은 것은 격노한 MC 프리의 목소리다. "우리 아버지가 피와 땀으로 산 건물을, 니미씨발 다중우준지 뭔지하는 새끼들이 빌어먹을 우리 집을 강탈해 갔다고. 여기에 대해 아는 거 없어?" 그가 홱 몸을 돌리며 홍에게 묻는다.

"우리는, 나와 다른 도시들은, 이런 게 있다는 걸 처음 알았다." 홍이 천천히 대답한다.

파드미니가 못 믿겠다는 눈초리로 쳐다본다. "알아보기나 했고요?"

파울루가 무겁게 한숨을 쉰다. 그러니까 내가 말했잖아의 기색이 담겨 있지만 풍부하지는 않다. 파울루는 샤덴프로이데*를 느끼기엔 아직 너무 지쳐 있다. 홍이 그에게 삐죽이더니 고개를 흔들며 모두에게 말한다.

"도시는 새로 태어나기 전엔 아무것도 아냐. 그냥 건물과 사람, 그리고 가능성일 뿐이지. 우린 실제로 발현되는 현상에만 주목한다."

"그러니까 당신이랑 다른 도시들이 맨날 하던 대로 일이 일어난 뒤에만 반응하고 있을 때, 이것들은 전 세계에서 선제공격을 준비하고 있었다는 거 아냐." 브롱카는 메인 갤러리의 한쪽 공간을 왔다 갔다 서성이고 있다. 반대쪽 벽면에서는 브루클린이 마치 브롱카가 거울에 비친 듯이 똑같이 왔다 갔다 하고 있는데, 가슴에 팔짱을 끼고 속도가 조금 더 빠를 뿐이다. 브롱카는 머릿속 지도 위로 이곳저곳을 건드려 본다. "도시가 태어날 경우에 대비해서 전 세계 모든 도시에 회사를 차려서 함정을 뿌려 놨어. 그런 다음 여기저기 현금을 박아서 도시가 태어나기도 전에 힘을 약화시켰고…… 아니면 태어나는 걸 막으려고 한 건가?" 브롱카가 고개를 젓는다. 홍과 파울루가 동시에 몸을 굳히며 긴장한다. 그런 가능성은 생각도 못 해 본

---

* '남의 불행을 보고 느끼는 즐거움'이라는 뜻의 독일어.

모양이다. "어느 쪽이든 도시가 탄생하자마자 발판을 가질 수 있으니까."

매니는 프라이머리의 자화상이 걸린 벽에 기대서 있다. 베네자와 파드미니는 관람객용 벤치에 앉아 파드미니의 노트북 앞에 머리를 맞댄 채 적의 기업 구조를 조사 중이다. 수많은 지사(支社)들이 전 세계 곳곳에 마치 촉수처럼 수많은 발을 뻗고 있지만 그럭저럭 꿋꿋이 파내고 있다. 파울루는 다른 사람들의 양보를 받아 안내 데스크에서 가져온 바퀴 달린 의자를 독차지 중이다. 누가 봐도 아직 기력을 회복하지 못했다. 베네자의 브리가데이루를 몽땅 받아들고는 다른 이들의 대화를 들으며 명상을 하듯이 간혹 천천히 씹고 있다.(베네자는 한숨을 쉬며 묵묵히 희생을 감수했다.)

"그리고 특히 이런 도시가 생기길 기다리고 있었겠지." 브루클린은 아직도 화를 삭이지 못해 훙을 쏘아보고 있지만 약간은 울분이 가라앉았는지 슬슬 정치가의 목소리가 돌아오기 시작했다. 아마 시의회에서도 브루클린은 공포의 대상일 것이다. "아까 파울루가 대부분의 도시는 별거 아니라고 했지. 너무 약하거나 아무 가치도 없다고. 그리고 생명을 얻은 도시는 적들이 침을 흘리며 탐을 내긴 해도 만만치 않은 상대야. 하지만 우리 도시는 그 중간이야. 완벽한 타깃이지. 귀한 존재인데 약하기까지 하잖아."

파울루가 천천히 고개를 주억인다. "최고회의에 적의 행동 양상이 변했다고 보고해 뒀다. 난 이제껏 적이 인간의 형상을 취하거나 말을 할 수 있다는 것도 몰랐어. 이건 완전히 새로운 현상이야. 하지만 그것 말고도 적은 더 똑똑해졌고, 더 교묘해졌고, 더 사악해졌지.

너희들보다 먼저 깨어났던 뉴올리언스와 포르토프랭스는 사산됐어. 그런 일이 생겨선 안 됐는데. 하지만 고대 도시와 몇몇 젊은 도시들은 내 말을 믿지 않았지. 우리 미대륙의 젊은 도시들이 미숙한 상태에서 성급히 깨어나 그런 건 줄 알았어. 탄생 과정을 버티고 살아남을 힘을 기르기도 전에 태어났다고 말이야." 그의 입술이 말려 올라간다.

홍이 답답하다는 듯 고개를 휘휘 젓는다. 둘의 반응을 보건대 오래전부터 이 문제로 다툼이 있었던 것 같다.

"그 과정은 수 세기 동안 변한 게 하나도 없어. 아니, 수천 년 동안 그랬지! 인류가 역사를 기록하기 전부터 죽 이 상태였는데 왜 지금 와서 바뀐다는 거지?"

"그거야 나도 모르지. 우리가 모르는 무슨 일이 있었는지도. 이 세계 바깥에 있는 뭔가 적을 자극하는 기폭제가 되어 진화를 일으킨 거야. 하지만 뭐가 어쨌든 오래전에 조사를 시작했어야 했어." 파울루가 무릎 위에 놓여 있는 손으로 주먹을 꼭 쥔다. 턱 근육이 팽팽해진다. "네가 안 할 거면 나라도 혼자 했어야 했는데. 하지만 네 설득에 넘어가서 나도 안일하게 굴고 말았지."

홍이 잠시 그를 노려본다. 턱 근육이 실룩인다. "난 네가 안전하길 바랐을 뿐이야." 이윽고 나온 말은 부드럽게 들린다. 매니는 홍의 말투가 변한 데 놀라 눈을 깜박인다. 거의 인간적으로 들릴 정도다. 근데 혹시 이거……?

파울루가 쓸쓸하게 웃더니 두 팔을 벌린다. 누가 봐도 분명한 의미다. 팔에 입은 부상은 치유되었고 처음 그들과 만났을 때에 비하면 훨씬 나아졌지만, 그는 어쩔 수 없는 이상 뉴욕을 떠나지 않을 것이다.

"우리는 절대로 안전할 수 없어." 파울루가 똑같은 다정함을 담아 홍에게 말한다. "도시란 그런 거지. 우리처럼 완전한 도시도 말이야. 약탈당하거나, 화마에 휩싸이거나, 새 댐이 건설되면 익사하고, 폭탄 세례를 맞고 아무것도 없는 깊은 구덩이로 전락할 수도 있어. 우리의 도시가 살아 있는 한 우리는 계속해서 살 수 있고 또 엄청난 힘을 갖겠지만…… 네가 나한테 역사를 공부하라고 했잖아. 그래서 네 말대로 했는데, 알고 보니 평화롭게 죽음을 맞이한 도시는 정말 몇 개 안 되더군." 홍이 미간을 찌푸린다. 파울루는 아랑곳하지 않고 밀어붙인다. "그리고 난, 결코 웅크려 숨어 살진 않겠어. 죽음에 대한 공포 때문이든 아니면 그 짐승에 대한 두려움 때문이든."

홍은 그저 파울루를 물끄러미 바라볼 뿐이다. 하지만 그 기저에는 표면에 드러나지 않은 깊은 감정이 흐르고 있다. 매니는 브롱카와 곁눈질로 눈빛을 교환한다. 이거 내가 생각하는 그거예요? 브롱카가 눈썹을 추켜올리며 입술을 꾹 다문다. 확실히 우리가 생각했던 건 아니야.

홍이 대답하지 않자 파울루가 길게 한숨을 내쉰다. 그러고는 다리를 펴고 일어난다. 어느 정도는 원기를 회복한 것 같은데 아직도 오른쪽 갈비뼈에 손을 대고 있다. 파드미니가 밀친 곳이다. 파드미니도 알아챘는지 이를 악물며 턱을 치켜든다. 별로 미안하지 않다는 뜻이다.

"너희의 불운에 대해선 홍과 나를 원망해도 돼." 파울루가 말한다. "다른 도시들을 원망해도 좋고. 그래야 마음이 편하다면야. 하지만 너희들과 달리 난 산 도시가 죽는 걸 봤다. 그걸 다시 보고 싶진 않아."

"뉴올리언스를 말하는 겁니까?" 매니는 허리케인 카트리나를 떠올린다.

고개를 저은 것은 홍이다. "그건 내 담당이었다. 작은 도시에는 종종 복잡한 문제가 발생하곤 해서 최고회의가 걱정스러운 나머지 경험이 많은 도시를 보내길 원했지." 홍은 파울루를 지목하듯 쳐다보더니 이내 정색한다. "하지만 너무 많은 일이 잘못되기 시작했다. 뉴올리언스의 화신이 강도미수로 총에 맞았어. 도시가 탄생하기 전에 말이야. 내가 거기 도착하기도 전에 일어난 일이었다. 처음엔 순전히 운이 나빠서 일어난 일이라고 생각했는데, 병원에서 차트에 실수를 하는 바람에 하마터면 수술 중에 죽을 뻔했고, 그다음엔 돈이 없다는 이유로 제대로 회복되기도 전에 병원에서 쫓겨났지……." 그는 미국의 원시적인 의료보험 제도에 대해 한참 동안 광둥어로 투덜거리다가 다시 영어로 말한다. "그 여자에게 쉴 곳을 내줬지만 도시가 깨어나려 할 때까지도 회복하지 못했고 그때 적이 쳐들어왔지. 화신이 죽은 뒤에는 제방이 터졌다. 너희 언론과 무능력한 정치가들은 기회만 되면 사태를 악화시켰고." 홍의 구겨진 얼굴이 더욱 깊은 시름에 젖는다. "하지만 만일 그마저도 적이 개입한 거라면…… 도시가 대표할 자를 선택하기도 전에 훼방을 놨다면……." 근심이 가득한 표정으로 말꼬리를 흐린다.

파울루도 착잡한 얼굴이다. "포르토프랭스는 내 담당이었어."

매니는 저도 모르게 얼굴을 일그러뜨린다. "대지진이 있었죠." 25만 명이 목숨을 잃었고, 추후에는 콜레라와 행정상의 실수와 외국 정부의 개입으로 수천 명이 더 희생되었다.

파울루는 고개를 끄덕일 뿐 더는 설명하지 않는다. 그러더니 턱을 치켜든다.

"뉴욕은 포르토프랭스보다 훨씬 커. 위성도시와 준교외로 둘러싸여 있고. 그 여자는 프라이머리를 찾고 있는데 수많은 시민을 자기 속성에 감염시켜서 눈과 귀로 이용하고 있지. 그러니 결국엔 찾아내고 말 거다. 만일 그때까지도 그를 깨우지 못한다면……."

파울루가 고개를 가로젓는다. 한참 동안 아무도 입을 열지 않는다. 그의 비극적이고 참담한 표정에 대고 누가 감히 뭐라 말할 수 있을까.

"저기." 브루클린이 한숨을 쉬며 벽에 몸을 기댄다. "스태튼아일랜드 없이는…… 그 방법이 통할지 안 통할지도 모르는데 우리더러 알아서 희생하라고 요구하는 건 무리야. 만약에 내가 죽어서 그 여자를 막을 수 있다면, 그래, 난 기꺼이 대가를 치르겠어. 생각할 필요도 없지. 하지만 그게 다 헛짓거리라면 내 딸이 엄마 없이 자라게 할 수는 없어."

"스태튼아일랜드를 찾으러 가면 안 돼요?"

다소 머뭇거리는 베네자의 목소리가 들린다. 모두가 그를 돌아본다. 베네자는 방 반대쪽 벽에 기대 앉아, 무릎을 세우고 두 팔로 다리를 감싸 안고 있다. 피곤하고 기분도 안 좋아 보인다. 매니는 왠지 이유를 알 것 같다. 그는 브롱카와 베네자의 관계를 아직도 정확하게 규정하지 못했다. 유사(類似) 모녀 같은 걸까? 슈퍼히어로와 그 동료? 아니면 그냥 좀 특이한 단짝친구일 수도 있다. 하지만 사랑은 사랑이고, 베네자는 이 상황을 어떻게든 타개하지 못하면 브롱카를 잃을지도 모른다는 사실이 괴로울 것이다.

"스태튼아일랜드한테 가서 도와 달라고 설득하면요? 그건 아직 안 해 봤잖아요. 내가 보기엔…… 그게 제일 당연한 일 같은데."

그건 그렇다. 하지만 매니는 그 아이디어가 싫다. 다음 순간 그 이유를 깨닫고 당황한다. 그는 스태튼아일랜드에 한 번도 가 본 적이 없다. 하지만 거기 가는 게 왜 그리도 꺼려지는 거지? 스태튼아일랜드의 화신이 폭력적이고 어쩌면 미쳤을지도 몰라서? 하지만 그건 그들 모두에게 해당되는 일이고, 특히 맨해튼은 더욱 그렇다. 아니면 뉴욕에서 가장 작고 가장 사랑받지 못하는 자치구에 대한 맨해튼 사람들의 집단적인 거부감에 영향을 받는 걸까?

"해볼 만은 하지." 마침내 브루클린이 말한다. 그 역시 마뜩치 않은 말투다. 그들 모두가 그리 내키지 않는 것 같다. 매니의 추측을 뒷받침하는 것처럼. 하지만 그렇다고 반대하는 사람도 없다.

홍이 눈가를 비빈다. "지금 문제가 얼마나 심각한지 다들 모르는 것 같군. 여기서 수다나 떨면서 시간을 낭비하는 동안 이 도시에서 일어나는 일은 아주 빠른 속도로 악화되고 있어. 감염자들이 주변 사람을 빠르게 감염시키고 있고, 우리가 모르는 구조물이 많은 사람들을 한꺼번에 감염시키고 있다. 적이 모종의 목표를 향해 움직이고 있는 건 확실한데 그게 뭔지 도무지 모르겠단 말이야. 하지만 어쨌든 빨리 이 사태를 멈춰야 해. 더 나빠지기 전에."

"말 안 해도 서두르는 중이거든요." 파드미니가 반항적으로 응수한다. "며칠 전만 해도 공부를 하고 있었는데 오늘 웬 첨 보는 사람이 자살하라고 꼬이는데도 아직 박차고 안 뛰쳐나갔잖아요. 이 정도면 빠른 거지."

"시청역으로 간다면." 매니가 운을 뗀다. 파드미니가 지겹다는 듯 신음하자 매니가 짜증을 내며 쏘아본다. "지금 거기 가도 프라이머리를 깨울 순 없어. 그러면 시간 낭비만 하는 꼴이지. 두 그룹으로 나누는 게 제일 좋을 것 같아. 몇 명은 스태튼아일랜드를 찾아가고 나머지는 시청역에서 할 수 있는 일이 없는지 알아보러 가는 거지. 아니면 프라이머리를 안전하게 지키든가."

파드미니가 눈을 깜박인다. 브롱카는 꽤 감명을 받은 것 같다.

"좋은 생각이다. 네가 그 말을 한 게 놀랍긴 한데, 일단 나는 찬성이야."

매니는 최대한 인내심을 발휘하며 숨을 천천히 내쉰다.

"난 프라이머리가 살기 바라요. 그 생각을 감춘 적도 없고. 우리가 처한 위험을 생각하면 왜 다들 나처럼 생각하질 않는지 이해를 못 하겠군요."

브롱카가 코웃음을 친다. "그거야 걔랑 사랑에 빠진 건 너니까 그렇단다, 맨해튼."

"그렇다고 내가 죽고 싶은 건 아닙니다." 재빨리 쏘아붙인 매니의 얼굴에 약간 홍조가 떠오른다. "그 사람을 구하고 발밑에 쓰러져 죽어 봤자 아무 소용도 없잖아요. 나……난 그 이상을 원해요." 하느님 맙소사. 혈관이 터져 버릴 것 같다. 하지만 그 말은 사실이다. "그보다 더한 걸 얻기 위해 싸울 겁니다."

"이건 뭐 거의 감동적인데." 그러면서도 브루클린은 지금 웃고 있다. 약간 슬픈 기색이긴 하지만. "네가 원하는 걸 얻길 바라. 우리 모두 그랬으면 좋겠다."

브롱카가 피곤하다는 듯 한숨을 쉬며 고개를 젓는다. 매니에게 말한다. "넌 시청으로 갈 거지?"

"당연하죠."

브롱카가 파드미니를 쳐다본다. "너는?"

"난 시청 근처에도 가기 싫어요." 파드미니가 선언한다.

"그렇다면 스태튼아일랜드 팀이군. 상파울루는 다시 거기 가면 안 돼. 이 친구가 할 일은……."

홍이 말하다 말고 흠칫 놀라며 몸을 긴장시킨다. 파울루도 마찬가지다. 얼굴을 찌푸리며 고개를 획 쳐든다. 눈동자가 초점을 잃고 몽롱하다. 매니는 저들이 왜 저러는지 잠깐 당혹하지만, 그때 그것이 그들 모두를 덮친다. 밑으로 가라앉는 느낌. 중력이 잡아당기는 기이한 느낌. 더욱 이상한 것은 이것이 빛과 시간과 공간이 존재하고 지금 그들이 있는 현실 세계에서 일어난 일이 아니라는 점이다. 다른 공간에서 뭔가 일어나고 있다. 뭔진 몰라도 가까운 곳에서.

"이게 뭐……." 파드미니가 입을 열지만 파울루가 이맛살을 찌푸리며 고개를 젓는다.

"이런 건 처음인데." 홍이 말한다.

브롱카가 나직이 신음하더니 허리를 구부리고 속이 쓰린 듯 주먹으로 가슴을 문지른다. "어, 토할 것 같아."

매니는 속이 메슥거리진 않지만 분명 어떤 느낌을 받고 있다. 어긋남. 잘못됨. 그리고…… 절박감. 그는 시선을 낮춘다. 그의 의식이 반반으로 갈라져 절반이 현실 세계 바깥으로 향한다. 귓전에서 낮게 버석거리는 소리가 나서 콧잔등을 찌푸린다. "왜 발밑에서 뭔가 움직이고 있다는 느낌이 들죠?" 그리고 왜 이 소리가 익숙하게 들리는 거지?

브롱카가 바닥을 내려다본다. 갑자기 눈이 휘둥그레진다.

"왜냐하면 진짜로 뭐가 있거든. 이쪽으로 오고 있어." 그는 황급히 베네자를 붙잡아 일으켜 세운다. "전부 다 여기서 나가! 당장!"

"뭐? 왜?" 브루클린은 그렇게 물으면서도 벌써 움직이는 중이다.

이제 그들 모두가 느낄 수 있다. 뭔가 아트센터 지하에서 부풀어 오르고 있다. 도시의 화신인 그들과 도시를 받치고 있는 기반암 사이에 거기 있으면 안 되는 층이 생겨나, 그들의 근거지에 발을 딛고 있는 것만으로도 느낄 수 있는 도시와의 결속감을 가로막고 있다.

매니는 욕설을 내뱉으며 파울루를 붙잡는다. 그나마 자신이 가장 가까이 있기 때문이다. 파울루는 조금 휘청거리지만 저항하지 않는다. 베네자가 재빨리 파울루의 반대편에 서고, 세 명이 힘을 합친 덕분에 문밖으로 돌진하는 다른 이들을 가까스로 따라잡는다. 브롱카는 전속력으로 복도를 달리는 와중에도 몸을 오른쪽으로 기울여 화재경보기 손잡이를 잡아당긴다. 귀청이 떨어질 것 같은 구식 경보음이 울려 퍼진다. 그러고 보니 브롱카가 센터 위층에 예술가들이 살고 있다고 말한 적이 있다. 건물 조명이 깜박이기 시작한다.

소리가 들린다. 처음에는 자그맣게 속삭이는 잡음이다. 겹겹이 쌓인 소리가 그들의 발밑에서 미끄러지며 그르렁거리는 소리로 변한다. 아무리 힘껏 달려도 떨쳐 낼 수가 없다.

매니는 어떻게든 수를 궁리해 내려 애쓰는 중이다. 겁먹지 않으려 애쓰는 중이다. 이상하게도 딱 한 번 지하철을 탔던 일이 떠오른다. 쏜살같이 달리던 급행열차. 번쩍이는 금속 덮개에 둘러싸여 어둠을 뚫고 달리던 그 기분. 위험하고 무질서한 속도로 끝없이 —

많은 양은 아니다. 여기는 매니의 자치구가 아니니까. 그러나 갑자기 도시에너지가 솟구친다. 정신없이 뛰고 있는 일행의 주위로, 유령처럼 아른거리는 반투명한 전동차의 모습이 나타난다. 매니의 발이 바닥에서 떠오르더니, 가속도가 붙은 열차처럼 급격히 질주하기 시작한다. 열차의 속력에 모두의 몸이 휩쓸리자 파드미니는 비명을 지르고 브롱카는 욕설을 내뱉는다. 갑자기 온 세상이 쥐똥 냄새와 경적 소리 사이로 미친 듯이 질주하고, 그들은 센터의 정문 창문과 셔터를 관통해 날아간다. 그들의 몸이 유령 열차처럼 투명해지더니 —

다음 순간, 그들은 센터 건너편 인도에 서 있다. 온몸이 부들부들 떨린다. 열차가 선로를 긁는 날카로운 소리를 뱉으며 급정거하자 누군가 비명을 지른다.

"엄마야!" 베네자가 외친다. "롤러코스터보다 더하잖아!"

유령 지하철이 점차 형태를 잃고 사라지고 나자 그들은 몸을 돌려 방금 탈출한 브롱크스 아트센터를 바라본다. 건물 주변 지면에서 솟아난 회색 기둥이 하늘을 찌를 듯이 무럭무럭 자라나고 있다. 엄밀히 말해 이건 이 세상에 있는 게 아니다. 적어도 이 세상에 완전히 존재하는 건 아니다. 기둥과 센터 건물이 중첩되어 보이기 때문이다. 건물이 부서지거나 손상을 입은 것 같지도 않다. 그러나 눈 깜짝할 사이에 기둥이 수천 개의 하얀 촉수로 변한다. 하나같이 매니가 FDR 추월차선에서 싸운 것보다도 더 크고 두껍다. 서로 얽히고 꿈틀거리면서 순식간에 센터가 있는 블록 전체를 에워싼다. 매니는 옆에서 다른 이들이 느끼는 충격과 공포에 공명하면서 하얀 벽이 구불구불 몸부림치며 자라 오르는 광경을 멍하니 바라볼 뿐이다. 높이가 15미터는 될 것 같다. 이제 20미터. 촉수의 얽힘과 짜임새가 더욱 조밀하고 견고해지면서 하나의 덩어리가 형성되기 시작한다. 24미터.

저건 탑이다.

"안돼안돼안돼안돼." 브롱카가 정신없이 숨을 내뱉는다. 그들은 고개를 뒤로 젖히며 한없이 솟고 있는 벽을 응시한다. 헌츠포인트에 있는 이상한 아치 건축물만큼 높거나, 아니면 더 높은 것 같다. "아직 사람들이 안에 있는데! 아무도 빠져나오지 못…… 가서 구해줘야 해!" 브롱카가 정말로 길을 건너려 한다. 하지만 다행히도 브루클린과 베네자가 재빨리 그를 붙잡아 저지한다.

"늦었어." 홍이 말한다. 평소보다 부드러운 어조지만, 진실은 잔인하다. 브롱카가 몸을 떨며 절망에 가득 차 신음한다.

"빨리 여길 떠야 해요." 파드미니도 눈에 보일 정도로 덜덜 떨고 있다. 두 눈은 크게 뜨여 있고 몹시 동요하고 있다. "이렇게 가까이 있으면 안 돼요."

매니도 같은 생각이다. 센터 앞 도로는 아수라장이다. 차량들이 갑자기 방향을 바꾸거나, 도로 중간에 멈춰 서거나, 아니면 빨리 여기서 벗어나려고 속도를 높이고 있다. 저 탑이 눈에 보이는 것도 아닐 텐데 모두가 침입자의 존재를 느끼는 것처럼 행동하고 있다.

하지만 이 정신없는 혼돈 속에서 갑자기 익숙한 노란색 덩어리가 갑자기 유턴을 하는가 싶더니 순식간에 도로를 내달려 끼익 소리를 내며 그들 앞에 멈춰 선다. 체커 택시다. 조수석 창문에 크고 굵직한 손 글씨가 적힌 종이가 붙어 있다. '진짜 택시 아님. 잡지 말 것.' 종이가 택시 안쪽으로 스르륵 떨어져 내린다. 한 여자가 조수석 쪽으로 몸을 기울이더니 열심히 손잡이를 돌려 창문을 내린다. 그가 매니를 바라보고, 매니도 그를 바라본다.

"젠장, 이럴 줄 알았어." 매디슨이 말한다.

믿을 수가 없다. 아니, 솔직히 말하면 그건 아니다. 이건 도시가 한 일이다. 이쯤 되니 지금 같은 상황에서도 웃음 짓지 않을 수가 없다. 옆에서 보면 정신 나간 사람처럼 보일지도 모르겠지만.

"세상 참 좁죠?"

"그런가요?" 매디슨이 얼굴을 구긴다. 오늘 그는 '난 완벽하진 않아도 뉴욕 출신이거든. 그게 그 말이지.'라고 적힌 티셔츠를 입고 있다. "오늘도 달려라 카우보이 짓 또 할 거예요? 보아하니 그래야 할 거 같은데." 매디슨이 엄지손가락으로 아트센터를 가리킨다.

"아뇨." 도시가 택시를 보낸 이유는 하나뿐이다. "구 시청역으로 우리 좀 태워다 줄 수 있어요?"

매디슨이 눈동자를 굴린다. "내가 그쪽으로 가는 거 어떻게 알았는지 물어볼 필요도 없겠죠? 젠장, 타요."

"잘됐군요. 잠깐만요." 매니가 몸을 세운다. "스태튼아일랜드로 갈 팀은 차 있습니까?"

브롱카가 센터를 에워싸고 있는 흉물에게서 시선을 떼고는 주머니를 마구 뒤진다. 침착하지 못한 몸짓에, 표정도 아직 충격에서 헤어나지 못했지만 매니는 차마 그에게 뭐라 할 수가 없다. 브롱카가 안도의 숨을 내쉬며 한쪽 주머니에서 열쇠 꾸러미를 꺼낸다. 전자식 열쇠가 달려 있다.

"그래, 내 차를 쓰면 돼."

"나도 스태튼아일랜드로 갈게." 브루클린이 브롱카에게 말하고는 묘한 눈빛으로 체커 택시를 쳐다본다. "그쪽 팀은 차 구한 거 맞지?"

"응."

매니가 대답한다. 그의 내면을 가득 채우고 있던 시청역을 향한 끌림은 이제 절실한 갈망으로 변해 있다. 폭력과 전략, 전쟁을 이해하는 그의 모든 부분이 저 탑의 존재가, 이 직접적인 공격이 하나의 신호라고 확신하고 있다. 흰옷의 여자는 이제 모든 가식을 집어 던지고 본격적인 행동에 돌입했다. 그리고 그들은 여자를 맞이할 준비가 되어 있지 않다. 설령 아무도 동행해 주지 않더라도 매니는 혼자서라도 시청으로 갈 것이다.

그 생각을 듣기라도 한 듯이 파울루가 말한다. "그럼 그쪽으론 내가 가지." 그는 그리 좋아 뵈지는 않지만 그럭저럭 용납할 수 있는 움직임으로 택시의 조수석 뒷문을 열고 안에 들어가 앉고는 매디슨에게 예의 바르게 고개를 끄덕여 보인다.

그때 베네자가 돌연 모두가 놀라 펄쩍 뛰어오를 정도로 큰 소리를 내며 헛숨을 들이켠다. 황급히 주머니를 탁탁 치더니 자동차 열쇠를 찾았는지 안도의 탄식을 뱉는다.

"엄마야. 집까지 걸어가야 하는 줄 알고 완전 쫄았네. 나도 태워줄⋯⋯."

브롱카가 험악하게 으르렁거린다. "네가 갈 곳은 너희 집뿐이야!"

이번에도 모두가 놀라 흠칫 튀어 오른다. 예외가 있다면 브루클린뿐이다. 그건 엄마들 특유의 음성이다. 도저히 거스를 수 없는 권위가 담긴 목소리. 브루클린이 묵묵히 고개를 끄덕이더니 휴대전화를 꺼낸다.

베네자가 미쳤냐는 표정으로 브롱카를 쳐다본다.

"올드비, 아, 그러지 말고요. 있는 도움은 다 받아야⋯⋯."

"닥쳐!"

브롱카가 아까까지 브롱크스 아트센터였던 것을 손짓으로 가리킨다. 희멀건 탑은 다소 속도가 느려지긴 했어도 아직도 꾸준히 자라나는 중이다. 매니가 아는 한 브롱크스에 있는 어떤 건물보다도 더 높이 솟구칠 것이다. 게다가 저것은 숨을 쉬고 있다. 무슨 발작이라도 일으키는 것처럼, 아니면 맥동하는 것처럼 불규칙적으로 부풀어 올랐다가 꺼진다. 어쩌면 늘어났다 줄어드는 촉수에 뒤덮인 표면이 그냥 실룩이는 것일 수도 있다. 거기다 손질 안 한 긴 손톱이 금 간 칠판을 긁는 것 같은 소름 끼치는 소리를 내고 있다. 매니는 그 소리를 머릿속에서 몰아내려고 아무렇게나 콧노래를 흥얼거리는 중이다. 심지어 오랫동안 쳐다보지도 못하겠다. 그래서 브롱카가 한 말이 아이러니하게 느껴진다.

"저 염병할 것을 좀 보라고! 네가 저 안에 있었다면 내 심정이 어 땠을 것 같니?"

베네자는 한참 동안 두 눈을 깜박이며 브롱카를 쳐다본다. 그러 더니 약간 기가 죽는다. "네, 네, 알았어요. 난 그냥……." 한숨을 쉰 다. "도와주고 싶어서 그런 건데."

브롱카가 가냘프게 떨리는 숨을 내뱉더니 베네자에게 다가가 그 의 어깨를 붙잡는다. "넌 우릴 못 도와줘. 지금 넌 나한테 짐 덩어리 일 뿐이라고."

매니는 깨닫는다. 브롱카는 그들이 실패할 거라고 생각한다. 그 들이 적의 손에 죽을 것이며, 도시에 대참사가 닥치리라 믿는다. 그 래서 베네자가 살 수 있게 멀리 피신시키려는 것이다.

베네자는 브롱카의 말에 상처를 입은 것 같더니, 언짢은 낯으로 노려본다. "저기요. 일부러 기분 나쁘게 말해서 날 발끈하게 하려는 전략 따위 안 먹히거든요? 내가 그렇게 멍청해 보여요? 그렇게 날 보내고 싶으면 그렇게 말하면 되잖아요. 내가 있는 게 싫은 것처럼 돌려 말하지 말고……."

"네가 집에 갔으면 좋겠다." 부싯돌처럼 단단한 목소리다.

베네자의 의욕이 단숨에 꺾이더니 조용해진다. 그가 얼굴을 찌푸 린다. "알았어요, 젠장, 알았다고요." 잠시 후, 자기 차를 향해 걷기 시작한다. 누가 봐도 골이 난 상태다. "비, 제발 죽거나 잡아먹히거 나, 어, 꾸불탱이한테 잡혀가거나 하지 말…… 씨발, 뭐가 잘못되기 라도 하면 내가 당신 죽여 버릴 거야. 저세상까지 따라가서 정신 차

510

리라고 따귀를 갈겨 줄 거라고요." 그러고는 몸을 휙 돌려 한 블록도 더 떨어져 있는 차를 향해 달려간다.

베네자의 뒷모습을 바라보는 브롱카는 비통함과, 모질게 대했는데도 미움 받지 않는다는 안도감 사이에서 가슴이 찢어지는 것 같다. "우리 저세상 같은 게 있다는 고정관념을 타파해야 한다는 얘기 하지 않았었니?" 브롱카가 베네자의 등 뒤에 대고 소리친다. "안 했거든요!" 베네자가 잘 있으라며 가운뎃손가락을 쳐든다.

브롱카는 한참 동안, 입가에 희미한 미소를 띤 채 베네자를 지켜본다. 하지만 입술은 굳게 다물려 있다. 숨을 크게 들이쉬고는 브루클린과 나머지 일행에게 말한다.

"내 차에 다 타려면 좀 좁을 거야. 그리고 누가 베라자노 브리지 통행료도 대신 내 줘. 지금 가진 현금이 없거든."

"요즘엔 전부 전자식이야." 딴 데 정신이 팔려 있는 와중에도 용케 브루클린이 대답한다. 그는 지금 누군가에게 전화를 거는 중이다. "카메라로 번호판을 찍어서 나중에 청구서를 보내지."

"역시 감시 국가답구만. 내가 가긴 어딜 간다고."

브롱카가 열쇠를 눌러 조금 떨어진 곳에 주차되어 있는 지프차 문의 잠금을 해제한다.

다른 사람들도 그의 뒤를 따른다. 파드미니는 누군가에게 미친 듯이 문자를 보내고 있다. 잠시 후, 전화벨이 울린다. 휴대전화 너머로 빠르고 성난 타밀어로 소리 지르는 아이쉬와라의 목소리가 들린다. 파드미니는 이모의 기에 눌려 쭈뼛거리면서도 가족들을 데리고 빨리 뉴욕을 떠나야 한다고 설득한다. 브루클린도 마찬가지다.

"네, 아빠. 전에 얘기했잖아요. 곧 보좌관이 아빠와 애를 데리러 30분 안에 도착할 거예요. 그 친구한테 뒤에서 지진이 쫓아오는 것처럼 전속력으로 달리라고 하세요." 잠깐 멈춤. "저도 사랑해요."

브루클린이 전화를 끊고는 매니를 바라본다. 조심스럽게 억누른 걱정과 두려움으로 가득한 표정에 매니의 가슴마저 욱신거릴 정도다. 물론 브루클린은 그들이 걱정되어 두려운 게 아니다. 그들은 서로에게 아무것도 아니다. 동료가 된 지는 사흘도 되지 않았다. 그럼에도 그들 모두의 성공 또는 실패에 가족의 생사가 달려 있다. 안녕 또는 행운을 빌어 같은 말은 너무도 작별인사 같은 느낌을 준다.

그 증거로 브루클린이 드디어 몸을 돌리더니 다른 이들을 따라 브롱카의 지프차를 향해 서둘러 뛰어간다.

매니는 그 뒤로도 한참 동안 브루클린의 뒷모습을 바라보며 서 있다. 그러고는 그제야 자신만이 유일하게 가족이나 사랑하는 사람이 없다는 사실을 깨닫는다. 그가 사랑하는 것은 오직 뉴욕뿐이다. 자기 자신.

맨해튼은 택시에 탄다. 저 탑에서 한시라도 빨리 멀어지고 싶은 매디슨이 바로 차를 출발시킨다. 드디어 목표에 집중할 수 있게 되었다.

"지금 가는 중이야." 매니는 허공에 대고 나지막이 속삭인다. 파울루가 그를 힐끗 쳐다보지만 아무 말도 않는다. 매니가 누구에게 말을 걸고 있는지 아니까. "곧 만나."


다른 이들과 헤어진 베네자가 초조한 마음으로 운전대를 잡고 도로를 달리며 필라델피아에 사는 망할 아버지를 깜짝 방문하는 게 여기서 어정거리다 차원 간 아포칼립스를 맞닥뜨리는 것보다 훨씬 나을 거라고 스스로를 설득하고 있을 때 ──

── 뒷좌석에서 뭔가가 꿀렁거린다. 아주 조용히.

두둥.

# 14장

# 2번 애비뉴의 건틀릿

그 일은 그들이 자동차에 타자마자 일어난다. 브롱카는 내비게이션을 사용하려고 휴대전화를 꺼낸다. 늘 그렇듯 눈가를 찡그리며 손가락 하나로 글자와 숫자를 하나하나 힘겹게 처넣고 있는데 뒷좌석에서 퀸스가 말한다. "내가 할게요." 손이 튀어나와 브롱카의 손에서 전화기를 채간다. "일단 스태튼아일랜드로 가요."

사실 베네자와 다닐 때에도 이러기 일쑤지만 퀸스는 베네자가 아니다. "사람 손에서 뭘 빼앗아 가려면 먼저 물어봐야지, 아가씨."

"시간이 없으니까 효율적으로 하는 거뿐이라고요! 목적지 주소나 말해 봐요."

서른 살이 안 된 젊은이라면 으레 그렇듯 퀸스의 손가락이 키보드 위를 외계인 같은 속도로 날아다닌다. 브롱카는 운전을 시작한다. 앞좌석 조수석에서는 브루클린이 아직도 통화를 하고 있어서 퀸스는 홍을 쳐다본다.

"난 홍콩이다." 그가 불쑥 말한다.

"아, 맞다. 당신은 모르겠네요." 퀸스가 지도를 연다. "하지만 파울루를 어디서 찾았는지는 말해 줄 수 있잖아요. 스태튼은 그 근처에 있을 거예요."

퀸스와 홍콩이 스태튼아일랜드의 화신이 어디에 있을지 대강의 위치를 놓고 옥신각신하는 사이 브루클린이 드디어 통화를 마친다. 이번 통화는 아까보다 더 차분하고 조용했기에 브롱카는 굳이 관심을 두지 않았다. 그 목소리의 톤과 어조를 알고 있기 때문이다. 그것은 부모가 자식에게 작별인사를 할 때의 음성이다. 그도 아들과 통화했다면 저런 말투였을 테지만…… 멧쉬쉬는 나이가 서른이 넘었고 캘리포니아에 사는 데다 전화를 해 봤자 말다툼으로 번질 게 뻔하다. 그리고 브롱카는 지금 그런 데 신경 쓸 여력이 없다. 어차피 성인 남성이 부모를 잃는 것과 열네 살짜리 어린애가 부모를 잃는 건 완전히 다른 일이기도 하고. 다만 브롱카가 바라는 게 하나 있다면 한 3개월쯤 뒤에 태어날 손주에게 작별인사를 전하는 것인데…… 언젠가 그 아이가 브롱카에 대한 얘기를 들을 거라면 비극적인 사건보단 신비한 미스터리로 남는 게 더 좋겠다.

통화를 마친 브루클린은 상념에 잠겨 조용히 창밖만 내다볼 뿐이다. 브롱카 역시 아무 말도 않는다. 이럴 때 딱히 건넬 수 있는 말 같은 건 없으니까. 하지만 그래도 시도는 해 본다.

"애는 아빠한테 보냈어?"

브루클린이 쓴웃음을 지으며 콧방귀를 뀐다. 브롱카는 즉시 그게 잘못된 질문임을 깨닫는다.

"애 아빠 세상에 없으니까 그러면 큰일이지."

이런. "마약?"

브루클린이 고개를 휙 돌려 그를 쏘아본다. "암이었어."

아, 빌어먹을. 브롱카가 한숨을 내쉰다.

"미안, 그런 뜻은 아니었어. 나도 옛날에 네 음악을 가끔 들었는데 항상 마약상이니 갱이니 그런 남자들 이야기만 하길래."

"그래. 하지만 그 남자들도 대부분 자기가 사랑하는 사람들을 위해 해야 할 일을 했을 뿐이거든. 그래서 알고 보면 평범하고 정직한 악질 집주인이나 뭐 그런 비슷한 작자들보다 사실 낫다고. 하지만 어쨌든 내가 썼다고 해서 노래 가사랑 내 실제 삶하고 항상 똑같은 건 아냐. 젠장, 랩이 진짜라고 생각하는 건 백인들뿐인 줄 알았는데." 브루클린이 고개를 젓더니 다시 도로를 응시한다.

브롱카는 머리에 열이 확 끼치는 것을 느낀다. 여기서 노여움을 터트리기엔 시간도 장소도, 그리고 대상도 틀렸고, 지금 브루클린을 저격하는 게 이렇게 지독하고 무기력한 상황에서 그가 통제할 수 있는 유일한 일이기 때문이라는 걸 알 정도로 나이도 먹었지만, 그렇지만…… 이걸 다 머리로는 안다고 해도…… 흠, 어차피 브롱카는 훌륭하고 현명한 어르신이 되길 글러먹었으니까. 게다가 어르신이 될 수 있기는 한가.

"그래? 진짜가 아니라고?" 브롱카의 시선은 여전히 앞쪽 도로에 못 박혀 있지만 핸들을 잡은 손에 힘이 들어간다. "내가 기억하기론 네 가사 중에 기똥차게 진짜였던 것도 있었는데 말이야. '그년이 나한테 들이대면 권총으로 배때기를 따 버리겠어.'는 어때. 이건 기억나냐?"

브루클린이 신음하며 기가 찬다는 듯 성난 웃음을 터트린다.

"아, 드디어 시작이군. 그거에 대해선 옛날옛적에, 그것도 대중 앞에서 공식적으로 사과했어. 알리포니 센터*에 1000달러도 기부했고……."

"아, 그러면 저절로 해결되는 모양이지? 지금도 얼마나 많은 어린 성소수자 애들이 칼에 찔리고 총에 맞아 죽었는지 알기나……."

브롱카는 브루크너 고속도로에 진입하는 코너에서 필요한 것보다 조금 더 핸들을 격하게 꺾었다가 제자리로 돌린다.

"제발 부탁이니 아주아주 끔찍한 교통사고를 내도록 해." 뒷좌석에서 홍이 한숨 쉰다. "한 번만 부딪쳐도 이 도시 절반이 날아갈 테니 적이 손가락 하나 까딱할 필요 없이 알아서 다 해 주는 꼴이겠구나. 그럼 난 집에 갈 수 있겠지."

브롱카가 발끈하며 이를 사려 문다. 고요한 침묵 속에서, 브루클린이 길고 느릿하게 한숨을 내쉰다.

"나도 사과로 다 해결할 수 없다는 건 알아." 정치가의 목소리가 사라지고 과거 평범한 브루클린의 억양이 되살아난다. 그리고 그것 때문인지 브롱카의 화도 조금 가라앉는 것 같다. 지금의 브루클린이 가짜라는 건 아니지만 그래도 이쪽이 좀 더 진정한 MC 프리 같고 지금 브롱카가 화를 내고 있는 건 과거의 MC 프리이기 때문이다. "나도 다 안다고. 하지만 난 남자 래퍼들이 당연히 지들 거라고 생각하는 링에 같이 서는 것만으로도 동성애자 취급을 받았단 말이

*미국 LGBT 노숙자 청소년을 돕는 비영리 단체.

야. 지랄 맞은 새끼들이 내가 지들이 생각하는 여자라는 틀에 안 맞는다는 이유로 틈만 나면 나를 강간하려 들었지. 그래서 그 분노를 딴 곳에 쏟아 내야 했어. 그래, 내가 그랬다는 거 알아. 하지만 난 그 뒤로 성장했어. 옆에서 정신 차리라고 두들겨 패 준 친구들이 있었고, 그래서 그 친구들의 얘기를 들었지. 그러다 보니 그 새끼들이 하는 말이 전부 다 헛소리라는 걸 알게 되고 그래서 흉내 내면 안 되겠다는 생각이 들었어. 젠장, 그땐 우리 중에 대다수가 그냥……." 브루클린이 답답하다는 듯이 팔을 휘두르며 한숨을 내쉰다. "입에서 나오는 대로 아무렇게나 지껄였을 뿐이라고. 알아? 옆에서 부추기니까 눈깔이 돌아갔다고. 음반 계약에 목숨을 걸고 교외에 사는 중산층 백인 남자들 돈에 눈이 멀어서. 난 그냥……." 브루클린이 한숨을 쉰다. "씨발. 어쨌든 다 지난 일이야."

브롱카는 브루클린의 해묵은 피로와 슬픔을 느낀다. 그리고 그의 진심도. 그래서 한동안 아무 말 없이 차만 몬다. 흥분이 가라앉도록. 그러고는 한참 후에야 입을 연다. "'마약' 이야기 꺼낸 건 미안하게 됐어. 그건, 어, 인종차별적인 발언이었지. 엄밀히 말해 권력 역학을 너무 납작하게 해석한 편견이라고 해야겠군. 하지만……." 그는 어색함을 떨치려고 싱긋 웃는다. "나도 흑인 친구들 많으니까 아무 의도도 없었다는 거 알지? 우리 숙모도 흑인이고, 할머니도 흑인이거든."

브루클린이 눈동자를 굴리는 소리가 들리는 것 같다. 그러나 잠시 후 브루클린이 조용히 말한다. "사실 내 친구들 중에도 마약 중독으로 죽은 애가 많아. 그래서 좀……."

상처 입었다 이거지. 그래. "나도 그래." 브롱카가 코웃음을 친다.

"이 몸은 브롱크스라고."

피식거리는 웃음과 함께 지치고 건조한 음성이 대답한다.

"그리고 난 브루클린이지."

"그리고 범죄랑 싸우죠!" 퀸스가 활짝 웃으면서 말한다. 브루클린이 고개를 돌려 노려보자 퀸스가 무안한 듯 자세를 고쳐 앉으며 입을 다문다.

그들은 거금의 통행료를 감수하고 스태튼아일랜드로 가장 빨리 갈 수 있는 길을 선택했다. 하지만 브루크너 고속도로에서 FDR로 갈아타기 직전, 브롱카의 휴대폰에서 경고음이 삑삑거린다.

"어, FDR에서 사고 같은 게 일어난 모양인데요." 퀸스가 미간을 찌푸리며 스마트폰 화면을 유심히 들여다보더니 뭔가를 두드린다. "더 빠른 길이 뜨긴 했는데 시내를 통과해야 해요."

"알았어." 브롱카가 대답하고는 내비게이션 앱의 무미건조한 컴퓨터 여성의 목소리에 따라 운전하기 시작한다.

"시내를 통과하는 게 FDR보다 빠르다고?" 브루클린이 묻는다. "엄청 큰 사고인가 보네."

"그게……"

브롱카는 거의 배경음악처럼 라디오를 틀어 두고 있었다. 하지만 귓가에 DJ가 FDR을 언급하는 게 들리자 재빨리 볼륨을 높인다.

"FDR 도로를 봉쇄했습니다." 남자가 놀랍다는 투로 말한다. "경찰은 집회 신고가 되어 있지 않아 즉흥적으로 발생한 시위라고 해명했지만 해당 단체는 집회를 시작하기 몇 시간 전에 뉴욕의 여러 뉴스 매체에 미리 성명서를 보냈습니다. 자칭 'NYC의 당당한 남자

들(Proud Men)'이라고 하는데 NYC 프라이드(Pride) 축제랑은 헷갈리
지 말도록 합시다. 이들은 우익 집단으로 몇몇 폭력 사건과 관련되
어 있습니다."

보도는 그 뒤로도 약간 더 이어지고, 이후 현장 음성이 짧게 중계
된다. 여러 사람의 목소리가 들린다. 전부 다 남성인 것 같고, 다 같
이 뭔가를 한꺼번에 외치고 있는데 소리가 뭉개져 잘 알아들을 수
가 없다. 경찰차의 사이렌 소리가 배경에서 울리고 있다. "뉴욕에게
알린다!" 아드레날린에 흥분해 떨리는 한 젊은 남성의 목소리가 외
친다. "우리는 그린포인트와 윌리엄스버그를 점령했고 이제 맨해
튼에게 우리 남성들이……." 누군가 그를 밀친다. "야야, 쫌! 이 신
발 새 거라고. 뉴욕 시의 남자들은 절대로……." 브롱카가 알아들을
수 없는 웅얼거림이 이어진다. 뭔가 다른 것으로 대체되었다는 얘
기 같다. "페미니스트니 자유주의 같은 헛소리를 용납하지 않겠다!
백인 남성이어도 괜찮아! 우린 하얀 거시기를 갖고 있다는 이유로
더는 죄책감을 느끼지 않을 것이며, 너희는 그걸로 박혀……."

갑자기 현장음이 뚝 끊기더니 어색하게 웃는 DJ에게 마이크가
넘어간다. "이런 세상에, 방송위원회에서 제재가 들어오지만 않으
면 좋겠군요. 여하튼 청취자 여러분, 한동안은 FDR 드라이브 근처
에 가지 않는 게 좋겠습니다. 도로 위에 갇혀서 주변 풍경이나 감상
하고 싶지 않다면요." 그러고는 방송국의 시그널 음악이 흐른다.

브루클린이 멍하니 라디오 콘솔을 쳐다본다.

"지금 장난해? 인종차별주의 백인 사내새끼들이 시위를 하고 있
다고? 뉴욕에서? 자정이 다 된 시간에? 도대체 뭐 하러? 이 시간엔

자동차 통행에도 별 영향을 못 줄 텐데?"

"딴 건 몰라도 우리한텐 확실히 엿을 먹이고 있지." 브롱카가 투덜거리며 2번 애비뉴로 차머리를 돌린다. "경찰은 저걸 막을 생각도 없을걸. 도리어 놈들에게 항의하는 사람들이나 저 자식들이 차에서 끌어내 두들겨 팬 사람을 체포한다면 모를까."

"하지만 성난 백인 남자 시위대라뇨." 퀸스가 걱정스런 말투로 말한다. "그런 게 절대 좋을 리가 없잖아요."

지당한 말이다. 브롱카는 뉴욕에서 이런 일이 일어나고 있다는 것 자체를 믿을 수가 없다. 물론 뉴욕에 얼마나 많은 인종차별주의자가 살고 있는지는 신만이 아실 테고, 이 도시는 여러 모로 특별하긴 해도 그 점에서는 다른 곳들과 별다를 바가 없다. 하지만 뉴요커들은 대부분 다른 대도시 사람들과 마찬가지로 주변에 별로 신경쓰지 않고 살아가며 특히 지하철에서 두들겨 맞고 싶지 않다면 더더욱 그렇다.

"꼭 뉴올리언스 같군." 홍이 중얼거린다. 소리가 너무 작아서 하마터면 듣지 못할 뻔했다.

"뭐?"

백미러를 통해 본 홍의 무표정한 얼굴은 평소보다 더 딱딱하다.

"뉴올리언스는 운이 나빠 죽었지. 불운이 겹치고 겹쳐서 말이야. 행정 기관이 무너지고, 해묵은 증오가 새로운 형태로 나타나고, 하필 잘못된 순간에 하위문화가 과감한 변화를 감행하고. 적어도 그땐 그렇게 생각했다."

브롱카는 바로 알아듣는다. "그러니까 더 나은 뉴욕 재단이 이 시위를 뒤에서 부추겼다고? 우리가 다른 길로 가게 하려고?"

"그건 모르지. 하지만 도시의 화신은 보통 운이 아주 좋아. 꼭 필요할 때 마침 바라던 우연이 자주 일어나지. 너희 도시는 지금 약해." 백미러 너머로 홍이 고개를 흔드는 게 보인다. "아니면 뭔가 더 강력한 힘이 작용해서 도시의 노력을 수포로 만들고 있든가."

아무도 입을 열지 않는다. 공포는 정적 속에서 가장 잘 작동하는 법이다.

그들은 스패니시 할렘에서 2번 애비뉴에 진입한다. 노동계급 동네의 평일 밤늦은 시간. 브롱카는 도로가 거의 텅 빈 것을 보고도 별로 놀라지 않는다. 문을 연 곳은 보데가 가판대뿐이다. '잠들지 않는 도시'와 '가끔 새벽 2시에도 우유가 필요한 젠트리피케이션'의 파수꾼은 이곳에서 끝없이 늘어선 커피숍의 형태를 취하고 있다. 마지막 몇 블록은 프랜차이즈가 아니라 직접 로스팅한 드립커피를 자랑스럽게 내세운 개인 경영 가게들이 즐비하다. 내부 장식도 간판 폰트도 다들 제각각이다. 그러더니 이내 동네의 독특한 개성이 사라지고 있다는 증거가 등장하기 시작한다. 그들은 사거리에 있는 스타벅스를 지난다. 어쨌든 적어도 브롱카는 그렇게 생각한다. 확신할 수가 없다. 왜냐하면 가게 간판이 온통 하얀 촉수와 단단해 보이는 돌기에 뒤덮여 있어 로고나 이름이 보이지 않기 때문이다.

꼭 무슨 짐승처럼 생겼다. 겹겹으로 쌓이고 얽혀 꿈틀거리는 하얀 촉수들이 얼룩진 털가죽같이 보여서 건물의 장방형 윤곽을 구분하기도 힘들다. 스타벅스가 있는 건물은 뉴욕의 전형적인 주상복합이다. 1층엔 상점들이 입주해 있고 그 위는 주거용 아파트다. 아파트 부분에도 층마다 촉수가 붙어 있지만 적어도 아래쪽 괴물과는 확연한 차이가 있다.

바로 그 순간, 마치 수면에 파문이 일듯 괴물의 털가죽 표면이 일렁이더니 거대하고, 비인간적이고, 어마어마하게 커다란 입을 가진 얼굴이 ──

브롱카가 핸들을 급히 꺾는다. 거의 반사적인 동작이다. 도로에 차가 몇 대 없어 다행이지만 택시 두 대와 우버 한 대가 즉시 경적을 요란하게 울린다. 이렇게 차선에서 갑작스레 벗어나는 건 맨해튼의 도로에서 흔치 않은 패턴이기 때문이다. 브롱카는 스타벅스를 지나친 뒤에도 계속해 백미러로 그것을 응시하고, 브루클린은 아예 대놓고 몸을 돌려 쳐다본다. 퀸스도 마찬가지다. "이런 미친." 퀸스가 숨을 약간 헐떡이고 있다. 그때 퀸스의 전화기가 울린다. 그가 전화를 받자 아이쉬와라의 목소리가 들린다. 아까보다는 조금 차분하지만 뭔가를 묻는 음성은 여전히 잔뜩 긴장해 있다. "지금은 통화 못 해요. 죄송해요." 퀸스가 중얼거리더니 재빨리 끊어 버린다.

홍이 중국어로 낮게 투덜거린다. 그러고는 말한다.

"구성개념을 준비해 둬. 만일 너희가 싸워야 한다면……."

"씨발!"

브롱카가 다급하게 외친다. 이번에는 운전대만 꺾은 게 아니라 아예 오토바이 차선으로 침범해 들어간다. 오른쪽 도로에서 화려하게 반짝이는 흰 깃털로 뒤덮인 또 다른 스타벅스가 갑자기 2번 애비뉴로 폴짝 뛰어들었기 때문이다. 그들을 노리고 있다. 스타벅스가 입주해 있는 건물이 약간 휘청인다. 브롱카는 스타벅스가 움직인 것이 실제로 일어난 일이기도 하고 동시에 일어나지 않은 일이 기도 하다는 걸 안다. 건물의 다른 부분, 즉 물질적인 부분은 사실 움직이지 않았다. 다만 다른 차원에서 괴물로 변해 그들에게 덤벼들고 있을 뿐. 이 스타벅스는 밤늦은 시간까지 여는 매장이다. 괴물의 거죽 너머로 사람들이 아무런 동요 없이 창가에 앉아 멍한 눈빛으로 음료를 마시고 있는 게 보인다.

이번에는 두 블록 건너에서 삐죽삐죽 가시 돋친 하얗고 거대한 고슴도치처럼 생긴 괴물 건물이 그들을 덮칠 준비를 하고 있는 것이 보인다.

브롱카가 깃털 돋친 새 모양 스타벅스를 회피하려다 진로를 방해받은 차량이 경적을 울려 댄다. 운전자는 화가 머리끝까지 났다. 브롱카는 그를 비난할 생각이 없다. 다음 블록에서 차를 도로 가장자리에 댄 다음, 떨리는 손으로 운전대를 꽉 움켜쥐고 숨을 고른다.(백미러로 새처럼 퍼덕거리는 스타벅스를 계속 관찰해 보니 다행히도 바닥에 고정된 건물 토대로부터 몇십 센티미터 이상은 못 벗어나는 것 같다. 놈이 거울 속에서 브롱카를 노려보며 유리문을 부리로 몇 번 쪼려 하지만 지저분한 커피 찌꺼기만 뚝뚝 흘려 대다 마지못해 원래 있던 자리로 돌아간다.) 열 받은 운전자가 브롱카의 지프 옆으로 다가와 창문 너머로 손가락질 욕을 해 대며 '씨발 운전 좀 제대로 해'로 통용되는 국제 공용어를 내뱉고 떠나간다.

"스타벅스란 스타벅스는 다 저 모양인 것 같은데." 브루클린이 눈을 가늘게 뜨고 거리를 내다보며 말한다.

"스타벅스만이 아니에요. 저것 봐요." 퀸스가 코르크 따개처럼 구불구불한 것으로 잔뜩 뒤덮인 던킨 도너츠를 가리킨다. 멀리서 보니 하얀 아프로 머리처럼 보일 정도다. 길 건너편에 있는 무슨 카페는 하얗고 반질반질 광택이 흐르는 긴 턱수염을 커튼처럼 드리우고 있는데, 거의 인도 위까지 흘러 내려와 있다. "저 오봉팽*은 무대에서 즉흥 코미디 쇼라도 시작할 기세네요."

"그래도 빌어먹을 스타벅스처럼 도로까지 쫓아오진 않잖아." 브롱카가 고개를 흔들며 눈앞에 길게 펼쳐진 2번 애비뉴를 바라본다. "렉싱턴이나 파크 애비뉴로 갈 수도 있는데, 문제는 어딜 가나 저런 게 코너마다 있다는 거야. 특히 그랜드 센트럴이랑 다른 관광 명소에는 아예 널려 있고."

순간적으로 브롱카는 맨해튼이 있었다면 좋았을 거라는 생각이 든다. 그라면 어떻게든 여기를 안전하게 통과하게 해 줬을 것 같다.

"너무 이해가 안 돼요!" 퀸스가 목을 길게 뻗어 다음 블록에 있는 고슴도치를 쳐다본다. 움직임은 없지만 브롱카는 속아 넘어가지 않을 것이다. 저것은 이 블록에서도 생긴 지 얼마 안 된 건물이다. 어쩌면 깃털 달린 새 스타벅스가 된 오래된 건물보다 더 유연할 수도 있다. "스타벅스는 이 도시에 아주 오랫동안 있었잖아요! 지금쯤은 뉴욕의 일부가 되어야 하지 않아요?"

"스타벅스는 어디에나 있지." 홍이 깊고 우르릉거리는 목소리로 말한다. "내 도시에도 널려 있다. 대기업 체인점은 도시의 개성을 빼앗고 어디든 다 똑같은 모습으로 만들어. 그건 그렇고 네가 그렇게 정신이 나가 있는 걸 언제까지 기다려 줄 순 없어, 브롱크스."

---

* Au Bon Pain. 미국의 베이커리 브랜드 이름.

브롱크스가 흠칫 몸을 굳히더니 천천히 고개를 돌린다.

"또 날 모욕하는군." 그가 성마르게 대꾸한다. "저기다 내려 줄 테니 어디 공항까지 걸어서 가 보지 그래? 중간에 잡아먹히지나 말고."

브롱크스의 목소리에 담긴 진정성 넘치는 분노에, 홍이 시선을 돌리더니 심호흡을 한다. 그러고는 차갑고, 과장스럽게 정중한 말투로 대답한다. "사과하지. 다른 계획은 있고?"

화가 누그러진 건 아니지만 그들에겐 또 다른 문제가 있다. 브롱카는 홍의 질문에 대답하는 대신 이를 꽉 물며 차를 출발시킨다.

"어떻게 하려는 거……." 퀸스가 입을 연다.

"니미씨발 뉴요커답게 운전하려고 한다. 그게 내가 하려는 일이야." 브롱카가 으르렁거리며 대답한다. 그러고는 트럭 앞으로 잽싸게 끼어들어 순식간에 시속 80킬로미터까지 밟는다.

퀸스가 깜짝 놀라 비명을 지르며 훨씬 전에 매야 했던 안전띠를 더듬어 찾는 소리가 들린다. 뒤에서 트럭이 브롱카에게 크고 묵직한 경적 소리를 날려 댄다. "시내에서 경적 울리는 거 불법이거든, 머저리 자식아! 딱지나 받아라!" 브롱카가 고래고래 고함을 지른다. 하지만 그의 얼굴에는 저도 모르게 히죽이는 웃음이 떠올라 있다. 요 며칠간은 정말 거지 같았다. 그래서 그는 2번 애비뉴를 전속력으로 질주하며 다른 차들을 피해 지그재그를 그리고, 두 대의 랜드로버 사이를 곡예를 부리듯 아슬아슬하게 통과하고, 신호등이 빨간색으로 바뀌기 직전 사거리를 쏜살같이 가로지른다. 홍이 뒷좌석에서 광둥어로 욕을 퍼붓는다. 오른쪽 차선을 달리는 차량을 추월한다. 느릿느릿 횡단보도를 건너는 보행자를 참지 못하고 옆으로 피해 달려간다. 23번가 도로 한쪽에는 도심 내 제한속도가 시속 40킬로임을 알리는 과속 단속 감지기가 세워져 있는데, 브롱카가 그 앞을 쏜살같이 지나가자 불길한 붉은 글씨로 110이라는 글자가 깜박인다.

그러나 스타벅스 괴물들은 그들을 건드리지 못한다. 열 블록쯤 지났을 즈음, 브롱카의 시야 가장자리로 지프 주위에 은빛으로 깜박이는 입자들이 모여드는 게 보인다. 열다섯 블록을 지났을 즈음에는 시야 가장자리만 반짝이는 게 아니다. 하얀 빛이 차량 전체를 덮개처럼 감싸 안는다. 뱀처럼 생긴 스타벅스가 체인 호텔 로비에서 갑자기 불쑥 튀어나와 유령처럼 흐릿한 입을 쩍 벌린다. 희고 반투명한 식도 안쪽에서 피로에 찌든 바리스타가 무릎을 꿇고 바닥에 엎지른 음료수를 닦아 내고 있다. 그러나 뱀의 허깨비 같은 이빨은 브롱카의 차를 뚫지 못하고 마치 돌을 씹은 것처럼 튕겨 나간다. 브롱카는 불꽃처럼 번쩍거리며 거침없이 달린다.

경찰도 브롱카를 막지 않는다. 아예 보지를 못하는 것 같다. 홍과 퀸스는 뒷좌석 등받이에 등을 딱 붙이고 손잡이를 부여잡은 채 안전띠가 제대로 잠겨 있는지 확인하고 있다. 그리고 브루클린은—아, 그를 찬양하라!—차창을 열고 그들 앞에 끼어들거나 방해하려는 차량이 있을 때마다 매서운 눈빛으로 노려보며 포효한다. "눈깔이 삐었냐, 이 씨발새끼들아!" 브롱카는 깨닫는다. 구성개념과 함께 그들 두 자치구의 힘이 섞이고 합쳐져 하나의 거대하고 선제적인 '우리 앞 막지 말고 꺼져!'의 파동이 생성되고 있다. 이제 지프를 감싼 에너지막은 총알 형태가 되어 너무 천천히 달리거나 앞

길을 방해하는 자동차들을 말 그대로 옆으로 튕겨내고 있다. 브롱카는 광대처럼 얼굴 가득 벙긋거린다. 브루클린도 신이 나서 큰 소리로 웃음을 터트린다. 이 얼마나 근사한 일인가.

2번 애비뉴는 휴스턴에서 끝나고, 이제 GPS는 더욱 심한 지그재그 길을 따라 브루클린으로 안내한다. 그들은 지금 로어이스트사이드에 있다. 이 근방에 있는 유일한 스타벅스는 딜런시 스트리트에 있는데, 활력 없는 생선처럼 팔딱거리며 그들을 덮치려 하지만 건물 앞 연석에도 미치지 못한다. 브롱카는 속도제한을 무시하고 놈의 앞을 지나치면서 소리 내어 말하진 않지만 속으로 뒤져 버리라고 덤으로 얹어 준다.

윌리엄스버그 브리지는 이제 무너지고 없다. 부디 편히 쉬기를. 온갖 경고판과 바리케이트와 사진이 꽂혀 있는 추모의 벽을 지나는데 물속에 뭔가 있는 게 보인다. 하얗고 살아 있고 들썩거리는 것이 이스트 강 전체를 가득 메우고 있다. 다리의 남은 잔해를 홀로 지탱 중인 기둥 위로 우뚝 솟을 만큼 거대하다. 딜런시 스트리트를 지날 때에는 그 하얀 것이 천천히 물결치듯 꿈틀거리기 시작한다. 녹색 기를 띤 기분 나쁜 하얀 빛이 브롱카의 눈을 찔러 대서 필요한 것보다 훨씬 속도를 내어 재빨리 딜런시 스트리트를 빠져나온다.

"아, 세상에." 퀸스가 공포에 질린 목소리로 나직히 내뱉는다. "다리를 부순 게 저거예요. 저게 진짜였다니. 하지만 아직도 저기 있을 줄은 몰랐는데."

아무도 그에게 대답하지 않는다. 할 말이 딱히 없기 때문이다.

대신 브루클린은 브롱카의 휴대전화 화면을 두드린다.

"브루클린 브리지로 가는 다른 경로를 설정 중이야. 브루클린 퀸스 고속도로에는 체인점이 없거든."

"그래, 알았어." 브롱카가 대답하더니 갑자기 연석 위에 차를 세운다. 아직은 작고 좁은 도로를 타고 있어 가능한 일이다.

"왜……."

"난 브루클린에서 운전하는 거 싫다." 브롱카가 안전띠를 풀며 말한다. "네 자치구에선 네가 알아서 해."

브루클린은 저도 모르게 웃음을 터트리고는 조수석에서 내려 브롱카와 자리를 바꾼다. "스태튼아일랜드에 도착하면 네가 운전할래?" 브루클린이 안전띠를 매면서 퀸스에게 묻는다.

"난 운전할 줄 몰라요." 퀸스가 부끄럽다는 듯 대답한다.

"맞다. 까먹었네."

"어떻게 운전을 못 할 수가 있지?" 홍이 미간을 찌푸리며 묻는다.

"왜냐하면 보통 뉴욕에선 운전할 필요가 없거든." 브롱카가 홍에게 쏘아붙인다. 퀸스를 딱히 좋아하는 게 아니라 여성을 무시하거나 타박하는 남자들에게서 다른 여성을 보호해 주는 게 버릇이 됐기 때문이다. 그리고 퀸스는 뉴욕이고 홍콩은 다른 동네라는 점도 한몫한다. "이제 다시 닥쳐. 입 다문 동안에는 그나마 참아 줄 수 있으니까."

여기서부터 스태튼아일랜드로 가는 길은 순조롭다. 하지만 베라자노 브리지에서는 섬 전체가 환히 내려다보이고, 그래서 그들은 볼 수 있다. 하얀 탑이 더 늘어났다. 최소한 두 개는 더 있고 탑이랑 똑같이 볼품없고 흉한 돌기로 뒤덮인 게 하나 더 있긴 한데 너무 멀어서 단순히 흉물스러운 경기용 스타디움인지 아니면 또 다른 이상한 구조물인지는 잘 모르겠다.

브루클린은 천천히 스태튼아일랜드의 경계 안으로 들어선다. 도로가 좁고 주변에 경찰이 많기 때문이 아니라, 스태튼아일랜드 화신의 구역 안에 들어왔다는 사실을 느낄 수 있기 때문이다. 기묘한 느낌이지만, 프라이머리에 대해 느껴지는 강력하고 새로운 인지적 관점과 완전히 다른 것도 아니다. 집단 비전을 경험한 뒤로 그들 모두의 마음속에는 프라이머리의 이미지가 끊임없이 맴돌고 있다. 마치 머릿속에 북쪽 대신 프라이머리가 있는 구 시청을 가리키고 있는 자철석이 박혀 있는 것과도 비슷하다. 그리고 다른 한쪽은 스태튼아일랜드의 중앙을 가리키고 있다. 홍이 구글 지도를 이용해 그들에게 알려 준 곳. 하틀랜드 빌리지라고 불리는 곳.

그 마을에 가려면 이상한 그림자로 뒤덮인 넓고 구릉이 많은 숲지대를 지나야 한다. 가는 내내 긴장을 풀 수가 없다. 언제 뭐가 튀어나올지 몰라 바짝 경계심을 높인 채 나무들 사이를 두리번거린다. 아무 일도 일어나지 않지만 불안감은 누그러들 줄을 모르고, 브롱카는 스태튼아일랜드에 깊숙이 들어갈수록 긴장감이 더욱 심해지는 것을 느낀다. 얼마 지나지 않아 그들은 주로 예쁘장한 2층짜리 단독주택이 늘어서 있고 간간이 2세대 주택이 보이는 깔끔하고 작은 도로에 들어선다. 섬뜩할 정도로 모든 집이 다 똑같이 생겼다. 페인트 색이나 외장용 자재나 울타리는 제각각이긴 하지만. 이곳은 교외다. 동질감이 편안함을 압도하는 곳. 브롱카는 이런 곳을 좋아하지 않는다.

그러나 여기서, 그들은 멈춘다. 아마도 그들의 목적지인 듯한 집 앞마당에 하얀 탑이 서 있기 때문이다. 이건 불길한 징조다. 조금 더 가까이 다가가자 갑자기 어디선가 구불구불한 넝쿨이 불쑥 솟아나 하얀 탑을 빙글빙글 타고 내려오더니 점점 몸통을 부풀리며 두껍고 단단해진다. 거의 인간만 한 크기의 덩어리가 되더니…… 다음 순간 그들의 앞에 흰옷의 여자가 있다. 가슴 앞에 팔짱을 끼고 두 다리를 넓게 벌린 채 잔디밭 위에 당당한 자세로 서 있다.

이번에 나타난 여자는 길고 덥수룩한 하얀 머리카락이 꼭 사자 갈기 같다. 70년대에 유행하던 스타일인데, 요즘 그가 애용하는 좁고 날카롭고 눈꼬리가 올라간 얼굴과 잘 어울린다. 그리고 그런 용모와는 어울리지 않게 짧은 핫팬츠와 헐렁한 탱크톱을 걸쳤다. 꼭 중년의 사악한 조니 미첼* 같다.

그리고 이번에는 혼자가 아니다. 여자의 뒤에 있는 울타리와 이웃집 잔디밭에 크고 가늘고 길쭉한 그림자가 보인다. 처음에는 평범한 가로등 그림자인 줄 알았는데, 갑자기 흔들리고 움직이자 뭔가 다른 것이라는 게 확실해진다. 움직일 때마다 소리가 들린다. 발랄하게 숨을 내쉬는 것 같은 훗훗 소리, 마른 나뭇가지가 부러지는 듯한 딱딱 소리, 그리고 눈에 보이진 않지만 뭔가 육중한 것이 잔디밭을 가로질러 움직이는 희미하고 낮게 쿵쿵거리는 진동, 브롱카는 눈으로 구분하기 힘든 그림자를 두리번거리며 찾아보느라 하마터면 그 소리를 놓칠 뻔한다.

---

*캐나다 출신의 전설적인 여성 싱어송라이터.

"잘 안 보여요." 퀸스가 숨죽인 목소리로 속삭인다. "왜 안 보이죠? 고개를 옆으로 돌려서 곁눈질을 해야 보여요. 정면으로 똑바로 보면……."

"맞아." 브롱카가 말한다. "저 여자는 만날 때마다 새 재주를 배워 오는 것 같네."

여자의 왼쪽에 있는 뭔가가 좌우로 흔들리고 있다. 가끔 움직임을 멈추는가 싶더니 다음 순간 갑자기 양서류와 비슷한 어색한 동작으로 위쪽으로 폴짝 튀어 오른다. 가까운 곳에 있는 건 아니다. 이웃집 산울타리 사이에 숨어 있으니까. 하지만 브롱카는 저것의 움직임이 마음에 들지 않는다. 팔짝팔짝 뛰는 동작을 연습하고 있는 것 같다.

"하나같이 전부 다 말이 안 돼." 홍은 한 손을 재킷 주머니에 넣은 채 뭔가를 쥐고 있다. "적은 항상 거대한 괴물 같은 모습에, 도시가 태어나는 가장 취약한 순간을 노려 공격했어. 인간의 형상을 취한 적도 없고 말도 하지 않았어. 절대 이렇지 않았다고."

"그렇게 멋대로 짐작하니까 너나 나나 둘 다 바보 꼴이 된 거란다." 흰옷의 여자가 말한다.

그 순간, 네 사람 모두 다른 공간으로 빨려 들어간다. 시간과 공간이 아무 의미도 없고, 그들 모두가 크레인과 녹슨 들보와 불투명한 보자르 장식유리를 뻣뻣하게 세우고 날개깃을 펼친 곳. 그들 뒤에는 거대한 홍콩이 버티고 있다. 하지만 이곳은 그의 도시가 아니다. 맨해튼은 지금 여기 없지만 브롱카는 맨해튼의 마천루를 분명하게 볼 수 있다. 스태튼아일랜드도 있다. 이상하게도 그들 전부와 약간 떨어진 곳에 있긴 하지만. 다른 자치구들이 그의 영역에 와 있는데도 크기도 밝기도 전보다도 더 억눌려 있는 듯 보인다.

하지만 스태튼과 다른 자치구들 사이에 다른 것이 있다. 다른 도시. 마치 스태튼아일랜드를 보호하려는 것처럼.

저건 뉴욕의 일부가 아니다. 어마어마하게 크다. 그들 전부를 합친 것보다도 훨씬 더 크다. 저 도시와 관련된 모든 것이 잘못됐고 너무 가까이 있어서 브롱카는 저도 모르게 주춤 뒤로 물러나며 반사적으로 건설 비계를 높이 올려세워 방어 태세를 취한다. 이 도시의 토대는 완벽한 원형이다. 높이 솟은 탑들이 번쩍이고 주거지는 넓게 퍼져 있다. 공원에는 온갖 동식물이 바글거린다. 하지만 전부다 잘못됐다. 저건 탑이 아냐. 브롱카는 공포심이 밀려오는 것을 느끼며 생각한다. 지것들은 숨을 쉬고 있다. 저건 건물이 아니야. 씨발, 저게 뭔지 도무지 알 수 없 — 생각할 수가 없다. 너무 가깝다. 보는 것만으로도 괴롭고 고통스럽다.

비스듬히 서 있는 건물들과 완벽하게 설계된 도로, 그리고 고름이 들끓는 생명체들은 하나같이 완벽하고, 아름다우며, 부자연스러울 정도로 밝은 흰색이다.

다음 순간, 그들은 갑작스럽게 인공간으로 돌아온다. 내팽개쳐진다. 이제 그들 모두는 흰옷의 여자가 그들과 똑같은 다른 도시, 이곳 세계 또는 이곳과 비슷한 그 어떤 세계에도 존재하지 않는 괴물 같은 도시이며, 그 도시의 모든 거리와 길들이 그들의 우주 전체에 해롭고 적대적이라는 끔찍하고도 구역질 나는 진실을 깨닫고 경악한다.

"어서 오렴, 뉴욕의 화신들아." 흰옷의 여자가 하얀 탑의 밤그림자 아래 얼어붙어 있는 그들에게 말한다. 그의 눈동자—인간인 척 하던 가식도 집어던지고 샛노랗게 빛나는 눈동자—가 홍을 발견 하더니 금세 무시하고는 딴 곳으로 향한다. "그리고 홍콩도. 드디어 결전을 치를 때가 온 건가? 신나는 음악이라도 틀어 볼까? 아님 내 가 악당 대장답게 독백이라도 읊어 줘?"

여자가 폭소를 터트린다. 환희와 격정으로 가득한 웃음소리가 마 치 얼음장 같은 손가락이 춤추듯 브롱카의 등줄기를 훑는다. 승리 를 확신하는 자의 웃음소리다.

홍이 씨근거린다. 그의 목소리가 동요하고 있다. 홍콩은 밝고 현 대적인 과시와 반항적인 명성 아래 오랜 역사와 전통을 간직한 도 시다. 그가 기존에 알고 있던 세상의 이치에 반하는 것들을 인정하 거나 잘 받아들이지 못하는 건 당연지사다.

"이럴 리가 없어." 그가 중얼거린다. "우린 연원(淵源)부터 너와 싸 워 왔는데, 네가 어떻게…… 난 이해가 안 돼."

"당연한 소릴." 흰옷의 여자가 눈동자를 굴리더니 어깨를 곧게 펴 고 양손으로 허리를 잡고는 의기양양한 자세로 선다. 그러더니 한 쪽 다리와 팔에 힘을 실으며 자세를 삐딱하게 기울인다. "아메바가 아무리 똑똑해 봐야 아메바인걸."

브롱카는 아직도 저 미친 데이비 듀크*를 새침하고 세련된 화이 트 박사와 일치시키느라 고생 중이다. 새로이 각성한 모든 본능이 그 두 사람이 똑같은 인물이라고 확인해 주고 있지만, 아니, 사실은

---

*미국의 70년대 TV 드라마 「해저드 마을의 듀크 가족」의 등장인물.

사람도 아니지만 말이다.

"넌 대체 뭐야?" 브롱카가 제발 제 목소리가 떨리지 않길 바라며 묻는다. "진짜 너 말이야."

"진짜 나?" 흰옷의 여자는 마치 우주가 탄생한 바로 그 순간부터 줄곧 이 질문을 기다렸다는 듯이 기뻐하며 웃는다. "진정한 실재 말이지? 아, 그래. 더는 속삭일 필요가 없겠네. 드디어 토대가 연결되었고, 내가 여기로 옮겨온 것들도 다들 제 것을 선택했으니. 물어봐 줘서 고마워, 레나페호킹*의 잔재, 브롱크스의 화신. 아니면 뭐든 네가 불리고 싶은 이름을 고르렴. 내 이름은 리예(R'lyeh)**야. 내 이름을 말할 수 있겠니?"

그 이름은 전신에 전율을 일으킨다. 브롱카의 속귀가 경련하고, 몸 전체에 흩어져 있는 모든 모근이 긴장하며 곧추선다. 그러나 또한 그 이름은 브롱카에게 아무 의미도 없다. 하지만 그는 시야 귀퉁이에서 퀸스가 두 눈을 커다랗게 뜨며 소리 없이 입을 벙긋거리는 것을 본다. 세상에 맙소사.

흰옷의 여자가 갑자기 낄낄거리며 가슴 앞에서 뭔가를, 마치 빗자루 같은 것을 쥐는 동작을 한다. 그러고는 일부러 걸걸하게 만든 목소리로 외친다.

"너희는지나갈수없다!*** 이거 꼭 한번 말해 보고 싶었어! 그리고 너흰 정말로 여길 지나가지 못할 거야, 이 더럽고 지저분한 생물들

---

* 레나페 족이 거주하던 지역.

** H. P. 러브프래크트의 소설에 나오는 가상의 도시로 크툴루가 잠들어 있는 곳.

*** 영화 「반지의 제왕」에 나오는 마법사 간달프의 대사.

아. 살인광 도시의 조각들, 똥덩어리 새끼들. 스태튼아일랜드는 옳은 일을 하기로 결심했고, 난 너희가 그 애의 선택을 방해하게 내버려 두지 않을 거거든. 그러니까 어디 한번 신명 나게 난장을 벌여 볼까, 뉴욕의 자치구, 홍콩의 영혼아? 근데 그렇게 말하는 거 맞지? 난장이 맞나?"

그들의 발밑, 땅속 깊숙한 곳에서 마치 천둥이 치는 것처럼 깊고 육중한 소리가 우르릉거린다. 브롱카는 놀란 숨을 들이켜며 브롱크스 아트센터와 그것을 집어삼킨 탑을 떠올린다. 하지만 땅바닥에서는 아직 아무것도 솟지 않는다. 아직은 소리뿐이다. 우르릉 쾅쾅.

그리고 그들 앞에는, 거의 모든 이빨이 드러날 정도로 활짝 웃고 있는 리예 시의 살아 있는 화신이 어서 오라는 듯 길쭉한 손가락 끝에 손톱을 길게 기른 우아한 흰 손을 넓게 펼치고 있다.

"자, 어디 덤벼 보렴, 잠들지 않는 도시야. 감히 악몽조차 발 들이지 않는 텅 빈 공간에 뭐가 숨어 있는지 보여 주마."

## 15장

# "그리고 야수는 미녀의 얼굴을 보았다"*

시청역으로 가는 길은 별일 없이 순조롭다. 심지어 매디슨마저 한마디를 던질 정도다.

"허. 항상 FDR이 문제라니까. 안 그래요? FDR에서 무슨 시위가 일어나고 있어서 엄청 돌아가야 한다던데 여기까지 오는 길에 돌아가시오 표지판이 하나도 없네요. 심지어 신호등도 우리한테 맞춰서 켜지는 느낌이에요."

택시와 창문 주위로 희미한 아우라가 반짝이는 걸 발견한 매니가 파울루를 슬쩍 쳐다보니 그가 고개를 끄덕인다.

"당신 택시가 날 좋아하잖아요." 매니가 말한다. "그건 그렇고 태워 줘서 고마워요."

"예이, 예이." 매디슨은 짜증을 낸다기보다는 재미있어하는 것 같다. "안 그래도 내일 시장이 옛날 뉴욕과 새로운 뉴욕의 비교 사진

---

*영화 「킹콩」(1933)에 가상의 아라비아 속담으로 삽입된 대사.

을 찍는다고 어쩌고 해서 그쪽으로 갈 거였어요. 당신 진짜 끝내주게 운이 좋네요."

파울루가 다시 고개를 끄덕인다. 역시 도시는 스스로 행운을 만들어 내는 모양이다.

매디슨이 일렬로 늘어선 네모난 돌기둥 위에 아치 지붕이 얹혀 있는 브루클린 브리지/시청역에 내려 준 뒤, 구 시청역까지 가는 길은 거의 허무할 정도로 쉽다. 주변에 경찰이 장사진을 이루고 있는 걸 본 매니는 이를 악물며 불쾌한 경험을 할 각오를 한다. 경관 세 명의 목과 어깨 위로 하얀 덩굴손이 돌출되어 있다.

그러나 감염된 경찰들이 매니에게 폭탄 문제 때문에 아무도 역에 출입할 수 없다고 옥박지르는 모습을 보고는 촉수를 달고 있지 않은 다른 경관 둘이 다가온다.

"지나가게 해 줘." 가장 계급이 높은 듯한 여자 경찰이 말한다. 평상복을 입고 있는데, 클립보드에 끼워진 서류를 넘겨보느라 주변에서 벌어지는 다른 일에는 무관심해 보인다. "뭐 고치러 온 사람들이잖아."

"이 사람들 아무리 봐도 수리공 같진 않은데요." 촉수를 달고 있는 남자 경관 하나가 끼어든다. 왼쪽 뺨에 돋아난 넌출은 거의 전선만큼이나 굵다.

사복을 입은 여자가 고개를 들어 그를 지그시 쏘아본다.

"내가 똑같은 말을 두 번씩이나 반복해야 할 이유가 있나, 마텐버그?"

"아닙니다, 전 그냥……."

"내가 네 생각을 물은 적이 있나, 마텐버그?"

남자가 다시 이의를 제기하지만 여자는 그의 항의를 일축하고는 드디어 클립보드에서 눈을 떼고 자신의 권위를 분명하게 주지시킨다. 다른 두 경관이 둘 사이의 전투를 지켜보는 사이 매니와 파울루는 아무 방해도 받지 않고 역 안으로 무사히 들어간다.

"방금 어떻게 된 거죠? 우린 옷도 수리공처럼 안 입었는데요."

"도시를 진심으로 보호하고 싶어 하는 자들은 필요한 것만 보지."

아, 그렇군.

경찰이 폭탄 사건을 수사하느라 6호선은 운영이 중단된 상태다. 두 사람은 경관과 지하철 직원, 그리고 국토안보부 소속으로 보이는 몇몇 사복 입은 사람들을 지나친다. 전기회사에서 나온 진짜 수리공들도 마주치지만 아무도 두 사람을 막으려 들지 않는다. 아니, 그들을 보지도 못하는 것 같다. 지하철 플랫폼으로 내려가자 사람들은 점점 줄지만 왁자지껄한 목소리와 웃음소리가 터널 벽에 부딪쳐 메아리치는 게 들린다. 아무도 폭탄 걱정을 안 한다는 건 알겠다. 공사 중이라는 표지판도 없다. 높은 자리에 있는 누군가가 아무 이유도 없이 역을 폐쇄한 것이다.

플랫폼에는 빈 전동차 한 대가 문을 전부 활짝 열어 놓은 채 기관사도 없이 대기 중이다. "여기서 기다리면 되는 걸까요?" 매니가 제일 앞쪽 차량에 올라타며 말한다. 파울루는 차장석 바로 뒤에 앉는다. 하지만 차장석은 비어 있다. 매니는 전동차 창밖으로 살짝 경사진 터널을 빨아들이고 있는 어둠 속을 응시한다.

"네가 기다리고 있으면, 이게 저절로 갈까?"

비아냥이 아니라 진심으로 묻는 어조다. 그래서 매니는 발끈하지 않는다. 문득 파울루가 그에게 뭔가를 가르치려 한다는 사실을 깨닫는다. 그는 어딘가 가까운 곳에서 프라이머리가 끌어당기는 힘을 느낀다. 그러고는 마침내 이해한다.

매니는 숨을 깊이 들이마신 다음, 차창이 있는 매끄러운 금속 문에 양 손바닥을 가져다 댄다. 지하철은 딱 한 번 타 본 게 다지만 브롱크스 아트센터에서처럼 그때의 느낌을 떠올려 본다. 신비롭고 치명적인 제3의 전기선이 전달하는 무자비한 엔진의 보이지 않는 힘. 머리를 아찔하게 하는 엄청난 속도. 그리고 중요한 이유로 중요한 장소로 가고자 하는, 따뜻한 집으로 돌아가 쉬고 싶은, 안심하고 안전하게 목적지에 도달하고 싶은, 그 안에 타고 있는 수백 명의 사람들을 움직이는 열망.

안전하게. 매니는 프라이머리를, 그리고 그들 주위를 에워싼 열차를 생각한다. 그래, 널 안전하게 지키기 위해 내가 가고 있어. 바로 지금.

"문이 닫힙니다. 안전을 위해 뒤로 물러나 주십시오." 맨해튼이 중얼거린다. 창문에 비친 파울루가 싱긋 웃는 게 보인다.

지하철 방송 스피커가 조그만 "딩동" 소리를 내뱉더니 전동차의 문이 스르륵 닫힌다. 시동이 걸리고 엔진이 가동하면서 열차 아래쪽에서 희미하게 웅웅 울리는 소리가 들린다. 터널 속 신호등이 붉은색에서 녹색으로 바뀐다. 그러고는 천천히, 전동차가 움직이기 시작한다.

매니는 언제라도 당장 누군가 플랫폼으로 달려 들어와 열차를 멈추려 할지도 모른다고 불안해하지만, 여긴 뉴욕이다. 누군가 전동차가 움직이는 소리를 듣더라도 지금처럼 아무 소리도 들리지 않는 낯선 정적보다도 이게 훨씬 익숙하고 정상적이라고 여길 것이다. 그래서 매니가 움직이는 6호선 열차는 누구의 제지도 받지 않고 터널 속으로 미끄러져 들어가고, 놀라울 정도로 순식간에 구 시청역사 플랫폼에 도착한다. 매니가 문 쪽으로 몸을 돌리자 열차가 조금씩 속도를 줄이더니 알아서 멈춘다. 열차는 어디로 가야 할지 매니보다 더 잘 알고 있다.

문이 열린다. 플랫폼은 칠흑처럼 깜깜하다. 폐쇄된 지하철역에는 전기가 들어오지 않기 때문이다. 천장 여기저기 채광창이 —— 브롱카의 책에서 본 보자르 양식과 똑같은 패턴으로 —— 뚫려 있고 그 사이로 달빛이 비쳐 들어오고 있다. 지하철에서 흘러나오는 전기 불빛도 도움이 되긴 하지만 열차에서 내려 역 안으로 들어서자 그마저도 점차 희미해진다. 매니는 주머니를 뒤져 스마트폰을 꺼내 전등 기능을 켠다. 기껏해야 한두 발짝 정도 주변이 둥그렇게 밝아지는 게 다다. 인우드힐 파크 사건 이후로 휴대전화를 충전한 적이 없어서 배터리가 얼마 남지 않았다. 그래도 아무것도 없는 것보단 낫다.

지하철 헤드라이트를 등지고 열차에서 조금 떨어졌을 때, 갑자기 틱 하는 소리와 함께 열차의 불빛이 꺼진다. 매니는 흠칫 놀라지만 이제는 어디로 가야 할지 알기 위해 시각이 필요하지 않다. 느낄 수 있으니까.

"이쪽이에요."

상파울루는 매니의 재킷 뒷자락을 쥐고 그를 따라간다.

"조심해. 여기 올 수밖엔 없었긴 하지만 적에게 들켰으니까." 매니는 촉수를 달고 있는 경찰을 떠올리고 얼굴을 찌푸린다. "목표가 여기 있다는 걸 적이 알았을 거다."

매니는 턱 근육에 힘을 준다. "알겠습니다."

스무 걸음쯤 가자 몇 개의 계단이 있다. 휴대전화 불빛을 비추어 보자 둥근 층계 구조물로 이어지는 게 보인다. 아치 위에 녹색 타일로 그려진 표지판이 이곳이 시청역임을 알려 준다. 둥그스런 천장은 하얗고 우아한 구아스타비노 타일 패턴으로 구성되어 있다.

매니는 홀린 듯이 층계를 올라가기 시작한다. 파울루가 뒤에서 계단에 발가락을 찧고 포르투갈어로 상스러운 말을 지껄이는 것도 인식하지 못한다. 두 사람의 발소리와 숨소리가 둥근 천장에 부딪쳐 되돌아온다. 매니의 머릿속에서 나직이 속닥이던 음성이 단어를 형성한다. 여기 여기 여기. 그리고 드디어 드디어 드디어. 매니가 모퉁이를 돈다.

눈앞의 광경은 매니가 본 환영과 같기도 하고 다르기도 하다. 오래된 신문 뭉치가 쌓여 있다. 그리고 그 위에, 그이가 희미한 달빛을 받으며 몸을 둥글게 말고 누워 있다. 숨소리는 느리고 가슴은 거의 들썩거리지도 않는다. 낡고 해진 옷을 걸친 빼빼 말라빠진 젊은 흑인 청년이 노숙자처럼 쓰레기 더미 위에 잠들어 있다. 하지만 그럼에도…… 그는 힘을 뿜어내고 있다. 매니는 그 에너지의 파동이 자신의 피부 위로 잔물결처럼 이는 것을 느끼며 전율한다. 드디어 갈증이 채워진 느낌이다. 여기. 드디어. 이 도시에서 가장 중요한 인물이 누워 있다.

매니는 저도 모르게 청년에게 다가가 그를 깨우려 손을 내민다. 너무나도 프라이머리를 만지고 싶다. 그러나 매니의 손은 허공에서, 청년의 어깨로부터 몇십 센티미터 떨어진 곳에서 뚝 멈춘다. 뭔가가 매니의 접근을 가로막고 있다. 마치 중간에 보이지도 않고 느껴지지도 않는 스펀지 벽이 있는 느낌이다. 매니는 다시 시도해 본다. 이번에는 더 세게, 힘주어 손을 뻗어 본다. 보이지 않는 저항이 콘크리트처럼 단단해지는 걸 느끼며 좌절감에 가득 찬 탄식을 내뱉는다. 매니는 프라이머리를 만질 수가 없다.

"그렇게나 빨리 먹히고 싶니?"

파울루의 부드러운 목소리에 깜짝 놀라 후다닥 돌아본다. 파울루가 여기 있다는 것조차 깜박하고 있었다. 그러고는 이내 파울루가 한 말을 떠올리고는 움찔한다.

"나는…… 어, 먹히는 거에 대해선 생각도 못 하고 있었어요."

매니가 시인한다. 그렇게 생각하니 프라이머리를 만지고 싶다는 간절함이 조금 가시긴 하지만, 아주 조금일 뿐이다.

지금 파울루는 반사된 달빛에 희미하게 빛나는 어둠 속 그림자로만 보일 뿐이다. 하지만 그는 서글픈 표정으로 매니를 바라본다.

"난 이 사람 겁니다." 매니가 불쑥 말한다. 방어적인 말투지만 거의 격정적이다. "이 사람은 내 것이고요."

파울루가 인정한다는 듯 고개를 끄덕이고는 다정하게 말한다.

"약간 질투가 나긴 하는군. 집단의 일부로서 이 일을 헤쳐 나간다는 건 나한테 놀랍고도 신기한 일이야. 여러 가지 의미로 경이롭기도 하고. 난 다른 대부분의 도시처럼 혼자 재탄생을 겪어야 했거든."

매니는 미처 생각지도 못했던 관점이다. "당신은 이 사람을 전에도 알았던 거죠? 그러니까……" 매니가 신문 더미를 향해 손짓한다.

"당연하지. 보통 그렇게 진행되는 법이거든. 가장 젊은 도시가 다음에 태어날 도시를 돌봐 주지." 파울루가 어둠 속에서 작게 한숨을 쉰다. "원래는 포르토프랑스 차례였어. 이 아이가 탄생의 과정을 이겨 내는 걸 봤을 땐 참 기뻤지…… 하지만 갑자기 내 품 안에 쓰러지더니 사라져 버렸다."

매니는 잠들어 있는 청년을 내려다보며 상념에 잠긴다. 깨어 있는 프라이머리를, 웃고 달리고 춤추고 생기에 넘치는 그를 상상해 본다. 그건 무척 쉬운 일이다. 그는 심지어 잠들어 있는 지금도 생기에 넘치니까. 하지만 그러다 매니는 그가 활력을 잃고 지친 모습을, 상파울루에게서 본 것과 같은 외로움에 묶인 목소리를 상상한다. 생각만으로도 가슴이 아리다. 설령 자신이 죽어야 한다고 해도, 그는 하릴없이 생각한다. 널 혼자 외롭게 해서 정말 미안해.

"어떤 사람이었죠?" 매니가 속삭인다. 사방이 닫힌 이 고요한 공간에서는 속삭임만으로도 충분하다.

파울루가 싱긋 웃는 소리가 귀에 들리는 것 같다.

"오만하고, 늘 화가 나 있고 겁에 질려 있었지. 하지만 그렇다고 두려움에 매여 있지는 않았어." 잠시 후 파울루가 프라이머리가 누워 있는 신문 더미 옆을 돌아 반대쪽에 선다. 미소 띤 얼굴로, 누가 봐도 분명한 애정이 듬뿍 담긴 얼굴로 소년을 물끄러미 내려다본다. "자기가 별로 특별한 사람이 아닌 척했지. 왜냐하면 자기 자신을 사랑하려 할 때마다 늘 세상이 벌을 줬거든. 하지만 그래도 계속 자신을 사랑했지. 자기가 남들이 힐끗 보고 지나치는 피상적인 모습 그 이상의 존재라는 걸 알았으니까."

그게 바로 뉴욕이라는 도시가 아닌가? 매니는 뉴욕에 온 지 겨우 사흘밖에 안 됐지만 지금까지 본 바로는 그런 것 같다. 그는 한숨을 내쉰다. 아쉬운 일이다. 여기서 새로운 삶을 살고 싶었는데.

매니는 파울루를 올려다본다.

"그를 만지려면 다른 이들이 필요해요."

"그래, 그런 것 같군. 네 동지들과 홍을 믿는 수밖엔 없겠어."

매니의 입술이 말려 올라간다.

"내 동지들은 믿을 수 있죠. 하지만 홍은 지옥에나 가라고 해요."

파울루가 짧게 웃는다. "그 친구한테 너무 심하게 굴지 마라." 파울루의 말에 매니는 조금 놀란다. "홍은 도시가 되기 전에 아편전쟁을 직접 겪은 사람이야. 사람은 말할 필요도 없고 수많은 도시가 죽어 나가는 걸 봤으니 지금처럼 구는 것도 그럴 만하지. 남의 화를 돋우는 데 일가견이 있긴 해도."

매니는 미간을 찌푸리며 그가 아는 중국 역사를 더듬어 본다.

"세상에…… 그러니까 홍이 200살도 넘었다고요? 그럼 우리는 무슨 불사신입니까?" 잡아먹히지만 않는다면.

"아니. 하지만 우린 우리 도시가 살아 있는 동안엔 죽지 않아. 다른 도시에게 싸움만 걸지 않으면 말이야." 파울루가 얼굴을 일그러뜨리며 옆구리에 손을 갖다 대더니 재빨리 다시 내린다. "드디어 다 나았군. 내가 고향에 있었다면 뼈가 붙는 데 몇 초도 안 걸렸을 텐데."

"그냥 다른 도시만요? 적도 당신을 못 해쳐요?"

"아, 그건 가능할 거야, 특히 지금처럼 위험하고 응축된 형태를 갖추고 있다면." 파울루가 고개를 젓는다. "뉴올리언스 이후로 도시의 탄생 과정이 어딘가 잘못되고 있어. 어쩌면 더 오래전부터 그랬는지도 모르고. 너무 늦지 않았기만을 바라야지."

파울루가 한 말 중에 매니의 신경에 거슬리는 게 있다.

"탄생하는 과정에서 죽은 도시가 많나요?"

"수천 년 동안 셀 수 없이 많은 도시들이 그랬지. 최근엔 그 빈도가 늘었고." 매니의 눈이 가느스름해지자 파울루가 반쯤 미소를 짓더니 담배를 찾아 주머니를 뒤지기 시작한다. "그래, 네가 생각하는 대로다. 사망률이 급격히 증가하고 있어. 내 생각엔 적이 새 도시가 태동하기 전부터 손을 써서 약하게 만든 탓에 쉽게 죽은 것 같아. 정말 끔찍하군."

"당신은 안 그랬어요?"

담배를 찾아 불을 붙인 파울루가 희미한 주황색 불똥 너머로 그를 물끄러미 응시하더니 연기를 뿜으며 대답한다.

"아니. 물론 내 도시에도 큰 동요가 일긴 했지. 군부독재 정권이 나라를 장악했거든. 아마 네 나라 정부의 지원을 받았겠지만. 참 고맙기도 하지. 여하튼 놈들이 파벨라에 거주하는 사람들이 나가든 말든 전부 다 싹 밀어 버리기로 결정했는데, 나는 파벨라 출신이라서 당연히 저항했어. 상파울루도 그랬고. 그래서 내가 파울루의 목소리이자 대리인이 된 거야."

매니는 순간 파울루의 눈빛이 옛 추억에 젖어 따스해지는 것을 본다. 그러고는 파울루가 방금 말한 군부 쿠데타가 1960년대에 있었던 일이라는 걸 기억해 낸다. 파울루는 70대, 어쩌면 80대 노인치고는 무척 젊어 보인다.

"적은." 파울루가 흡족한 듯 담배를 한 모금 길게 빨아들이고는 말한다. "그게 무슨 전통이라도 되는 양 내 의지를 시험하려 들었지. 나와 내 도시는 엉망진창으로 망가지고 부서진 시장통에서 놈과 맞섰고, 나는 군인들에게서 훔친 로켓포 발사기로 놈의 전령들을 날려 버렸지."

매니는 그 말에 웃음을 터트리고 만다. 파울루는 평상시에 품위 있고 고상한 분위기를 풍기지만, 매니는 저 멋들어진 표면 아래 자신과 필적하는 냉랭한 잔혹성을 엿볼 수 있다. 그는 파울루도 다중 차원의 존재가 되기 전에 사람을 해치는 삶을 살았을 것이라 짐작한다.

당신도 다른 사람이 되기로 선택했나요? 매니는 묻고 싶다. 그래서 도시가 당신을 선택한 건가요?

그러나 막 입을 열려는 찰나, 텅 빈 지하철역 전체에 갑자기 딸깍하고 커다란 소리가 울려 퍼진다. 익숙한 소리다. 전동차 불빛이 꺼졌을 때에도 똑같은 소리가 들렸다. 그러고는 뒤이어 더 많은 소리들이, 희미한 금속성의 신음이, 큼지막한 대갈못이 튕겨 나오는 것 같은 소음이 이어진다. 그래도 매니는 크게 개의치 않는다.(아마 전기가 차단되는 과정에서 일어나는 정상적인 일이겠지.) 적어도 그 소리가 점점 다가오고 있다는 사실을 깨닫기 전까지는 말이다. 더구나 소리의 간격도 점점 빨라지고 있다. 딸깍 딸깍 딸깍 딸깍 **딸깍 딸깍 딸깍 덜**

## 커덩

그러고는 정적. 다음 순간 매니의 귀에 또 다른 소름 끼치는 소리가 들린다. 낮고, 애가 닳을 정도로 느릿하고, 신경을 긁는 금속성의 날카로운 소리. 유리창이 쨍그랑 깨지고 바닥에 파편이 떨어진다. 매니는 다른 가능성을 상상하려고 발버둥 치지만 결론은 하나뿐이다. 전동차가 움직이고 있다. 아무도 타고 있지 않고 전기도 들어오지 않는 전동차가 어떤 열차도 움직여서는 안 되는 방식으로 움직이고 있다.

그들의 등 뒤. 그들이 방금 내린 플랫폼에서.

파울루가 매니에게 다급한 눈짓을 보낸다. 매니도 안다. 이 도시의 힘을 소환할 수 있는 구성개념을 생각해 내야 한다. 지극히 뉴욕다운 것. 습관이나 행동, 또는 상징. 그런 다음 그것을 무기로 휘둘러야 한다. 그들은 지금 맨해튼에 있다. 매니 자신의 자치구에 속한 대지 아래, 콘크리트 위에. 여기서라면 매니는 거의 무적이 될 수 있다.

그러나 딸깍이는 굉음과 날카로운 금속성 신음이 귀가 먹먹해지도록 점점 크게 부풀어 오르고, 중심 화신을 노리는 괴물이 계단을 와작와작 게걸스럽게 짓밟으며 다가오는 모습을 보자, 순수하고 절대적인 공포 속에서 매니의 머릿속이 새하얘진다.


아이슬린은 집 앞에서 들리는 고함 소리에 후다닥 놀라 잠에서 깬다. 갑자기 지진이라도 난 양 집 전체가 부르르 진동한다.

그는 흠칫 놀라 베개 밑에 넣어 둔 칼을 찾아 더듬거린다. 코널이 집에 없다는 건 안다. 그 남자와 아버지는 오늘 밤에 집에 없다. 아버지는 밤 근무 중이고, 코널은 어디서 뭘 하는지도 모르고 알고 싶은 생각도 없다. 집에는 어머니뿐인데, 경험상 아이슬린은 켄드라 홀리한이 오늘처럼 남편 없이 홀로 있는 밤이면 진 한 병에 흠뻑 취해 있다는 걸 안다. 일주일에 한 번 정도 인사불성으로 취하는 걸 알코올 중독으로 쳐야 할지 말아야 할지 잘 모르겠다. 하지만…… 뭐. 어쨌든 실질적으로 아이슬린은 지금 집에 혼자다.

그래서 아이슬린은 침대에서 일어난다. 오늘도 파자마를 입었지만 이번에는 날이 더워도 두꺼운 타월 천으로 만든 목욕용 가운을 걸친다. 그러는 와중에도 밖에서는 눈 부신 빛이 번쩍거린다. 커튼을 쳐 놨는데도 눈을 찌를 정도다. 누군가 ― 목소리를 들으니 젊은 여성 같은데 ― 째지는 소리로 비명을 지르더니 히스테리를 부리듯 꽥꽥거린다. 이번에는 다른 사람이 좀 더 낮은 목소리로 뭐라 중얼거린다. 운율을 맞춘 것처럼 경쾌한 리듬이지만 숨이 차도록 빠르다. 꼭 달리면서 시를 읊는 것 같다. "하지만 일단 무대에 오르면/ 왕을 죽이기 시작하지!*" 그러더니 또다시 쿵 하는 소리와 함께 집이 흔들리고, 아이슬린은 더 이상 참다 못해 방 밖으로 뛰쳐나간다. 블라인드 뒤에서 번쩍이던 빛이 슈욱 하고 꺼진다. 뭔가가 ― 아주 거대하고, 고음의 버스 경적 같은 소리를 내는 인간 같지 않은 것이 ― 깨액 비명을 지른다. 아이슬린이 저도 모르게 비명을 지르며 귀를 틀어막게 만드는 소리다. 비틀거리며 벽에 부딪치는 바람에 오래된 가족 초상화가 벽에서 떨어질 뻔한다.(아이슬린과 엄마, 아빠, 그

---

* 퀸스에서 시작된 힙합 그룹 솔트 앤드 페파의 노래 「I desire」의 가사.

리고 코닐을 상징하는 테디베어가 함께 있는 그림이다.)

느닷없는 정적. 바깥에서 일어나던 온갖 소동과 소음이 한꺼번에 뚝 그친다. 아이슬린은 두려움에 입 안이 바짝 마르는 것을 느끼며 서둘러 현관으로 달려가 문을 활짝 열어젖힌다.

앞마당에 여자 넷과 그보다 나이가 많아 보이는 남자 하나가 있다. 남자는 일본인같이 생겼는데 넘어졌는지 땅바닥에서 일어나는 중이다. 한 손에 금빛 나는 외국어 글자가 적힌 화사하고 특이한 붉은색 봉투를 아이슬린이 어릴 적 보던 애니메이션에 나오는 수리검처럼 손가락 사이에 끼고 있다. 안경알 한쪽이 깨져서 금이 가 있다. 한 여자는 통통하고 짧은 머리에 멕시코인처럼 생겨서는 두 다리를 바닥에 단단히 고정시킨 채 레슬링이라도 할 것처럼 낮게 수그리고 있다. 아이슬린의 할머니뻘은 될 만큼 나이가 많아 보인다. 또 발에는 이제껏 아이슬린이 본 중에서 가장 크고 못생긴 부츠를 신고 있다. 당당하고 위엄 있어 보이는 키 큰 흑인 여자는 이상하게 익숙한 얼굴인데 어디서 봤는지 모르겠다. 치마 정장을 입고 있는데 한쪽이 온통 흙투성이고 발은 맨발이다. 가까운 연석에 그의 신발인 듯한 구두가 반듯하게 놓여 있고 그 옆에는 작은 금빛 귀고리 한 쌍이 놓여 있다. 바닥에 주저앉아 덜덜 떨고 있는 세 번째 여자는 인도 사람인 것 같다. 포동포동하고 아이슬린의 또래 정도로 젊다. 떨고 있긴 하지만 다치진 않은 것 같고, 뭔가를 털어내려는 듯 미친 듯이 팔을 쓸어내리고 있다.

그리고 그들 모두의 머리 위에, 흰옷의 여자가 몸 안에 하얀 태양을 품기라도 한 듯 눈 부신 빛을 뿜어내며 공중에 떠 있다. 앞마당에는 또 다른 것들도 있다. 아이슬린의 시야 가장자리에 뭔가 다른 것이…… 그는 몸서리를 치며 다시는 그것을 쳐다보지 않겠다고 결심한다.

아이슬린이 문밖으로 걸어 나가자 흰옷의 여자가 어깨 너머로 돌아보며 활짝 웃는다. "린! 친구야! 자는데 깨워서 미안해. 잘 잤니?"

"이게 다 뭐야?" 아이슬린은 집 앞에 몰려든 낯선 이들을 빤히 쳐다본다. 그들은 주로 차고 진입로와 앞마당 잔디밭에 서 있는데, 하나같이 하얀 탑과 멀리 거리를 두고 있다. 그리고 그 순간, 아이슬린은 이들이 누군지 알아본다. 전부 다 한 번도 만난 적도 없건만 확신한다. 얼굴을 볼 필요도 없고 이름을 들을 필요도 없다. 그는 자기자신만큼이나 이들 전부를 잘 알고 있다. 키 큰 흑인 여자? 브루클린 말고 누구겠는가. 성질 나빠 보이는 노인네? 브롱크스다. 어찌할 바 모르는 저 인도인 여자애는 퀸스가 틀림없다. 그들은 아이슬린이고, 아이슬린은 그들이다. "우린 뉴욕이야." 그는 중얼거린다. 그러고는 흠칫 놀라 몸을 굳힌다. 아니야.

한 사람이 없다. 저 늙은 일본인 남자는 절대로 맨해튼일 리가 없기 때문이다. 다만 아이슬린은 그 역시 다른 도시라는 것을 알 수 있다. 또 다른 도시의 대리자. 화단에 서 있는, 아니, 발을 묻은 채 휘청거리는 모습을 보건대 서 있으려고 노력 중인 저 사람. 하지만 저건 아이슬린의 화단이다. 차를 마시기 위해 그가 직접 허브와 카모마일을 기르는 곳이다. 저 외국인 남자의 더러운 발이 드릴처럼 그의 화단을 무자비하게 파고들고 있는 게 보인다.

아이슬린은 이제껏 평생 동안 경험한 것 중에서도 가장 크고 격

럴한 분노가 치밀어 오르는 것을 느낀다. 코널이 그의 내면의 댐을 무너뜨렸을 때와도 비슷하다. 그가 지금껏 30년이 넘는 세월 동안 강제로 억압하고 죽여 온 분노는 이제 지푸라기도 아닌 가느다란 머리카락 하나만으로도 폭발할 준비가 되어 있다. 아이슬린은 현관문 밖으로, 집 앞의 진입로로 발을 내딛는다. 그의 섬이 줄 수 있는, 그에게 속한 모든 것들을 마지막 한 방울까지 모두 소환한다. 아이슬린의 주위로 희미하게 어른거리는 끔찍한 빛 무리가 모여들기 시작한다. 어마어마한 양이다. 외국인과 아이슬린의 다른 일부들이 깜짝 놀라 눈을 크게 뜨며 그가 힘을 소환하고 발현하는 모습을 바라본다. 그들이 아이슬린을 경외하고 있다. 이 얼마나 흡족한 일인지. 아이슬린이 으르렁거리며 이를 드러낸다.

"내 마당에서 나가."

효과는 즉각적이다. 방금 전까지 그들은 아이슬린의 허브밭과 아버지가 항상 말끔하게 유지하려 애쓰던 잔디밭을 짓밟고 있었다. 하지만 지금, 그들 넷은 보이지 않는 힘에 세차게 떠밀려 공중으로 부웅 떠오르더니 앞마당과 진입로를 지나 집 앞 도로까지 순식간에 날려간다. 그리고 엄밀히 말해 아이슬린의 마당을 밟고 있지 않던 흰옷의 여자는 원래 있던 자리에 그대로 떠 있다. 나머지 사람들만 비명을 지르거나 신음하거나 욕설을 퍼부으며 아스팔트 차도에 뒹굴고 있을 뿐이다. 흰옷의 여자가 아이슬린이 한 일을 보고는 신이 나서 손뼉을 친다.

뉴욕의 다른 화신들은 큰 충격을 받은 것 같다. 바닥에서 몸을 일으키지만 여전히 표정을 읽을 수 없는 일본인 남자만 예외다. 퀸스

는 찌푸린 얼굴로 어설프게 휘청거리면서도 브롱크스를 부축해 일
으켜 세운다. 브롱크스는 엉덩이를 문지르고는 부츠를 신은 두 발
을 하나씩 차례대로 들어 올려 조심스럽게 땅바닥을 딛고 선다. 마
치 방금 자신의 의지 없이 저절로 움직인 걸 믿을 수가 없다는 양.

"파울루에게도 이렇게 한 거구나." 퀸스가 믿을 수 없다는 듯 공
포에 질린 목소리로 말한다. "세상에. 왜 우리를 공격하는 거야?"

"난 너희를 모르니까." 아이슬린이 쏘아붙인다. 그러고는 덧붙인
다. "내 잔디밭을 밟고 있잖아."

"넌 우리가 누군지 알아." 브루클린이 미간을 찌푸리며 오른쪽 손
목을 시험 삼아 천천히 돌려본다. "지금쯤이면 당연히 그래야지. 그
리고 저게 뭔지도 알아야 하고." 그는 흰옷의 여자를 고갯짓으로 가
리킨다.

"그래." 아이슬린은 빈정이 상한다. "저건 내 친구야."

"너 미쳤구나." 퀸스 여자애가 고개를 절레절레 흔든다. "하느님
맙소사, 너 진짜 완전히 미쳤구나. 너, 저 여자가 할 수만 있으면 너
한테 무슨 짓을 할지 알아?"

아이슬린은 미쳤다는 말을 듣는 게 싫다. 아버지가 항상 그렇게
말하곤 했다. 여자들은 다 미쳤다고. 어쨌든 아버지가 보기엔 그렇
다고. 아이슬린은 아버지를 사랑하고 그래서 그런 말을 들을 때도
굳이 반론하지 않았지만 이들은 모르는 사람들이다. 그러니까 마음
껏 미워해도 된다.

"쟤도 그러고 싶어서 그러는 게 아니야." 아이슬린이 차갑게 말한
다. "그래야 해서 그러는 거지. 때로 사람들은……" 아이슬린의 아

버지. 아이슬린의 어머니. 그리고 아이슬린 자신. 그는 이 생각에 움찔하지만 이내 턱에 힘을 준다. "때때로 사람들은 해야 할 일을 해야 하는 법이야. 그게 삶이니까." 아이슬린은 가슴 앞에 팔짱을 낀다. "그리고 여기 있는 것들도 거기, 그러니까 쟤 세상에도 당연히 있을 거잖아. 거기는 그냥, 거기 사람들은 조금 더 품위를 지키려고 노력하는 것뿐이야. 그러니까 어쩌면……."

아이슬린은 다른 이들의 얼굴을 보고는 말을 흐린다. 그들은 이해할 수가 없다는 표정으로 아이슬린을 뚫어져라 쳐다보고 있다. 마치 아이슬린이 틀렸다는 듯이. 제까짓 게 뭐라고 아이슬린을 멋대로 판단하고 비판한단 말이야? 그래, 어쩌면 이들은 아이슬린이 한평생 염원했던 드라마틱한 운명인지도 모른다. 하지만 그가 사는 집 앞마당에 갑자기 나타나, 그가 키우는 허브를 짓밟고, 따귀를 때리듯 모욕과 무례를 저질러? 간절히 꿈꾸던 운명이 드디어 눈앞에 나타났대도 아이슬린은 이제 그것을 원하지 않는다. 운명은 무례하고 못생겼고, 그리고 어쩌면 ―

"어쩌면 내가 도시의 나머지 부분이 무사하지 않길 바라는지도 모르지." 아이슬린이 가시 돋친 어조로 말한다. "전부 지옥에 떨어져 마땅할지도."

사람들의 눈이 커다래진다. 여기저기서 숨을 들이켜는 소리가 들린다. 일본인 남자는 체념한 것처럼 입을 꾹 다문다. 흑인 여자의 얼굴이 분노로 일그러진다. 그가 다가오기 시작한다.

"야, 그러니까 네가 이기적인 외국인 혐오자 년이라 내 딸을 죽게 내버려 두겠다는 거지? 웃기고 자빠졌네. 씨발, 너 이리 와 봐."

같은 결론을 내린 게 분명한 브롱크스도 아이슬린을 향해 걸어오기 시작한다. 두 사람 모두 힘으로라도 아이슬린을 붙잡아 가려는 심산이다.

아이슬린은 주춤거리며 뒷걸음질 친다.

"아, 안 돼…… 날 납치하려고? 우리 아빠 경찰이야. 당장…….."

"어이, 어이, 어이."

흰옷의 여자가 끼어들어 아이슬린을 몸으로 가리며 두 여자의 앞을 막아서자, 그들이 발을 멈춘다. 아이슬린은 현관문에 등을 기댄 채 공황상태에 빠지기 직전처럼 빠른 숨을 몰아쉬고 있다. 하지만 흰옷의 여자는 미소를 띤 채 몸을 돌리더니, 허공에서 문을 연다.

아치형 입구 너머로 매끄럽게 반짝이는 새까만 벽이 늘어선 작은 동굴이 보인다. 동굴 바닥에 한 젊은 여성이 누워 있다. 토실토실하고 갈색 피부에 머리카락이 곱슬곱슬한데, 아무래도 의식을 잃은 것 같다. 온몸이 끈적끈적하고 역겨워 뵈는 액체로 뒤덮여 있다.

"아, 안 돼." 브롱크스 여자가 소스라치게 놀라며 신음한다. "베네자?"

"늘 등 뒤를 확인해야지." 흰옷의 여자가 활짝 웃는다. "난 이게 첨에 엉덩이가 제대로 붙어 있는지 확인하라는 걸 돌려 말하는 표현인 줄 알았지 뭐야! 근데 진짜 말 그대로 자동차 뒷좌석을 확인하라는 뜻이더라고. 너희들 농담은 항상 내가 생각하던 거랑은 달라." 그러더니 정색하며 진지해진다. "저 애를 온전한 모습과 정신으로 되돌려 받고 싶으면 지금 떠나는 게 좋을 거야. 나랑 내 친구는 건드리지 말고." 그가 아이슬린을 돌아보며 의기양양한 미소를 지어 보인다.

"그러면 너는 이 도시를 파괴하겠지." 일본인 사내가 말한다.

"당연하지. 하지만 적어도 빠르고 고통 없이 끝내 줄게. 됐지? 우린 언제나 고통을 주고 싶진 않았거든. 그건 너희 인간들 방식이니까." 여자가 턱을 약간 치켜올린다. "문명인답게 해결하자꾸나. 나한테 항복해. 그럼 내 도시를 이 세계로 가져와 이 우주와 모든 선행 사건과 분기 들을 지워 버릴 테니까. 너희만 괜찮다면 임시로 포켓 우주를 만들어 너희 종족 일부를 옮겨 살게 해 줄 수도 있어. 물론 근접 우주나 도시의 도움 없이는 결국엔 엔트로피 때문에 소멸될 테지만. 그래도 적어도 너희의 짧고 일방적인 생이 자연적으로 끝날 때까진 평화롭게 유지되겠지. 윈윈 아냐?" 여자가 활짝 웃는다.

일본인 남자가 어리둥절해하는가 싶더니 바로 거부감을 드러내며 얼굴을 구긴다. "뭐?"

나이 든 여자 브롱크스가 고개를 젓는다. 꼭 다문 입술에 힘을 준다.

"이건 그런 식으로 돌아가는 게 아냐. 이럴 순 없어. 여기 나타나서, 우리가 사랑하는 모든 걸 죽이겠다고 협박하고, 그걸 문명인다운 방식이라고 주장할 순 없다고."

"맙소사."

퀸스는 그렇게 외치며 동굴 속에 누워 있는 여자를 뚫어져라 쳐다보고 있다. 그의 얼굴이 역겨움으로 뒤틀린다. 아이슬린은 퀸스가 왜 저렇게 충격을 받았는지 궁금해 동굴 안을 자세히 살펴보기 시작한다. 그제야 그는 동굴 벽이 불규칙적이고 특이한 방식으로 수축하며 경련하고 있다는 걸 깨닫는다. 한쪽 벽이 이상한 모양새로 움직이자 뭔가 단단하고 울퉁불퉁한 융기가 돋아 있는 것이 뒤에서 밀려나온다. 빗인가? 뭔지 궁금하다. 아이슬린은 그게 빗이라고 생각한다. 남자들, 아니면 흑인들이 쓰는 까만 빗처럼 생겼다. 빗살은 불규칙적이고, 끝이 바늘처럼 날카롭다. 그리고 안쪽으로 약간 둥글게 휘어져 있다. 의식을 잃고 누워 있는 여자 쪽으로 약간 둥글게 휘어졌다. 마치

이빨 저건 이빨이야 빗이 아니라 이빨 이빨 이빨

그리고 저 여자가 누워 있는 곳은 동굴이 아니다.

반짝반짝한 동굴 벽의 주름이(반짝거리는 게 아니라 번들거리는 거다. 아이슬린은 속이 메슥거린다. 벽은 침으로 번들거리고 있다.) 가로로 약간 밀려나면서 수직으로 뚫린 목구멍이 부르르 진동한다. 구멍에서 솟구친 소리는 음성이 아니라 둔탁하고 단조로우며 꿀딱이는 진동이다. 둥. 다시 꿀렁인다. 두. 둥.

저건 딩호다. 딩호가 저 가엾은 여자애를 입에 물고 산 채로 삼켜버리겠다고 협박하고 있다.

"넌 세상에서 제일 나쁘고 끔찍한 존재야." 퀸스는 울고 있지만 두 주먹에는 불끈 힘이 들어가 있다. "베네자는 우리 같은 도시도 아니란 말이야. 평범한 사람이라고! 대체 왜 저 애를 해치려는 거야?"

퀸스가 통통한 주먹을 들어 올리며 싸울 준비를 한다. 뉴욕의 다른 세 자치구도 몸을 낮추고 긴장시키며 흰옷의 여자에게 달려들 태세를 갖추고 있다. 아이슬린의 유일한 친구와 싸우려 한다.

아이슬린은 주먹을 쥐면서 고개를 마구 흔든다. 더는 못 참겠다.

빨리 이 모든 게 끝나 버리면 좋겠다. 그래서 그는 두 눈을 감고, 주먹에 힘을 주며, 이 위험하고 낯선 이방인들이 전부 다 사라져 버렸으면 좋겠다고 소망한다.

다음 순간, 모든 일이 순식간에 일어난다.

그것은 터널에서부터 천천히 등장한다. 활발하게 움직인다기보다는 앞으로 불룩하게 부풀어 오르는 것에 가깝다. 빠르고도 느린. 형체 없는 유령처럼 하얗게 퍼덕인다. 새로이 만들어진 형상 아래로 뼈대를 형성하고 있는 진짜 전동차가 들여다보인다. 지금 그것은 살아 있고, 유연하고, 모피처럼 빽빽하게 자라난 하얀 촉수에 뒤덮인 뱀과 같은 모습이다. 털가죽이 뒤로 물결치며 타일을 밀어내, 마치 섬모가 내장 안 음식물을 움직이는 것과 비슷한 방식으로 좁다란 아치길 입구 속으로 열차를 통과시킨다. 전동차의 코 부분이 길게 늘어나더니 사냥감을 탐색하듯 양옆으로 두리번거리며······ 마침내 매니와 파울루, 그리고 잠들어 있는 프라이머리를 지그시 주시한다.

파울루는 매니가 단도를 쥐는 방법이라고 기억하고 있는 방식으로 담배를 쥐고 있다. 전동차 괴물의 얼굴을 향해 자욱한 담배연기를 세차게 내뿜는다. 거리가 수 미터나 되는데도 놈이 움찔거리더니, 이 세상 것이 아닌 섬뜩한 불빛이 깜박이며 전동차의 전면을 뒤덮고 있던 촉수들이 스르르 죽어 사라진다. 그 아래로 방금까지만 해도 기관차였던 물체 —— 지금은 흉측한 총알 모양으로 뒤틀리고 왜곡된 물체 —— 에 속한 금속과 전선이 순간적으로 드러나지만, 이

내 담배연기가 닿지 않은 곳에 있던 촉수들이 눈 깜짝할 사이에 다시 번져 그 자리를 빼곡히 덮는다. 벗겨진 코 위로 새로운 촉수들이 자라나고, 결국 아까와 똑같은 상태로 돌아간다.

그때 선 하나가 긴 몸뚱이를 따라 껍질처럼 벗겨지는가 싶더니, 끝에서부터 쪼개지기 시작한다. 두 갈래로 쩍 하고 갈라진다. 저건 입이다. 그리고 그 중앙에는 들쑥날쑥하게 부서진 지하철 좌석들이 줄지어 박혀 있는 검은 목구멍이 있다.

파울루가 나지막이 욕설을 내뱉으며 주춤 뒤로 물러난다. 그의 얼굴에 떠오른 건 공포심이다. 매니는 주먹을 불끈 쥐며 외려 한 발짝 앞으로 나선다. 그 자신의 두려움보다도 프라이머리에 대한 걱정이 우선이다. 아직 활용할 수 있는 구성개념을 생각해 내지는 못했지만 가슴속 깊은 곳에서 성난 으르렁거림이 새어 나온다. 주변 모든 것이 본능적인 분노로 붉게 변한 시야 속으로 사라진다.

"그는 내 거야." 매니가 험악하게 내뱉는다. 낮고 위협적인 목소리가 사방의 벽에 부딪쳐 울려 퍼진다. 파울루가 퍼뜩 놀라 그를 쳐다본다. "내 거야! 넌 데려갈 수 없어!"

열차 괴물이 문이 미끄러지며 열릴 때 나는 소리처럼 쉭쉭거리더니 아가리를 더 크게 벌린다. 이제 그 입은 환형동물처럼 그리고 어딘가 잘못된 것처럼 네 갈래로 갈라져 있다. 가장 아래쪽 입 바닥에서는 기차의 금속바퀴로 만들어진, 면도날처럼 날카로운 어금니가 눈알이 핑핑 돌아갈 만큼 엄청나게 빠른 속도로 회전 중이다. 심지어 바퀴 위에는 작은 목젖이 대롱거리고 있다. 체인이 달린 빨간색 손잡이로 뒷면에 '비상 브레이크'라고 적혀 있다.

가장 무섭고 끔찍한 건 그것이 말을 하고 있다는 것이다.

"추우우울······이, 이, 이이이이이입문······." 비인간적이고 뒤틀린 전자 음성이 말한다. "무우울러······나, 아, 아, 주시이이입······."

그러나 매니는 물러나지 않는다. 그는 당당히 맞서 싸운다. 매니 역시 변화하고 있다. 그는 이제 더 크고, 건장하고, 육중하다. 셔츠 단추가 튕겨져 나가고 청바지가 찢어지고, 별안간 그의 머리와 어깨가 천장에 닿아 있다. 그는 주먹에 힘을 주며 이를 드러낸다. 더 이상은 선량한 척, 착한 척, 상냥한 사람인 척할 필요가 없다. 중요한 것은 오직 프라이머리뿐. 오직 그만이 매니가 원하는 유일한 것이며, 오직 그를 보호하는 것만이 매니가 지금껏 성장한 이유이다.

검은 털가죽과 어른거리는 도시의 힘이 그의 팔다리를 뒤덮고, 어깨는 인간을 초월한 두툼하고 건장한 근육으로 부풀어 오른다. 항상 그의 내면에 도사리고 있던 괴물이 드디어 완전한 모습으로 튀어 나오기 직전, 매니의 머릿속에 재빨리 생각 하나가 스치고 지나간다.

아, 담에는 뉴욕에 관한 좀 좋은 영화를 봐야겠어.

다음 순간, 킹콩이 거대한 주먹으로 땅바닥을 내리치며 껑충 뛰어 올라 적을 향해 쇄도한다.


아이슬린의 집 주변으로 세계가 물결친다.

"가 버려!" 아이슬린이 절규한다. "나 좀 내버려 둬! 너흰 여기 속하지 않아. 여긴 너희가 있을 데가 아냐!"

그리고 브롱크스의 본질이 터프함이고, 퀸스의 본질이 새 출발이고, 브루클린의 본질이 닳고 닳은 변화인 것처럼 소속감이야말로 스태튼아일랜드의 순수한 본질이기에, 그리고 그들이 아이슬린이 스태튼아일랜드인 곳에서 그의 땅을 밟고 서 있기에, 그리고 그의 의지가 곧 초현실적인 법칙이기에 ──

아이슬린의 목소리가 널리 메아리친다. 잔디와 나무 이파리, 대기와 아스팔트를 뒤흔드는 도시 에너지가 수천 개의 허리케인이 한꺼번에 폭발하는 것과도 같은 위력으로 ──

다음 순간 그들은 사라지고 없다. 그들이 타고 온 자동차도 사라진다. 아이슬린을 에워싸고 점점 좁혀 오던 가늘고 섬뜩한 생명체도, 비논리적인 동작으로 자글거리고 있어 생각하기조차 싫고 괴상하고 비인간적인 목소리로 이상한 소리를 웅얼웅얼 지껄이던 것들도 전부 다 사라져 버렸다. 심지어 입 안에 여자애를 물고 있던 괴물도 없어졌다. 사라질 때 놀란 듯한 웅? 하는 소리가 희미하게 들린 것 같기도 하지만. 그렇지만 이제 아이슬린의 집 앞은 조용하고, 아무것도 없다. 드디어.

있는 것이라곤 아직 공중에 떠 있는 흰옷의 여자뿐이다. 왜냐하면 아이슬린은 여자가 가 버리는 것은 원하지 않았기 때문이다.

아이슬린은 팔을 늘어뜨린 채 부들부들 떨며 홀로 서 있다. 머릿속이 혼미하다. 피곤하다. 갑자기 몸에 힘이 하나도 없다. 그토록 많은 자기 자신의 일부를 쫓아내려면 아주 많은 힘이 소모된다. 하지만 때로는, 살아남기 위해 그래야 하는 법이다.

그는 허리를 접고 두 손으로 머리를 감싸 안은 채 집 앞 현관 계단에 앉아 떨면서 몸을 앞뒤로 흔든다. 잠시 후, 흰옷의 여자가 아이슬린의 옆에 가볍게 착지한다. 따뜻하고 부드러운 손이 아이슬린의 어깨에 닿는다.

"친구야. 우리 친구 맞지? 아주 크고 무서운 다차원 우주에 맞서 함께 싸우는 친구."

그건 신기할 정도로 위안이 되는 말이다.

"그래." 아이슬린은 여전히 고개를 수그린 채 조용히 중얼거린다. 덜덜 떨리던 몸도 조금 진정이 되는 것 같다. "우린 친구야."

아이슬린은 다시금 어깨 위쪽, 목덜미에 가까운 곳에서 따끔한 통증을 느낀다. 통증은 금세 사라진다. 흰옷의 여자가 손을 떼고는 마침내 흡족하다는 듯이 한숨을 내쉰다. 아이슬린은 왠지 전보다 더 따스한 느낌을 받는다. 그는 안전하다. 더는 혼란스럽지도 않다.

아이슬린이 고개를 들고 흰옷의 여자를 바라보며 배시시 웃는다. 여자도 다정하게 마주 웃어 준다. 어쩌면 생전 처음으로, 아이슬린은 더 이상 외롭지 않다. 한 도시 전체가 그를 생각하고 걱정해 주고 있는걸! 그게 뉴욕이 아니라 한들 무슨 상관인가.

스태튼아일랜드 전역에서 더 많은 탑과 기이한 것들이 조용히 뿌리를 내리고 돋아나기 시작한다. 그것은 다른 도시의 기반시설, 다른 세상의 토대를 놓는 것이다. 그리고 이제 그것을 막을 길은 하나뿐이다.

# 16장

# 뉴욕은 '누구'인가?

그들이 다시 나타난 곳은 월 스트리트의 돌진하는 황소상 앞이다. 뉴욕의 자치구들은 황소 동상의 코 밑에 풀썩 쓰러져 있다. 평소에도 관광객들이 셀카를 찍는다며 흔히 하는 짓이라 이른 아침 조깅을 하는 이들도 —지금 시간은 거의 새벽이다— 새벽 기도를 하러 나온 한 무리의 수녀들도 아무 관심도 보이지 않는다. 별로 주목받지 못하는 뉴욕의 살아 있는 화신들, 적어도 다섯 중에 셋이 지독한 패배를 겪은 뒤 반쯤 정신이 나간 상태로 숨을 헐떡거리며 이곳은 어디고 이다음에는 무엇을 해야 할지 몰라 버둥거리고 있다.

그나마 브롱카는 지금처럼 혼란스러운 상황에서도 몸을 일으켜 그들 사이에 누워 있는 베네자를 살펴볼 여력이 아직 남아 있다. 영비의 상태는 별로 좋은 편이 아니다. 갈색 피부는 평소보다 창백하고 머리카락은 삐죽삐죽 뻗어 있고 아직…… 음, 뭔가에 젖어 있다. 냄새가 정말 고약하다. 문자 그대로 생전 처음 맡아 보는 외계의 악취다. 이 세상과는 완전히 다른 진화적 경로로 파생되어 그들로서는 이해가 불가능한 대사 과정의 노폐물, 미지의 구취다. 그러나 브롱카는 악취를 무시하고 베네자가 아직 숨을 쉬고 있는지부터 확인해 본다. 베네자의 얼굴이 일그러지는가 싶더니 눈이 살짝 열린다. 그래도 브롱카는 걱정을 거두지 않는다. 베네자의 몸에 이상한 하얀 것이 자라고 있는 것 같지는 않지만, 가엾게도 그 꾸불탱이의 손에…… 아니, 입에 잡혀 있었는걸.

하지만 베네자는 눈을 뜨고 브롱카를 발견하자마자 한탄한다.

"나, 뉴욕을 떠나는 중이었어요. 진짜예요. 그러니까 그런 눈으로 보지 마요."

베네자의 변명은 브롱카의 불안감을 단숨에 해소시키고, 그래서 그는 어설픈 웃음소리를 낸다.

"그럴 생각도 없었다. 네가 무사해서 정말 다행이야."

"그죠. 에우 탐비엥.*" 베네자가 허리를 세우고 눈두덩을 문지른다. "젠장, 진짜 죽는 줄 알았어요. 그냥 보는 것만으로도…… 꼭 내 안에 모든 게 다 죽어 버리는 거 같았어요. 그런 건 존재하면 안 돼요. 그런 장소도 존재하면 안 돼요."

"뭐?" 이건 브루클린이다. 그는 바닥에서 일어나 커다랗게 찢어진 치맛자락을 가리려는 부질없는 시도를 하고 있다. 별로 남세스럽지도 않은데. 하지만 그는 원래 그런 타입이다.

"다리 예쁘네." 브롱카가 말한다. 그냥 브루클린을 놀리려고 하는 말이다. 브루클린이 얼굴을 구긴다.

---

* 포르투갈어로 '나도요'.

"그 장소요. 꾸불탱이가 온 곳." 베네자가 손을 내리자 뭔가에 홀린 듯한 텅 빈 표정이 드러난다. 그제야 브롱카는 베네자가 얼마나 긴장해 있는지 알아차린다. 겉으로는 아무렇지도 않은 척하고 있지만 얼굴에는 인간 본연의 공포가 드러나 있다. "그 여자 고향은 아니었어요. 날 거기로 데려간 건 아니에요. 정말 고마운 일이죠. 내 생각엔…… 중간지대 같았어요. 양쪽 세계에 사는 것들이 같이 있을 수 있는 곳이요. 그 여자가 여기 없을 때 시간을 때우는 곳이기도 하고요. 거긴 그냥 모든 게 잘못됐어요. 무슨 뜻인지 알겠어요? 어떤 세상에도 그런 식으로 존재하는 게 있어선 안 돼요. 어떻게 건물을 그런 식으로 지을 수가 있는지 아직도 모르겠다고요."

"어떤 식이었는데?" 퀸스가 잽싸게 묻는다. 브롱카가 가만히 있으라는 눈짓을 보낼 틈도 없었다. 그래서 그는 손을 내밀어 베네자의 이마를 짚어 보고, 뺨에도 손등을 대 본다. 체온이 낮다. 추워서 그렇다고 하기엔 너무 심하게 떨고 있다. 퀸스의 물음에 대답하는 음성도 평소보다 더 높고 크다.

"존재해서는 안 되는 식이겠지 뭐겠어! 젠장. 전부 다 비스듬하게 구부러져 있고, 그리고……." 베네자가 두 눈을 질끈 감는다. 목소리까지 떨릴 정도로 온몸을 부들부들 떨고 있다. "각도가 전부 다 엉망이었어. 올드비, 하나같이 전부 다 잘못돼 있었다고요."

베네자가 평소처럼 발랄한 어조로 그렇게 말했다면 브롱카는 별 느낌이 없었을 것이다. 그러나 마치 모두가 들으라고 방백을 하듯 낮고 또렷하게 속삭이는 음성에, 브롱카는 온몸의 털이 쭈뼛 곤두서는 것 같다.

"알았다. 이제 그만." 브롱카가 베네자의 어깨를 붙잡고 가볍게 흔든다. 베네자가 손에 힘을 빼고 브롱카를 쳐다본다. "그 염병할 것에 대해선 그만 생각해. 어떤 생각은 독이 되지. 생각이야 할 수 있지만 적어도 먼저 그럴 맘이 들 만큼 회복이 되든지 아니면 상담을 받든지 해라. 어쨌든 그때까지는, 지금 당장은, 아무 생각도 하지 마. 지금 해야 할 일에만 집중하고."

"나, 난……." 베네자가 마른침을 삼키고 크게 심호흡을 한다. "알았어요. 노력할게요." 그러더니 갑자기 미간을 찌푸리며 주위를 휘휘 둘러본다. "아니, 나 지금 땅바닥에 앉아 있는 거야? 으에, 더러워. 그리고……." 자기 몸을 킁킁거리더니 질린 듯이 경악한다.

"맞아. 너 완전 냄새나." 퀸스가 비실비실 웃는 얼굴로 말한다. 그는 베네자가 무사해서 기쁘다. "이 일이 다 끝나고 나면 진짜 냄새 좋은 향을 갖다 줄게. 이들리도 이모가 수천 개는 구워서 보내 줄걸. 네가 내 걸 다 먹어 버렸다고 하면 말이야."

베네자가 키득거린다. 그걸 본 브롱카는 이제야 좀 긴장이 풀리는 것 같다.

하지만 다음은 퀸스가 넋 나간 표정을 할 차례다. 눈을 깜박이더니 침울한 목소리로 말한다. "하지만 이제 완전히 끝인 거죠? 그죠? 스태튼아일랜드 없이는……."

"걔가 이랬다니 믿을 수가 없어." 브루클린이 얼굴을 찡그리며 손을 뻗어 다른 사람들을 한 명씩 일으켜 세운다. 부끄러운 일이지만 브롱카는 정말로 그 도움이 절실했다. 온몸의 진이 다 빠졌고, 엉덩이는 화끈거리고, 등에서도 찌릿한 통증이 느껴진다. "심지어 어떻게 한 건지도 모르겠어. 「스타트렉」에 나오는 거 같지 않았어? 매니가 우릴 센터에서 데리고 나왔을 때도 이 정도로 눈 깜짝할 정도는 아니었잖아. 그땐 그냥 빠져나온 거였는데, 이 애는 우릴 페리에 태우지도 않았어. 텔레포트처럼 슝 하고 여기로 곧장 보냈지."

브롱카가 뻐근한 허리를 문지른다. "어쨌든 이젠 스태튼의 초능력이 뭔지 알겠군. 신기하고 신비로운 인종혐오야." 그는 주위를 둘러본다. 그러고는 다시 한 번 둘러본다. 뱃속이 철렁 가라앉는다. "홍은 어딨지?"

모두가 두리번거린다. 홍이 아무 데서도 보이지 않는다.

"자기 도시로 돌아갔는지도요?" 퀸스가 이맛살을 찌푸린다. "계속 그러고 싶다고 투덜거렸잖아요. 어쩌면 제일 먼저 추스르고는……."

"정말 그런 거면 좋겠지만." 브루클린의 목소리는 착 가라앉아 있다. "정말 진심으로 그랬으면 좋겠네. 그 인간이 싸가지가 없는 나머지 우리가 정신을 잃고 있는 사이 우릴 버리고 도망쳤으면 차라리 좋겠어."

왜냐하면 그게 아니라면 스태튼아일랜드의 이상하고 말도 안 되는 순간이동 능력이 홍을…… 다른 곳으로 보내 버렸다는 뜻이기 때문이다. 림보로. 어쩌면 아무도 모르는 곳으로.

생각할 게 너무 많아 골치가 아파진 브롱카는 차라리 생각을 하지 않기로 한다. 대신에 그는 눈앞의 문제에 집중한다.

"그런데 대체 빌어먹을 내…… 아!" 브롱카의 낡은 지프차는 뉴욕 항을 가로질러 텔레포트 됐는데도 전혀 손상되지 않은 모습으로 황소 상 옆에 서 있다. 어느새 한쪽 와이퍼 아래 주차위반 딱지까지 붙어 있다. 적어도 견인은 안 당했군. 브롱카는 한숨을 내쉰다. "가자. 시청으로 가야겠어."

브롱카가 차를 향해 움직이려는 순간, 퀸스가 그의 팔을 붙들고 쏘아붙인다. "내 말 못 들었어요? 이젠 다 소용없다고요. 우린 프라이머리를 깨울 수가 없어요. 다섯 번째 자치구가 없잖아요. 가서 뭘 할 건데요? 아무 의미도 없는데 그냥 잡아먹히자고요?"

"그래." 브루클린이 퀸스를 노려보며 대답한다. 그러고는 두 사람을 돌아 지프로 향한다. "그게 아니면 스태튼아일랜드로 돌아가 그 멍청한 애를 두들겨 패서 끌고 오는 수밖에 없는데 그러려면 시간이 한참은 걸릴 거야. 하지만 난 이상하게 시간이 없다는 예감이 든단 말이야. 프라이머리를 찾아가는 게 그나마 나은 옵션이야." 그가 몸 이곳저곳을 뒤지다 치마 뒷주머니에서 전화기를 꺼내더니 이내 미간을 찌푸린다. "맨해튼 번호를 모르는데. 아니, 도대체 우린 왜 전화번호도 서로 안 물어본 거지?"

"어차피 지하에 있어서 받을 수도 없을걸." 브롱카가 말하고는 차 키를 찾아 자동차 도어록을 푼다.

"그럼 그냥 죽을 거예요?" 퀸스는 그들을 따라오지 않고 멀뚱히 서 있다. 믿을 수 없다는 눈빛으로 한 사람 한 사람을 둘러본다. "다들 진짜 미쳤어요?"

"그래, 미쳤다." 브롱카가 지친 웃음을 피식 흘린다. "우린 뉴욕이야. 당연히 모두 제정신이 아니지. 솔직히 맨해튼한테 뭐라고 할 처지가 아니라니까."

"난 포기한 거 아니야." 브루클린이 퀸스에게 말한다. 두 손을 허리에 올린 채 의중을 알 수 없는 표정을 짓고 있다. "그런 식으로 말하지 마, 꼬마 아가씨. 지금 너야말로 포기하고 있는 거지. 정 그러면 가 버리렴. 잭슨하이츠로 달려가 그 여자랑 개가 부리는 괴물이 널 잡으러 오지 않길 빌면서 머리카락 하나 보이지 않게 꼭꼭 숨어 있어. 아니면 여길 떠나는 것도 괜찮겠다. 그래야 다음 퀸스가 나와서 사람들을 구할 수……."

그 말에 퀸스가 몸을 움찔한다. "나도 구하고 싶어요! 나는 안 그런 줄 알아요? 하지만 이 방법이 통할지 안 통할지도 모르는데……." 퀸스가 점점 말을 흐리더니, 머뭇거린다. 어깨가 패배감에 축 처진다. "하지만…… 아, 젠장."

드디어 브롱카의 엉덩이에서 느껴지던 통증이 가셨다. 성취감이 느껴질 정도다. "뭔데?"

베네자는 입고 있던 얇은 스웨터를 벗어 버린다. 꼭 수백 년도 더 된 것처럼 느껴지는 어젯밤만 해도 그는 센터의 에어컨이 너무 심하다고 투덜거렸었다. 스웨터에는 뭔지 짐작도 하기 싫은 정체 모를 물질이 잔뜩 묻어 있어서 그는 그것을 황소의 코 아래 미련 없이 버리고 가기로 한다. "이거나 맡아라, 자본주의의 상징아." 그러고는 브롱카의 차를 향해 발걸음을 옮긴다.

"난 그냥, 당신이 제대로 숫자를 따져봤는지 걱정이 됐어요." 퀸스가 다소 슬픈 표정으로 그들을 쳐다보더니 살짝 웃는다. "나도 계산을 해 봐야 하는데, 근데 지금껏 겪은 일들이…… 나한텐 너무 벅차서요. 하지만 어쨌든 가능성이 있긴 한 거죠? 도망치면 우리가 도시를 구할 확률은 0퍼센트예요. 스태튼아일랜드랑 대화를 시도하는 건 확률이 0은 아니라도 무의미할 정도로 낮죠. 그리고 우리 넷이서라도 프라이머리를 깨우는 건······ 어쨌든 그게 그나마 가장 가능성이 높네요." 퀸스가 고개를 젓더니 마침내 한숨을 쉬며 브롱카의 차로 향한다. "하지만 난 적어도 90분의 1 아래는 싫다고요."

"맞아, 세상 참 더럽지, 응?" 브롱카가 퀸스의 어깨를 찰싹 내리치며 말한다. 모두가 차 안에 자리를 잡는다.

브루클린의 전화기는 배터리 용량이 아슬아슬하긴 하지만 브루클린 브리지/구 시청 역사 근처에서 경찰 대응 사건이 있었다고 알려준다. 그는 마법 같은 능력을 지닌 보좌관 중 한 명에게 전화를 걸어 약속을 잡는다.

"교통 박물관에서 나온 사람이랑 만나기로 했어." 브루클린이 전화를 끊고 전화기를 내려놓으며 말한다. "우리를 폐쇄된 역 안에 들여보내 줄 거야."

"저기 충전기." 브롱카가 죽어 가는 전화기를 입술로 가리킨다.

"괜찮아." 브루클린이 창밖을 내다보며 대답한다. "딸한테만 한 통 걸면 되니까."

브롱카는 한숨을 내쉬며 생각한다. 여자애를 낳든 남자애를 낳든 고리타분한 이름을 붙이지만 말았음 좋겠군.

시청역에서 주차 자리를 찾는 건 그야말로 악몽이다. 별로 멀지도 않은데 여기까지 오는 데만 30분이나 걸렸다. 차라리 걸어왔더라면 중간중간 해돋이를 보겠다고 교차로마다 멈췄더라도 더 빨랐

을 거다. 이 교통체증은 뉴욕 전체에서 점점 더 빠른 속도로 우후죽
순처럼 자라고 있는 이상한 하얀 탑들 때문일 것이다. 브롱카는 금
융회사 건물 사이에 있는 작은 공원에 퍼질러 있는, 일그러진 얼굴
로 하품하고 있는 울퉁불퉁하고 옹이 진 나무처럼 생긴 것을 지나
친다. 시티홀 파크의 남쪽 잔디밭에도 크기는 조금 작지만 비슷한
것이 있다. 눈과 다리는 없고 입과 울퉁불퉁한 혹만 있는 하얀 개구
리처럼 생겼는데, 바닥에 붙어서 추운 듯이 바들바들 떨고 있다.

건물이나 다른 시설보다 더 끔찍한 건 사람이다. 브롱카의 눈에
보이는 점점 더 많은 소위 금융계 및 정계의 전사들이 몸에 하얀 촉
수를 달고 있다. 어떤 사람은 한두 개에 불과하지만 몇 명은 무슨 마
놀로 블라닉을 신고 다니는 알비노 사스콰치처럼 온몸이 새하얗다.

"점점 심해지네요." 베네자가 공연히 말해 본다.

"그래, 나도 봤어." 브롱카가 대꾸한다.

베네자가 그를 보는 눈빛이 느껴진다.

"그 여자가 당신들이랑 똑같은 존재라는 건 알죠? 개도 도시예
요. 이 세계의 도시가 아닐 뿐이지."

브롱카는 한숨을 내쉬며 주차할 곳을 찾아 두리번거리다 여기 차
를 뒀다간 이번엔 진짜로 견인될 것 같은 아주 비좁은 공간으로 밀
고 들어간다. 씨발, 모르겠다.

"그래, 그것도 알아."

"개가 여기 오고 싶어 하는 것도 알아요? 그래서 이 도시에 저 하
얀 것들을 심은 거예요. 그걸 연결 송신탑이라고 부르더라고요." 베
네자가 얼굴을 일그러뜨리며 웃어 보인다. "자기를 우리랑 연결하

려는 거예요. 자기 도시를 여기로 가져오려는 거라고요. 뉴욕의 머리 위에다가요."

"뭐? 어떻게?" 브루클린이 묻는다. 브롱카는 엔진을 꺼 버린다. 너무 놀란 나머지 먼저 제대로 주차를 해야 한다는 사실조차 까먹었다. 엔진이 화를 터트리듯이 칙칙 소리 내더니 뚝 멈춘다.

"나야 모르죠. 근데 그림자가 생기는 건 알아챘어요?"

브롱카가 베네자를 멀거니 쳐다본다. 브루클린은 미간을 찌푸린다. 그러더니 후다닥 차에서 내려 하늘을 올려다본다. 그가 욕설을 퍼붓는다. 브롱카도, 퀸스도 차에서 내려 똑같이 한다.

아무것도 보이지 않는다. 처음에는 브롱카도 그렇게 생각한다. 그저 무한히 펼쳐진 푸른색뿐이다. 평범한 6월의 아침. 이제 막 여명을 밀어내고 태양이 지평선 위로 거의 떠오른 참이다. 다만⋯⋯ 브롱카는 눈살을 찌푸리며 주위를 둘러본다. 왠지 주변 땅바닥이 어둡다. 나무와 사람들이 그림자를 드리우고 있는데, 색이 옅은 데다 사방이 어둡고 침침해 잘 구분이 가지 않는다. 오늘은 날이 맑다. 그래야만 한다. 하늘에 구름 한 점 없으니까. 해가 떴으니 햇빛이 이 근처를 온통 물들여야 하고, 그림자는 짙고 분명해야 한다. 하지만 그렇지가 않다.

브롱카는 문득 높은 곳에 올라가 내려다보면 도시 전체에 그림자가 드리워져 있을 것 같다는 예감이 든다. 마치 이 도시 위에 뭔가 거대하고 끔찍한 것이 떠 있는 것처럼. 지금은 이 세계에 미치는 영향을 통해서만 미루어 짐작할 수 있지만, 그렇지만 머지않아⋯⋯.

베네자도 자동차에서 내린다. 그는 절대로 위를 쳐다보지 않기로 다짐한 사람처럼 고개를 숙이고 있다. 봐서는 안 될 것을 보게 될까 봐 겁에 질려 있다. "그래요." 베네자가 꽉 잠긴 목소리로 말한다. "그러니까 뭐가 됐든 빨리 해야 해요. 음, 최대한 빨리요."

그렇다. 브롱카도 같은 생각이다.

그들은 폐쇄된 지하철역으로 들어가는 입구를 발견한다. '브로드 스트리트 지하철, 출구 전용'이라고 적힌 녹색 간판이 뜬금없이 붙어 있고 철제 셔터가 내려져 있다. 그리고 그 앞에는 어찌할 바를 모르고 안절부절못하고 있는 한 젊은이가 기다리고 있다. 브롱카의 눈에는 이제 겨우 사춘기를 지난 것처럼 솜털이 보송보송한 어린애다. 그래서 그는 저 젊은이가 여름 한 철 일하는 인턴이라고 생각한다.

"아, 토머슨 의원님." 그들이 도착하자 청년이 미소 띤 얼굴로 다가와 브루클린과 악수를 나눈다. "잘 오셨습니다. 연락받았어요. 투어 가이드가 필요하시다고요? 원래 일하시는 분과 연락이 닿질 않아서, 원하신다면 제가⋯⋯."

"그럴 필요 없습니다, 소장님." 브루클린이 솜씨 좋게 받아넘긴다. "감사하지만 전에 투어에 참가해 본 적이 있기 때문에 저 혼자서도 괜찮을 것 같네요. 한데, 손전등을 가져오지 않아서요."

"아, 제 걸 가져가세요." 남자가—브롱카는 그가 소장이라는 데 깜짝 놀란다. 젠장, 요즘엔 어딜 가나 젊은 것들뿐이라니까—브루클린에게 손전등을 건네준다. 배터리를 넣는 게 아니라 손잡이를 돌려 자체적으로 전력을 생산할 수 있는 서바이벌용 도구다. 완전히 충전되어 있다. "얼마나 오래 계실 건가요?"

"별로 오래 걸리진 않을 겁니다. 내일 아침까진 열쇠를 돌려 드리죠." 브루클린이 악수를 하러 손을 내민다.

소장이 눈을 깜박인다. "어, 저는 몰랐는데⋯⋯." 그가 다른 사람들을 둘러본다. 어째서 시의원이 이런 헝클어진 차림새의 지저분하고 피곤해 보이는 사람들을 데려와 폐쇄된 지하철역을 탐험하겠다는 건지 의아해하는 것 같다. "음."

"브루클린 박물관 이사회에 있는 친구에게 소장님이 얼마나 전문가다운 도움을 많이 주셨는지 전하도록 하겠습니다."

브루클린이 다 안다는 듯이 완벽하고 오만한 미소를 지어 보인다. 거의 존경스러울 지경이다. 더 좋은 일자리를 원하는 소장은 저항할 수가 없다. 그는 한숨을 쉬며 열쇠꾸러미를 브루클린에게 건넨다. 그러고는 친밀한 대화를 몇 번 더 교환한다. 이 와중에도 도시 전체에 시시각각 어둠이 깔리고 있어 옆에서 다른 사람들은 안달이 나서 죽을 것만 같다. 이제 브롱카는 도시를 뒤덮은 그림자와 자신의 그림자조차 구분하지 못할 지경이다. 하지만 드디어 애송이 관료주의자가 자리를 뜨고, 브루클린이 셔터의 자물쇠와 씨름하기 시작한다. 잠시 후 그들은 역 안에 들어와 있다. 계단을 따라 내려가 모퉁이를 돌자마자 모두가 충격에 휩싸여 우뚝 멈춰 선다.

곡선으로 휘어진 플랫폼 위에, 아름다운 구아스타비노 타일로 장식된 아치형 천장 아래, 배배 뒤틀리고 산산조각으로 터진 기계생물의 사체가 널브러져 있다. 몸뚱이의 대부분은 지하철 플랫폼에 걸쳐져 있는데 브롱카는 뒤늦게 괴물의 뒷부분이 완전한 전동차이고 마지막 차량은 아직도 선로 위에 있다는 걸 알아차린다. 하지만 그 외에 앞쪽 차량은 전부 플랫폼 위로 올라와 있고 무생물 열차가 아니라 환형동물 같은 모습이다. 엔진이 변형된 작고 뭉툭한 발도 달려 있다. 그리고 표면에는 아직도 희미하게 하얀 빛을 발하고 있는 넌출들이 털가죽처럼 빽빽하게 자라나 있는데…… 다행히 전부 죽었다. 브롱카는 눈앞에서 촉수들이 시들어 사라지는 것을 보며 내심 안도감을 느끼지만 열차 괴물의 사체를 피해 옆으로 돌아갈 때에도 최대한 거리를 둔다.

저것은 그냥 죽은 게 아니다. 살해됐다. 더 정확히 말하자면 잡아 찢겨졌다. 첫 번째 차량의 일부는 뭔진 모르지만 엄청난 힘으로 날아가 반대쪽 플랫폼에 박혀 뒹굴고 있고 나머지는 역사 한쪽 터널에 반쯤 처박혀 있다. 열차에 가려진 터널 안쪽에서 헐떡이는 숨소리가 들린다.

"거기 누구 있어요?" 말을 걸어 본다.

포르투갈어로 욕설이 터져 나오더니 찌그러진 기관실에 난 좁은 틈새로 파울루가 불쑥 나타난다.

"신이여, 감사합니다." 커다랗게 눈을 뜨며 안도한 음성이다. "스태튼아일랜드도 데려왔나?"

그들은 부서진 잔해를 기어 올라가기 시작한다. 브롱카는 퀸스의 도움을 받아야 한다는 데 약간 자존심이 상하지만 어쨌든 기어코 해낸다.

"아니. 당신만큼이나 우리도 안 좋아하더군. 흰옷의 여자가 벌써……."

브루클린은 문장을 끝마치지 못한다. 브롱카는 브루클린의 시선을 따라, 전동차 괴물의 파편 조각들을 지나, 벽에 힘없이 기대앉아 있는 매니를 발견한다. 거칠게 헐떡이던 숨소리의 주인은 맨해튼이었다. 기진맥진해 완전히 나가떨어진 기색이 역력하고, 온몸은 피칠갑이 되어 있다. 게다가 알몸이다. 파울루의 재킷이 무릎 위에 놓여 있긴 하지만.

"왜 그래?" 브롱카가 어안이 벙벙해 묻는다.

"열차 괴물 때문에요." 매니가 대답한다.

"어, 그래. 근데 내 말은……."

"스태튼아일랜드." 파울루가 끼어든다. 그는 못 믿겠다는 듯 고개를 절레절레 흔든다. "그러니까 스태튼이 적과 한 편이 됐다고? 완전히? 지금 상황을 알고는 있……."

"아주 잘 알고 있어요." 퀸스가 매니를 부축해 일으켜 세우며 대답한다. 가까스로 몸을 일으킨 매니는 지금 브롱카의 상태와도 비슷해 보인다. 허리를 힘없이 수그리고 움직일 때마다 통증이 느껴지는지 최대한 조심스럽게 움직인다. 허리에 재킷을 두르고 손으로 꼭 쥐고 있는데, 아마 파울루는 저 재킷을 다시는 돌려받고 싶지 않겠지. "우리를 섬 밖으로 내던져 버리더라고요. 어, 근데 홍이 어딨는지 모르겠어요."

파울루가 할 말을 잃고 공포에 질린 표정으로 그들 모두를 멀뚱히 쳐다본다. 매니가 한숨을 내쉬더니 일행의 뒤쪽에 있는 벽감 쪽으로 휘청거리며 걷기 시작한다.

"그럼 우리가 할 수 있는 일이라도 해야겠군요."

"우리만으로 안 된다면?" 브루클린이다.

"되어야지."

매니가 너무 고통스러워하는 것 같아 브롱카는 다가가 그를 도와주려 한다. 하지만 허리를 굽히자마자 통증이 엄습해서 단념하고 만다. 베네자가 고개를 가로젓더니 두 사람 쪽으로 달려와 브롱카를 째려본다. 그 서슬 퍼런 기색에 브롱카는 뒤로 물러날 수밖에 없다. 베네자가 매니의 겨드랑이 아래 어깨를 밀어 넣어 부축한다.

"적어도 우리들 자치구는 보호할 수 있을까?" 브루클린이 얼마나 한심한 질문인지 안다는 듯이 서글픈 미소를 띠며 묻는다. 하지만 그를 타박할 수는 없다.

"그걸 내가 어떻게 알아?" 브롱카는 너무 매몰차게 들리지 않도록 조금 부드러운 말투로 덧붙인다. "가족들은 피신했어? 아버지랑 딸이랑."

"그래야 할 텐데." 브루클린이 갑자기 벽감 쪽으로 고개를 홱 돌린다.

브롱카는 절뚝거리며 벽감으로 다가간다. 거기 있는 것은 초상화와 똑같은 모습으로 누워 있는 프라이머리다. 너무도 가냘프고, 너무도 젊고, 그리고 너무도 약해 보이는, 점점 희미해지고 있는 도시의 빛 아래 잠겨 있는 이 도시의 중심 화신.

"너무 빼빼 말라서 우릴 다 먹지도 못하겠는데." 브롱카가 농을 던진다. 아무도 웃지 않는다.

파울루가 다가와 베네자의 팔을 붙잡고는 뒤로 끌고 데려간다. 브롱카는 그게 고맙다.

이제 여기에는 그들과 프라이머리뿐이다. 다섯 개의 별 중 네 개. 그럭저럭 나쁘진 않지만 최상의 상황은 아니다. 브롱카는 깊이 심호흡하며 겁먹은 마음을 가라앉힌다. 하지만 저도 모르게 매니에게 시선이 간다. 누구보다 지금 이 순간을 원했던 이.

프라이머리를 내려다보고 있는 매니는 심경이 무척 복잡해 보인다. "아무 변화도 없어." 매니가 프라이머리의 짧은 머리를 만지려는 듯 손을 내밀지만 그에게 닿기 몇 센티미터 앞에서 마치 더는 접근하기가 두렵다는 듯이 멈춘다. 매니의 얼굴이 좌절감에 일그러진다. 그제야 브롱카는 그 장면을 다른 관점으로 해석한다. 매니의 손이 강제적으로 멈췄다. 브롱카의 눈에 보이지 않는 것에 가로막혀서.

"이게 뭔⋯⋯." 알아낼 방법은 한 가지뿐이다. 브롱카는 마음을 굳게 먹는다. 툰디위 루속스크위우답게 죽어야지. 그는 속으로 생각한다. 불에 타는 여인답게, 거북이 씨족답게. 크리스의 말처럼 당당한 전사답게. 그러고는 소년의 머리를 향해 손을 뻗는다.

뭔가 브롱카의 손을 저지한다. 처음에는 아무것도 느껴지지 않는다. 그저 서서히 움직임이 느려진다는 느낌뿐이다. 그러더니 더는 손이 움직이지 않고, 앞으로 나아가지도 않는다. 그걸 본 퀸스도 깜짝 놀라 떨리는 손을 앞으로 내밀어 본다. 퀸스의 손도 가다가 멈춘다. 모두가 브루클린을 돌아본다. 그의 표정은 절망적이다. 그는 이 모든 게 아무 소용도 없다는 걸 안다. 그러나 다른 이들이 그를 원하기에, 브루클린도 손을 뻗어 본다. 그의 손도 변함없이 보이지 않는 벽에 가로막힌다.

머리 위 채광창에서 비쳐 들어오는 일광이 점차 사그라들고 있다. 마치 일식을 보는 느낌이라고, 브롱카는 생각한다. 살면서 한 번도 보지 못한 섬뜩하고 으스스한 어스름의 세상. 리예가 오고 있어.

그러고는 마치 그 생각에 채찍처럼 후려맞은 양 파드득 놀란다.

"적이 오고 있다." 파울루가 고개를 들어 위를 쳐다본다. 그들 모두가 올려다본다. 파울루의 표정이 어두워진다.

"정말로 그럴 작정이군요." 퀸스의 목소리는 절망감에 가득 찼다. "그 여자는……진짜로 그곳의 도시를 여기로 가져올 생각인 거예요. 이 도시 위에요. 그런데 그러면 어떻게 되는 거죠?"

"많은 사람이 죽겠지." 브루클린이 대답한다. "아까 그 여자가 하는 말 들었잖아. 여기로 자기 도시를 가져오면 이 우주 전체가 무너질 거라고 말이야."

"그게 어떻게 가능하죠? 도무지 이해를 못 하겠어." 퀸스가 신음하며 손으로 머리카락을 헤집는다.

"당신도 고향에 갔었어야지." 브롱카가 파울루에게 말한다. 소용없는 일이다. 하지만 그는 평생 그러니까 내가 그랬잖아라는 말을 안 하고 참아 본 적이 없다. 지금껏 짝 없이 혼자인 것도 그래서겠지.

파울루가 숨을 깊이 들이마신다. "여기서 무슨 일이 일어나든 내가 단순히 고향 도시로 돌아갈 확률은 전혀 없어. 이 경우엔, 적어도 우주가 소멸할 때까지는 말이야."

"그럼 혹시 홍도……?"

"어, 올드비?"

모두가 화들짝 놀라 고개를 돌린다. 베네자의 목소리가 너무도 당혹스러워하고 있기 때문이다. 시선을 들어 그들을 쳐다보는 베네자는 숨을 거칠게 몰아쉬고 있고, 얼굴은 식은땀에 젖어 번들거린다. 하지만 어디가 아프거나 졸도하려는 것 같지는 않다. 브롱카는 그나마 다행이라고 생각한다. 그 끔찍한 외계 생명체가 베네자를 찔렀거나 물었거나 아니면 그들은 상상도 못 할 방법으로 독을 주입했다고 생각하고 싶지 않으니까. 도시 전체가 전(全)우주적으로 깔아뭉개지는 찰나에 한 사람 목숨을 걱정하는 게 좀 가소로울지도 모르겠지만, 사람의 마음이란 건 가끔 그렇게 작동하기 마련이다.

그래서 브롱카는 서둘러 베네자에게 다가간다.

"왜 그러니? 무슨 일……."

브롱카는 입을 턱 다문다. 베네자가 갑자기 주춤 뒷걸음질 친다. 브롱카도 발을 멈춘다. 두 사람은 눈을 커다랗게 뜬 채 서로를 빤히 응시한다.

그는 더럽고, 피곤하고 조그맣다. 거대한 그림자 밑에서 분투하며 버둥대고 있지만 자신이 가진 것이 자랑스럽다. 그가 지닌 것은 어마어마한 잠재력이다. 통통하고 짤막한 잔교들을 뻗고 오래전에 사라진 산업 때문에 움푹 가라앉은 가슴을 부풀리며 마치 이렇게 말하듯이 새롭고 화려한 고층건물들로 구성된 왕관을 내던진다. **어디 덤벼봐. 네 덩치가 얼마나 큰지는 상관없어. 나도 너만큼 잘나고 터프하거든 —**

"안 돼." 브롱카는 헛숨을 들이켜며 아연실색한다.

"어……." 베네자가 입을 연다. 그는 약간 떨고 있다. 하지만 그러면서도 씨익 웃음 짓는다. "와, 이런 씨발."

"뭔데?" 매니가 베네자와 다른 이들을 번갈아 쳐다본다. 퀸스도 마찬가지로 어리둥절한 기색이다.

"이젠 아무래도 상관없어." 그렇게 중얼거린 브루클린은 고개를 푹 수그린 채 가족들을 애도하고 있다.

하지만 파울루는 베네자를 뚫어져라 응시하고 있다. 깨달음을 얻은 눈이 휘둥그레진다. 묘한 표정이 얼굴 위로 스쳐 지나간다. 그는 신문 더미를 무너뜨리며 황급히 다가가 베네자가 비명을 지를 정도로 팔을 콱 움켜쥔다. 브롱카가 바로 파울루의 팔을 붙잡으며 저지한다.

"이게 무슨 짓……!"

"살아 있는 도시는 정치와는 아무 상관도 없지." 마음이 얼마나 급한지 파울루는 거의 소리를 지르다시피 말한다. "도시는 경계선이나 카운티로 규정되는 게 아냐. 거기 사는 사람들이, 그리고 그 주위에 사는 사람들이 믿고 인식하는 것으로 구성되지. 그러니까 만일 베네자가 대표하는 데 있어 지금, 여기서, 다른 이유가 없다면……."

파울루는 더 이상 어떻게 설명해야 할지 모르겠다는 듯 베네자를 신문 더미 쪽으로 잡아끌고 간다. 이제는 브롱카도 이해할 수 있다. 손에 감각이 없다. 브롱카는 파울루의 팔을 놓아 주고는 서둘러 두 사람 뒤를 따른다.

점점 더 어두워지고 있다. 부분적으로는 박물관 소장이 건네준 손전등 불빛이 힘을 잃고 있기 때문이지만, 또 다른 이유는 머리 위에서 비쳐 들어오던 햇빛이 완전히, 철저하게 사라져 버렸기 때문이다. 브롱카는 고개를 들어 푸른 하늘을 바라본다. 하지만 거기 있는 것은 금방이라도 별이 떠오를 것만 같은 암청색이다. 눈을 가늘게 뜨고 집중하자 텅 빈 허공에서 뭔가 조금씩 형체를 갖춰 가고 있는 게 보인다. 뉴욕의 창공에, 이 세상에 속한 것이 아닌 무언가의 토대가 놓이고 있 ―

베네자는 파울루를 떼어내려 몸부림치며 브롱카를 돌아본다.

"비! 비! 대체 왜 이러는 거예요? 왜 나한테……."

브롱카가 파울루를 노려보자 그가 결국 손을 뗀다. 브롱카는 자치구의 화신들이 프라이머리를 둘러싸고 있는 곳으로 베네자를 데려가며 다급하게 설명한다.

"내가 만난 저지 시티 사람들은 하나같이 자기가 뉴욕에서 왔다고 했어. 뉴요커들한테야 그렇게 말 안 했지만. 알잖아, 그 사람들은 그런 말을 들을 때마다 아니라고 난리를 치니까. 하지만 다른 곳 사람들한테는 늘 그렇게 말했지. 그리고 전 세계 사람들이 그걸 사실로 받아들이지. 안 그래? 솔직히 상식적으로 대부분의 사람들한테 맨해튼의 바로 코앞에, 심지어 스태튼아일랜드보다 더 가까이 있는 도시라면 뉴욕이나 마찬가지니까. 그렇지?"

그들의 주위로, 머리 위로, 도시 전체로, 소리가 진동하기 시작한다. 지면이 우르릉거린다. 낮게 울부짖는 사이렌처럼, 수만 명의 목소리가 한꺼번에 비명을 지르는 것처럼. 아니, 그게 아니다. 공기가 뜨겁게 달궈질 만큼 너무도 갑작스레 밀려나고 새로이 그 자리를 치고 들어오는 거센 바람이 포효하는 것처럼. 브롱카는 허리케인 샌디가 화물열차를 날려 버렸을 때를 빼고 이런 소리는 들어 본 적이 없다. 그리고 지금은 그때보다도 더 나쁘다. 리예가 오고 있다.

하지만 이제는 다른 이들도 이해한다. 심지어 베네자마저 그렇다. 베네자는 뉴욕의 화신들을 바라본다. 눈에 눈물이 고인다. 그는 벅차오르는 감정을 참지 못하고 웃고 있다. 브롱카는 이제야 깨닫는다. 이것이 바로 베네자가 계속 바랐던 것이었다. 베네자는 처음부터 그들 옆에 있었고, 그들을 지켜보고 도와주고 싶었다. 그들을 부러워할 정도로 모든 걸 이해하고 있었다. 그리고 이곳 뉴욕, 도시의 일부가 되고 싶어 하는 모든 신참들을 꿀떡꿀떡 집어삼키는 이 도시는 기꺼이 그에 반응한 것이다.

세상의 멸망이 눈앞에 닥친 이 순간에도 웃음이 터져 나온다. 어떤 상황에서도 기쁜 건 기쁜 거다. 브롱카는 애정을 담아 베네자의 손을 꼭 쥔다. 그들은 이제 한 가족이다. 매니가 베네자의 반대쪽 손을 잡는다. 그의 표정은 엄숙하고 진지하다.

"너는 뭐니, 영비?" 브롱카가 베네자에게 묻는다. 활짝 웃으며.

베네자도 함께 웃는다. 술 취한 사람처럼 머리를 뒤로 젖히며 소리 높여 웃는다. "나는 저지 시티예요, 빌어먹을!"

그리고 마침내, 매니의 표정이 밝아진다. 안도의 한숨을 쉰다. 내내 머릿속 한 켠에 머무르던 이상한 메커니즘이 움직여 변화하고, 드디어 앞으로 나아갈 길에 집중한다. 그들 모두가 느끼는 변화다. "그리고 우리는 누구지?" 맨해튼이 그들 모두에게 묻는다. 바로 그 순간, 그들이 서 있는 공간이 칠흑 같은 어둠 속에 묻힌다.

모든 빛이 자취를 감춘다. 단 하나, 타블로이드 기사들과 오래전에 묻혀 버린 이야기들로 만들어진 침대 위에 누워 있는 프라이머리의 주위를 감싼 밝은 빛을 제외하고. 그가 빛을 발하고 있다. 마침내. 다른 곳에서 나오는 빛이 아니다.

뉴욕 자치구의 화신들이 지켜보는 앞에서 그가 숨을 크게 들이마시고, 팔다리를 펴고, 몸을 돌려 똑바로 눕더니, 눈을 뜬다.

"우리는 뉴욕이야." 그가 말한다. 그러고는 씨익 웃는다. "예이! 그렇고말고."

그들은 뉴욕이다.

그들은 모든 서브우퍼와 강철의 드럼밴드가 내뿜는 강렬한 소리와 진동이자, 이웃집 노인들을 괴롭히고 단잠을 자는 갓난아기들을 깨우는 동시에 다른 모든 이들에게는 비밀스레 웃고 춤출 구실을 제공한다. 그들은 수천 개의 나이트클럽과 오케스트라 악단석에서 쏟아져 나오는 순수한 타악기의 격정적인 파도이며, 도시의 위쪽을 향해 그리고 바깥쪽을 향해 거침없이 쇄도한다. 만일 이 모든 일이 인공간에서 벌어진다면 그 무시무시한 소리에 많은 이들의 귀가 멀어 버렸을 것이다. 그러나 이는 도시가 거주하는 공간에서 발생한 일이다. 건방지고 오만한 리예가 감히 이 세상 뉴욕의 자리를 강탈하려는 곳에서. 아니, 넌 할 수 없어. 그들은 으르렁거리며 침입자를 무자비하게 밀쳐 낸다.

그들은 거리를 질주하는 녹색의 메탄 불길이다. 비현실적이나 초차원적으로 뜨겁고, 도시의 바둑판 거리와 연석을 따라 흐르며 이 도시의 아스팔트를 달갑지 않은 주거지로 삼은 외계 우주의 모든 원자를 불태워 없앤다. 모든 탑과 구조물이 움직임을 멈추더니 다음 순간 보이지 않는 먼지로 화해 바스라진다. 촉수에 뒤덮인 채 출근 중이던 회사원들은 갑자기 산뜻해진 느낌에 발을 멈추고 눈을 깜박인다. 아프지는 않다. 최악이라고 해 봤자 피부가 조금 따끔거리는 정도다. 어떤 이들은 한숨을 내쉬고 아토피용 크림을 바른 다음, 다시 하루를 시작한다.

그들은 무수한 팔다리를 지닌 얼굴 없는 주식중개인 사냥단이다. 내부 정보의 냄새를 탐지한 사냥개처럼 몰려들어 도시의 벽을 따라 기고 지붕 위를 뛰어다니며 날카로운 이빨을 드러내고 낄낄거린다. 그들은 선 몇 개로 찍찍 그린 골목길 강도, 가짜 버버리 코트를 입은 허수아비이며 그림자 속에 숨어 먹잇감을 노린다. 그들은 꽥꽥 소리 질러 대는 학부모회의 극성 학부모들, 한 손에는 표준화시험을 들고 다른 한 손으로는 면도날처럼 날카로운 손톱을 휘두르며 햇빛 아래로 돌진한다.

그들의 먹잇감은 도망치고 있는 흰옷의 여자다. 흰옷의 여자는 전부 열두 명이다. 이제 그들은 볼 수 있다. 여러 개의 육신과 무한한 형태, 그 모두가 하나의 존재다. 모두가 힘을 합쳐 일하고 그가 준비한 전쟁을 일으키기 위해 전념하고 있다. 그러나 결국 그도 하나의 도시일 뿐이다. 도로는 늘 반듯하고 모든 건물은 굴곡져 있으며 세상과 세상 사이에 존재하는 깊고 어두운 소금물에서 솟구쳐 떠오른 리예. 그러나 어떤 살아 있는 도시도 다른 도시가 용인하지 않으면 그 영역 안에 머무를 수 없다.

여자의 모든 껍데기들이 붙잡혀 그를 이루고 있던 형체 없고 미분화된 우르로 산산이 분해되자 리예는 겁에 질려 전율한다. 중간 차원으로 도망치기엔 너무도 많은 힘을 소진한 탓에 이제 그의 것이 아닌 다른 영역에 꼼짝없이 갇히고 말았다. 하얀 탑은 이곳으로 전송된 물질들을 위한 연결 장치이자 길잡이였으나, 뉴욕의 힘을 담은 에너지 파동이 맨해튼에서 웨스트체스터, 코니아일랜드를 거쳐 롱아일랜드까지 휩쓸고 지난 자리에는 그 어떤 탑도 온전히 서 있지 못한다. 기반을 잃은 리예는 그를 지탱할 닻이 될 만한 것을 찾아 붙잡지 않는다면 존재의 바깥에 있는 무형의 에테르 속에서 영원토록 방황하게 될 것이다. 무엇이든 좋다. 그는 정신없이 두리번거린다. 살아남기 위해서. 무엇이든 좋으니까—

저기.

그것은 정말 작다. 리예처럼 거대한 도시를 수용하기엔 턱도 없이 작다. 하지만 뉴욕의 자치구라면 그 자체로 훌륭한 닻이자 기반이 되어 줄 것이다. 그곳을 통해 이곳에 올 수는 없겠지만 스태튼아일랜드의 도움을 받는다면 적어도 버틸 수는 있다. 그의 구성물질을 이 새로운 준교외에 비끄러매고, 생존을 유지해 줄 상거래와 자원을 구축할 수 있다. 적어도 당분간은. 그렇게 오랫동안 자유과 해방을 꿈꾸던 조그맣고 분노에 찬 뉴욕의 일부는 드디어 소원을 이룰 수 있게 되었다.

그렇다면 그들은? 뉴욕의 남은 현신들, 그리고 새로운 명예 자치구인 저지 시티는 어떻지? 그들은 그냥 다 괜찮다.

우리는 다 괜찮다. 물어봐 줘서 고마워. 우리는 뉴욕이다. 여기 온 걸 환영해.

# 코다

나는 도시를 살아간다. 빌어먹을 도시.

평생 코니아일랜드를 좋아해 본 적이 없다. 여름만 되면 사람들이 바글거리고 나머지 다른 계절엔 더럽게 춥다. 주머니 사정이 빈약하거나 수영할 줄 모른다면 가서 할 일도 없다. 그래도. 나는 판자길 위에 서서 발밑으로는 수천 명의 걸어 다니는 어른들과 뛰어 다니는 아이들과 펄쩍거리는 개의 운동에너지로 진동하는 나무판자를 느끼고, 내적으로는 나와 공명하는 다섯 영혼의 반향을 느낀다. 내 영혼도 여기 함께 있다. 우리는 이제 하나다. 영적인 합체라니 코니아일랜드와 안성맞춤 어울리는 괴물 쇼가 따로 없다. 이것이 바로 "먹어 치운다"의 의미다. 전부 다 집어삼킬 수 없으면 그들의 일부가 되어야겠지.

하지만 이 모든 사실에도 불구하고, 나는 지금 한껏 즐기는 중이다. 오늘은 7월 9일이다. 7월 4일이 아니다. 이날은 우리에게 아주 중요하다. 1776년 7월 9일은 뉴욕이 영국으로부터 독립을 선언한 날이다. 항상 그렇듯이 폼을 잡느라 며칠 늦어졌지. 우리가 도시가 된 지도 거의 3주일이 됐으니 이제 축하를 좀 해 줘도 될 때다. 아직 살아 있으니까. 저기 꼬마야. 대마초 좀 넘겨줘.

파울루가 전화통화를 마치고 내 쪽으로 다가온다. 우리는 나란히 선 채 한참 동안 아무 말도 하지 않는다. 모래사장 너머에서는 브루클린의 딸인 조조가 퀸스랑 저지와 함께 물속에서 마르코 폴로 놀이를 하고 있다. 조조가 두 사람에게 본때를 보여 주는 중이다. 당연하지. 제 엄마만큼이나 날래고 똑똑하니까. 퀸스는 술래한테 잡히는 사람치고는 너무 신이 나 있고 저지는 뭘 제대로 하기엔 물을 너무 무서워한다. 수영을 못하기 때문이다. 그는 따뜻한 바닷물은 전부 누군가의 오줌이고 둥둥 떠다니는 해초는 전부 주머니 해파리라고 생각한다. 모래 사장에 깔아 놓은 담요 위에서는 퀸스의 이모가 갓난아기를 놀리고 있고, 콧수염이 엄청 큰 그의 남편은 옆에서 휴대용 화로로 끝내주는 냄새가 나는 음식을 요리 중이다. 브롱카는 담요 위에 커다란 갈색 몸뚱이를 대자로 늘어놓고 햇빛 아래 꾸벅꾸벅 조는 중이다. 비키니를 입고 있다. 저렇게 커다란 비키니를 대체 어디서 찾은 건지 모르겠지만 지금 브롱카는 '알 게 뭐야 씨발' 모드고, 나는 그 나쁜 년 모드의 파도 위에서 서핑 중이다.(어째서 나의 대부분이 여성인지는 모르겠는데, 어찌 보면 또 알 것 같기도 하다. 이건 정말로 나다. 그리고 나는 그들이다.)

맨해튼도 담요 위에 앉아 있다. 아까까지는 수영을 하고 있었는데 물기도 거의 말랐고 다른 사람이 즐기는 모습을 바라보며 그 감정을 함께 만끽하는 중이다. 그의 일부분은 아직도 신참 모드다. 세계에서 가장 위대한 도시의 끝자락에 태양과 모래로 가득한 이곳이 있다는 사실을 아직도 신기해하고 있다. 하지만 그의 나머지 부분은 모든 것을 납득하고 받아들였기에 느긋하다. 자기수양이라도 하는 사람처럼 평온하다.

그가 내 시선을 눈치 챘는지 등 근육이 약간 긴장하는 게 보인다. 평범한 사람이라면 이 정도야 무시하겠지만, 이 사내는 아니다. 그는 고개를 돌려 나를 쳐다본다. 막상 시선을 피하는 건 나다. 그의 눈빛이 너무 강렬해 쳐다볼 수가 없기 때문이다. 나는 백마 탄 기사님을 꿈꾼 적이 없는데. 보디가드도 그렇고. 음, 그를 정확히 뭐라고 불러야 하지. 하지만 나는 화신들 중에서도 특히 그가…… 내게 봉사하기 위해 준비된 자라는 걸 안다. 젠장, 이렇게 말하니까 망할 BDSM같이 들리잖아. 이걸 도대체 어떻게 해석해야 할지 모르겠다. 매니는 나를 위해서라면 살인도 기꺼이 저지를 것이다. 내가 허락만 한다면 기꺼이 나를 사랑할 것이다. 하지만 거기에 대해선 아직 판단을 못 내렸다. 내가 머리가 회까닥 돌아 버린 밝은 피부의 아이비리그 출신 남자친구를 사귈 거라는 생각은 한 번도 해 본 적이 없기 때문이다. 내 말은, 생기기는 참 잘생겼거든? 하지만 그 이상으론……. 내가 가짜로 하는 척할 때만 빼고 다음 단계는 한동안 안 한 이유가 있다.

그가 시선을 약간 내리깐다. 그들은 모두 나를 안다. 우리 모두는 서로를 안다. 하지만 그는 내 감정을 가장 예민하게 잡아낼 수 있는 반쪽이다. 그는 자신이 나를 불안하게 만든다는 사실을 안다.(그리고 내가 그게 불안감이라는 걸 시인하기 싫어한다는 것도 안다.) 그래서 그는 살짝 물러난다. 어쨌든 지금은 그렇다. 그는 내가 이 모든 것을 더 편안하게 느낄 때까지 기다릴 것이다. 그때가 되면 우리 둘 다 어떻게 해야 할지 대충 알아낼 수 있겠지.

나는 한숨을 내쉬며 눈을 문지른다. 파울루가 재미있다는 듯이 피식 웃는다. "이거보다 더 나쁠 수도 있었다."

그래. 우리는 비유클리드적인 딩호에 물어 뜯겨 갈가리 찢길 수도 있었다. 나도 안다. 그래도.

"이게 뭔 염병할 난장판인지."

"좋든 싫든 그래도 이건 너지." 파울루가 한숨을 내쉬며 다른 이들을 바라본다. 아주 폼잡고 으스대는 모습이다. 그를 원하지 않는 나의 일부를 정화한 덕에 그는 상태가 많이 나아졌다. 다시 말해 더는 뉴욕에서 환영받지 못하는 존재가 아니란 뜻이다. 하지만 파울루에겐 아직도 심각한 얘깃거리가 남아 있다. "최고회의의 다른 도시들이 많이 놀랐다. 모두 네가 런던 같은 비극을 겪을 거라고 예상했거든. 덕분에 체면들을 많이 구겼지. 나로선 이곳과 런던만큼 대조적인 곳이 또 있을지 모르겠다만."

"아, 그래그래, 알았어." 그는 여전히 말이 너무 많다. 나는 허리를 곧추세우고는 팔다리를 죽 늘인다.(매니가 다시 쳐다본다. 갈급한 눈빛이지만 금세 시선을 돌려 버린다. 참 점잖은 친구라니까.) "중국인 애인은 괜찮아?"

"홍은 내 애인이 아냐. 하지만 그래, 눈을 떠 보니 자기 도시였다고, 다른 도시들과 파리에서 만나자고 연락을 해 왔다. 뉴욕도 참석해야 해. 이젠 너도 완전한 도시니까. 최고회의는 너희 모두와 이야기를 하고 싶어 할 거야. 그리고 저것에 대한 논의도……."

파울루가 한숨을 쉬며 주위에 펼쳐진 해변과 하늘, 그리고 우리 뒤쪽에 높게 솟아 있는 고층건물의 숲을 가리킨다. 바다 너머를 응시한다.

여기는 코니아일랜드 중에서도 관광객이 많이 오는 곳이 아니다. 그래서 화창한 여름날인데도 사람이 그다지 많지 않다. 정확히 말하자면 지금 우리가 있는 곳은 브라이턴 비치인데, 아직도 코니아일랜드라고 불릴 뿐이다. 코니아일랜드도 실은 섬이 아닌데 벌써 100년이 넘게 그렇게 불리고 있으니 여기를 코니아일랜드라고 부른다고 해서 무슨 문제겠어. 어쨌든. 우리가 코니아일랜드의 끄트머리에 와 있는 데에는 다 이유가 있다. 여기서는 저기 길게 누워 있는 스태튼아일랜드를 볼 수 있다. 보이는 게 그렇게 많은 건 아니다. 여기서 가까운 쪽은 주로 평지고, 숲과 주택지에 가끔 산업용 기중기나 무선 기지국이 끼어 있는 평범한 풍경이다. 예쁘고 지루하다.

하지만 그 모든 풍경이 깊은 어둠 속에 잠겨 있다. 하늘엔 구름 한 점 없다. 인공위성도 지나가지 않고 일식도 일어나지 않았다. 뉴스엔 안 나왔지만 소셜 미디어에서 몇몇 사람들이 궁금해하는 것은 봤다. 저것을 볼 수 있는 것은 오직 우리뿐이다. 우리와, 그걸 볼 수 있는 재능을 지닌 또는 저주받은 소수의 몇몇 사람들. 별로 심각한 일은 아니다. 스태튼아일랜드 위에 커다랗고 완벽하게 동그란—헬리콥터를 빌려서 보고 온 브루클린이 말해 주었다—그림자가 드리워져 있을 뿐이다.

그래. 그렇다. 스태튼아일랜드는 우리가 가능하다고 여긴 것 이상으로 우리를 철저하게 배신했다.

파울루가 난간에 기대고 있던 몸을 세운다.

"몇 시간 후면 비행기가 출발해. 난 이제 공항으로 가야겠다."

처음 듣는 소리다. 물론 언젠간 이렇게 될 줄 알았다. 파울루는 그저 내가 거쳐야 할 과정을 잘 헤쳐 나가는지 새로 탄생하는 어린 도시를 도와주러 온 것뿐이니까. 그리고 이제 그가 할 일은 끝났다. 하지만. 나는 뺨 안쪽을 잘근잘근 씹으며 상처 입은 티를 내지 않으려고 애쓴다.

"내가 지내던 집은 이번 달 말까지 빌린 거다. 한동안 거기 머무를 거면 떠날 때 열쇠를 두고 문을 잠그렴. 거기 있는 동안 어지르지는 말고."

나는 한숨을 내쉰다. "그런 뒤엔?" 다시 거리로. 적어도 여름이니 다행이다.

"그런 뒤엔." 파울루가 나를, 그리고 해변에 앉아 있는 다른 이들을 향해 차례차례 의미심장한 눈빛을 보내며 말한다. "나 대신 너를 돌봐줄 다섯 명의 또 다른 네가 있지."

다정한 말투다. 이것보다 훨씬 엉망으로 헤어진 경험도 많은걸. 게다가 이건 이별로 칠 수도 없다. 그래도. 나는 난간 위에 두 팔을 걸치고는 턱을 괸다. 다른 나들을 원망하지는 말자. 날 잘 돌보라고, 파울루는 말했다.

"저들에겐 네가 필요해." 이번에도 다정한 말투다.

"살려면 말이지."

파울루가 고개를 젓는다.

"위대해지기 위해서다. 그럼 파리에서 보자."

그러더니 담배를 꺼내 불을 붙인 다음, 등을 돌려 걸어가 버린다. 그렇게 간단하게.

나는 파울루의 뒷모습을 바라본다. 나는 그가 그립지 않다. 나는 다른 이들을 바라본다. 그들과 함께 있고 싶지 않다. 그러나 우리 모두는 뉴욕이다. 뉴욕은 때때로 정말 엉망진창이고, 그것을 뉴욕 자신보다 더 잘 아는 이는 없다.

가장 먼저 다가온 건 퀸스다. 바닷물을 뚝뚝 떨어뜨리며 깔깔대고 웃으면서 내 팔을 붙잡고는 얼마나 혼자 잘났으면 같이 물놀이도 안 하냐고 투덜거린다. 결국 굴복한 내가 그의 손에 이끌려 해변으로 향한다. 이번에는 저지 시티가 — 베네자라고 불리는 걸 좋아해서 모두들 그렇게 부르고 있지만, 그래도 그는 저지 시티다 — 달려와 나한테 알루미늄 호일에 싼 샌드위치를 건넨다. "네가 계속 허기져 있는 게 느껴져서 내가 다 죽을 거 같아. 넌 좀 많이 먹어야 해." 그러고는 나를 백사장 위에 펼쳐 놓은 담요 위로 끌고 간다.(샌드위치는 맛있다. 치킨케밥 샌드위치다. 파울루는 앞으로는 배가 고프지 않을 거라고 말했지만 뉴욕은 항상 배가 고프다.) 조조가 바닥에 털썩 주저앉자 사방에 물방울이 튀긴다. 브루클린이 눈살을 찌푸리며 얼굴을 닦으라고 내게 종이타월을 건네준다. 브롱카는 내가 씨발 햇빛을 다 가리고 있으니까 방해하지 말고 누우라고 타박을 준다. 반년 뒤에 겨울이 올 때까지 따뜻한 햇볕을 될 수 있는 한 많이 흡수해 놔야 한단다. 내가 담요 위에 앉자 매니가 자리를 내준다며 슬금슬금 몸을 옆으로 옮긴다. 하지만 여전히 경호원처럼 가까이 붙어 앉아 있다. 내가 원한다면 손을 내밀어 만질 수도 있을 정도로. 그럴 각오만 된다면.

"어서 와." 매니가 아이스박스에서 스내플스 한 병을 꺼내 내게 건넨다. 핑크 레모네이드 맛이다. 아마 그게 내가 제일 좋아하는 맛인가 보다.

"세상 그 어디도 여기에 비할 곳은 없지.*" 내가 말한다. 우리는 이 진실의 마법을 느끼며 함께 미소 짓는다.

---

* 유명 래퍼 제이지의 노래 「Empire State Of Mind」의 가사.

# 감사의 말

　어찌 보면 당연한데도 내가 놀란 사실은 실제 존재하는 장소, 심지어 아주 잘 아는 장소를 배경으로 이야기를 쓰려면 이제까지 내가 쓴 모든 판타지 소설을 전부 합친 것보다도 더 많은 조사가 필요하다는 점이었다. 현실을 배경으로 한 세계에는 진짜로 이 세상에 존재하는 사람들이 등장하기에 그들에게 해가 되거나 모욕이 되지 않도록 해야 하기 때문일 것이다. 그리고, 음, 나도 여기 사람들을 많이 아는데 만약에 내가 가령 쇼라코포크 바위 같은 걸 조금이라도 잘못 묘사했다간 가차 없이 날 너덜너덜한 누더기로 만들어 버릴 테니. 제발 날 좀 내버려 둬, 이 사람들아. 뉴욕은 정말 더럽게 크단 말이야. 난 최선을 다했다고.

　안타깝지만 현실적인 문제를 포함해 여러 다양한 이유로 나는 이 책을 쓰는 동안 홍콩이나 상파울루에 한 번도 가지 못했다. 이 두 남자의 성격과 능력은 오직 책과 다른 글들, 그리고 거기 가 본 경험이 있는 친구들에게 들은 아주 적은 양의 정보에 기반하고 있다.

즉 결론적으로 나는 두 도시에 상당한 문학적 허용을 발휘했다. 언젠가 이 도시들을(그리고 그곳 사람들도!) 만나 보길 바라지만 도시 3부작*을 마치기 전에 가능할지 모르겠다. 두 도시 주민들이여, 부디 당분간은 바다 건너에서 보내는 내 동경만이라도 받아 주기 바란다.

자, 이번에는 감사할 사람들의 명단이 아주아주 길다. 늘 그렇듯 내 옆에서 조력해 준 편집자 및 에이전트(고마워요!) 말고도 이 책에 영감을 제공하고 조언을 아끼지 않은 이들이 거의 한 개 군단에 육박한다. 가장 먼저(그렇다고 제일 중요하지는 않은) "인종차별 성차별 동성애혐오 개새끼"라는 표현을 제공해 준 동료 작가 존 스칼지에게 감사를 표한다. 덕분에 정말 유용하게 써먹었다. 브루클린이 문자 그대로 랩 배틀을 벌일 때 사용한 가사와 관련해서는 천재적인 음악가 진 그레에게 감사하는 바이다. 기본적인 가사는 내 작품이지만 다듬는 건 그의 손길을 거쳤다. 소설에 언급된 레나페어와 문화(그리고 브롱카의 레나페 이름도!)의 경우, 이름을 밝히지 말라고 부탁한 감수성(sensitivity) 감수자와 낸티코크 레니-레나페 부족 국가가 작성한 훌륭한 웹사이트의 도움을 받았다.(파우와우 부분을 빠트려 죄송할 따름이다) 또한 내게 레나페 부족에 관한 조언자를 소개해 준 또 다른 선주민 자문위원(그 역시 이름을 밝히지 말아 줄 것을 부탁했다.)의 조언과 도움에 대해서도 각별한 감사를 표한다. 동료 작가인 메리 앤 모한라지는 파드미니의 타밀 혈통과 관련된 내용의 감수성을 감수해 주었고, 미니 몬달은 파드미니의 달리트** 카스트에 대한 암시

---

* 이후 2부작으로 출간 계획이 변경되었다.

** 카스트 제도 하에서 최하층 계급.

및 뉘앙스를 검수해 주었으며, 오비트 출판사에서 인턴으로 일했던 스투티 텔리데라바는 전반적인 검토를 맡아 주었다. 홀로코스트 생존자들에 대한 맥락을 제공해 준 대니얼 프리드먼에게도 감사한다. 개인정보 차단이 필요한 상황에서 사이버보안을 극대화하는 방법에 대한 정보를 제공해 준 크래시 오버라이드 네트워크(Crash Override Network)에도 간접적인 감사를 보낸다. 나 역시 불운하게도 사생활을 보호하기 위해 수년째 이 기술을 사용해야 했다. 소설 속 수학 공식을 검수해 준 케빈 화이트와 브라질에 대한 일반 지식 및 세상에나 끝내주게 맛있었던 브리가데이루를 소개해 준 아난다 페라리 오사나이에게도 수많은 감사를 보낸다. 오비트 UK의 편집자인 자니 힐은 벨의 영국인다움을 묘사하고 뉴욕에 익숙하지 않은 이들도 이 이야기를 더욱 쉽게 이해할 수 있게 도와주었다. 동료 작가인 제너비브 밸런타인은 전반적인 편집과 스토리의 방향에 대한 조언을 해 주는 한편 내 뻔뻔한 뉴욕스러움이 지나치지 않은지 검토해 주었다. 인우드힐 파크와 인우드에 대해 알려 준 오랜 글쓰기 그룹 친구 K. 템페스트 브레드퍼드에게 해묵은 감사를 보낸다. 스태튼아일랜드에 대한 내 억측을 박살내고 여러 근거 없는 믿음을 명확하게 바로잡아 준 오비트 출판사의 아트 디렉터인 로런 파네핀토에게는 최신의 감사 인사를 보낸다. 그리고 내게 뉴욕의 예술 세계와 다양한 정치 상황 및 경이로움을 경험하게 해 준 내 아버지 노아 제미신에게는 평생에 걸친 감사를 보내는 바이다.

그리고 뉴욕에도 내 개인적인 감사를. 나는 스스로를 반쯤 뉴요커라고 여기고 있다. 발달기의 대부분을 앨라배마에서 보내긴 했지만 브루클린에서 보낸 그 모든 여름 방학과 휴가 덕분에, 그리고 물론 2007년부터 지금까지 계속 뉴욕에서 살고 있기 때문이다. 지금 나라는 사람을 구성하고 있는 대부분은 그런 초기에, 뉴욕에서 보낸 삶의 단편적인 덩어리에서 기인한다. 나는 깨진 약병이 널려 있는 길을 걸었고, 친구들과 함께 두 줄 줄넘기를 뛰며 놀았고(75퍼센트는 중간에 끼어들다 얼굴에 줄을 맞았지만 그래도 25퍼센트 확률로 성공했을 때에는 진짜 여신이라도 된 기분이었다!), 더 이상 태워 주지 않을 때까지 사이클론 롤러코스터를 탔고, 소화전 물분수 사이를 뛰어다녔고, 에어컨 없이 무더운 여름을 땀범벅으로 났고, 길냥이를 입양했고, 골목길에서 날 향해 돌진하는 쥐새끼를 발길질로 걷어찼다. 나는 힙합을 사랑하고 경찰을 무서워한다. 왜냐하면 뉴욕이니까. 나는 뉴욕에서 용기와 모험심을 배웠다. 내가 지금처럼 환상적인 문제 해결 능력을 갖게 된 건 다 뉴욕 덕분이다.

　나는 이 도시를 싫어한다. 나는 이 도시를 사랑한다. 나는 이 도시가 나를 거부할 때까지 기꺼이 이곳을 위해 투쟁할 것이다. 이 작품은 뉴욕에 바치는 내 경의의 표시다. 내가 잘 해냈길 바랄 뿐이다.

**옮긴이 | 박슬라**

연세대학교에서 영문학과 심리학을 전공했으며, 현재 전문 번역가로 활동 중이다. 옮긴 책으로는 『스틱!』, 『부자 아빠의 투자 가이드』, 『페이크』, 『골리앗의 복수』, 『숫자는 거짓말을 한다』, 『구름 속의 죽음』, 『패딩턴발 4시 50분』, 『사라진 내일』, 『샤르부크 부인의 초상』, 『한니발 라이징』, 『칼리반의 전쟁』, 「몬스트러몰로지스트」, 「부서진 대지」 시리즈 등이 있다.

# 우리는 도시가 된다 위대한 도시들 1

1판 1쇄 펴냄 2022년 4월 15일
1판 2쇄 펴냄 2023년 10월 6일

**지은이 |** N. K. 제미신
**옮긴이 |** 박슬라
**발행인 |** 박근섭
**편집인 |** 김준혁
**책임편집 |** 장은진
**펴낸곳 |** 황금가지

**출판등록 |** 2009. 10. 8 (제2009-000273호)
**주소 |** 06027 서울 강남구 도산대로 1길 62 강남출판문화센터 5층
**전화 |** 영업부 515-2000 편집부 3446-8774 팩시밀리 515-2007
**홈페이지 |** www.goldenbough.co.kr

도서 파본 등의 이유로 반송이 필요할 경우에는 구매처에서 교환하시고
출판사 교환이 필요할 경우에는 아래 주소로 반송 사유를 적어 도서와 함께 보내주세요.
06027 서울 강남구 도산대로 1길 62 강남출판문화센터 6층 민음인 마케팅부

한국어판 ⓒ 황금가지, 2022. Printed in Seoul, Korea
ISBN 979-11-5888-131-0 04840(1권)
ISBN 979-11-5888-130-3 04840(set)

㈜민음인은 민음사 출판 그룹의 자회사입니다.
황금가지는 ㈜민음인의 픽션 전문 출간 브랜드입니다.